William King
Der Dämonengott

SERIE PIPER

Zu diesem Buch

Der neue Fantasy-Zyklus des beliebten Warhammer-Autors William King ist ein Feuerwerk an actionreichen Schlachten und bizarren Charakteren. Vor tausend Jahren verloren die elfenhaften Terrarch den Krieg gegen die Dämonen. Sie flohen auf die Welt Gaeia und fanden dort neue Untertanen: die Menschen. Die brutale Herrschaft der Terrarch überdauerte die Jahrhunderte. Doch nun ist das Lager der Regierenden gespalten, und die Menschen erheben sich gegen ihre Unterdrücker. In diese politischen Konflikte geraten der Söldner Rik und seine Gefährten Leon, Wiesel und der Barbar. Sie finden heraus, dass beiden Parteien ein viel größeres Unheil von anderer Seite droht: Die Dämonen lauern noch immer in der Finsternis und sinnen auf die Rückkehr ihres zerstörerischen Gottes …

William King, geboren 1959 in Schottland, war als Verwaltungsbeamter und Arbeiter in einer Schokoladenfabrik tätig, bevor er zu schreiben begann. Seine Abenteuer um Gotrek und Felix, die alle im Piper Verlag erschienen sind, sind die erfolgreichsten Romane des »Warhammer«-Universums. »Die Legende der Terrarch« ist Kings neuer großer Weltenentwurf. Weiteres zum Autor: www.trollslayer.net

William King

DER DÄMONENGOTT

DIE LEGENDE DER TERRARCH 1

Aus dem Englischen von
Barbara Röhl

Piper München Zürich

Mehr über unsere Autoren und Bücher:
www.piper.de

Von William King liegen bei Piper vor:
Schicksalsgefährten. Gotrek und Felix 1
Der Graue Prophet. Gotrek und Felix 2
Die Chaos-Wüste. Gotrek und Felix 3
Der Hort des Drachen. Gotrek und Felix 4
Dämonenkrieger. Gotrek und Felix 5
Vampirkrieger. Gotrek und Felix 6
Gigantenkrieger. Gotrek und Felix 7
Der Dämonengott. Die Legende der Terrarch 1
Der Schlangenturm. Die Legende der Terrarch 2
Der Blutkrieger. Die Legende der Terrarch 3

Ungekürzte Taschenbuchausgabe
August 2008

Umschlagkonzeption: Zero, München
Umschlaggestaltung: HildenDesign, München –
www.hildendesign.de
Umschlagabbildung: Iacopo Bruno, Mailand
Autorenfoto: Radka Zimova
Satz: Filmsatz Schröter, München
Druck und Bindung: CPI – Clausen & Bosse, Leck
Printed in Germany ISBN 978-3-492-29173-6

1. KAPITEL

Eine Armee ist ein Spiegel derjenigen Zivilisation, die sie hervorbringt.

Armande Koth, Kriegsführung im Zeitalter der Muskete und des Drachen

»Ich hasse diese Bastarde. Bloß weil sie spitze Ohren haben, halten sie sich schon für was Besseres«, murrte der Barbar. Er kaute auf den lang herabhängenden Enden seines gewaltigen Walross-Schnurrbarts herum und schickte dem rotberockten Terrarch-Kurier, der voller Überheblichkeit den Hügel hinabstrebte, wütende Blicke hinterher. Irgendwie brachte es der Erhabene fertig, dass sogar sein Rücken offensichtlich machte, wie sehr er die niedere Rasse der Menschen verachtete.

»Anwesende natürlich ausgeschlossen, Halbblut«, setzte der Barbar hinzu, als wäre ihm gerade erst eingefallen, dass sich sein Kamerad vielleicht angesprochen fühlte. Nachdenklich kratzte er sich den kahlen Schädel und fuhr dann mit den Fingern durch den langen blonden Haarkranz, der seine Platte umgab, als wolle er nachsehen, ob dort seit der letzten Überprüfung etwas nachgewachsen sei.

»Ist schon gut«, versicherte ihm Halbblut. Er war erst neunzehn und der Barbar ging auf die vierzig zu, aber das schien so ungefähr sein einziger Vorteil zu sein. Er war zwar hoch gewachsen, der Barbar aber war noch einen Kopf größer und fast doppelt so schwer wie er. Der Großteil dieses Gewichts bestand aus Muskeln – und außerdem war er der beste Boxer des Regiments.

Leon blinzelte Halbblut aufmunternd zu und fuhr dann fort, seine Ausrüstung zu packen. Wie immer wippte munter eine Tonpfeife in seinem Mund. In Verbindung mit den mageren Zügen eines Gassenjungen wirkte das lächerlich. Leon hatte über seinen Rücken gewacht, seit sie auf den rauen Straßen von Drangsal Kinder gewesen waren. Und Halbblut war froh, ihn jetzt an seiner Seite zu haben.

»Sie glauben, sie wären besser als ihr, weil sie unsterblich und weise und außerdem Gottes Auserwählte sind«, mischte sich Gunther ein; seine hageren Züge wirkten vor religiöser Inbrunst durch und durch verkniffen. »Du tätest gut daran, das nicht zu vergessen.«

»Wenn ich noch *ein* Wort über die Erwählten deines Gottes höre, befördere ich dich zu ihm«, schnaubte der Barbar. Doch Gunther zeigte keine Angst. Er war ebenso groß wie der Barbar, und obwohl viel schmaler, besaß er eine drahtige Kraft, die ihn zu einem Furcht einflößenden Kämpfer machte. Und natürlich stand Gott auf seiner Seite. Andererseits, überlegte Halbblut, würde er auch allen göttlichen Beistand brauchen, den er bekommen konnte, wenn er sich mit dem Barbaren schlagen wollte.

Froschgesicht und der Schöne Jan lauschten höchst neugierig. Jeden Augenblick würden sie anfangen, Wetten auf den Ausgang des Kampfes abzuschließen. Wenn Froschgesicht aufgeregt war, so wie jetzt, dann quollen seine ohnehin schon vorstehenden Augen noch weiter vor als sonst. Mit der langen Zunge leckte er sich über die dicken Lippen, so dass er aussah wie ein Vielfraß angesichts eines Festmahls. Der Schöne Jan hatte für den Augenblick sogar mal aufgehört, in der Spiegelscherbe, die er immer mit sich führte, sein Profil zu betrachten.

»Ihr solltet beide ein wenig leiser sprechen«, schaltete sich Sergeant Hef ein, der zwischen ihnen umherging. Seine Autorität war unumstritten, auch wenn sein Dreispitz den großen Männern nur bis zur halben Höhe der Brust reichte. »Sollte euch das Spitzohr hören, bekommt ihr die neunschwänzige Katze zu schmecken.«

»Ach ja?«, meinte der Barbar. »Und du glaubst, das macht mir was aus?«

»Wenn es so weit ist, bestimmt«, sagte der Sergeant und sog Luft durch die Zähne, wodurch er – zusammengenommen mit seinem faltigen Gesicht und den schrumpligen Zügen – mehr denn je einem Affen ähnelte.

»Ich bin keiner von euch verweichlichten Südländern«, erklärte der Barbar, dämpfte aber trotzdem seine Lautstärke.

Kopfschüttelnd machte sich der Sergeant erneut daran, seine Ausrüstung in Ordnung zu bringen, so wie es der Leutnant befohlen hatte. Seine lange Flinte hatte er an den Rucksack gelehnt.

»Hast du deine letzten Peitschenhiebe so rasch vergessen?«

Halbblut bezweifelte, dass jemand die Peitsche je vergaß. Er jedenfalls wusste, dass er sich an die fünf Schläge, die er vor ein paar Monaten eingesteckt hatte, immer erinnern würde. Und er würde Leutnant Sardec nie verzeihen, dass er sie angeordnet hatte. Der Kuss der neunschwänzigen Katze war nichts, das man so leicht vergaß.

Der Barbar steckte einen Finger in den Mund, ganz das Bild eines Einfaltspinsels, der versucht, sich zu erinnern. Sein leerer, dümmlicher Gesichtsausdruck brachte alle zum Lachen, sogar den Sergeanten; doch sie alle vergaßen keinen Augenblick, dass die letzte Begegnung des Barbaren mit der Staupsäule weniger als ein Jahr zurücklag. Danach hatte man ihn mit blutendem Rücken und halb ohnmächtig weggezerrt. Die Narben waren immer noch zu sehen, wenn er seinen grünen Uniformrock auszog; er würde sie bis ins Grab tragen.

»Trotzdem hasse ich diese spitzohrigen Bastarde«, maulte der Barbar. Aber natürlich stimmte das nicht, dachte Halbblut, er hasste die Terrarch nicht wirklich. Er konnte ihre Herrscher nicht leiden, ärgerte sich über ihre Autorität und Macht und murrte auch darüber, aber er hasste sie nicht richtig, nicht so wie Halbblut. Andererseits aber hatten die Terrarch auch das Leben des Barbaren nicht derart ruiniert wie seines.

Halbblut stand auf und schulterte sein schweres Bündel. Topf, Tasse und alles, was hätte klirren können, hatte er in seine Wäsche zum Wechseln gewickelt. Es war Frühlingsanfang, daher hatte er seinen Uniformmantel, den er in dem milden Wetter nicht benötigte, zusammengerollt und mit Lederriemen an seinem Ranzen festgeschnallt. Bevor er sein Gewehr hochnahm, hatte er sich vergewissert, dass seine sämtlichen Taschen mit Wachspapier-

Patronen voll gestopft waren. Beide Pistolen steckten im Gürtel, der Dreispitz saß fest auf seinem Kopf. Er hatte keine Ahnung, warum der ruhmsüchtige Leutnant Sardec so versessen darauf war, sie ausrücken zu lassen; aber höchstwahrscheinlich war es etwas, gegen das man sich lieber wappnete. Durch die vielen Gerüchte über einen bevorstehenden Krieg waren die Nerven der Soldaten zum Zerreißen angespannt, und auch der Umstand, dass sie sich so nahe der Grenze zu Kharadrea befanden, bedeutete nicht eben einen Trost. Da war es beruhigend, das schwere Steinschlossgewehr in der Hand zu spüren.

Nachdem der Barbar seiner Meinung auf diese Weise Ausdruck verliehen hatte, widmete er sich wieder eigenen Angelegenheiten. Er schaufelte seine wenigen Besitztümer in den Ranzen und fuhr mit dem schweren Messer der Bergvölker prüfend durch die Luft, bevor er es in die Scheide steckte und ebenfalls sein Gewehr nahm. Das Messer war so lang wie ein Kurzschwert; der Barbar stammte aus Segard, und wie die meisten Bewohner seines kalten Heimatlandes im Norden hatte er wenig Zutrauen zu Schwarzpulverwaffen. Halbblut konnte ihn verstehen; er diente seit vier Jahren in der Armee und hatte in dieser Zeit Erfahrungen mit Ladehemmungen und feuchtem Pulver zur Genüge gesammelt.

In einiger Entfernung gab Korporal Toby Befehle an die übrigen Fourageure aus. Da er sonst schon so laut sprach, wie andere Männer schrien, war sein Gebrüll ebenso beeindruckend wie unüberhörbar.

»Der gute Toby hört sich wirklich gern reden, was?«, brummelte Leon und steckte sich – wie stets vor einem Einsatz – seine Glück bringende Gänsefeder an den Dreispitz.

»Da ist er allerdings der Einzige«, sagte Halbblut. Leon lachte, was sich so auswirkte, dass die Luft in schrillen Stößen durch seine Pfeife entwich.

»Warum, verdammt, bleibt die schwere Arbeit eigentlich immer an uns Fourageuren hängen?«, verlangte der Barbar zu wissen.

»Weil das nun mal unsere Aufgabe ist«, erklärte der Sergeant. »Wenn man Musketiere will, die in ordentlichen Reihen im Gleichschritt marschieren, holt man sich die Linieninfanterie, und wenn man Kundschafter braucht, setzt man die leichten Kompanien ein. Ich hätte gedacht, das ginge inzwischen sogar in deinen dicken Schädel hinein.«

Halbblut fand, der Sergeant nehme die rhetorischen Fragen des Barbaren manchmal *zu* wörtlich.

Bald hatten sie sich zu einer Reihe formiert und machten sich auf den Weg zur Großen Festung. Unterwegs stießen weitere Trupps zu ihnen. Zusammengenommen waren sie etwa neunzig Mann, alles leichte Infanterie, Waldläufer und so ziemlich alle Fourageure, die hier gegenwärtig stationiert waren. Korporal Toby, dessen pausbäckiges Mondgesicht noch röter angelaufen war als sonst, stand am Weg und hakte die Namen all der zerlumpten Soldaten, die an ihm vorüberzogen, auf seiner Liste ab.

Das Lager war auf einer Hügelkette errichtet worden, an deren Fuß die Stadt Rotturm lag. Nach Norden und Süden erstreckten sich die gewaltigen Gipfel des Riesenschild-Gebirges. Von den Hügeln aus hatten sie einen guten Überblick über die Stadt und die Felder, die sie umgaben. Der gewaltige Drachenturm des Terrarch-Tempels beherrschte das Panorama. Lederhäutige Teufelsflügel umkreisten ihn auf fledermausähnlichen Schwingen oder strichen über die mit roten Ziegeln gedeckten Dächer und machten mit ihren langen Schnäbeln, die mit spitzen Zähnen bewehrt waren, Jagd auf Ratten, Tauben und andere Beute.

Doch alle Flugtiere mieden den wuchtigen Turm von Aseas Palast, als hätten sie Angst davor. Und wahrscheinlich fürchteten sie sich zu Recht vor dem uralten Bauwerk, dachte Halbblut, ebenso wie die meisten Einwohner auch, obwohl ihre Stadt danach benannt war. Es hieß, darin lebe eine Zauberin, die zweitausend Jahre alt und außerdem jeder nur möglichen Sünde verfallen sei. Sie solle schon vor tausend Jahren, als die Terrarch mit ihren Drachen und Wyrm durch das Tor der Ältesten gekommen waren und diese Welt erobert hatten, alt gewesen sein, und sie würde wahrscheinlich auch noch das Ende ihrer Herrschaft erleben. Wie immer, wenn er über sie nachdachte, rangen in ihm Neugierde und Angst miteinander. Aseas Intrigen hatten angeblich zu den Hauptauslösern des Bürgerkriegs gezählt, der das erste Imperium der Terrarch zerstört hatte. Seitdem bestand die politische Landkarte aus einem Flickwerk einander befehdender »blauer« und »roter« Staaten.

Aus allen Richtungen bewegten sich lange Wagenschlangen auf die Stadt zu. Sie waren jetzt seit einem Jahr hier; in dieser Zeit hatte Halbblut noch nie so viel Verkehr auf den Straßen erlebt. Dann musste es wohl stimmen: Die Armee bereitete sich auf den Einmarsch nach Kharadrea vor. Und zwar mit weit größeren Kräften als dem einen Regiment, das sonst auch an diesem Grenzposten stationiert war.

Unterwegs wurden sie von den Himmelswächtern angerufen, deren Spötteleien ihn aus seinen Gedanken rissen.

»Na, machen wir einen kleinen Spaziergang?«

»Einen Ausflug in die Wälder?«

»Will euch der Leutnant das Schießen beibringen?«

Letzteres war eine Anspielung darauf, dass die Fourageure in der vergangenen Woche beim Wettschießen gegen die Kompanie der Himmelswächter verloren hatten. Die meisten von ihnen begriffen immer noch nicht, wie das hatte passieren können, denn Wiesel und Leon waren die besten Schützen des Regiments. Doch Halbblut hatte so seine Mutmaßungen. Es gab wenig, das der kleine Wiesel nicht tun würde, um beim Wetten zu gewinnen, selbst wenn er dazu gegen sich selbst setzen musste. Und Halbblut war sich sicher, dass der ehemalige Wilddieb Leon irgendwie zum Mitmachen überredet haben musste. Der dürre kleine Bursche neigte seit jeher dazu, schlechten Einflüssen zu unterliegen, besonders wenn es um unrechtmäßig erworbenes Gut ging.

»Ich werde euch beibringen, wie man auf einem Bajonett sitzt«, brüllte der Barbar, der noch nicht darüber hinweggekommen war, dass er auf seine Freunde gewettet und dabei ziemlich viele Kupfermünzen verloren hatte.

»Still«, sagte der Sergeant. »In den kommenden Monaten werden wir noch ausreichend Gelegenheit haben, es ihnen heimzuzahlen.« Er klang, als hätte er einen Plan.

Aus dem Zeltdorf der Marketenderinnen kam Wiesel auf sie zugerannt. Seine abgewetzte grüne Uniform, die an seinem langen, mageren Körper klebte, sah heute besonders schlimm aus. Offenbar hatte er schon wieder seinen Hut verloren, und mit seinem eingefallenen Gesicht, dem kahlen Schädel und dem langen Hals ähnelte er mehr denn je einem Nagetier. Die Nüstern seiner gewaltigen Nase zuckten, als wittere er Gefahr.

»Nett, dass du auch noch kommst«, knurrte der Sergeant. »Einen Augenblick später, und du hättest dich zusammen mit dem Barbaren und Gunther vor der Staupsäule anstellen können.«

»Ich musste mich noch vergewissern, ob ich deine Frau anständig bedient habe«, versetzte Wiesel anzüglich grinsend. Er gehörte zu jener Art von Soldaten, die zwar nicht den geringsten Rang bekleiden, aber trotzdem großen Einfluss im Regiment ausüben. In Wiesels Fall lag das wohl daran, dass er in die zahllosen Schwarzmarktgeschäfte des Quartiermeisters verwickelt war. Trotzdem fühlte er sich heute offenbar besonders selbstbewusst, sonst hätte er diesen Ton gegenüber dem Sergeanten nicht angeschlagen.

Sergeant Hef zog lediglich eine Augenbraue hoch. Solches Gerede prallte an ihm ab. Mercie und er waren ein Paar, solange irgendjemand hier denken konnte, und sie hatten zahlreiche Sprösslinge. Soweit sie alle wussten, hatte seit dem Tag, an dem sie sich kennen gelernt hatten, keiner von ihnen einem anderen auch nur einen einzigen Blick geschenkt. Halbblut wusste, dass mehr als Wiesels schmierige Anspielungen nötig sein würden, um ihn aus der Ruhe zu bringen.

»Bei den Kaninchen«, fuhr Wiesel nach einer Kunstpause fort, ganz die beleidigte Unschuld. »Den Kaninchen, die ich ihr verkauft habe. Nicht, was sich diese Rüpel in ihrer schmutzigen Fantasie vorstellen.«

Der Segeant schüttelte den Kopf. »Mit deinem frechen

Mundwerk schaufelst du dir eines Tages noch dein eigenes Grab.«

»Das wäre jedenfalls das erste Loch, das er je ausgehoben hat«, warf Gunther ein. »Hab noch nie gesehen, dass der auch nur einen einzigen Handschlag tut.«

»Das würde ich nicht sagen«, gab Wiesel zurück. »Es deiner Freundin zu besorgen, ist schon Schwerarbeit.«

»Und welche Freundin sollte das denn sein?«, fragte Gunther, ganz der humorlose Fanatiker. »Mit den Schlampen in diesem Hurenlager hab ich jedenfalls nichts zu tun. Im Gegensatz zu dir suhle ich mich nicht am Eingang zum Höllenschlund.«

»Du bewahrst dir wohl deine Unschuld für deinen Freund zu Hause, was?«, stichelte Wiesel. »Damit du in der Hochzeitsnacht noch Jungfrau bist?«

Gunthers Gesicht verzerrte sich vor Zorn. Seine Religion gehörte nicht zu denen, die Toleranz und Gottes Liebe gegenüber jedermann predigten. Sein Gott war wütend und strafend und betrachtete Sodomie als Schwerverbrechen. Gunthers Hand fuhr zum Griff seiner Pistole, aber irgendwie war auch schon ein Messer zwischen Wiesels langen, knochigen Fingern aufgetaucht.

»Das reicht jetzt, ihr beiden«, sagte der Sergeant in einem Ton, der den Streithähnen klar machte, dass der Spaß vorüber war. Für einen so kleinen Mann strahlte er eine große Autorität aus. »Schluss mit diesem Unsinn, oder ihr habt beide Striemen auf dem Rücken.«

Wiesel zwinkerte ihm bloß zu, und Gunther verfiel erneut in jenen Zustand stummer Entrüstung, in dem er sich fast immer befand, wenn er nicht gerade in Ehrfurcht und Angst vor seinem zornigen Gott bebte.

»Was zum Teufel …«, sagte der Barbar.

»Schau doch, Rik, ein Drache«, rief Leon. Trotz der Maske von Straßenschläue, die er trug, klang Leons Stimme irgendwie, als sei ein Drache etwas ganz Wunderbares, das er zum ersten Mal sah.

»Ich seh's, Leon«, antwortete Halbblut. Er war ein wenig ärgerlich, denn wie die meisten Fourageure zog er seinen Spitznamen dem richtigen vor. Der andere weckte viel zu viele schlechte Erinnerungen.

Die ganze Einheit blickte auf, als der Drache, dessen Gestalt sich vor den grauen Wolken als Silhouette abhob, über sie hinwegzog. Der Flugwind, den er erzeugte, ließ ihre Röcke wehen, und seine gewaltigen Schwingen, die so voluminös wie die Segel einer Karavelle waren, warfen einen riesigen Schatten über den Boden. Mit dem gereckten Schlangenhals und dem kräftigen, dreieckig geformten Kopf glich er für den Augenblick einem fliegenden Speer. Die polierte Rüstung seines Reiters schimmerte im matten Sonnenlicht. Ziemlich schnell flog das Tier vorbei und ging hinter den massiven Steinmauern, von denen die Festung umgeben war, kreisend zum Landeanflug über.

Ein Raunen lief durch die Reihen der Fourageure. Seit sie in dieses verfluchte Stück Grenzland abkommandiert waren, hatte keiner von ihnen mehr einen Drachen gesehen, und Halbblut fragte sich nun, was für eine Nachricht der Kurier wohl bringen mochte. Dabei wusste er, dass alle dasselbe dachten: Krieg.

Der Sergeant zuckte die Achseln. »Wir werden es noch früh genug erfahren.«

Sie kamen an den Frauen aus dem Tross vorbei, die im Fluss Wäsche wuschen und Wassereimer zu dem Lager aus geflickten Zelten und eilig errichteten Hütten trugen, das sie ihr Zuhause nannten. Im Schlamm tollten kleine Hunde und kammrückige Hauswyrm. An den bloßen Füßen der Frauen klebte feuchte Erde, Kinder mit schmutzigen Gesichtern hingen an ihren Umschlagtüchern. Die meisten sahen hungrig aus. Offensichtlich war es nicht besonders lustig, das Balg eines Soldaten zu sein. Aber die meisten von ihnen, dachte Halbblut, hatten es besser als er selbst in ihrem Alter. Das Leben auf den Straßen von Shadzar, dem »Ort des Drangsals«, war für die Waisenjungen hart gewesen, besonders für einen, den man für den Bastard eines Terrarch hielt.

Als sie das Dorf erreichten, das die Festung umgab, reckten die Soldaten die Schultern, und sogar Wiesel hörte auf zu pfeifen. Die meisten Offiziere des Regiments waren im Gasthaus oder den niedrigen Steinhäusern einquartiert – und die Terrarch nahmen es mit der Disziplin immer recht genau. Hoch über ihnen erhob sich drohend die zehnstöckige Festung, die dazu auf einer ummauerten Anhöhe errichtet war, wodurch sie nochmal weitere dreißig Fuß an Höhe gewann.

Oben auf dem Turm wehte stolz das gewaltige schwarze Banner, dem das Regiment seinen Namen verdankte, gleich neben dem Roten Drachen von Talorea. Die Regimentsflagge zeigte eine schöne nackte Frau mit Drachenflügeln, wie sie eine mit Runen geschmückte Sense in der Hand trug: Arazaela, der Engel des Todes. Darunter prangten in der Hochsprache der Erhabenen die Worte *Todesengel sind wir alle*. Aus dieser Entfernung konnte Halbblut zwar nicht alle Einzelheiten erkennen, das Bild konnte er sich aber gut genug vorstellen. Schließlich flatterte dasselbe an den Standarten aller neun Kompanien.

In den fünf Jahrhunderten, seit das Regiment während

des großen Bürgerkriegs, der das erste Imperium zerstört hatte, gegründet worden war, hatten diese Banner über tausend Schlachtfeldern geweht und würden zweifellos auch noch über tausend weiteren flattern; Halbblut ging bei diesem Anblick jedoch keineswegs das Herz auf. Er wusste, dass er mit seiner Einstellung zu einer Minderheit unter den Männern gehörte; aber er war nicht besonders stolz darauf, zu diesen Engeln zu zählen.

Hoch gewachsene Offiziere in scharlachroten Uniformröcken schritten energisch umher. Die Terrarch waren steckendürr, und ihre alterslosen, dreieckigen Gesichter trugen einen Ausdruck gelangweilter Hochmut zur Schau, der ihren Zügen offenbar von Geburt an eingeprägt war. Im Gehen schwang ihr feines, zu einem langen Pferdeschwanz zusammengebundenes Haar hin und her – wie der Schweif einer stolzierenden Katze. Bei ihrem Anblick musste Halbblut alten Hass und ebenso alte Furcht niederringen. Sein eigenes Gesicht ähnelte den ihren, denn auch er besaß diese fein gemeißelten Züge, die kalten blauen Augen, das aschblonde Haar und das schmale Kinn – ein Geschenk seines unbekannten Vaters und zugleich das einzige Erbe, das dieser ihm hinterlassen hatte. Er war sich nicht sicher, ob die eisigen Blicke, die sie ihm zuwarfen, seiner Fantasie entsprangen oder schlichte Realität waren. Vielleicht bildete er es sich auch nur ein. Schließlich sahen die Terrarch mit diesem Blick jeden an. Als sie vor tausend Jahren den Planeten Gaeia erobert hatten, waren sie zu den Herren der Schöpfung geworden – und waren es jetzt immer noch.

Im ganzen Dorf hing der Gestank der Wyrm in der Luft. Als die Männer an den blindwütigen Jagd-Wyrm vorbeigingen, schlugen die Tiere mit den langen Schwänzen und warfen sich gegen die eisernen Gitterstäbe ihrer Käfige. Jeder dieser Wyrm war ein winziger zweifüßiger, dabei blutrünstiger Drache ohne Flügel. Ihre kleinen Schlangenaugen glühten vor Hunger und Hass. Auf den massigen Hinterbeinen, die in gewaltigen Klauen und rasiermesserscharfen, dolchähnlichen Spornen endeten, konnten sie sich bis auf Mannshöhe aufrichten; und dazu vollführten sie mit ihren winzigen, verkümmerten Ärmchen Gesten, die irgendwie obszön wirkten.

Ihre Hälse wiegten sich schlangenhaft, und Halbblut roch ihren abgestandenen, nach Blut und Fleisch stinkenden Atem, der ihm aus ihren gewaltigen, reißzahnbewehrten Mäulern entgegenschlug, die einem Mann mit einem Biss den Arm abreißen konnten. Er spürte ihre Wildheit wie einen heißen Hauch. Halbblut selbst konnte die Tiere nicht leiden, ihre außerirdischen Herren aber liebten ihre Jagdwyrm. Vor Jahren hatte Halbblut einmal miterlebt, wie eine Gruppe von Terrarch mit einer Horde Wyrm zum Tode verurteilte Gefangene hetzte. Er hatte es nie vergessen. Von den Leichen war nicht einmal genug zum Verbrennen übrig geblieben.

Die Fourageure richteten sich auf dem Platz, der gegenüber dem Gasthaus lag, zu einer ordentlichen Formation aus. Unmittelbar hinter der Herberge verlief der Festungsgraben mit der aus Erdreich aufgeschütteten Brücke. Eine Gruppe Terrarch-Offiziere ritt auf Schlachtrossen vorbei. Unter den beifälligen Blicken der Soldaten liefen Mägde umher, die Wäschebündel und Nahrungsmittel schleppten.

Leutnant Sardec in Person trat aus dem Gasthaus. Er ging an der Linie entlang und inspizierte mit seinen eigentümlichen, katzenartigen Terrarch-Augen die Menschen. In seiner roten Uniform mit den goldenen Tressen sah er in diesem Augenblick weniger wie einer von Gottes Erwählten aus, sondern eher wie ein Sendbote der Schatten. So sehr Halbblut es auch versuchte, er vermochte doch nicht, diesen besonders ketzerischen Gedanken zu unterdrücken. Und sagte sich, dass der Grund nur seine persönliche Antipathie war; das Ergebnis des endlosen Kleinkriegs, den der Offizier gegen ihn zu führen schien.

Sardec musste gespürt haben, was ihm durch den Kopf ging, denn er blieb vor Halbblut stehen und musterte gelassen seine Uniform. »Hier fehlt ein Knopf, Sergeant«, erklärte er und wies auf die offen stehende Öse an Halbbluts Rock. »Sorgt dafür, dass dieser … Soldat heute Abend zusätzliche Pflichten erhält. Vielleicht wird ihn das lehren, sorgsamer mit dem Eigentum Ihrer Majestät umzugehen. Und wenn das nicht fruchtet, können wir ihn immer noch auspeitschen.«

»Jawohl, Herr«, sagte Sergeant Hef mit völlig ausdruckslosem Gesicht.

Halbblut verdross es, zusammengezuckt zu sein, als Sardec die Peitsche erwähnte, aber zumindest hatte er den Mund fest geschlossen gehalten. Eigentlich hatte er sogar widersprechen wollen. Wenn fehlende Knöpfe ein Grund für Maßnahmen zur Disziplinierung wären, dann hätte mehr als die Hälfte der Männer in seiner Truppe bestraft werden müssen. Natürlich wusste Halbblut, dass in der Leutnant nicht deswegen ständig aufs Korn nahm. Sein eigentliches Verbrechen war, zwar wie ein Terrarch auszusehen, aber die Uniform eines gemeinen Infanteristen zu tragen. Kopfschüttelnd bezog Sardec vor dem gesamten Regiment Stellung.

»In Ordnung, *Männer*«, sagte Sardec, wobei er das Wort so höhnisch aussprach, wie es nur ein Vertreter der Älteren Rasse vermochte. »Hört mir zu. Wir rücken in die Hügel aus, um einige der Räuber festzusetzen, die dort ihr Unwesen treiben. Wir haben Hinweise darauf, wo wir sie finden können, und ein paar von ihnen werden wir als Warnung für ihre Brüder an den Bäumen aufhängen. Es wird keine Entführungen mehr geben, keine Hinterhalte, keine vermissten Reisenden.«

Er sprach so laut, als lege er es darauf an, dass Spione der Hügelstämme mithörten. Das passte wieder einmal zu seiner Eitelkeit, dachte Halbblut. Sardec glaubte wahrscheinlich, dass die Stammeskrieger schon in Panik davonrennen würden, wenn sie nur hörten, dass er sich auf dem Weg zu ihnen befand. Niemand sagte ein Wort; so viel Disziplin brachte die Kompanie in Anwesenheit eines Erhabenen wenigstens auf, obwohl sie Fourageure waren. Immerhin lief ein aufgeregtes Flüstern durch die Reihen.

Trotz seines Ärgers über die Strafe bemerkte Halbblut, dass Wiesel kurzzeitig erstarrte. Er vermutete, die Räuber seien den Patrouillen wenigstens teilweise darum so lange entwischt, weil er, der Quartiermeister und vielleicht auch der Barbar die Finger im Spiel hatten. Wenn es eine Gelegenheit gab, auf unehrliche Weise Geld zu verdienen, dann würde Wiesel sie auch wahrnehmen. Übel nehmen konnte ihm das Halbblut im Grunde nicht. Die Soldaten waren bettelarm und bei den Bauern der Umgebung verhasst, da sie ihnen angeblich ihre Töchter und ihre Schafe stahlen – manchmal zum gleichen Zweck, wie die Bauern behaupteten. Bis vor Kurzem war es ihnen daher herzlich gleich gewesen, ob die Hochland-Räuber entwischten, solange ihre Patrouillen dabei nicht durch Querschläger zu Schaden kamen.

Um ehrlich zu sein, Halbblut hatte den Eindruck gehabt, dass auch die Terrarch nicht viel um die ganze Geschichte gaben. Allgemein wurde angenommen, das Regiment sei aus einem anderen Grund hierher verlegt worden. Niemandem war entgangen, dass man sie unterhalb des Eingangs zum Bruchzahn-Pass einquartiert hatte. Jenseits der Grenze lag Kharadrea und dahinter der alte Feind, das Dunkle Imperium. Seit Wochen schwirrten wilde Gerüchte über den Grund ihrer Stationierung umher. Nach dem Tod von König Orodruine war in Kharadrea ein erbitterter Kampf um seine Nachfolge entbrannt.

Seit über hundert Jahren bildete das Land eine Pufferzone zwischen Talorea und dem Dunklen Imperium von Sardea. Zuvor war es fünfhundert Jahre lang zwischen den beiden Fraktionen des Terrarch-Bürgerkriegs, die sich befehdeten, umkämpft gewesen. Und nun erzählte jeder fliegende Händler, jeder Flüchtling und jeder Bettelmönch, dass das Regime im Osten das Gold mit vollen Händen ausgab, um Kharadrea unter seine Fuchtel zu bringen. Und zwar, indem es die Wahlmänner im Parlament des Nachbarlandes bestach und Söldner bezahlte, damit sie den Kandidaten der Blauen unterstützten. Es hieß auch, die Legion der Exilierten, eine äußerst gefährliche Truppe aus abtrünnigen sardeanischen Adligen und Zauberern, fördere Prinz Khaldarus. Die Königin von Talorea und ihr Thronrat durften ihrerseits auf keinen Fall zulassen, dass ein blauer Herrscher den Thron bestieg. Da an der Westgrenze von Talorea König Aquileus von Valeron ständig auf Eroberung sann, konnte Königin Arielle nicht erlauben, dass Kharadrea an das Dunkle

Imperium fiel. Dies hätte nämlich bedeutet, dass an beiden Grenzen blaue Nationen lagen, und einen Zweifrontenkrieg gegen die beiden stärksten Landmächte auf dem Kontinent Askalea wahrscheinlich gemacht, den zu gewinnen Talorea nicht erhoffen konnte. Schon immer war es nur eine Frage der Zeit gewesen, bis die Trommeln erneut gerührt wurden und die Trompeten schmetterten. Und nun sah es tatsächlich so aus, als sei diese Zeit gekommen.

Halbbluts Blick wurde von einer kleinen Gestalt angezogen, die unauffällig in der Tür des Gasthauses stand. Der Leutnant winkte dem Mann, der daraufhin zu ihm trat. Der Neuankömmling war mit einer Muskete mit sehr langem Lauf bewaffnet und trug die übliche Kleidung eines Mannes aus den Bergen, eine grob gefertigte Jacke aus Schaffell und einen Pelzhut. Seine Hosen und sein Schal bestanden aus einem bläulichen, karierten Stoff. So viel war sicher, ein Soldat war er nicht. Also musste er eine Art einheimischer Kundschafter sein. Vielleicht wollten die Terrarch ja tatsächlich etwas gegen die Entführungen unternehmen.

In den vergangenen Monaten waren nicht nur Schafe und Rinder verschwunden, sondern zunehmend auch Kinder und einsame Reisende. Allerdings hatte niemand Lösegeld verlangt, was die Menschen beunruhigte. In den Bergen waren die alten Bräuche nur langsam ausgestorben, und es hieß, manche Leute folgten noch den alten Kulten. Das Bergvolk hatte zu den wildesten Anhängern der Dämonengötter gehört, die der alten Religion aus der Zeit vor der Ankunft der Terrarch entstammten, und war nie vollständig bekehrt worden. In letzter Zeit hatten Gerüchte wissen wollen, in den Hügeln sei ein neuer

Prophet der Alten Kulte aufgetaucht, der die Stämme zu neuen Höhen ihres religiösen Wahns aufhetze.

»Dies ist Vosh. Er ist unser Führer«, erklärte der Leutnant. »Beschützt ihn mit eurem Leben.«

Ja, sicher, dachte Halbblut zynisch. So, wie jeder Fourageur sein Leben für jemanden riskieren würde, der nicht zum Regiment gehörte, vor allem für einen Bergbewohner.

Der Leutnant führte die Soldaten und seinen neuen Freund zu den Gehegen für die großen Wyrm. Unter dem Blick des anderen Erhabenen blieb die Abteilung still. So privilegiert die Fourageure auch waren, die Terrarch würden sie trotzdem jederzeit auspeitschen, wenn sie ihr Verhalten respektlos fanden; und man konnte nie wirklich sicher sein, was so ein Spitzohr als Angriff auf seine Würde betrachtete.

Als sie sich dem Pferch näherten, stach Halbblut der trockene, reptilienhafte Geruch ihrer Haut und der eigenartige, beißende Gestank von Wyrm-Urin in die Nase. Wie immer spürte er, dass in ihrer Gegenwart eine Anspannung in ihm aufstieg. Breitrücken waren längst nicht so empfindlich und neigten weniger zu blindwütigen Attacken als ihre geflügelten Verwandten, die Drachen, oder sogar andere Wyrm wie Reißzahn-Jäger oder Schildhörner. Ihm aber waren sie gerade Furcht einflößend genug. Er hatte es schon immer für das Beste gehalten, in der Nähe eines Wesens, das einen unter seinem klauenbewehrten Fuß zerquetschen konnte wie einen Käfer, einen gesunden Argwohn walten zu lassen.

Jeder der schuppigen Vierbeiner war so groß wie ein Haus. Im Vergleich zu ihrem Körper waren die keilförmigen Köpfer kleiner als die eines Reißzahn-Wyrm, und ihre Hälse waren sogar noch länger als die ihrer aufrecht laufenden Verwandten. Sie hatten immer noch viel von einem Drachen – selbst wenn sie an einen Drachen erinnerten, der lahm und träge geworden war. Ihre enormen Schnäbel, die an die Kauleisten einer Schnappschildkröte erinnerten, konnten einem Menschen so leicht die Gliedmaßen abbeißen, wie die Schere einer Näherin Stoff zerschnitt.

In diesem Gehege standen etwa zwanzig der großen Wyrm. Einige der läufigen Weibchen waren mehrere Meilen entfernt in einem anderen Korral untergebracht, damit ihr Duft die Männchen nicht in Erregung versetzte und aufeinander losgehen ließ. Die anderen befanden sich auf Patrouille oder waren an Bauern aus der Gegend ausgeliehen worden, bei denen sie arbeiteten und Baumstümpfe und Ähnliches von den Feldern räumten. In der Armee der Königin achtete man darauf, dass ihre Angehörigen, ganz gleich ob Mensch, Tier oder Terrarch, etwas zu tun hatten. Und man sah es gern, wenn sie dabei auch Gewinn einfuhren. Gerüchten zufolge gehörte es im Obersten Kommando zu den Glaubensartikeln, dass sich ein Krieg, bitte schön, selbst zu finanzieren hatte. Und auch im Frieden sollte sich eine Armee möglichst allein unterhalten. Natürlich floss der größte Teil dieses Geldes in die Taschen der Offiziere, aber die Königin missgönnte es ihnen nicht. Schließlich mussten sie ihre schicken scharlachroten Uniformen und ihre Feensilber-Schwerter aus eigener Tasche bezahlen.

Selbstbewusst trat Leutnant Sardec vor und sprach die Wyrmtreiber an. Sardec legte Wert darauf, jedermann wissen zu lassen, dass er einer langen Ahnenreihe von Drachenreitern entstammte, wenngleich er im Augenblick mangels eines Drachens quasi zu Fuß war. Daher wirkte sein Auftreten auch ein wenig kühl. Offenbar wurde er schon erwartet. Zehn Breitrücken waren reisefertig und knieten, Gondeln auf den Rücken geschnallt, auf allen vier säulendicken Beinen. Die Wyrm drehten die Köpfe, um die näher kommenden Fourageure zu betrachten. In ihren winzigen Reptilaugen blitzte so etwas wie grausame Neugier. Als die Männer noch näher kamen, zischte einer der Wyrm wie ein Teekessel. Das Tier schickte sich zum Aufstehen an und einige der Fourageure zuckten zurück und hoben die Gewehre. Es war auch schon vorgekommen, dass Breitrücken Amok liefen. Wer wusste denn wirklich, was in ihren winzigen Gehirnen vorging?

Einer der Wyrmführer sagte leise etwas in der Geheimsprache seiner Kaste, und das Tier kauerte sich erneut hin und beruhigte sich wieder. Nur seine Zunge schoss immer wieder hervor und fuhr witternd durch die Luft. Ab und zu leckte es seinem Führer über das Gesicht, der sich die Liebkosung auch mit allen Anzeichen von Zuneigung gefallen ließ. Halbblut war sich nicht sicher, ob er das ertragen hätte.

»Aufsteigen«, befahl der Leutnant, und die Soldaten schwärmten über Strickleitern in die Gondeln. Irgendwie landeten allerdings ein Dutzend auf dem einen und acht auf dem anderen Wyrm, und sie brauchten eine Weile, um sich gleichmäßig zu verteilen, während die Führer ihre Tiere auf den Abmarsch vorbereiteten und metallene Klammern in den empfindlichen Ohrlöchern der Tiere anbrachten. Sie lenkten ihre gigantischen Schützlinge, indem sie an diesen Ohrzügeln zogen und Befehle brüllten. Die Tiere veranstalteten einen höllischen Radau, der so laut war, dass er sogar Korporal Tobys Geschrei fast übertönte. Schließlich hatten alle Wyrmtreiber ihren Platz in dem erhöhten und teilweise umbauten Vorderteil der Sänften eingenommen. Von den Soldaten waren sie durch dicke Holzwände getrennt, die sie vor feindlichem Beschuss schützen sollten. Und ihre erhöhte Stellung war dazu gedacht, ihnen einen besseren Blick über das Gelände zu verschaffen.

Als sie sich zum Aufbruch anschickten, traf noch ein weiterer Mitreisender ein, dessen Auftauchen Halbblut alles andere als erfreute. Der Neuankömmling war ein Terrarch, doch in einen langen Mantel gehüllt, der sich mit juwelenbesetzten Knöpfen schließen ließ. Er war noch schlanker und höher gewachsen als seine Artgenossen; die obere Hälfte seines Gesichts wurde von einer seinen Zügen angepassten Silbermaske verdeckt. Statt das weiße Haar seiner Rasse lang und zu einem Pferdeschwanz gebunden zu tragen, war sein Schädel rasiert und mit verschlungenen Tätowierungen bedeckt, die magische Zeichen der Älteren Rasse darstellten. Sie passten zu den gravierten Runensteinen, die um seinen Hals und an seinen Ohren hingen. Halbblut fragte sich, warum sich Meister Severin ihnen angeschlossen hatte.

»Sieht aus, als hätten wir da einen Zauberer zur Gesellschaft«, murrte der Barbar, als der Neuankömmling zu Sardec in die Gondel stieg. Denn natürlich hatte ihr geliebter Anführer ein Tier für sich ganz allein, während die übrigen Männer beinahe hörbar stöhnten.

Die Anwesenheit des Magiers beunruhigte Halbblut. Er hatte seine ganz persönlichen Gründe, ihn und seinesgleichen zu fürchten. Und er fragte sich, warum der Zauberer sie eigentlich begleitete. Üblicherweise gingen Magier nicht mit auf Patrouille. Sie waren viel zu sehr damit beschäftigt, die Sterne zu studieren, sich Zaubersprüche auszudenken, Tränke zu brauen und die gewöhnlichen Sterblichen im Lager in Angst und Schrecken zu versetzen. Zweifellos würden sie den Grund erfahren, wenn die Zeit gekommen war.

»Abrücken!«, schrie Leutnant Sardec.

2. KAPITEL

Die Täuschung ist eines der wichtigsten Instrumente sowohl der Staatskunst als auch der Strategie.

Desere von Aurali, Staatskunst und Strategie

Der Anführer der Wyrmlenker blies sein Signalhorn. Die Treiber stießen ihren seltsamen, zischenden Ruf aus und schlugen mit ihren Stäben – so lang wie eine Lanze – auf den Rücken ihrer Tiere ein. Mit einem Übelkeit erregenden Ruck stand der Breitrücken auf und Halbblut fand sich mit einem Mal zwei Manneshöhen über dem Boden wieder. Kurz spürte er die gewohnte Angst. Manchmal brachen Riemen, oder die Schnallen an den Sänften gaben nach, und sie stürzten zu Boden, so dass die Insassen unter den Klauen der Wyrm zertrampelt wurden. Dieses Mal geschah jedoch überhaupt nichts. Noch ein Stoß, noch ein Zischen, und schon hielten sie mit großer Geschwindigkeit auf die fernen Hügel zu.

Halbblut hatte viel darüber gehört, was für ein Machtgefühl man angeblich auf einem Breitrücken spürte. Unsinn, fand er. Dagegen fühlte er sich der zwanzig Tonnen schweren Kreatur, die ihn trug, ziemlich ausgeliefert. Er hatte keinerlei Möglichkeit, das Wesen zu lenken, ein Umstand, der ihm bei jedem schwankenden Schritt, der ihn wie einen Seemann auf dem Deck eines schwankenden Schiffs herumschleuderte, mehr einleuchtete. Ab und zu drehte der Wyrm seinen langen Schlangenhals, um die Passagiere in der Sänfte zu betrachten, und er hatte das Gefühl, der große Allesfresser überlege, ob er sich als Imbiss eigne. Es war ihm fast peinlich, wie erleichtert er war, als das Tier seine Aufmerksamkeit erneut dem Laub der vorbeiziehenden Bäume zuwandte. Manchmal empfand er den verzehrenden Hunger des Wesens beinahe körperlich.

Gelegentlich hob die Kreatur jäh den Schwanz vor ihm und entleerte ihre Exkremente in langen Würsten, die als stinkende Fladen auf den Boden klatschten. Auch Darmwinde ließen die Wyrm in rauen Mengen entstehen, was den Barbaren zu der Spekulation veranlasste, ob nicht sie die Quelle des tödlichen Gases wären, das die Alchemisten in ihren Glasgranaten einfingen. Er musste es schließlich wissen, dachte Halbblut, denn er war selbst ein Meister der Flatulenz.

Während sie sich vorwärts bewegten, kam er zu der Überzeugung, dass viele Menschen bei den großen Paraden, die sie in Drangsal, Freudenturm und anderen großen Städten des Reiches sahen, einen ganz falschen Eindruck gewannen. Ihm war das jedenfalls so gegangen. Wie so viele andere hatte er immer gedacht, die Wyrm bewegten sich grundsätzlich im Gleichschritt wie paradierende Wachsoldaten, diszipliniert wie Elitetruppen. Doch inzwischen wusste er, dass diese Wyrm meist von Terrarch-Zauberern kontrolliert wurden, die dazu magische Fesseln verwendeten: Hilfsmittel, die ihrem Träger erlaubten, das Tier mittels seiner Willenskraft zu beherrschen. Wenn die Breitrücken allerdings querfeldein liefen und nur von einem Treiber gelenkt wurden, ähnelte ihre Gangart eher einem gemächlichen Zickzack. Sie verließen den Weg, um im Astwerk nach Leckerbissen zu suchen, und ließen sich von ihren Treibern nur unter allerhand Stößen mit den Stäben, sowie unter Gezischel und Beschwörungen zurücklocken.

Doch trotz der nervenaufreibenden Sprunghaftigkeit der Wyrm kamen sie sehr rasch voran. Mit ihren langen Schritten legten die Tiere die Strecke schneller zurück als Wachsoldaten im Sturmschritt. Man konnte nur erraten, wie schnell sie gewesen wären, wenn sie sich nur entschieden hätten, geradeaus zu laufen. Fast erschreckend schnell näherten sie sich den ersten Gebirgsausläufern.

»Das ist das wahre Leben«, meinte Wiesel und kramte einen Streifen Pökelfleisch aus seiner Hosentasche hervor. Der Leutnant war weit von ihrer Gondel entfernt, denn er hatte sich an die Spitze gesetzt, wie er es so gern tat. Bei ihm befanden sich der Magier und Vosh, der kleine Fremde, so dass dem Sergeant die Verantwortung für die Abteilung überlassen blieb. Halbblut teilte seine Kabine mit dem Barbaren, Leon, Wiesel und einigen anderen. »Wir brauchen weder zu marschieren noch irgendwelche verdammten Hügel hinaufzuklettern. Bloß ein netter, entspannender Ausflug aufs Land.«

»Hügel sind das nur für euch«, versetzte der Barbar. »In den Nordländern würden wir das hier Maulwurfshügel nennen, und das, was ihr als Berge bezeichnet, wären da Hügel.«

»Vielleicht würdest du ja lieber vom Rücken dieses Untiers steigen und neben uns herrennen, so wie einst in deiner Jugend, dort in deinem rauen Heimatland«, entgegnete Leon, indem er die Redeweise des Barbaren spöttisch nachahmte. Die Pfeife war in seinen linken Mundwinkel gerutscht und hüpfte bei jedem Wort zynisch auf und ab.

»Vielleicht später. Vorerst ist das Gelände noch so flach, dass ich nicht einmal außer Atem geraten würde.«

»Du wirst bald genug Bewegung bekommen, wenn wir unser Ziel erreichen«, warf der Sergeant ein. Alle sahen ihn an, denn sie vermuteten, dass er wie üblich besser Bescheid wisse als sie selbst.

»Was weißt du, Sergeant?«, fragte Wiesel. »Lass uns nicht im Dunkeln tappen, sondern spuck es aus! Wer ist diese kleine Ratte da vorn?«

Der Sergeant stieß sein übliches trockenes Lachen aus. Amüsiert verzog er das Gesicht, wodurch seine kleinen Wangen noch rosiger wirkten und seine Äuglein noch verschmitzter und affenartiger dreinblickten als sonst. »Ihr glaubt doch wohl nicht, dass uns die Terrarch ihre kostbaren Wyrm ausgeliehen haben, damit wir hier frische Landluft schnappen, oder?«

»Man weiß nie«, meinte Wiesel. »Vielleicht haben die Erhabenen ja heute ihren großzügigen Tag.«

»Frische Landluft ist das nur für euch«, mischte sich der Barbar ein. »Ich finde, sie stinkt schon ziemlich nach eurer korrupten Zivilisation.«

»Und warum haben sie uns nun die zehn Breitrücken überlassen?«, wollte Halbblut wissen.

»Damit wir rasch an unser Ziel gelangen, das recht weit entfernt liegen muss. Fragt euch doch mal selbst, warum sie eine Kompanie Fourageure auf Wyrm in diese

Hügel schicken! Und überlegt, in welcher Richtung wir uns bewegen!«

»Gen Sonnenaufgang«, antwortete Halbblut. »Auf die Grenze zu.«

»Schön zu sehen, dass du nicht schläfst, Halbblut«, sagte der Sergeant.

»Glaubst du, dass es einen Zusammenstoß mit den Kharadreanern geben wird?«

»Keine Ahnung, aber ich glaube, dass da große Dinge ihre Schatten vorauswerfen. Ich weiß auch, dass man den Fremden in den frühen Morgenstunden vor den Oberst geführt und dann den Leutnant und noch ein paar andere aus dem Bett getrommelt hat. Was seht ihr, wenn ihr jetzt nach vorn schaut?«

Sogar auf diese Entfernung erkannte Halbblut, dass Sardec eine Karte studierte, die er aus seinem Rock gezogen hatte. Der Magier beugte sich über seine Schulter und schien seinem Blick zu folgen. Der Mann aus den Bergen nickte wie zur Antwort auf eine Frage, die man ihm gestellt hatte.

»Er sieht sich irgendeine Schriftrolle an«, bemerkte der Barbar. »Ob er einen Zauber wirken will? Ich hätte nie gedacht, dass der Leutnant das Zeug dazu hat.«

»Das ist eine Karte«, erklärte Halbblut. »Er überprüft unsere Route.«

In diesem Augenblick beugte sich der Leutnant vor und sagte etwas zu seinem Treiber. »Wir dringen ziemlich weit in die Hügel vor, sonst würden wir nicht auf diesen Viechern sitzen«, sagte der Sergeant.

»Du glaubst, dass wir die Grenze überqueren werden«, riet Halbblut.

»Zumindest kommen wir ihr ziemlich nahe.«

»Vielleicht sind wir doch hinter Banditen her«, vermutete Halbblut. »So *muss* es einfach sein. Wenn es etwas anderes wäre, würden wir mit einer größeren Truppe anrücken.«

»Höchstwahrscheinlich«, gab der Sergeant zurück, doch er klang so zögernd, als vermute er etwas ganz anderes. Vorstellungen von Spionen, geheimen Missionen und allen möglichen Dingen aus der billigsten Sorte von Geschichtenbüchern huschten Halbblut durch den Kopf, doch er tat sie ab. Das wäre viel zu weit hergeholt gewesen.

Die Fourageure stritten im Flüsterton weiter, während die Wyrm immer höher in die mit Kiefern bewachsenen Hügel vordrangen, bis sich der Schatten der uralten Berge über sie legte und die von der Sonne erwärmte Luft abkühlte.

Der Frühling in den Bergen war wie der Winter im Tal. Die Gipfel waren immer noch mit Schnee bedeckt, und manchmal fiel er in leichten Flocken, die aus den hoch gelegenen Tälern heranwehten. Dies ärgerte die Wyrm. Wären sie nicht so lethargisch gewesen, wären die Tiere bestimmt noch misslauniger geworden. Am ersten Abend schlugen die Männer ihr Lager in einer Senke auf, banden die Breitrücken an den Bäumen fest und stellten Wachen auf, als befänden sie sich auf feindlichem Gebiet. Das war durchaus sinnvoll, denn die Hügelbewohner in dieser Gegend hassten Soldaten jeder Art und hielten sie sämtlich entweder für Steuereintreiber, Spione oder Diebe. Und dabei hatten sie nicht immer Unrecht, vermutete Halbblut. Außerdem waren die Hochlandstämme in letzter Zeit ziemlich unruhig gewesen.

Während sie das Lager aufschlugen, setzte der Magier Schutzzeichen; und zwar die alte, mit Runen bedeckte Sorte, die die ältere Rasse bei ihrer Ankunft mit in diese Welt gebracht hatte. Halbblut, der Feuerholz für die anderen sammelte, hatte jede Menge Zeit, ihm zuzusehen. Heute waren kalte Hände und ein schmerzender Rücken der Preis, den er für den fehlenden Knopf und sein Mischblut zu zahlen hatte.

Als Meister Severin die Worte sprach, mit denen die Schutzzeichen geweckt werden sollten, lief es Halbblut kalt über den Rücken, und sein Körper wurde von einem merkwürdigen Schauer ergriffen. Er hegte den Verdacht, dass ein Teil seines Erbes ihn über Gebühr empfindsam für Magie machte. Vielleicht bildete er sich das nur ein, aber er hatte den Eindruck, der Zauberer drehe sich um und blicke in seine Richtung. Doch das Dämmerlicht und seine Maske machten es ihm unmöglich, seinen Gesichtsausdruck zu unterscheiden.

Von allen Fourageuren hatte nur der Barbar aufgelebt, als sie die Höhenlagen erreichten. Je kälter es wurde, umso fröhlicher wirkte er. Die kühle Luft erinnerte ihn an die erfrischende Kälte seiner geliebten Heimat, obwohl er den Vergleich natürlich in keiner Weise lobend meinte. Halbblut argwöhnte, dass der Barbar einfach Vergnügen daran fand, die anderen leiden zu sehen. Das verschaffte ihm die Gelegenheit, sich ob der Robustheit seines Volks – und vor allem seiner eigenen – lange und laut zu brüsten.

Wer keinen Wachdienst hatte, wickelte sich in seinen Mantel, zog die Pfeife hervor und streckte sich am Feuer aus. Die meisten kauten zähes Pökelfleisch. Wiesel röstete ein Stück steinhartes Brot auf der Spitze seines Bajonetts. Sie hatten ihre Feuer an tiefer gelegenen Stellen im Waldboden angezündet. Doch für jeden, der in einer solchen Nacht in den Höhen über ihnen unterwegs war, würde ihr Schein deutlich zu sehen sein. Halbblut ließ die letzten Zweige, die er gesammelt hatte, neben dem Feuer fallen und sackte zusammen, um auszuruhen.

Korporal Toby trat energisch ans Feuer. Halbblut sah zu ihm auf. Aus diesem Blickwinkel wirkten seine zerklüfteten Züge und die kräftige Gestalt noch monumentaler. »Du hast das hier verloren«, sagte er mit einer Stimme, die nur unwesentlich leiser als ein Musketenschuss klang. Er beugte sich vor, drückte Halbblut etwas in die Hand und marschierte davon. Halbblut betrachtete das kleine, kalte Metallteil in seiner Hand: ein Uniformknopf. »Danke«, rief er dem Rücken seines Vorgesetzten nach, der sich entfernte.

Er öffnete seinen Rucksack und durchwühlte ihn nach Nadel und Faden. Dann zog er trotz der Kälte seinen Uniformrock aus, wickelte sich wieder in seinen Mantel und begann im flackernden Feuerschein zu nähen.

Leon ließ sich ihm gegenüber nieder, und ein eigenartiger Ausdruck huschte über sein Gesicht, als er ihre Umgebung betrachtete. Er wirkte fehl am Platz und misstrauisch. Leon war ein Stadtkind aus Drangsal. Bei Nacht und hier im Freien, an diesem kalten Ort, fühlte er sich unwohl. Da begriff er Halbbluts Miene. »Nicht wie abends im Alten Viertel, was?«

»Nein«, sagte Halbblut. »Wohl kaum.«

Er fürchtete fast, Leon würde weitere Anspielungen auf die Zeit loslassen, als sie noch als Kleinkriminelle in der Stadt der Diebe gelebt hatten – und der Leutnant würde sie hören. Er sah sich um, aber die Vertreter der

Älteren Rasse saßen ein Stück weiter, wie immer auf Abstand bedacht.

»Wir sind weit fort von zu Hause, Rik«, sagte Leon. Es war lange her, dass er ihn zweimal an einem Tag bei seinem richtigen Namen genannt hatte, und dieser Umstand wies darauf hin, wie unbehaglich sich Leon fühlte. Meist respektierte der alte Gefährte seinen Wunsch, die Vergangenheit ruhen zu lassen.

»Allerdings, Leon.« Halbblut betonte den Namen und hoffte, sein alter Freund werde die Anspielung verstehen.

»Glaubst du, dass es in diesen Bergen wirklich Riesen und Spinnendämonen gibt?«

Halbblut spürte, wie die anderen, die am Feuer lagerten, herumrückten und ihrem Gespräch aufmerksam lauschten. Er vermutete, dass allen jetzt gerade ähnliche Gedanken durch den Kopf gingen. »Wenn, dann wird Meister Severin ganz bestimmt mit ihnen fertig.«

»Wie kannst du dir so sicher sein? Woher weißt du das?«, fragte Taube, blies seinen Burstkorb auf und watschelte in dem Gang heran, der ihm seinen Spitznamen eingetragen hatte.

»Weil er eben Bescheid weiß«, entgegnete Leon. »Er hat mehr Bücher gelesen als sonst jemand hier, vielleicht sogar mehr als Meister Severin.«

Diese Bemerkung wurde von denen, die Halbblut nicht gut kannten, mit unterdrückter Heiterkeit quittiert. »Doch, das ist höchstwahrscheinlich wirklich wahr«, schaltete sich der Sergeant ein. »Hab noch nie gesehen, dass jemand so viel liest wie unser Halbblut. Man sollte meinen, er wolle Advokat oder Zauberer werden, oder sonst etwas von diesen geheimnisvollen Dingen.«

Halbblut fragte sich, ob er ihn auf irgendeine Weise

warnen wollte. Das war genau die Art von Nachricht, die einen Inquisitor neugierig machte. Außerdem verriet es etwas über die mangelnde Bildung des Serganten, dachte Halbblut.

Nicht, dass er keinen Blick in ein Grimoire geworfen hätte, wenn sich die Gelegenheit bot; nur würde er leider nie ein Hexenbuch zu Gesicht bekommen. Das waren Gegenstände, deren Besitzer alles daran setzten, dass sie niemand anderem in die Hände fielen. Halbblut konnte nur davon träumen, eines Tages eines in die Finger zu kriegen. Die Alte Hexe hatte ihm während seiner – wie er sich amüsiert erinnerte – so genannten Lehrzeit bei ihr einiges beigebracht. Sie hatte sogar behauptet, er zeige deutliche Spuren magischen Talents. Aber das hatte sie gesagt, als sie einmal zu tief ins Glas geschaut hatte und merkwürdig sentimental geworden war. Das war vor der Geschichte mit Antonio gewesen, die Leon und ihn bewogen hatte, sich den Todesengeln anzuschließen und aus der Stadt zu fliehen.

»Ich lese eben gern. Na und? Ihr hört doch alle auch gern zu, wenn ich euch abends aus den Geschichtenbüchern vorlese.« Das stimmte. Die Soldaten liebten alle Geschichten, ganz besonders diejenigen, die nicht lesen konnten.

»Wo hast du eigentlich lesen gelernt, Halbblut?«, fragte Taube.

»In Shadzar«, sagte Halbblut. Er gebrauchte den alten Namen für die Stadt Drangsal. »Im Großen Basar.«

»Wette, das war nicht alles, was du gelernt hast«, warf jemand aus dem Dunkeln ein. Die anzügliche Stimme klang, als gehöre sie dem Schönen Jan. Drangsal genoss keinen guten Ruf bei den Regimentern. Sie waren vielleicht der Abschaum der Reiche, aber selbst sie brauchten jemanden, auf den sie herabsehen konnten, und das waren nun mal die Bewohner von Drangsal für sie.

»Warst du ein Dieb?«, fragte ein anderer.

»Jeder in Drangsal ist ein Dieb«, warf eine andere Stimme ein, möglicherweise Gunther. »Und wenn kein Dieb, dann eine Hure. Diese Stadt ist ein elender Sumpf mit allen Arten von Verderbnis.«

Sinnlos, das abzustreiten, denn es stimmte ja. Doch merkwürdigerweise empfand Halbblut in diesem Augenblick eine eigenartig nostalgische Sehnsucht nach den überdachten Höfen und verwinkelten Gassen seiner Heimatstadt. Wenigstens war es dort warm. Er hätte jetzt dort sein können, aber er hatte sich für die Goldmünzen der Königin verdingt und war Soldat geworden. Andererseits, wenn er nicht geflüchtet wäre, hätten ihn Antonio und seine Männer nach der Sache mit Sabena und den Juwelen inzwischen an einem Fleischerhaken aufgehängt – und Leon gleich daneben. Auch die Alte Hexe hätte sie dann nicht retten können, selbst wenn sie Lust dazu gehabt hätte, was höchstwahrscheinlich nicht der Fall war. Sie war in der letzten Zeit seltsam geworden, wie es angeblich allen menschlichen Zauberern schließlich erging. Und zu dieser Zeit war Antonio schon zum mächtigsten Bandenführer der Stadt aufgestiegen und reich genug geworden, um sich sogar seine Immunität beim Schiedsgericht zu erkaufen. Wahrscheinlich war es keine besonders gute Idee gewesen, mit seiner Geliebten zu schlafen, überlegte Halbblut. Und noch eine schlechtere, ihr beim Diebstahl dieses magischen Kristalls aus Antonios Kassette zu helfen.

»Ich finde die Stadt ganz unterhaltsam«, schaltete sich

Wiesel aus reinem Widerspruchsgeist ein. »Mir hat es da gut gefallen.«

»Das liegt daran, dass du genau dazu passt«, sagte eine weitere Schattengestalt aus dem Dunkel. Wiesel kicherte, als sei er genau dieser Meinung.

»Ich kannte dort mal eine Terrarch-Hure …«, fuhr er fort.

»So was gibt es gar nicht«, hielt jemand aus der Schar dagegen.

»Das muss es aber. Zumindest sah sie aus wie eine der Erhabenen …«

»Das heißt gar nichts, das tut Halbblut auch«, widersprach jemand anders.

»Vielleicht war er es ja, mit einer Perücke«, überlegte Taube.

Wieder kicherte Wiesel. »Das hätte ich bestimmt bemerkt, und deine Mutter ebenfalls, denn sie befand sich genau zwischen uns beiden.«

»Wiesel ist dein Papi, Taube«, kreischte einer der Männer, und dann sahen sie auf, als sie Schritte hörten. Der Barbar kam heran und brachte den Mann aus den Hügeln mit. Wiesel machte ihm einen Platz am Feuer frei und bot ihm Pökelfleisch sowie einen Schluck aus seiner besonderen Feldflasche an. Dankbar nahm der Fremde beides an. Wiesel kam gleich zum Punkt.

»Was hast du bei uns zu suchen, Vosh?«

»Hier oben gehen schlimme Dinge vor sich, Wiesel«, antwortete der Fremde. Er sprach mit dem weichen, singenden Tonfall des Hochlands. Halbblut nickte, denn sein Verdacht hatte sich bestätigt. Die beiden mussten sich schon früher begegnet sein, sonst hätte der Fremde Wiesels Namen nicht gekannt. Der Hügelbewohner hatte den ganzen Tag mit dem Leutnant und dem Zauberer verbracht.

»In den Hügeln steht es immer schlimm«, sagte Wiesel.

»Es ist noch übler geworden, seit der Zauberer gekommen ist.« Das ließ die Männer verstummen. Niemandem gefiel der Gedanke, dort oben könnte sich ein Zauberer aufhalten, vor allem nicht, wenn sie gegen ihn kämpfen sollten. Mit Magiern war in einer Schlacht immer schlecht Kirschen essen.

»Ein Zauberer?«, hakte Wiesel nach. Sogar er wirkte ein wenig besorgt.

»Ein abtrünniger Terrarch. Ist letzten Herbst aufgetaucht und hat dem Propheten was ins Ohr geflüstert. Wir alle mussten ihm ohne Widerrede gehorchen. Mit seinen Experimenten und Ritualen hat er aus dem alten Gutshaus ein Höllenloch gemacht. Es war schon schlimm genug, bevor er begonnen hat, die Mine zu graben. Aber dann …«

»Klingt ja übel«, fand Wiesel. Alle anderen wagten überhaupt nichts zu sagen. »Eine Mine? Ist er auf Gold gestoßen?«

»Wer weiß? Wir haben jedenfalls keins gesehen. Außerdem ist es eine verfluchte, unheilige Stätte, nicht weit entfernt von den Ruinen von Achenar, der alten Stadt des Spinnenkönigs.«

»Und was will der Zauberer? Was sucht er eigentlich mitten im Winter in den verdammten Bergen?«

»Frag mich nicht, aber bestimmt nichts Gutes. Er bringt Menschen runter in die Mine, sie kommen aber nicht wieder herauf. Zuerst waren es Fremde, dann allerdings auch welche von unseren eigenen Leuten, von denen der Zauberer behauptete, sie hätten vorgehabt, uns zu verraten. Der Prophet war einverstanden. War ja klar, schließlich ist er selbst mehr als zur Hälfte Zauberer.«

»Ich seh schon, worauf das hinausläuft«, meinte Wiesel. »Eines Abends hat er dich dann schräg angesehen. Und da hast du beschlossen, zu den Terrarch zu laufen und ihnen die ganze Geschichte zu erzählen.«

»Immer noch besser, als wenn Verrückte in den Bergen los sind, die nichts tun als Geister und Dämonen und Gott weiß was noch heraufzubeschwören. Es ist *eine* Sache, den Krieg gegen die Terrarch zu predigen, aber eine andere, die Brut der Alten Götter zu wecken, damit sie einem helfen. Ihr Flachländer erinnert euch vielleicht nicht mehr an die alten Zeiten, aber wir Leute aus den Hügeln haben ein gutes Gedächtnis …«

»Ja, ein gutes Gedächtnis an die Zeit, als ihr diese wimmelnde, seelenfressende, elende Höllenbrut verehrt habt«, murrte der Barbar halblaut.

Aber Wiesel sprach schon weiter. »Und die Erhabenen haben dir Schutz versprochen, weil bei den Clans ein Mann, der seine Leute verrät, ganz gleich aus welchem Grund, immer ein Feind ist. Der beste Weg, um eines Tages mit deinem eigenen abgeschnittenen Schwanz im Mund aufzuwachen.«

Der Fremde schaute beschämt und trotzig drein. »Du hättest genauso gehandelt«, sagte er.

»Höchstwahrscheinlich. Haben diese Zauberer eigentlich auch Namen?«

»Alzibar. Ein guter Freund von Zarahel …«

»Der Zweite kommt mir bekannt vor«, warf Halbblut ein.

»Zarahel ist der so genannte Prophet, der seit längerer

Zeit die Stämme aufhetzt«, erklärte Wiesel. »Hält sich für den großen Befreier. Er behauptet, die Alten Götter kehrten zurück, und mit ihnen auch die alten Zeiten. Sagt, die Terrarch würden fallen.«

Halbblut erschauerte. Über diese Möglichkeit mochte keiner von ihnen nachdenken. Schön, sie alle hegten einen Groll gegen die Terrarch, aber die Dämonengötter aus dem Grab auferstehen zu lassen und die alten Mächte der Finsternis loszulassen, damit sie erneut das Land verheerten, das waren schlimme Gedanken. Eine entsetzliche Vorstellung, selbst wenn nur ein Zehntel der Dinge stimmte, die man ihnen über sie beigebracht hatte.

Plötzlich war er sich ganz sicher, dass er auf das Ziel ihrer Mission gestoßen war. Die Geschichte mit den Banditen hatte man ihnen nur für den Fall erzählt, dass sich im Lager Spione aufhielten. Jetzt wusste er, hinter wem sie wirklich her waren.

»Und wir bewegen uns sozusagen genau auf das Tal zu, wo der Prophet und sein Freund, der Zauberer, ihr Hauptquartier haben«, sagte Halbblut. Wiesel nickte beifällig, ebenso wie Leon, der Sergeant und einige andere. »Ich frage mich, wieso.«

Noch während Halbblut sprach, bemerkte er, dass sich ein seltsames Schweigen über der Gruppe ausgebreitet hatte. Er spürte eine kalte Gegenwart an seiner Schulter, drehte sich um und stellte fest, dass er in die Silbermaske von Meister Severin aufsah. Ihre polierte Oberfläche spiegelte die Flammen des Feuers, so dass es aussah, als stehe die Stirn des Terrarch in Flammen. Dadurch wirkte er noch dämonischer als sonst. Seine kalten Augen sahen auf ihn herab, Halbblut spürte einen Anflug von Schwindel und hatte das merkwürdige Gefühl, dass der Zauberer tief in seine Seele hineinsah. Es war keine angenehme Empfindung.

Die Ankunft des Magiers warf einen Schatten über die Gruppe. Die Männer sagten nichts, sondern saßen nur wie ein Kaninchen vor einer Schlange da. Kurz dachte Halbblut einmal, Meister Severin würde etwas sagen, doch er schwieg. Er starrte sie nur eine Weile lang kalt an und ließ seinen eisigen Blick über alle schweifen. Dann winkte er den Mann aus den Hügeln mit einem behandschuhten Finger zu sich heran und zog sich daraufhin rasch in die Schatten zurück, aus denen er gekommen war. Der Hügelbewohner folgte ihm so fügsam wie ein Lamm, das zur Schlachtbank geht.

Halbblut beendete die Näharbeit an seinem Rock. An diesem Abend sprachen sie nicht weiter.

3. KAPITEL

Die Hierarchie ist der Ordnung des Kosmos immanent. Gott hat alles an seinen richtigen Platz gesetzt. Diese einfache Wahrheit müssen alle Menschen akzeptieren.

Das Dritte Buch der Propheten

Von dem Augenblick an, da die Fourageure aufbrachen, blies ein kalter Wind. Je höher die Breitrücken sie hinauftrugen, umso verkümmerter wirkten die Kiefern. Wolken huschten mit großer Geschwindigkeit über den Himmel. Manchmal verhüllten sie die Gipfel, und dann wieder belohnten sie Halbblut mit einem kurzem Blick auf die Sonne, die durch eine Wolkenlücke brach. Die Soldaten wühlten Schals, Muffs und alte fingerlose Handschuhe hervor, und wer noch zusätzliche Westen oder Hemden besaß, zog sie an. Die Terrarch dagegen ließen sich nicht anmerken, ob ihnen die Kälte etwas ausmache. Und Halbblut fragte sich, ob das wohl ein Beweis für die Theorie war, dass sie Schmerz nicht auf dieselbe Weise empfanden wie Menschen.

Halbblut saß zusammengekauert in der Gondel, beobachtete niedergeschlagen, wie sich unter Wiesels riesiger Nase kleine Eiszapfen aus Schnodder bildeten, und grübelte über die Ereignisse der letzten Nacht nach. Hatte er sich das einfach nur eingebildet, oder hatte der Magier ein besonderes Interesse an ihm gezeigt? Den Menschen war es verboten, die Kunst der Zauberei zu studieren, und genau in dieses Gebiet war Halbblut ein wenig eingedrungen und hatte versucht, die paar Brocken magischen Wissens aufzuschnappen, die die Alte Hexe hatte fallen lassen. Vielleicht konnte der Terrarch das irgendwie spüren.

Doch wenn es sich so verhielt, warum schleppten sie ihn nicht einfach davon und verhörten ihn? Trotz aller anders lautenden Gesetze, die das Unterhaus verabschiedet hatte, war bekannt, dass die Terrarch so etwas taten. Halbblut vermutete, dass sie sich nur an den Teil der Gesetze hielten, der die Menschen betraf, wenn es ihnen passte. Jedermann wusste, dass die wahre Macht im Reich beim Oberhaus und dem Bernsteinthron lag und die handverlesenen menschlichen Abgeordneten nur dazu da waren, deren Entscheidungen abzunicken.

Magier respektierten die Rechte der Menschen noch weniger als die Terrarch im Allgemeinen. Die meisten von ihnen benahmen sich, als hätte die Kleine Revolution nie stattgefunden, so als herrsche immer noch die schlechte alte Zeit, in der die Menschen überhaupt keine Rechte hatten. Halbblut ging bei sich davon aus, dass die meisten Terrarch-Zauberer nur zu gern zum Dunklen Imperium übergelaufen wären, aber einfach zu starrköpfig und stolz waren, um die Seiten zu wechseln.

Trotzdem veränderte sich die Welt, dachte Halbblut. Dass die Menschen überhaupt solche Vertreter ihrer

Rechte hatten, nachdem sie fast ein halbes Jahrtausend lang keine besessen hatten, war ein Schritt nach vorn. Die neu entstandene menschliche Kaufmannsschicht war sich ihrer Macht bewusst. Vor hundert Jahren hatte General Koth bewiesen, dass eine aus Menschen bestehende, mit Gewehren bewaffnete Armee die Terrarch mit all ihren Drachen und Zauberkräften in Bedrängnis bringen konnte. Dies war der wirkliche Grund gewesen, aus dem die Königin und ihr Kronrat den Menschen diese Zugeständnisse hatten machen müssen.

Ein Schauer überlief ihn – schließlich konnten die Verhältnisse auch in die andere Richtung kippen, so wie im Dunklen Imperium von Sardea. Darüber mochte niemand allzu genau nachdenken. Es wurmte ihn gewaltig, dass es auf dieser Welt Schlimmeres geben könnte als Sardec und seinesgleichen – und doch war es so. Zumindest gestanden die »roten« Nationen den Menschen einige Rechte zu. Die »Blauen« hätten sie am liebsten alle versklavt, als Leibeigene an ihre gewaltigen Güter und Paläste gebunden und den Launen ihrer Herren vollständig ausgeliefert. Wenn in Sardea ein Terrarch einen seiner Menschen umbringen oder sogar zu Tode foltern wollte, dann war dazu kein anderer Grund nötig, als dass er Lust dazu hatte. Seine Menschen waren sein Eigentum, mit dem er nach Gutdünken verfahren konnte.

Halbblut schob den Gedanken beiseite und wandte sich den anstehenden Problemen zu, das hieß, den Geschichten, die dieser Hochländer erzählt hatte. Wie war noch sein Name gewesen, Vosh? All das Gerede von einer Mine, in der es spukte, von mordlustigen Zauberern und der Anwesenheit des Propheten – das war, vorsichtig ausgedrückt, beunruhigend. Jetzt verstand Halbblut auch, warum Meister Severin mit ihnen gereist war, obwohl die Magier das Lager meistens nicht für weniger als einen Krieg oder einen langen Urlaub verließen. Das war eine Angelegenheit für einen Zauberer, so wie alle Magie. Er war hier, um sie vor feindlicher Zauberei abzuschirmen und würde die Bücher und Aufzeichnungen des Zauberers ohne Zweifel plündern, wenn sie ihn fanden.

Der Rest der Einheit wirkte nicht glücklicher, als Halbblut sich fühlte. Die Männer, die Wache standen, mussten den Kopf über den Rand der Gondel und in den schneidenden Wind stecken. Die Kälte war so durchdringend wie eine Schwertschneide, entdeckte Halbblut, als er an die Reihe kam. Wiesel sank dankbar zusammen und nahm einen Schluck aus seiner geheimen Feldflasche mit Branntwein. Zu Halbbluts großer Verblüffung – denn Wiesel war nicht eben für seine Großzügigkeit berühmt – bot der Wilderer sie ihm an.

»Du wirst es brauchen«, versetzte Wiesel zur Erklärung und grinste. Aus unerfindlichen Gründen hatte er Halbblut und Leon immer gut behandelt. Er war es gewesen, der beim Oberfeldwebel seine Beziehungen hatte spielen lassen, damit die beiden von der normalen Infanterie zu den Fourageuren versetzt wurden. Halbblut vermutete, dass ihm der Gedanke gefiel, zwei in Drangsal ausgebildete Diebe zur Verfügung zu haben. Bei einigen wenigen Gelegenheiten hatten er und Leon sich auf Wiesels Anregung auch schon als Einbrecher und Taschendiebe betätigt. Alle drei hatten dabei gut verdient, obwohl, wie Halbblut argwöhnte, Wiesel am besten weggekommen war.

Also nahm Halbblut einen Schluck und ließ die brennende Flüssigkeit durch seine Kehle rinnen. Der Schnaps schmeckte erstaunlich gut, mild und aromatisch, und sofort hatte er einen Verdacht, woher er wohl stammte. Wiesel hatte wieder einmal die Privatvorräte des Oberst geplündert und ihn soeben mit in sein Verbrechen hineingezogen. Trotz seiner Manieren eines Wilddiebs vom Lande war dieser Wiesel wirklich ein gerissener Bastard.

Aber Wiesel hatte Recht. Er konnte es gebrauchen. Der Wind war bitterkalt, aber das war nicht einmal das Schlimmste. Sie befanden sich hoch auf den Berghängen und bewegten sich über einen schmalen Pfad, der zwischen den Bäumen hindurchführte. Zu ihrer Rechten fiel der mit Felsbrocken übersäte Hang steil ab. Kein Karren hätte diesen schmalen Weg befahren können, doch die Breitrücken, die weit größer und schwerer waren, brachten es fertig und suchten sich ihren Weg mit erstaunlich geschickten Schritten. Halbblut vermutete, dass die gewaltigen Tiere ebenso wenig wie er darauf versessen waren, den Berg hinunterzukugeln, was irgendwie beruhigend war. Denn wenn sie stürzten, würden sie die Insassen der Gondeln sofort unter ihrem Gewicht zerquetschen.

Der Wind trieb ihm die Tränen in die Augen, bis er heulte wie eine betrunkene Hure in einem schlechten Melodram. Schnee trieb heran, zwang ihn, die Augen zusammenzukneifen, brannte auf seinen Wangen und schmolz auf seiner Zunge, wenn er nur für eine Sekunde den Mund öffnete. Der Weg lag im Schatten und wand sich um die Hügelkämme, so dass immer ein Teil von der Reihe der großen, langhalsigen Wyrm außer Sicht war. Halbblut teilte das unbehagliche Gefühl, das seine Kameraden schon beschlich. Die Umgebung war mit Heidekraut bewachsen, das in voller Höhe stand, und mit jeder

Menge Felsbrocken übersät, hinter denen man sich verstecken konnte. Die Hügelbewohner waren für ihre Überfälle aus dem Hinterhalt berühmt-berüchtigt. Wären die Fourageure zu Fuß unterwegs gewesen, hätten sie ihnen Paroli bieten können, denn Scharmützel und Anschleichen gehörten zum Handwerk eines Fourageurs. Hoch oben auf diesen Tieren gaben sie jedoch einfach bloß wunderbare Zielscheiben ab. Halbblut stellte fest, dass er schon am Überlegen war, wie gut die Seitenwände der Gondel wohl eine Musketenkugel aufhalten würden. Kalt lief es ihm über den Rücken, als er sich vorstellte, wie die Augen eines Schützen besagtes Körperteil als Ziel für eine Kugel ins Visier nahmen. Dieses Übermaß an Fantasie war schon immer sein Verderben gewesen.

Argwöhnisch hielt Halbblut Ausschau nach Meister Severin, aber der Magier hatte kein weiteres Interesse an ihm gezeigt, nicht einmal, als sie aufgebrochen waren. Er fragte sich, wie es sein mochte, die tiefen, dunklen Mysterien zu studieren, in die Severin eingeweiht war. Doch er würde es nie erfahren. Die Gesetze des Königreichs waren streng und erlaubten es nur reinblütigen Terrarch, die magische Kunst zu erforschen. Angeblich waren ausschließlich sie in der Lage, die düsteren Geheimnisse der Magie zu ergründen, ohne ihre körperliche und geistige Gesundheit auf Spiel zu setzen.

Nicht, dass Halbblut auch nur einen Pfifferling um das Gesetz gegeben hätte. Sein ganzes Leben lang hatte er die Erfahrung gemacht, dass es dazu diente, ihn zu unterdrücken, und früher einmal hatte er geglaubt, die magische Kunst könne ihm einen Weg eröffnen, ein gewisses Maß an Kontrolle über sein Leben zu erlangen, eine Macht, die er nie besessen hatte und wahrscheinlich auch niemals sein Eigen nennen würde. So düster der Pfad des Magiers auch sein mochte – und er wirkte sehr dunkel, denn Wahnsinn, Entartung und Laster schienen ihn zumindest für menschliche Wesen zu pflastern –, es war ihm immer so vorgekommen, als sei er der einzige Weg zu Reichtum und Macht, der seinesgleichen offen stand. Entgegen allen Gesetzen und der Inquisition zum Trotz gab es seit jeher menschliche Magier, die ihre Dienste um einen hohen Preis feilboten. Er hatte immer bedauert, dass er nicht mehr von der Alten Hexe gelernt hatte, solange er die Gelegenheit hatte. *Mit solchen Verlockungen versuchen die dunklen Mächte unsere Seelen vom rechten Weg abzubringen*, dachte Halbblut. Er erinnerte sich an die Worte der Priester im Waisenhaus, und als er jetzt zitterte, lag das nicht nur an der Kälte.

Er hatte gesehen, was aus einigen menschlichen Zauberern geworden war, bevor man sie ins Irrenhaus oder auf den Scheiterhaufen geschleppt hatte. Er wusste, dass die Warnungen vor der Magie nicht einfach von den Terrarch in die Welt gesetzte Propaganda waren, sondern die reine Wahrheit. Trotzdem aber fühlte er sich von der magischen Kunst angezogen. Auf der anderen Seite hatten ihm die Priester im Arbeitsflügel des Waisenhauses genug primitiven Glauben eingeprügelt, dass er deswegen um seine Seele fürchtete. Was nutzte die bloße irdische Macht, wenn sie die unsterbliche Seele in Gefahr brachte? *Ja, aber was, wenn das Geheimnis der irdischen Unsterblichkeit hier auf Gaeia in deinen Händen läge?*, konterte der rebellische Teil seiner selbst, *was dann?* Schuldgefühle quälten ihn, und er wusste: Es war sein schlechtes Gewissen, das ihn in der Gegenwart des Magisters so unruhig werden ließ.

Dann hatte er das Gefühl, aus dem Augenwinkel eine Bewegung wahrgenommen zu haben. Er musterte seine Umgebung und hielt das Gewehr dabei ganz fest, obwohl er dies eher zu seiner eigenen Beruhigung tat, und weniger, weil er auf dieser Plattform, die sich in Bewegung befand, großes Zutrauen zu seiner Treffsicherheit gehabt hätte. Sein Plan bestand ohnehin darin, sich zuerst zu ducken und später zurückzuschießen, falls er einen Heckenschützen entdeckte. Besser ein lebender Feigling als ein toter Held; das Schießen würde er besseren Schützen – wie Wiesel oder Leon – überlassen.

»Was ist?«, fragte der Schöne Jan und sah von der Spiegelscherbe auf, in der er wie gewohnt sein edles Profil bewundert hatte. Die anderen hielten ihre Waffen schussbereit.

Halbblut sah nichts, obwohl er das Unterholz und die Felsen absuchte, die aus dem Boden ragten. Er gab sich die größte Mühe, die Aussicht auf die fürchterlichen, Schwindel erregenden Abgründe zu meiden, die sich dabei auftaten. Er begriff, dass sie sich parallel zum Bruchzahnpass bewegen musten und vielleicht sogar schon die Grenze nach Kharadrea überschritten hatten. Es fielen keine Schüsse, der Augenblick der Angst ging vorüber und ließ nur einen kleinen, brennenden Fleck in seiner Magengrube zurück.

»Nichts«, sagte Halbblut. »Ich dachte, ich hätte was gesehen, aber da war nichts.«

Die anderen ließen sich wieder an die Wände der Gondel sinken.

Sie passierten eine Reihe verfallener Häuser. Manche wirkten fast wie natürliche Steinformationen. Nur bei genauem Hinsehen konnte er erkennen, dass die moosbedeckten Blöcke behauen und gestaltet worden waren. Trotzdem, wenn man sie überdacht hätte, wären sie bewohnbar gewesen – falls sich überhaupt jemand mit der trostlosen Aussicht abgefunden hätte, in diesen Bergen zu leben. Halbblut fragte sich laut, warum sie nicht irgendwelche armen Kätner in Besitz genommen hatten. Er hatte an den Hügelhängen genug Blicke auf wilde Schafe und Ziegen erhascht, um zu wissen, dass man hier schlecht und recht sein Dasein fristen konnte, wenn man nur zäh genug war.

»Das beweist mal wieder, dass du keine Ahnung hast«, sagte Wiesel und spuckte über den Rand der Gondel.

»Dann willst du mich sicher aufklären, Wiesel«, sagte Halbblut.

»Es sind die Blutfehden.«

»Blutfehden?«

»Wenn die Clans hier oben das Gefühl haben, einen Groll gegen jemanden zu hegen, rotten sie sich zusammen und brennen die Häuser ihrer Nachbarn nieder.«

Das erklärte die alten Brandspuren an den Ruinen, dachte Halbblut. Wiesel hatte sich jetzt in Schwung geredet. »Und wenn die Verwandten der Leute, denen man das Dach über dem Kopf angezündet hat, dies herausfinden, schlagen sie zurück. Das führt zu noch mehr Brandstiftungen und noch mehr Vergeltung, bis ziemlich bald jeder alle anderen hasst. Deswegen findet man hier auch so viele Ruinen. Würde man Pulver und Munition verkaufen, könnte man ein Vermögen verdienen.«

»Ist es das, was du und der Quartiermeister im Schilde führt? Ich hatte mich schon gefragt …«

»Psst, Junge«, sagte Wiesel. Sein Grinsen wirkte ein wenig gequält.

»Man sollte meinen, dass das Leben hier oben hart genug ist, sie müssen es sich nicht noch schwerer machen«, bemerkte Leon. Er kaute ein wenig heftiger auf seiner leeren Pfeife herum, um besser nachdenken zu können. Ein Ausdrucks kindlichen Ernstes huschte über sein Gesicht, als er sich konzentrierte.

»Wenn ihr das hart nennt«, sagte der Barbar, »dann seid ihr noch nie in den Nordlanden von Segarde gewesen.«

»Meiner Erfahrung nach finden Menschen immer einen Weg, sich das Leben schwer zu machen«, bemerkte der Sergeant.

»Gottlose Heiden«, setzte Gunther giftig hinzu.

»Hier oben herrscht ein endloser Krieg«, sagte Wiesel nicht ohne eine gewisse düstere Befriedigung. »Es gibt nur zwei Dinge, über denen die Clans ihre Fehden vergessen und sich zusammenschließen.«

»Und?«, wollte Taube wissen. Eine ziemlich dumme Frage, wie Halbblut fand.

»Räuberei. Sie tun sich gern zusammen und überfallen die Karawanen am Pass und die Bauern in den Tälern.«

»Und uns macht man deswegen Vorwürfe«, bemerkte der Barbar; etwas zu säuerlich für einen Mann, der in seinem Leben, wie Halbblut genau wusste, schon genug Vieh gestohlen hatte. Wiesel sog Luft durch die Zähne und nickte zustimmend.

»Gesetzlose Heiden«, schimpfte Gunther.

»Eigentlich sind sie ziemlich gottesfürchtig«, widersprach Wiesel aus reiner Streitlust. »Einer der Clans, die Malarcean, hat sogar einem Propheten des Lichts Zuflucht gewährt. So sind sie an ihren Namen gekommen; sie haben sich nach ihm …«

»Und sieh mal, wie sie ihn seitdem entehrt haben …«

»So, und was ist wohl der andere Grund, weshalb sich diese Wilden aus den Hügeln zusammenschließen?«, fragte der Sergeant mit der Miene eines Mannes, der die Antwort schon kannte, die Frage aber doch stellte, um das Thema zu wechseln und einem Streit zuvorzukommen.

»Der Anblick eines ganzes Haufens von Soldaten der Königin, die durch ihr Land marschieren.«

»Dieses Land gehört der Königin«, wandte Gunther ein.

»Zumindest der Teil, der auf ihrer Seite der Grenze liegt«, erwiderte Halbblut und wandte seine Aufmerksamkeit erneut seiner Umgebung zu. Er hatte gewusst, dass die Männer aus den Hügeln feindselig sein konnten, aber Wiesel hatte seine Ängste in Worte gefasst, so dass seine Nerven zum Zerreißen angespannt waren.

»Dass will ich ja gar nicht bestreiten«, sagte Wiesel. »Das Problem ist, dass sie uns vielleicht für Steuereintreiber halten oder glauben, wir arbeiteten für die Landgüter.«

Man hatte schon gehört, dass die Terrarch ihre militärischen Verbindungen nutzten und die Armee einsetzten, um Menschen von ihrem Land zu vertreiben, wenn sie ein Auge darauf geworfen hatten. Seit der Kleinen Revolution war so etwas nicht mehr vorgekommen, denn die damals verabschiedeten Gesetze hatten den Menschen gewisse Rechte auf ihren Besitz eingeräumt. Die Hochlandbewohner besaßen jedoch ein langes Gedächtnis und wenig Bildung. Halbblut konnte sich nicht vorstellen, dass sie die Flugschriften lasen.

»Aber wer sollte dieses Land schon haben wollen?«, fragte der Sergeant spöttisch.

»Schafe«, antwortete Wiesel.

»Ich glaube nicht, dass es unsere erhabenen Herrn und Meister gern hören würden, wenn man sie so bezeichnet«, meinte Leon.

»Ich wollte nur sagen, dass man auf diesem Land Schafe halten kann. Mit Stoffen lassen sich gute Geschäfte machen, besonders jetzt. Wer stellt denn all unsere schönen Uniformen her? Wer verdient daran? Denkt doch – uns steht ein Krieg ins Haus.«

»Du solltest die Erhabenen nicht mit geldgierigen Kaufleuten vergleichen«, sagte Gunther.

»Schon komisch. Für Leute, die sich nichts aus Geld machen, haben sie eine Menge davon«, überlegte Wiesel. »Vielleicht ist das der Trick dabei.«

»Du redest wie ein Aufrührer«, sagte Gunther.

»Überhaupt nicht. Ich habe nur eine Bemerkung gemacht. Gott weiß, dass ich zu meiner Zeit genug Revolutionäre niedergestreckt habe.«

Das stimmte alles, aber Halbblut konnte sich trotzdem des Verdachts nicht erwehren, dass Wiesel für die Revolutionäre heimliche Sympathien hegte. Sie alle taten das. Die meisten Menschen fragten sich, wie es wohl wäre, wieder die Herren ihrer eigenen Welt zu sein. Gewiss, die Dunklen Zeitalter vor der Ankunft der Terrarch waren furchtbar gewesen – zumindest behaupteten das die Terrarch –, aber die Menschen waren immerhin frei gewesen.

Halbblut schüttelte über seine eigene Torheit den Kopf. Die Menschen waren nicht frei gewesen, sondern hatten nur das Haupt vor anderen und dunkleren Göttern gebeugt. Und auch damals hatte es Herrscher gegeben, Priester und Könige. Es würde immer Herren und Untertanen geben, Reiche und Arme. So war es doch immer gewesen. Und würde immer so sein.

So ist die Welt nun einmal, dachte er. *Gott liebt die Ordnung. Er mag Hierarchien.* Nur Dummköpfe glaubten, dass der Befreier käme – und dann wären die Menschen frei. Aber es hatte Fortschritte gegeben, wandte ein anderer Teil seiner selbst ein. Die Schismen hatten in den Roten Reichen den meisten Formen der Leibeigenschaft ein Ende gesetzt. Die Menschen hatten jetzt eine Stimme in den Ratsgremien der Großen, wenngleich keine laute. Die Königin hatte die Eigentumsrechte der Menschen garantiert. Einige Menschen waren sogar durch Handel reich geworden. *Speichellecker und Kriecher, alle miteinander*, dachte er missmutig.

Das Zeichen zum Halten unterbrach seinen Tagtraum. Die Wyrm blieben stehen. Offenbar hatten sie ihren geheimnisvollen Bestimmungsort erreicht.

In der blassen Sonne des späten Nachmittags standen sie stramm und warteten darauf, dass ihnen der Leutnant den Plan erläuterte.

»Also, Männer«, ergriff Sardec das Wort. Wieder schaffte er es, dieses Wort wie die schlimmstmögliche Beleidigung klingen zu lassen. »Wir haben einen Auftrag zu erledigen.«

Einer der Breitrücken stieß einen grollenden Rülpser aus. Sardec warf ihm einen wütenden Blick zu, als hätte er vor, das Tier auspeitschen zu lassen. Niemand lachte, obwohl allen Soldaten die Mundwinkel zuckten. Die Hände hinter dem Rücken verschränkt, schritt der Leutnant die Linie der angetretenen Männer ab. Vor Halbblut blieb er stehen und wirkte beinahe enttäuscht, als er sah, dass sein Uniformrock alle erforderlichen Knöpfe aufwies. Schließlich blieb Sardec stehen und schenkte ihnen seine volle, katzengleiche Aufmerksamkeit. Hinter ihm sah der Magier zu. Den Kopf mit der Silbermaske zur Seite gelegt, strahlte er eine Art überheblicher Belustigung aus.

Vosh, der Mann aus den Bergen, wirkte beunruhigt, und Halbblut vermutete, dass er auch allen Grund dazu hatte. Wenn man ihn bei den Soldaten der Terrarch sah, würden ihm eine Menge wütender Verwandter im Nacken sitzen. Die Fourageure wollten jetzt endlich wissen, warum genau man sie in diese gottverlassenen, eisigen Berge geschleppt hatte. Und noch mehr brannten sie darauf zu erfahren, wann ihr Auftrag erledigt sein würde und sie wieder abrücken konnten. In der ganzen Kompanie hatten Gerüchte über Zauberer, Geister und Dämonen die Runde gemacht, und mit so etwas gab sich niemand allzu gern ab.

»Wir wissen, dass Banditen hier oben ihre Schlupfwinkel haben. Wir wissen, dass es euch bisher nicht gelungen ist, sie dingfest zu machen.« Nett, wie er das formulierte, dachte Halbblut. Das »euch« stellte heraus, dass ihre Terrarch-Anführer nichts mit dem Versagen niedriger, sterblicher Menschen zu tun hatten. Es sagte ihnen, dass nun, da die Herren der Schöpfung das Heft in die Hand genommen hatten, alles anders werden würde. »Wir wissen auch, dass sie einen Pakt mit einem Hexer von der übelsten Sorte geschlossen haben.«

Er unterbrach sich, damit die Soldaten diese Neuigkeit verdauen konnten. Ihre schlimmsten Befürchtungen hatten sich bewahrheitet. Halbblut sah, wie mehrere Männer blass wurden und nicht wenige sogar erschauerten.

Jedermann schlug mit der rechten Hand das Schutzzeichen der Älteren Rasse. Er selbst war von dieser Enthüllung ebenfalls nicht begeistert. Halbblut sah in das gleichmütige, zum Teil hinter der Maske verborgene Gesicht ihres eigenen Magiers. Magie musste mit Magie bekämpft werden, das war eine der ältesten Regeln des Kriegshandwerks. Zauberer waren verschlagene Leute, und Magie konnte mehr Seelen in Gefahr bringen als nur die der Person, die sie übte. Es gab schlimmere Dinge als den Tod, und er hatte es nicht eilig, Bekanntschaft mit ihnen zu machen.

Das erklärte natürlich, warum kein Hellseher die Männer des Propheten jemals aufspüren konnte. Wenn sie einen Zauberer bei sich hatten, der sie abschirmte, wären sie schwer zu entdecken. Dieser Umstand zog allerdings mehrere andere Fragen nach sich, zum Beispiel: was ein Magier an diesem gottverlassenen Ort zu suchen hatte, und warum er sich mit dem dortigen Pöbel zusammengetan hatte. Jeder Zauberer, der fähig genug war, die übersinnlichen Nachforschungen eines Terrarch-Magiers abzuwehren, war sicherlich auch in der Lage, eine Anstellung bei jemandem zu finden, der bereit war, dafür zu zahlen. Außer natürlich, er gehörte zu denen, die so wahnsinnig oder der Dunkelheit so weit verfallen waren, dass niemand etwas von ihm wissen wollte. Nach allem, was Halbblut über den Adel wusste, hätte er dann ein außerordentlich verderbtes Exemplar sein müssen. Zauberer waren ausnahmslos alle schlecht, dieser aber müsste besonders übel sein.

»Fangt ihn lebendig, wenn ihr könnt«, sagte Severin. Er sprach zum ersten Mal, seine Stimme klang erstaunlich tief und musikalisch.

»Das ist möglicherweise leichter gesagt als getan, Meister«, erklärte der Sergeant.

»Das ist es nicht. Ich werde seine Verteidigung mit okkulten Mitteln überwinden und ihn lähmen. Ihr braucht nur noch seine Wächter zu töten oder zu vertreiben und den Körper an euch zu nehmen.«

»Und woher wissen wir, welcher von ihnen er ist?«, wollte der Sergeant wissen. Keine unberechtigte Frage.

»Abgesehen von dem Leutnant und mir wird er der einzige anwesende Terrarch sein. Ich hoffe doch, es wird euch keine unüberwindlichen Probleme bereiten, einen solchen zu erkennen.«

Eingebildeter Schwachkopf, dachte Halbblut, aber die unterwürfigeren Kerle kicherten schmeichlerisch. In der Armee gab es immer genug davon, dachte er bitter, sogar bei den Fourageuren.

»Lebend, wenn ihr könnt, tot, wenn es sein muss«, fuhr Meister Severin fort.

Ziemlich verärgert darüber, dass der Magier seinen Platz im Zentrum der Aufmerksamkeit so einfach besetzt hatte, hörte der Leutnant zu. Er beschloss, es sei Zeit, sich erneut als Herr der Lage zu zeigen.

»Die Banditen kampieren draußen im Tal. Sie haben die Ruine eines alten Gutshauses besetzt. Die Mauern sind dick, aber teilweise schadhaft, sodass sie wohl keine unüberwindlichen Schwierigkeiten bereiten.«

Ein solches Selbstbewusstsein beeindruckte Halbblut. Höchstwahrscheinlich würde sich Sardec an die Spitze setzen. Halbblut hielt persönlich nicht viel davon, eine befestigte Stellung aus einer Positon anzugreifen, die wahrscheinlich im offenen Gelände lag, unter den Augen der Scharfschützen.

»Der Mond wird heute Nacht nicht scheinen«, erklärte der Leutnant. »Wir beginnen den Angriff, sobald es vollständig dunkel ist. Habt Ihr noch etwas zu sagen, Meister Severin?«

Der Zauberer nickte. »Vergewissert euch, dass ihr alle eure Schutzzeichen tragt. Sobald das Signal zum Angriff gegeben wird, kommt dem Gutshaus nicht zu nahe. Heute Nacht nämlich werden die Scharlachroten Schatten über unsere Feinde kommen.«

Ein Rumoren durchlief die Reihen der Fourageure. Es sah aus, als werde hier gerade eine sehr machtvolle Hexerei losgelassen. Meister Severin hob die Hände, um Ruhe zu schaffen.

»Keine Sorge, für euch bleibt genug Arbeit übrig. Wir wollen ein paar Gefangene machen, um sie verhören zu können; allerdings ist es wahrscheinlich, dass der Zauberer und seine Leibwächter, falls er welche hat, gegen meine Magie geschützt sind.«

»Dem Licht sei's gedankt«, murrte Wiesel. »Ich meine, wir wollen doch nicht, dass uns langweilig wird, oder?«

Zumindest hatte sich Sardec Gedanken gemacht, das musste man ihm zugestehen. Offensichtlich war der Zeitpunkt ihrer Ankunft mit diesem Plan abgestimmt. Vielleicht war er ja fähiger, als Halbblut dachte, oder der ganze Plan stammte überhaupt von jemand anderem.

»Noch Fragen, Männer?«, wollte Sardec wissen.

»Wie viele feindliche Kämpfer, Herr?«, fragte Sergeant Hef.

»Etwa vierzig Stammeskrieger. Die so genannte Bande des Propheten.«

»Der Prophet, Herr? Zarahel?«, fragte Hef.

»Allerdings, Zarahel. Der Mann, der die Auferstehung

der Alten Götter predigt. Offenbar ist er ein Komplize dieses Zauberers. Keine Sorge, Sergeant. Ich weiß, dass ein Preis auf seinen Kopf ausgesetzt ist, und Eure Männer sollen die Börse unter sich aufteilen.«

Schon wieder dieser höhnische Unterton, dachte Halbblut. Sardec stand natürlich über solchen Erwägungen oder tat wenigstens so. Ohnehin würde der Großteil des Preisgeldes den Weg in seine Taschen finden. Die höheren Ränge strichen immer den Löwenanteil solcher Belohnungen ein. Das entschädigte sie wenigstens dafür, dass sie ihre Offizierspatente hatten kaufen müssen.

»Was ist mit dem Zauberer, Herr?«, fragte Wiesel. »Ist auf ihn auch ein Kopfgeld ausgesetzt?«

Auf dunkle Zauberer stand für gewöhnlich ein Preis. Der Tempel lobte ihn aus – und viele reiche Privatleute trugen gern zu dieser guten Sache bei. Jeder fürchtete die Dunkle Magie, besonders aber diejenigen, die am meisten zu verlieren hatten.

»Ich erkläre hiermit, dass jedem der Männer, die ihn gefangen nehmen, eine Goldkrone aus meiner Privatschatulle gezahlt wird, zusätzlich zu der üblichen staatlichen Prämie«, erklärte der Zauberer. »Das Doppelte, wenn es euch gelingt, ihn lebend festzusetzen. Leutnant Sardec ist mein Zeuge.«

Das trug ihm beifälliges Gemurmel ein. Von einer Krone konnte sich ein Mann einen Monat lang betrinken.

»Ihr habt wohl was gegen ihn, wie, Meister?«, fragte Wiesel, doch der Magier schenkte ihm nur einen kalten Blick.

»Das geht dich gar nichts an«, sagte er. Sein scharfer Ton ließ Halbblut vermuten, dass es Wiesel schlecht ergehen könnte, sobald sie den dunklen Magier gefangen hatten. Wiesel dachte vielleicht ebenso, doch seine Miene verriet nichts davon.

»Ihr habt ganz Recht, Herr, bitte um Vergebung, Herr. Ich ließ mich von meiner Begeisterung über den bevorstehenden Auftrag hinreißen.«

Sardec übernahm nun wieder das Kommando. »Sergeant Hef, nehmt Eure Einheit und fangt an, den Taleingang auszukundschaften, solange es noch hell ist. Korporal Toby, Ihr begleitet mit Eurer Einheit den Sergeanten. Entfernt Euch nicht zu weit vom Hügelkamm. Wir wollen doch nicht irgendwelche Schutzzeichen losgehen lassen, die dort vielleicht versteckt sind, oder?«

Beide nickten und bedeuteten ihren Männern anzutreten. Es sah aus, als würden sie bald kämpfen müssen.

4. KAPITEL

In der Kriegskunst ist nur eines wichtiger ist als das Überraschungsmoment, nämlich das Überraschungsmoment.

Armande Koth, Kriegsführung im Zeitalter der Muskete und des Drachens

Kurz bevor sie den Hügelkamm erreichten, warf sich Halbblut neben den anderen auf den Boden und kroch auf allen vieren weiter. Wie alle Soldaten wusste er, dass ein Mann nirgendwo besser zu sehen ist als auf einem Grat, insbesondere wenn die Sonne hinter ihm steht. Sie würden kein Risiko eingehen, entdeckt zu werden.

Sie schauten in ein lang gestrecktes, auf beiden Seiten von Gipfeln flankiertes Tal hinunter. Ein See, von einem Wasserfall am anderen Ende gespeist, nahm den größten Teil des Talgrundes ein. Rund um den See war eine hohe Zahl verfallener Bauwerke zu erkennen. Er musste einmal kleiner gewesen sein, denn die Ruinen vieler Türme ragten jetzt durch den Wasserspiegel. Offensichtlich hatte hier vor langer Zeit eine große Stadt gelegen.

In der Nähe des linken Ufers stand auf einem leicht

felsigen Hang in der Nähe des Wasserfalls ein gedrungenes, befestigtes, teilweise in Trümmern liegendes Gutshaus. An einer Ecke erhob sich ein kleiner Turm, an dessen Spitze eine Glocke glitzerte. In einigen Gehegen in der Nähe befanden sich viele der mageren Bergschafe. Zu sehen war niemand, doch aus den Schornsteinen stieg Rauch auf. Es sah so aus, als hätten sich die Bewohner vernünftigerweise entschieden, drinnen zu bleiben, geschützt von den kalten Klauen des Windes. Vollkommen verständlich, dachte Halbblut.

»Achenar«, erklärte Wiesel. »Kein guter Platz.«

Halbblut nickte. Das hier waren die Ruinen der alten Stadt des Spinnengottes, zerstört von den Terrarch während ihrer Eroberungskriege. Hier lag die Heimat das Dämons Uran Ulthar, den die Legende als das Böse schlechthin darstellte, ein Ort, dessen Name noch fast achthundert Jahre nach seiner Zerstörung nur ein anderes Wort für Entsetzen war.

»Ich wünschte, sie hätten uns vorher gesagt, dass wir hierher kommen«, sagte der Barbar.

»Und, wärest du dann zu Hause geblieben?«, fragte Sergeant Hef.

»Nein. Aber ich hätte ein paar Feensilber-Kugeln eingesteckt.«

»Das sind doch bloß Ruinen«, meinte Leon.

»Die Hochlandstämme meiden diesen Ort«, erklärte Wiesel. »Kann nicht sagen, dass ich ihnen das verüble.«

»Ich dachte, das Tal wäre eine ihrer heiligen Stätten«, sagte Hef.

»*Beides* wahrscheinlich. Viele von ihnen verehren Uran Ulthar noch immer, insgeheim natürlich.«

»Heiden«, warf Gunther ein. Im letzten Tageslicht

betrachtete Halbblut aufmerksam die Ruinen. Dieser Ort gefiel ihm gar nicht, und nicht nur, weil sein Furcht einflößender Ruf die Fantasie anregte. Da lag etwas in der Luft, das ihn frösteln ließ.

»Dieser Zarahel hat sich sein Hauptquartier gut ausgesucht«, bemerkte Hef. »Ich bezweifle, dass ihm die Stämme diesen Platz streitig machen würden.«

»Aber was könnte ein Zauberer hier wollen?«, fragte Leon. »Ganz bestimmt ist er doch nicht zufällig hier. Warum gräbt er ausgerechnet hier eine Mine?«

»Man erzählt sich, Uran Ulthars Priester hätten seine Tempel mit Gold gefüllt, Tributzahlungen eroberter Völker«, antwortete Halbblut. »Vielleicht liegt ja dort unten noch etwas davon.«

»Ach was«, meinte Wiesel. »Die Terrarch haben sich bestimmt alles unter den Nagel gerissen. Ihr wisst doch, wie sie sind. Gierige Bastarde.«

»Es steht uns nicht zu, diejenigen, die über uns stehen, zu kritisieren«, meldete sich Gunther zu Wort. »Und dir erst recht nicht.«

»Wenn ich es nicht mache, tut es keiner.«

»Ich glaube, dahinter steckt mehr, als es den Anschein hat«, erklärte Halbblut. »Die Terrarch haben eine Kompanie Fourageure und einen Magier hergeschickt. Damit müssen sie doch etwas bezwecken.«

»Der Zweck unseres Hierseins ist, dass wir uns diesen Zauberer schnappen, den Propheten töten und die ganze Geschichte bis morgen früh unter Dach und Fach bringen«, erklärte Sergeant Hef.

»Ich denke immer noch, dass sie etwas im Schilde führen. Was ist denn mit dieser Mine, von der Vosh gesprochen hat? Und all diesen Menschen, die verschwinden?

Was hat das nur zu bedeuten?«, wollte Halbblut wissen.

»Wer weiß bei Zauberern schon, woran er ist?«, sagte der Sergeant. »Was immer hier vorgeht, unsere Aufgabe ist es, ihm einen Riegel vorzuschieben. Und … wir sollten lieber damit anfangen.«

»Da wir gerade von Zauberern sprechen – was hat das alles mit den Scharlachroten Schatten zu bedeuten?«

»Wenn es dir die Arbeit erleichtert, was beklagst du dich?«

»Wachposten auf dem Turm«, warnte Wiesel. Als er aber genau hinsah, begriff Halbblut, was er meinte. Über der Brüstung war der Kopf eines Mannes zu erkennen, und es sah aus, als wäre er auch mit einer Flinte bewaffnet. Die Banditen vernachlässigten ihre Sicherheit also nicht ganz und gar. »Es könnten auch noch Männer in den Ruinen versteckt sein.«

»Ich sehe nichts«, meinte der Sergeant.

»Ich auch nicht«, entgegnete Wiesel, »aber Ihr könnt Eure letzte Münze darauf verwetten, dass sie da sind.«

»Dann kümmert euch um sie«, befahl der Sergeant. »Du und der Barbar. Geht aber nicht so nah heran, dass ihr irgendwelche Schutzzeichen auslöst.«

»Diese Ruinen gefallen mir gar nicht«, sagte der Barbar.

»Angst, dass der Spinnengott dich holen kommt?«, fragte Wiesel. »Der alte Uran Uhltar liegt seit tausend Jahren in seinem Grab.«

Halbblut wünschte, Wiesel würde den Mund halten. Was bedeuteten für einen Gott tausend Jahre? Konnten Götter überhaupt sterben, so wie gewöhnliche Menschen? Vielleicht schlief er nur. Etwas an diesen Ruinen machte ihm ein zutiefst ungutes Gefühl.

»Ich fürchte mich vor gar nichts«, entgegnete der Barbar. »Ich habe nur gesagt, dass mir dieser Ort nicht gefällt.«

Wiesel berührte den Griff seines Messers und grinste. Der Barbar umklammerte das Heft seines Schwertes so fest, dass seine Knöchel weiß wirkten.

»Und seid leise«, betonte der Sergeant besonders. Es sah aus, als wolle er kein Risiko eingehen.

»Das brauchst du uns doch nicht zu sagen, Sergeant«, gab Wiesel zurück und setzte sein Halsabschneider-Grinsen auf. »Wir wissen schon, was wir tun, wirklich.«

»Der Zauberer sagt, ihr sollt nicht zu nah herangehen«, mischte sich Gunther ein.

»Wann hast du das letzte Mal gehört, dass jemand so weit von einem Lager entfernt Schutzzeichen aufstellt?«, widersprach Wiesel.

»Es gibt immer ein erstes Mal«, sagte der Sergeant. »Vorsicht ist besser als Nachsicht.«

Wiesel und der Barbar nickten und verschwanden über den Hügelkamm. Die anderen Männer gingen in Wachposition. »Halbblut – du läufst zurück und erstattest dem Leutnant Bericht.«

Halbblut nickte und tat, wie ihm geheißen; aber er wünschte, der Sergeant hätte einen anderen ausgesucht, um die Nachricht zu überbringen. Er zog die Aufmerksamkeit des Leutnants nicht gern auf sich.

Während sie darauf warteten, dass die Sonne ganz unterging, hatten die Soldaten nicht viel zu tun; sie konnten höchstens ihre Waffen überprüfen, sich vergewissern, dass alle geladen waren, und die Erhabenen wachsam im Auge behalten. Die meisten Fourageure waren nervös, und ein Teil dieser Stimmung übertrug sich auch auf die Breitrücken, denen die Treiber Maulkörbe angelegt hatten, damit sie durch das Gebrüll ihre Anwesenheit nicht zu früh verrieten. Dies hatte ihre Laune keineswegs verbessert.

Etwas abseits machte sich der Zauberer an seine Arbeit. Gebannt sah Halbblut zu, wie Meister Severin in seiner Truhe herumkramte. Er packte einen Dreifuß und eine Kohlepfanne aus und zündete ein Feuer an. Nachdem er ein merkwürdiges Silberfläschchen hervorgeholt hatte, entfernte er den Stopfen und setzte es in die Kohlepfanne. Er zog einen mystischen Kreis um den Dreifuß und dann einen zweiten, größeren auf einer recht flachen Stelle in der Nähe. Die Linien ritzte er mit einem spitzen Holzstab ein und füllte sie mit eigenartigen Salzen in allen Farben. Anschließend verband er die beiden Kreise durch zwei Linien und malte die Schutzzeichen der Älteren Rasse daneben auf den Boden. Als er damit fertig war, bezog er im Inneren des größeren Kreises Stellung. Halbblut stellte fest, dass seine Finger das Gewehr so fest umklammerten, dass alles Blut aus ihnen gewichen war. Mit jedem Herzschlag stieg die Spannung, die ohnehin schon in der Luft lag.

Meister Severin summte etwas in der Hochsprache der Erhabenen vor sich hin. Bei jedem Wort standen Halbblut die Nackenhaare zu Berge, und als die Schatten länger wurden, empfand er ein unheimliches Gefühl, so als lauerten ganz in der Nähe bösartige Wesenheiten im Äther, die er fast mit Händen greifen konnte. Wenn er den Kopf nur rasch genug drehte, könnte er vielleicht einen Blick darauf erhaschen. Doch er tat es nicht.

Die Treiber standen neben ihren Tieren und beruhigten sie. Je weiter das Ritual seinen Fortgang nahm, umso mehr Zuwendung brauchten die Wyrm.

Der Zauberer fuhr in seinem Sprechgesang fort. Die allgemeine Anspannung wuchs. Leutnant Sardec ging umher und teilte jeder Einheit ihre Aufgaben zu. Als er Halbbluts Interesse an dem Ritual bemerkte, sprach er ihn an. »Du. Ich habe Arbeit für dich.«

Das war keine Überraschung. Halbblut salutierte. Den Magier konnte er auch später noch beobachten. Hier würde über Stunden nichts Interessantes zu sehen sein. Das war es nie. Es dauerte immer sehr lange, eine starke Magie aufzubauen. Jedenfalls hatte die Alte Hexe das immer behauptet.

Nach Sonnenuntergang schwärmten die Einheiten in den Ruinen aus und brachten sich für den Angriff in Stellung. Da er nachts besser sah als die meisten Menschen, hatte Sardec Halbblut mit der unangenehmen Aufgabe betraut, von Stellung zu Stellung zu gehen und sich zu vergewissern, dass jeder an seinem Platz war und alle Fluchtwege, die aus dieser Falle führten, abgeriegelt waren. Die meisten Fourageure hatten sich zu kleinen Gruppen zusammengefunden; ein Mann wachte, während die anderen dösten. Als Fourageure waren sie meist Veteranen und daran gewöhnt, überall zu schlafen; aber in dieser Lage, angesichts des schneidenden Windes und mit der Aussicht auf eine gewalttätige Auseinandersetzung, gehörte dazu ein wirkliches Talent.

Schließlich erreichte er Wiesel und den Barbaren, die an dem Punkt lauerten, der am weitesten vorgeschoben war, nämlich in der Nähe des Wasserfalls. Auf ihren zerlumpten grünen Uniformröcken konnte man Blutspuren sehen. Wahrscheinlich waren sie beim Auskundschaften der Ruinenlandschaft auf einige Männer aus den Hügeln gestoßen. Leon, Taube und der Sergeant waren bei ihnen. Als er sich näherte, flüsterte Halbblut die Parole, da er nicht vorhatte, sich von diesen nervösen Männern die Kehle durchschneiden zu lassen. Wiesel war schon immer zu gut mit diesem verdammten Messer gewesen.

»Wo ist eigentlich diese elende Mine?«, fragte Wiesel, an niemand im Besonderen gerichtet. »Sollten wir uns nicht von dem kleinen Bastard Vosh zeigen lassen, wo sie liegt? Vielleicht gibt's da ja noch Gold.«

»Er hat behauptet, dass es dort spukt«, sagte Taube. Wiesel sagte darauf nichts, und auch keiner der anderen. Der Gedanke an das, was sie in einer Mine, in der es nicht geheuer war, erwarten könnte, jagte ihnen allen Angst ein. In den unheimlichen Ruinen des untergegangenen Achenar war es schwer, nicht auf düstere Gedanken zu kommen.

Kein Licht war zu sehen. Niemand tat etwas, das ihren Standort verraten hätte. So warteten sie auf den Beginn des Angriffs.

Leutnant Sardec sah zu, wie der Zauberer weiter seinen Sprechgesang intonierte und mit seinem Stab durch die Luft fuhr. Er wies auf die fünf Punkte des astrologischen Kompasses und rief die Namen gewisser Wesenheiten an, die zu hören nicht gut war. Er fragte sich, wann etwas geschehen würde. Das Ritual war jetzt seit fast einer Stunde im Gang, und jede Minute, die verstrich, vergrößerte die Chance, dass dort unten etwas schief ging, oder dass einer der Fourageure etwas noch Dümmeres anstellte als sonst, oder dass einer der Männer entdeckt wurde. Der Zauberer fuhr mit dem Ritual fort; nichts wies darauf hin, dass er sich irgendwie zur Eile gedrängt fühlte.

Sardec beneidete Severin um seine Gabe. In seiner Familie wurde dieses Talent seit jeher über die weibliche Linie weiter vererbt. Selbst in dieser traurigen Zeit des Niedergangs hatte seine Familie noch mehrere bedeutende Magier hervorgebracht. Wäre er ein Zauberer, so würde man ihm wenigstens ein gewisses Maß an Achtung erweisen. Aber niemand respektierte einen Offizier niederen Ranges, der gerade einmal dreißig Jahre alt war. Sogar die anderen Erhabenen behandelten ihn fast wie ein Kind.

Wahrscheinlich war er für die meisten der Seinen bloß ein kleiner Junge. Der Großteil der Terrarch betrachtete jeden, der weniger als hundert Winter erlebt hatte, als schrecklich unreif. *Es ist ein ganzes Jahrhundert nötig, einen Terrarch zu erziehen*, besagte ein altes Sprichwort. Manchmal hegte er den Verdacht, auch das sei nur eines dieser Spielchen, die sein Volk betrieb. Mit dem Alter gewann man an Ansehen, und mit dem Ansehen kam die Macht. Wer Macht besaß, tat sein Möglichstes, um sie festzuhalten und diejenigen, die in der Hackordnung unter ihm standen, daran zu erinnern, wo ihr Platz war. Und sein Platz war, trotz seiner familiären Verbindungen und der makellosen Abstammung, ganz auf der untersten Stufe der Leiter. Und dort würde er noch sehr, sehr lange bleiben, wenn er nicht etwas tat, womit er sich auszeichnete. Wie sein Vater, der vor siebenhundert Jahren, während der letzten Phase des Eroberungsfeldzugs, dem Oberkommandierenden Fürst Azarothe an der Drei-Zauberstäbe-Furt das Leben gerettet hatte.

Er wünschte nur, er wäre nicht immer und überall der

Jüngste gewesen. Selbst unter den günstigsten Umständen wurden den Erhabenen wenige reinblütige Kinder geboren, und derzeit waren die Verhältnisse alles andere als günstig. Im Unterschied zu den verfluchten Menschen waren die Terrarch schon immer ein Volk gewesen, das sich langsam fortpflanzte. Und aus Gründen, die niemand verstand, waren in den letzten Jahrhunderten immer mehr solcher abscheulichen Missgeburten wie dieser unverschämte Halbblut aus seiner eigenen Einheit aufgetaucht …

Rauch stieg aus der Flasche auf, von bräunlichem Rot. Zuerst sah er aus wie eine Wolke glitzernder Staubkörnchen, die dann aber ihren Glanz verloren und zu etwas Dickerem von tieferer Farbe zusammenrannen. Meister Severin setzte seinen Sprechgesang fort, die rote Masse nahm Formen an und verwandelte sich in papierdünne Streifen, die ungefähr den Umriss großer, körperloser Fledermäuse aufwiesen. Sie wirbelten umeinander und flossen innerhalb des magischen Kreises umher wie Löwen, die in einem Käfig eingesperrt sind – oder wie Zierfische in einem Glas.

Langsam gewannen sie an Substanz, als bezögen sie von irgendwo Gewicht und Masse, wirkten nun weniger durchscheinend und voller Energie.

»Scharlachrote Schatten«, murmelte Korporal Toby. In seiner Stimme lag so etwas wie Ehrfurcht. Sardec erschauerte. Er hatte seinen Vater davon erzählen hören, was geschah, wenn diese Dinge losgelassen wurden. Er spürte, wie ihm der Mund trocken wurde. Hier wurde er Zeuge eines außerordentlichen Ereignisses und erlebte den Einsatz einer der uralten Waffen seines Volkes mit. Dies war eine unmittelbare Manifestation der Magie, die seit fast tausend Jahren die Menschheit in Ketten hielt und die Vorherrschaft der Terrarch besiegelte.

Die Schatten quollen auf und blähten sich wie Segel. Severins Sprechgesang schien ihnen weitere Festigkeit zu verleihen. Sie bezogen Kraft sowohl aus seinen Worten als auch von ihm selbst. Immer weiter dröhnte die Stimme des Magiers, und die Schatten schwirrten immer höher hinauf wie Rauch, der in einem Schornstein aufsteigt. Unaufhörlich teilten sich die Fetzen, wurden dünner, länger und erhoben sich noch höher, wie Kinderdrachen. Schließlich wirbelte ein Schwarm blutroter Schatten herum wie im Inneren einer großen, unsichtbaren Röhre.

Plötzlich lag ein knisterndes Sirren in der Luft, das fast schon wie eine Stimme klang. Meister Severin antwortete ihr in einer fremdartigen Sprache, die ihm seltsam vertraut erschien. Sardec spürte eine andere Gegenwart, etwas Außerweltliches, Feindseliges und Hungriges, eine Präsenz, der nur die Kreise und der Wille des Zauberers Einhalt geboten. Er wusste: Wenn der Magier nicht da gewesen wäre, dann hätte sich dieses Ding schon auf ihn und seine Männer gestürzt, und sie hätten nur wenig tun können, um es aufzuhalten.

Die gewaltigen Wyrm schlugen beunruhigt mit den Schwänzen, und die Treiber mussten ihr ganzes Können aufbieten, um sie ruhig zu halten. Sardec hatte sein Schwert gezogen, und die alten Runen, mit denen die Klinge bedeckt war, schimmerten – ein Beweis für die Anwesenheit magischer Strömungen.

Gänsehaut überlief ihn, als er der laut dröhnenden Stimme lauschte. Sie schien seine Haut zu durchdringen und tief in seinen Knochen widerzuhallen. Beinahe hatte er das Gefühl, die Worte verstehen zu können, obwohl er wusste, dass dies nicht gut für seine Seele gewesen wäre. Selbst die unfrömmsten der Fourageure schlugen jetzt Schutzzeichen über der Brust. Manche murmelten Gebete an die Heiligen und Propheten und flehten sie an, beim Licht um Gnade für sie zu bitten.

Endlich, gerade als er glaubte, es nicht länger aushalten zu können, war der Dialog beendet. Severin und der Herr der Scharlachroten Schatten waren zu einer Übereinkunft gelangt. Der Magier machte eine Geste, und der große, unsichtbare Käfig, der die Schatten zurückhielt, schien in den Boden zu versinken. Von oben nach unten lösten sich die Schatten aus ihrem Gefängnis und trieben auf das ferne Herrenhaus zu wie eine Rauchwolke, die sich in einem plötzlichen Windstoß auflöst, wirbelten und flatterten am dunklen Himmel und wurden dabei immer zahlreicher. Sardec war sich sicher, dass sie diese Richtung nicht zufällig eingeschlagen hatten, so willkürlich und ziellos ihr Flug auch wirken mochte.

Als sich die Schatten dem See näherten, trafen sie auf Widerstand. Irgendwelche Schutzzeichen, vermutete er. Sie schwärmten gegen eine unsichtbare Barriere an, die sie offensichtlich nicht durchqueren konnten. Sardec hielt den Atem an. Er hatte gehört, dass sich manche Zauber, wenn sie abgewehrt wurden, gegen ihre Urheber wenden konnten. Meister Severin intonierte einen weiteren Spruch, und der unsichtbare Wall brach zusammen: ein schwacher Damm, der einem unwiderstehlichen Druck weicht. Die Schatten flossen weiter und gingen wie eine Flut über das verfallene Gutshaus und seine Bewohner nieder. Die Mauern verschwanden wie hinter einem Schleier.

Mit seiner ausgezeichneten Nachtsicht, die weit besser als die gewöhnlicher Menschen war, beobachtete Halbblut, wie sich der Schattenschwarm auf das Gutshaus herabsenkte. Er sah, wie die scharlachroten Fetzen um einzelne Menschen herumglitten und sie wie ein Leichentuch einhüllten. Er hörte Männer schreien. Einer stürzte sich wild mit den Armen rudernd vom Dach, in dem Bestreben, einen sauberen Tod zu finden. Irgendwie schien er langsamer als normal zu fallen, so als wirke die Schwerkraft nicht so stark wie sonst.

Halbblut kämpfte gegen den Wunsch an, sich die Ohren zuzuhalten. In den Schreien der Hochländer lag etwas Hoffnungsloses, Verlorenes, Wahnsinniges. Er war sich sicher, dass sie einen unreinen Tod starben – und der Hass auf die Terrarch, die ihn gebracht hatten, stieg wie eine Woge in ihm auf und rang mit seiner Erschöpfung. Hier war der Beweis für die überwältigende Macht der Terrarch. Zum ersten Mal erblickte er die gepanzerte Faust, die sonst meist verborgen blieb. Dies war der Grund dafür, dass ihnen die Menschheit seit tausend Jahren untertan war und es höchstwahrscheinlich auch noch weitere tausend bleiben würde.

Die Schatten drangen in das Gebäude ein. Sie flossen die Schornsteine hinab oder durch Löcher im Dach, sie glitten an den Mauern des Hauses hinunter und drangen durch die Spalten hölzerner Läden. Kurz darauf erhoben sich die Schreie von Neuem und setzten sich minutenlang fort, so dass es ihm wie Stunden vorkam.

Dann wurden die Schreie leiser und verklangen. Die Körper hörten auf zu zucken. Gemächlich, viel langsamer, als sie gekommen waren, stiegen die Scharlachroten Schatten von dem Gebäude auf und flatterten zurück in Richtung Hügelkamm. In ihrer Form und ihren Bewegungen lag etwas, das an eine obszöne Sättigung denken ließ, als wären sie von der Lebenskraft, die sie verschlungen hatten, aufgedunsen. Als sie näher kamen, empfand Halbblut für kurze Zeit ein namenloses Entsetzen. Einige der Fourageure hätten auf der Stelle die Flucht ergriffen, wenn ihnen Sergeant Hef nicht mit einer Stimme, die keinen Ungehorsam duldete, Einhalt geboten hätte.

Erleichtert beobachtete Sardec, wie die Schatten abwärts flatterten und in die Silberflasche zurückkehrten. Einer nach dem anderen ließen sie sich hineinfallen, und als sich endlich auch der Letzte hineingequetscht hatte, sprach Severin ein paar abschließende Worte, ging dann vorsichtig an den beiden Linien entlang, mit denen die beiden Kreise verbunden waren, und setzte den Stöpsel zurück auf das Behältnis. Der uralte Horror war wieder sicher eingesperrt. Severin drehte sich und verbeugte sich in alle fünf Himmelsrichtungen. Dann sank der Magier, der mit einem Mal so müde wie ein alter Mann wirkte, auf die Knie. Doch auf dem Teil seiner Züge, der unter der silbernen Halbmaske zu sehen war, malte sich eine Grimasse schlecht verborgenen Schuldgefühls und noch verstohlenerer Freude.

Plötzlich erstarrte Severin und fing dann an zu beben, als wäre er von der Schüttellähmung ergriffen. Einige der mutigeren Männer wollten ihm zur Hilfe kommen, doch der Leutnant winkte sie zurück und befahl ihnen, die Linien aus farbigem Salz nicht zu übertreten. Wenn Sardec genau hinsah, konnte er erkennen, dass im Inneren des Kreises etwas Dunkles, Fremdartiges herumwirbelte, das kleine Lichtpunkte hinter sich herzog. Hätte er es nicht besser gewusst, er hätte sie vielleicht für Glühwürmchen gehalten.

Der Leutnant wusste, dass es immer sehr gefährlich war, einen Machtkreis zu durchbrechen; doch wenn dies auf dem Höhepunkt eines Rituals geschah, bestand die Gefahr, eine unermessliche Katastrophe auszulösen.

Der Zauberer schüttelte sich, um seine Trance abzuwerfen. Nach seinen verzerrten Zügen zu urteilen, bereitete ihm das Sprechen unsägliche Mühe. »Es hat Probleme gegeben«, stieß er hervor. »Der Widerstand war stärker als erwartet. Greift an! Ich stoße zu Euch, sobald ich kann.«

Noch im Sprechen sackte er nach vorn, und sein Körper durchbrach den mystischen Kreis. Funken stoben rund um seine Gestalt auf, aber sonst schien nichts Ernsthaftes zu passieren. Fluchend trat Sardec heran und zog den Magier ganz heraus. Er vertraute darauf, dass ihn seine Feensilber-Klinge vor dem Schlimmsten bewahren würde. Dann überprüfte er Severins Atmung und Pulsschlag. Gut, er war noch am Leben.

Aber was jetzt?, fragte sich Sardec. Wovor hatte ihn Severin warnen wollen? War das Ganze eine Falle? Sollte er den Angriff fortsetzen lassen? Doch, beschloss er, so rasch wie möglich würde er den Kampf suchen. Er war zuversichtlich, dass sich sein Schwert als mächtiger erweisen würde als die Sprüche irgendeines Zauberers. Sollte er eine kleine Streitmacht im Lager zurücklassen? Er entschied sich dagegen. Hier bestand keine unmittelbare Gefahr, und dort unten würde jeder Mann gebraucht werden.

»Ihr beiden, kümmert euch um Meister Severin«,

befahl er einigen Soldaten. »Korporal Toby, feuert die Signalrakete ab! Die anderen steigen auf die Wyrm. Wir werden der Inquisition einen Zauberer fangen.«

Das Signal stieg flammend zum Himmel auf. Die Breitrücken machten sich zum Abmarsch bereit.

Als das Signal über ihnen explodierte, sprang Halbblut gleichzeitig mit dem Sergeanten und einem halben Dutzend seiner Kameraden auf. Mit den Flinten im Anschlag stürmten sie aus der Deckung der Ruinen und geradewegs auf die nächste Tür zu. Um sich herum sah er im Widerschein des Raketenblitzes, dass andere dasselbe taten. Er rechnete jeden Augenblick damit, eine Kugel werde sich in seinen Körper bohren.

Die Entfernung erschien ihm durch das offene Gelände unendlich lang. Er hatte das Gefühl, nicht voranzukommen, als ob sich seine Glieder so langsam bewegten wie ein Tropfen Sirup, der über den Rand eines Steinkrugs floss. Er wusste nur zu gut, was alles schief gehen konnte, was ihm für Unfälle und Missgeschicke zustoßen konnten. Auch Freunde machten mal Fehler. Flinten konnten ungewollt losgehen. Es war sogar schon vorgekommen, dass bei einem Angriff ein Bajonett zufällig im Rücken eines anderen gelandet war. Jedenfalls hatten die Männer, die dafür verantwortlich waren, immer behauptet, es sei ein Unfall gewesen. Doch wer wusste das schon – selbst unter Freunden waren oft alte Rechnungen offen, die auf diese Weise beglichen werden konnten.

Ein Mann torkelte in den Turm hinauf. Erstaunlicherweise sah es aus, als wären in dem Gutshaus immer noch Menschen am Leben. Halbblut sah, wie er sich drehte und in seine Richtung schaute. Er konnte kaum glauben, wie langsam sich der Wachposten bewegte. Er wusste aber, das lag nur daran, dass seine Sinne im Augenblick so geschärft waren. Trotzdem fand er es so bemerkenswert, dass er auflachte. Der Mann war offensichtlich verwirrt. Er beugte sich vor, als wolle er sich einen besseren Überblick über das Geschehen verschaffen. Halbblut blieb stehen, versuchte seine Atmung zu verlangsamen, hob die Flinte an die Schulter und feuerte auf den Posten. Funken stoben aus dem Gewehr, der Kolben schlug gegen seine Schulter, und beißender Rauch brachte seine Augen zum Tränen. Er traf sein Ziel mehr durch Glück als durch Können – und der Wachmann fiel nach hinten und war nicht mehr zu sehen.

Auch andere schossen jetzt. Wahrscheinlich feuerten sie auf Schatten, dachte er, aber so war das nun einmal, sobald das Kampfgetümmel begann. Halbblut sah, wie mehrere Gesichter, die er kannte, durch das Mündungsfeuer kurz erhellt wurden und dann wieder hinter Wolken aus Pulverdampf verschwanden. Einige knieten sich hin, um ihre Waffen nachzuladen. Zumindest glaubte er, dass dies der Grund war. Es gab immer einige, die keinen Wert darauf legten, sich als Erste in die Bresche zu werfen. Er selbst hielt sich nicht mit Nachladen auf, sondern pflanzte sein Bajonett auf den Gewehrlauf. Sobald sie einmal im Gebäude waren, würden sie ohnehin zum Nahkampf übergehen.

Als sie die Mauern erreichten, begannen seine Kameraden wie eine Armee aus lauter Teufeln zu heulen. Ein Stück vor sich sah Halbblut, wie der Sergeant einem von ihnen befahl, die Tür zu öffnen. Sie war verschlossen. Ein geistesgegenwärtiger Soldat schoss das Schloss heraus und trat die Tür ein.

Halbblut erhaschte einen kurzen Blick auf einen langen, dunklen Flur. Der Sergeant nahm eine Blendlaterne und ging hinein. Er war ein tapferer Mann, dachte er. Derjenige mit der Laterne gab immer das leichteste Ziel ab.

Alle anderen blieben zurück. Der Sergeant blieb stehen, warf einen Blick zurück zu Halbblut und bedeutete ihm, nach vorn zu kommen.

»Leutnant Sardec hat befohlen, dass du den Angriff anführen sollst«, erklärte er nicht ohne Mitgefühl.

Da war nichts zu machen. Jeder wusste über Halbbluts gute Nachtsicht Bescheid. Das Bajonett gezückt, trat er als Erster hinein. Als hätten sie nur darauf gewartet, stürzten die anderem hinter ihm ins Haus.

Großartig, dachte Halbblut. Er wusste, wenn die Verteidiger das Feuer eröffneten, würde er sich als Erster eine Musketenkugel einfangen. Vielleicht bekam er ja die Chance, einen Heldentod zu sterben. Noch etwas, wofür er sich bei Leutnant Sardec bedanken konnte.

5. KAPITEL

Viele Überbleibsel der degenerierten Älteren Rassen überdauerten bis in das neue Weltalter. Und viele Menschen waren so töricht, sie als Götter zu verehren.

Inquisitor Serin Helmar, Die Grenzen menschlicher Torheit

Hinter sich hörte Halbblut, wie die Fourageure in das Gutshaus eindrangen. Irgendwo in der Ferne, wo der Rest der Kompanie heranrückte, brüllten die Wyrm. Er rannte den Korridor entlang und rechnete jeden Augenblick damit, den Einschlag einer Musketenkugel in seinen Körper zu spüren. Überall lagen Leichen, deren Haut mit merkwürdigen grellroten Flecken übersät war.

Er trat gegen eine Tür, die krachend aufflog. Der Raum war voll mit entsetzten und panischen Hochlandkriegern. Ihr Haar schien lang und fettig, sie trugen wilde Bärte und lang herabhängende Schnäuzer und waren in die üblichen Schaffelljacken und karierten Hosen gekleidet. Außerdem wiesen alle eine Familienähnlichkeit auf, und zwar keine vorteilhafte, dachte Halbblut, denn hier sah es auf unangenehme Weise nach Inzucht aus. Manche trugen Tätowierungen mit Spinnenmuster im Gesicht und an den Armen, andere hatten sich Spinnennetze auf die Haut gemalt. Mehrere waren bewaffnet und einer hob eine Pistole und wollte schießen.

Halbblut sprang auf ihn zu und durchbohrte den Angreifer mit seinem Bajonett. Die Klinge drang vollständig durch den Körper und kratzte über die Steinwand. Der Mann schrie und schlug wild um sich. Halbblut zog sein Bajonett zurück und schnitt einem anderen Mann, der nach der zu Boden gefallenen Pistole griff, die Kehle auf. Blut spritzte, und die Vorderseite der Schaffelljacke färbte sich rot.

»Wartet! Ich ergebe mich! Tötet mich nicht«, kreischte jemand. »Nicht! Lasst mich leben!«

Für so etwas war es jetzt zu spät. Halbblut stürzte sich auf ihn und zerschnitt ihm mit dem Bajonett das Gesicht. Raserei und Verwirrung herrschten, der Gestank nach Blut und Exkrementen hing in der Luft. Schreie und das ohrenbetäubende Krachen von Musketenschüssen, die in einem geschlossenen Raum abgefeuert wurden, erfüllten das Gebäude. Obwohl es draußen kalt gewesen war, schwitzte Halbblut jetzt merkwürdigerweise. Er stach auf einen weiteren Mann ein, der den Lauf seines Gewehrs gepackt hatte und versuchte, es ihm zu entreißen. Kurz rang Halbblut mit ihm. Er hatte Zeit, das narbenbedeckte Gesicht des Mannes und die dicken Adern, die an seinem Hals hervorstanden, zu sehen. Dann erstach ihn der Barbar mit seinem langen Messer, und der Hochländer ging gurgelnd zu Boden und riss Halbbluts Gewehr mit.

Halbblut griff nach seiner Waffe, wurde im Getümmel aber weggedrängt. Er zog eine seiner Pistolen und schoss einem Mann, der auf ihn losging, ins Gesicht. Kurze Zeit sah er Knochensplitter und Gehirnmasse umherspritzen, und dann wurde das ganze Bild von einer beißenden Qualmwolke verborgen. Er warf die Pistole in die Luft, fing sie an ihrem noch warmen Lauf auf und schlug mit dem Griff auf den nächstbesten Hochlandkrieger wie mit einer Keule ein.

Augenblicke später war der Raum gesichert. Alle Gegner waren entweder tot oder verwundet. Geistesgegenwärtig wie immer hatten Wiesel und der Barbar schon begonnen, den Leichen alle Wertgegenstände abzunehmen, stopften Beutel in ihre Hosentaschen, um sie später in Augenschein zu nehmen, und schnappten sich alle Waffen, die noch einwandfrei aussahen. Kurz darauf tat es der Rest der Einheit ihnen nach. Halbblut nahm Taube sein Gewehr weg, das dieser als Kriegsbeute beanspruchen wollte, bis er ihm sein Zeichen zeigte, das in den Kolben eingeschnitzt war. Der Sergeant überwachte das alles mit Adleraugen. Er würde seinen Anteil später einfordern. Nicht einmal Wiesel und der Barbar würden versuchen, ihn zu betrügen.

Halbblut fluchte. Der Blutrausch und die Angst hatten ihn überwältigt, und jetzt war es zu spät, seine Ansprüche anzumelden. Hoffentlich würde es später noch mehr Beute geben. Überall um ihn herum war Kampflärm zu hören. Er bemerkte, dass ihn der Sergeant ansah.

»Was ist?«, fragte er.

»Sieht aus, als wäre hier alles vorüber.«

»Ach ja?«

»Wohl kaum ein hart erkämpfter Sieg, was?«

»Sprich für dich selbst. Ich habe den Angriff angeführt, schon vergessen? Einer dieser Bastarde hat mich fast umgebracht.«

»Ich meine, wenn man bedenkt, dass das angeblich die Leibwächter eines dunklen Magiers und eines abtrünnigen Propheten waren.«

Halbblut sah, dass die anderen jetzt zuhörten, obwohl sie immer noch Beutestücke in ihre Bündel stopften. Inzwischen waren sie bei schmutzigen Decken und Kleidung angelangt. Nun ja, man wusste nie, wann sie sich noch mal als nützlich erweisen konnten. »Vielleicht sollten wir dankbar dafür sein.«

»Und wir sollten überlegen, wo der Zauberer wohl seinen Schatz versteckt hat«, ergänzte Wiesel.

»Ja, wahrscheinlich«, sagte der Sergeant.

»Bestimmt ist er verflucht«, warf der Barbar ein. Er hegte eine durchaus berechtigte Angst vor den dunklen Künsten. Das galt für sie alle.

»Ach was, wir reichen den Fluch einfach weiter, indem wir das Gold ausgeben«, sagte Wiesel, indem er versuchte, fröhlicher zu tun, als er sich fühlte. Halbblut fiel auf, dass sich die Atmosphäre im Raum verändert hatte. Die Stille des Todes und eine Art feuchtkalter Angst hatten sich darüber gesenkt. Verblüffend, wie rasch das geschehen war. Wenn einer von ihnen jetzt zur Tür rannte, dachte Halbblut, dann würden ihm die anderen wahrscheinlich folgen.

Der Leutnant traf am Ort des Geschehens ein, begleitet von Vosh. Meister Severin war nicht bei ihnen. Sardec wirkte wenig erfreut. Von draußen drang das Brüllen der Wyrm herein, aber im Inneren des Hauses war der Kampflärm jetzt verstummt. Es sah aus, als hätten die Fourageure gewonnen, und ein leichter Sieg war es dazu auch noch gewesen. Vosh betrachtete die Leichen mit trauriger Miene und wich den Blicken der Gefangenen, die nach draußen gezerrt wurden, aus. Als sie ihn sahen, verhöhnten sie ihn und spuckten vor ihm aus, doch die Fourageure schlugen so lange auf sie ein, bis sie in verdrossenes Schweigen verfielen.

Sardec steckte den Kopf durch die Tür, schien jedoch nicht zu finden, was er suchte, und ging weiter. Vosh verschwand zusammen mit dem Leutnant.

»Sie sind alle tot«, sagte der Barbar. »Bis auf den letzten verdammten Mann.«

Was sie in diesem Raum entdeckt hatten, entsetzte sie alle. Offensichtlich waren die Scharlachroten Schatten durch den Kamin eingedrungen und aus der Feuerstelle aufgetaucht. Der ganze Raum lag voller Leichen, die ohne menschliche Mitwirkung gestorben waren.

Halbblut suchte einen weiteren Körper ab. Er hatte einem grauhaarigen Alten mit langem Bart und faltigem Gesicht gehört. Seine Augen und der Mund waren weit aufgerissen, die Zunge quoll hervor. Ein feines Blutrinnsal war aus seinen Mundwinkeln und Nasenlöchern gesickert. Seine Haut wies einen merkwürdig rosigen Farbton auf, so wie bei jemandem, der zu lange in einem heißen Bad gelegen hat. Nur dass die Verfärbung eben nicht aussah, als würde sie wieder verblassen. Halbblut stieß die Leiche mit dem Stiefel an; er mochte sie nicht mit den eigenen Händen berühren, als fürchte er, dass der Tod irgendwie ansteckend sein könnte.

Das Gutshaus war voll mit bewaffneten Männern gewesen, doch abgesehen von einigen, die das Massaker im Erdgeschoss überstanden hatten, war kein Einziger mehr am Leben. Die meisten schienen durch Hexerei gestorben zu sein. Die Scharlachroten Schatten hatten ihnen die Lebenskraft ausgesaugt. Die Fourageure überprüften jeden Winkel. Schließlich überwanden sie ihre anfängliche abergläubische Furcht und begannen, den Leichen Geldbörsen, Pulver, Kugeln und Waffen abzunehmen; alles, was irgendwie von Wert war.

Halbblut zog sich der Magen vor Ekel zusammen, als er diesen Beweis für das Dasein unheimlicher Magie betrachtete. Das war genau die Art von Macht, auf die er immer neugierig gewesen war, ja die er sogar für sich selbst begehrt hatte. Aber wollte er wirklich eine solche Macht besitzen? *Nein!*, kreischte der größte Teil seiner selbst. Doch in einem kleinen, kranken, von Ehrgeiz erfüllten Winkel seines Geistes wusste er, dass die Antwort ja lautete. Über solche Macht zu verfügen, selbst wenn sie seine Seele in Gefahr brachte, das wäre schon eine großartige Sache.

Die Einheit begann sich über die Beute zu streiten. Wie immer schien es ihnen im Vergleich zu der Gefahr, der sie sich ausgesetzt hatten, nicht annähernd genug. Ein paar Minuten später kehrte Sardec zurück. Seine Miene war ruhig und eisig; ein sicheres Zeichen dafür, dass der Terrarch zornig war. Alle Soldaten wichen vor ihm zurück, sogar der Barbar. Halbblut musste an sich halten, damit er nicht zusammenzuckte. Ihm war schon klar, der Leutnant würde seine Wut wahrscheinlich an ihm auslassen.

»Keine Spur von einem Zauberer«, sagte er und warf dem Führer einen zornigen Blick zu. »Keine Spur von Zarahel. Nur ein Haufen stinkender Stammeskrieger.«

»Er war hier, Herr«, sagte Vosh. »Sie waren beide hier.«

»Du hast geschworen, dass wir sie hier finden würden«, hielt ihm der Leutnant vor.

»Als ich wegging, waren sie noch da. Vielleicht halten

sie sich in der Nähe auf. Gut möglich, dass sie in der Mine sind.«

»Die Mine? Wo liegt sie?«

»Ein Schacht im Berghang. Der Magier hat ihn ausheben lassen. Gott weiß, warum. Dort ist es nicht geheuer.«

»Vielleicht haben sie sich deswegen dafür interessiert«, meinte Sardec. »Wieso hast du vorher nichts davon erwähnt?«

»Warum sollte ich? Sie waren doch hier. Nachts waren sie immer im Haus.«

»Nun, jetzt sind sie es jedenfalls eindeutig nicht. Vielleicht haben sie irgendwie erfahren, dass wir kommen. Wie weit ist es bis zu dieser Mine?«

»Sie liegt in dem Hang über uns. Morgen früh führe ich Euch hin.«

»Bis dahin können unsere Freunde schon Meilen weit entfernt sein.«

»Ja, Herr, das könnten sie. Aber in diesem Fall wären sie bei Tageslicht leichter aufzuspüren.«

Einen Augenblick lang wirkte Sardec, als wolle er den Mann schlagen, aber dann holte er tief Luft und ergriff erneut das Wort. »Sergeant! Fangt an, diese Leichen aus dem Haus zu bringen. Die Wyrm wollen auch fressen. Du!« Er wies gezielt auf Halbblut. »Kümmere dich darum, dass sie gefüttert werden.«

Niemand erhob Einwände. Immerhin war das leichtere Arbeit, als einen Scheiterhaufen für die Toten zu bauen.

Halbblut sah zu, wie die Schneeflocken auf den See fielen. In der Nähe warteten die Wyrm. Vielleicht bildete er sich das ja nur ein, aber ihm kam es vor, als wirkten sie merkwürdig gesättigt. Die anderen Fourageure hielten sich im Gebäude auf und hatten sich in ihre Decken gewickelt, um sich vor der Kälte zu schützen. Der Leutnant war im ersten Stock. Er hatte Wiesel gerufen, damit dieser die Gefangenen verhörte; eine Aufgabe, für die der ehemalige Wilddieb Talent besaß und die er ohne besondere Rücksichtnahme ausführte. Die Schreie der Gefangenen hatten es den Männern eine Zeitlang schwer gemacht, Schlaf zu finden. Halbblut fragte sich, was Sardec herausbekommen hatte. Nicht, dass es darauf ankam. Zweifellos würde ihnen der Leutnant seine Erkenntnisse zu einem Zeitpunkt mitteilen, den er für angemessen hielt. Und wenn nicht, so würde Wiesel sie weitergeben, falls er nicht irgendeine Möglichkeit gefunden hatte, Profit aus der Lage zu schlagen.

Auch das Stöhnen der Verwundeten war der Ruhe abträglich. Ihre Verluste mochten zwar leicht gewesen sein, aber einige Männer waren trotzdem verletzt worden. Das war ja immer so. Und im Augenblick schien der benommen wirkende Meister Severin auch nicht in der Lage zu sein, sie zu heilen. Selbst viele der Hochlandkrieger waren verwundet worden, aber die hielten sich entweder ruhig oder wurden aus ihrem Elend erlöst. Die Fourageure hegten keine besondere Sympathie für die Stämme aus den Hügeln. Sie hatten zu viele Geschichten darüber gehört, was die Männer aus den Bergen mit gefangenen Soldaten anstellten. In der Tat, wehe den Besiegten!, dachte Halbblut.

Er hatte Taube von sich aus angeboten, die Wache mit ihm zu tauschen, denn er wollte in Ruhe nachdenken. Ohnehin brauchte er weniger Schlaf als gewöhnliche Menschen, und Taube war ihm damit einen Gefallen schuldig. Es konnte nie schaden, sich andere auf diese Weise zu verpflichten.

Vor allem beschäftigten ihn die Scharlachroten Schatten. Zum ersten Mal hatte er aus dieser Nähe einen solchen summarischen Einsatz vernichtender magischer Kräfte miterlebt. Es bewies ihm, welche Macht der Magie innewohnte. Es zeigte ihm auch, wie sehr die Terrarch in der Lage waren, eine Zivilisation zu beherrschen, in der ihnen die Menschen zahlenmäßig hundert zu eins überlegen waren. Er dachte an die Leichen der Männer, die beim Angriff der Schatten umgekommen waren, die merkwürdige Rotfärbung ihrer Haut, das Blut, das ihnen aus Nase und Mundwinkeln gesickert war. Die Schatten waren nicht einfach eine Waffe, sondern eine Lektion für alle, die sich gegen die Terrarch stellten.

Er fragte sich, wie es wohl wäre, solche Macht in Händen zu halten. Höchstwahrscheinlich würde er es nie erfahren. Die Alte Hexe hatte ihm erklärt, solche Zaubereien trieben die meisten Menschen in den Wahnsinn oder höhlten sie körperlich so aus, dass sie stürben. Menschen waren offenbar nicht dazu geschaffen, mit starken magischen Kräften umzugehen. Aber wenn die Geschichten stimmten, war er nur zur Hälfte ein Mensch. Welche Seite seiner Natur wohl die Oberhand behalten würde, wenn er eine solche Magie ausprobierte? Das wäre eine Prüfung, die sein wahres Wesen eindeutig beweisen würde. Doch er mochte nicht länger darüber nachdenken, was das Ergebnis eines solchen Versuchs sein könnte, daher bemühte er sich, seine Gedanken in eine andere Richtung zu lenken, nämlich auf ihre Mission hin.

Man hatte sie ganz in die Nähe der Grenze beordert, um einen Zauberer aufzustöbern, der sich hier angeblich zusammen mit einem religiösen Anführer verschanzt hatte. Mit ihrer Bewaffnung und Ausrüstung wären sie mit viel mehr Gegnern fertig geworden, als sie hier angetroffen hatten. Sie führten einen Magier mit sich und so viele Wyrm, dass sie es mit einer Schwadron Husaren hätten aufnehmen können. Ohne Zweifel hielt irgendwo irgendjemand diesen Auftrag für wichtig. Und was hatten sie gefunden? Bis jetzt nichts. Nur eine Ruinenstadt, einen Haufen verängstigter Hochlandbewohner und Gerüchte über eine Mine, in der es spuken sollte.

Und das waren noch längst nicht alle Ungereimtheiten, überlegte er. Sie befanden sich an der Grenze zu Kharadrea, und immer mehr königliche Truppen wurden in Rotturm zusammengezogen. Dafür konnte es nur einen Grund geben. Die Kharadreaner würden nicht verrückt genug sein, in das Reich einzufallen, und erst recht nicht, während sie untereinander einen mörderischen Bürgerkrieg führten. Nein, das Reich plante eine Intervention, etwas, das sowohl ihm als auch dem Dunklen Imperium durch den Vertrag von Oslande ausdrücklich untersagt war. Wenn Truppen aus dem Reich über den Bruchzahnpass marschierten, dann würde dies Krieg bedeuten, und zwar nicht nur mit den Kharadreanern. Und zwar einen Krieg von einem Ausmaß, wie es ihn seit über hundert Jahren nicht gegeben hatte.

Halbblut war sich nicht sicher, was er von der Aussicht auf einen Krieg im Osten hielt. Gewiss, sie würden jede Menge Beute machen, etwas, wovon ein Soldat immer träumte; aber es mochte auch bedeuten, dass sie gegen die gewaltigen Sklavenarmeen des Dunklen Imperiums kämpfen mussten. Die Blauen Terrarch hatten keine Nachsicht mit Menschen, die es wagten, sich ihnen zu widersetzen.

Während des Schismas hatten sie ganze menschliche Regimenter, die sie besiegt hatten, kreuzigen lassen, als Warnung an alle, die daran dachten, sich ihnen entgegenzustellen.

Über die abscheulichen Zauberkünste im Osten waren alle möglichen Gerüchte im Umlauf. Halbblut hatte etwas über die Kriege der Vergangenheit gelesen. Sie waren schlimm genug gewesen, aber der nächste konnte doch nur noch verheerender ausfallen. Seit jener Zeit hatten sowohl die Alchemie als auch die Artillerie große Fortschritte gemacht, und wer wusste, wozu die wahnsinnigen Zauberer von Askander, der Stadt der Purpurtürme, inzwischen in der Lage waren? Im Flüsterton erzählte man sich, dass die Terrarch im verbotenen Land Nekromantie und Vampirismus praktizierten. Er wusste nur, dass die Erhabenen ihre feindlichen Brüder dort mit fast schon religiösem Hass verfolgten, und er fragte sich, was dafür wohl der Grund war.

Kopfschüttelnd sah er wieder auf den See hinaus. Die Oberfläche war grau und leicht bewegt. Er hatte seine Gedanken weit abschweifen lassen. Dann zuckte er zusammen. Irgendwo am gegenüberliegenden Ufer glaubte er, ein Licht gesehen zu haben. Es flackerte und verschwand, und er wartete ein oder zwei Minuten darauf, ob es erneut erschien. Als dies ausblieb, beschloss der, die Sache lieber dem Sergeanten zu melden.

Hef war nicht gerade begeistert, dass man ihn aus dem Bett zerrte, damit er sich ein Licht ansah, das gar nicht mehr zu sehen war. Aber als guter Soldat war ihm klar, dass die Angelegenheit wichtig sein könnte. Er weckte Taube, da dieser Vosh suchen und sich sagen lassen sollte, wo sich die Mine befand. Der Führer erschien und bestätigte, dass sie ungefähr in der Richtung lag, wo Halbblut das Licht gesehen hatte. Leider lockte seine Anwesenheit auch den Leutnant herbei.

Durch sein Teleskop blickte Sardec in die erste Morgendämmerung; er war sich sicher, dass ihm die Nachtsicht der Terrarch erlauben würde, etwas zu erkennen, das die anderen nicht gesehen hatten. Doch er wurde enttäuscht und wandte sich den Männern seines Kommandos erneut finster zu. Wütend starrte er Halbblut an.

»Offensichtlich hast du gar nichts gesehen«, fauchte er. Sein Ton klagte an, und Halbblut sah schon den nächsten Strafdienst auf sich zukommen.

»Vielleicht doch, Herr, auch wenn es jetzt verschwunden ist…«, warf Sergeant Hef ein. »Besser, von einem aufmerksamen Wachposten geweckt zu werden, als sich im Schlaf die Kehle durchschneiden zu lassen.«

Dagegen konnte nicht einmal Sardec etwas einwenden. Halbblut spürte eine Woge der Dankbarkeit für den Sergeant in sich aufsteigen.

»Ich werde beruhigter sein, wenn wir diese Mine durchsucht haben, Sergeant«, erklärte Sardec.

»Ja, Herr.«

»Und noch froher, wenn wir diesen Zauberer finden. Das Ganze hier stinkt nach Hexerei, und das gefällt mir gar nicht.«

Dies war zum ersten Mal seit langer Zeit eine Äußerung von Sardec, der Halbblut voll und ganz zustimmen konnte.

»Und da wir gerade von Zauberern reden, findet doch heraus, ob sich Meister Severin schon ganz erholt hat.

Mag sein, dass wir seine Kunst noch benötigen, bis das alles vorüber ist.«

»Wird gemacht, Herr.«

Der Sergeant schickte Taube los und folgte dem Leutnant zurück ins Haus. Halbblut kehrte auf seinen Wachposten zurück und knöpfte den Uniformmantel fest zu, um die Kälte abzuhalten. Jetzt wünschte er sich, er hätte Zeit gehabt, einigen der Leichen die Kleidung wegzunehmen. Manches hätte ihm vielleicht gepasst, und wenn nicht, so wäre eine zusätzliche Stoffschicht bei dieser Kälte trotzdem nicht verkehrt gewesen.

Halbblut marschierte mit den anderen. Er hielt seine Flinte fest umfasst und sah auf den See hinaus. Dieser strahlte im Licht der frühen Morgendämmerung etwas aus, das ihn zutiefst verunsicherte; das Wasser wirkte irgendwie ölig, still und ... lauernd. Er hatte das Gefühl, jeden Augenblick könnte etwas aus seinen Tiefen auftauchen und sie angreifen, etwas Uraltes, Böses, Nichtmenschliches. Nur zu gut konnte man sich seltsame Gestalten vorstellen, die zwischen den Ruinen der im See untergegangenen Gebäude umherschwammen. Er sagte sich, dass sie zu weit vom Meer entfernt waren, als dass die tintenfischartigen Quan hier auftauchen könnten. Schon immer hatte er sie mehr gefürchtet als alle anderen Dämonenwesen. Im Waisenhaus hatte es einen Priester gegeben, einen ehemaligen Seemann, der mit seinen Geschichten von gewaltigen Tentakeln, die plötzlich aus dem mondbeschienenen Ozean auftauchten, allen Kindern Angst eingejagt hatte. Diese Geschichten waren Halbblut lange im Gedächtnis geblieben.

In lockerer Formation, um nichts zu übersehen und

möglichen Heckenschützen kein leichtes Ziel zu bieten, bewegten sich die Fourageure über den Hang, der zum Eingang der Mine führte. Er wünschte, er selbst hätte auch zu den vierzig Männern gehört, die man ausgewählt hatte, damit sie zusammen mit Korporal Toby und den Wyrm im Gutshaus die Stellung hielten. Aber Sardec hatte dafür gesorgt, dass er nicht dabei war. In letzter Zeit schien er ihm grundsätzlich die unangenehmsten Aufgaben zuzuteilen. Wenn er gründlich darüber nachdachte, war das eigentlich immer so gewesen.

»Seht euch das an«, sagte Wiesel. Halbblut folgte der Richtung, in die er mit einem Kopfnicken wies. Eine halb umgestürzte Säule ragte aus dem Wasser. Die Oberfläche war glatt und mit merkwürdigen Schriftzeichen bedeckt. Manche erinnerten an Köpfe, aus denen Massen von Tentakeln hervorwuchsen, andere an Spinnennetze oder Spinnen. Die Säule war angeschlagen und verwittert. Und wenn man genau hinsah, waren knapp unter der Wasseroberfläche auch noch weitere Säulen zu erkennen. Halbblut fragte sich, was das hier wohl mal gewesen sein mochte – vielleicht eine Art Tempel der alten, zornigen Götter oder Uran Uhltars selbst. Das Material ähnelte keinem Stein, den er je gesehen hatte. Es war glatt und durchscheinend, fast wie Glas, oder vielleicht der Panzer eines riesigen Käfers. Schon der Anblick machte ihn nervös. Diese Runen schienen ein Eigenleben zu besitzen und wirkten irgendwie hungrig. Er sagte sich, seine Fantasie werde ihm einen Streich spielen, doch ganz glaubte er das selbst nicht.

»Das stammt aus der Alten Welt«, sagte Leon. Abergläubische Furcht lag in seiner Stimme. Halbblut nickte und schlurfte unsicher hangaufwärts. Er verspürte nicht den Wunsch, den Säulen noch näher zu kommen. Sie gehörten zu den Hinterlassenschaften der dunklen Zeitalter vor der Ankunft der Terrarch. Manche davon waren älter als die menschliche Rasse. In der schlechten alten Zeit waren an solchen Relikten häufig Opfer gebracht worden.

»Na, großartig«, meinte Halbblut. »Dunkle Magier, Zarahel, der Prophet, und jetzt auch noch Runen aus der Alten Welt. Warum habe ich das Gefühl, dazwischen müsse eine Verbindung bestehen?«

»Vielleicht reiner Zufall«, sagte Leon.

»Hoffentlich.«

»Mir gefällt das gar nicht«, bemerkte Leon, schob die kalte Pfeife weit in seinen Mundwinkel und zog mit einem seltsamen Fiepen die Luft hindurch. Seine großen Augen beherrschten seine schmalen, jungenhaften Züge. Angst stand darin. Meister Severin sah zu ihnen hinüber. Er schien sich noch nicht ganz von den Anstrengungen der gestrigen Nacht erholt zu haben. Es war, als hätte ihm die Magie, die er entfesselt hatte, die Kraft geraubt. Sie winkten ihn zu sich. Der hoch gewachsene Terrarch kam zurück. Vosh, der Führer, trottete neben ihm her.

»Was habt ihr entdeckt?«, verlangte Severin zu wissen. In jedem seiner Worte lag Herablassung. Wiesel wies auf die Säule, die halb aus dem Wasser ragte. Halbblut vermutete, die Säule werde wegen der Schmutzschicht an ihrem Rand aus größerer Entfernung nicht mehr zu erkennen sein. Das trübe Wasser spiegelte sich in Severins glänzender Maske.

»Ein Uhltari-Obelisk«, erklärte der Magier. Ein nachdenkliches Lächeln breitete sich über sein Gesicht aus. In diesem Augenblick wirkte er mehr wie ein verträumter Gelehrter denn wie ein Terrarch-Offizier. »Ein kleiner.«

»Uhltari, Herr?«, fragte Leon.

»Eins der Alten Völker. Das Buch von Iskarus behauptet, sie wären im Krieg der Götter durch die Ar Elat so gut wie ausgerottet worden, und nur dekadente Überreste hätten bis in dieses Weltzeitalter überlebt. Und diese wurden dann während der Eroberung ausgelöscht, zusammen mit den Menschen, die so töricht waren, sie zu verehren. Sie haben sich von Menschen ernährt, wisst ihr.« Der Zauberer sah zu ihnen auf. Ihm schien zu dämmern, mit wem er da gesprochen hatte, und er klappte den Mund fest zu. Dann drehte er sich auf dem Absatz um und bedeutete ihnen, sie sollten weitergehen. Der Führer blieb kurz stehen, um der Säule eine Art Ehrerbietung zu erweisen, und ging dann weiter.

»Habt ihr das gesehen?«, fragte Leon, als sie weiterzogen. »Sieht aus, als verehre der Hochländer die Alten Götter.«

Halbblut hielt das nicht für unwahrscheinlich. Nach allem, was er gehört hatte, hatte sich die Religion der Terrarch hier oben nie so recht durchgesetzt. Viele Menschen folgten noch den alten Bräuchen. Er dachte über die Worte des Magiers nach. Da war so vieles, was die Terrarch für sich behielten. Natürlich gehörte dies zu den Methoden, mit denen sie ihre Macht erhielten. Trotzdem fühlte er sich herabgesetzt, als hätte der Magier absichtlich herausgestellt, dass er über dieses Wissen verfügte, sie aber nicht. Um zu beweisen, dass er im Unterschied zu ihnen privilegiert war. Gunther hätte gesagt, so sei die Welt nun einmal, doch Halbblut fragte sich, ob das unbedingt so bleiben musste.

Vor sich erblickte er jetzt den Eingang zur Mine. Düster wie ein Höllenschlund gähnte er in dem kalten Berghang. Dort wartete, zusammen mit dem Rest der Männer, ein beunruhigter Leutnant Sardec. Und wie immer schien sein Blick auf Halbblut geheftet zu sein.

6. KAPITEL

In den Tiefen dieser Welt hausen noch viele alte Übel.

Propheten, Vers 6, Kapitel 9.

Halbblut betrachtete den Torbogen, der hinab in die Dunkelheit führte. Ein merkwürdiger, muffiger Geruch stieg daraus auf, eine Mischung aus verfaultem Holz, Feuchtigkeit und noch etwas anderem. Er warf einen Blick auf den Boden. Es gab Anzeichen dafür, dass kürzlich jemand hier gewesen war. Dazu brauchte er nicht wie Wiesel Spuren lesen zu können; jeder konnte die Fußabdrücke sehen. Fast ganz neue Balken stützten die Decke ab. In der Nähe des Eingangs lagen Holzeimer. Hier und da waren die Stiele alter Spitzhacken zu erkennen; die Köpfe schienen so wertvoll, dass man sie nicht zurückgelassen hatte.

»Das sieht neu aus«, meinte Sergeant Hef. Er stammte aus Agaline im Westen des Reiches, einer rauen Bergregion, die für ihre Minen berühmt war. Bevor er Soldat gewesen war, hatte er nach Kohle gegraben und erklärte stets, er sei für jeden Tag dankbar, an dem ihm der Sold der Königin erlaube, an der Oberfläche zu bleiben. Halbblut vermutete, dass er nicht scherzte.

»Jemand ist dort hinuntergegangen«, sagte Wiesel.

»Warum?«, fragte Sardec. »Was ist da unten?«

Er sah den Hochländer an. Ihr Führer zuckte die Achseln. »Der Zauberer hat befohlen, den Stollen zu graben. Dort spukt es.« Der Ausdruck echter Angst breitete sich auf seinem Gesicht aus.

»Und was soll dort umgehen?«, verlangte der Leutnant zu wissen.

»Geister?«, erwiderte Wiesel.

»Das weiß niemand. Aber etwas hat da im Dunkel die Bergleute getötet. Manche behaupteten, es wäre ein Dämon gewesen. Deswegen haben wir begonnen, Sklaven einzusetzen.«

»Und trotzdem sind dieser Magier und sein Freund, der Prophet, hergekommen. Kürzlich erst, wie es aussieht.«

»Klingt, als wäre das gerade der richtige Ort für sie«, sagte Wiesel. »Vielleicht wollten sie den Dämon binden.«

»Ich schlage vor, dass du die Magie Meister Severin überlässt.«

»Mit Vergnügen, Herr.«

Sardec lächelte säuerlich. »Habt Ihr irgendwelche Ideen, Meister Severin?«

Der Magier legte den Kopf schief. »Etwas hier ist sehr merkwürdig. Ich spüre, dass tief in diesem Bergwerk Beschwörungen ausgebracht worden sind. Eine Art von Magie, mit der ich nicht vertraut bin. Und noch etwas anderes ist hier am Werk, etwas Untergründiges, kaum Spürbares. Das hat auch meinen Zauber von gestern Nacht beeinträchtigt.«

Sardecs kaltes Lächeln wurde breiter; offensichtlich glaubte er, dass sich der Magier herausredete. »Vosh, habt Ihr etwas hinzuzufügen?«

»Der Zauberer, der dunkle Zauberer, hat befohlen, diesen Stollen hier zu graben. Unser Volk hätte es nicht getan, aber die Leute hatten große Angst vor ihm und dem, was er sonst vielleicht mit ihnen angestellt hätte. Immer weiter ließ er sie graben, tief ins Dunkel hinein. Sie haben alte Gänge geöffnet. Dann, eines Tages, hat er ihnen einfach befohlen aufzuhören. Offenbar hatte er gefunden, was er suchte. Die Gefangenen wurden nach unten geschickt und kamen nie zurück. Niemand hat sie je wiedergesehen. Danach hat der Zauberer viele Tage dort unten verbracht. Manchmal hat ihn der Prophet begleitet.«

Halbblut lauschte aufmerksam. Er glaubte gerade, tief im Inneren der Mine eigenartige Geräusche zu hören, etwas wie ein Stöhnen. Er war nicht der Einzige, auch Sardec blickte auf.

»Das ist nur der Boden, der sich setzt, und das Knarren der Balken«, erklärte Sergeant Hef. »Nichts, worüber ihr euch Sorgen zu machen braucht. Jedenfalls keine großen.«

Sardec wirkte beunruhigt, fand Halbblut. Der Blick des Leutnants richtete sich erneut auf die Mine und die niedrige Decke. Halbblut war klar, dass er überlegte, den ganzen Trupp in die Dunkelheit hinunterzuschicken. Der Offizier schien seine Gedanken zu lesen; er sah die Soldaten an und wählte rasch zehn Mann aus, die ihn begleiten sollten. Sergeant Hef sollte an der Oberfläche bleiben und jeden Ausreißer aufhalten, der ihnen entwischte.

»Herr«, sagte Leon, der zu den zehn Auserwählten

gehörte. Er wirkte besonders jung und flatterig. »Dort unten gibt es einen Zauberer. Und möglicherweise auch einen Dämon.«

»Ihr könnt auf meine Magie vertrauen«, sagte Meister Severin.

Sardec zog seine Feensilber-Klinge. »Und wenn die nicht wirkt, dann wird das hier alles töten, ganz gleich ob Zauberer, Dämon oder Mensch«, erklärte er.

»Zu schade, dass wir nicht alle so ein Schwert haben«, brummelte Wiesel so leise, dass nur Halbblut und der Barbar ihn hörten. Halbblut überprüfte die Schutzzeichen, die um seinen Hals hingen und sah, dass andere das Gleiche taten. Und zwar nicht nur die Männer, die ausgesucht worden waren, in die Mine zu gehen.

Sardecs Lampe erhellte die Düsternis. Der Leutnant ging tief gebückt, denn er war viel zu groß für die Korridore, die für die kleineren Menschen gebaut waren. Im Licht glitzerte seine Klinge unheimlich, seine Augen leuchteten fiebrig. Man sehe sich das an, dachte Halbblut. Er wittert eine Chance, sich mit Ruhm zu bedecken, und die wird er auch mit beiden Händen ergreifen, sogar wenn er uns alle dazu umbringen muss. Neben Sardec ging Vosh und sah sehr unglücklich aus.

Meister Severin zog einen Kristall aus seinem Beutel und murmelte einen Spruch darüber. Die Runen, mit denen der Stein besetzt war, leuchteten einmal grell auf und gaben dann ein gleichmäßiges Glühen von sich. Der Magier nahm den Kristall und steckte ihn in eine Halterung auf einem speziell dafür vorgesehenen Zauberstab. Leise ging er weiter. Er strahlte eine Mattigkeit aus, die Halbblut ganz und gar nicht beruhigte. Wenn müde Menschen schon Fehler machten, um wie viel schlimmere Fehler konnten durch einen erschöpften Terrarch-Magier entstehen?

Wiesel ging an der Spitze und untersuchte zögernd die Spuren nach Hinweisen. Der Barbar hielt sich neben ihm, die Pistole in der einen und sein langes Messer in der anderen Hand. Er bewegte sich wachsam, vollkommen beherrscht und kontrolliert. Hätte Halbblut nicht genau gewusst, dass er entsetzliche Furcht vor allem Übernatürlichen hatte und unter Platzangst litt, er hätte es nie erraten. Der Barbar war nicht allzu schlau, doch er war tapfer wie ein Drache.

Hinter den Anführern gingen Taube, Leon und dann Halbblut selbst, gefolgt vom Rest der Einheit, die eine lange, unordentliche Reihe bildete. Jeder zweite Mann trug eine Fackel; die anderen hielten ihre Waffen gezückt. Hinter Halbblut kamen Gunther, Langstiefel, Froschgesicht, der hinkende Heuschreck und der Schöne Jan. Er wünschte, Gunther wäre nicht unmittelbar hinter ihm gegangen; die Gebete, die er ständig leise und eintönig vor sich hinmurmelte, gingen ihm auf die Nerven.

Eines musste er allerdings zugeben: Wenn je ein Ort ein Gebet wert gewesen war, dann dieser. Die Stützbalken über ihnen sahen aus, als wären sie vor kurzer Zeit von Menschen eingesetzt worden, die nicht allzu viel davon verstanden. Zumindest behauptete Heuschreck das, und genau wie der Sergeant war der gedrungene kleine Mann mit den langen Armen früher einmal Bergmann gewesen. Die niedrigen Decken vermittelten Halbblut ein Gefühl des Eingeschlossenseins. Die fremdartigen Zeichen der Bilderschriften, die in unregelmäßigen Abständen in die Wände eingemeißelt waren, gefielen ihm nicht. Wenn er versuchte, ihren netzartigen, verwickelten Mustern zu folgen, taten ihm die Augen weh. Nichts hätte deutlicher darauf hinweisen können, dass hier Hexerei am Werk war.

Er packte nun seine Pistole und das Bajonett, das er in der anderen Hand trug, fester. Hier unten war nicht genug Platz, um ein Gewehr zu führen. Wenn, dann würde es zu einem Nahkampf kommen, Auge in Auge mit dem Gegner. Merkwürdig, wie heiß es war, obwohl draußen solche Kälte herrschte. Schon jetzt schien sein Hemd schweißfeucht, und einige der Männer hatten die Knöpfe ihrer Uniformröcke gelöst. Er sah, dass auf Wiesels Kahlkopf Schweißtropfen standen. Der ehemalige Wilddieb leckte sich über die Lippen, und Halbblut bemerkte, dass sein Mund ebenfalls trocken war. Staub lag in der Luft, dachte er, und noch etwas anderes, das er nicht genau einordnen konnte.

Kein schöner Ort zum Sterben, überlegte Halbblut. Nicht, dass es so etwas überhaupt gab; obwohl der Barbar behauptete, er könne sich nichts Schöneres vorstellen, als sein Leben im großen Palast der tausend Lüste in Drangsal, und zwar in den Armen einer sorajanischen Hure auszuhauchen. Diese Mine jedenfalls war ganz besonders wenig einnehmend. Er stellte fest, dass seine Gedanken viel zu leicht zu den Dämonen und der Dunkelheit wanderten, die in diesen düsteren Gängen lauern mochten. Die kaum beherrschte Angst brannte in seinem Magen wie Galle. Furcht vor der Dunkelheit, vor dem Gewicht des Gebirges über ihnen, vor Dämonen, Zauberern und den anderen fremdartigen Wesen, die hier unten vielleicht auf sie warteten. So übel das Wetter oben auch sein mochte, er wünschte sich plötzlich, er wäre dort, oder wieder im Lager, oder sogar in den schmutzigen Gassen von Drangsal. Überall – nur nicht hier.

Er dachte über den feuchten, muffigen Geruch und die halb umgestürzte Säule draußen nach und fragte sich, ob zwischen ihr und dem Dämon, der hier angeblich umging, eine Verbindung bestand. Uran Uhltar hatte viele Dämonen zu seinen Dienern gezählt. Zumindest hieß es so in allen Geschichten, die er je gehört hatte. Vielleicht waren ja nicht alle zusammen mit Achenar untergegangen. Er schickte ein Gebet gen Himmel und hoffte, dass Gott es hörte. Merkwürdig war das schon. Er hatte die Vorstellung von einem wohlwollenden Gott, die ihm die Priester im Waisenhaus eingeprügelt hatten, mehr oder weniger abgelegt. Doch wenn er sich in Gefahr befand, kehrte sein alter Glaube für gewöhnlich zurück; oder zumindest die Hoffnung, dass etwas daran wahr sein könnte.

Die Korridore schlängelten sich weiter nach unten. Aus irgendeinem Grund kamen ihm die Decke und die Stützbalken jetzt solider vor. Zuerst glaubte er, einer Einbildung aufgesessen zu sein, doch dann bemerkte er, dass ein mattes Glühen von den Wänden ausging. Er hatte gedacht, dies sei nur das Licht der Laterne, das auf kristallinen Einschlüssen im Stein spielte; doch als er zurücksah, fiel ihm auf, dass auch hinter ihnen ein schwaches Glitzern lag, das nicht verlosch. Es schien, als läge eine Schicht aus einem unbekannten Material über der Wand.

Er warf einen Blick zurück zu Heuschreck. Der ehemalige Bergmann schüttelte den Kopf und rieb sich dann die gebrochene Nase. Der Ausdruck in seinen tief liegenden Augen besagte, dass er so etwas noch nie gesehen hatte, und außerdem lag mehr als nur ein wenig Angst darin. Halbblut war keineswegs beruhigt. Fast wäre er von hinten gegen Leon gelaufen, bevor er bemerkte, dass die Soldaten vor ihm stehen geblieben waren und etwas anstarrten. Auch Halbblut sah hin. Da war ein weiteres mystisches Zeichen in die Wand eingehauen. Der Leutnant betrachtete es nachdenklich. Meister Severin hockte sich daneben und nickte, als hätte er eine Ahnung von dem, was sie da anschauten. Halbblut dagegen wusste nur, dass ihm das Ganze überhaupt nicht gefiel.

»Eine sehr eigenartige Schutzrune«, befand Severin.

»Warum eigenartig?«, fragte Sardec.

»Ungewöhnlich. Entstammt keiner Schule, die ich kenne. Könnte vielleicht ein Sensor oder ein Schutzzeichen sein, aber es besitzt keine Aura.«

»Ihr meint, Ihr habt es nicht gespürt, ehe Ihr es gesehen habt?«

»Genau.«

»Dann können wir wohl von der Kenntnis unseres Zauberers darüber ausgehen, dass wir ihm auf der Spur sind«, meinte Sardec. Einige Männer lachten halbherzig, doch die ängstliche Stimmung verstärkte sich nur noch.

Sie drangen weiter nach unten vor.

»Ich frage mich, wie tief diese Mine noch reicht, Rik«, sagte Leon.

»Vielleicht bis hinunter in die Hölle«, ließ sich Gunther vernehmen. Halbblut wünschte, er würde besser den Mund halten. Solches Gerede konnte er jetzt gar nicht gebrauchen.

»Aber der Herr des Lichts wird die Gerechten beschützen«, setzte Gunther hinzu. »Gehört ihr zu den Gerechten?«

»Wenn du nicht gleich still bist, trete ich dir mit meinem gerechten Stiefel in den Arsch«, versetzte der Barbar von vorn. Der Leutnant schritt nicht ein, was dafür sprach, wie tief er in seine eigenen Gedanken versunken war.

Der merkwürdige Geruch wurde stärker. Er erinnerte ein wenig an Gewürze, vielleicht an Zimt. Der Barbar bemerkte, dass sich eigentümliche Schleifspuren auf dem Boden befanden. Und dann betraten sie eine große Höhle, die einem Kuppelsaal ähnelte, und blieben sofort stehen.

»Warum sollte ein Zauberer hierher kommen?«, wollte Leon von Halbblut wissen. Sein Ton ließ erkennen, dass er wirklich eine Antwort hören wollte. Unter der hohen Kuppeldecke hallte seine Stimme ein wenig. »Warum hat er den Dämonen getrotzt?«

»Möglicherweise stellst du die Frage falsch«, meinte Halbblut. »Vielleicht ist er ja gerade hergekommen, *weil* hier Dämonen hausen.«

Es leuchtete auf fürchterliche Weise ein. Schließlich hieß es immer, dass Zauberer mit Dämonen aus dem Höllenschlund paktierten, um verbotene Erkenntnisse zu erlangen. Halbblut fühlte sich daran erinnert, was ihm die Alte Hexe in Drangsal zu erzählen pflegte: Diese uralten Wesen verfügten über ein Wissen, für das Menschen ihre Seele verkaufen würden. Natürlich würden Dämonen zum Tausch auch anderes annehmen als Seelen. Er dachte an die vermissten Menschen. Vielleicht hatte ja der Zauberer, den sie verfolgten, einen Handel mit den Dämonen geschlossen.

Die Fourageure sahen einander unsicher an und schauten dann zu dem Leutnant und dem Zauberer hinüber, als warteten sie auf Anweisungen. Halbblut merkte, dass alle am liebsten Fersengeld gegeben hätten und weggelaufen wären. Er konnte es den Männern nicht übel nehmen; ihm ging es auch nicht anders. An einem einsamen Ort tief unter der Erde gegen Dämonen zu kämpfen, das entsprach nicht seiner Vorstellung vom Soldatenhandwerk. Die Leutnant sah sie an und lächelte sardonisch, als wisse er genau, was sie dachten. Er schwenkte sein Feensilber-Schwert und hieb mehrmals rasch in die Luft, wobei er aussah, als habe er vor, den ersten Mann, der davonlief, einfach niederzumachen. »Es gibt keinen Dämon, den diese Klinge nicht in Stücke haut«, sagte er.

»Es ist die Klinge der Gerechten«, sagte Gunther mit einer Miene grimmiger Selbstzufriedenheit. Zumindest er wird nicht davonlaufen, dachte Halbblut, und beschloss dann, ebenfalls zu bleiben. Wo der Leutnant nicht wich, da konnte auch er standhalten.

»Ich fürchte mich nicht davor, gegen Dämonen zu kämpfen«, erklärte der Barbar. Seine Stimme klang ein wenig zittrig, doch er setzte sogar noch eins drauf. »Welcher Dämon in diesem elenden, winzigen Land kann sich schon mit den Aer meiner Heimat messen?«

Sardec sah sie alle noch einmal durchdringend an und schien sich ein Urteil über sie zu bilden. Dann bedeutete er ihnen, noch tiefer in die Mine vorzurücken. Plötzlich hob der Leutnant die Hand und gebot ihnen Schweigen. Niemand brauchte Halbblut zu sagen, was der Grund dafür war. Er hörte es ebenfalls. Irgendwo vor ihnen war ein leises Huschen zu vernehmen.

Es sah aus, als hätte jemand oder etwas sie gefunden.

7. KAPITEL

Fleisch geworden, halb Dämon, halb Spinnentier, zogen die Abkömmlinge Uran Ulthars aus, um Beute zu machen.

Mika Selari, Der Untergang des Spinnengottes

Die Fourageure sahen sich an. Das Geräusch verstummte und wich einem Dialog, der zwischen einem Menschen und einer Stimme geführt wurde, die zu einer unheimlichen Kreatur gehörte. Sie klang hoch, und brabbelte stockend mit einer Färbung, die keiner menschlichen Kehle entstammen konnte. Halbblut vermochte keine einzelnen Worte zu unterscheiden und bezweifelte ohnehin, dass er sie verstanden hätte. Sie klangen eigenartig und abgehackt, so wie eine der uralten Dämonensprachen, die von den Zauberern in Drangsal verwendet wurden.

»Stellt euch auf, Männer«, sagte der Leutnant. »Haltet euch bereit. Man hat uns entdeckt.«

»Nicht möglich. Wie kommst du nur darauf?«, murrte Wiesel, wich vor dem Geräusch zurück, das sich näherte, und stellte sich mit dem Rücken zur Wand. Halbblut sah sich um. Die meisten Männer hatten Pistolen oder Messer gezogen, sogar die, die Fackeln trugen. Sardec bedeutete ihnen, sich ein Stück zurückzuziehen. Der Gang war eng, und er brauchte Platz, um sein Schwert zu führen. Neben ihm stand mit entschlossener Miene der Barbar.

»Schießt erst, wenn ich den Befehl dazu gebe. Wir wollen doch nicht versehentlich unsere eigenen Leute erschießen oder von einem Querschläger getroffen werden. Dies hier ist ein Fall für das Schwert, Männer, es sei denn, ihr könnt ganz genau zielen und seid sicher, dass ihr trefft.«

Halbbluts Finger legten sich fest um seine Waffen. Da kam etwas auf sie zu, etwas Großes und Schweres, etwas, das eigentümliche, raschelnde Schleifgeräusche erzeugte, wenn es sich vorwärts bewegte. Seine Fantasie gaukelte ihm ein Bild von einer gewaltigen Schlange vor, die sich anschickte, sie zu verschlingen, oder von einer riesigen Spinne, deren schleimiger Körper an den Steinwänden entlangglitt und zuweilen schabte. Severin hob die Arme und verfiel in einen unverständlichen Sprechgesang.

Der Dämon kam in Sicht. Sein Anblick war noch viel schlimmer, als Halbblut erwartet hatte. Im Halbdunkel konnte er nicht alle Einzelheiten erkennen, und dafür war er dankbar. Was er sah, war noch schlimm genug, um ihm für den Rest seines Lebens Albträume zu bereiten.

Das Wesen war vielleicht so groß wie ein kleiner Stier und hatte einen Körper, der ihn zuerst an eine Riesenspinne erinnerte, bis er bemerkte, dass es einen Panzer trug und in Segmente unterteilt war – wie ein Tausendfüßler. Es bewegte sich auf sechs säulenartigen Beinen, die jeweils mehrere Gelenke besaßen. Auf der vorderen Mitte seines Torsos, wo bei einer Spinne die Augen gewesen wären, saß ein Kopf, der wie der Körper eines Tintenfisches aussah. Er besaß sechs Stängel und an jedem Ende befand sich ein Auge. Der Mund saß in der Mitte. Rechts und links davon war etwas, das aussah wie zwei lange Spitzen, und zwar in ständiger Bewegung, vor und zurück. Doch am schlimmsten waren die gewaltigen Klingen, die aus der Vorderseite des Torsos wuchsen. Einmal waren sie vielleicht Beine gewesen, hatten sich aber verändert und angepasst, bis gewaltige Sicheln daraus geworden waren, bereit zum Zuschlagen. Sie waren von einem merkwürdigen, giftigen Grün, und Halbblut war sich sicher, dass schon ihre bloße Berührung den Tod bedeuten würde.

Ein Geruch nach Gewürzen und Moder hing in der Luft. Der anrückende Dämon plapperte in seiner urweltlichen Sprache wirr vor sich hin.

»Ein Uhltari«, stellte Sardec fest. Halbblut keuchte auf. Diesen Namen hatte er in der Straße der Zauberer in Drangsal angstvoll flüstern gehört. Es handelte sich um eines der alten Dämonenvölker, das für seine Grausamkeit und seinen Irrsinn bekannt war: die Abkömmlinge des Spinnengottes Uran Uhltar, von denen man geglaubt hatte, dass sie schon lange von der Oberfläche von Gaeia verschwunden waren. Doch die Geschichten hatten sich geirrt – dieses Wesen war überhaupt keine Spinne, obwohl eine oberflächliche Ähnlichkeit bestand. Es besaß vielmehr einen walzenförmigen Körper, seine Haut war merkwürdig fleckig und von einem albinohaften Weiß. Halbblut fragte sich, wie lange es wohl schon hier unten hauste. Wie hatte es nur überlebt? War es das Letzte seiner Art und lauerte in den Tiefen, den Blicken der Rassen, die ihm nachgefolgt waren, verborgen? Was für seltsame Geschichten es wohl zu erzählen hatte, und welches fremdartige Wissen es wohl besaß …

Er merkte, dass er selbst schon vor Angst beinahe brabbelte. Seine Gedanken schossen wild durcheinander, und dann wälzte sich das Ding vollständig in sein Blickfeld und bäumte sich über dem Leutnant und dem Barbaren auf. Trotz seiner klobigen Gestalt bewegte es sich entsetzlich schnell; neben ihm wirkten der Zauberer, der Leutnant und der Barbar winzig. Mensch und Terrarch hoben die Waffen, doch da schlug das Wesen mit seinen Klauen aus. Sein erster Hieb schlitzte die Brust des Zauberers auf und ließ ihn zu Boden taumeln. Severin schlug und trat um sich, als litte er Höllenqualen. Der Schlag hatte ihn fast entzwei gerissen. Offenbar war nicht einmal ein Meisterzauberer gegen die Klauen eines Dämons gefeit. Kein besonders beruhigender Gedanke.

Das Schwert des Leutnants drang in die Chitinhaut des Uhltari, doch da sauste schon eine der schimmernden Klingen auf ihn zu, streifte seine Stirn und warf ihn um.

Katzenhaft schnell sprang der Barbar zurück und parierte mit seinem schweren Messer einen Schlag der sensenförmigen Klaue. Mit unheimlichem Kreischen trafen die Waffen aufeinander. Halbblut rechnete fast damit, die Klaue des Uhltari würde brechen, doch sie hielt stand. Das Wesen schlug noch einmal nach dem Barbaren, jetzt mit beiden Sichelklauen.

»Helft mit bloß nicht, ihr nichtsnutzigen Faulpelze!«, brüllte der Barbar. »Ich werde allein mit diesem Ding fertig! Nur die Ruhe!«

Halbblut hörte Fußgetrappel, das sich durch die Tunnel nach oben entfernte, doch er drehte sich nicht um, um festzustellen, wer von den Männern da flüchtete. Stattdessen hob er die Pistole und zielte sorgfältig zwischen die wimmelnden Stielaugen.

Im allerletzten Augenblick, als sein Finger schon den Abzug drückte, wälzte sich das Wesen in einer raschen, schlangenähnlichen Bewegung auf ihn zu, hob den langen, in Segmente geteilten Unterkörper und drückte den oberen Teil seines Torsos herunter. Aus dem Schwanz schob sich ein Stachel von der Länge eines Speers, von dem ein stinkender, giftiger Schleim tropfte. In dem engen Raum krachte der Schuss ohrenbetäubend, und der Pulvergestank wetteiferte mit dem Gewürzduft. Die Kugel traf, die Kreatur schrie, Halbblut aber wusste, dass er sie nicht getötet hatte.

Er hatte keine Zeit zum Nachladen. Instinktiv warf sich Halbblut über den gestürzten Leutnant und schlug mit dem Bajonett nach den Beinen des Wesens. Er spürte, wie die Waffe auf Widerstand traf und fühlte, wie kaltes, klammes Blut über seine Hand spritzte.

Eine menschliche Gestalt kam aus der Tunnelöffnung gestürzt und schwenkte ein Schwert in der einen und eine Fackel in der anderen Hand. Es war Gunther, der, von gerechtem Zorn erfüllt, etwas von der Rache seines Gottes kreischte. Die Flammen der Fackel trieben die Kreatur zurück. Irgendwo im Saal hörte Halbblut den Barbaren schreien: »Friss das, du schuppiges Mistvieh!« Seine Stimme war gleichermaßen von berserkerhafter Wut wie von Panik erfüllt, und auf jedes Wort folgte der dumpfe Schlag einer schweren Klinge.

Aus der Pulverwolke heraus sauste eine sichelartige Klaue geradewegs auf Halbblut zu. Nachdem er gesehen hatte, was sie dem Leutnant angetan hatte, hegte er keineswegs den Wunsch, sich davon berühren zu lassen. Er wich zurück und stolperte dabei über Sardec, und der Körper des Uhltari schoss über seinen Kopf hinweg. Er erhaschte einen Blick auf die segmentierte Unterseite und hatte das Gefühl, dass Hunderte kleiner Würmer über seine Stirn glitten und ihn kitzelten. Feuchter Schleim beschmierte sein Gesicht. Würgend rollte er sich unter dem Wesen davon.

Das hektische Geplapper des Dämons nahm einen anderen Ton an. Es mochte Angst sein oder ein anderes, nichtmenschliches Gefühl. Von hinten antwortete ihm eine menschliche Stimme auf die gleiche Weise. Halbblut fragte sich, ob der Magier die Kreatur kontrollierte. Hatte er sie irgendwie dazu gebracht, ihm zu dienen? Wenn ja, dann wurde er möglicherweise am besten mit dem Wesen fertig, indem er den Zauberer tötete.

Vor Schmerz schreiend ging Gunther zu Boden. Der stachelbewehrte Schwanz bewegte sich auf ihn zu, verfehlte sein Ziel jedoch. Halbblut tastete umher, und seine Hand traf auf das Heft einer Waffe. Es war ein Schwert, verblüffend leicht und gut geschmiedet, und es schmiegte sich in seine Finger, als wäre es für ihn geschaffen. Ihm wurde schnell klar, dass er Sardecs Feensilber-Klinge in der Hand hielt.

Er zwang sich in eine stehende Stellung und stieß es in den Leib der Bestie, dorthin, wo eines der massiven Beine aus dem gepanzerten Torso entsprang. Das Schwert drang mit Leichtigkeit ein, obwohl der Körper zuvor schon der schwereren Waffe des Barbaren widerstanden hatte. Kaltes, grünliches Blut sprudelte hervor. Er stach noch einmal zu und die Kreatur kreischte in echtem Schmerz auf. Der Giftstachel krampfte und verfehlte Gunther ein weiters Mal.

»Wusste ich doch, dass du das nicht lange aushältst«, brüllte der Barbar. »Stirb, du Kreatur des Bösen. Schmecke Nordland-Stahl!«

Der Dämon wich zurück. Wieder huschten die Säbelklauen auf Halbblut zu, zitterten aber jetzt, als wäre das Ding geschwächt. Die Klauen hieben neben ihm durch die Luft, schlugen jedoch fast aufs Geratewohl zu. Zu seinem Glück befand er sich noch halb in der Hockstellung, sonst wäre er in Stücke geschlagen worden. Er warf sich zur Seite, um an dem Uhltari vorbeizukommen und den Zauberer zu finden. Dabei stellte er fest, dass er sich außer Reichweite des Dämons gebracht hatte. Noch einmal stach er mit dem Schwert zu und trieb es tief in die rechte Seite des Ungeheuers.

Es stieß ein ohrenbetäubendes Kreischen aus, und sein Körper peitschte hin und her. Der gewaltige Muskelstrang streifte Halbblut, doch selbst in dem geschwächten Zustand des Wesens reichte dies aus, um ihn quer durch den Raum zu schleudern und gegen eine Wand krachen zu lassen. Kurz erfüllte eine von seltsamen Sternen erfüllte Dunkelheit sein gesamtes Blickfeld. Er fühlte sich merkwürdig verwirrt, und dann bemerkte er, dass sich der Uhltari langsam und offensichtlichtlich unter großen Schmerzen aus dem Kuppelsaal zurückzog. Der Barbar setzte zu einer wütenden Verfolgung an, brüllte los und forderte das riesenhafte Untier auf, zurückzukommen und zu kämpfen.

Mit einem Mal hörte das Gebrüll des Barbaren schlagartig auf, ohne dass er das Herabsausen einer Waffe gehört hatte. Halbblut fragte sich, ob ihn die Kreatur erwischt hatte – oder der Zauberer. Beinahe fürchtete er sich davor, nachzusehen, doch er zwang seine Gliedmaßen, die sich gummiartig anfühlten, sich in Bewegung zu setzen, und taumelte auf den Tunneleingang zu, in dem zuerst das Untier und dann sein Kamerad verschwunden waren. In dem von Pulverqualm durchzogenen Halbdunkel glaubte er, Wiesel zu sehen, und bedeutete ihm mit einer Handbewegung, ihm zu folgen.

Der Barbar stand wie erstarrt da. Seine gewaltigen Halsmuskeln zuckten und die Adern an seiner Stirn waren dick angeschwollen. Weit entfernt – am anderen Ende des Tunnels – sah Halbblut gerade noch, wie die massige Gestalt des Uhltari davonhuschte. Vor Halbbluts innerem Auge blitzte ein Bild von weiteren Tunneln auf, die sich von diesem aus verzweigten: der Eingang zu einem endlosen Labyrinth. Vor dem Barbaren stand eine hoch gewachsene, schmale Gestalt in einer blauen Robe, unter deren Kapuze eine Silbermaske das Licht spiegelte. Mit einer klauenartigen Hand hielt der Magier einen Stab umklammert, die andere hatte er zu einer eigentümlichen Geste ausgestreckt. Die Hand bewegte sich, und der Barbar beugte sich vornüber. Entsetzt sah Halbblut, dass sich der Nordmann trotz all seiner offensichtlichen Versuche, dem Zwang zu widerstehen, in sein Schwert stürzen würde. Das Schutzzeichen an seinem Hals pulsierte grell, doch es war nicht stark genug, um der Macht des Zauberers zu widerstehen.

Halbblut stürzte voran. Die Feensilber-Klinge lag leicht in seiner Hand. Mit seltener Geschmeidigkeit sprang der Magier zurück. Lachend hob er die Hand, vollführte eine seltsame Geste und sagte etwas in einer der alten Sprachen. Halbblut fühlte nichts, doch die Runen auf der Schwertklinge erwachten mit einem Mal glühend zum Leben, und er spürte sogar durch das Heft eine leichte

Wärme aufsteigen. Zumindest eine der Behauptungen, die man über das Feensilber verbreitete, traf also zu, dachte er. Es schützte gegen böse Magie.

Er sah, wie der Zauberer hinter der Maske die Augen aufriss, holte aus und trieb die Klinge mit einem kräftigen Stoß durch seinen Körper. Der Magier schrie, sein Stab fiel ihm aus der Hand und klapperte zu Boden. Er torkelte nach vorn, so dass sich Halbblut beinahe Brust an Brust mit ihm wiederfand. Er drehte die Klinge und zog sie heraus. Wimmernd umklammerte der Magier die dampfenden, glitschigen Gedärme, die aus seiner Bauchhöhle quollen. Halbblut versuchte ihn aus seinem Elend zu erlösen und schlug ihm den Schwertknauf über den Kopf. Er spürte, wie der Schädel unter diesem Schlag platzte, und sah blutgetränkte Knochensplitter umherfliegen. Doch der Zauberer wollte einfach nicht sterben, sondern brach nur in die Knie. Fluchend hieb ihm Halbblut mit dem Schwert den Kopf ab.

Der Barbar tauchte neben Halbblut auf und begann den Körper mit seinem Schwert in Stücke zu hacken. »Der Bastard dachte, er hätte mich erwischt, dabei hab ich ihn nur eingelullt, um ihn in die Reichweite meines Schwerts zu locken.«

»Ganz wie du meinst«, sagte Halbblut und sah zu dem Tunnel in der Ferne hinüber, wo der Uhltari verschwunden war. Wahrscheinlich hätten sie ihm auf der schleimigen Blutspur, die er hinterlassen hatte, folgen können; doch er hatte nicht die Absicht dazu, es sei denn, er würde dazu gezwungen. Dann hörte er Schritte hinter sich, drehte sich um und sah Wiesel, der mit einer Fackel in der Hand näher kam. Sofort bedeutete er dem Barbaren, nicht weiter auf die Leiche einzuhacken, und beugte sich über den Zauberer. Halbblut legte ihm eine Hand auf die Schulter.

»Er gehört mir«, erklärte er. »Ich habe ihn getötet.«

Wiesel wirkte verärgert, doch der Barbar nickte. »Er hat ihn getötet.«

»Das ist nur gerecht«, fand Wiesel.

»Was ist mit den anderen?«, erkundigte sich Halbblut.

»Der Leutnant liegt am Boden, atmet aber noch, und Gunther ebenfalls. Taube hat's erwischt. Leon ist bewusstlos. Severin ist tot. Die anderen haben sich verdrückt.«

Wieder einmal fragte sich Halbblut, wie so viel hatte passieren können, ohne dass er es bemerkt hatte. Man musste sich daran gewöhnen, obwohl er inzwischen genug Erfahrung hatte, um zu wissen, dass ein Kampf immer chaotisch verlief.

Wiesel ging den Tunnel entlang, um sich nach Beute umzuschauen. Im Licht der Fackel sah es aus, als hüpfe sein Schatten hinter ihm her. Am Hals des Zauberers entdeckte Halbblut ein Amulett und in den Überresten seiner Robe eine Reihe von Beuteln, von denen einige ein Pulver enthielten. Viele hatte allerdings die Klinge des Barbaren aufgerissen. Den Rest schob Halbblut in seinen eigenen Beutel, wobei er darauf achtete, weder die aufgeplatzten Behälter noch ihren Inhalt zu berühren.

»Vielleicht sind ja Juwelen dabei«, bemerkte der Barbar, als täte es ihm schon Leid, dass er Halbblut unterstützt hatte. »Wenn, dann denk aber daran, dass ich auch meinen Teil beigetragen habe.«

»Das ist nur gerecht«, sagte Halbblut. »Das hast du. Lass uns sehen, was wir für die anderen tun können.«

»Ich verstehe mich nicht so gut aufs Nähen von Wunden. Ich helfe Wiesel.« Halbblut zuckte die Achseln und kehrte zu seinen ohnmächtigen Kameraden zurück. Offenbar hatte Wiesel sie wirklich notdürftig versorgt, was Halbblut ziemlich überraschte.

Zuerst überprüfte er Leons Verletzungen und sah, dass der Junge nur einen kräftigen Hieb auf den Kopf abbekommen hatte; vielleicht, als der Uhltari um sich geschlagen hatte. In der Nähe lag seine Tonpfeife, die erstaunlicherweise fast unversehrt schien. Halbblut steckte sie zu der Glücksfeder in Leons Rocktasche und untersuchte dann seine anderen Kameraden.

Gunther sah blass und erschreckt aus und atmete flach. Severin war tot. Jemand hatte Taubes Kopf mit seinem Uniformrock bedeckt, und als Halbblut ihn hochhob, sah er auch, warum. Sein Schädel war wie eine Melone aufgeplatzt, und Gehirnmasse hatte sich über den Boden verteilt. Halbblut kämpfte die Übelkeit nieder, die in ihm aufstieg, schlug das Zeichen des Übergangs über ihm und wandte seine Aufmerksamkeit dem Leutnant zu.

Er sah sich um. Im Augenblick war er allein. Wie ein Blitz aus dem Schattenreich ging ihm auf, dass er nur die Hand über Sardecs Mund zu legen und ihn zu ersticken brauchte. Der Leutnant war noch bleicher als Gunther und atmete ohnehin kaum noch. Kurz schwebte seine Hand über dem Gesicht des Leutnants. Wenn er wollte, konnte er hier und jetzt seine persönliche Rache am Volk der Terrarch nehmen – und nichts und niemand würde ihn davon abhalten.

Ja, gar nichts, dachte er; bis auf den Umstand, dass er sich nicht überwinden konnte, jemanden zu töten, der hilflos und verwundet vor ihm lag; nichts bis auf die Gewissheit, dass seine Seele dann gleich ins Schattenreich fahren würde; nichts bis auf die Aussicht, dass jede Minute einer seiner Kameraden zurückkommen konnte. Er schüttelte den Kopf und versuchte, seine Schmerzen zu vergessen. Wie kam er nur auf solche Ideen? Er wischte die Feensilber-Klinge ab und steckte sie zurück in ihre Scheide, dann machte er sich auf die Suche nach seinen eigenen Waffen. Vorsichtig öffnete er mit den Zähnen eine Pulverkartusche, lud seine Pistole und machte sie schussbereit; dann setzte er sich und wartete darauf, dass seine Kameraden zurückkehrten. Sie sollten ihm helfen, die Verwundeten zu bergen.

Es dauerte nicht lange, bis Wiesel und der Barbar auftauchten. »Wir haben etwas gefunden«, sagte der Wilddieb.

8. KAPITEL

Wissen ist Macht. Geheimnisse bedeuten Wissen.
Bewahre deine Geheimnisse, und du bewahrst deine Macht.

Anon, Die Kunst des Möglichen

»Was habt ihr gefunden?«, wollte Halbblut von Wiesel wissen.

»Bücher.«

»Ich habe ja gesagt, wir sollten sie verbrennen«, warf der Barbar ein. »Es sind Zauberbücher. Nichts Gutes kann aus ihnen kommen. Noch nie hat ein Buch etwas Gutes bewirkt.«

»Aber …«, wandte Halbblut ein und ließ zu, dass seine Stimme verriet, wie müde und ungeduldig er war. Er kannte diese beiden. Wenn sie die Bücher hätten verbrennen wollen, dann hätten sie es einfach getan und wären nicht gekommen, um sich mit ihm zu beraten. Also mussten sie der Meinung sein, dass es sich möglicherweise lohnte, diese Bücher nicht zu vernichten.

»Wiesel sagt, sie können ein Schatz sein. Er meint,

dass die richtigen Leute für solche Bücher gut bezahlen.«

Instinktiv wusste Halbblut, dass er an einem Scheideweg in seinem Leben stand. Diese Bücher hatten einem dunklen Zauberer gehört, der hier unten etwas Übles ausgeheckt hatte, daran hegte er keinen Zweifel. Wenn sie das waren, was er vermutete, dann enthielten sie ein verborgenes Wissen – und allein ihr Besitz konnte einen schon auf den Scheiterhaufen bringen. Der Magier, den sie eben aufgestöbert hatten, war kein Heiliger gewesen. Sein Wissen hatte ihn wahrscheinlich in den Wahnsinn getrieben. Die Bücher zu verbrennen war das Beste. Und doch …

Und doch stellten diese Bücher und das Wissen, das sie enthielten, das Tor in eine Welt dar, an der teilzuhaben er sich immer gewünscht hatte: die Welt der Magie. Vielleicht stand in ihnen etwas, mit dessen Hilfe er sich ein anderes Schicksal schmieden konnte als das eines Soldaten, das ihm einen frühen Tod oder das Armenhaus ersparen konnte. Oder das Leben als verkrüppelter, umherziehender Bettler, das viele Soldaten früher oder später erwartete. Vielleicht befand sich in ihnen etwas, das ihm erlauben würde, sein Los zu verbessern oder wenigstens teilweise über sein Leben zu bestimmen. Widerstandsgeist flammte in ihm auf. Er spürte die Lockung des Verbotenen. Was machte es schon, wenn das Wissen in diesen Büchern dunkel war und von der Gesellschaft verurteilt wurde? Hatte die Gesellschaft je etwas für ihn getan? Und vor allem war er neugierig.

Er bemerkte, dass ihn die anderen durchdringend ansahen und auf eine Antwort warteten. Wiesel leckte sich die Lippen und tastete nach dem Heft seines Messers. Halbblut wurde klar, dass die beiden ebenfalls beunruhigt waren, wenngleich aus anderen Gründen. Sie hatten ihm ein Angebot gemacht, für das sie, wenn er es den falschen Leuten meldete, auf dem Scheiterhaufen landen konnten. Er erwiderte ihren Blick und konnte beinahe Wiesels Gedanken lesen. Sein Leben stand hier in mehrfacher Hinsicht auf dem Spiel. Wenn dieses saubere Pärchen den Verdacht hegte, er könne sie der Inquisition ausliefern, würde er diesen Ort nicht lebend verlassen. Die beiden warteten auf eine Antwort. Und von dem, was er sagte, mochte sein Leben abhängen.

»Er hat Recht«, erklärte Halbblut. Er schwieg einen Augenblick, um seine nächsten Worte abzuwägen, doch der Barbar fiel eifrig ein.

»Du meinst, dass wir einen Schatz gefunden haben?«

»Vielleicht – wenn diese Bücher wirklich Grimoires sind. Es gibt Menschen, die für Zauberbücher und so was gut bezahlen. Jedenfalls gab es in Drangsal welche.«

Wiesel warf dem Barbaren einen Blick zu. *Ich habe es dir doch gesagt.* »Wie viel?«, fragte der Hüne. Halbblut sah sich viel sagend um und richtete seinen Blick auf den Leutnant. Es schien besser, wenn niemand ein solches Gespräch mithörte. Doch den anderen war das ebenfalls klar. Sie hatten sehr leise gesprochen. Zu dritt schlichen sie in die Kammer, aus der Wiesel und der Barbar gekommen waren. Der kleine Stollen enthielt einen wackligen Holztisch, einen Schemel und eine Pritsche zum Schlafen.

»Wie viel?«, wiederholte der Barbar.

»Gold jedenfalls«, sagte Halbblut.

»Viel Gold?« Der Barbar wirkte aufgeregt.

»Das weiß ich nicht«, sagte Halbblut. Er dachte an die Alte Hexe und ihr Netzwerk zweifelhafter Verbindungen.

»Auf diesem Gebiet war ich noch nie besonders beschlagen. Ich kannte aber mal jemanden, der gelegentlich mit solchen Dingen gehandelt hat.«

»Du würdest doch nicht versuchen, deine alten Kameraden jetzt über den Tisch zu ziehen, oder?«, verlangte Wiesel mit leicht bedrohlichem Unterton zu wissen. Halbblut schüttelte den Kopf. Das passte zu diesem Burschen, dachte er. Wiesel versuchte ständig, die ganze Welt übers Ohr zu hauen, und daher glaubte er, jeder andere wolle ihn ebenso betrügen.

»Sehen wir uns diese Bücher an«, schlug Halbblut vor.

Die Bücher – und jede Menge anderer Gegenstände – lagen über den Raum verstreut, der offensichtlich ein provisorischer Unterschlupf des Magiers gewesen war, ein kleiner Stollen, der unmittelbar vom Haupttunnel abging. Halbblut zählte die Bücher. Es waren ein halbes Dutzend.

Sie waren klein und meist in Leder gebunden. Einige Buchrücken wiesen noch Spuren eingepräger Schriftzüge auf. Er blätterte sie durch. Dieses Buch enthielt gewiss Zaubersprüche. Er erkannte die gleiche, an Musiknoten erinnernde Notation, die er schon in den Büchern der Alten Hexe gesehen hatte. Ein anderes sah aus wie ein Tagebuch. Es enthielt Karten, von denen er vermutete, dass sie diese Mine darstellten. Wenn sie korrekt waren, erkannte er beim Durchsehen, dann war der ganze Komplex viel tiefer und eigenartiger, als irgendjemand gedacht hatte.

Die meisten Bücher waren in den alten Sprachen verfasst. Jemand mit sehr schlechter Handschrift – Halbblut tippte auf den Zauberer – hatte sie mit Anmerkungen in der modernen Sprache der Erhabenen versehen. Ein Teil von ihm frohlockte. Die Fundstücke waren tatsächlich Grimoires, obwohl er nur raten konnte, was er mit ihnen anfangen sollte. Er wusste: sie nur anzusehen brachte seine Seele in Gefahr, von den Schatten verschlungen zu werden. Aber er konnte nicht anders. Er hatte immer darauf gebrannt, solche Dinge zu erfahren, und jetzt, jetzt hatte er vielleicht ein Tor zu Freiheit und Reichtum entdeckt. Und wenn doch nicht, so wusste er jedenfalls, dass gewisse Leute viel Geld für ihren Fund bezahlen würden.

»Du hattest Recht«, erklärte er Wiesel. »Für die richtigen Leute dürften sie ein Vermögen wert sein. Wir müssen sie nur finden.«

Halbblut steckte einen der Bände unter seinen Rock und noch ein paar in seinen Rucksack. Er faltete die Karte zusammen und legte sie in eines der Bücher. Wiesel und der Barbar begannen, den Rest einzupacken.

»Kein Wort darüber«, sagte er. »Zu niemandem. Ich sehe sie später durch, um mir ein Urteil zu bilden. Wenn wir den richtigen Käufer finden, teilen wir das Geld durch drei.«

»Das ist gerecht«, sagte der Barbar. Wiesel sah aus, als suche er nach einem Grund, darüber zu feilschen, doch es gab nur einen einzigen Schwachpunkt.

»Wir beide haben sie gefunden«, sagte er.

»Aber ich kann sie lesen«, entgegnete Halbblut. »Zumindest einige davon. Und ich kenne Leute, die sie vielleicht kaufen würden. Wem würdest du lieber vertrauen, mir oder einem Fremden?« Wiesel starrte ihn erst durchdringend an und grinste dann.

»Aus dem ganzen Bücherlesen ist noch nie was Gutes rausgekommen«, sagte der Barbar. Es klang, als wiederhole er einen Glaubenssatz, der ihm schon sehr früh eingeprügelt worden war.

Wiesel hielt die Hand hoch, um ihnen Schweigen zu gebieten, und ging den Weg zurück, den sie gekommen waren. Eine Zeit lang wartete er und lauschte, dann kam er zurück.

»Was war das?«, fragte Halbblut.

»Nichts. Ich dachte, ich hätte was gehört, aber da war niemand.«

»Hoffentlich.«

Sie alle sahen nervös den Gang entlang, in die Richtung, in die der Uhltari geflohen war. Und wenn es mehr als einen von ihnen gab?, fragte sich Halbblut.

»Kommt, lasst uns die anderen holen und von hier verschwinden«, sagte er. Vielleicht hatte der Barbar ja doch Recht und die Bücher waren gefährlich. Wiesel hob die Hand.

»Wartet«, sagte er.

»Was?«

»Wir wollen doch nicht, dass jemand noch einmal hier runterkommt und diesen Ort überprüft, oder?«, meinte Wiesel.

»Und wir wollen auch nicht, dass dieses Ding den Weg an die Oberfläche findet«, setzte der Barbar hinzu. Halbblut war so in seine eigenen Gedanken versunken, dass er erst nach einigen Augenblicken bemerkte, dass er von dem Uhltari sprach.

»Zünden wir alles an«, schlug Wiesel vor.

»Gefährlich«, meinte Halbblut. »Die ganze Mine könnte über uns einstürzen.«

»Ist auch nicht gefährlicher als unser anderer Plan«, sagte Wiesel. Schon jetzt redeten sie vorsichtig um das

Thema herum, doch Halbblut überlegte, ob das allein ausreichen würde, um sie zu schützen. Er hatte ein unangenehmes, schuldbewusstes Gefühl, dass sie auch jetzt schon jemand belauschte. Doch als er sich umsah, war niemand da.

»Deswegen könnten wir selbst brennen«, sagte er. »Wenn einer von uns die Sache bei der falschen Person verpfeift …«

»Und wer sollte das sein?«, wollte Wiesel wissen.

»Also, ich nicht«, sagte der Barbar. »Ich verrate keinen Kameraden.«

»Gibst du uns deinen Eid darauf? Schwöre es bei deiner Seele und deiner Hoffnung auf Wiedergeburt im Licht«, sagte Halbblut. Es war der stärkste Eid, der ihm einfiel, obwohl jemand, der daran dachte, mit verbotenen Überlieferungen aus der Alten Welt zu handeln, eigentlich nicht darauf hätte schwören sollen.

»Bei meiner Seele und meiner Hoffnung auf Wiedergeburt«, gelobte der Barbar. Wiesel hielt kurz inne und schien die Geschichte noch einmal von allen Gesichtspunkten zu bedenken. Halbblut war erstaunt. Er hatte nicht angenommen, dass der einstige Wilderer ein Mann war, dem es etwas ausgemacht hätte, einen Eid zu brechen. Diesen schien er allerdings ziemlich ernst zu nehmen.

»Bei meiner Seele und meiner Hoffnung auf Wiedergeburt im Paradies«, schwor er schließlich. Die beiden sahen Halbblut an. Er legte den Eid ebenfalls ab. Dann sahen sie sich nach Brennmaterial um – abgesehen von den kostbaren Papieren. Holz und Lampenöl waren ausreichend vorhanden. Es dauerte nicht lange, bis sie es um die Deckenstützbalken aufgehäuft hatten, die am schwächsten wirkten. Und das Anzünden ging noch schneller. Danach kam es nur noch darauf an, zurückzurennen und die anderen aus der Gefahrenzone zu bringen.

Auf dem Weg nach oben dachte Halbblut über das nach, was sie getan hatten. Er fühlte sich aufgeregt und zugleich sehr eingeschüchtert. Das schwere Buch an seiner Brust barg die Verheißung verbotenen Wissens. Er konnte kaum abwarten, es zu lesen, selbst wenn dies die Verdammnis seiner Seele und das Ende seines Lebens bedeuten sollte. Was seine Kameraden wohl tun würden, wenn sie wüssten, dass er vorhatte, diese Bücher zu lesen, bevor sie sie verkauften? Inzwischen wusste er, dass er sich nicht davon trennen konnte, bevor er es nicht wenigstens versucht hatte.

Seine Angst rührte daher, dass sie einfach so einen sehr gefährlichen Pfad betreten und nicht einmal darüber nachgedacht hatten, welche Geschichte sie erzählen würden, wenn sie wieder an der Oberfläche waren. Sie mussten sich auf dem Weg nach oben darüber absprechen und beten, dass niemand eingehend genug darüber nachdachte, um nach einem Inquisitor zu schicken.

Nun, da er Zeit zum Nachdenken hatte, begriff er, dass das auf jeden Fall passieren würde. Soldaten der Königin hatten einen dunklen Zauberer und einen Dämon der Alten Welt bei einem unheiligen Ritual angetroffen. Genau so etwas würde die Inquisition anziehen wie der Honig die Fliegen. Hinter sich roch er das Feuer. Es breitete sich aus.

Er hoffte nur, dass das kein Vorgeschmack auf das Schicksal war, das sie alle erwartete.

9. KAPITEL

Der Tod lässt uns an unseren Schöpfer denken.

Marases, Gedanken und Lobreden

Es war Nacht geworden, und das Verbrennungsritual war vorüber. Einige der Fourageure bewachten die Gefangenen; die meisten anderen feierten ihren Sieg mit ein paar Schluck Rum, die Sergeant Hef irgendwo hergezaubert hatte. Sie alle empfanden eine eigenartige, mit Trauer gemischte Hochstimmung, in der sich Kummer und Triumph vereinten. Die Fourageure hatten Halbblut und seinen Freunden aufs Wort geglaubt, als sie behauptet hatten, der Zauberer sei tot und sie hätten den Dämon in den Untergrund verjagt. Zum Beweis hatten sie den Stab, den Kopf und die Hände des Magiers vorgezeigt. Aber sie hatten auch Kameraden verloren. Taube war nur ein weiterer Name auf einer langen Liste. Auch einige der Männer, die bei dem Kampf um das Gutshaus Verwundungen erlitten hatten, waren gestorben.

Halbblut, Wiesel und der Barbar saßen vor dem besetzten Herrenhaus an ihrem Feuer und sahen auf die Ruinen von Achenar hinaus. Über ihnen ragten die Breitrücken auf, als würden sie sich gern am Feuer wärmen, wenn sie könnten. Wie immer empfand Halbblut in ihrer Nähe ein unbehagliches Gefühl. Fast konnte er ihre kaum unterdrückte Gewalttätigkeit und ihren Hunger spüren. Am liebsten wäre er fortgelaufen, doch er konnte nirgendwo hin, also starrte er nur ins Feuer.

Er mochte nicht an den langen, mühseligen Rückweg durch die Mine denken. Sie hatten die Verwundeten getragen und die Körper der Toten mit sich gezerrt, während der Brandgeruch von unten zu ihnen aufgestiegen war. Schrecklich war das gewesen, und umso unheimlicher, weil sie an die Dämonen dachten, die vielleicht unter ihnen lauerten. Er starrte ins Feuer.

Sofort stand ihm die Bestattungs-Zeremonie wieder vor Augen. Obwohl es mühsam war, in der Kälte einen Scheiterhaufen zu errichten, hatten sie ihren Kameraden diese traditionelle Ehre erwiesen. In Ermangelung eines Offiziers, der die Zeremonie hätte durchführen können, hatte Sergeant Hef die Worte gesprochen, die ihre Seelen ins Licht schickten. Sie hatten kein Räucherwerk für ihre Körper gehabt, keine Duftsalben, um sie einzureiben, daher hing der Übelkeit erregende, süßliche Geruch brennenden Fleisches noch immer in der Luft, obwohl sie die Scheiterhaufen in einiger Entfernung vom Lager aufgerichtet hatten. Alles, was jetzt noch an Taube und die anderen erinnerte, waren ein paar verkohlte Knochen, an denen die Aasvögel picken mochten. Am nächsten Morgen würden sie die Überreste begraben.

Halbblut dachte daran, wie das Feuer das Fleisch verzehrt hatte, das Fett, das in der Hitze gezischt hatte, die merkwürdigen, platzenden Geräusche aus dem Feuer, und überlegte, dass auch er selbst eines Tages an die Reihe kommen würde. Vielleicht morgen, vielleicht nach dem nächsten Kampf ... oder vielleicht würde er überhaupt nicht in der Schlacht fallen. Aber trotzdem würde er eines Tages auf einem Scheiterhaufen wie diesem liegen.

Wie der Sergeant zu sagen pflegte, es gab nichts Besseres als eine gute Bestattung, um einen zum Nachdenken über solche Dinge anzuregen. Er hatte Taube nicht besonders nahe gestanden, aber er hatte ihn gekannt, sich daran gewöhnt, ihn im Lager zu sehen und mit ihm und seiner Frau Ana zu trinken. Und nun war Taube einfach nicht mehr da. Wenn die Propheten Recht hatten, war seine Seele jetzt ins Licht gegangen, um dort zu wohnen. Doch wenn es zutraf, was einige der neuen, ketzerischen Philosophen verfochten, dann war er einfach nur fort. Nichts blieb von ihm als ein paar verkohlte Knochen und einige Erinnerungen, die langsam verblassen würden. Schon jetzt überlagerte das Bild seines vom Feuer verzehrten Körpers einen Teil von Halbbluts Erinnerung an den lebenden Menschen.

Eines Tages werde ich auch so enden, dachte er noch einmal und nahm einen weiteren Schluck von seinem Rum. Er gab sich große Mühe, an das zu denken, was Wiesel und der Barbar sagten, an die Geschichte, die sie sich für die Terrarch ausgedacht hatten. Aber seine trübe Stimmung lenkte ihn ab. Im Augenblick schien niemand den geringsten Verdacht zu hegen, doch Halbblut vermutete, das sich das gründlich ändern würde, sobald der Leutnant erwachte. Glücklicherweise würde dies noch eine Weile dauern. Die Männer bauten eine der Gondeln der Breitrücken so um, dass sie Meister Severins Leiche und Sardecs Trage beherbergen konnte.

Er rückte näher an das Feuer heran und streckte die Hände aus, um sie zu wärmen. »Dann sind wir uns einig?«, fragte Wiesel. Halbblut und der Barbar nickten. Das Beste war, möglichst nahe bei den Tatsachen zu bleiben. Sie würden alles so erzählen, wie es sich abgespielt hatte, bis zu dem Punkt, wo sie den Körper des Zauberers verbrannt und das Feuer gelegt hatten, das die unteren Ebenen der Mine hatte einstürzen lassen. Sie würden sogar erwähnen, dass sie seine Papiere zum Anzünden benutzt hatten. Das Einzige, was sie auslassen würden, war der Umstand, dass sie den Großteil davon behalten hatten.

»Worüber seid ihr euch einig?«, verlangte Sergeant Hef zu wissen und trat ans Feuer. Leicht schuldbewusst sahen sie zu ihm auf. Halbblut überlegte, wie lange er wohl schon da gestanden und zugehört haben mochte. Wenn er wollte, konnte sich der Sergeant erstaunlich leise bewegen. Er verfluchte den Rum, der ihre Reaktionen verlangsamte, und nahm dann doch noch einen Schluck, um die Kälte zu vertreiben.

»Nichts, Sergeant«, sagte Wiesel.

»Ach, nichts? Seit ihr aus der Mine zurück seid, steckt ihr ständig die Köpfe zusammen.« Das hatte er also auch bemerkt. Der Sergeant war verdammt noch mal zu schlau. Halbblut fragte sich, was ihm sonst noch aufgefallen sein mochte. Hef grinste sie an.

»Ihr habt da unten gute Arbeit geleistet. Ihr habt den Leutnant und die anderen Burschen herausgeholt und auch diesen Zauberer geschnappt. Die Körperteile waren doch von ihm, oder? Ihr habt ihn wirklich erwischt, ja?«

»Sieh dir doch den Kopf in deiner Tasche an, Sergeant«, sagte Halbblut. »Er gehört einem Terrarch, oder?«

»Natürlich haben wir ihn erwischt, Sergeant«, schaltete sich der Barbar ein. »Als Halbblut mit ihm fertig war – mit meiner Hilfe natürlich –, war er toter als Kaiser Goran.«

»Und sogar wenn nicht, in nächster Zeit kann er nicht aus der Mine heraus, wenn die unteren Ebenen alle eingestürzt sind. Und auch der Dämon nicht. Ein gutes Stück Arbeit. *Falls* die unteren Ebenen zusammengebrochen sind.«

Halbblut tauschte einen Blick mit Wiesel. Offenkundig versuchte der Sergeant, auf den Busch zu klopfen. Er wünschte, der Barbar hätte nicht zu ihrer kleinen Verschwörung gehört. Wiesel konnte den Mund halten, aber um dem Barbaren etwas Wissenswertes zu entlocken, brauchte es keinen Inquisitor. Er war nicht gerade der hellste Funke, den das Licht je ausgesandt hatte.

»Er ist tot, Sergeant«, sagte Halbblut und ließ seine Stimme ein wenig verärgert und erschöpft klingen. »Wir haben ihn erschlagen.«

»Mit dem Schwert des Leutnants. Darüber wird er nicht erfreut sein. Eigentlich darf niemand außer einem Terrarch diese Feensilber-Klingen führen. Ihr wisst doch, wie empfindlich sie in diesem Punkt sind. Früher konnte man getötet werden, wenn man sie nur anfasste.«

»Ich werde bestimmt daran denken, wenn ich das nächste Mal versuche, einen unserer geliebten Terrarch vor einem Zauberer und seinem zahmen Dämon zu retten.«

»Dagegen sage ich doch gar nichts, Junge. Ich warne dich nur davor, dass der Leutnant vielleicht nicht so dankbar sein wird, wie du es verdient hättest. Du weißt doch, die Terrarch können eigenartig sein.«

Das wusste Halbblut allerdings nur zu gut, doch er fragte sich, ob der Leutnant so kleinlich wäre, ihm das nachzutragen. Was konnte er schon tun? Ihn zum Duell fordern? Terrarch kämpften nicht gegen Menschen. Das war unter ihrer Würde.

»Die Untersuchung könnte ein wenig heikel werden«, meinte der Sergeant. Es gab immer eine Untersuchung, wenn ein Terrarch durch einen Menschen zu Tode kam. Das war gesetzlich vorgeschrieben. Außerdem war es ein Ereignis. Die Menschen waren zahlreich, die Terrarch aber nur wenige, und sie kümmerten sich um ihre Leute.

Der Sergeant beäugte sie noch einmal argwöhnisch, als wisse er genau, dass sie etwas im Schilde führten; dann zuckte er die Achseln. »Schon in Ordnung, wenn ihr das Gold des Zauberers genommen habt. Das habt ihr euch verdient.«

Das war es also. Er glaubte, sie hätten Beute gemacht, und stichelte, weil er einen Anteil davon wollte. Halbblut schaute zu Wiesel hin und sah, dass sich auch auf dessen Miene Erleichterung ablesen ließ. Einen Augenblick lang überlegte er, dann kramte er in seinen Taschen nach den Gegenständen, die er dem Zauberer abgenommen hatte. »Das kommt von der Leiche.«

Interessiert beugte sich der Sergeant vor. Er sah Ringe, in die magische Zeichen eingraviert waren, und Edelsteine. Schnalzend nahm er die Ringe und das Amulett in die Hand. »Das hier müssen die Meister untersuchen. Wenn die Sachen etwas wert sind, bekommt ihr euren Anteil, keine Sorge. Die Edelsteine müssen wir auch im Bericht erwähnen. Die Münzen können wir, glaube ich vergessen. Aber falls da noch etwas anderes war, das ihr zu erwähnen vergessen habt, dann wäre jetzt vielleicht der richtige Zeitpunkt, es mir zu verraten. Bevor der Leutnant wieder auf den Beinen ist.«

»Da ist nichts, Sergeant.«

»Schon in Ordnung, Burschen. Eure Kameraden werden euch sicher dankbar dafür sein, dass ihr euer Glück mit ihnen teilt.«

Schlurfend verschwand der Sergeant im Dunkel. »Gut gemacht, Halbblut«, sagte der Barbar. »Nett von dir, unser Geld zu verschenken.«

»Zum größten Teil war es mein Geld«, entgegnete Halbblut. »Ich habe es dem Zauberer abgenommen. Und der Sergeant sitzt uns nicht mehr im Nacken. Wenn er jetzt noch glaubt, dass wir was verbergen, dann denkt er an Edelsteine. Außerdem …«, setzte er hinzu, »werdet ihr euren Anteil bekommen. Dafür sorgt schon der Sergeant.«

»Ich hoffe nur, dass diese verdammten Bücher auch so viel wert sind, wie du behauptest«, bemerkte der Barbar ein wenig säuerlich.

»Warum schreist du es nicht einfach herum?«, schlug Halbblut vor. »Dann hört dich auch die andere Hälfte des Lagers.«

»Oh, richtig. Tut mir Leid«, sagte er Barbar. Er brachte es sogar fertig, ein wenig betreten zu klingen. »Ich werde meine Zunge hüten.«

»Gute Idee«, sagte Wiesel. »Wir wollen doch nicht, dass uns die Inquisition auf ihre ganz besondere Weise befragt. Ich hänge nämlich an meinen Eiern.«

Der Barbar lachte. »Schöner Spruch, Wiesel. Ich hänge an meinen Eiern. Das gefällt mir.«

Kopfschüttelnd stand Wiesel auf. »Zeit für einen Nachschub an Rum«, erklärte er. »Ich wette einen Krug Bier gegen einen Eimer Pisse, dass wir morgen wieder auf dem Marsch sein werden.«

Auch Halbblut war dieser Ansicht. Sie hatten getan, wozu sie hergekommen waren. Jetzt war es Zeit, nach Rotturm zurückzukehren. Er empfand eine merkwürdige Mischung aus Aufregung und Furcht, denn dann würde die Sache wirklich gefährlich werden. Bilder von Inquisitoren und ihren Folterinstrumenten tanzten vor seinen Augen. Wirklich gefährlich, dachte er in seinem Rausch.

Leutnant Sardec setzte sich auf. Sein Kopf dröhnte, und er rang mühsam einen Brechreiz nieder. Er sah sich um und versuchte sich zu erinnern, wo er sich befand. Eine Weile lang empfand er blinde Panik, als er nichts als einen schmalen Lichtstreifen erkennen konnte, doch dann wurde ihm klar, dass er in einem verdunkelten Raum des alten Gutshauses lag. Das Licht stammte von einer Laterne, die unter der Tür hindurchschien. Von draußen, wo die Soldaten ihren Sieg feierten, hörte er Gebrüll und Gesang. Wie immer musste er gegen eine Woge von Abscheu und Verachtung ankämpfen.

So weit war es also mit der Armee gekommen, dachte er. Betrunkene Menschen, die Schnaps kippten und mit ihren rauen Stimmen herumschrien. Das war in den alten Zeiten anders gewesen, als sein Volk diese Welt erobert und die Menschen gelehrt hatte, es zu fürchten. Nur zehntausend Terrarch waren es gewesen, die mit ihren Drachen und ihrer Magie einen ganzen Planeten voll Dämonen verehrender Barbaren unter Kontrolle gebracht hatten. Wie er sich wünschte, in diese goldene alte Zeit hineingeboren zu sein! Er beneidete diejenigen, die sie noch erlebt hatten, wie seinen Vater und seine Onkel. Jetzt war alles so heruntergekommen. Das Goldene Zeitalter war vorüber. Die Zivilisation sank in den Abgrund der Zeit zurück. Diese stinkenden Menschen zogen die Ältere Rasse auf ihr Niveau herunter. Er fühlte sich schon durch ihre bloße Anwesenheit verunreinigt. Vielleicht hatten ja diejenigen Terrarch Recht, die behaupteten, die Zehntausend hätten auf Al'Terra bleiben und zusammen mit dem Rest ihres Volkes untergehen sollen, dachte er säuerlich. So hätten die letzten wahren Terrarch wenigstens ein ruhmreiches Ende gefunden und nicht diesen langsamen Verlust von allem, was die Größe ihres Volkes ausmachte, erlebt.

Sardec streckte die Hand nach seinem Schwert aus. Als er das Heft umfasste, spürte er, wie ihn neue Kraft durchströmte. Er schien sie geradezu aus dem kostbaren Erbstück seiner Ahnen zu beziehen. Mondschatten war schon alt gewesen, als die Terrarch vor ihrem Exil auf den verlorenen Inseln von Al'Terra gewandelt waren. Es war unter dem Licht einer anderen Sonne geschmiedet worden und bedeutete eine Verbindung zu den alten, heldenhafteren Zeiten, bevor die Erhabenen auf diese elende Welt geflohen und vom rechten Weg abgekommen waren.

Sardec stöhnte auf, als er an sein letztes Erwachen dachte und an das, was er dann erfahren hatte. Es stand ihm alles wieder vor Augen und erfüllte ihn mit Scham. Er erinnerte sich an den Kampf mit dem Uhltari, erlebte von Neuem die Schnelligkeit des Wesens und seine Verblüffung, seinen Schmerz und dann auch die Lähmung, als ihn die Klaue getroffen hatte. Er wusste wieder, dass er die Kontrolle über seine Gliedmaßen verloren hatte, erinnerte sich daran, wie entsetzt er gewesen war. Warum hatte ihn Mondschatten nicht behütet? Seine magischen Zeichen sollten eigentlich einen unüberwindlichen Schutz gegen feindliche Zauber bieten. Entweder verlor die Klinge – wie so vieles aus der alten Welt – nach und nach ihre Kraft, oder die Wirkung der Klauen hatte überhaupt nicht auf Magie beruht, sondern lediglich auf Gift. Er versuchte sich damit zu beruhigen, dass Letzeres das Wahrscheinlichste war. Die Uhltari waren degenerierte Überlebende einer der Alten Rassen, Dämonenverehrer, die lange vor der Ankunft der Terrarch um den Besitz dieser Welt gekämpft hatten. Es musste einfach Gift gewesen sein.

Er wusste, dass er den schmerzlichsten Gedanken immer noch vor sich herschob. Dieses Halbblut hatte ihn gerettet. Wo er gefallen war, hatte diese Abscheulichkeit gegen alle Gesetze des Himmels und der Terrarch standgehalten und triumphiert, und was noch schlimmer war, er hatte mit Sardecs eigenem Schwert gesiegt. Selbst im Dunkeln spürte er, wie seine Wangen vor Scham brannten. Sobald er zurück im Lager war, mussten die Priester ein Reinigungsritual durchführen, um den Makel von der Waffe zu entfernen. Schon der bloße Gedanke, dass jemand von unreiner Abstammung – wie dieser Halbblut – das Schwert berührt hatte, ließ die Kraft aus seinen Fingern schwinden. Er konnte das Heft kaum noch festhalten.

Und noch schlimmer – die Männer hatten es gesehen. Sie waren Zeugen seiner Niederlage gewesen, wo er im Einzelkampf gegen den Dämon hätte triumphieren müssen. Wenn sich das herumsprach, würden ihn sogar seine eigenen Leute mit Hohn übergießen. Die Terrarch waren kein Volk, das Anzeichen von Schwäche leicht vergab, und die anderen Offiziere würden ihn gewiss zur Zielscheibe ihrer Witze machen. Die Klinge konnte durch die Reinigung von ihrem Makel befreit werden, doch seine Ehre war für immer befleckt.

Der bloße Gedanke an Halbblut stachelte ihn zu noch größerer Wut an. Es erstaunte ihn, dass die anderen Offiziere es ertrugen, dieses Gesicht, diese Züge unter den gemeinen Soldaten ihres eigenen Lagers zu sehen. War ihnen denn nicht klar, was es für ein Affront gegen sie war, dass sie jemand mit diesem verdorbenen Mischblut allein durch seine Anwesenheit verspotten durfte? Wie er die Männer seines eigenen Volks verachtete, die sich mit den Frauen der Menschen im Schmutz wälzten, die sich an ihre unreinen, fetten Körper warfen, die …

Sardec riss sich aus diesen ekelhaften Gedanken heraus. Severin war tot! Wieder ein Magier weniger. Alles in allem war diese Expedition für die Ältere Rasse kein Erfolg gewesen. Die Menschen hatten es fertig gebracht, die Mission wenigstens teilweise zu erfüllen, während ihre Vorgesetzten leblos am Boden gelegen hatten. Der Oberst würde erklären: Dass sie in dieser Lage so gut reagiert hatten, zeige nur, wie gut sie ausgebildet seien. Aber Sardec wusste es besser.

Natürlich war es Verrat, so etwas laut auszusprechen, aber manchmal dachte er, dass die Blauen irgendwie Recht hatten und die Roten sich irrten. In dieser neuen Welt war absehbar, dass den Terrarch langsam die Macht entgleiten würde und damit alles, was von ihrer großen Kultur geblieben war. Wenn niemand etwas unternahm, dann würde eine neue Mischzivilisation entstehen, und die Roten schienen bereit, das auch hinzunehmen und ihren Frieden damit zu schließen. Sardec wusste, dass dies ihr Fehler war. Die Terrarch waren die Quelle und der Ursprung von allem, das auf dieser Welt edel war, und diesen Platz behaupteten sie inzwischen nur noch, weil sie in der Lage waren, die Vertreter der niederen Rassen einzuschüchtern.

Heute hatte er zum Verfall dieser Ordnung beigetragen, und das machte ihn so krank, dass er hätte weinen mögen. Er hatte sein Volk verraten, seine Abstammung, seine Familie und das stolze kriegerische Erbe seines Vaters. Manchmal wusste er, dass er niemals der Mann sein konnte, der sein Vater gewesen war, und dieser Schmerz brannte tief in seinen Eingeweiden – wie eine Schwertwunde. Ein solcher Augenblick war es. Er schwor, dass er eine Möglichkeit finden würde, diesen Halbblut ebenso leiden zu lassen, obwohl er bezweifelte, dass dieses Tierwesen mehr als nur einen kleinen Bruchteil davon empfinden konnte.

»Das ist der Letzte«, erklärte Wiesel und warf einen Blick auf die Leichen, die sie den Breitrücken vorgeworfen hatten.

»Das war nicht richtig«, fand Halbblut. Erstaunt stellte er fest, wie ernst es ihm war. Die Hochlandkrieger waren ihre Feinde gewesen, und auf deren Tod verschwendete er sonst keinen Gedanken. Aber sie waren durch ein Hexenwerk aus der Alten Welt getötet worden, das ihre Seelen verschlungen hatte. Und nun würden ihre sterblichen Überreste Futter für die Wyrm abgeben.

»Vergeude dein Mitgefühl nicht«, sagte Sergeant Hef. »Diese Männer waren Abschaum – sie hatten sich mit den Mächten des Schattens verschworen. Sie haben einem Hexer gedient. Sie haben geholfen, diesen Dämon zu füttern. Ihr Meister Zarahel will den Spinnengott wieder auferstehen lassen. Sie sagen, er wird die Terrarch aus diesem Land vertreiben und das verlorene Reich der Menschen neu errichten.«

Das wusste Halbblut ja schon, aber es half ihm nicht viel weiter. Er dachte an das Wesen, das in der Mine lauerte. Hatten diese Männer davon gewusst? Zumindest mussten sie etwas geahnt haben; aber vielleicht waren sie in mancherlei Hinsicht genau wie er und seine Kameraden gewesen, hatten nur Befehle befolgt. Möglicherweise hatte man sie in den Dienst eines Wahnsinnigen gezwungen, den sie nicht zu reizen wagten. Er war lange genug bei der Armee, um sich in ihre Lage zu versetzen. Und wo waren die Leichen all der Menschen geblieben, die in der Mine verschwunden waren? Er sah, dass Vosh näher kam und sehr blass wirkte. Seit er voller Angst aus der Mine gerannt war, stellte er diese trübe Blässe zur Schau.

»Keine Spur von Zarahel?«, fragte Halbblut den Hügelbewohner. Schließlich hatte er den Mann gekannt. Seine ehemaligen Verwandten hatten ihn im Tod verflucht.

»Unter den Toten ist er nicht. Sieht aus, als wäre er davongekommen.«

»Wie ist er denn so?«, fragte Leon und kratzte sich den bandagierten Kopf. Sein Schädel hatte einen hässlichen Riss abbekommen, als ihn der umherpeitschende Körper des Uhltari quer durch die Höhle geschleudert hatte. Er war blass, der Atem ging schnell. Seine Augen waren aufgerissen, die Pupillen geweitet. Der Dienst beim Fütterungs-Kommando schien ihm schwerer zu fallen als den anderen. Erstaunt sah Halbblut, dass auch Vosh erschauerte.

»Manche behaupten, er hätte das Blut der alten Fürsten, der Priesterkönige, die Uran Uhltar verehrten. Er konnte davon erzählen, und etwas an der Art, wie er sprach, brachte einen dazu, ihm zu glauben, überzeugte einen davon, dass der Alte Gott bald auferstehen würde.«

»Warum hast du ihn dann verraten?«, fragte der Barbar, eine etwas taktlose Bemerkung, wie Halbblut fand.

»Nur ein Verrückter würde sich wünschen, die Alten Götter kämen zurück«, erklärte Vosh. »Nur ein verdammter ketzerischer Ungläubiger würde auf dieses ganze Teufelszeug über die Rückkehr der alten Zeiten hören, über Unsterblichkeit hier auf Erden. Ja, Unsterblichkeit für einige wenige Auserwählte vielleicht – so wie in den alten Zeiten. Der Rest von uns wäre nur … Futter für seinen Gott, genau wie damals. Die Leute von Zarahels Schlag sind nicht die Einzigen, die sich an die alten Zeiten erinnern. Auch wir kennen so manche Geschichte.«

All das weckte in Halbblut unangenehme Erinnerungen an die Bücher, die er in seinem Bündel versteckt hatte. Er beschloss, das Thema zu wechseln.

»Was glaubst du, wie er entkommen konnte?«

»Vielleicht wusste er, dass ihr unterwegs wart. Oder er war fort, auf einer seiner Reisen. Er bewegte sich ständig unter den Stämmen, versuchte Unterstützung für seine Pläne zu finden und die Anführer zu überreden, sich gegen die Erhabenen zusammenzurotten.«

»Jetzt verstehe ich, warum man uns geschickt hat, um ihn festzunehmen«, überlegte Leon, steckte sich die Pfeife, die er ausnahmsweise einmal gestopft hatte, in den Mund und zündete sie an. Vielleicht störte ihn der Leichengeruch. Halbblut dachte dasselbe und fragte sich, wie viel von alldem die Terrarch schon gewusst hatten.

Angeblich wimmelte es in den Bergen nur so von ihren Spionen.

»Meint ihr, er wird zurückkommen und es uns heimzahlen?«, fragte Leon. Das war ein Gedanke, der sie alle beschäftigte. Sie alle hatten die Gerüchte gehört.

»Wenn, dann reiße ich ihm das Herz heraus und zwinge ihn, es aufzuessen«, sagte der Barbar und starrte blicklos in die Ferne. In seiner Stimme lag ein besorgter Unterton.

»Schaut mal da«, forderte Wiesel sie auf. Halbblut sah in die Richtung, in die er wies, und erblickte etwas Glitzerndes am Hügelhang. Er beschattete seine Augen, blinzelte und konnte gerade eben mehrere gedrungene Gestalten erkennen, die da hügelaufwärts davonliefen. »Die verdammten Hochländer beobachten uns schon. Wenn sich diese Geschichte herumspricht, werden die Stammeskrieger auf Rache brennen.«

»Sollen sie doch«, meinte Sergerant Hef. »Bis die sich zusammengerottet haben, sind wir längst wieder in Rotturm.«

»Vielleicht kommen sie uns ja dort suchen«, sagte Wiesel. »Niemand ist so rachsüchtig wie die Hochlandkrieger, wenn ihr Blut einmal in Wallung gerät.«

In einiger Entfernung hörten sie Knochen splittern, als die Wyrm zu fressen begannen. Alle sahen sich an. »Nun ja, wenigstens brauchen wir kein Holz zu hacken und keine Scheiterhaufen zu bauen«, sagte Wiesel schließlich.

Irgendwo blies jemand ein Horn, das Signal zum Aufsteigen und Abrücken. Zeit, ins Tiefland zurückzukehren.

10. KAPITEL

Der Tod ist Demokrat. In seinen Augen sind alle Wesen gleich.

Robaret Pale, Die Riten der Menschen

Als sie den letzten Hügelkamm überquerten und Rotturm vor ihnen lag, verrieten die dicken Staubwolken Halbblut, dass dort unten gerade etwas geschah. Solche Schwaden konnten nur von einer beträchtlichen Streitmacht aufgewirbelt werden, und als er genauer hinsah, stellte er fest, dass Kavallerietruppen über die Ebene vorrückten und ein Manöver durchführten. Eilig aufgeworfene Brustwehren markierten die Artilleriestellungen. Es sah aus, als hätte die Siebte beträchtliche Verstärkung erhalten.

Er sah, dass ihm das nicht als Einzigem aufgefallen war. Leutnant Sardec hielt sein Teleskop in der unverletzten Hand, drückte es ans Auge und beobachtete die Szenerie unablässig. Von Gondel zu Gondel gaben sich die Fourageure die Nachrichten schreiend weiter, und nach und nach bemerkten alle, was da vorging.

»Sieht aus, als bereiteten wir uns auf einen Krieg vor«, meinte Wiesel. »Da unten muss eine Schwadron Husaren stehen, und mindestens eine Batterie schwerer Artillerie. Und noch mehr Wyrm.«

»Die werden eingesetzt, um die Kanonen zu tragen«, erklärte der Sergeant. Ihn schien die neueste Entwicklung nicht im Geringsten zu überraschen. Halbblut sprach ihn darauf an.

»Gebrauch doch deinen Kopf, Halbblut!«, entgegnete er dann. »Welche Jahreszeit haben wir denn? Frühling! Die Saison für Feldzüge! Man hat uns letztes Jahr hergeschickt, um den Passausgang zu sichern, damit wir jetzt hier sind. Nun haben wir Kavallerie und Artillerie. Ich vermute, dass bald weitere Truppen eintreffen. Und es gibt nur eine Richtung, in der unser Ziel liegen könnte.«

»Und, Sergeant?«, fragte Leon.

»Kharadrea, Junge«, sagte der Sergeant. »Was sonst?«

»Da könnte das Dunkle Imperium aber etwas einzuwenden haben«, warf Wiesel ein.

»Das bezweifle ich gar nicht«, gab der Sergeant zurück. »Genau das ist wahrscheinlich der Sinn der Sache. Ich bin mir ganz sicher, dass wir im Krieg mit den Blauen stehen werden, bevor das Jahr zu Ende ist. Irgendjemand wird den Thron des alten Orodruine besteigen, und ich bezweifle, dass Ihre Majestät wünscht, dass dieser Jemand Sympathien für die Macht im Osten hegt – wie Prinz Khaldarus.«

»In Kharadrea gibt es bestimmt viel Beute zu machen«, vermutete Wiesel.

»Und jede Menge hübscher Mädchen«, sagte der Barbar. »Die schönsten der Welt, abgesehen natürlich von denen der Nordlande.«

»Ich vermute, dass wir gleich nach dem Errettungs-Maskenfest losmarschieren werden«, erklärte Sergeant Hef.

»Sieht aus, als gingen wir bald wieder auf einen Feldzug, Kameraden!«, schrie Leon in einem Anflug jugendlicher Begeisterung. »Beute für alle.«

Der Rest der Fourageure fiel mit enthusiastischen Schreien ein. Sogar Halbblut schloss sich schließlich an, obwohl er sich weit mehr für den Inhalt der Bücher als für die Aussicht auf Beute interessierte.

Seit sie ausgezogen waren, um den Propheten zu finden, hatte sich das Lager rund um die Festung beträchtlich ausgeweitet und schien mit jeder Stunde größer zu werden. Im Minutentakt kündigten Staubwolken die Ankunft eines mit Händlern besetzten Wagens an. Auf dem Weg ins Lager wurden sie von etlichen stark geschminkten jungen Damen laut begrüßt, die auf der Ladefläche eines Karrens saßen. Solche Frauen gab es immer. Soldaten auf einem Feldzug pflegten beim Plündern mit beiden Händen zuzugreifen und ihre Beute ebenso schnell wieder auszugeben; es waren eben Männer, die wussten, dass jeder Tag ihr letzter sein könnte. Wenn sie abrückten, würde kein Mangel an Frauen bestehen, die ihnen folgten.

Auch viel mehr Pferde waren unterwegs. Überall sah man Reiter, und zwar in den roten, mit Tressen besetzten Uniformjacken und den hohen Mützen der Husare. »Welches Regiment, Burschen?«, brüllte der Barbar, als eine Gruppe vorbeiritt.

»Siebzehntes Lanzenregiment«, lautete die Antwort. »Leibregiment der Königin.«

Die Fourageure brachen in wildes Jubelgeschrei aus. In

ihrer Aufregung hatten sie die traditionelle Abneigung der Infanterie gegenüber der Kavallerie ganz vergessen. Als sie das vernahmen, rangen sich selbst die Terrarch-Offiziere der Lanzenreiter zu einem kühlen Lächeln durch. Frische Entschlossenheit verlieh dem Lager neuen Elan. Es gab mehr Reiter, mehr Soldaten, mehr Frauen, mehr fliegende Händler, einfach mehr von allem. Die altvertrauten Szenen des Winters waren verschwunden. So viel hatte sich verändert, dass sie in mancher Hinsicht das Gefühl hatten, monatelang fortgewesen zu sein und nicht nur eine Woche. Neue Zelte quetschten sich zwischen die alten. Aus den Türen einiger Hütten lugten neue Gesichter. Halbblut wusste, dass es Ärger geben würde, wenn einer der Fourageure nach Hause kam und einen neuen Mann im Bett seiner Frau antraf. Auch so etwas kam nicht selten vor.

Am Korral stiegen sie von den Breitrücken und warteten darauf, dass sie wegtreten durften. Lange dauerte es nicht. Die wenigen gefangenen Hochlandkämpfer wurden zum Verhör in die Festung geführt. Der Leutnant war unsicher auf den Beinen, doch er schien es eilig zu haben, fertig zu werden und dem Oberst seinen Bericht zu erstatten. Er tat ein paar Schritte und brach dann zusammen. Einige der umstehenden Männer liefen zu ihm hin, um ihm zu helfen. Halbblut jedoch fühlte keinen Drang, sich ihnen anzuschließen. Kurz spürte er ein wildes Entzücken in sich aufwallen, als der Leutnant davongetragen wurde, um von den Magistern behandelt zu werden.

Meister Severins Leiche hatte man bereits in das große Steinhaus getragen, das sich die Magier des Regiments teilten und dem ein mit seltsamen Inschriften bedecktes Zelt als Vordach diente. Die Todesengel-Flaggen im Quartier der Erhabenen flatterten auf Halbmast, eine Erinnerung an alle, dass die alljährliche Trauerzeit begonnen hatte. Jedermann, der sich in Sichtweite eines Terrarch begab, setzte eine ernste Miene auf.

»So ein Mist«, murrte der Barbar. »Trauerzeit. Sind gerade rechtzeitig zurückgekehrt, um uns das Gejammer der Terrarch über ihr verlorenes Land anzuhören. Und Wasser und Brot als Ration. Herrlich!«

Halbblut hätte wetten mögen, dass Wiesel es irgendwie fertig bringen würde, während der Fastenzeit mehr als nur das zu beschaffen.

»Wenigstens können wir uns auf das Maskenfest freuen«, meinte Leon und kaute auf seiner leeren Pfeife herum. »Das ist immer ein Spaß.«

Die Fourageure kehrten in ihr Lager zurück. Halbblut sah Wiesel und dem Barbaren nach, die verschwanden, um nach dem Quartiermeister zu suchen. Er selbst ging zu der Hütte, die er mit Leon, Heuschreck und dem Schönen Jan teilte. Letztere gingen ihrer eigenen Wege. Offenbar war es ihnen ein wenig peinlich, dass sie während des Kampfs in der Mine davongelaufen waren. Sie konnten ihm kaum in die Augen sehen. Halbblut hatte Verständnis dafür, genauso, wie er begriff, warum sie ihm grollten, obwohl eigentlich er ihnen hätte böse sein sollen.

Er ging neben dem humpelnden Leon her und überlegte, was er mit den Büchern anfangen sollte. Der beste Platz dafür schien noch sein Rucksack zu sein, doch auch das war alles andere als geeignet. Taschendiebstähle waren in solchen Lagern wie diesem an der Tagesordnung. Er bezweifelte ja, dass mehr als einer von hundert Soldaten oder deren Anhang auch nur die leiseste Vorstellung von dem haben würde, worauf sie stoßen würden. Aber einer würde schon ausreichen, und wenn dieser der falschen Person Bericht erstattete, dann saß er bis zum Hals in der Tinte.

Auf der anderen Seite machte er sich vielleicht zu viele Sorgen. Er hatte schon früher Bücher besessen, und nie war ihm eines gestohlen worden. Für die meisten Menschen im Lager hatten sie keinen wirklichen Wert, und es war schwer, sie loszuwerden. Möglicherweise war es die beste Taktik, sie einfach aufzubewahren und so zu tun, als wären sie genau wie andere Bücher, die er in der Vergangenheit gelesen hatte. Niemand, der normalerweise sein Quartier betrat, würde die geringste Ahnung von ihrem Inhalt haben. Und irgendwo musste er sie schließlich lassen. Nichts würde größeren Argwohn erregen, als wenn er sein gesamtes Gepäck überallhin mitschleppte. Er schüttelte den Kopf. Schon jetzt begann er in den Kategorien schlechten Gewissens zu denken, etwas, woran er sich aus seiner Zeit als Dieb in Drangsal noch gut erinnerte.

Sobald man das Verbrechen begangen hatte und entkommen war, verfolgte einen ständig dieses schreckliche Gefühl, dass jeder einen ansah, dass sich jede Hand bald gegen einen wenden würde, dass jede Stimme Zeter und Mordio schreien würde. Denn wenn das passierte und der Mob nach Blut schrie, war man tot. Selbst wenn man durch die Gassen des Labyrinth-Viertels ging, wurde man das Gefühl nicht los, dass jeder wusste, was man ausgefressen hatte, und einen entweder bei den Konstablern melden oder einen Anteil verlangen könnte. Er dachte an das, was ihm die Alte Hexe erklärt hatte, und auch Koralyn, bevor man ihn gehängt hatte: *In neunundneunzig von hundert Fällen hat niemand eine Ahnung. Die Leute sind alle viel zu sehr mit ihren eigenen Angelegenheiten beschäftigt. Es hat keinen Zweck, schuldbewusst auszusehen. Entspann dich einfach, benimm dich natürlich und sei bereit, beim kleinsten Anzeichen dafür, dass etwas nicht stimmt, davonzurennen.*

Nun versuchte er also, ihren Rat zu befolgen, doch der Teil mit dem Davonrennen würde schwierig werden. Die Armee der Königin hielt nicht viel von Deserteuren. Bei diesem Gedanken begriff er, wie sehr sich sein Leben schon verändert hatte, seit sie die Bücher entdeckt hatten. Vor weniger als einer Woche hätte er nicht einmal daran gedacht zu desertieren. Unter den Fourageuren hatte er eine Art Zuhause gefunden, etwas, das er in seiner Jugend nie gekannt hatte. Und das wiederum ließ ihn überlegen, wie seltsam doch oft der Zufall spielte. Als er in den Sold der Königin getreten war, war ein Zuhause so ungefähr das Letzte gewesen, das er zu finden erwartet hatte. Er hatte doch bloß Schutz vor Antonios Schlägern gesucht, und einen Weg, rasch und noch im Besitz sämtlicher Gliedmaßen aus Drangsal zu verschwinden.

Leon ließ sein Gepäck fallen und ging wieder nach draußen, um Wasser zu holen. Als Halbblut in sein Quartier trat, zog er den Kopf ein. Dies war einmal die Schutzhütte eines Schäfers gewesen; jetzt war es mit den Habseligkeiten von vier Männern voll gestopft. Er zuckte die Achseln. Das war noch gar nichts im Vergleich zu den Slums von Drangsal, wo in engen Mietskasernen zehnköpfige Familien in einem Zimmer lebten. Zumindest war hier die Luft sauber und roch nicht so nach Abwasser, denn die Hütte lag weit von der Latrine entfernt, wo sich die Männer über die Gräben hockten.

Er nahm die Bücher aus seinem Bündel und stopfte sie in einen Ledersack. Dann reckte er sich und verstaute den Sack in der dunklen Höhlung über den Deckenbalken. Niemand würde sie sehen oder auch nur auf die Idee kommen, dort nachzuschauen. Später würde er versuchen, ein besseres Versteck zu finden.

Jetzt aber musste er dringend mit Karl Mandrake sprechen. Wenn ihm überhaupt jemand einen Hinweis darauf geben konnte, was dort in den Bergen vorgegangen war, dann der Wyrmjäger.

Karl saß vor seiner Hütte und sortierte die Kiste mit seiner Ausrüstung. Auf mehreren alten Decken stand sie vor ihm auf dem Boden. Es schien kaum möglich, dass ein einzelner Mensch so viele Gegenstände besitzen konnte; aber Karl war Wyrmjäger, und diese Werkzeuge gehörten zu seinem Handwerk. Seine Aufgabe war es, auf dem Schlachtfeld Wyrm und sogar Drachen zu töten, und das erforderte jede nur mögliche Ausrüstung, mit der die moderne Alchemie dienen konnte, sowie ein gerüttelt Maß an Mut – der schon an Wahnsinn grenzen musste.

Als Halbblut näher kam, sah Karl auf und nickte grüßend. Dann wandte er sich wieder der Armbrust in seiner Hand zu und fuhr fort, sie zu ölen. Mit einem Blick zu dem Bierkrug, der in Reichweite stand, lud er Halbblut ein, einen Schluck zu nehmen und sah erneut über die Ebene hinaus, die unter ihnen lag. Irgendeine Übung fand statt. Zum Schlag einer Trommel marschierten Infanteristen und drehten sich immer wieder herum. Sie bewegten sich auf einen der Geschützstände zu und trainierten die Erstürmung von Stellungen. Es sah aus, als hätte bei den

Terrarch jemand beschlossen, dass es Zeit für die Männer war, den Schlendrian des Winters abzuschütteln und wieder etwas Disziplin zu üben. Über der Infanterie patroullierte ein Teufelsflügel; zweifellos beobachtete ein Stabsoffizier über die magische Fessel, die das Tier an ihn band, seine Truppen. Halbblut fragte sich, wie es sich wohl anfühlen mochte, seinen Verstand mit dem eines fliegenden Wyrm zu verbinden und durch dessen Augen zu sehen. Aber er musste sich wohl damit abfinden, dass er es nie erfahren würde.

Mit der Armbrust wies Karl auf den Krug. Halbblut zögerte einen Augenblick, dem Getränk zuzusprechen. Während der Trauerzeit war eigentlich jeglicher Alkohol verboten. Ein rascher Blick verriet ihm jedoch, dass sich in der Nähe niemand aufhielt, der sich etwas daraus gemacht hätte. Er ließ sich zu Boden sinken, lehnte sich an die Wand der Hütte und trank.

»Wie läuft's denn so?«, erkundigte sich Karl. Für einen so gewaltigen Mann besaß er eine erstaunlich helle Stimme. »Du siehst ja aus, als hätte dir gerade ein Wyrm ins Abendbrot geschissen, und als hätten dich die Terrarch gezwungen, es aufzuessen.«

Halbblut berichtete ihm, dass Taube tot war.

In Karls Augen trat ein mitfühlender Ausdruck, der so gar nicht zu den buschigen Augenbrauen, dem kahlen, tätowierten Schädel und dem barbarisch wirkenden geflochtenen Bart passen wollte. Halbblut überraschte das nicht. Wie die meisten Wyrmjäger war Karl ein ungewöhnlicher Mann. Er konnte lesen und besaß einen großen Fundus an Kenntnissen, von denen viele nicht nur für seinen Beruf nützlich waren. Äußerst sorgfältig legte er die Armbrust und den Lappen ab, nahm den Bierkrug und tat einen tiefen Zug. Bei jedem Schluck wackelte sein gewaltiger Bauch. Er reichte den Krug an Halbblut weiter.

»Auf die Verstorbenen«, sagte er. Halbblut trank.

»Auf die Verstorbenen.«

Halbblut sah zu, wie die Soldaten unten auf die Erdwälle zumarschierten. Die Kompanie gehörte zum Siebten Regiment; er konnte den Todesengel an ihrer Kriegsflagge flattern sehen. Eine andere Kompanie erwartete sie, die Waffen im Anschlag. Irgendwann in naher Zukunft ziehen wir wirklich so in die Schlacht, dachte er.

»Der Tod gehört zum Leben eines Soldaten«, bemerkte Karl.

»Er ist Teil eines jeden Lebens«, ergänzte Halbblut. »Außer natürlich, man ist ein Terrarch.«

»Nein«, widersprach Karl äußerst bedächtig. »Sie sterben doch auch. Sie leben bloß viel länger als wir.«

Halbblut nahm noch einen Schluck und sah ihn an.

»Ich habe Terrarch schon sterben sehen«, erklärte Karl. »Auf dem Schlachtfeld, an der Grauen Krankheit, bei Unfällen. Ihre Leichen stinken genauso wie die von Menschen. Hey, vergiss nicht, dass wir Trauerzeit haben. Was glaubst du, worum sie trauern?«

»Und den Verlust des Gesegneten Landes, die Vernichtung ihrer Schutzherrin Adaana, ihre Niederlage gegen die Fürsten der Schatten und ihre Flucht in eine neue Welt, unsere Welt. Ich glaube, das steht alles im Buch der Propheten geschrieben. Zumindest haben es die Priester uns so erzählt, als ich ein Junge war.«

»Schön zu hören, dass du mit der Heiligen Schrift vertraut bist; aber du verstehst nicht, was ich meine. Sie sterben, genau wie wir.«

Halbblut sah, worauf er hinauswollte. »Aber ihre Seelen steigen in das Höhere Paradies auf.«

Karl lächelte ihm gelassen zu und polierte weiter an einer seiner Glas-Granaten herum. Merkwürdige Chemikalien schwappten darin herum. Leicht nervös sah Halbblut zu und fragte sich, was wohl passieren würde, wenn der Wyrmjäger sie fallen ließ. Einer dieser Stoffe wäre vermutlich in der Lage gewesen, die Hälfte der Kompanie, die da unten die Befestigungen stürmte, umzubringen. Karl allerdings schien unbesorgt zu sein und höchstwahrscheinlich durchaus zu Recht. Trotz seines massigen Körpers waren seine Bewegungen präzise und sorgsam. Trotzdem, jeder macht Fehler, überlegte Halbblut. Einmal ist immer das erste Mal.

»Ach, tatsächlich?«, fragte Karl. »Wie kannst du dir so sicher sein? Niemand ist je zurückgekommen, um uns zu erzählen, was nach dem Tod geschieht. Kein Mensch und auch kein Erhabener. Soweit ich weiß, nicht einmal einer von den Älteren Rassen.«

»Die Propheten erzählen davon.«

»Ach ja. Bist du je einem begegnet? Sind sie gestorben und zurückgekommen?«

»Erewen schon.«

»Ganz sicher? Hast du es gesehen?«

»Das grenzt ja schon fast an Blasphemie.« Halbblut war ein wenig beunruhigt. Sogar die Terrarch ließen den Wyrmjägern eine Menge Narrenfreiheit. Viele von ihnen waren durch die vielen Gifte und Chemikalien, mit denen sie arbeiteten, ohnehin halb verrückt. Trotzdem ging Karl etwas zu weit. Das schien ihm auch selbst klar zu sein.

»Ich bin schon vor einiger Zeit über die Grenze zur

Blasphemie gestolpert. Oder vielleicht auch der Häresie, was auch immer. Was willst du jetzt tun? Mich bei der Inquisition anzeigen?«

Halbblut wusste, dass er genau das hätte tun müssen, und Gunther hätte es auch getan, aber er wusste ebenso gut, dass er nichts dergleichen fertig bringen würde. Er schätzte seine Freundschaft zu dem fetten Mann. Sie war entstanden, als sich die beiden betrunken in einer Taverne am Straßenrand begegnet waren und er erstaunt bemerkt hatte, dass der Wyrmjäger in einer der Geschichten des Azalus las. Karl hatte die Ansicht, für einen Mann in seinem Beruf sei jedes Wissen nützlich, und Halbblut bezweifelte nicht, dass er Recht hatte.

»Was weißt du über einen Dämon mit dem Namen Uhltari?«

»Die Uhltari im Allgemeinen, oder einen bestimmten?«

»Entweder oder. Beides.«

»Uhltari ist sowohl Einzahl als auch Mehrzahl. Sie waren eine der Älteren Rassen und nach Ostarchs Meinung irgendwie mit dem Spinnenkönig Uran Uhltar verbunden. Marschierten in den Zeiten vor Mensch und Terrarch auf ihren sechs Beinen durch die Welt, verbreiteten Dunkelheit, fraßen Seelen – das Übliche eben. Angeblich hassten sie Tageslicht, Feuer und Feensilber, auch hier das Übliche. Die Terrarch behaupten, sie hätten die Letzten von ihnen vor ungefähr tausend Jahren erledigt. Hätten sie unter diesem riesigen Gebirge da begraben.« Er wies ungenau in die Richtung der mit glitzernden Schneekappen bedeckten Gipfel. »Warum fragst du?«

»Der Leutnant sagt, ein Uhltari hätte Taube getötet.«

»Hast du das Vieh gesehen?«

»Mit meinen eigenen Augen.«

»Angefasst?«

»Na ja, mit einem Schwert drauf eingeschlagen.«

»Ganz sicher, dass es ein Uhltari war?«

»Wie zur Hölle soll ich mir da sicher sein? Der Leutnant hat das Wesen so genannt.«

»Er müsste es eigentlich wissen. Du hast also einen Uhltari gesehen. Dafür würde ich meinen rechten Arm hergeben … vielleicht.«

»Ich hätt's fast getan.«

»Jedenfalls kannst du sagen, dass du etwas zu Gesicht bekommen hast, das die meisten Menschen noch nie gesehen haben und auch nie sehen werden. Ich hatte diese Kreaturen für ausgestorben gehalten. Wenn man den Büchern glaubt, sind das ohnehin die meisten Alten Rassen. Zeigt nur mal wieder, dass man nicht alles wörtlich glauben darf. Die Uhltari sind angeblich alle umgekommen, als die Terrarch Achenar zerstört und Uran Uhltar vernichtet haben.«

»Kannst du dir vorstellen, warum ein Zauberer mit so einem Wesen reden würde?«

»Machst du jetzt Witze?«

»Nein.«

»Die meisten Zauberer würden ihre Seele dafür hergeben, mit einem Dämon der Alten Welt zu sprechen. Angeblich sollen sie alles mögliche verbotene Wissen besitzen. Früher wurden sie von vielen Leuten aufgesucht, die von ihnen lernen wollten, aber dem hat die Inquisition ein Ende gemacht. Das fing alles vor den Terrarch an, im Zeitalter der Menschen.«

»Da war auch ein Zauberer. Glaubst du, er war hinter solchem Wissen her?«

»Kann mir nicht vorstellen, dass er eine Nummer mit dem Biest schieben wollte.«

»Man weiß ja nie.«

»Was ist denn nun wirklich passiert?«

Halbblut erzählte es ihm, wobei er den Teil mit den Büchern ausließ, und betonte, dass der Zauberer mit dem Dämonen gesprochen habe.

»Pass bei dieser Sache bloß auf, Halbblut«, meinte Karl und nickte dazu langsam, um die Wichtigkeit des Gesagten zu betonen. »Das, was du da erzählst, ist Stoff für die Inquisition.«

»Ich weiß, ich weiß. Ich bin bloß gerade so voll von ungesunder Neugierde. Nenn mich ruhig seltsam, aber ich möchte doch gern wissen, warum ich jemanden umgebracht habe.«

»Du hast einen Zauberer getötet und mit einem Schwert auf einen Dämon der Alten Welt eingestochen.« Karl stieß einen anerkennenden Pfiff aus. »Da hast du allerhand erlebt. Willst du jetzt einen Roman über dich schreiben lassen?«

»Es ist einfach so passiert. Ich hab bloß versucht, am Leben zu bleiben.«

»Eine sehr vernünftige Haltung, die man immer in den Vordergrund stellen sollte. Hört sich an, als hättest du Glück gehabt.«

Halbblut sah die ausgebreiteten Waffen an. Er merkte, dass es Zeit war, das Thema zu wechseln. »Und was treibst du so?«

»Ich bereite nur meine Ausrüstung vor. Schätze, wir werden bald ausrücken.«

»Sind neue Befehle eingetroffen?«

»Noch nicht, aber das kommt noch. Jede Menge Drachen-Kuriere und Verstärkungstruppen sind schon eingetroffen, und wenn man dem Quartiermeister glauben will – der es eigentlich wissen müsste –, ist ein neuer Befehlshaber unterwegs. Die großen Jungs machen das nicht zum Spaß. Wir werden irgendwo hingehen, und ich vermute, dass unser Ziel jenseits der Grenze liegt.«

Mit dem Daumen deutete Halbblut in Richtung Pass. »Das bedeutet Krieg, und zwar nicht nur mit den Kharadreanern.«

»Ich weiß. Was glaubst du, warum ich mir solche Mühe mit meiner Ausrüstung gebe?«

»Das tust du immer.«

»Dieses Mal mache ich aber eine komplette Inventur. Wenn wir gegen die Blauen ziehen, bekomme ich vielleicht wirklich Gelegenheit, einen Drachen zu töten. Vielleicht kann ich sogar ein paar Blaue umbringen. Ich hasse diese Bastarde und Sklavenhalter wie die Pest.«

»Warum?«

»Ich dachte, du hättest die Geschichtsbücher gelesen, mein Sohn. Sie glauben, dass wir Menschen gerade gut genug sind, um Sklaven und Futter für die Drachen abzugeben.«

»Mir fallen ein paar Terrarch auf dieser Seite der Grenze ein, die ebenso denken.«

»Vertu dich bloß nicht, Halbblut. Niemand auf unserer Seite denkt so wie die Blauen. Sie wollen die Vergangenheit wieder zum Leben erwecken und alle Reformen der Roten Königin aufheben. Diese Leute wollen uns Menschen zeigen, wo unser Platz ist – und ihre Vorstellung davon ist eine große Latrinengrube mit fest aufgelegtem Deckel.«

Halbblut fand, dass sie ruhig wieder das Thema hätten

wechseln können. Er war gerade nicht in der Stimmung, sich Karls Gezeter anzuhören, obwohl er in den meisten Punkten mit ihm übereinstimmte.

»Wer sind eigentlich diese neuen Soldaten?«

»Husaren und Artillerie. Kundschafter und Belagerungsspezialisten. Die übliche Mischung. Die Kavalleristen sind schon rotzfrech – und ihre Terrarch noch mehr. Die Artillerie ist in Ordnung. Ich habe mit ein paar von den Männern getrunken und über Mathematik und Mixturen gesprochen.«

»Schießpulver-Mixturen?«

»Was sonst?«

»Und was glaubst du, wann wir aufbrechen werden?«

»Sobald der General hier ist. Wenn wir alle Karren und Maultiere zusammenhaben, die wir brauchen. Nach dem Errettungs-Fest. Such's dir aus.«

»Dann erwarten wir irgendein hohes Tier?«

»Ja. Man hört alle möglichen Gerüchte – vielleicht ist er sogar einer von den Ersten.«

»Das entscheidet alles – es gibt also Krieg. Diese Sorte lässt sich nicht im Feld blicken, wenn es keinen Ruhm zu holen gibt.«

»Jetzt denkst du wie ein Soldat«, meinte Karl.

»Wie lange noch, bis er hier eintrifft?«

»Ein paar Tage, wenn man den Gerüchten im Lager glauben darf. Der Quartiermeister sagt, er sei bereits auf dem Weg.«

»Dann warten wir noch, bis der Himmel aufklart, und marschieren ab.«

»Das vermute ich auch. Aber vorher wird es eine ganze Runde Übungen und Inspektionen geben – um uns auf Trab zu halten.«

»Danke für das Bier. Ich sollte lieber mal nachsehen, was der Rest meiner Bande so treibt.«

»Halbblut?«

»Was?«

»Pass bloß auf dich auf. Nach dieser Geschichte in der Mine werden dich die Terrarch im Auge behalten. Früher oder später wird eine Untersuchung stattfinden.«

»Ach ja?« Halbblut hatte das Gefühl, sein schlechtes Gewissen wegen der Bücher müsse ihm ins Gesicht geschrieben stehen.

»Wenn du ein gewöhnlicher Soldat wärest, würde ich sagen, dass du eine große Zukunft hast. Belobigungen, Beförderungen, viele schöne Worte.«

»Aber das bin ich nicht.«

»Wir wissen beide, dass du der Bastard eines von denen bist. Das mögen die nicht. Nicht bei einem gemeinen Soldaten. Einige von ihnen werden denken, dass du sie bloßstellst, und andere, dass du dich für was Besseres hältst.«

»Ich kann jetzt nicht mehr viel dagegen tun. Oder, Karl?«

»So langsam hörst du dich genauso an wie ich. Man weiß ja nie – vielleicht machen sie ja noch einen Wyrm-Jäger aus dir.«

»Tod oder Ruhm, was?«

»Bezahlung ist gut.«

»Ja, aber ich müsste ständig eine dieser verdammt riesigen Truhen mit mir schleppen.«

»Würde dir gut tun, baut die Muskeln auf. Grüß Sergeant Hef von mir. Sag ihm, dass er mir noch ein Bier schuldet und dass ich es mir demnächst holen komme.«

»Klar.« Halbblut stand auf und bemerkte plötzlich, wie

stark das Bier gewesen war. Er winkte Karl zum Abschied zu und rannte den Hügel hinunter. Wie immer hatte ihm der Wyrmjäger allerhand Stoff zum Nachdenken beschert. Er war gar nicht auf die Idee gekommen, dass die Terrarch seine Heldentat als peinlich für sich betrachten könnten. Das war etwas, das möglicherweise tödlich ausgehen konnte – als hätte er, so wie die Dinge lagen, nicht schon genug am Hals. Und wenn sie ihn derart betrunken erwischten, steckte er ohnehin in Schwierigkeiten.

Er warf einen letzten Blick nach unten. Die Übung war vorüber. Viele Männer lagen der Länge nach im Schlamm und spielten tot. Halbblut nahm das als ein Zeichen. Irgendwann in näherer Zukunft würden sie nicht mehr nur so tun.

11. KAPITEL

Wir sind eine Kriegeraristokratie. Das ist unser Privileg, unsere Stärke und zugleich unser Fluch.

Azarothe Aurali, Rede vor dem Oberhaus

Sardec stand vor Oberst Xenos Schreibtisch. Ihm war immer noch übel. Gegen den Rat der Magier hatte er sich gezwungen, vom Krankenbett aufzustehen, um seinen Bericht zu erstatten. Die Magier hatten sich vergewissern wollen, dass seine Verletzungen und das Gift des Uhltari keine bleibenden Nachwirkungen hatten, aber Pflicht blieb schließlich Pflicht, wie sein Vater so gern sagte.

Sein Vorgesetzter musterte ihn von oben bis unten, wobei er seinem bandagierten Kopf und seiner Blässe besondere Aufmerksamkeit schenkte. Sardec spürte beinahe, dass Xeno ein vernichtendes Urteil über ihn fällte. Der Oberst hatte sich nie die Mühe gemacht, seine Ansicht zu beschönigen, dass Sardec nur ein weiterer Grünschnabel für ihn war, der lediglich auf Grund der Beziehungen seiner Familie Offizier geworden, aber zu jung war, um von irgendwelchem Nutzen zu sein. Nicht, dass es besonders auf Xenos Meinung angekommen wäre. Xeno bekleidete seinen Oberstenrang selbst nur, weil Sardecs Onkel Ansalec, der Eigentümer dieses Regiments und seiner Charta, seine Zeit mittlerweile lieber bei Hof verbrachte. Er entstammte einer guten, aber verarmten Familie; ein fähiger Befehlshaber, dem jedoch das weitverzweigte Netz von Verbindungen fehlte, das ihm eine bessere Stellung hätte verschaffen können. Sardec vermutete, dass der Offizier darüber verbittert war.

Nach dieser langen, schweigenden Inspektion legte Xeno seinen Federkiel ab, streute Sand auf die Unterschrift, die er auf eine Pergamentrolle gesetzt hatte, und reichte sie seinem Sekretär, einem Menschen, dem man chirurgisch die Zunge entfernt hatte, damit er unter seinen analphabetischen Brüdern keine Geheimnisse ausplaudern konnte. Xeno läutete eine winzige Silberglocke, um einen Diener zu rufen; dann spielte er wieder mit dem kleinen Gebetskristall, der neben seiner rechten Hand lag.

»Licht«, befahl er knapp, als der Diener eintrat. Der Mensch ging durch den Raum und zündete die Laternen an. Zu dieser Jahreszeit wurde es abends immer noch ziemlich früh dunkel.

Sardec war froh, dass Xeno wartete, bis sich der Mann zurückgezogen hatte, und erst dann ihr Gespräch fortsetzte. Obwohl der Diener zweifellos draußen warten und versuchen würde, etwas zu erhaschen, aus dem er einen Vorteil schlagen konnte. Diese Menschen waren doch alle gleich.

Xeno schenkte Sardec ein frostiges Lächeln und bedeutete ihm, sich zu setzen. Der Schemel war so hart und niedrig, dass Sardec gezwungen war, zu seinem Vorgesetzten aufzusehen. Ein einfacher Trick, um ihm seine unterlegene Stellung klar zu machen, aber er glückte doch und betonte, dass es ihm verglichen mit den Älteren an Körpergröße mangelte. Ältere Terrarch schreckten vor nichts zurück, wenn es darum ging, den Jüngeren zu zeigen, wo ihr Platz war. Sardec wollte zeigen, dass er sich nicht eingeschüchtert fühlte, daher streckte er die langen Beine vor sich aus und wartete darauf, dass der Oberst das Wort ergriff.

»Die Sache ist ein wenig schief gelaufen«, begann Xeno mit täuschend sanfter Stimme, lehnte sich zurück und legte die Fingerspitzen gegeneinander. Der Offizier strahlte eine ruhige, kalte Willenskraft aus, die Sardec immer an seinen Vater erinnerte.

»Ja, Herr«, antwortete Sardec. »Das ist sie wohl.«

»Ihr seid ausgeschickt worden, um an diesem so genannten Propheten ein Exempel zu statuieren, und Ihr seid gescheitert.«

»Bedauerlicherweise hat sich der Prophet nicht an unsere Pläne gehalten, Herr. Er war einfach nicht da.«

»Meint Ihr, er hat Wind davon bekommen, dass wir ihm eine Falle gestellt haben?«

»Das halte ich für schwer vorstellbar, Herr. Ihr habt den Befehl zum Ausrücken gegeben, sobald Ihr Kunde über seinen Aufenthaltsort hattet.« Sardec hielt es für das Beste, den Oberst daran zu erinnern, wer genau diese Mission geplant und ausdrücklich gestattet hatte; nur für den Fall, dass er zufällig auf der Suche nach einem Sündenbock war. Xeno schenkte ihm erneut sein kaltes Lächeln. Offensichtlich verstand er, was Sardec sagen wollte.

Der Oberst winkte seinem Sekretär. Der Stumme trat heran und sah den Stapel dicker, in Leder gebundener

Journale durch, die auf seinem Tisch lagen. Eines schlug er auf und machte sich Notizen.

»Ihr sagt, Ihr wäret auf einen Zauberer gestoßen, der sich mit einem Uhltari zusammengetan hatte, Leutnant.«

»Ja, Herr.«

»Seid Ihr Euch sicher? Seit fast einem Jahrtausend hat niemand mehr einen solchen Dämonenabkömmling zu Gesicht bekommen. Angeblich sind sie ausgestorben. Bei der Zerstörung von Achenar haben wir sie vollständig vernichtet.«

»Ich hatte auch noch nie einen lebenden gesehen, aber alle Beschreibungen in den Bestiarien passen auf dieses Wesen. Es war spinnnenähnlich, aber doch keine Spinne, und besaß diesen typischen tintenfischartigen …«

»Ja, Leutnant, ich bin schon ganz vertraut damit, wie Uhltari angeblich aussehen. Ich meine, ob Ihr sicher seid, dass es sich nicht um das Ergebnis einer durch Beschwörungen hervorgerufenen Halluzination gehandelt hat, oder um eine auf alchemistischem Wege erzeugte Illusion.« Sardec war sich seiner Jugend plötzlich sehr bewusst. Wäre er hundert Jahre älter gewesen, hätte Xeno nicht in diesem Ton mit ihm geredet.

»Es hatte eine feste Gestalt, Herr, wie meine Verletzungen wohl belegen. Die Männer haben die Kreatur auch gesehen.«

»Illusionen sind immer überzeugend. Und Männer, die in Panik geraten, können sich und anderen Wunden zufügen.«

»Ich trage eine Feensilber-Klinge, Herr. Das war keine Illusion.« Sardec zuckte beinahe zusammen, als er diese Worte aussprach.

»Ein Famlienerbstück, wie ich höre.« Sardec fragte

sich, ob Xeno wohl neidisch war. Klingen wie Mondschatten waren selten. Nicht einmal alle Großen Häuser besaßen Artefakte, die bis in die Zeit vor dem Exil zurückreichten. Das Lächeln des Obersten wurde breiter, und Sardec wusste, was er als Nächstes sagen würde. Der Griffel des Sekretärs kratzte weiter.

»Mir wurde zugetragen, dass einer Eurer Männer Eure Klinge gebraucht hat, um den Uhltari zu vertreiben, während Ihr indisponiert wart.« Sardec wünschte, es abstreiten zu können, aber er war stolz auf seine Ehrlichkeit. Wenn sich ein Terrarch-Offizier nicht ehrenhaft verhielt, wer würde es sonst tun?

»So ist es. Das Schwert wird gerade einer rituellen Reinigung unterzogen.«

»Das geht mich nichts an, Leutnant. Das ist Eure Angelegenheit. Mir liegt lediglich daran, dass die Tapferkeit dieses Soldaten angemessen gewürdigt wird.«

»Es war der Soldat, den die Männer Halbblut nennen, Herr.« Sardec ließ zu, dass seine Stimme sein Missfallen verriet. »Sein eigentlicher Name lautet Rik.«

»Derjenige, der offenbar einen Anteil an Terrarch-Blut besitzt? Na, wenigstens macht er uns keine Schande.« Sardec sah den Obersten an. War das eine verhüllte Beleidigung? Wollte er andeuten, dass Sardec sein Volk irgendwie beschämt hatte? Als jüngerer Frontoffizier konnte er den Oberst nicht herausfordern; aber sie würden nicht immer an der Front sein, und dann war Sardec sicher, dass er einen Grund finden würde, Satisfaktion von ihm zu verlangen.

»Kommen wir noch einmal auf die Angelegenheit mit dem Uhltari zurück, Leutnant.« Sardec bemerkte, dass der Oberst in dieser Sache sehr beharrlich nachhakte, und fragte sich nach dem Grund. Im Umgang mit älteren Terrarch war es immer besser, Vorsicht walten zu lassen. Ihre Beweggründe waren selten ganz geradlinig.

»Selbstverständlich, Herr.«

»Ihr seid Euch ganz sicher, dass es einer war.«

»So sicher, wie man sein kann, wenn man noch nie zuvor einem solchen Wesen begegnet ist. Auf jeden Fall entsprach es genau den vorliegenden Beschreibungen.«

»Das ist äußerst ungünstig.«

»Warum, Herr?«

»Der letzte Krieg, den wir mit diesem Dämonenvolk ausgefochten haben, ist sehr erbittert verlaufen. Sollten sie zurückgekehrt sein, muss diese Sache untersucht werden. Der Zeitpunkt hätte nicht ungünstiger sein können; nun, da sich jenseits der Grenze dieser Ärger zusammenbraut …«

»Ihr meint, dass dies möglicherweise kein Zufall ist, Herr?«

»Natürlich hoffe ich, dass es einer ist, aber wenn nicht …«

»Vielleicht hätte Meister Severin Euch mehr sagen können, Herr.«

»Ich wünschte, er könnte es! Vielleicht würdet Ihr so freundlich sein und mir erklären, was eigentlich geschehen ist. Lasst nichts aus.«

Der Oberst lächelte ausdruckslos und sie gingen die ganze Geschichte wieder und wieder durch. Während des gesamten Gesprächs kratzte die Feder des Sekretärs ohne Unterlass, und außerdem wurde das ganze Debakel in der Regimentschronik für die Nachwelt festgehalten.

»Der abtrünnige Zauberer war ein Terrarch?«, vergewisserte sich Xeno.

»Sein Kopf beweist das«, sagte Sardec. Es wurmte ihn, dass er nicht Zeuge seines Todes gewesen war. Auch das würde die Untersuchung enthüllen.

»Ich würde zu gern wissen, wer er war.«

»Sein Name lautete Alzibar, Herr. Zumindest hat Vosh, der einheimische Führer, das behauptet.«

»Das weiß ich, Leutnant. Ich meine: Woher stammte er?«

»Keine Ahnung, Herr. Vielleicht war er Kharadreaner, oder vielleicht ein Renegat aus dem Dunklen Imperium, und wenn nicht, dann möglicherweise ein Abenteurer, einer von denen, die im Reich Schande über sich gebracht haben und Zuflucht in Kharadrea suchen.«

»Ihr wart aber nicht in Kharadrea, Leutnant?«

»Wir wollen es mal so ausdrücken, Herr: Der exakte Grenzverlauf ist in diesem Gebiet unklar.«

»Sehr gut, Leutnant. Das gefällt mir. Eine äußerst präzise Ungenauigkeit.«

»Bis auf die Hexenzeichen, die er trug, gab es keine Hinweise auf seine Herkunft. Vielleicht finden unsere Magier ja einen solchen Hinweis. Ich weiß, dass mein Sergeant sie den Magistern übergeben hat.«

»Hoffen wir es. Wenn das erfolglos bleibt, haben wir immer noch die Gefangenen.«

»Wir haben sie eingehend verhört, Herr.«

»Die Inquisition wird höchstwahrscheinlich noch gründlicher vorgehen. Ich habe schon nach einem Inquisitor geschickt.« Natürlich, dachte Sardec. Das war von jetzt an eine Sache für die Inquisition.

»Wann wird die Untersuchung stattfinden, Herr?«

»Sobald es politisch geboten scheint. Das Datum steht noch nicht fest.« Sardec fragte sich, was genau das heißen mochte. Wollte sein Vorgesetzter andeuten, dass eine solche Untersuchung eine hochstehende Persönlichkeit belasten könnte? Oder meinte er, dass jetzt, da sich die Gerüchte über einen bevorstehenden Krieg verdichteten, nicht die richtige Zeit dazu war, Geschichten über Terrarch, die in dunkle Hexereien verwickelt waren, in Umlauf zu bringen? Sein Vater hatte ihm erzählt, dass solche Vorfälle schon früher vertuscht worden waren.

»Es ist auch möglich, dass der Hexer überhaupt kein Terrarch war«, sagte Xeno mit ausdrucksloser Stimme. »Vielleicht war er ja ein halbblütiger Renegat. Haltet Ihr das für möglich, Leutnant?«

Sardec dachte darüber nach. Er verstand, worauf Xeno hinauswollte. Wenn die Menschen erfuhren, dass einer der Erhabenen im Bund mit den Mächten des Schattens stand, so wäre das ein Schlag für ihr Prestige und somit auch für ihre Macht. Auf dem Kontinent Ascalea braute sich ein neuer Krieg zusammen, da konnten sie so etwas nicht gebrauchen. Es war eine Sache, wenn die Menschen Gerüchte über das Dunkle Imperium hörten, aber eine ganz andere, wenn sie Beweise für Dinge erhielten, mit denen ihr kleiner Verstand nicht umgehen konnte. Trotzdem konnte sich Sardec nicht überwinden, einfach so zu lügen. »Ich war beim Tod des Zauberers nicht zugegen, Herr.«

»Eine sehr diplomatische Antwort. Aber Ihr habt den Kopf gesehen?«

»Ja, Herr.«

»Und Ihr pflichtet mir bei, dass es auch ein Mischling gewesen sein könnte.«

»Möglich wäre das, Herr.« Das traf tatsächlich zu. Bei einem Toten war so etwas schwer zu sagen.

Xeno lächelte. »Alles in allem habt Ihr Euch gut geschlagen, Leutnant Sardec. So, wie ich es von dem Spross einer so illustren Familie auch erwartet hätte.«

Sardec suchte nach der Ironie in Xenos Worten, fand aber keine. »Herr?«

»Dieser Zarahel ist uns vielleicht entwischt; aber der Zauberer ist tot, der Uhltari ist tief unter der Erde eingesperrt und wir haben den Hochlandstämmen eine blutige Lektion erteilt. Das war auch der Zweck der Übung, und ich würde sagen, Ihr und Eure Männer habt Euer Ziel auf bewundernswerte Weise erreicht.«

Wider Willen spürte Sardec, wie gut ihm das Lob tat. Dies war sein erstes richtiges Kommando im Feld gewesen, und er war einfach nur erleichtert, den Namen seiner Familie nicht entehrt zu haben.

»Ich werde dafür sorgen, dass Fürst Azarothe, sobald er eintrifft, über Eure großartige Leistung unterichtet wird.«

»Fürst Azarothe, Herr?« Sardec konnte nicht verhindern, dass seine Stimme verblüfft klang. »Der Eroberer?«

»Ja, Leutnant. Der Herr der Schlachten wird in höchsteigener Person das Kommando übernehmen. Er ist ein Freund Eurer Familie, glaube ich.«

Jetzt war klar, warum der Oberst so freundlich zu ihm war, dachte Sardec verstimmt. Der verstohlene Stolz, den ihm Xenos Lob bereitet hatte, verflog nun. Der Oberst machte Politik. Wenn Azarothe ihr neuer Oberkommandierender wurde, und wenn dieser neue Oberkommandierende ein Freund von Sardecs Familie war, dann schien es nur vernünftig, wenn der Oberst auf gutem Fuß mit ihm blieb. Kurz überschlug Sardec seine Möglichkeiten. Er hätte es vorgezogen, auf Grund seiner eigenen Verdienste beurteilt zu werden, aber er wusste: In der modernen Armee war das unmöglich. Er würde alle Vorteile brauchen, die er bekommen konnte. Ein Krieg stand bevor und unter den rangniederen Offizieren würde ein großes Gezerre um Beförderungen und Ruhm ausbrechen. Und Sardec hatte vor, dass ein Teil dieses Glanzes auf seine Familie und ihn selbst abfiel.

»Er ist ein Freund meines Vaters, Herr.«

»Sehr gut. Ich dachte, Ihr würdet sicher gern wissen, dass er in Prinzessin Aseas Palast logieren wird. Sie ist seine Halbschwester.«

»Ich wäre sehr dankbar, wenn Ihr mir gestatten würdet, ihr meine Karte zu schicken, und bitte um Erlaubnis, die Prinzessin aufzusuchen, sollte sie denn so freundlich sein, mich zu empfangen.«

»Dafür könnten wir sicherlich sorgen«, sagte der Oberst. Dann vertiefte er sich in seine Papiere. Wie alle jüngeren Offiziere wussten, war dies ein klares Signal dafür, dass das Gespräch beendet war.

»Ihr dürft Euch zurückziehen, Leutnant«, sagte Xeno noch einmal unmissverständlich.

12. KAPITEL

Zahlreich sind die Fallen, welche die Fürsten des Schattens
für die Seelen der Menschen auslegen.

Propheten, Kapitel 7, Vers 3

Im Lager gingen wilde Gerüchte über den neuen Kommandanten um. Offenbar hatte jeder Zweite etwas zu dem Thema beizutragen. Halbblut war das Ganze ziemlich egal. Er war müde und durchnässt. Den größten Teil des Nachmittags hatte er damit zugebracht, in einem Graben den toten Mann zu spielen, während Hef und seine Kameraden eine improvisierte Stellung stürmten. Sardec hatte beschlossen, er sei von feindlichem Beschuss getroffen worden, und ihm befohlen, sich an einer Stelle, wo Brennesseln wucherten, mit dem Gesicht voran in den Schlamm zu werfen. Außerdem war er hungrig. Während der Trauerperiode erhielten die Soldaten nur Wasser und winzige Rationen der einfachsten Speisen.

Halbblut hatte schon genug, worüber er nachdenken musste. Er hatte mit eigenen Augen gesehen, dass im

Auftrag der Königin der Großteil der Fuhrleute aus der Stadt auf unbegrenzte Zeit angeheuert worden war. An jedem Baum und jeder Tavernenmauer hingen allgemeine Proklamationen, die verkündeten, Ihre Majestät werde jedem Mann, der im Besitz eines Karrens und bereit sei, seine patriotische Pflicht zu tun, gutes Silber zahlen. Das konnte nur eines bedeuten, und Wiesel fasste es in Worte.

»Das heißt auf jeden Fall Krieg. Sonst würden sie nicht all diese Leute anheuern. Sie sollen die Vorräte transportieren. Ich glaube, ich statte dem Quartiermeister einen Besuch ab.«

Vielleicht dachte er, wo es Verträge mit der Regierung gab, könne er auch Geld herausschlagen. Oder er hoffte immer noch, ein gutes Trinkgelage auf die Beine stellen zu können. Bis jetzt war es Wiesel allerdings trotz seiner Bemühungen nicht gelungen, entweder die Beförderung zu erhalten, auf die er hoffte, oder eine Erlaubnis, das Lager zu verlassen. Offenbar benutzte der Quartiermeister seinen Einfluss anderweitig. Der Barbar stolzierte hinter Wiesel her.

Noch war es nicht ganz dunkel. Die meisten älteren Männer gingen wieder ins Bett oder zu ihren Frauen. Den jüngeren stand der Sinn danach, zum Fluss hinunterzuschlendern und mit den ungebundenen Mädchen anzubändeln. Halbblut entschuldigte sich, ging in sein Quartier, zog sich aus und legte seine alte Ersatzuniform an, die verschlissen und geflickt war. Eigentlich hätte er zu einem der Mädchen aus dem Tross gehen und sie dafür bezahlen sollen, seinen verdreckten Rock und seine Hosen zu waschen. Außer ihm war jedoch niemand da, und so holte er den Sack mit den Büchern aus seinem Versteck, schlug einen der Bände auf und nahm ihn in Augenschein.

Das Buch war von Hand geschrieben, in einer engen Schrift, in den klassischen Runen der Erhabenen. Als er die Seiten durchblätterte, bemerkte er, dass einige Teile in der Volkssprache abgefasst und für ihn verständlich waren. Andere dagegen waren in der Hochsprache der Erhabenen niedergeschrieben, einer Sprache, die Gelehrte und Magier vorzogen, und wieder andere in den Runen und Hieroglyphen der Älteren Rassen. Der Band wirkte überhaupt recht alt. Die Seiten schienen völlig ausgetrocknet zu sein, als könnten sie jeden Augenblick zu Staub zerfallen.

Verzweiflung stieg in ihm auf. Wie sollte er das alles jemals entziffern? Die moderne Umgangssprache beherrschte er einigermaßen. Koralyn hatte ihn gelehrt, sie leidlich zu buchstabieren und behauptet, für einen Dieb seien solche Kenntnisse unbezahlbar. Halbblut wünschte, der ehemalige Anführer seiner ersten Bande wäre noch am Leben und hier. Koralyn war ein verschlagener alter Hund gewesen, aber die einzige Vatergestalt, die Halbblut je gekannt hatte. Und er war es gewesen, der ihn sein Handwerk gelehrt hatte, seit er kaum alt genug zum Laufen gewesen war.

Seine ganze Geschichte hatte Halbblut nicht erfahren, doch er wusste, dass Koralyn für einen Dieb aus den Armenvierteln von Drangsal sehr gebildet gewesen war und nicht immer dort gelebt hatte. In seiner Jugend war er weit gereist, bevor er – wie er es nannte – in der Stadt der Diebe »vor Anker gegangen« war. Am häufigsten behauptete er, in Harven in Nordkharadrea geboren zu sein, aber bei anderer Gelegenheit hatte er auch erklärt, von hundert anderen Orten zu stammen. Ein zwanghafter Lügner zu sein, war bei einem Dieb eine Berufskrankheit, wie er selbst zu sagen pflegte. Doch am Ende hatten ihn seine Lügen auch nicht gerettet, und er hatte einen ruhmlosen Tod gefunden, nachdem er auf dem Schafott am Südlichen Stadttor geweint und um Gnade gefleht hatte. Halbblut war zu der Hinrichtung gegangen, den Kopf voll mit Geschichten über wagemutige Fluchten, wie sie den Straßenräubern in den Geschichtenbüchern immer gelangen. Er hatte auch selbst über alle möglichen Rettungspläne nachgedacht, aber natürlich waren sie nie weit gediehen.

Umgeben von einer Einheit Soldaten und begleitet vom Henker mit seiner schwarzen Maske war der alte Koralyn nach draußen getreten. Niemand hätte ihn jetzt noch retten können, und es hätte auch niemand gewollt, nicht einmal seine anwesenden Freunde. Die ganze Veranstaltung hatte die Atmosphäre eines öffentlichen Feiertags. Menschenmengen drängten sich auf den Straßen und dem Platz; und auch die angrenzenden Fenster waren dicht besetzt. Jugendliche saßen sogar auf den Dächern und Kaminaufsätzen. Sie alle waren gekommen, um Zeugen seines Sterbens zu werden und diesem urtümlichen Mysterium beizuwohnen, dem Übergang eines Menschen vom Leben in einen anderen Zustand.

Der Henker hatte den Abschnitt aus der Heiligen Schrift verlesen, wo es um die Gerechtigkeit der Königin und die Bestrafung der Schuldigen ging. Koralyn hatte währenddessen jede Würde fahren lassen und getobt und gebettelt. Das hatte Halbblut so erzürnt, dass er dem alten Mann selbst fast schon den Tod gewünscht hatte, etwas, das ihm immer noch ein schlechtes Gewissen bereitete.

Dann hatten sie Koralyn aufgehängt, anschließend seine Leiche abgeschnitten, den Kopf abgeschlagen und als Warnung an andere Missetäter auf eine Pike gespießt und am Stadttor zur Schau gestellt. Die Menge, die während dieser exemplarischen Lektion königlicher Justiz geplaudert und gegessen hatte, zerstreute sich nun in die Tavernen. Eine Hinrichtung sei immer gut fürs Geschäft, hatte ihm ein Gastwirt am Platz erklärt.

Halbblut hatte an diesem Tag allerdings keinerlei Lektion gelernt. Dass jemand, den er kannte, aufgehängt wurde, hatte ihm gerade genug Angst eingejagt, um mehrere Tage nicht zu stehlen, bis sein Magen knurrte und ihm schwindlig war. Er hatte dann einem alten Advokaten, der ihn für einen Strichjungen gehalten und mit ihm in einen Hinterhof gegangen war, die Uhr aus der Tasche gestohlen und war nur mit knapper Not entwischt. Danach hatte er sich der Alten Hexe und ihrer Bande jugendlicher Taschendiebe und Einbrecher angeschlossen, und seine Ausbildung hatte erst jetzt richtig begonnen.

Halbblut schüttelte den Kopf. All das Kramen in Erinnerungen brachte ihn nicht weiter. Wenn er etwas aus dem Buch lernen wollte, musste er damit anfangen. Wie die Alte Hexe immer gesagt hatte: Was du nicht anfängst, bringst du auch nicht zu Ende. Es wurde dunkel, doch das störte ihn nicht. Er hatte schon immer gut im Dunkeln gesehen.

Er probierte es mit einem weiteren der Bücher, schlug die erste Seite auf und begann mühsam zu lesen.

Zunächst gestaltete sich die Lektüre nicht so schwierig, wie Halbblut befürchtet hatte. Zumindest war das Buch in der zeitgenössischen Sprache der Erhabenen geschrieben. Da gab es zwar viele Wörter, denen er nicht folgen konnte, und zahlreiche Fachbegriffe aus der Magie, die er nicht kannte; aber das Wesentliche war klar – und ziemlich enttäuschend. Das Buch stellte tatsächlich das Journal eines Zauberers da, eine Kombination aus Tagebuch und allgemeinen Weisheiten. Es enthielt Gedanken über seine Kunst und seine bisherigen Forschungen und beschrieb, wie er weiter vorgehen wollte. Außerdem standen allerhand mathematische Formeln und einige astronomische Diagramme darin.

Der Magier schrieb, dass die Zauberkraft zu gewissen Zeiten einer Art Ebbe und Flut unterworfen sei, und stellte dar, dass man diese Gezeiten aus der Stellung der Sterne und Planeten ableiten könne. Und, was am wichtigsten war, er erklärte, dass man unter diesen besonderen Bedingungen leichter Kontakt zu gewissen Wesenheiten aufnehmen konnte. In gewisser Weise kam das Halbblut einleuchtend vor. Wenn man zu bestimmten Zeiten mehr Kraft besaß, würde es einem auch leichter fallen, Magie zu wirken, überlegte er.

Er war enttäuscht, dass das Buch keine leicht anzuwendenden magischen Zaubersprüche, Beschwörungen oder Formeln enthielt. Die Geschichtenbücher waren immer voll davon und erzählten von jungen Zauberlehrlingen, die leichtsinnig Dämonen heraufbeschworen. Doch das Einzige, das er im Augenblick durch das Lesen dieses Buches leichtfertig riskierte, waren Kopfschmerzen.

Die anderen beiden Bücher erwiesen sich beim Durchblättern als noch schwieriger. Er konnte nur ein paar Wörter verstehen. Es gab viele seltsame Zeichen, die spinnenartige Wesen darstellten und ihn unangenehm an die Kreatur aus der Mine erinnerten. Randbemerkungen in der schon vertrauen engen Schrift bezogen sich auf Uran Uhltar, den Spinnengott und Zauberer-Dämon der Alten, und vertieften sein ungutes Gefühl eher noch. Sie machten ihm klar, dass diese Bücher verbotenes Wissen verbreiteten; Wissen, das man aus gutem Grund verbannt hatte. Halbblut hatte noch nie etwas Gutes über Uran Uhltar gehört, nur düstere Geschichten über spinnenartige Dämonen, verschlungene Seelen und böse Magie. Das Buch nannte ihn manchmal den Huscher im Schatten, dann wieder den Weber zwischen den Welten. Diese Bezeichnungen wirkten alles andere als beruhigend.

Er steckte die Bücher wieder in ihren Ledersack und brachte ihn zurück in sein Versteck. Dann lag er auf dem Rücken, starrte an die Decke und fragte sich nicht zum ersten Mal, ob klug war, was er da tat. Sicher, diese Bücher enthielten ein Wissen, doch wenn alles, was ihm die Tempelbrüder erzählt hatten, stimmte, dann brachte dieses Wissen seine Seele in Gefahr. Andererseits war er sich nicht ganz sicher, ob er überhaupt noch daran glaubte. Sein Glaube, der in seiner Kinderzeit so stark und einfach gewesen war, hatte sich durch das Leben, das er geführt hatte, gewissermaßen abgeschliffen. Er war dem Tod oft genug begegnet, um eher jenen Philosophen zuzuneigen, nach deren Ansicht der Körper möglicherweise nur eine Art Maschine darstellte, die aufhörte zu arbeiten, wenn wichtige Teile beschädigt waren. Kein tröstlicher Gedanke, dass dies das einzige Leben war, das er jemals bekommen würde, und er, wenn es endete – was jeden Augenblick der Fall sein konnte – einfach fort sein würde. Er konnte schon verstehen, warum die Priester diese Vorstellung so stark ablehnten und sie eine Idee der Verzweiflung nannten, die geradewegs aus dem Schattenreich kam.

Wenn er wirklich eine Seele hatte und diese Bücher die Kraft besaßen, sein Leben zu verändern, lohnte es sich dann wirklich, seine Seele aufs Spiel zu setzen, nur um Macht zu gewinnen? Theoretisch war die Antwort einfach und lautete nein. Er riskierte das ewige Leben für bloßen weltlichen Gewinn.

Ja, aber wenn sich die Priester irrten und die Vertreter der Verzweiflungslehre Recht hatten? Und wenn diese Bücher einen anderen Weg wiesen, zu einem ewigen Leben in dieser Welt? Die Priester des Spinnengottes hatten dieses Geheimnis angeblich besessen. Ganz gewiss hatten es einige Zauberer aus alter Zeit gekannt. Sogar die Erhabenen bestätigten das.

In der Weltsicht der Priester hatte er in seinem Leben ohnehin schon genug getan, um verdammt zu sein. Es gab wenige Verbrechen, die er während seiner Zeit in Drangsal und danach nicht begangen hatte: Er hatte gestohlen, gelogen, getötet, falsches Zeugnis abgelegt, Unzucht getrieben und Ehebruch begangen, und das alles, bevor er fünfzehn Jahre alt gewesen war. Höchstwahrscheinlich war er bereits verdammt. Was riskierte er also? Er war von Geburt an dazu verdammt gewesen, auf der Verliererseite zu stehen. Vielleicht waren diese Bücher die einzige Chance, die er je bekommen würde, die Waagschale ins Gleichgewicht zu bringen.

Außerdem war er neugierig. Er wollte *wissen*, was darin stand, in verbotenes Wissen eingeweiht werden, wenigstens teilweise so werden wie sein unbekannter Vater. Das Feuer aus dem Himmel der Erhabenen stehlen.

Dies alles führte ihn zu einem weiteren Problem. Es war offensichtlich, dass er nicht die Ausbildung dazu besaß. Das Wenige an traditioneller Volksmagie, das er bei der Alten Hexe aufgeschnappt hatte, hatte ihn keineswegs auf eine solche Arbeit vorbereitet. Wer immer dieses Buch geschrieben hatte, hatte große Bildung auf einer ganzen Anzahl von Wissensgebieten besessen. Der Autor verfügte über brauchbare Kenntnisse in Mathematik, Astrologie, Alchemie sowie alten vor-menschlichen Überlieferungen und verstand zahlreiche Sprachen. So etwas konnte man nur auf einer Universität lernen, als Lehrling bei einem Zauberer, als Priester, oder vielleicht auf alle drei Arten zusammen.

Halbbluts Hoffnungen, auf leichte Weise zu Macht und Reichtum zu gelangen, waren zerschmettert. Es schien offensichtlich, dass der Weg zur Meisterung dieser Künste lang sein würde. Vielleicht war es doch der beste Plan, wenn er versuchte, die Bücher an einen Gelehrten zu verkaufen, der möglicherweise etwas damit anfangen konnte. Dem Magier, der das hier geschrieben hatte, war es gelungen, einen Dämon der Alten Welt zu rufen und sich mit ihm in Verbindung zu setzen. Der richtigen Person würde sein Wissen von Nutzen sein.

Halbblut schüttelte den Kopf und setzte sich auf. So leicht würde er nicht aufgeben. Was er begonnen hatte, würde er so lange wie möglich fortsetzen und sehen, wie viel er entziffern konnte. Diese Bücher waren seine erste richtige Begegnung mit echten magischen Überlieferungen, mit der großen Welt der hohen Zauberkunst. Sie glichen nicht den billigen Kräuterbüchern, Sternenkarten oder den Büchern mit angeblichen Liebeszaubern, die man auf den Büchermärkten in Drangsal kaufen konnte. Dies hier war richtige Magie. Die Bücher hatten sich im Besitz eines leibhaftigen Zauberers befunden, und er musste doch in der Lage sein, aus ihnen zu lernen. Es musste einfach etwas Nützliches darin stehen. Er weigerte sich zu glauben, dass es anders sein könnte.

Gerade, als ihm dieser Gedanke durch den Kopf ging, steckte Leon die Nase durch die Tür. »Essenszeit«, sagte er. »Sieht so aus, als hätte sich der Koch heute selbst übertroffen.«

»Was gibt's denn? Gekochte Stiefelsohle mit einer Schale Abwasser-Suppe?«

»Noch besser. Den berühmten Eintopf.«

»Der Koch ist ein Sadist. Er wartet, bis wir völlig ausgehungert sind, und serviert dann gekochte Kotze.«

»Ich glaube, das wäre mir lieber.«

Halbblut stand vom Bett auf und trat aus der Tür. Die Luft war kalt. Ein Wind wehte von den Bergen herunter, und er glaubte zu erkennen, dass er Feuchtigkeit herantrug. Er sah zu den fernen Gipfeln und bemerkte, dass sie in Wolken gehüllt waren.

»Sieht nach Regen aus«, fand Halbblut.

»Glaubst du, dass wir bald aufbrechen? Es heißt, der neue General und sein Gefolge seien schon hier. In der Stadt mieten sie Karren für Vorräte. Die Mädchen am Fluss reden von nichts anderem. Sie haben keine große Lust, so früh im Jahr über den Pass zu marschieren.«

»Ich bin mir sicher, die Erhabenen werden ihre Einwände in Erwägung ziehen.«

»Dann meinst du wirklich, dass wir aufbrechen? Wirklich?« Leon war so aufgeregt wie ein Welpe, der mit einem Stofflappen spielt.

»Ich glaube nicht, dass sie einen ihrer aufgeblasenen Fürsten bloß wegen der guten Bergluft herschicken.«

»Das wird das erste Mal sein, dass ich das Reich verlasse.«

»Geht mir genauso. Wir haben uns zusammen eingeschrieben, weißt du noch?«

»Was hältst du eigentlich von Sarah?« Halbblut war daran gewöhnt, dass sein alter Freund blitzschnell das Thema wechseln konnte, manchmal, wenn er nachdenken wollte, fand er es immer noch ärgerlich.

»Sie ist hübsch, ja – aber ist sie nicht mit Bär zusammen?«

»Bis jetzt schon, aber die beiden haben sich gestritten. Sie sagt, wenn ich sie darum bitte, geht sie mit mir spazieren. Ana hat mir verraten, dass sie mich mag.«

»Ich dachte, du hättest ein Auge auf dieses Mädchen in der Stadt geworden, wie hieß sie noch?«

»Bethia. Richtig, aber sie hat sich mit einem Husaren eingelassen. Sagt, dass er ein Pferd hat und mit ihr ausreiten will.«

»Das wird er ganz bestimmt, nur nicht so, wie sie sich das vorstellt.«

»Ich kann die Husaren nicht leiden, und der Schöne Jan auch nicht. Er sagt, sie nehmen uns alle Mädchen weg. Die Mädchen finden nämlich, dass sie schönere Uniformen haben als wir.«

»Sie haben Pferde«, meinte Halbblut, »und Pferde kosten Geld. Mädchen mögen Männer mit Geld.«

»Du bist ein zynischer Bastard, Halbblut«, sagte Leon. »Die Sache mit Sabena hat dich ganz schön verändert.«

Halbblut verspürte jetzt nicht den Wunsch, über Sabenas Verrat zu sprechen. Manchmal verblüffte es ihn, wie frisch sein Schmerz sich immer noch anfühlte. Er wusste nicht, was ihn mehr verdross, der Umstand, dass sie ihn so leicht zum Narren gehalten hatte, oder die Tatsache, dass er so verzweifelt an ihre wahre Liebe zu ihm hatte glauben wollen, obwohl er den Beweis dafür hatte, dass es nicht so war.

»Es erstaunt mich, dass du kein Zyniker bist. Bist du dir sicher, dass du aus Drangsal stammst?«

»Das weißt du doch«, entgegnete Leon.

»War ein Scherz.«

»Ja natürlich … schon klar.«

»Komm doch, besorgen wir uns was zu essen. Das ist vielleicht das letzte Mal in Friedenszeiten, dass wir gekochte Kotze bekomen. Es heißt, im Krieg sei die Küche nicht annähernd so gut.«

»Vielleicht können wir den Koch ja als feindlichen Spion erschießen lassen. Wir könnten immer behaupten, dass er versucht, uns arme Soldaten zu vergiften.«

»Wahrscheinlich könnte er den Truppen größere Verluste zufügen als eine feindliche Brigade.«

Lachend gingen sie zum Essen.

13. KAPITEL

Wenn du Krieg wünschst, bereite dich auf den Frieden vor.
Wenn du nach Frieden strebst, richte dich auf Krieg ein.

Mural Asterli, Fragen der Militärphilosophie

Sardec saß in seiner Kammer im Gasthaus und kämpfte mit seiner Unzufriedenheit. Nach einem langen Tag, an dem er seine Truppen beaufsichtigt hatte, war er müde. Die Fourageure schienen selbst zu den besten Zeiten ein widerspenstiger Haufen zu sein, und es war schwierig gewesen, sie bei ihren Übungsmanövern bei der Stange zu halten. Außerdem schmerzten seine Wunden immer noch – trotz aller Zaubersprüche der hiesigen Magier und all der Alchemie der Regimentsheiler. Er wusste, dass er nicht über seine volle Kraft verfügte. Aber zumindest war er besser in Form als der arme Meister Severin.

Er war nicht ganz glücklich darüber, dass der Oberst die Übungsstunden auch während der Trauerzeit fortsetzte. Ihm kam das beinahe wie Blasphemie vor, obwohl er die Überlegung, die dahinterstand, nachvollziehen konnte.

Sie befanden sich kurz vor einem Krieg und mussten bereit sein.

Die Diener hatten sein Zimmer bereits gesäubert. All seine Besitztümer befanden sich an ihrem Platz. Er hatte sich vergewissert, da man bei Menschen nie ganz sicher sein konnte. Das Einzige, was fehlte, war sein Schwert, das immer noch von den Priestern gereinigt wurde. Er stellte fest, dass er es schmerzlich vermisste. Die Klinge stellte eine Verbindung zu seinem Haus dar, zu seiner Familie und ihrem ruhmvollen Erbe, eine Erinnerung an alle Ansprüche, denen er gerecht werden musste und von denen er fürchtete, sie nicht erfüllen zu können. Über dem Fenster hing ein Gebetskristall an einem schwarzen Band. Da hatte wohl jemand versucht, sein Zimmer der Trauerzeit angemessen zu schmücken.

Sardec hatte sich eine kleine Platte mit Brot und Käse und einen Krug Wasser mitgebracht. Er nahm die Trauerperiode ernst und fühlte sich abgestoßen, weil einige seiner Mitoffiziere anders dachten. Diese Zeit war eine Verbindung zur Alten Welt von Al'Terra und der großartigen Geschichte der Terrarch. Kurz nahm er sich die Zeit, über das nachzudenken, was sie bedeutete: den Tod einer Welt und eines Engels und die Vertreibung eines mächtigen Volkes in ein Exil auf einem seltsamen Planeten voller Barbaren, die Dämonen anbeteten.

Die Trauerzeit lehrte sein Volk eine wichtige Lektion. Sie zeigte, dass die Terrarch zwar geschlagen worden, aber von Neuem triumphierend aufgestiegen waren. Die königliche Insel Thalassa war im Meer versunken und hatte all ihre schimmernden Türme mit sich genommen. Und die Fürsten des Schattens und die verderbten Horden, die ihnen folgten, hatten die Terrarch aus ihrem

Land vertrieben und ihre ganze Zivilisation zerstört. Sein Volk aber hatte die uralten Portale durchschritten, mit denen die Welten verbunden waren, und hier auf Gaeia eine neue Heimat gefunden. Gerade einmal zehntausend von ihnen hatten die kurzlebigen Menschen besiegt und sie gelehrt, was wahre Zivilisation bedeutete. Unter dem seltsamen Himmel dieser Welt hatten sie eine neue Nation errichtet, das mächtigste Imperium, das dieser Planet seit der Zeit der Älteren Rassen gesehen hatte.

Er dachte an Fürst Azarothe. Das war nun jemand, der wirklich verstand, was das alles mit sich brachte. Der Herr der Schlachten war noch in den Tälern von Al'Terra gewandelt und hatte vor dem Fall an der Seite der Dreihundert gefochten. Er hatte das gesegnete Licht des Ewigen Reiches gesehen und mit dem Drachenengel Adaana selbst gesprochen. Azarothe hatte die Eroberung der alten, barbarischen Reiche der Menschen geplant, und er hatte während des Großes Schismas, in dem das Erste Imperium gestürzt wurde, die Armeen der Roten Königin geführt. Als nach der Entlarvung dieser Höllenhure Arachne das Dunkle Imperium im Osten aufgestiegen war, hatte er dessen Armeen aufgehalten. Noch immer verbreitete sein Name Angst und Schrecken unter Taloreas Feinden.

Auf der anderen Seite war es nicht erstaunlich, dass der General zu dieser kleinen Armee entsandt wurde. Selbst wenn ein Krieg ausbrach, würde diese Streitmacht nicht gerade die Speerspitze des Kampfes bilden. Wie Sardec selbst am besten wusste, war dies überhaupt kein glorreicher Posten. Den General, der die Eroberung dieser Welt geplant und durchgeführt hatte, hierher zu versetzen, hätte man als Affront verstehen können, denn jedermann wusste, dass Azarothe bei Hofe nicht mehr in Gnaden stand. Die junge Königin war erwachsen geworden und brauchte ihren alten Wächter, Lehrer und Beschützer nicht mehr. Vielleicht verhielt es sich so, wie seine Mutter behauptete, und Arielle demonstrierte ihre Unabhängigkeit, indem sie Azarothe, Asea und anderen Ersten ihre Gunst entzog. Das war nur natürlich, dachte Sardec. Er verstand gut, warum sie die alte Garde hinwegfegen und sie durch Ratgeber ersetzen wollte, die eher im Einklang mit dem Zeitgeist standen. Er selbst hegte große Sympathien für die neue Grüne Partei, die der Königin heute nahe stand.

An der Tür klopfte es.

»Herein«, sagte er. Eine der Dienstmägde trat ein. Für einen Menschen war sie ein ganz hübsches Mädchen, rundlich und fröhlich. Heute Abend trug sie nur ein dünnes Hemd – und er war sich des Umstands unangenehm bewusst, dass ihre Kurven darunter deutlich sichtbar waren. Plötzlich schien es im Raum merkwürdig warm geworden zu sein. Ihm wurde der Mund eigenartig trocken.

»Was ist?«, fragte er. Sie machte einen kleinen Knicks und sah in seine Augen auf. Ihre Lippen teilten sich einladend. Wollte sie etwas von ihm? Sie schlug die Augen nieder und errötete leicht. Er stellte fest, dass sein eigener Blick abwärts, zu ihrem Ausschnitt, gezogen wurde. Er riss ihn davon los und fühlte sich ein wenig verlegen und, merkwürdigerweise, schuldig und erregt zugleich.

»Was willst du, Mädchen?« Sie hielt ihm ein Silbertablett hin, und er bemerkte, dass Briefe darauf lagen.

»Ist mit dem Kurier gekommen, Herr. Die sind für Euch.« Ihre Stimme klang leise und heiser, und er meinte, darin einen einladenden Ton zu hören. Er wusste, dass sich Jazeray und die anderen oft dieser Mädchen bedienten, aber solche Vergnügungen waren doch unter seiner Würde. Dennoch …

»Dann leg sie auf den Tisch«, sagte er barscher, als er vorgehabt hatte. Langsam, mit wiegenden Hüften, ging sie zum Tisch, setzte das Tablett ab und sah ihn dann erneut an. Wieder dieser offene, prüfende, sogar einladende Blick.

»Ist das alles, Herr?«, fragte sie. Er sah, dass ihr Blick kurz zum Bett hinüberglitt. Sie bemerkte, dass er sie dabei beobachtet hatte, und bewegte sich wie unwillkürlich – unmerklich – in diese Richtung. Er wollte nicht falsch verstanden werden.

»Das ist alles, Mädchen. Du kannst gehen«, fiel er daher hastig ein. Sie sah ihn mit merkwürdigem Blick an.

»Seid Ihr sicher, Herr?« Kurz flammte Wut in ihm auf, ebenso jedoch ein eigentümliches Zögern. Wer war sie denn, dass sie die Handlungen von Höhergestellten in Frage stellte?

»Natürlich bin ich mir sicher, Mädchen.« Langsam und beinahe widerwillig ging sie. Und fast ebenso zögernd ließ er sie gehen. Sobald sie fort war, lockerte er seinen Uniformrock und sackte auf seinem Stuhl zusammen. Er fühlte sich beschämt und verlegen. Einen kurzen Augenblick lang hatte er eben den Drang empfunden, sie aufs Bett zu werfen und sich in ihr zu begraben, sich wie ein Tier mit einer Frau von niederer Rasse in den Laken zu wälzen. Das war unschicklich, dachte er, obwohl ihn in letzter Zeit solche Anwandlungen immer häufiger heimgesucht hatten. Solche Empfindungen waren bei Terrarch-Männern seines Alters häufig, und die Dreißiger sollten ja bekanntermaßen ein gefährliches Alter sein. Doch er fand diese ganze Vorstellung abstoßend. Er schob den Gedanken beiseite, stand auf und ging im Zimmer umher. Schließlich nahm er die Briefe zur Hand.

Er setzte sich aufs Bett und sah seine Post durch. Schließlich lehnte er sich bequem in seinem Armsessel zurück und überkreuzte ordentlich die langen Beine. Unwillkürlich wandten sich seine Gedanken wieder ihrem neuen Befehlshaber zu. Vielleicht hatte Azarothe wirklich seine Gaben eingebüßt, wie manche behaupteten. Auf jeden Fall sprach der Umstand, dass er nach und nach die Gunst der Königin verloren hatte, dafür, dass er die Grundlagen der Politik bei den Terrarch nicht mehr beherrschte. Einst hatte er das höchste Prestige genossen, doch er war tief gefallen.

Sardec schüttelte den Kopf. Wie sein Vater zu sagen pflegte, war der Klatsch der Fluch der Terrarch. *Wir sind ein Volk, das zu viel Zeit zur Verfügung und zu viel Bosheit im Herzen hat.* Ein alter Witz besagte: Wenn man drei Terrarch zusammenstecke, kämen dabei vier Verschwörungen heraus. Seine Erfahrung in der Armee hatte ihn gelehrt, dass darin ein Körnchen Wahrheit steckte.

Es waren mehrere Briefe. Den seiner Schwester legte er beiseite, um ihn später zu lesen. Das Schreiben seines Vaters öffnete er sofort. Es begann mit den üblichen Formalitäten, denn darin war sein Vater penibel, und kam dann erst auf den Kern der Sache.

Gute Neuigkeiten, mein Sohn. Mein alter Freund, Fürst Azarothe, ist zum Befehlshaber deines Regiments und der anderen Kräfte der neuen Armee der Südöstlichen Provinzen ernannt worden. Heute Morgen bei Hof erhielt ich Nachricht von Graf

Urazel; und offenbar hat unsere geliebte Königin – möge sie zehntausend Jahre herrschen – heute früh ihre Unterschrift unter das Dokument gesetzt. Ich habe meinem alten Kameraden geschrieben und ihn gebeten, dich in seinen Stab aufzunehmen; und ich bin mir sicher, dass er mir den Wunsch erfüllen wird.

Ich kann nicht genug betonen, dass du dein Möglichstes tun musst, um dem neuen Oberbefehlshaber zu dienen, und nicht nur, weil dies die Pflicht eines jeden Offiziers ist. Er ist allen Respekts würdig, du solltest ihm nacheifern. Ich wäre sehr glücklich, wenn du ihn dir in allem zum Vorbild nehmen würdest. Achte insbesondere auf seine Überlegungen in militärischen Angelegenheiten, mein Sohn, denn Azarothe ist der hervorragendste General, den die Erhabenen jemals ins Feld geführt haben, und von einem Kommandeur, der niemals eine Schlacht verloren hat, kann man gewiss viel lernen.

Du findest einiges an diesen Überlegungen vielleicht ein wenig unzeitgemäß, aber Azarothe ist seit jeher ein überzeugter Roter gewesen, und ich finde, es spricht durchaus für ihn, dass er das bleibt, obwohl es nicht länger die herrschende politische Meinung ist. Ich habe das Gefühl, dass wir uns einer Zeit nähern, da die Ansichten der Roten erneut hoch im Kurs stehen werden. Es liegt ein Krieg gegen das Dunkle Imperium vor uns, und das treibt unser Volk immer für die Rote Sache an. Möglicherweise kommt bald die Zeit, da Fürst Malazar und seine Freunde von den Grünen das Ohr der Königin verlieren.

Es ist mein aufrichtigster Wunsch, dass du dich im Dienst meines alten Freundes hervortust. Mein einziges Bedauern ist, dass mich meine verfluchte Krankheit daran hindert, erneut zu den Waffen zu greifen und an eurer Seite zu kämpfen.

Sardec legte den Brief nieder und verfluchte sein Pech. Das Schreiben war vor mehr als drei Wochen datiert und zweifellos irgendwie aufgehalten worden. Wäre es früher eingetroffen, hätte er einen größeren Vorteil daraus ziehen können. Dann hätte er vor seinen Offizierskollegen von der Ernennung des Generals gewusst und wäre ihnen einen Schritt voraus gewesen. Doch so hatten die meisten von ihnen wahrscheinlich Prinzessin Asea schon aufgesucht und begonnen, bei ihr den Anspruch auf einen Posten im Stab anzumelden. Denn zweifellos würde Azarothe die Meinung einer anderen aus den Reihen der Ersten in Betracht ziehen.

Dagegen hegte er keine großen Hoffnungen, dass Azarothe seinem Vater seine Bitte bloß um der alten Freundschaft willen gewähren würde. Dazu gab es bei Hof zu viele Familien, die über weit größeren Einfluss verfügten als seine eigene, und der General konnte viel politisches Kapital daraus schlagen, wenn er ihnen hohe Posten zuschanzte. Hätte er Azarothe persönlich treffen können, hätte er ihn vielleicht überredet. Bis jetzt hatte es keine Nachrichten über neue Ernennungen gegeben. Es sah aus, als würde der General sie nach seiner Ankunft austeilen.

Selbst Sardeces Einsatz in den Hügeln und die Verletzung, die er sich dabei zugezogen hatte, wirkten sich gegen ihn aus. Sie hatten ihn daran gehindert, Asea frühzeitig seine Karte zu schicken. Es war nicht zu ändern, dachte er, noch während er es verfluchte. Er hatte seine Pflichten erfüllt: diese mussten an erster Stelle stehen. Doch das alles hinterließ einen bitteren Nachgeschmack. Es hatte keinen Sinn, verpasste Gelegenheiten zu bejammern, überlegte er und dachte über die Worte seines Vaters nach.

Der erste Teil stellte offensichtlich eine höflich formulierte Anweisung dar, dem General um den Bart zu gehen – denn Nachahmung war immer der aufrichtigste Teil der Schmeichelei. Er wog den zweiten Teil der Nachricht ab, die sich auf Azarothes wohlbekannte politische Haltung bezog. Was versuchte sein Vater ihm da mitzuteilen? Er verfügte immer noch über Quellen am Hof des Bernsteinthrons. Offensichtlich rechnete er mit einem Krieg, und zwar mit einem langen. Genau genommen wies er Sardec an, sein Schicksal mit dem des Generals zu verbinden. Es könnte auch gelingen. In Kriegszeiten würde ein erfolgreicher Frontkommandant ungeachtet seiner politischen Couleur am Hofe in Gunst stehen, und die Offiziere seines Stabs mit ihm. Zweifellos erwartete sein Vater, dass Azarothe Erfolg hatte, und warum auch nicht? Er hatte bisher immer gesiegt, und an seinem Genie auf dem Schlachtfeld hatten nie Zweifel bestanden.

Sardec betrachtete die Angelegenheit aus allen Blickwinkeln. Vielleicht hatte Azarothe ja seinen Zenith überschritten. Die großen Schlachten hatte er im Zeitalter der Drachen geschlagen, vor dem Aufkommen dieser verdammten Schwarzpulverwaffen. Er war ein Held aus den alten Zeiten von Feenstahl und Magie. Vielleicht würde es ihm in dieser neuen Ära der Kanonen und Musketen weniger gut ergehen. Sardec beschloss, dass es der Rat seines Vaters in jedem Fall wert war, befolgt zu werden. Wenn der Herr der Schlachten das Kommando hätte, würde es jedenfalls nicht an Kämpfen und an Gelegenheiten mangeln, sich auszuzeichnen und das ruhmreiche Erbe seines Vaters fortzuführen.

Zufrieden, dass er erraten hatte, was sein Vater meinte, widmete er seine Aufmerksamkeit jetzt dem Rest des

Briefes. Er enthielt eine Reihe von Neuigkeiten aus der Familie, von denen der Großteil für Sardec von wenig Interesse war. Zwei seiner Cousins hatten sich verlobt. Sein Bruder Magnus schlug sich bei Hof ausgezeichnet, jedenfalls wenn man nach seinen eigenen Briefen an ihren Vater ging. Das erstaunte Sardec auch nicht. Magnus hatte immer eine sehr hohe Meinung von sich selbst gehegt. Das Studium seiner Schwester Elena an der Magierakademie verlief gut.

Sardec bemerkte, dass sich seine Mutter lange genug von ihrem neuesten Liebhaber losgerissen hatte, um ihm ihre besten Grüße zu schicken und ihm mitzuteilen, dass sie mit der ältesten Tochter des Kasaki-Clans noch immer in Verhandlungen um seine Heirat stehe. Der Brautpreis sei weiterhin zu klären. Er wusste, dass das wahrscheinlich noch einige Zeit so bleiben würde. Sie diskutierten nun schon ein Jahrzehnt darüber. Nur die Nachricht, dass die alte Sathrax ein Gelege Eier ausgebrütet hatte, versetzte ihn in Aufregung. Das war das erste Mal seit Jahrzehnten. Es sah aus, als stürbe die Linie des großen Drachen Sardenys doch nicht aus. Ein Omen vielleicht, eine Verheißung besserer Zeiten. Sein Vater schloss, indem er ihm auf die alte, gezwungene Weise alles Gute wünschte.

Als Nächstes öffnete er den Brief seiner Schwester. Darin berichtete sie ihm über ihr Studium an der Akademie der Magier und warnte ihn vor den Omen, die alle modischen Astrologen im Augenblick entdeckten. Offenbar brach für das Reich, für ihre Familie und für ihn selbst eine besonders dunkle und bedrohliche Zeit an. Seine Sterne waren in ein äußerst Unheil verkündendes Haus getreten. Die erst kurz zurückliegende Begegnung mit dem Spinnendämon schien zumindest Letzteres zu bestätigten.

Sie erwähnte, dass ihre Zauberkraft rasch anwachse, obwohl das auch für ihre anderen Klassenkameraden gelte, so dass sie nicht besonders stolz darauf sei. Merkwürdig, dachte Sardec. Er hatte sich noch nie besonders gut in der Magie ausgekannt, aber allgemein hieß es doch, in den letzten Generationen hätten die Kräfte der Terrarch-Zauberer stark nachgelassen. Jedenfalls erweckten die älteren Terrarch stets diesen Eindruck. Vielleicht handelte es sich einfach um eine besonders begabte junge Magiergeneration, oder es war, so wie die Drachen, ebenfalls ein Zeichen dafür, dass die alten Zeiten zurückkehrten.

Elena fuhr mit dem Familienklatsch fort, über den sich sein Vater ausgeschwiegen hatte. Offenbar bewirkte seine jüngste Schwester Mariel immer noch einen Skandal unter den jungen Leuten der Hauptstadt, was angesichts der Dekadenz, die dort herrschte, für ein ganz besonderes Talent sprach. Elena schloss, indem sie sich nach seiner Gesundheit und seiner Laufbahn erkundigte, und er nahm sich vor, ihre Fragen so bald wie möglich zu beantworten.

Er rief einen Diener und schrieb eine kurze Nachricht an Prinzessin Asea, in der er sie um Erlaubnis bat, sie aufzusuchen, und machte sich dann bettfertig. Er hatte Kopfschmerzen, und die Trauerperiode war ohnehin nicht der richtige Zeitpunkt, um beim Kartenspiel gegen die anderen Offiziere Geld zu verlieren.

Von unten hörte er Hausmusik. Einige der Offiziere hatten Instrumente angestimmt, andere spielten Karten. Jazeray, Paulus, Marcus und ihresgleichen würden trinken, scherzen und sich bereit machen, die Bordelle der Stadt zu besuchen. Ihnen fiel es gar nicht ein, zu dieser bedeutungsvollsten aller Zeiten über die großen Taten ihrer Vorfahren zu meditieren. Sardec hatte das Gefühl, dies sei ein Symbol dafür, wie tief sein Volk gesunken war. Trotzdem, wenn er ehrlich zu sich selbst war, musste er schon zugeben, dass der Gedanke an diese schmuddeligen Freudenhäuser einen gewissen Reiz enthielt. Aber jetzt war nicht die Zeit dazu.

Er schlug das Buch der Propheten auf und las mehrere Seiten über die letzten Tage von Al'Terra, bevor er einschlief. Seine Träume waren unruhig und wie von der Vorahnung einer Katastrophe überschattet. In vielen davon nagten seltsame Spinnendämonen an den Wurzeln der Berge.

14. KAPITEL

Der Mensch sucht stets das Vergnügen und vermeidet
den Schmerz, wo er nur kann.

Laurel Ardeth, Vergnügen und Schmerz

»Hat ja lange genug gedauert«, sagte der Barbar und sah zu, wie Wiesel mit den Papieren in der Hand aus dem Zelt des Quartiermeisters auftauchte.

»Aber es ist geschafft«, erklärte Wiesel zufrieden und schwenkte eine Handvoll unterzeichneter Blätter. »Ich hab die Passierscheine.«

Halbblut war beeindruckt. Mehrere Tage lang hatte es ausgesehen, als würden sie überhaupt nicht aus dem Lager hinauskommen. Die Gerüchte über das Eintreffen des neuen Befehlshabers schien sämtliche Terrarch aufgescheucht zu haben. Es wurde geputzt und gewienert, und sogar die Fourageure wurden ständig mit Angriffsübungen und Nahkampf-Training traktiert. Alles schien dazu angetan, die Männer so zu ermüden, dass sie weder Kraft noch Muße fanden, um sich über ihre mangelnde

Freizeit aufzuregen. Seit ihrer Rückkehr hatten sie sich jeden Abend beim ersten Trommelschlag aufs Ohr gelegt. Ihre Rationen hatten aus Brot, Wasser und hartem Käse bestanden. Es war Trauerzeit, und man zwang die Menschen, ebenso zu leiden wie die Erhabenen. Bis jetzt hatte Halbblut nicht viel Zeit gehabt, die Bücher anzusehen. Er war so müde gewesen, dass er meist gleich nach dem Zapfenstreich eingeschlafen war. Seine Neugierde verzehrte ihn, doch bis jetzt hatte er keine Möglichkeit gefunden, sie zu befriedigen.

»Wie hast du die bekommen?«, fragte Leon. Die Pfeife steckte wieder unangezündet in seinem Mund, er kaute auf dem Stiel herum. Wiesel warf ihm einen geringschätzigen Blick zu.

»Du solltest eigentlich wissen, dass man solche Fragen nicht stellt. Wir haben Passierscheine mit Leutnant Jazerays Unterschrift und mit dem Regimentssiegel, mehr brauchst du nicht zu erfahren. Und ihr könnt mir eure Dankbarkeit erweisen, indem ihr mir die ganze Nacht mein Bier bezahlt.«

Halbblut fragte sich, womit der Quartiermeister Leutnant Jazeray wohl in der Hand hatte. Gerüchte wollten wissen, dass zu den zahlreichen Lastern des Terrarch seine Spielleidenschaft zählte und er Schulden gemacht hatte. Der Quartiermeister hätte bestimmt nichts Eiligeres zu tun, als dies auszunutzen. Halbblut wunderte sich nur darüber, dass er einen Teil seines Einflusses dazu eingesetzt hatte, ihnen Passierscheine zu verschaffen. Vielleicht war er Wiesel einen Gefallen schuldig. Möglicherweise war es auch eine Belohnung. Jeder Mann, der einen Passierschein bekam, hatte irgendwann einmal etwas für den Quartiermeister getan.

Auf dem Weg zum Rand des Lagers nahm Wiesel Halbblut beiseite. »Ich habe ein paar Verbindungen, über die wir die Bücher vielleicht verkaufen können«, flüsterte er.

Halbblut sah ihn erschrocken an. »Bist du sicher, dass das klug ist?«

»Die Inquisition fängt an, die Männer aus den Hügeln, die wir mitgebracht haben, zu verhören. Je eher wir diese Bücher loswerden, umso froher werde ich sein.«

Dagegen konnte Halbblut nur wirklich nichts einwenden, aber innerlich tobte er. Er hatte gehofft, die Bücher wenigstens während des bevorstehenden Feldzugs behalten zu können und Zeit zu finden, sie zu studieren und ihre Geheimnisse zu ergründen. Doch offenbar hatte der einstige Wilddieb andere Vorstellungen. Halbblut überdachte seine Antwort sorgfältig. Er wollte nicht, dass Wiesel erriet, was er wirklich im Sinn hatte.

»Und wer sind diese Verbindungsleute?«

»Ich rede heute Abend mit ein paar Burschen, in Mama Hornes Haus. Dann weiß ich mehr.«

»Also ist noch nichts sicher?«

»Noch nicht. Aber wer weiß – vielleicht werden wir sie schon in den nächsten paar Tagen los. So langsam bekomme ich dabei ein ganz ungutes Gefühl.«

Für Wiesels Verhältnisse war das ein ungewöhnliches Eingeständnis. Soweit Halbblut wusste, war er vollkommen furchtlos. Wenn nun sogar Wiesel Befürchtungen hegte, sollte er selbst wahrscheinlich vor Angst schlottern, dachte er.

Ein Teil von ihm fragte sich, ob es wohl eine Möglichkeit gab, seine Partner zumindest solange vom Verkauf der Bücher abzuhalten, bis er mit ihnen fertig war. Ein anderer Teil seiner selbst kam sich wie ein Verräter vor, weil er überhaupt über so etwas nachdachte. War er wirklich in der Lage, seine eigenen dunklen Interessen über die seiner Freunde zu stellen?

Die Antwort kannte er schon.

Halbblut, Wiesel und dem Barbar gelang es, eine Mitfahrgelegenheit auf einem der Vorratskarren, die nach Rotturm fuhren, zu ergattern. Der Wagenbesitzer hatte gerade erst angeheuert und schien sehr erfreut über die Aussicht, sein Fahrzeug für die Dauer des Feldzugs zu vermieten. Er war nur einer von vielen. Auch eine kleine Armee benötigte auf dem Marsch viele Vorräte.

Am Rande des Lagers schloss sich Leon ihnen an, zusammen mit Heuschreck, Froschgesicht und dem Schönen Jan. Zusätzlich zu den Passierscheinen hatte Wiesel beim Quartiermeister auch noch zu einem vernünftigen Zinssatz einen Vorschuss auf das Goldstück herausgeschlagen, das Meister Severin ihnen für den Kopf des Zauberers versprochen hatte. Denn es sah aus, als würden die Verbindlichkeiten des Magiers aus seinem Erbe beglichen.

Alle waren sich einig, dass sie unbedingt noch einmal groß ausgehen mussten. Wenn das Regiment ausrückte, würden sie nämlich vielleicht keine weitere Gelegenheit dazu bekommen. In der Ferne erhellte das Leuchtfeuer auf dem Drachenturm des Tempels den Himmel über der Stadt. Fast ebenso hoch erhoben sich die hell erleuchteten Fenster des Palasts von Prinzessin Asea und schenkten dem monströsen roten Turm ein düsteres Eigenleben, das dem des Tempels zu trotzen schien.

Während der Karren über die schlammige Straße rumpelte, putzte sich der Schöne Jan heraus.

»Du riechst wie eine Dirne aus einem Hurenhaus in Drangsal«, fand Wiesel. Das Eau de Cologne, das Jan benutzte, war fast so überwältigend wie Forschgesichts Körpergeruch.

»Das zieht die Frauen an«, erklärte der Schöne Jan selbstgefällig. Er nahm seine kleine Spiegelscherbe heraus und bewunderte sein Profil darin. Nicht, dass in der frühen Abenddämmerung viel zu erkennen gewesen wäre. »Sie lieben es.«

»Das liegt daran, dass sie dich für eine von ihnen halten und deine Freundin sein wollen.«

»Du bist doch nur eifersüchtig auf meinen Erfolg bei den Damen.«

Wiesel lachte. Merkwürdig, für einen so hässlichen Mann war er, wenn er denn wollte, bei den Tavernenmädchen erstaunlich beliebt. Der Barbar schüttelte den Kopf. »Eifersüchtig auf dich? Die Mädchen werden nur einen Blick auf meine männliche Statur werfen und euch verweichlichte Südländer links liegen lassen.«

Niemand erhob Einspruch. Es konnte gefährlich werden, mit dem Barbaren zu streiten. Seine Stimmungsumschwünge waren unvorhersehbar. Halbblut vermutete, dass die riesigen Alkoholmengen, die er verbrauchte, dazu beitrugen.

»Ich weiß jedenfalls, dass ich mir für heute Nacht eine Frau suche«, erklärte der Schöne Jan.

»Dir werden eher die Matrosen nach Hause nachlaufen«, sagte Wiesel. »So, wie du riechst.«

»Wir sind aber weit vom Meer entfernt«, warf der Barbar ein, der den Witz wie üblich nicht begriff.

»Ich sage euch, die Damen lieben das«, beharrte der Schöne Jan. Er unterbrach sich erneut, um in dem zerbrochenen Spiegel sein Gesicht zu bewundern.

»Ich kann meine Nase mit der Zunge berühren«, sagte Froschgesicht und ließ seinen Worten zum Beweis auch die Tat folgen. Gleichzeitig verdrehte er die Augen in zwei verschiedene Richtungen. »Die Damen lieben auch das.«

»Also, ich finde, ich hätte auch glücklich leben können, ohne das jemals zu sehen«, erklärte Halbblut.

»Ich habe gehört, unser neuer General soll bald eintreffen«, sagte Leon.

»Du und alle anderen im Lager«, versetzte Froschgesicht munter. Er war für seine freundliche Art bekannt. Sein Charakter schien fast so angenehm wie sein pockennarbiges Gesicht hässlich.

»Die Leute sagen, es wäre Fürst Azarothe.«

Halbblut hatte dieses Gerücht ebenfalls gehört. Es hatte sich wie ein Lauffeuer im Lager verbreitet. So war das immer mit solchen Neuigkeiten. Azarothe war der Schlächter gewesen, der während der Eroberung am schlimmsten unter den Stämmen der Menschen gewütet hatte. Er war fast so gefürchtet gewesen wie die Alte Königin Amarielle – und war ebenso berühmt. Sein Name war Teil einer alten Legende. Mit ihm jagten Mütter unartigen Kindern Angst ein.

»Warum sollte der Herr der Schlachten hierher entsandt werden?«

»Um uns zu unserem unvermeidlichen Sieg zu führen, nehme ich an«, mutmaßte Wiesel ironisch.

»Er hat seit dem Ende des Schismas nicht mehr auf dem Schlachtfeld gestanden«, sagte Halbblut.

»Du weißt doch, wie die Erhabenen sind, Halbblut. Verdammt stinkfaul«, meinte Wiesel.

»Das ist über ein Jahrhundert her«, wandte Halbblut ein.

»Sag ich doch.«

»Er muss über tausend Jahre alt sein. Vielleicht noch viel älter. Er gehörte zu denjenigen, die aus dem Ewigen Reich hierher kamen. Die Ersten nennen sie sich.«

Der Barbar schüttelte den Kopf. »Tausend Jahre, stellt euch das mal vor. Tausend Jahre lang saufen, fressen und huren. Ich glaube, ich würde gern ewig leben.«

»Vielleicht würde es dir langweilig werden«, sagte Leon.

Der Karren polterte über ein Schlagloch und neigte sich zur Seite. Alle verlagerten ihr Gewicht, um ihn gerade zu halten. Niemand hatte Lust, durch die Hecke geschleudert zu werden und im Graben zu landen. Ein paar Minuten schwiegen die Männer. Jeder war in seine eigenen Gedanken versunken.

»Glaubst du wirklich, dass er das ist?«, fragte Leon. »Der Herr der Schlachten, meine ich, nicht einfach jemand anders mit demselben Namen. Es könnte doch sein Sohn oder ein Verwandter von ihm sein.«

»Noch nie von einem anderen General dieses Namens gehört«, sagte Wiesel.

»Ich auch nicht«, pflichtete ihm Halbblut bei. »Da muss schon was ganz Besonderes im Gang sein, um den blutrünstigen alten Krüppel aus dem Ruhestand zu locken.«

»Meinst du, auf diesem Feldzug wird es viel Beute geben, Wiesel?«, fragte Froschgesicht.

»Die findet sich immer, wenn man nur weiß, wo man

zu suchen hat. Haltet euch an mich, Jungs, und ihr werdet noch reich.«

»Genau wie du, was?«, warf Halbblut säuerlich ein. Er ärgerte sich über Wiesels Vorhaben, die Bücher zu verkaufen, und das schlug in seiner Bemerkung durch. Ganz ruhig, mahnte er sich. Du willst doch nicht, dass Wiesel jetzt schon Verdacht schöpft.

»Die Steuern für meine Güter fressen mich eben auf«, meinte Wiesel grinsend.

»Ich weiß jemanden anders, der uns in einer halben Stunde arm machen wird«, versetzte Heuschreck düster. »Der Halsabschneider, von dem wir gleich ein Fass Morven Rose kaufen.«

Auf dem Weg in die Stadt durchquerten sie stinkende Elendsviertel; billige, schlampig gebaute Mietshäuser, die aussahen, als könnte sie ein kräftiger Windstoß umwehen. Halbblut vermutete, dass sie den entsprechenden Vierteln von Drangsal ähnelten, voll mit Bauern, die durch die Ausbreitung der großen Güter, bei denen freies Land in Privatbesitz verwandelt wurde, vertrieben worden waren. Magere, hungrige Menschen in fadenscheiniger Kleidung starrten sie an, als könnten sie ihre nächste Mahlzeit abgeben. Hier und da hingen an Wäscheleinen, die zwischen den Häusern gespannt waren, schlaff ein paar löchrige Trauerfahnen. Die meisten Läden waren nicht mehr als höhlenartige Räume in der Vorderfront der Gebäude, in denen abgetragene Kleider, billige Nahrungsmittel, verwässertes Bier, Streichhölzer, Feuerholz und andere lebensnotwendige Artikel an diejenigen verkauft wurden, die sie sich leisten konnten.

Die Straßen waren dicht bevölkert. Für die Bewohner waren sie Spielplatz, Wohnzimmer und Theater zugleich; und alle Zerstreuungen, die der Großteil von ihnen je bekommen würde oder sich leisten konnte, fanden hier statt. Junge Paare gingen untergehakt spazieren: Die Mädchen hatten sich die schwarzen Bänder der Trauerzeit ins Haar geflochten, die Burschen waren in ihren besten Tempelstaat gekleidet und trugen schwarze Armbinden. Ein wagemutiger Gaukler spielte trotz des Verbots auf seinem Akkordeon, und ein kleiner, räudiger Bär schlurfte in einem Trott herum, der einen Tanz darstellen sollte. Puppenspieler gaben im Licht der Laternen ihre Vorstellung. Kuchenverkäufer trugen ihre Bauchläden umher und hofften, die Kurzsichtigen davon zu überzeugen, ihre schmierigen Waren zu kaufen. Alte Frauen saßen Pfeife rauchend und schwatzend auf Eingangstreppen. Betrunkene lagen in der Gosse, und zerlumpte Kinder durchwühlten ihre Taschen und huschten dann davon. Dick geschminkte Frauen schwenkten Fremden ihre Hüften entgegen und verschwanden manchmal Hand in Hand mit ihnen in dunklen Gassen.

»Schön zu sehen, dass die einfachen Leute die Trauerzeit so ernst nehmen«, brummte Wiesel.

Halbblut war sich nicht so sicher, ob es einen Grund gab, so zynisch zu sein. Wenn man genau hinschaute, sah man, dass zahlreiche Menschen in ihren besten Kleidern zum Tempel unterwegs waren, und relgiöse Traktate und Gebetskristalle fanden ebenso viele Käufer wie Schnapsflaschen und Kuchen. Die Theater waren demonstrativ geschlossen und ihre Türen mit schwarzen Stoffbändern versiegelt. Die Direktoren saßen missmutig an den Türen, damit nicht sogar die Bänder gestohlen wurden. Einige

Mütter scheuchten ihre Kinder nach drinnen und befahlen ihnen, still zu sein.

Trotzdem hatte sich viel verändert. Halbblut erinnerte sich an das, was die Alte Hexe aus ihrer Jugend erzählt hatte: Damals hatten die Menschen während der Trauerzeit den ganzen Tag schweigen müssen, und bei Nacht mussten sie in ihren Häusern bleiben, falls sie nicht über die Sondererlaubnis von einem Priester oder einem Terrarch verfügten. Wachmänner hatten die Einhaltung dieses Gesetzes erzwungen, und die Pranger und Staupsäulen waren voll von Menschen, die so dumm gewesen waren, ihm nicht zu gehorchen. Manche Leute betrachteten dies als Beweis dafür, dass die Welt schlechter wurde, doch Halbblut vertrat die Meinung, sie wäre durch die Lockerung der Verbote in mancherlei Hinsicht besser geworden.

Er stellte fest, dass er sich ein wenig entspannte. An diesen Straßen war etwas, das ihn an Drangsal erinnerte. Es waren das muntere Treiben, der Handel und Wandel und all die kleinen Einzelheiten des Straßenlebens; die Laternen, die an Messingträgern von Straßenecken und in Ladenfenstern hingen; junge Burschen mit ihren knisternden Fackeln, die reichere Bürger nach Hause geleiteten. Die Sänften von Kaufleuten mit ihrer Eskorte aus bulligen Wächtern schoben sich durch die Menschenmengen. Und natürlich war da auch das ständige Grölen der Betrunkenen, der Gesang fröhlicher Zecher und die Bettler, die versuchten, sich eine Kupfermünze zu verdienen. Der Gestank von offenen Abwasserkanälen, Räucherwerk und billigem Parfüm rang in seiner Nase mit dem Duft von Kuchen und Wein.

In einem Gebrauchtkleiderladen sah er eine junge

Frau, die ein rotes Kleid betrachtete und es an ihren Busen hielt. Bei genauerem Hinsehen erwies es sich als der Rock einer Terrarch-Galauniform, der an den Schultern zu schmal für einen erwachsenen Mann, aber genau richtig für ein hoch gewachsenes Mädchen war. Sie fing seinen Blick auf, schaute züchtig weg und sah dann doch wieder hoch, um sich zu vergewissern, dass er sie immer noch ansah. Da aber war der Karren schon weitergefahren.

Auch anderes erinnerte ihn an Drangsal, nämlich die kräftigen Schläger, die in Türen und Gasseneingängen herumlungerten und die Passanten musterten wie Wölfe eine Viehherde; immer auf der Suche nach den Schwächsten. Einer von ihnen sah, dass Halbblut ihn anschaute, und starrte böse zurück. Mit einem Mal war er froh, dass er eine geladene Pistole im Gürtel und ein Messer im Stiefel stecken hatte. Der Barbar, der neben ihm saß, bemerkte den Blick und glaubte, er gelte ihm.

»Siehst du mich etwa an?«, brüllte er. »Oder kaust du auf einem Ziegelstein? Jedenfalls verlierst du ’n paar Zähne.«

Das war ein alter Lieblingsspruch von ihm – und er schrie ihn mit sichtlichem Vergnügen. Angesichts der gewaltigen Gestalt des Barbaren und seines offenkundigen Selbstvertrauens spie der Schläger auf die Straße und verschwand durch eine Seitengasse in einen Hinterhof. In dem Bestreben, den Barbaren zu bremsen, legte ihm Halbblut eine Hand auf die Schulter und raunte ihm das Zauberwort *Bier* zu.

Ihr Karren passierte die Tore in den alten Stadtmauern, die aus einer Zeit stammten, als Rotturm noch viel kleiner gewesen war. Wachmänner überprüften den Passierschein des Kutschers und musterten die Soldaten verdrossen.

»Regimentsangelegenheiten, für den Quartiermeister«, sagte Wiesel. Der alte Sergeant der Wache sagte leise etwas zu den anderen, und man ließ sie ohne weitere Fragen passieren. Der Name des Quartiermeisters schien alle Türen zu öffnen. Er hatte die Finger in den meisten kriminellen Machenschaften der Stadt.

Alte Gebäude ragten hoch über ihnen auf, so dass sie den Abendhimmel nicht mehr erkennen konnten. Die Straßen wurden so schmal, dass man von der Ladefläche des Karrens aus die Hauswände berühren konnte. Halbblut steckte dem Kutscher eine Kupfermünze zu und sie stiegen ab. Das war der wirklich schlimmste Teil der Stadt. Hier hatte man kein Geld in die Instandhaltung gesteckt. Diese Gegend, so hieß es, war von Fieber geplagt und übel beleumdet. Nicht einmal die reichen Kaufleute und Verwalter, die sonst immer zusätzlich zahlten, um im Inneren der Stadtmauern in der Nähe der Villen der Terrarch-Herrscher zu leben, wollten hier wohnen. Das Viertel war so heruntergekommen wie eine pockennarbige alte Hure. Die Gebäude wirkten wacklig, verfallen und kränklich. Der abblätternde Putz war mit feuchten Flecken übersät. Modriger Geruch hing in der Luft. Sie passierten gewaltige alte Backsteingebäude, die früher einmal Lagerhäuser gewesen waren und inzwischen in die schlimmste Sorte von Tavernen, weitläufigen Tanzdielen und Bordellen verwandelt worden waren.

Normalerweise hätten ihre Geschäfte floriert, aber wegen der Trauerzeit war es heute Abend ruhig. Sie würden viel tiefer in die »Grube« – wie das Viertel auch genannt wurde – eindringen müssen, um zu finden, was sie suchten.

Ratten flitzten die Straßen entlang, von einem Müllhaufen zum anderen, und hüpften über die offenen Abwasserkanäle. Jugendbanden warfen ihnen verstohlen prüfende Blicke zu, als sie sich näherten. Halbblut kannte die Sorte schon aus Drangsal, diese jungen Burschen waren auf der ganzen Welt gleich. Wie oft war er bei Nacht vor solchen Banditen durch die Hinterhöfe von Drangsal geflüchtet! Er war froh, sich in der Begleitung gut bewaffneter Männer zu befinden.

Wiesel winkte einen Fackelträger herbei. Er war ein Jugendlicher aus dem Viertel, und Halbblut vermutete, dass er eine Absprache mit dem Herrscher der hiesigen Unterwelt getroffen hatte, um unbehindert arbeiten zu können. »Zur ›Häuptlingsaxt‹«, sagte Wiesel und steckte ihm ein Geldstück zu.

Der Junge zündete eine Fackel an und bewegte sich sicher durch die dunklen Gassen. Die Hände an die Waffen gelegt, folgten sie ihm dichtauf. Noch waren sie alle mehr oder weniger nüchtern und spürten die bedrohliche Atmosphäre, die von ihrer Umgebung ausging.

Der Bursche führte sie durch einen Torbogen auf den großen Innenhof. In der Mitte befand sich ein Abfallhaufen von der Höhe eines kleinen Hügels. Rundherum erhoben sich die nach innen geneigten Mauern einer zwar weitläufigen, aber verfallenen Villa; eines dieser schönen alten Häuser, die einmal einem reichen Mann gehört hatten und nun in kleine und kleinste Einzelwohnungen aufgeteilt und untervermietet worden waren. Halbblut lauschte auf die Geräusche, die nach draußen drangen. Schon das Wenige, das er im Vorübergehen erhaschte, verriet ihm, dass hier ein Liebespaar stritt, dort ein Mann seine Frau schlug, zwei Huren sich um einen Kunden zankten und ein Betrunkener einer Frau, die ihm ganz offenkundig nicht glaubte, seine unsterbliche Liebe und Treue beteuerte. Auch Musik war zu hören, den Trauerverordnungen zum Trotz.

Plötzlich trat der Fackelträger auf die Seite und bedeutete ihnen, dasselbe zu tun. Halbblut begriff, warum. Eine Gruppe junger Terrarch ging mit ihrer zwanzigköpfigen Leibwache vorüber. Die Adligen, die hier in den Slums auf Abenteuer auszogen, waren makellos gekleidet, der starke Duft ihres Parfüms durchschnitt den Gestank wie die Feensilber-Klinge eine verfaulte Frucht. Sie schenkten den Fourageuren nicht einmal einen Blick, obwohl ihre Leibwache sie rasch und fachmännisch abschätzte.

»Sieht aus, als komme für manche Leute das Errettungsfest dieses Jahr etwas früher«, meinte Wiesel. Halbblut zog sich vor Verbitterung und Hass der Magen zusammen. Sein Vater war bestimmt auch so gewesen wie diese sorglosen Unsterblichen. Vielleicht befand er sich sogar unter ihnen. Er würde heute nicht anders aussehen als vor über zwanzig Jahren. Wenn die Erhabenen überhaupt alterten, dann gewiss sehr langsam.

»Wahrscheinlich besuchen sie Mutter Dagons Haus«, mutmaßte der Barbar. »Was würde ich nicht dafür geben, einmal dorthin zu gehen. Wünschte, ich könnte es mir leisten.«

»Tun wir das nicht alle?«, fragte Froschgeschicht. Mutter Dagons Haus war ein berühmtes Bordell, dessen Mädchen angeblich die schönsten in der ganzen Provinz waren. Es hieß, ihre Madame, von der man munkelte, sie sei selbst eine halbe Terrarch, hätte sie in allen möglichen verdorbenen Künsten ausgebildet.

»Lasst uns nicht über das reden, was wir uns nicht erlauben können«, sagte Wiesel. »Kümmern wir uns lieber um das, was uns zu Gebote steht.«

»Ganz genau«, stimmte ihm der Barbar zu. »Bier, und dann ein Bordell.«

15. KAPITEL

In allen unseren Städten existieren Sündenpfuhle.
So etwas hat es immer schon gegeben. Heute
sind sie nur größer und verderbter.

Belisar, Moral des Neuen Zeitalters

Immer tiefer drangen sie in das Labyrinth aus verwinkelten Gassen und Höfen ein. Halbblut war froh, dass der junge Fackelträger wusste, wohin er ging, denn er selbst hatte jedenfalls keine Ahnung. Er fragte sich, ob er den Weg bei Tageslicht wiederfinden würde. In der undurchdringlichen Dunkelheit schien sich der Raum auf unheimliche Weise verändert zu haben. Als er das letzte Mal durch diesen Teil der Stadt gegangen war, war er ihm nicht so groß vorgekommen.

Man hatte die alten Villen aufgestockt, erweitert und umbaut, bis die ganze »Grube« zu einem verrückten, wankenden, feuergefährlichen und baufälligen Haufen geworden war. Dicke Holzpfeiler stützten Wände ab und blockierten schmale Gassen bis zur Hälfte. Hölzerne Steige verbanden hoch gelegene Fenster gegenüberstehender Häuser. Angebaute Schuppen und Baracken wuchsen aus den Mauern und nahmen einen Teil der ehemaligen Straßen ein. Neue Hütten füllten den Platz aus, auf dem sich einst die Gärten der Villen befunden hatten; zwischen ihnen war ein regelloses Netzwerk neuer Gässchen und Gassen entstanden, die zurück in die Höfe der ursprünglichen Gebäude führten.

In den Höfen hielten sich noch mehr Menschen auf; in mehreren Türen saßen Frauen mit gepuderten Gesichtern und gefärbten Haaren und spreizten einladend die Beine. In einer anderen Ecke feuerte eine Gruppe Betrunkener unter Jubelrufen und Schmähungen zwei Steithähne an. Irgendwo in einem der oberen Stockwerke spielte eine Musikgruppe einen wilden Tanz, so dass die Feiernden johlten und schrien. Es stank nach Schnaps, billigem Duftwasser und Abfallhaufen. In einer höhlenähnlichen Grog-Schenke im Erdgeschoss briet ein Schwein an einem Drehspieß. Ein kleiner Hund trottete im Kreis und hielt den Mechanismus in Gang.

»Wahrscheinlich kommt der Hund als Nächster an die Reihe«, meinte Wiesel. »Wenn er wüsste, was wir wissen, würde er sich nicht so abrackern.«

»Du weißt offensichtlich auch etwas«, versetzte Froschgesicht, »denn ich habe dich noch nie schuften gesehen.«

»Und du wirst mich auch nie dabei erwischen«, gab Wiesel zurück. »Dazu bezahlt mir die Rote Königin nicht genug.«

Halbblut bemerkte, dass weitere Gruppen von Männern durch andere Tore hereinkamen. Es sah aus, als wären sie keineswegs die einzigen Soldaten, die den Trauerzeit-Erlassen nicht Folge leisteten. Auch einige Kavalleristen hatten den Weg gefunden, obwohl sie hier noch recht neu waren.

»Die haben aber nicht lange gebraucht«, bemerkte Wiesel.

»Gute Nachrichten verbreiten sich eben schnell«, sagte der Barbar, während die anderen schon in der Tür der Schenke »Zur Häuptlingsaxt« verschwanden. Der Eingang führte durch eine kleine Tür, die in das Tor selbst eingelassen war. Darüber glühte eine rote Laterne, die den Gästen den Weg wies. Von drinnen ließ sich lautes Stimmengewirr vernehmen. Sobald sie hineingingen und die Treppe hinunterkletterten, schlug ihnen der Geruch nach Tabak, bratendem Fleisch und Alkohol ins Gesicht. Der große Gastraum, den man über die wacklige Treppe erreichte, lag im Keller. Eine weitere Treppe auf der anderen Seite des Kellerraums führte hinauf zu den Privatzimmern, die man stundenweise mieten konnte.

»Heim, trautes Heim«, freute sich Wiesel und rieb sich die Hände. Seine zerfetzte Uniform umwehte ihn und ließ ihn mehr denn je wie eine Vogelscheuche aussehen.

»Bier, Shugh!«, brüllte der Barbar dem Wirt zu. »Fünf Bier – für mich, und für die anderen je eins!«

Nach einigen schnellen Bieren, die er mit ein paar Wodkas hinuntergespült hatte, fühlte sich Halbblut wieder gut. Er lächelte seinen Kameraden wohlwollend zu, hob den Humpen und brachte einen Trinkspruch aus. »Auf die Todesengel des Siebten Regiments!«

»Bestes verdammtes Regiment in der Armee der Königin«, setzte der Barbar hinzu, als sie anstießen.

»Jetzt wollen wir mal nicht sentimental werden, Jungs«

sagte Wiesel, doch selbst er wirkte erfreut. Leon sah Halbblut an. »Ganz anders als in den alten Zeiten in Drangsal.«

Durch die Magie des Biers konnte Halbblut das ziemlich genau erkennen. Im Regiment hatte man Kameraden, denen man mehr oder weniger vertrauen konnte und die einigermaßen aufeinander aufpassten. Anders ging es gar nicht; hier standen Menschen gegen Terrarch zusammen. Damals in Drangsal war jeder des anderen Wolf gewesen – und die Großen hatten die Kleinen gefressen. Jeder hätte einen verkauft, entweder für Gold oder um sich die Gesetzeshüter oder die großen Verbrecher wie Antonio oder Weißauge vom Hals zu schaffen. Ehe Halbblut in die Armee der Königin eingetreten war, hatte er gar nicht richtig gewusst, wie schlimm dieses Leben gewesen war. Er war eben damit aufgewachsen, und er hatte lange gebraucht, um zu erkennen, dass das Leben im Regiment nicht so war wie in der Halbwelt, aus der er kam.

»Shadzar, der Ort des Leidens«, meinte Wiesel. »Also, das ist einmal eine Stadt. Alles, was sich ein Mann nur wünschen kann, an einem einzigen Ort.«

Der Barbar sah sich um und fing die Blicke einiger der geschminkten Frauen an der Bar auf. »Alles, was sich ein Mann wünschen kann, befindet sich gleich hier«, sagte er. »Bis auf die klare Bergluft der Nordlande.«

Die Mädchen kamen an den Tisch. Halbblut erkannte sie von seinen früheren Besuchen nicht wieder. Beide waren jung und hübsch, und sie hatten ihre Schminke ungeschickt aufgetragen. Entweder waren sie wirklich Mädchen vom Lande und neu in der Stadt, oder sie wollten bei den Männern wenigstens diesen Eindruck erwecken. Seine Jugend in Drangsal hatte Halbblut sowohl zynisch als auch vorsichtig werden lassen. Das und Sabena. Ihr Verrat hatte ihn zutiefst verletzt. Ob er sie je wiedersehen würde? Er hoffte es schon, wenn er sich auch nicht sicher war, wieso eigentlich. Halb hätte er sie am liebsten umgebracht, seine andere Hälfte sehnte sich aber danach, sie um eine zweite Chance anzuflehen. Manchmal konnte ihn seine eigene Schwäche richtig krank machen.

»Gibst du einem Mädchen ein Glas aus?«, fragte eine die Neuankömmlinge und setzte sich auf das Knie des Barbaren.

»Sogar zwei, wenn du magst«, gab der Barbar zurück. »Und was tust du dafür für mich?«

»So, so, du versuchst mich betrunken zu machen und dann auszunutzen, was?«

»Das wird bestimmt schwierig«, sagte Wiesel, zog ein Päckchen Karten hervor und mischte. »Wer spielt mit?«

»Ich bin Lena«, erklärte das vorwitzigere der beiden Mädchen. Sie hatte dunkles Haar und sonnengebräunte Haut und war auf eine einfache, frische Weise hübsch. Das andere Mädchen hielt sich im Hintergrund; sie war schüchterner oder wollte zumindest so wirken. »Das ist Kaye.«

Der Schöne Jan rückte beiseite, damit sich Kaye neben ihn auf die Bank setzen konnte, und erklärte ihr gleich, wie unwiderstehlich die Frauen ihn fanden. Kaye schien sich große Mühe zu geben, ihm das Gefühl zu vermitteln, dass sie ihm glaubte. Das Bier floss in Strömen. Die Mädchen taten so, als fänden sie Froschgesichts Zungentricks amüsant. Plötzlich fuhr Wiesel zusammen und warf einen zweiten Blick in eine dunkle Ecke.

»Ja, wen haben wir denn da?«, sagte er, stand auf und ließ die Karten auf dem Tisch liegen. Halbblut erhob sich ebenfalls und folgte ihm, nur für den Fall, dass es Probleme gab. Denn der Barbar schien von seinem Bier und seinem Mädchen völlig in Anspruch genommen und war zu beschäftigt, um seiner üblichen Aufgabe nachzugehen, nämlich Wiesels Rücken zu schützen.

Wiesel ging geradewegs in die dunkelste Ecke des Kellers, wo ein verängstigt wirkender Mann allein trank. »Dachte ich mir doch, dass du es bist«, sagte er. »Hab gesehen, wie du vom Abort zurückgekommen bist.«

Es dauerte einen Moment, bis Halbblut Vosh wiedererkannte. Der Mann aus den Hügeln sah anders aus, irgendwie verstohlener und sehr blass. Als Wiesel ihn ansprach, zuckte er zusammen und griff in seine Tasche, als suche er eine dort versteckte Waffe.

»Ach, du bist's, Wiesel«, antwortete Vosh und gab sich sichtlich einen Ruck, um sich zu entspannen. An seinem glasigen Blick erkannte Halbblut, dass er sturzbetrunken war.

»Wen hast du denn erwartet – die Rote Königin? Hab gehört, dass sie ab und zu auf ein oder zwei Bier mit den Jungs vorbeikommt. Schaut sich hier gern nach hübschen Burschen um, die sie mit in den Bernsteinpalast nehmen kann.«

»Nein. Es sind Männer aus den Hügeln in der Stadt.«

»Das sind sie immer. Sie kommen wegen des Biers, des Weins und der Mädchen – du weißt bestimmt selbst, dass man der Schafe überdrüssig werden kann. Manchmal kaufen sie auch Handelswaren und Kugeln und Pulver.«

»Und darüber wisst ihr natürlich Bescheid«, sagte

Vosh, und sein Mund verzog sich böse. »Du und der Quartiermeister.«

»Hier in der ›Grube‹ kann sich ein Mann sehr schnell mir durchgeschnittener Kehle wiederfinden, Vosh. An deiner Stelle würde ich meine Worte vorsichtig wählen«, drohte Wiesel. Das nahm Vosh vollständig den Wind aus den Segeln. Die trotzige Haltung verließ ihn und er wirkte plötzlich leer und sehr klein.

»Du solltest ebenfalls aufpassen, Wiesel«, gab Vosh zurück. »Das sind nicht einfach nur irgendwelche Hochlandkrieger. Sie tragen ein blaues Karomuster.«

»Habe ich was verpasst?«, warf Halbblut ein.

»Das blaue Muster bedeutet, dass sie zum Agante-Clan gehören«, sagte Wiesel. »Genau wie unser Bursche hier.«

»Und?«

»Deswegen schätze ich, dass jemand Wind davon bekommen hat, wer unsere Freunde in den Bergen verraten haben muss. Und der ist jetzt gekommen, um die Blutschuld einzutreiben. Hab ich Recht, Vosh?«

»Das glaube ich schon.«

»Und warum sollten wir aufpassen?«

»Du kapierst es nicht, oder, du Bastard von einem Halbblut? Denk bloß nicht, dass deine Verwandten dich retten können.«

Halbblut war von seiner eigenen Reaktion verblüfft. Ganz beiläufig drückte er Vosh gegen die Wand und ohrfeigte ihn, gerade fest genug, um ihn zu beleidigen, aber nicht so hart, dass er richtigen Schaden angerichtet hätte. »Wiesel hat ganz Recht, an deiner Stelle würde ich auch aufpassen, was ich sage.«

Wiesels Finger gruben sich schmerzhaft in Halbbluts

Schulter. Und er zog ihn weg. Für einen so mageren Mann war er erstaunlich stark. Entweder das, oder Halbblut war betrunkener, als er gedacht hatte.

»Ich glaube, er versucht uns auf seine ganz eigene, uncharmante Art zu sagen, dass wir alle von dieser Blutrache betroffen sind.«

»Du hast's begriffen«, sagte Vosh. »Ich, weil sie glauben, dass ich sie für das Gold der Erhabenen verraten habe, und ihr, weil ihr auf Männer geschossen habt, die sich nicht verteidigen konnten.«

»Ja«, gab Wiesel zurück. »Das war ganz gemein von uns. Kein Hochlandkrieger würde je so etwas tun.«

»Nicht so wie ihr. Es ist eine Sache, jemandem einen Hinterhalt zu legen, aber eine ganz andere, Männer umzubringen, nachdem man Dämonen auf sie gehetzt hat.«

»Wir haben also euren hoch entwickelten Ehrbegriff beleidigt, oder?«

»Du kannst so viele Witze darüber reißen, wie du willst, Wiesel! Aber die Verwandten dieser Männer werden dich bis an die Tore der Hölle verfolgen, um sich zu rächen.«

Wiesel wirkte nachdenklich, was Halbblut nervös machte, weil dies bedeutete, dass er die Geschichte ernst nahm. »Wo hast du diese Männer gesehen?«

»Hier in der ›Grube‹, heute. Ich wollte bloß ein bisschen frische Luft schnappen, als …«

»Haben sie dich entdeckt?«

»Nein, ich glaube nicht. Ich bin schnell hier rein, hab mir mit einem der Mädchen ein Zimmer genommen und Anweisung gegeben, mich bis zum Abend nicht zu stören.«

»Bist wohl plötzlich zu Geld gekommen, was?« Halbblut konnte sich schon denken, woher der Reichtum stammte. Bestimmt hatten ihm die Erhabenen eine fette Prämie bezahlt, damit er sie zu den Banditen führte.

»Und woher weißt du, dass sie nach dir gesucht haben?«, fragte Wiesel.

»Nach wem denn sonst?«

»Vielleicht spricht ja nur dein schlechtes Gewissen aus dir.«

»Schon möglich, aber ich werde kein Risiko eingehen, und ihr solltet das auch nicht.«

»Ich werde daran denken«, sagte Wiesel. »Wir sollten jetzt besser verschwinden. Ich würde dich ja einladen, aber unsere Runde ist eher eine private Zusammenkunft.«

»Keine Sorge, ich brauche eure Gesellschaft nicht. Aber haben wir nicht noch was zu bereden, Wiesel?«

»Ich kann mir nicht vorstellen, was das sein sollte.«

»Bücher.« Halbblut fühlte sich wie vom Blitz getroffen. Wie von selbst fuhr seine Hand zu seinem Messer. Wiesel stand vollkommen reglos da. Halbblut sah die tödliche Drohung in seinen Augen.

»Was meinst du?«, fragte Wiesel und beugte sich zu Vosh hinunter, bis er ihm fast die Nase ins Gesicht drückte.

»Ich war dabei, als ihr beiden und euer großer Freund die Bücher gefunden habt«, erklärte Vosh. Er schwitzte, doch in seiner Stimme lag das Selbstvertrauen eines Betrunkenen.

»Was sollten das denn für Bücher sein?«, wollte Wiesel wissen. Seine Stimme klang vollkommen gleichmütig.

»Die Bücher des Zauberers. In der Mine. Ich war da,

nach dem Kampf. Ihr habt mich nicht bemerkt, aber ich habe euch gesehen. Und gehört.« Halbblut erinnerte sich, dass er damals geglaubt hatte, etwas gehört zu haben. Offenbar hatte er Recht gehabt.

»Ich hoffe aufrichtig, du hast das nicht überall rumerzählt«, sagte Wiesel. »Das könnte nämlich sehr schlecht für deine Gesundheit sein.«

»Ich will nur einen Anteil an dem, was ihr herausschlagt. Ich bin nicht gierig.«

Wiesel schenkte ihm ein kaltes Lächeln. Plötzlich wirkte er sehr Furcht einflößend. »Du bekommst, was wir dir freiwillig abgeben.«

Halbblut traute diesem kleinen Mann aus den Hügeln keinen Fußbreit über den Weg. Er überlegte, ob er ihn einfach nach draußen stoßen und ihm ein Messer in den Leib rammen sollte. Doch ein rascher Blick in die Runde überzeugte ihn davon, dass viel zu viele Zeugen anwesend waren.

»Keine Silbe über die Bücher, bis du von uns hörst«, schärfte ihm Halbblut ein. »Wenn die Inquisition uns kriegt, sorgen wir dafür, dass du ebenfalls brennst.«

Vosh erbleichte, Schweißperlen standen auf seiner Stirn. »Mach dir um mich keine Gedanken, halbblütiger Bastard. Sieh lieber zu, dass du selbst den Mund hältst.«

Halbblut rang den Drang nieder, dem Mann einen Hieb zu versetzen. Er wünschte, er hätte nicht so viel getrunken. Und spürte, wie ihm die Ereignisse völlig entglitten. Wiesel deutete mit zwei Fingern auf Voshs Stirn und tat so, als feuere er eine Pistole ab.

»Wir reden morgen früh darüber«, sagte er. »Pass bis dahin auf, dass du den Schnabel hältst, sonst wird die Inquisition noch die geringste deiner Sorgen sein.«

Nervös sah sich Halbblut um. Er war froh, dass der Tumult in der Schenke ihre Worte übertönte. Es wäre nicht gut, wenn jemand hörte, wie sie über die Inquisition redeten.

Wiesel drängte sich durch die Menschenmenge zurück zu ihrem Tisch.

»Was meinst du dazu?«, fragte Halbblut.

»Er redet lauter Unsinn und ist betrunkener als eine Affenhorde. Als Nächstes wird er herumschreien, dass rosafarbene Wyrm durch die Wände kommen. Wir müssen irgendwie dafür sorgen, dass er den Mund hält.«

Als sie wieder am Tisch saßen, verstummte Wiesel lange. Sein Schweigen beunruhigte Halbblut. Er warf einen Blick über die Schulter. Vosh machte keinerlei Anstalten, sich zu davonzumachen. Stattdessen bestellte er noch ein Bier. Er sah aus, als hätte er zu große Angst, um hinauszugehen, was Halbblut ihm nicht verübeln konnte. Wenn er die »Axt« jetzt verließ, würden ihm drei Fourageure im Nacken sitzen und sein Leben wäre keine falsche Kupfermünze mehr wert.

Die hiesigen Lehrburschen warfen den Fourageuren böse Blicke zu, denn sie und die Soldaten konnten einander nicht gut leiden. Doch richtigen Ärger gab es erst, als sich die anwesenden Rotröcke einmischten. Der Auslöser war ein ganz unschuldiger gewesen: Leon hatte einen weiteren Trinkspruch auf das Siebte ausgebracht, das verdammt beste Regiment in den Diensten der Königin, und einer der neu hinzugekommenen Kavalleristen war herübergekommen, um sich das zu verbitten. Der Gesprächsbeitrag des Barbaren bestand in einem raschen Faustschlag ins

Gesicht des Reiters – und dann war eine allgemeine Prügelei ausgebrochen. Die Fourageure, die anderen Soldaten und die Lehrjungen aus dem Viertel stürzten sich sämtlich ins Gemetzel, während der Wirt und seine sieben stämmigen Söhne anfingen, die Streithähne die Treppe hinaufzuschleppen und auf die Straße zu werfen.

Halbblut wusste nicht genau, wie er dort gelandet war, doch irgendwie fand er sich auf der schlammigen Straße wieder. »Behaltet euer verdammtes Bier«, schrie er noch. »Ich wollte es sowieso nicht.«

Kurz darauf stellte er fest, dass Leon und Wiesel bei ihm waren. Der Barbar krachte ein paar Sekunden später durch die Tür. Zwei der Söhne des Wirts, muskelbepackt wie Hufschmiede, hielten seine Arme fest; Shugs gewaltiger Arm lag um seinen Hals, und um das Maß voll zu machen, krallten sich noch ein paar Barmädchen an ihm fest. Ein schneller Schubs, und schon lag er, alle viere von sich gestreckt, zu Halbbluts Füßen im Dreck. Aus dem Hof hörte er Gekicher.

»Ihr habt genug, was?«, brüllte der Barbar. »Kann ich gut verstehen! Ich nehme es mit zehn von euch Südländern auf.« Halbblut half ihm auf.

»Sehr schöner blauer Fleck, den du da hast«, sagte der Barbar.

»Fast so hübsch wie dein Veilchen.«

»Ich würde sagen, wir setzen den Abend anderswo fort«, erklärte Wiesel. »Offensichtlich weiß man in der ›Axt‹ so hohe Herrschaften wie uns nicht zu schätzen.«

»Was ist mit Froschgesicht und dem Schönen Jan?«, wollte Leon wissen.

»Als die Prügelei anfing, habe ich gesehen, wie sie mit den beiden Huren nach oben gegangen sind.«

»Wo ist Heuschreck?«

»Davongehüpft! Was hattest du denn erwartet?«, sagte Wiesel.

»Verdammt typisch«, fand der Barbar. »Genau wie damals in der Mine. Geschieht ihnen recht, wenn sie nichts von unserem Schatz abbekommen.«

Halbblut stieß ihm den Ellbogen in die Rippen. Zum Glück hatte Leon nichts bemerkt. Er hatte zu viel damit zu tun, sich in den offenen Abwasserkanal zu erbrechen, der durch die Mitte des schmalen Torbogens lief. Wiesel beugte sich vor und flüsterte dem Barbaren ein paar scharfe Worte ins Ohr. Verlegen nickte der Hüne und klopfte seine Uniform ab. Doch er verteilte nur den Schlamm, der an seiner Uniform klebte, weiter auf seine Hände.

»Ich finde, wir sollten zurückgehen und uns diese Bastarde vorknöpfen«, erklärte der Barbar, nachdem er offensichtlich eingehend darüber nachgedacht hatte.

»Ich dachte, das hätten wir schon. Das Letzte, woran ich mich erinnere, ist, wie du den Kopf dieses Korporals auf den Tisch geschlagen hast. Davor hattest du schon ein paar von denen über die Theke geworfen und dabei etliche Flaschen Fusel zerbrochen. Ich glaube, das hat den Wirt richtig wütend gemacht.«

»Nach all den Kupferstücken, die wir in dieser Taverne ausgegeben haben«, sagte der Barbar. »Das nenne ich Dankbarkeit. Das nenne ich Loyalität.«

»Das ist ja alles ganz schön«, rief Wiesel. »Aber davon bekommen wir unser nächstes Bier auch nicht. Ich würde sagen, wir sammeln Leon auf und machen uns auf den Weg. Die Mädchen bei Mama Horne warten bestimmt schon auf uns.« Er zwinkerte Halbblut zu. Dieser hatte nicht vergessen, was Wiesel vorhin gesagt hatte: Er hatte sich schon nach Käufern umgehört. Wieder einmal hatte er das Gefühl, dass ihm seine Träume von magischer Kraft durch die Finger glitten. In seinem gegenwärtigen Zustand machte ihm das aber nicht so viel aus.

»Klingt nach einem guten Plan«, sagte Halbblut.

16. KAPITEL

Rache ist süß.

Sprichwort aus dem Hochland

Vosh leerte seinen letzten Becher Wein und fragte sich, was er jetzt tun sollte. Der Alkohol hatte ihn erfolgreich betäubt, so dass er beinahe in der Lage war, seine Ängste zu vergessen. Ein Feigling war er nicht. Bei zahlreichen Überfällen im Hochland hatte er an der Seite seiner Verwandten gekämpft und genug Gemetzel miterlebt, doch jetzt fürchtete er sich. Nein, dachte er, es war nicht wirklich Furcht, sondern eher Scham. Nicht die Aussicht auf Schmerz und Tod ängstigte ihn am meisten, sondern der Gedanke, seinen Clanbrüdern gegenüberzutreten, nachdem er die Kronen der Königin für seinen Verrat angenommen hatte.

Vosh war ein Mann aus den Hügeln und stolz darauf. So etwas aber taten Hochländer einfach nicht. Es war, als träfe man seine Schwester allein mit einem Mann im Zimmer an und schnitte dem Mann *nicht* den Schwanz ab und stopfte ihn ihm in den Mund. Es war sogar noch schlimmer. Tief im Herzen wusste er, dass er nicht zu den Terrarch hätte gehen sollen, ganz gleich wie schlimm Alzibar, dieser Bastard von einem Zauberer, gewesen war, egal, was für Verbrechen – von den Schatten inspiriert – er da unten in der Mine im Schilde geführt hatte.

Aber was hätte er sonst tun sollen?, wandte ein kleiner Teil seiner selbst ein. Sein eigener Clan war von dem Zauberer und diesem widerlichen Zarahel so eingschüchtert gewesen, dass sie sich ihm wie eine Horde speichelleckender Hunde unterwarfen, und das war verkehrt.

Alzibar hatte also all die uralten Worte der Bruderschaft gewusst, die älter waren als die Ankunft der Erhabenen auf dieser Welt. Na und? Er hatte die Prophezeiungen der Geheimen Priesterschaft gekannt und erklärt, sie würden sich erfüllen. Und dann würden die alten Zeiten zurückkehren. Und wenn schon! Alle heiligen Männer der Clans hatten behauptet, einen Wahren Propheten in ihm zu erkennen. Und? Auch davon hatte es schon ein paar gegeben, und trotzdem war der große Tag nie gekommen.

Und selbst wenn Zarahel wirklich ein Prophet und Alzibar sein Jünger gewesen war, Vosh gefiel dennoch nicht, was sie taten. Diese Menschen in die Mine zu treiben war falsch gewesen. Diese Frauen und Kinder den Dämonen vorzuwerfen war verkehrt gewesen. Ein Mann sollte Frauen und Kinder beschützen und ganz bestimmt keinen Krieg gegen sie führen. Davon war jedenfalls Vosh überzeugt. Und wenn das der Rest seiner Leute nicht so sah, dann waren sie es, die ihre Ehre vergessen hatten, und nicht er. Ganz gleich, was andere darüber behaupteten.

Er dachte an Wiesel. Als er festgestellt hatte, dass Vosh über die Bücher Bescheid wusste, war dem Schweinekerl sein Hochmut vergangen. Vosh hatte unten in der Mine im Dunkeln gewartet, als er hörte, wie sie über ihren Verrat sprachen. Fast hätten sie ihn damals entdeckt, aber er hatte es geschafft, sich ungesehen zurückzuziehen. Jetzt musste er überlegen, was er mit dieser Nachricht anfangen sollte. Wem würde sie am meisten wert sein, den Terrarch, ihrer Inquisition oder den Männern selbst? Er würde aufpassen müssen; die Fourageure waren verdammt noch mal zu schnell mit ihren Messern. In nächster Zeit sollte er lieber nicht durch dunkle Gassen spazieren. Natürlich würde er das nicht tun, dazu war er zu schlau.

Der Gedanke beruhigte Vosh und schenkte ihm einen Teil seines Selbstbewusstseins zurück. Er beschloss, einen letzten Becher Wein zu trinken und dann ins Bett zu gehen. Heute hatte er den ganzen Tag getrunken, und gestern ebenfalls, und dieser Tieflandwein war stark. Er spürte ihn schon. Als er aufschaute, sah er, dass ihm eine der liederlichen Frauen zulächelte, als wolle sie sich zu ihm setzen. Er wusste, dass sie in Wahrheit nur sein Geld wollte, doch das war für ihn in Ordnung. Er würde gute Ware für sein Geld bekommen. Mit einer kleinen Handbewegung winkte er sie heran und sie glitt neben ihm in die Nische. Beinahe sofort lag ihre Hand auf seinem Bein, fuhr dann hinauf und massierte seine Lenden. Doch da unten tat sich nichts, was angesichts der Menge, die er getrunken hatte, auch verständlich war.

»Ich könnte ihn hart machen«, sagte sie und benetzte sich die Lippen mit der Zunge. In ihrer Stimme klang die schwache Spur eines Hochlandakzents, aber das war nicht besonders erstaunlich. Vielen Frauen war das Leben in den Bergen zu beschwerlich, sie liefen weg und arbeiteten im Tiefland als Huren. Und bei den Alten Göttern, diese hier war eine Schönheit. »Ich habe eine ganz gute Idee, wie ich das machen sollte.«

Er lächelte und bedeutete ihr, sich etwas zu trinken zu bestellen. Darum würden sie sich später kümmern. »Ich möchte noch austrinken.«

»Ich kann warten«, gab sie zurück. Selbst in seinem berauschten Zustand bemerkte Vosh, wie sie sich im Raum umsah, und glaubte genau zu wissen, welche Rechnung sie aufstellte. Sie konnte warten und dann das Geld aus ihm herausschlagen – oder sie konnte jemanden anders finden, der sie sofort bezahlte. Die Räume im oberen Stockwerk wurden pro Stunde vermietet. In einer guten Nacht konnte sie hoffen, mehrere Freier zu bedienen. Er sah, wie ihr Lächeln breiter wurde und wusste, dass sie zu demselben Schluss gekommen war wie er. Heute war keine gute Nacht. Es war Trauerzeit, und die Schlägerei vorhin hatte viele Männer vertrieben. Zu viele Mädchen, die zu wenigen Kunden nachstellten. »Lass dir Zeit.«

»Das tue ich immer«, antwortete er mit einem anzüglichen Grinsen. So langsam fühlte er sich besser. Durch den warmen Körper des Mädchens gleich neben ihm und den Wein, der in seinen Eingeweiden brannte, wich seine Furcht ein wenig. Doch ein Gedanke brachte sie zurück. Diese dummen Bastarde von Soldaten hatten zwar den Zauberer erwischt, aber Zarahel war ihnen entkommen. Er schüttelte den Kopf und fluchte. Der selbst ernannte Herr der Clans war sogar noch wahnsinniger, als es der

Zauberer gewesen war. Wenn Zarahel jemals darauf kam, wer ihn verraten hatte … Verdammte Fourageure, nicht einmal mit Hilfe eines Magiers hatten sie ihn fangen können.

Doch es war nicht allein ihre Schuld. Vielleicht hatte der Prophet die Alten Götter wirklich auf seiner Seite. Vosh musste zugeben, dass ihm der Prophet Angst einjagte. Er, der nichts außer den Fürsten des Schattens fürchtete, spürte, wie ihm beim bloßen Gedanken an den Propheten heiß und kalt wurde. Es war nicht natürlich, dass sich ein Mensch so weit in die Hexerei vertiefte, nicht einmal ein Priester der alten Götter und Mitglied der geheimen Bruderschaften. So etwas stand nur den Terrarch zu.

»Du siehst sehr nachdenklich aus«, fand das Mädchen. »Möchtest du darüber reden?«

»Nichts, das dich interessieren würde, Mädchen. Männergedanken.«

»Ich weiß jedenfalls, was mich interessieren würde«, sagte sie. Erneut glitten ihre erfahrenen Finger an seinem Schenkel hinauf. Er leerte seinen Weinbecher und wies zur Treppe. »Geh du voran«, sagte er.

Nackt, betrunken und ganz benommen vor Befriedigung lag Vosh auf dem Bett. Das Mädchen hatte getan, was sie versprochen hatte, und sogar noch einiges mehr. Eine beeindruckende Leistung, wenn man überlegte, wie viel er getrunken hatte. Er gab ihr ein paar Kupferstücke extra, um ihr zu zeigen, wie erfreut er war. Sie nickte, ein wenig knapp, wie er fand, und stand auf, um zu gehen. Als sie sich anzog, bemerkte er eine kleine Tätowierung an ihrer Schulter, die ihm seltsam bekannt vorkam. Wo hatte er so etwas schon gesehen? Irgendetwas daran sagte ihm, dass er Grund zur Sorge hatte.

Sie fing seinen Blick auf, kleidete sich schneller an und trat rasch zur Tür. Plötzlich spürte er Furcht in sich aufsteigen. Einige von Zarahels engsten Gefolgsleuten besaßen solche Tätowierungen. Vielleicht war das Ganze auch Zufall, aber Vosh hatte zu lange mit Hilfe seiner Schläue überlebt, um es dabei zu belassen.

»Warum hast du es so eilig?«, fragte er und versuchte, aufzuspringen und sie zu packen. Unglücklicherweise hatte ihn der Alkohol langsam und ungeschickt gemacht. Er rutschte auf der Decke aus und fiel der Länge nach zu Boden. Sie öffnete die Tür, und er sah etwas, das ihn vor Angst erstarren ließ: Eine massige Gestalt, die eine Kapuzenrobe wie ein Priester trug, stand da. Hinter ihr entdeckte er ein paar vertraute Gesichter aus dem Hochland. Es sah aus, als wäre er heute doch aufgefallen. Das Mädchen musste mit in der Sache stecken, dachte er. Sie hatte ihn hier heraufgelockt.

Vosh öffnete den Mund und wollte um Hilfe rufen, aber die Gestalt mit der Kapuze machte eine Geste, und Voshs Lippen verschlossen sich. Alle Kraft wich aus seinen Gliedern. Ein rascher Stoß – und er fiel lang aufs Bett nieder. Sein Kopf drehte sich von dem kräftigen Schlag, Sterne tanzten vor seinen Augen. Er fühlte sich betrunken, ihm war übel. Bevor er etwas unternehmen konnte, hielten kräftige Arme seine Gliedmaßen fest. Er kämpfte mit aller Kraft, die ihm seine Angst verlieh, dagegen an, doch gegen die Muskeln größerer, nüchterner Männer hatte er keine Chance. Plötzlich erkannte er, dass er verloren war, und erschlaffte.

Der Mann in der Robe schlug seine Kapuze zurück und

enthüllte Zarahels Gesicht. Vosh fragte sich, was er hier zu tun hatte. Warum hatte er die Hügel verlassen? War er so weit gereist, nur um nach Vosh zu suchen?

»So ist es besser«, sagte Zarahel mit seiner tiefen, voll tönenden Stimme, die erstaunlich vernünftig klang. »Ich habe noch nie viel davon gehalten, um den heißen Brei herumzureden.«

Vosh setzte sich auf und warf dem Mädchen einen anklagenden Blick zu. Sie hatte den Anstand, ein wenig beschämt dreinzuschauen. »Du kannst gehen, Marla«, sagte er in beiläufigem Ton, hinter dem jedoch der Nachdruck eines Befehls steckte.

Verzweifelt sah Vosh seine Verwandten an, doch in ihren Augen entdeckte er keine Gnade. Schließlich, weil ihm nichts anderes übrig blieb, zwang er sich, Zarahel anzuschauen. Der Prophet war ein hoch gewachsener Mann, nicht so gewaltig wie dieser Idiot, den seine Freunde den Barbaren nannten, aber genauso breit in den Schultern, und hatte gewaltige Arme. Er strahlte eine Aura körperlicher Macht aus und noch etwas anderes, ein Selbstvertrauen, das an Wahnsinn grenzte. Auf eine markante, ungezähmte Weise war er ein gut aussehender Mann. Sein welliges, blondes Haar zeigte nur allererste Spuren von Grau, und ein kurz geschnittener, grau melierter Bart bedeckte sein kantiges, festes Kinn. Das Grinsen, das er Vosh schenkte, wäre gewinnend, wenn auch ein wenig verrückt gewesen, hätte man ihm nicht in die Augen gesehen. Sie hatten einen leblosen Ausdruck, etwas, das Vosh sagte, er sei für ihn nur ein Stück Fleisch, das er nach Belieben zerteilen konnte. In diesen Augen lag nicht die leiseste Spur menschlichen Gefühls.

»Ich habe nicht viel Zeit«, erklärte Zarahel in einem

Ton, als wäre Vosh ein alter und treuer Freund. »Daher werde ich diese Sache rasch abhandeln. Ich möchte wissen, was aus Alzibars Büchern geworden ist.« Er machte eine Handbwegung – und das taube Gefühl wich aus Voshs Gliedmaßen. Er stellte fest, dass er seine Lippen wieder bewegen konnte. In diesem Augenblick nahm er Zarahels Körpergeruch war, und ihm wurde beinahe übel. Dieser Geruch war eine merkwürdige, kränkliche Mischung aus Gewürzen, altem Blut, verwestem Fleisch und noch etwas anderem, wesentlich Schlimmeren.

»Welche Bücher?«, fragte Vosh. Seine Verwirrung rang mit der Angst, und seine Stimme kam sehr leise, beinahe wie ein Flüstern heraus. Er fragte sich, ob er überhaupt schreien könnte, selbst wenn er es wollte. Besser, er versuchte es gar nicht, dachte er. Zarahel könnte ihn mit einer Handbewegung zum Schweigen bringen.

»Die Bücher, die er in der Mine aufbewahrt hatte.«

»Da waren keine Bücher, nur Dämonen.« Zarahel legte die Hand ans Ohr und den Kopf zur Seite. Es sah aus, als lausche er. Ein leises Lächeln umspielte seine Lippen. Er warf Vosh einen Seitenblick zu.

»Mein Freund sagt, dass du lügst.«

»Was für ein Freund, verdammt?«, fragte Vosh. Seine Verblüffung verdrängte sogar die Angst.

»Du solltest mich nicht anlügen. Ich bin noch einmal in das Gutshaus gegangen. Ich habe Leichen gefunden. Einige von ihnen haben mit mir geredet. Einige der toten Männer, die du verraten hast.«

»Wenn du mit den toten Männern geredet hast, wieso hast du sie dann nicht nach den Büchern gefragt?«, wollte Vosh in einem letzten Aufwallen von Trotz wissen.

»Das hätte ich auch – nur dass jemand den Kopf des Einzigen gestohlen hat, der mir hätte sagen können, was ich wissen will.« Wieder legte er die Hand ans Ohr und erneut trat dieser nachdenkliche Ausdruck auf sein Gesicht. »Mein Freund sagt mir, dass du weißt, wovon ich rede.«

»Welcher Freund? Redest du etwa wieder mit den Toten? Mit Geistern?«

Zarahel machte eine Handbwegung, und ein Wesen, das wie eine dicke Spinne aussah, kroch aus seiner Kapuze hervor und kletterte dann an seinem Arm abwärts, bis es auf seinem Handrücken saß. Er ließ es auf Voshs nackten Bauch herunter. Bei genauerem Hinsehen war es zwar keine richtige Spinne, sah aber ziemlich ähnlich aus. Der Unterleib war in Segmente geteilt und trug einen mit Widerhaken besetzten Stachel. Vosh spürte, wie die pelzigen Beine seine Magengrube kitzelten, und sah das bösartig kluge Glitzern in den Facettenaugen. Er sah das Gift von den Mandibeln tropfen. Als das Ding auf seine Kehle zukroch, empfand er ein solches Entsetzen, dass es ihn fast um den Verstand brachte.

Die Spinne war fremdartig, ein Dämonenwesen, das ihm wie in den alten Legenden die Seele aussaugen würde. Kurz sah ihm das Ding in die Augen, und er bemerkte den Spott und eine bösartige Schläue in diesem Blick. Ihn auf seinem Gesicht zu spüren, war beinahe unerträglich. Der weiche, aufgedunsene Körper schabte über seine Brust und berührte kurz seine Lippen. Der mit Widerhaken besetzte Stachel wölbte sich. Er sah die nadelscharfe Spitze knapp über seinen Augen. Das Gewicht der Kreatur ließ ihn nicht atmen.

»Sag mir, was ich wissen will, und ich lasse dich leben.

Wenn du es mir nicht verrätst, überlasse ich dich meinem kleinen Freund hier.«

»In Ordnung! Schon gut!« Die Spinne wandte sich ab und marschierte wieder an seinem Körper hinab.

Vosh konnte es kaum ertragen, diesen harten, glatten Körper auf seinem Leib zu spüren, zu fühlen, wie diese langen Beine über seinen Bauch huschten. Das Ding hielt auf seine Lenden zu.

»Sag mir alles.« Und Vosh erzählte ihm alles, was er wusste, über Wiesel und die Bücher. Er blieb den Soldaten nichts schuldig. Zarahel wandte sich zum Gehen.

»Du wirst nicht zulassen, dass mich dieses Ding tötet, oder?«, fragte Vosh und wäre vor Erleichterung gegen seinen Willen fast in Tränen ausgebrochen. Die Matratze unter ihm fühlte sich nass an. Es schien, als hätte der Prophet vor, sein Wort zu halten. Er betete zu allen Göttern, dass er es tun würde.

»Das wird es nicht, und ich auch nicht«, antwortete Zarahel lächelnd. Er wies auf die jungen Männer aus seinem Clan, die mit glitzernden Augen warteten. »Das werden sie erledigen.«

17. KAPITEL

Für das, was wir uns wünschen, müssen wir immer bezahlen. Nur: manchmal entrichten wir den Preis nicht in klingender Münze.

Roland Glamery, Unmoralische Memoiren

Als das erste Sonnenlicht durch die Vorhänge drang, wachte Halbblut auf. Seine Blase war bis zum Bersten gefüllt, und sein Kopf fühlte sich an, als hätte in der letzten Nacht jemand darauf Trommel gespielt. Er sah zu dem dunkelhaarigen Mädchen auf der anderen Seite des Bettes hin und versuchte, sich an ihren Namen zu erinnern. Rena, glaubte er schließlich.

Sie war sehr hübsch und äußerst geschickt. Er überprüfte seinen Geldbeutel, der beruhigend klimperte und genauso viel wog wie gestern Nacht. Trotzdem sah er hinein und betrachtete die Münzen. In Drangsal hatte er Mädchen gekannt, die sich darauf verstanden, die Münzen durch Bleiknöpfe zu ersetzen. Doch bis auf das Geld, das er ihr bezahlt hatte, war alles vorhanden. Aus alter Gewohnheit dachte er daran, das Zimmer leise zu durchsuchen, um festzustellen, ob sie etwas besaß, das sich zu stehlen lohnte. Doch es fiel ihm leicht, den Wunsch zu unterdrücken. Stattdessen benutzte er den Nachttopf, steckte dann den Kopf aus dem Fenster des Bordells, schaute nach, ob auf der Straße Menschen unterwegs waren, und kippte dann den Inhalt aus. Bis auf ein paar Bettler schien niemand in der Nähe, der vielleicht nassgespritzt werden könnte, daher rief er keine Warnung, um das Mädchen nicht zu stören.

Sie räkelte sich verführerisch, streckte sich, schlug die Augen auf und schenkte ihm einen sinnlichen Blick. Er versuchte sich darauf zu besinnen, wie sie sich begegnet waren, doch seine fetzenhaften, alkoholgetränkten Erinnerungen verschwammen. Er erinnerte sich an den von Kerzenlicht erhellten Tanzpalast unten, über dem ein gewaltiger Kronleuchter hing. Viele Menschen hüpften umher, und der Barbar wankte davon, rechts und links von einem Mädchen gestützt. Zweifellos würde er irgendwann in nächster Zeit erwachen und seinen Geldbeutel vermissen. Auch Leon war mit einem hübschen Mädchen davonspaziert. Sein letztes Bild von Wiesel zeigte seinen Kameraden, wie er in einer Ecke saß und mit einigen schurkenartig aussehenden Halsabschneidern Karten spielte. Die Pfeife steckte fest in seinem Mund und seine Mütze saß wie zufällig in einem kecken Winkel auf seinem Kopf.

»Komm wieder ins Bett«, sagte das Mädchen.

»Die Nacht ist vorbei«, gab er zurück. »Ich habe deine Tante nur für die Nacht bezahlt.«

»Das ist umsonst. Ich bekomme nicht oft Gelegenheit, mit jemandem wie dir zu schlafen.«

Das sagt sie immer, dachte er zynisch. Diese Mädchen

zogen sich gern Stammkunden heran – und Schmeicheleien gehörten ebenso zu ihrem Geschäftsgebaren wie das Wälzen im Bett.

»Du siehst wie einer der Erhabenen Herren aus«, sagte sie, und sie klang aufrichtig. Vielleicht ist sie ja eine gute Schauspielerin, dachte er, oder er war zu verkatert, um sich ein Urteil zu bilden. Um die Wahrheit zu sagen, er hatte alles andere als Sex im Sinn. Wonach er sich wirklich sehnte, das war ein kräftiges Frühstück. Es gab nichts Besseres, um einen Kater zu vertreiben. »Und du bist nicht aus Rotturm, oder?«

Halbblut zog sich an. »Du redest nicht viel, was?«, fragte sie.

»Ich stamme aus Drangsal«, sagte er.

»Shazarad, der Ort des Leidens«, wiederholte sie, indem sie den alten Namen der Stadt gebrauchte. »Ich habe mir immer gewünscht, einmal dorthin zu fahren.«

Offenkundig erwartete sie ein wenig, dass er jetzt anbieten würde, sie dorthin mitzunehmen. Wahrscheinlich hatte sie auch schon oft solche Angebote erhalten. Er sah sie an und stellte fest, dass ein Teil seines Zynismus dahinschmolz. Sie war nur ein Mädchen vom Lande, das von der großen Stadt träumte, und in ihren Augen stand ein schrecklicher Ausdruck von Hoffnung. Er hatte diesen Blick schon früher gesehen, auf den Gesichtern von Neuankömmlingen, bevor die bösartige Stadt sie verschlungen hatte.

»Das ist ein scheußlicher Ort«, erklärte er ihr. »Da bist du hier besser daran.«

»Soll aber sehr schön sein.«

Darüber dachte er nach. Wahrscheinlich wirkten die schimmernden Türme und eleganten Villen auf Außenstehende so. Ihn hatten sie einfach nur an alles erinnert, was er nie bekommen konnte; Orte, wo all die Leute wohnten, die achtlos und zufällig sein Leben ruiniert hatten. Er spürte, wie der alte Neid und die alte Verbitterung erneut in ihm aufwallten, und plötzlich fielen ihm auch die Bücher wieder ein. Jetzt hatte er das dringende Bedürfnis, hier fortzukommen, sie durchzusehen, festzustellen, ob in ihnen ein Weg in eine bessere Zukunft verzeichnet stand. Und wenn sie Böses enthielten – schlimmer als jetzt konnte es nicht mehr kommen. Er musste Wiesel irgendwie daran hindern, sie zu verkaufen. Kalte Furcht überlagerte auf einmal sein Katergefühl. Er musste eine Möglichkeit finden zu verhindern, dass Vosh sie verriet. Wie war es nur möglich, dass alles so schwierig geworden war, und auch noch so schnell?

»Doch, schön ist sie«, sagte er zu dem Mädchen und zog die Stiefel an. Die Nähte begannen aufzuplatzen. Er musste dringend einen Flickschuster aufsuchen, bevor sie abmarschierten. »Ich muss gehen.«

»Dann lade mich doch zum Frühstück ein«, sagte sie. »Ich kenne ein gutes Lokal.«

Kurz sah er sie an und überlegte, ob er ablehnen sollte. Im Grunde waren sie Fremde, aber sie sah in diesem Augenblick so merkwürdig jung und hoffnungsvoll aus, dass er es nicht über sich brachte, ihr die Bitte abzuschlagen.

»Dann lass uns essen gehen«, sagte er. Zuerst musste er etwas in den Magen bekommen, dann würde er sich um die Bücher kümmern. Er brauchte ohnehin Zeit zum Nachdenken.

Die Treppe knarrte unter Halbbluts Schritten. Von unten hörte er Stimmen, leise, müde und gedämpft. Das Haus stank wie jede Bar, in der er sich am Morgen nach einer rauschenden Nacht aufgehalten hatte. Der Geruch nach kaltem Tabakrauch, abgestandenem Alkohol und ungewaschenen Körpern hing in der Luft. Und nicht einmal der leichte Windhauch, der durch die offenen Türen eindrang, konnte den Gestank vertreiben. Gestern Nacht war er dazu nicht nüchtern genug gewesen, doch jetzt betrachtete er seine Umgebung prüfend. Sie war genauso schäbig, wie er erwartet hatte. Langjährige Erfahrung hatte ihn gelehrt, dass gerade Orte, die bei Nacht einen gewissen schmierigen Glanz ausstrahlten, im kalten Licht des Morgens umso schlimmer aussahen. Und nichts an Mama Hornes Haus war dazu angetan, seine Meinung zu ändern.

Billige Drucke, die berühmte Kurtisanen und Schauspielerinnen zeigten, hingen an fleckigen Wänden, von denen der Putz abblätterte. Die Holztreppe wirkte schlecht abgeschliffen und leicht verzogen. Der gewaltige Kronleuchter allerdings war immer noch beeindruckend. Er sah aus, als hätte man ihn beim Abriss der Villa eines Verwalters entwendet. Hier war er so fehl am Platz wie das Gewand einer Prinzessin an einer skrofulösen Großmutter. Im Tageslicht wirkten die Lüstern aus Kristall matt. Wenn die Nacht kam, würden sie wieder magisch glitzern, aber jetzt waren es bloß trübe Glasbrocken.

»Vielen Dank, meine Herren«, hörte er Wiesels Stimme. »Ist mir immer ein Vergnügen, euch euer Geld abzunehmen.«

Er trat um eine Biegung der Treppe, sah über das Geländer und erblickte Wiesel selbst. Offensichtlich hatte das Spiel die ganze Nacht hindurch fortgedauert. Drei andere Männer waren noch wach und saßen am Tisch, ihre Augen schienen ebenso rotgerändert wie die von Wiesel. Einer von ihnen war bis auf seinen Hut und die Pfeife splitternackt. Mehere andere lagen schlafend auf Sofas in der Nähe. Einer oder zwei hielten Mädchen im Arm, ein anderer umklammerte eine Flasche und murmelte im Schlaf. Auf den umstehenden Tischen standen weitere leere Flaschen. Wiesel sah sich um. »Noch eine Runde?«, fragte er munter.

Allgemeines Gebrummel antwortete ihm, aber niemand sah aus, als wolle er ihn beim Wort nehmen. Wiesel grinste und schob dem nackten Mann mit dem Fuß einen Stapel Kleidungsstücke zu. »Kannst du haben, Ari. Ich kann mir leisten, großzügig zu sein.«

»Ja klar, reite ruhig noch drauf rum«, sagte jemand anders. Halbblut nickte und wollte schon mit Rena vorbeigehen, als Wiesel ihn anrief.

»Augenblick mal, Halbblut«, sagte er. »Auf ein Wort im Vertrauen.«

Er klang ernster als sonst, und seine Miene verriet Halbblut, dass ihn mehr umtrieb als nur sein Falschspiel. Vielleicht vermutete er, dass einer der Männer misstrauisch geworden war, und wollte, dass er ihm den Rücken freihielt, während er mit seinem Gewinn das Weite suchte. Es wäre nicht das erste Mal, dass Halbblut ihm diesen Dienst erwies.

»Ja?«

»In unserem Gespräch hat sich etwas ergeben, das du wissen solltest.« Mit einem Nicken wies er auf seine Spielpartner, Männer mit harten Gesichtern und eiskalten Augen. So, wie er Wiesel kannte, gehörten sie wahrscheinlich zu den hiesigen Banden; keine Anführer, aber doch ziemlich weit oben in der Hierarchie des Verbrechens. Wahrscheinlich waren sie alle in das eine oder andere kleine Komplott des Quartiermeisters verwickelt.

»Warte noch ein wenig, bis der Barbar aufgestanden ist, dann brauche ich mich nicht zu wiederholen«, erklärte Wiesel. Sein Blick huschte zwischen Halbblut und Rena hin und her.

»Du weißt doch, wie er sich in einem solchen Haus benimmt. Gut möglich, dass wir ihn tagelang nicht zu Gesicht bekommen. Wir wollten gerade frühstücken gehen. Ich bin hungrig.« Der Kater ließ seine Stimme weinerlich klingen.

»Zum Glück habe ich in weiser Voraussicht jemanden nach oben geschickt, der ihn wecken soll.«

»Er wird sein Bett höchstens verlassen, wenn das Haus brennt. Und wenn er die Mädchen mag, vielleicht aber nicht mal dann.«

»Wir werden ja sehen.«

Ein Stiergebrüll im oberen Stockwerk verriet Halbblut, dass der Weckruf den Barbaren erreicht hatte. Kurz darauf tauchte er auf, nur mit seinen Hosen bekleidet und mit seinem gewaltigen Messer in der Hand. Offensichtlich hatte er sich einen Splitter eingetreten, denn er hüpfte die Treppe herunter, die unter seinem Gewicht Unheil verheißend knarrte. Der Schmerz verbesserte seine Laune nicht gerade.

»Wo ist dieser Bastard, der behauptet, er könne es mit jedem Nordmann aufnehmen?«, polterte er. Er war so wütend, dass sich sein Walross-Schnurrbart sträubte.

Halbblut sah Wiesel an, der die Achseln zuckte, als wolle er sagen: *anders kriegt man ihn nicht wach.*

»Als ich ihm ausrichtete, dass du nach unten kommst, ist er weggelaufen«, sagte Wiesel. Der Barbar wirkte ein wenig besänftigt, starrte aber verdrossen umher, um festzustellen, ob jemand anders die Herausforderung annahm. Die örtlichen Schläger sahen neugierig in eine andere Richtung. Sie mochten vielleicht hart gesotten sein, aber nicht verrückt. Sie hatten nichts dabei zu gewinnen, sich auf eine Schlägerei mit Männern wie dem Barbaren einzulassen.

»Jetzt, wo du ohnehin wach bist, was hältst du davon, wenn du mit mir und Halbblut einen Schluck zum Frühstück trinkst?« Rena zupfte an seinem Ärmel, als wolle sie ihm mitteilen, dass sie sich das so nicht vorgestellt hatte. Halbblut sah sie an. »Augenblick mal«, sagte er zu ihr. »Das könnte wichtig sein.«

Der Barbar warf seinen Kameraden einen Blick zu. »Ihr nehmt mich doch nicht irgendwie auf den Arm, oder?«

»Würde ich so was tun?«, fragte Wiesel zurück. »Aber ich muss mit euch über etwas reden. Über etwas Wichtiges.«

»Doch nicht wegen der Bücher, oder?«, fragte der Barbar, sah sie beide viel sagend an und zwinkerte. Halbblut zuckte zusammen. Wiesel legte dem Barbaren die Hand auf die Schulter. »Ich habe ihm ein Buch mit schmutzigen Bildern versprochen«, sagte er, an Rena gerichtet. »Er kann nicht lesen, aber er schaut sich gern die Bilder an.«

Der Barbar sah ihn an, als wäre er verrückt geworden, dann dämmerte es ihm langsam. Die Erkenntnis stand ihm deutlich ins Gesicht geschrieben.

Wiesel betrachtete Rena lange und durchdringend und

reichte ihr dann eine Münze. »Geh uns allen was zu trinken holen, Mädchen. Das Kartenspielen hat mich durstig gemacht. Bring dir selbst auch was mit.«

Rena konnte einen diskreten Hinweis verstehen. Sie schloss die Hand fest um die Münze und verschwand durch eine Seitentür. Wiesel zog sie alle zu einem Tisch in der Nähe, wo sie sich auf die Stühle fallen ließen.

»Was ist los?«, fragte Halbblut.

»Vosh hatte Recht. In der Stadt halten sich Männer vom Agante-Stamm auf. Und zwar ziemlich viele.«

»Ja und? Sie kommen ständig her, um Handel zu treiben«, erklärte der Barbar. »Alle Männer aus den Hügeln tun das. Darüber weiß ja sogar ich Bescheid!«

»Ari Adlerauge da drüben behauptet, dass sie jemanden suchen, jemanden, auf den die Beschreibung unseres Freundes Vosh passt.«

»Das ist *sein* Problem«, fand der Barbar.

»Vosh war nicht der Einzige, nach dem sie sich erkundigt haben«, sagte Wiesel. »Sie haben auch nach Soldaten gefragt, die vor Kurzem aus dem Hochland zurückgekehrt sind. Haben außerdem gutes Silber aus den Bergen für die Nachricht bezahlt.«

»Woher weiß Adlerauge das?«, fragte Halbblut.

»Weil er davon lebt, so was zu wissen«, erklärte Wiesel und tippte sich mit einem seiner langen Finger seitlich an die große Nase. »Das ist sein Geschäft. Die anderen bestätigen ebenfalls, was er sagt, und glaubt mir, sie gehören zu der Sorte Männer, die solche Dinge wissen.«

»Du meinst, er gehört zu denen, die dieses Silber genommen haben?«, warf Halbblut ein.

»Ari ist ein Freund von mir. So was würde er mir nie antun. Dazu ist er zu schlau.«

Nach seinen Erfahrungen in Drangsal bezweifelte Halbblut das. Es gab wenige Dinge, die Männer für Geld nicht täten, wenn sich die Gelegenheit bot. Das galt im Übrigen auch für Frauen. Ein Bild von Sabena, so blond und so unschuldig dreinblickend, huschte ihm durch den Kopf.

»Jetzt warte mal«, sagte der Barbar. »Du meinst, diese Hochlandkrieger könnten auf der Suche nach uns sein?«

»Wusste ich doch, dass du irgendwann drauf kommst«, meinte Wiesel.

»Aber warum?«

»Rache für ihre toten Verwandten vielleicht. Nur so eine Idee.«

Rache war ein Konzept, das der Barbar ausgezeichnet verstand. In seiner kalten Heimat kam so etwas ständig vor. Die Antwort überraschte Halbblut nicht.

»Von mir aus sollen sie nur kommen«, brummte er.

Halbblut schüttelte den Kopf. Nicht genug, dass er sich im Dienst als Zielscheibe hergeben musste. Jetzt sah es aus, als hätte er sogar in seiner freien Zeit ein paar mordlustige Hochlandkrieger auf den Fersen. »Vielleicht sollten wir die Stadtwache alarmieren.«

»Was werden die schon unternehmen? Wenn die Agante ihnen ein wenig Silber geben, helfen sie ihnen wahrscheinlich noch, uns zu suchen.« Etwas an Wiesels zufriedener Miene sagte Halbblut, dass er sich das Schlimmste bis zum Schluss aufsparte.

»Warum habe ich so ein seltsames Gefühl, dass du uns nicht alles sagst?«

»Ich glaube außerdem, dass ich einen guten Hinweis darauf habe, wo wir einen Käufer für unsere kleine Büchersammlung finden können …«

Halbblut spürte, wie ihm das Herz schwer wurde. Er würde Wiesel auf keinen Fall verraten, dass er sie unbedingt so lange wie möglich behalten wollte.

»Einen Käufer? Wen?«

»Ein reicher alter Knabe, ein Verwalter der Selari-Familie mit Namen Bertragh. Besitzt eine Villa im Kaufmannsviertel.«

»Ich hoffe, du hast mit niemandem über unsere Bücher gesprochen«, sagte Halbblut.

»So dumm ist der alte Wiesel nun auch wieder nicht. Sein Name kam im Gespräch auf, als wir spielten«.

»Wie passend.«

»Ein paar von Aris Jungs haben ihm schon einmal was verkauft. Er sammelt alle Arten alter Bücher und stellt keine Fragen. Besonders mystische Bücher interessieren ihn. Erst kürzlich hat er sich umgehört, weil er noch weitere suchte.«

»Klingt, als wäre er ein erstklassiger Kandidat für einen Besuch der Inquisition«, meinte Halbblut. Das klang sogar nach dem klassischen Verhalten eines Mitglieds der Dunklen Bruderschaften, jener legendären Verschwörungen, die den Verfassern billiger Romane so teuer waren. Doch Halbblut wusste, dass sie nicht nur Legende waren. Während seiner Zeit in Shadzar hatte er einige merkwürdige Dinge gesehen. Die Anhänger der Alten Götter waren von Gaeias Antlitz nicht vollständig verschwunden. Ganz gleich, was die Terrarch in der Öffentlichkeit verkündeten, sie waren nur in den Untergrund gegangen.

»Nicht, wenn er sie für seinen Herrn einkauft.« Halbblut sah, wohin das führte, und es gefiel ihm gar nicht, obwohl er im Augenblick nicht viel dagegen unternehmen konnte. Ein Verwalter hatte die Wünsche seines Herrn zu erfüllen, und wenn ein Terrarch aus der Selari-Familie alte Bücher sammelte, dann gehörte es zu seinen Aufgaben, die Bibliothek aufzustocken. Leider hörte es sich wirklich an, als wäre dieser Mann ein guter Kandidat für einen Verkauf.

»Unsere Bücher gehören aber eher zu der Sorte, von der die Erhabenen nicht viel halten.«

»Umso besser. Offenbar hat der Herr dieses Burschen ein besonderes Interesse an okkulten Dingen und zahlt dafür in klingender Münze. Ari behauptet, einige seiner Männer hätten sogar einen Extra-Vorschuss erhalten, nur weil sie angedeutet haben, ihre Ware stünde auf dem Roten Index.«

»Aris Leute rauben Bibliotheken aus, oder?«

»Manche von ihnen haben sich auf Risikogeschäfte eingeschossen, so wie du und Leon früher, Halbblut. Wenn sie in ein Haus einbrechen, finden sie manchmal in den Schatztruhen neben Gold auch noch andere Dinge. Du weißt genauso gut wie ich, dass sie immer etwas wert sind.«

Allerdings, Halbblut wusste Bescheid. Er dachte an einige Gegenstände zurück, die er schon in Geldkassetten gefunden hatte. Kassenbücher mit einer vollständigen Liste der Schuldner; Briefe, die gewisse reiche, respektable und äußerst verheiratete Bürger verbotener Liebesaffären überführten; eine Sammlung erlesener Pornografie. Und alles hatte sich zu Geld machen lassen. Als er noch sehr jung und einfältig gewesen war, hatte er sogar ein Buch in einer der Toten Sprachen gefunden, von dem er jetzt wusste, dass es ein Grimoire gewesen war. Er war so dumm gewesen, es der Alten Hexe zu überlassen.

An dieser Geschichte mochte also durchaus etwas dran sein.

»Angenommen, dieser Bertragh ist interessiert, wie erfahren wir von ihm, ohne uns zu verraten?«

»Du wirst im Alter langsam, Halbblut. Ich dachte, das wäre offensichtlich.« Wenn er gründlich darüber nachdachte, war es das auch.

»Wir sagen ihm, Ari hätte uns geschickt …«

»Manchmal bist du sogar noch schneller als der Barbar.«

Halbblut lächelte. Für den Augenblick musste er den Anschein erwecken, dass er mitmachte. Er brauchte Zeit, um sich einen Plan auszudenken, der diesen Handel unterbinden würde. Noch ein anderer Gedanke traf ihn wie ein Hammerschlag.

»Ich schätze, wir sollten Bruder Vosh noch ein paar Fragen stellen. Ein paar sehr unangenehme.«

»Das ist mir schon längst eingefallen«, sagte Wiesel. »Ich habe Leon in die Taverne geschickt, um ihn zu holen. Der Junge ist ein Frühaufsteher.«

»Wie wäre es, wenn wir uns selbst auf die Suche nach diesen Stammeskriegern machen?«, bemerkte der Barbar. »Lasst sie uns erwischen, bevor sie uns kriegen können.«

Wiesel saugte Luft durch die Zähne und schüttelte leicht den Kopf. »Das könnte einige Zeit dauern.«

»Also, wenn ihr die Bastarde findet, sagt mir Bescheid«, sagte der Barbar. »Ich sorge dafür, dass sie nie wieder jemandem Schwierigkeiten machen.«

Wiesel nickte. Es sah aus, als bliebe ihnen hier nichts mehr zu tun. Er trommelte mit den Fingern auf seinem Oberschenkel herum, während er darauf wartete, dass

Rena zurückkam und sie essen gehen konnten. In diesem Augenblick kam Leon herein. Er war bleich und sah aus, als wäre ihm ziemlich schlecht. Halbblut vermutete, dass diesmal nicht sein Kater daran schuld war.

»Jemand hat Vosh erwischt«, sagte er. »Er ist toter als etwas, das ein Drache zum Abendessen gefressen hat.«

18. KAPITEL

Ehrgeiz: Anderer Ausdruck für unsere Sehnsucht,
über unseresgleichen zu herrschen.

Malery Trout, Das exakte Wörterbuch

Sardec erwachte aus seltsamen Träumen von fernen Orten und anderen Zeiten. Er fragte sich, ob das wirkliche aus dem Gesegneten Land gewesen waren, Dinge, die sich dort begeben hatten. Oder bloße Fantasien? Manchmal zeigte der Traumgänger auch den Ferngeborenen die Wahrheit. Er hatte gehört, dass einige Terrarch, die auf dem Boden von Gaeia geboren waren, Vorstellungen von Dingen gehabt hatten, die nur die Ewiggeborenen wissen konnten, und die Älteren hatten bestätigt, dass ihre Träume zutrafen. Solche Träume traten besonders um das Errettungsfest auf und galten als gutes Omen.

Vergeblich versuchte er sich zu erinnern, was er gesehen hatte, doch der Traum verblasste schon und hatte sich in jene fernen Winkel seines Geistes zurückgezogen, die Träume aufsuchen, wenn sie sich nicht genau anschauen lassen wollen. Er konnte sich nur noch daran erinnern, dass er zwei Terrarch gesehen hatte, die einander so ähnlich sahen, dass sie Brüder sein mussten. Beide hatten sehr lange Schatten geworfen. Auch ein Drache war dort gewesen, und die Aura, die ihn umgab, war so strahlend gewesen, dass Sardec es noch lebhaft vor sich sah. Das Wesen war viel lebendiger, viel machtvoller als jede auf Gaeia geborene Kreatur. Er schüttelte den Kopf. Wäre eine Traumdeuterin in der Nähe gewesen, er hätte sie vielleicht aufgesucht. In einem solchen Provinzstädtchen gab es aber niemanden, der Visionen richtig deuten konnte.

Er stand auf und trat ins Nebenzimmer. Sein Bad war schon eingelassen, warm, wie er es mochte, und mit den Duftölen parfümiert, die ihm seine Mutter aus der Hauptstadt geschickt hatte und die er allen anderen vorzog, weil sie ihn an zu Hause erinnerten. Auf einer Spiegelkommode stand ein Tablett, auf dem zwei Umschläge lagen. Beide waren aus teurem Papier gefertigt und trugen das Siegel von Prinzessin Asea.

Eines dieser Schreiben war eine Aufforderung, sie gegen Mittag aufzusuchen, das zweite aber die prachtvoll in Kupfer gestochene Einladung zum Errettungsfest-Ball in Aseas Palast. Rasch kritzelte er eine Antwort auf beide und schickte sie mit einem Kurier in die Stadt, bevor er sich im warmen Wasser der Wanne ausstreckte.

Vosh hatte keinen leichten Tod gehabt. Überall war Blut, es durchnässte das Bett und bildete auf dem Boden klebrige Pfützen, die bereits geronnen. Fliegen taten sich daran gütlich. Ein Knebel hatte ihn am Schreien gehindert.

Halbblut sah Wiesel an. Der einstige Wilderer schien

ein wenig blasser als sonst, doch seine Miene war steinhart. Der Barbar pfiff munter vor sich hin, doch etwas in seinem Blick verriet Halbblut, dass er nicht fröhlicher war als Wiesel. Leon schaffte es nicht einmal, Gleichmut vorzutäuschen, sondern erbrach sich laut in einen Nachttopf. Kein Wunder, dass der Junge so mager war, dachte Halbblut. Offenbar fiel es ihm schwer, etwas bei sich zu behalten. Er überlegte, dass ihnen wahrscheinlich nicht nur die Leiche Schwierigkeiten bereitete. Gott wusste, dass sie alle schon genug Tote gesehen hatten. Nein, es lag an der Widersinnigkeit der ganzen Lage: einen so brutal verstümmelten Körper weit entfernt von jedem Schlachtfeld zu finden, in einer Taverne, wo sie noch gestern Abend gemeinsam getrunken hatten.

»Was in den Sieben Höllen ist hier passiert?« Shugh, der Wirt, schien die Drohungen, die er gestern Abend gegen sie ausgestoßen hatte, schon vergessen zu haben. Er war verblüfft und darüber verwirrt, dass so etwas in seinem Gasthaus hatte geschehen können, und schien froh über jeden zu sein, der ihm Aufschluss liefern konnte. »Schien« war dabei das Schlüsselwort. Möglicherweise steckte er auch mit den Leuten, die das getan hatten, unter einer Decke und wollte nicht, dass jemand davon erfuhr. Es wäre sicher schädlich für sein Geschäft, wenn die Kunden befürchten mussten, in seinen stundenweise vermieteten Zimmern könnte ihnen so etwas zustoßen.

Halbblut sah ihn kalt an. »Ich würde gern wissen, wie das passieren konnte, ohne dass jemandem etwas aufgefallen ist.«

Shugh sah ihn an und bemerkte seinen misstrauischen Blick. »Er war an Händen und Füßen gefesselt«, antwortete er rasch. »Er hatte einen Knebel im Mund. Und das

Zimmer für die ganze Nacht bezahlt. Deshalb wollte ihn niemand stören, bis dann heute Morgen euer Freund kam und er nicht aufgestanden ist.«

»Dann war er allein?«

»Nein. Er ist mit einem Mädchen nach oben gegangen. Marla hieß sie.«

»Das hier hat sie aber nicht allein getan.«

»Sie ist eine Stunde später gegangen. Sagte, Vosh schlafe und wolle nicht gestört werden.«

»Jemand hat ihn aber gestört«, sagte der Barbar, dessen Stimme ein wenig gepresster klang als sonst. »Und zwar ganz gewaltig.«

Wiesel fuhr zusammen, als wäre ihm plötzlich etwas eingefallen, trat vor und zog den Lappen aus Voshs Mund. Etwas, das wie ein kleines, verschrumpeltes Würstchen aussah, fiel heraus.

»Sie haben ihm seinen Schwanz in den Mund gestopft«, sagte Wiesel mit einer merkwürdig düsteren Befriedigung. »Das sind mit Sicherheit Männer aus dem Hochland gewesen. Es ist ihre bevorzugte Strafe für Verräter. Als sie es getan haben, war er noch am Leben und muss verblutet sein.«

Halbblut nickte. Er hatte die Geschichten ebenfalls gehört, aber es war eine Sache, sich davon erzählen zu lassen, und eine andere, so etwas aus der Nähe zu sehen. Leon wurde noch blasser, als er das hörte. Er sah Wiesel unverwandt ins Gesicht.

»Und du glaubst, dass sie dasselbe mit uns machen wollen.« Das war eine Besorgnis erregende Aussicht, fand Halbblut. Wiesel warf Leon einen warnenden Blick zu. Über so etwas sollten sie lieber nicht vor Shugh sprechen.

Shugh sah ihn nur an. »Wir müssen die Leiche loswerden«, sagte er.

»Ich hoffe bloß, dass du ihn nicht klein schneidest und in deinen Pasteten verarbeitest«, warnte ihn Wiesel.

»Könnte den Geschmack verbessern«, meinte der Barbar. Shugh fand den Scherz natürlich nicht besonders komisch. Nach seinen Söhnen rufend, trottete er nach unten. Keiner von ihnen war auf die Idee gekommen, die Stadtwache zu holen, und das würde auch niemand tun.

»Da habt ihr vielleicht einen wunden Punkt getroffen«, sagte Halbblut.

Der Barbar blickte in Voshs offenen Mund. »Glaube nicht, dass ich hier die Würstchen im Schlafrock probieren werde.«

»Und was jetzt?«, erkundigte sich Leon.

»Ich meine, wir sollten diese Marla suchen«, schlug Wiesel vor. »Und Ausschau nach Hochlandmännern halten.«

»Ich wollte mich doch bloß amüsieren«, sagte der Barbar, sah zur Decke auf und kaute wehmütig auf den Enden seines Schnurrbarts.

»Das wollte er auch«, warf Wiesel ein. »Und jetzt sieh ihn dir an.«

Halbblut fragte sich, wer das wohl getan hatte. Ob Vosh seinen Mördern von den Büchern erzählt hatte?

Als Sardec durch die Außenbezirke des Terrarch-Viertels ritt, konnte er nicht umhin, die prächtigen Villen dieser menschlichen Parasiten zu bemerken, die sich an die Rockschöße der Älteren Rasse hängten. Hier wiesen eine diskrete Goldscheibe sowie die Gitter vor den Fenstern darauf hin, dass ein ansehnliches Haus mit breiter Fassade

Eigentum eines Goldschmieds war. An einem anderen Gebäude besagte das Zeichen aus Mörser und Stößel, dass dieser Laden einem besonders wohlhabenden Alchemisten gehörte. Die Embleme der hiesigen Terrarch-Familien verkündeten an einigen Häusern, dass die Bewohner Verwalter der Erhabenen waren, jene menschlichen Mittelsleute, welche die Güter ihrer Herren dirigierten und ihre gesamten Geschäfte tätigten. Solche Männer kamen oft selbst zu großem Wohlstand – zweifellos, indem sie einen Teil des Geldes, das rechtmäßig ihren Herren gehörte, in die eigenen Taschen steckten.

Sardec näherte sich dem Stadtzentrum und bemerkte erleichtert, dass hier weniger Menschen unterwegs waren, und diese schienen auch besser gekleidet. Sie trugen ordentliche Gewänder in den Farben und mit den Emblemen ihrer Herren. Viele Terrarch grüßten ihn, als er vorbeiritt, und er erwiderte ihre Grüße auf die beiläufige, entfernte Weise, die dem Hochadel Eigen war. Die meisten Passanten trugen ihren besten Tempelstaat und schienen gerade vom Mittagsgebet zu kommen. Wenigstens hier hielt sich die Bevölkerung an die Rituale der Trauerzeit.

Die Straßen wurden breiter. Die Stadthäuser wichen den richtigen Palästen, in denen die hiesigen Terrarch-Familien residierten, wenn sie sich nicht auf ihren Gütern aufhielten. Sardec ritt auf den weitläufig offenen Tempelplatz zu. Über ihm ragte das gewaltige Heiligtum auf. Seine Seiten waren mit Nischen bedeckt, in denen die Statuen zahlreicher Engel mit Drachenflügeln standen. Ihre kleinen Hörner bestanden aus purem Gold.

Da Trauerzeit war, fehlten auf dem gepflasterten Platz die üblichen Stände der Händler. An den Ecktürmen des

Tempels flatterten schwarze Gebetsfahnen mit dem Zeichen des grünen Drachens des verlorenen Al'Terra neben dem roten Drachen von Talorea. Leinen, an denen weitere kleine, dreieckige Trauerflaggen hingen, verbanden den großen Drachenturm, der aus dem Dach ragte, mit jedem der kleineren Türme. Sardec zügelte sein Ross und führte die Hand zuerst an die Stirn und dann an sein Herz, als er sich dem Tempel gegenüber sah. Einige der Terrarch-Priester, deren Roben in den traditionellen grünen und weißen Farben mit dem Schwarz der Trauerzeit abgesetzt waren, bemerkten seine fromme Geste und nickten beifällig. Sardec beachtete ihre Aufmerksamkeit nicht, wie sich das für einen hohen Adligen gehörte, und ritt geradewegs zu Prinzessin Aseas Palast.

Er stand in einer besonders vorteilhaften Lage gleich gegenüber dem Tempel, mit dem er um die Größe wetteiferte, und nahm eine ganze Seite des Platzes ein. Er war so groß wie jedes Herrenhaus in der Bernsteinstadt, und auf der östlichen Seite des Gebäudes ragte ein Observatorium auf, ein gewaltiger Sandsteinturm. Über dem Bauwerk erhob sich eine rituelle Kuppel. Das war ein passendes Gebäude für eine der Ersten und eine mächtige Magierin. Sardec hatte Geschichten über die Labyrinthe gehört, die sich darunter erstreckten. Angeblich führte Asea dort ihre Rituale und Forschungen durch – und einige dieser Gerüchte waren nicht ganz harmlos. Den mächtigen Komplex hatte man im alten Stil rund um einen Innenhof errichtet.

Sardec ritt durch den Torbogen in den Vorhof. Nachdem er sein Reittier einem der zahlreichen Stallknechte überlassen hatte, trat er durch einen weiteres Tor in den weit größeren inneren Hof. Er blieb stehen, sog die duftende Luft ein und ließ die wunderschöne Umgebung auf sich wirken. In der Mitte des Hofes wuchs eine Gruppe Traumblumen von Al'Terra, die mit ins Exil gegangen waren. So abgeschieden, wie er in dem schäbigen Dorf neben der Festung lebte, hatte er den Glanz seiner eigenen Kultur viel zu lange nicht mehr erlebt. Es war schön, daran erinnert zu werden, was zu verteidigen er geschworen hatte, als er der Königin seinen Eid leistete.

Offiziere in der Uniform des Regiments lustwandelten mit elegant gekleideten Damen. Es sah aus, als hätte sich – sobald bekannt geworden war, dass der Herr der Schlachten kommen würde – jeder Terrarch in der Gegend einen Grund einfallen lassen, Prinzessin Asea einen Besuch abzustatten. Er erblickte eine wunderschöne Dame, die aus einem kleinen Privattempel in den Hof trat und mit einer Gruppe aus Offizieren und geringeren Schönen einherspazierte. Mit ihrem langen, silbrigen Haar war sie das hübscheste Wesen, das er seit langer Zeit gesehen hatte. In der linken Hand hielt sie an einem kurzen Stab eine Halbmaske, die die exquisit gemeißelten Züge dahinter ahnen ließ. Das musste Asea sein. Nur eine der Ersten konnte so hoch gewachsen und anmutig aussehen. Er bemerkte, dass einer der sie begleitenden Offiziere Leutnant Jazeray war.

Sardec näherte sich mit makelloser offizieller Höflichkeit und neigte ernst das Haupt vor Asea. Jazeray beugte sich vor und flüsterte ihr etwas ins Ohr. Sardec war erfreut, als alle ihre Begleiter lachten, sie jedoch nicht, sondern ihn zu tadeln schien. Stattdessen änderte sie die Richtung und kam auf ihn zu. Etwas an ihren vielschichtigen Röcken verlieh der Bewegung die Majestät einer Galeone, die den Kurs wechselte. Kurz überlegte er, ihr das auch zu sagen, doch dann wurde ihm klar, dass es ein sehr unpassendes Kompliment für eine so schöne Frau gewesen wäre.

»Grüße, Fürst Sardec«, sagte sie, indem sie ihn mit seinem offiziellen Hofrang ansprach statt mit dem militärischen. Das gefiel ihm. Fürsten waren zwar im Terrarch-Adel weit verbreitet, da jeder, der auch nur weitläufig mit der Königin verwandt war, diesen Titel erhielt und sich die meisten großen Familien darauf berufen konnten; aber trotzdem war es ein höherer Rang, als ihn Jazeray innehatte. »Wenn Ihr Eurem lieben Vater das nächste Mal schreibt, müsst Ihr ihn unbedingt von mir grüßen und ihm versichern, wie sehr ich ihn schätze.«

Sie gab sich freundlich, offen und lebhaft und kam ihm gar nicht vor wie eine der Ersten. Nach der Haut zu urteilen, die ihre Maske frei ließ, sah sie nicht älter aus als er. Doch er rief sich ins Gedächtnis, dass der Schein oft trog, und zwar gerade bei den Ersten.

»Es muss sehr schwierig sein, sich immer an den Taten eines so berühmten Vaters messen zu lassen«, sagte Jazeray. »Obwohl ich hörte, dass Ihr Euer Bestes tut.«

Asea sah ihn fragend an. Sardec sah es kommen, doch er konnte nichts tun, um der Falle zu entkommen. Jazeray war meist ein ganz netter Bursche, wenn man nicht gerade zur Zielscheibe seines Witzes wurde. Aber er besaß auch einen bösartigen Zug, der auffällig wurde, wenn ihm jemand oder etwas im Weg stand. Natürlich, welcher Terrarch hätte sich anders verhalten?

»Fürst Sardec hat gegen Dämonen gekämpft«, erklärte Jazeray. »Bewaffnet mit derselben Klinge, die sein Vater an jener Furt führte, als er ein Ungeheuer aus der Alten Welt besiegte.«

»Ist das wahr?«, wollte Asea wissen. Sardec spürte Ärger über Jazeray in sich aufsteigen. Er hatte ihn in die Lage gebracht, entweder über das Geschehene zu lügen oder in den Augen einer der Ersten wie ein Tölpel dazustehen. Jazeray wollte ihn zwingen, sein unehrenhaftes Verhalten in der Mine einzugestehen. Eines Tages würde er ihm das heimzahlen, gelobte sich Sardec. Jazeray und dem verfluchten Halbblut, der ihn erst in diese Lage gebracht hatte.

»Nicht ganz«, sagte Sardec.

»Mein lieber Freund«, warf Jazeray ein. »Entweder muss es wahr sein oder nicht. Stimmt's?«

»Meine Einheit ist auf einen Dämon getroffen, einen Uhltari. Einer meiner Soldaten hat ihn getötet.«

Sardec war sich nicht ganz sicher; doch für einen Augenblick hatte er das Gefühl, dass bei der Erwähnung des Spinnendämons mehr als bloß höfliches Interesse in Aseas Augen aufflackerte.

»Mit Eurem Schwert. Jedenfalls wollen die Gerüchte das wissen«, erklärte Jazeray. »Natürlich gehören wir nicht zu denjenigen, die solches Gerede für bare Münze nehmen.«

»Die Geschichte stimmt.«

»Gut zu wissen, dass die Menschen inzwischen eine so hohe Meinung von sich haben, dass sie glauben, straflos die Schwerter ihrer Offiziere zu gebrauchen«, sagte Jazeray.

»Dann hat ein Mensch Eure Klinge geführt?«, vergewisserte sich Asea.

»Allerdings. Das Schwert wird gerade gereinigt.«

»Es gab einmal eine Zeit, da wäre ein Mensch für eine solche Dreistigkeit verbrannt worden. Salamandyer hätten seine Seele gefressen«, ereiferte sich Jazeray. Sardec spürte einen Stich, als er diese Worte hörte; umso mehr, da er genau so empfand wie Jazeray.

»Dem Licht sei Dank sind diese Zeiten ja vorüber«, sagte Asea. Sardec erinnerte sich, dass sie durch und durch eine radikale Rote war. Sie hatte zu denen gehört, die die Befreiung der Menschheit aus der Sklaverei und die Einrichtung des Unterhauses im Parlament befürwortet hatten. Und schon zuvor, als während des Großen Schismas Rote und Blaue um die Seele des Ersten Imperiums gerungen hatten, war sie eine der stärksten Stützen der Roten Königin gewesen. Doch Asea war so schön, dass er ihr vielleicht sogar das vergeben konnte.

»Ich bekenne, dass mich Eure Geschichte aus meinen eigenen Gründen fesselt«, sagte sie. »Würdet Ihr mir vielleicht die Ehre erweisen, ein Glas Wein mit mir zu trinken?«

Asea schenkte ihm ein Lächeln, das ihm das Herz wärmte. Er machte eine formelle Verbeugung an ihre Adresse und ließ ihr so elegant den Vortritt, dass sein Tanzmeister stolz auf ihn gewesen wäre. Asea sah Jazeray viel sagend an. Offensichtlich war das ein Wink.

»Ich bedaure, teure Dame«, erklärte dieser prompt, »doch die Pflicht ruft mich fort. Für nichts weniger würde ich das Licht Eurer Anwesenheit verlassen.«

»Und für nichts weniger würde ich Euch entschuldigen«, sagte sie mit mehr Höflichkeit als Wärme. Jazeray verneigte sich und schritt selbstbewusst in Richtung Torbogen davon.

»Interessanter junger Mann«, bemerkte Asea.

»Jedenfalls wollen die Gerüchte das wissen«, sagte Sardec.

»Aber, aber, Fürst«, warf sie ein. »Bitte fangt nicht auch mit diesen Spielchen an. Ihr solltet darüber stehen.«

Sardec war von der Rüge ziemlich betroffen, kam aber zu dem Schluss, dass er sie verdient hatte. »Danke, dass Ihr mich an meine Manieren erinnert. Ich bin nur ein einfacher Soldat, der schon zu lange keine höfliche Gesellschaft mehr genossen hat.«

»Ihr klingt genau wie Euer Vater, als er in Eurem Alter war«, sagte Asea. »Wie alt seid Ihr jetzt? Dreißig?«

»Einunddreißig, edle Dame.«

Mit einem gelinden Schrecken wurde Sardec klar, dass sie von seinem Vater sprach, so wie sie ihn vor siebenhundert Jahren kennen gelernt hatte. Aber natürlich reichten die Erinnerungen einer der Ersten auch so weit zurück. Äußerlich wirkte Asea so alt wie seine Schwester, doch sie war weit älter als seine Mutter und eine der mächtigsten Magierinnen des Landes. Pass auf, dass du das nicht vergisst, dachte er. Sei auf der Hut.

Sie bot ihm ihren Arm, dann drehten sie sich um und traten in den Palast. Dort, wo sie ihn berührte, schien sie seine Haut durch die Uniform hindurch zum Prickeln zu bringen. Im Gehen erinnerte sich Sardec an gewisse Gerüchte über seinen Vater und Prinzessin Asea und fragte sich, ob sie wohl der Wahrheit entsprachen.

19. KAPITEL

Strategie ist im Salon häufig ebenso nützlich wie auf dem Schlachtfeld.

Meril, Einige Bemerkungen bezüglich der Etikette

»Setzt Euch doch, Fürst«, lud ihn Asea ein. Sardec wartete, bis sie Platz genommen hatte, und ließ sich dann auf seinem Stuhl nieder. Hinter jedem stand ein Diener, um sich zu vergewissern, dass sie geeignet platziert waren.

Der Raum schien, wie er erwartet hatte, prachtvoll ausgestattet. Eine gestaltete Landschaft von Trentuvalle beherrschte die eine Wand. Das Gemälde stellte einen der Sieben Seen dar und war so detailliert und lebensecht, dass man gleich erkannte: Der Maler war tatsächlich vor dem Exil auf der Gesegneten Insel gewandelt. Er machte eine entsprechende Bemerkung und sah, dass Asea hinter ihrem Fächer ein Lächeln verbarg. Wie immer in der Gegenwart von Terrarch, die bedeutend älter waren als er, kam er sich recht linkisch vor. Es fiel ihm schwer, sich vorzustellen, dass diese lächelnde Schönheit eine Magierin und während der Eroberung ebenso gefürchtet gewesen war wie Azarothe selbst.

»Ja, es gibt den Neverne-See vollkommen naturgetreu wieder. Cousin Trent hat dasselbe Motiv auch als Miniatur gemalt, als Erinnerung an die Heimat«, erklärte Asea. »Es war sein liebstes Fleckchen Erde dort. Er hat die Miniatur dann überall bei sich getragen ... bis zum Ende.«

Sardec erinnerte sich undeutlich an ein Gerücht, das besagte, der Maler sei ihr Liebhaber gewesen und habe unter äußerst mysteriösen Umständen Selbstmord begangen. Wenn er sich recht besann, hatte es möglicherweise sogar einen Skandal gegeben. Asea schien überhaupt von einer Menge Skandalen umgeben zu sein.

»Und wie geht es Eurem geschätzten Vater?«, erkundigte sie sich.

»So gut, wie man es unter den Umständen erwarten darf«, antwortete Sardec und war stolz darauf, dass ihm nicht die Schamröte ins Gesicht stieg. Viele Terrarch waren der Meinung, sein Vater hätte sich in den Palast des Vergessens zurückziehen sollen, als seine Krankheit ausbrach. In manchen Teilen der Gesellschaft hielt man es für äußerst geschmacklos, dass man, wenn man die Graue Seuche hatte, dies unterließ.

»Ich habe immer bedauert, dass uns seine Krankheit in den letzten Jahren seiner Gesellschaft beraubt hat«, erklärte Asea. Denn sein Leiden hatte Sardecs Vater, seinem Stolz zum Trotz, bewogen, sich auf die Familiengüter zurückzuziehen.

Asea nahm ihre Maske ab und legte sie auf den kleinen Tisch, der zwischen ihnen stand. Ihre Züge waren ebenso vollendet modelliert wie die Maske, jedoch weit liebreizender. Ihre Augen waren sehr groß; sie besaß äußerst volle Lippen, perlweiße Zähne und hohe Wangenknochen. Doch nicht nur ihre äußere Schönheit rührte ihn an. Die Art, wie sie ihre Züge enthüllte, übte eine außerordentlich erotische Wirkung aus, die Sardec wie ein Blitzschlag traf. Sie lächelte. Offenbar wusste sie genau, welche Regung sie auslöste – und genoss es. Sardec beschloss, noch vorsichtiger zu sein. Er war schon einige Male solchen Terrarch-Frauen begegnet, und ihm hatte das Gefühl nie gefallen, von ihnen gelenkt zu werden.

»Möchtet Ihr etwas trinken?«, fragte die Prinzessin in einem Ton, der klar machte, dass er jetzt ja zu sagen hatte.

»Sehr gern, edle Dame«, sagte Sardec also. Ihr Lächeln wurde um ein weniges breiter. Sie läutete eine Glocke und ein Dienstbote erschien. Sardec musste an sich halten, ihn nicht neugierig anzustarren. Der Mensch – wenn es sich denn um einen handelte – war von seinem Hemd bis zu den blank polierten Stiefeln ganz in Schwarz gekleidet. Selbst sein Kopf war mit einem Tuchstreifen umwickelt, der sehr lang sein musste, so dass nur seine blitzenden schwarzen Augen zu sehen waren. Um die Hüfte hatte er eine scharlachrote Schärpe geschlungen und darin steckte ein kurzes Messer mit gekrümmter Klinge, wie Sardec es noch nie zuvor gesehen hatte.

Der Diener stellte ein Tablett mit einer silberfarbenen Karaffe und zwei Gläsern auf den Tisch neben Aseas Maske. Er schenkte ein und zog sich auf eine höfliche Entfernung zurück. Sardec hatte noch nie erlebt, dass ein Mensch eine auch nur annähernd so beherrschte Haltung ausstrahlte, und mutmaßte, er wäre möglicherweise doch nicht ganz menschlich. Wieder war Asea seinem Blick gefolgt, und erneut kam er sich täppisch vor. Tat sie das absichtlich?

»Karim stammt aus der Wüstenregion Xulanda«, erklärte sie. »Dort ist er in meinen Dienst getreten. Einst diente sein Volk den Schlangenmännern, jetzt aber mir.«

Modebewusste Terrarch-Damen wetteiferten häufig darum, wer die exotischsten Dienstboten besaß. Seine eigene Mutter hatte einmal drei gelbhäutige Dienstmädchen aus dem Fernen Osten jenseits der großen Einöde angestellt. Sie waren so ausgesucht höflich gewesen, dass man sie fast hätte für Terrarch halten können. Er selbst allerdings hatte noch nie viel um solche Ansprüche gegeben.

Ein weiteres Gerücht kam ihm in den Sinn, dessen grobe und fragwürdige Fassung er in der Offiziersmesse gehört hatte, wo die Terrarch becherten – etwas darüber, dass zwei ihrer Diener vom südlichen Kontinent ihre Liebhaber sein sollten. Ob das wohl stimmte? Im Augenblick konnte er in ihrem Umgang keine Spur von Unschicklichkeit entdecken, aber wer war er, sich ein Urteil zu bilden? Asea hatte mehr als tausend Jahre Erfahrung darin, ihre Gefühle zu verbergen. Erneut wurde ihr Lächeln ein wenig breiter, als könne sie seine Gedanken lesen.

»Erzählt mir von eurem kürzlichen Aufenthalt in den Bergen«, forderte sie ihn auf. Derart überrumpelt, begann Sardec, ihr tatsächlich von seiner Mission zu berichten. Erst als er einige Zeit gesprochen hatte, überlegte er, ob es wohl angemessen war, ihr von diesem Auftrag zu erzählen, der streng genommen geheim gewesen war. Doch er schob den Gedanken beiseite. Azarothe selbst vertraute Asea. Sie war eine der Ersten. Wenn er ihr nicht trauen konnte, wem dann? Doch eine leise innere Stimme warnte Sardec zur Vorsicht. Wie sollte ausgerechnet er beurteilen, ob sie vertrauenswürdig war oder nicht? Seinem Vater zufolge hatte es unter den Ersten im Lauf der Jahre jede Menge Verrat gegeben. Viele Terrarch glaubten noch immer, dass Asea selbst hinter dem Mord an der Alten Königin gesteckt hatte, um ihren Schützling Arielle auf den Thron zu setzen.

Als er an die entsprechende Stelle kam, schien sie sehr neugierig, seine Beschreibung des Uhltari zu hören.

»Und Ihr habt ihn ganz genau gesehen?«

»Ganz deutlich, meine Dame.« Jetzt fiel ihm ein, dass auch Oberst Xeno diesem Punkt besondere Aufmerksamkeit geschenkt hatte. Und er verstummte.

»Was habt Ihr, Fürst?«

»Vielleicht gar nichts, Prinzessin Asea.«

»Jetzt habt Ihr mich aber neugierig gemacht.« Er wollte ihr nicht von dem Interesse des Oberst an dem Thema erzählen. »Ich habe mich nur gefragt, warum Ihr eigentlich so interessiert an diesen Kreaturen seid«, sagte er stattdessen.

»Ich bin mehr als neugierig.« Sie erschauerte und schien beim Sprechen ins Leere zu blicken, als sehe sie uralte Ereignisse und durchlebe sie erneut. Vielleicht traf das sogar zu. Einige der älteren Terrarch verfügten über diese Gabe. »Ich erinnere mich noch an die Kriege mit dem Spinnengott und seinem Volk. Ich habe gegen sie gekämpft – es waren furchtbare Gegner. Damals gab es zahlreiche Unterarten von Uhltari, Flieger, Giftatmer, Kundschafter. Alle waren ganz verschieden, aber lebensgefährlich. Das Wesen, das Ihr beschreibt, klingt nach einem Krieger. Gewaltige Scharen unterworfener Menschen unterstützten sie, verehrten sie – und viele von ihnen waren mutiert …«

»Mutiert?«

»Man hatte ihnen lebendige Waffen in den Körper eingesetzt. Manche waren wenig mehr als lebende Leichen, die von merkwürdigen, käferartigen Kreaturen gesteuert wurden. Schwer umzubringen. Die menschlichen Priester waren außerordentlich gut ausgebildete Hexer, vielleicht die gefährlichsten Menschen, denen wir je gegenüber gestanden haben. Sie schienen in irgendeiner Verbindung zu ihrem Gott zu stehen. Vielleicht hat er sie mit Magie und Wissen genährt.«

»Aber der Spinnengott wurde geschlagen. Wir haben seine Macht gebrochen.« Wieder lächelte sie ihm zu, offensichtlich amüsiert darüber, dass er das Wort *wir* gebrauchte.

»Heute haben die Leute vergessen, wie knapp der Ausgang der Eroberungskriege war. In jenen Tagen schien unser Sieg aber keineswegs unausweichlich. Wir kämpften gegen viele höchstgefährliche Gegner, und Uran Uhltar und seine Untertanen gehörten wohl zu den mächtigsten dieser Feinde.«

»Aber Ihr wart dabei. Ihr habt erlebt, wie die Heere des Dämonengottes geschlagen wurden.«

»Ja – an einem Tag, an dem Schwärme fremdartiger Flieger mit ihren Insektenflügeln die Sonne verdunkelten und ganze Kohorten der Spinnen-Krieger, von denen Ihr einem gegenübergestanden habt, die Berghänge bedeckten wie ein Meer aus gepanzertem Fleisch. Wir kämpften, bis sich das Gras vor Blut rötete. Große Drachen starben an diesem Tag – Svarthaine der Rote, Maraloek mit den Titanfängen, die uralte Arimethea. Kämpfer, die sogar die Ankunft des Schattens auf Al'Terra überlebt hatten, hauchten ihr Leben zwischen Leichenbergen aus. Ich sah, wie Herold selbst von einem Krieger-Uhltari, so groß wie ein Breitrücken-Wyrm, gefällt wurde und ihm noch im Sterben den Speer durch das Auge stieß und das Wesen tötete.«

Bilder von jenen heroischen Kämpfen aus alter Zeit stiegen vor Sardecs innerem Auge auf, während sie eine dieser lange zurückliegenden großen Schlachten beschrieb. Er erlebte den Kampf, der einen ganzen Tag lang währte und schließlich die Armee des Spinnengottes und seiner menschlichen Anhänger zerschmetterte, und lauschte gebannt, als Asea anschließend die Belagerung von Achenar und die Zerstörung der Stadt unter dem Gebirge schilderte.

»Wir riefen die Elementarkräfte der Erde an und brachten einen Teil des Berges zum Einsturz. Das unterirdische Achenar wurde unter Hunderten Tonnen von Fels verschüttet. Wir woben Schutzzeichen rund um den Ort, um zu verhindern, dass diese Kräfte je wieder heraufbeschworen wurden. Es sah aus, als wären die Untertanen des Uran Uhltar endlich besiegt und der Spinnengott verbannt oder vernichtet.« Asea sah in ihren Weinkelch und schwieg einen Augenblick; dann schenkte sie ihm ein strahlendes Lächeln, angesichts dessen er sich kindischer denn je fühlte.

»Der Huscher im Schatten war einer der größten Feinde, dem die Zehntausend je gegenüberstanden. Sollte ein Zauberer so nahe an seiner Ruhestätte herumstochern, so wäre das durchaus Besorgnis erregend. Und noch beunruhigender wäre, wenn dort unten noch einer von Uran Uhltars Dienern lebte.«

»Ihr glaubt, jemand könnte versuchen, den Spinnengott wieder zum Leben zu erwecken?« Sardec fand den Gedanken Grauen einflößend.

»Zum Leben zu erwecken ist das falsche Wort. Ich bezweifle nämlich, dass Uran Uhltar wirklich tot war. Wir haben lediglich die Eingänge in den unterirdischen Teil von Achenar zerstört, die Zugänge mit magischen Schutzzeichen versiegelt und eine Wache zurückgelassen. Doch nie versuchte etwas, daraus zu entweichen, und im Lauf der Jahrhunderte wurde der größte Teil des Wachtrupps abgezogen. Die damals Herrschenden waren der Meinung, das Wesen sei nun endgültig besiegt. Nur eine symbolische Streitmacht blieb zurück, und selbst die wurde mit dem Beginn des Schismas zurückgerufen. Königin Arielle brauchte ihre Truppen anderswo dringender.«

»Und Ihr denkt, dass Uran Uhltar noch jetzt dort in der Dunkelheit lauert?« Auch das war kein tröstlicher Gedanke. Er war in diese Minen hinabgestiegen und hatte den Uhltari gesehen. Hatte er einem uralten Dämonengott wirklich so nahe sein können?

»Ich halte das für mehr als wahrscheinlich. Und was noch wichtiger ist, jemand anders scheint es auch für möglich zu halten. Was hätte Euer Zauberer sonst für einen Grund haben können, sich dort aufzuhalten?«

»Vielleicht war er ja auf der Suche nach Wissen. Die Alten Völker besaßen viele Geheimnisse, die selbst den Terrarch unbekannt sind.« Noch während er sprach, war sich Sardec bewusst geworden, dass er schrecklich ernst und einfältig klingen musste. Da nahm er sich heraus, einer Zaubererin, die schon mehr als tausend Jahre vor seiner Geburt in den dunkelsten Künsten bewandert gewesen war, einen Rat zu erteilen! Einmal mehr stellte er sich die Frage, was genau sie bezwecken mochte.

»Jedenfalls muss diese Angelegenheit weiter untersucht werden.« Sardec sah ein, dass dem ohne Zweifel so war.

»Wenn ich irgendetwas tun kann, um dabei zu helfen, dann lasst es mich nur wissen.«

»Ich danke Euch. Mag sein, dass ich darauf zurückkomme.« Über die Schulter sprach Asea den schwarz gewandeten Diener an. »Karim – geh zum Tempel und bitte den Archivar um die Abschrift des dritten Buchs des Skardos, die sich in seinem Besitz befindet. Ich glaube, darin wird der Gegenstand unserer Auseinandersetzung eingehender beleuchtet.«

Karim verbeugte sich und ging. Sardec wurde klar, dass er tatsächlich ein sehr vertrauenswürdiger Diener sein musste, da ihm eine solche Aufgabe übertragen wurde; und dem Archivar musste das ebenfalls bekannt sein, denn die Prinzessin schien nicht mit Schwierigkeiten zu rechnen, wenn sie Bücher auslieh, die klangen, als müssten sie auf dem Roten Index stehen.

Danach verfielen sie erneut in das verworrene, von der Etikette vorgeschriebene, noch dazu leere Geplauder. »Vielleicht würdet Ihr meine Galerie gern besichtigen«, erbot sich Asea, nachdem Sardec beteuert hatte, wie sehr ihm Trentuvalles Gemälde gefiel. Er stimmte sofort zu.

Sie schritten durch eine lange Galerie, an deren Wänden Gemälde hingen. Jedes einzelne war ein Werk von hoher Qualität und ein Meisterwerk seiner Art. Die Bilder stellten berühmte Szenen aus der Geschichte der Terrarch auf Gaeia dar. Er kam sich ein wenig töricht vor, als ihm klar wurde, dass die wunderschöne Dame, die auf allen davon auftrat, dieselbe Frau war, die jetzt neben ihm ging.

Da stand sie zusammen mit der Alten Königin Amarielle an der Spitze der Terrarch-Schar, die zum ersten Mal durch das Auge des Drachen kam und den Fuß auf diese Welt setzte. Hinter ihnen erstreckte sich eine endlos scheinende Linie, die das Tor zwischen den Welten passierte: die gesamten Zehntausend. Von Ehrfurcht ergriffene, in Wolfsfelle gekleidete Menschen beobachteten die Ankunft ihrer neuen Herrscher, und am stürmischen Himmel über ihnen spielten Engel auf der Harfe.

»Ein wenig übertrieben«, sagte Asea. »An die musizierenden Engel kann ich mich nicht erinnern, aber Urzhog neigte dazu, seiner Fantasie beim Malen allzu freien Lauf zu lassen. Und die Königin trug ein grünes Seidentuch auf dem Kopf, kein rotes. Natürlich stammt das Bild vom Höhepunkt des Schismas vor dreihundertfünfzig Jahren. Die Atmosphäre war sehr politisiert.«

»Urzhog war ein Mensch, stimmt's?«

»Ja. Warum fragt Ihr?«

»Menschen reagieren immer sehr sensibel auf das, was sie als die Wünsche ihrer Herren ansehen.«

Sie sah ihn von der Seite an und schenkte ihm ein wissendes Lächeln, das ihn zugleich verärgerte. »Behauptet Ihr, dass die Terrarch anders sind?«

Er erwiderte ihr Lächeln und erkannte, dass er irgendeinen Fehler begangen hatte. Asea war eine der Begründerinnen der Fraktion vom Scharlachroten Pavillon, der radikalsten Gruppe der Roten. Während des Schismas hatte sie zu Königin Arielles lautstärksten Unterstützern gehört und dazu beigetragen, ihren Halbbruder Azarothe auf ihre Seite zu bringen. In vielerlei Hinsicht war sie eine der wichtigsten Drahtzieherinnen bei der Zerstörung des Ersten Imperiums gewesen. Ohne sie würde vielleicht noch ein vereintes Reich der Terrarch über alles Land zwischen den großen Wüsten im Osten und dem Westlichen Ozean herrschen. Doch stattdessen war es in die Fünf Königreiche des Westens, die mit ihnen verbündeten Kleinstaaten sowie das Dunkle Imperium von Sardea zerfallen.

Natürlich hätte das auch geheißen, dass sie jetzt unter der Herrschaft von Arielles Schwester Arachne lebten, einer Gestalt von legendärer Grausamkeit. Er begriff, dass Asea noch immer auf eine Antwort wartete.

»Nein. Die Macht des Klientenwesens ist in unserer Gesellschaft so wohlbekannt, dass ich das nicht leugnen kann«, antwortete er. Sie schenkte ihm die Art von Lächeln, mit dem ein stolzer Lehrer ein kluges Kind loben mochte. »Ihr verfügt da über eine sehr interessante Gemäldesammlung.«

»Sie ist mein besonderes Steckenpferd«, sagte Asea. »Vor allem diese Galerie.«

Er betrachtete ein schockierendes Bild, das die Ermordung der Alten Königin darstellte. Die beiden Schwestern, die bald Rivalinnen werden sollten, sahen einander über den Körper ihrer toten Mutter hinweg an, die in ihrem Gemach im Bernsteinpalast auf einem blutdurchtränkten Bett lag. Arielle war in Rot gekleidet, Arachne in Violett. Die beiden starrten sich mit einem Hass an, der schon den bevorstehenden Bürgerkrieg ahnen ließ. Es dauerte eine Weile, bis er Asea unter der Menge der Zeugen entdeckte. Sie blickte nicht entsetzt, sondern sehr ruhig drein.

»Also, diesen Maler erkenne ich nicht«, meinte Sardec. »Ich bin mir sicher, dass ich ihn kennen müsste. Sein Stil ist bemerkenswert.«

»Hanusan, noch ein Mensch. Sein Werk wurde von der Inquistion verboten und steht auf dem Roten Index. Jemand hatte wohl etwas dagegen, dass er gewisse Ereignisse aus unserer Geschichte allzu realistisch dargestellt hat. Ich glaube, es war Fürst Malazar, unser gegenwärtiger Premierminister und ein in der Wolle gefärbter Grüner.« Sardec schwieg einen Augenblick, um darüber nachzudenken, und erkannte, dass er nichts weniger als eine Zurschaustellung erstaunlicher politischer Macht vor Augen hatte. Asea war sich ihres Einflusses so sicher, dass sie es sich erlauben konnte, verbotene Werke offen zur Schau auszustellen. Sie schien seine Gedanken zu lesen.

»Diese Galerie ist ausschließlich mir selbst und wenigen privilegierten Gästen vorbehalten. Ich besitze einen Dispens vom Hohen Inquisitor persönlich. Er vertraut auf mein Urteilsvermögen.«

»Das kann er zweifellos auch, Prinzessin Asea. Sind all Eure Bilder von Menschen gemalt?«

»In dieser besonderen Galerie schon. Im Lauf der Jahre habe ich mich als Förderin vieler ihrer besten Künstler betätigt.« Am liebsten hätte Sardec eingewandt, die Arbeiten seien aber alle ziemlich schlicht, doch dazu war er zu ehrlich. Wenn die Bilder überhaupt gegen die besten von Terrarch gemalten abfielen, dann nur um Haaresbreite. Um die Wahrheit zu sagen, einige waren sogar beträchtlich besser als die Werke bekannter Terrarch-Künstler.

»Ihr seht aus, als wäre Euch soeben eine Erkenntnis gekommen«, meinte Asea.

»Ich finde, diese Galerie macht eine Aussage über ihre Besitzerin«, sagte er. »Mehrere sogar.«

»Aber natürlich, das tun alle Sammlungen dieser Art.

Sie spiegeln den Geschmack der betreffenden Person wider.«

»Und ihre Ansichten auch, würde ich sagen. In diesem Fall bestimmt.«

»Fahrt fort. Ihr macht mich neugierig. Was glaubt Ihr, was diese Sammlung über mich aussagt?«

»Dass Ihr unkonventionell seid.«

»Eine ziemlich konventionelle Bemerkung.«

»Dass Ihr eitel seid.«

»Ich sehe schon, dass Ihr meine Gunst nicht durch Schmeichelei zu erlangen sucht.« Sie klang eher amüsiert als beleidigt.

»Ihr wollt dem Betrachter Eure Rolle in unserer langen Geschichte vor Augen führen.«

Sie nickte. »Und?«

»Und Ihr wollt der Welt mitteilen, wo Eure politischen Sympathien liegen. Ihr seid den Menschen wohlgesonnen und der Roten Sache ergeben.«

»Das sind wir doch gewiss alle. Schließlich ist die Rote Königin unsere Herrscherin.«

»Ich will es einmal so formulieren: Manche von uns sind eher unserer Königin ergeben und weniger der Sache.«

»Ist das möglich? Seid Ihr etwa einer dieser neumodischen Grünen, die sich heutzutage um Ihre Majestät sammeln?« Ihr Ton klang scherzhaft, ihre Miene aber zeigte tödlichen Ernst. Sie schien ihn genau zu mustern.

»Ich glaube, viele Terrarch haben Vorbehalte, was die Menschen betrifft. Sie sind noch nicht so weit, Macht ausüben zu können. Ich bezweifle, dass selbst Ihr so … demokratisch in Euren Prinzipien seid, dass Ihr das behaupten würdet.«

»Ihr klingt ja beinahe wie ein Blauer, Fürst. Ich war schon immer der Meinung, dass ein Grüner nur ein Blauer in anderem Gewande ist.«

Das kam einigen seiner eigenen Überzeugungen unangenehm nahe, und er vermutete, dass sie das auch wusste, genau wie sie höchstwahrscheinlich die Art seiner politischen Einstellung erraten hatte. Die Grünen waren weit konservativer als die Roten. Viele von ihnen wünschten eine Rückkehr der alten Verhältnisse. Natürlich konnten sie sich hier in Talorea nicht Blaue nennen, da das illoyal gewesen wäre. Daher hatten sie sich die Farbe von Al'Terra selbst als Banner erwählt, als Erinnerung an das, für das sie standen.

Er fühlte den Drang, sich zu verteidigen. »Keineswegs, edle Dame. Ich habe unserer Königin einen Treueeid geschworen und werde dafür sorgen, dass ihren Gesetzen Geltung verschafft wird. Ich werde unsere Nation verteidigen. Zweifelt niemals daran.«

»Ihr klingt genau wie Eurer Vater, als er in Eurem Alter war«, sagte sie.

»Und ich bin stolz darauf«, erwiderte er leicht verärgert. Sie lächelte und führte ihn aus der Galerie. Sie passierten weitere Gemälde, doch entschlossen überging er sie. Er hatte das Gefühl, soeben bei einer wichtigen Prüfung versagt zu haben. Seine Freude an den Bildern war ihm gründlich verdorben worden.

Schließlich war es so spät, dass Sardec das Gefühl hatte, sich entschuldigen zu können. In Aseas Gegenwart fühlte er sich unbehaglich, mehr als je zuvor bei irgendeiner Frau. Sie schien das zu spüren – und zu genießen.

»Ich bedaure, dass mich meine Pflichten an einen anderen Ort rufen«, erklärte er.

»Es war mir eine große Freude«, gab sie zurück. »Ihr müsst mich wieder besuchen.«

»Ein Angebot, das ich mit Vergnügen annehme.«

»Und Ihr müsst zu unserem Errettungsfest-Ball kommen«, setzte die Prinzessin hinzu.

»Gern, wenn meine Pflichten dies gestatten.«

Sardec verneigte sich vor der Prinzessin und verließ den Raum. Er hatte das unbestimmte Gefühl, gerade eben einer Situation entronnen zu sein, auf die er nicht im Geringsten vorbereitet gewesen war. Wahrscheinlich hatte er auch seine Aussichten keineswegs verbessert. Er bezweifelte, dass Asea ihrem Halbbruder Azarothe einen positiven Bericht über ihn abstatten würde.

20. KAPITEL

Revolutionen werden von denen gemacht, die entweder nichts zu verlieren oder alles zu gewinnen haben.

Pergamon, Politische Notwendigkeit

»Dein Freund folgt uns noch immer«, sagte Rena.

Halbblut sah sich um. Leon ging weiterhin auf der anderen Straßenseite und bewachte seinen Rücken wie ein Schatten, genau wie in den alten Zeiten in Drangsal. Jetzt überholte ihn Leon und gab damit Halbblut Gelegenheit, einen etwaigen Verfolger zu entdecken. Dieses Spiel hatten sie als Kinder betrieben und getan, als wären Spitzel hinter ihnen her. Und sie hatten es als Halbwüchsige gespielt, als sie tatsächlich beobachtet wurden. Es war ein komisches Gefühl, genau dies jetzt in den Straßen einer fremden Stadt erneut zu tun – und auf merkwürdige Weise auch beruhigend.

»Ich habe ihn darum gebeten.« Weiter erklärte er sich nicht, und sie schien an seinem Ton zu spüren, dass sie besser nicht danach fragte.

Die Straßen waren voller Menschen, die alle sehr beschäftigt waren. Viele kauften Festlaternen aus Papier oder Masken aus Pappmaschee, die Engel, Dämonen und berühmte Fabelgestalten darstellten. Manche nähten Kostüme. Der Duft mit Zimt gewürzten Weins lag in der Luft und wetteiferte mit dem Fischgeruch. Karpfen waren in diesem Teil der Welt ein beliebtes Gericht zum Errettungsfest. In Schwärmen schwammen sie in großen Holzwannen, die auf der Straße standen, und warteten darauf, am nächsten Tag getötet zu werden. In der Stadt herrschte die geschäftige Atmosphäre gedämpfter Aufregung und Heiterkeit, die sogar er mit dem Errettungsfest verband. Es war einer der großen öffentlichen Feiertage und wurde im ganzen Reich der Roten Königin begangen. Er brauchte nur all die Kinder um sich herum anzusehen, um zu wissen, dass sie genauso aufgeregt waren, wie er das gewesen wäre.

Er schüttelte den Kopf. Die Kleinen waren nicht alt genug, um genau zu wissen, was sie da feierten. Den Tod einer Welt, dachte er, oder vielleicht sogar den zweier Welten: des Planeten, von dem die Terrarch gekommen waren, und der Welt der menschlichen Reiche, die sie zerstört und ihrer Herrschaft unterworfen hatten.

»Warum hast du den Kopf geschüttelt?«, fragte Rena. Als er ins Bordell zurückgekehrt war, hatte er sie dort vorgefunden. Wiesel wollte mit seinen Kumpanen reden und auf einige seiner Kundschafter warten. Halbblut hatte keinen Sinn darin gesehen, ihm dabei Gesellschaft zu leisten, und war lieber mit dem Mädchen essen gegangen, so wie er das ursprünglich vorgehabt hatte. Offenbar war sie wirklich froh gewesen, ihn zu sehen, hatte offensichtlich sogar ein wenig Angst gehabt, er könnte verschwinden, ohne sich von ihr zu verabschieden. Vielleicht lag es ja an der beginnenden Kriegshysterie? Die Gerüchte schienen jetzt überall zu schwirren. Möglicherweise verlieh ihm das in ihren Augen eine Art düsterer Faszination. Er hatte das schon erlebt, im Vorfeld anderer Feldzüge.

»Ich habe gerade an meine Kindheit gedacht«, log er. Eine alte Gewohnheit, die er sich frühzeitig in den Gossen von Drangsal zugelegt hatte. Er gab selten eine ehrliche Antwort, wenn man ihn nach seinen Gedanken fragte.

»In Drangsal?«, fragte sie. Sie schien ganz besessen von dieser Stadt zu sein. So langsam begann er zu argwöhnen, dass genau hier die Quelle der Anziehung lag, die er offensichtlich auf sie ausübte.

»Ja, in Drangsal.«

»Es heißt, das Errettungsfest werde in Drangsal beinahe so prunkvoll gefeiert wie in der Bernsteinstadt selbst.«

»Kann schon sein. Ich weiß es nicht. Bin noch nie in der Hauptstadt gewesen.«

»Aber du dienst in der Armee der Königin und Kaiserin. Du hast ihr Treue geschworen.«

Ihre Bemerkung brachte ihn zum Lachen.

»Lach mich nicht aus«, bat sie ihn, halb betrübt und halb schmeichlerisch.

»Ich lache nicht über dich, sondern über die Vorstellung, dass die Rote Königin meinen Treueeid annimmt. Ich habe den Eid vor einem Terrarch-Hauptmann und einen Oberfeldwebel abgelegt, der so hässlich war wie die Sünde selbst, und ich habe ihn in Drangsal geschworen, am Tag, bevor wir ausgerückt sind, um die Rebellion des Uhrmachers niederzuschlagen.«

»Du hast gegen den Uhrmacher gekämpft?« In ihrer

Stimme lag Interesse und vielleicht auch Schrecken und Respekt.

Er dachte nicht besonders gern daran. Einige der Rebellen waren grausame, brutale Menschen gewesen, aber die meisten waren bloß Bauern, die der Halbsklaverei auf den Terrarch-Gütern überdrüssig gewesen waren und den Kopf voll mit dieser besonderen Art von religiösem Unsinn hatten, den der Uhrmacher verbreitete. So etwas schien heutzutage immer häufiger vorzukommen. Manchmal konnte er die Revolution, die in der Luft lag, beinahe schon riechen.

»Ja.«

Das machte sie nachdenklich, und Halbblut fand, dass sie dann besondes hübsch aussah. Er stellte sogar fest, dass er ihre Gesellschaft genoss, obwohl er sich tief im Herzen fragte, warum sie sich so an ihn hängte.

Sie setzten sich an einen Tisch in einer Grog-Schenke. Er sah sich nach Leon um und stellte fest, dass er vor einem Laden für gebrauchte Kleider auf der anderen Straßenseite herumlungerte. Halbblut bestellte Essen und Wein für sie beide. Der Wein schmeckte nach Zimt und war gewärmt. Es schien, als hätte der Besitzer der Bude das Fest, das ja erst morgen stattfand, eigenmächtig vorverlegt.

»Zimt«, sagte er. »Dabei muss ich immer an das Errettungsfest denken.«

»Ich auch. Erinnert mich an die Zeit, als Ma und die andern noch am Leben waren …« Sie verstummte und lächelte gezwungen.

»Sie sind tot?«

»Letztes Jahr – das Fieber. Die Kleinen haben gar nicht aufgehört zu weinen. Und ich konnte nichts tun, um ihnen zu helfen.«

Jetzt geht es los, dachte er, das Rührstück, mit dem sie ihm Geld aus der Tasche ziehen wollte. In den Straßen von Drangsal hatte er so etwas hundert Mal gehört. Er war sogar bereit, ihr etwas Silber zu geben, weil er sie gut leiden konnte – und weil sie es von ihm erwartete. Doch sie verblüffte ihn, indem sie den Kopf schüttelte und das Thema wechselte. »Was war denn so dringend, als du heute Morgen weggerufen wurdest?«

»Jemand, den ich kenne, wurde gestern Nacht in der ›Häuptlingsaxt‹ umgebracht.«

»Ein Soldat?«

»Nein, ein Mann aus dem Hochland.«

»Woher kanntest du ihn dann?«

»Er war Kundschafter und hat uns auf unserer letzten Patrouille begleitet.«

Dieses Mal sah er sie forschend an. Ob sie eine Spionin war? Versuchte sie etwa, ihm Neuigkeiten über Truppenbewegungen oder andere Vorbereitungen zu entlocken? Für jemanden auf der anderen Seite der Grenze mochten solche Kenntisse wertvoll sein. Doch dann betrachtete er ihr Gesicht, ihre Hände, ihre ganze Haltung, und beschloss, dass die Vorstellung lächerlich war. Sie war genau das, wonach sie aussah, nämlich einfach neugierig. Spione waren etwas für Volksbücher und billige Romane. Die Wahrheit war, dass man aus jedem beliebigen Tavernenwirt in Rotturm mehr herausbekommen konnte als aus ihm. Nicht nötig, einfache Soldaten auszuhorchen.

»Spionierst du etwa?«, fragte er nur zum Spaß, doch sie sah ihn sehr ernst an.

»Nein. So was würde ich nie tun. Ich würde niemals den Feinden der Königin helfen.«

Sie klang aufrichtig patriotisch, aber andererseits dachten die meisten Menschen in Talorea so. Für sie war die Rote Königin die Garantin des Friedens, die Verteidigerin des Volkes, die Anführerin, die das erste Imperium der Terrarch gestürzt hatte. Sie hatte das Gesetz über ihre Befreiung unterzeichnet und war in höchsteigener Person für die leidende Menschheit in den Krieg gezogen – und dafür liebte ihr Volk sie, trotz all der Demütigungen, die es seither hatte erleiden müssen.

Und warum auch nicht, dachte Halbblut zynisch. Er hatte schon manchen geprügelten Hund gesehen, der seinen Herrn dennoch liebte. Er versuchte den Gedanken wegzuschieben. Beim Licht, was hatte er heute Morgen auch für üble Laune! Andererseits würde das nach dem, was er gesehen hatte, wohl jedem so gehen. Er war eher erstaunt, dass er umhergehen konnte, ohne in hysterisches Kreischen auszubrechen. Es erschien unbegreiflich, dass all diese Menschen ihren normalen Festvorbereitungen nachgingen, während Voshs aufgedunsene Leiche in Shughs Keller lag. In einem war sich Halbblut mit dem Barbaren einig: Er bezweifelte, dass er je wieder in der »Axt« essen würde.

Aufmerksam beobachtete er die Straße, doch er sah nur die übliche Menge aus fliegenden Händlern, Bettlern, Bänkelsängern und Kindern. Ein paar Männer aus dem Hochland betrachteten staunend die große Stadt, doch keiner davon trug das blaue Karomuster des Agante-Clans. Nichts Unheimliches schien vorzugehen, und er glaubte auch nicht, dass ihm auf einer belebten Straße, ganz in der Nähe des Bordells, etwas zustieße, zumindest am Tage. Bei Nacht wäre das etwas anderes. Nachts geschahen dunkle Taten, da gingen die Diener des Schattens um.

Er verwarnte sich, nicht so sicher zu sein. In den Gassen von Drangsal hatte er schon erlebt, wie am hellen Tage ein Mord begangen worden war, hatte Männer, denen niemand beisprang, um Hilfe schreien gehört, als die Sonne am höchsten stand. Auf der anderen Seite brauchte es schon eine besonders selbstbewusste Mördertruppe, um mitten am Tag anzugreifen, und das war ganz offenbar nicht die Methode dieses Haufens. Schließlich hatten sie sich Vosh in einer Taverne geholt, als er betrunken und nicht auf der Hut gewesen war. Sehr vernünftig, dachte er. Er hätte ebenso gehandelt.

»Und der Mann wurde getötet, weil er den Soldaten der Königin geholfen hat, ihre Feinde auszurotten«, meinte Rena. »Empörend.«

»Ich glaube nicht, dass die Hochländer die gleiche Loyalität gegenüber dem Bernsteinthron empfinden wie du«, erklärte er. »Und wir wissen auch nicht wirklich, warum er umgebracht wurde. Vielleicht hat er auch jemandem Geld geschuldet oder mit der falschen Frau geschlafen. Männer sind schon früher aus Eifersucht getötet worden.«

Dann kam ihm ein Gedanke. »Kennst du ein Mädchen namens Marla?«

»Das ist ja ein ziemlich verbreiteter Name, und viele Mädchen hier arbeiten ohnehin nicht unter ihrem richtigen Namen.«

»Sie ist ein Mädchen aus dem Hochland.«

»Davon gibt's hier wenige. Sind schwanger geworden, von ihren Liebsten verlassen oder von ihren Familien verstoßen worden. Dann flüchten sie sich hierher.«

»Den meisten gelingt sie wohl nicht. Die Flucht, meine ich. Den Großteil von ihnen wirft man wahrscheinlich von einer Klippe, weil sie die Ehre ihres Clans verletzt haben. Na ja, war sowieso kaum zu erwarten … Lass uns spazieren gehen, wenn wir fertig sind«, setzte er munterer hinzu.

»Was immer du willst, Süßer.«

Ihr Weg führte Halbblut und Rena von den Außenbezirken der »Grube« in den respektableren Teil der Stadt. Es war nicht ganz einfach, sich darauf festzulegen, wo die Veränderung begann. Die Häuser sahen etwas weniger verwahrlost aus und die Menschen etwas ordentlicher. Auf den Straßen waren in schwarze Wämser gekleidete und mit schweren Keulen bewaffnete Männer von der Stadtwache unterwegs. Sogar hier patrouillierten sie in Vierergruppen und hielten sich ziemlich zurück, doch wenigstens hatten sie keine Angst, sich zu zeigen.

Er stand an dem Hang, der zum Fluss hinunterführte, und sah zu, wie ein massiger Breitrücken das Wasser durchquerte. Die Gondel auf seinem Rücken trug die Banner eines Hauses der Erhabenen, aber es war das Tier selbst, das sein Interesse auf sich zog. Sogar hier oben spürte er seinen primitiven Hunger, seine Trägheit, die winzigen Funken von Wut, die sich, wenn man sie ausreichend schürte, zu einem tobenden Feuer auswachsen konnten. Er sagte sich zwar, dass ihm seine Fantasie einen Streich spielte. Dennoch stieg ein unangenehmes Gefühl in ihm auf. Rasch traten sie in die nächste Straße.

Auch die Läden hier schienen von höherem Niveau zu sein. Zwar standen bei manchen stämmige Schläger vor der Tür, doch wenigstens behandelten sie die möglichen Kunden mit Achtung. Am Ende einer Straße befand sich ein kleiner Tempel. Die übliche Statue eines Engels mit

Drachenflügeln bewachte den Eingang, und auf dem Dach erhob sich ein kleiner Drachenturm. Der Geruch nach Räucherwerk hing in der Luft. Unter den Menschen, die aus dem Gebäude kamen, erhaschte Halbblut einen Blick auf einige vertraute Gesichter.

Da waren Sergeant Hef in seinem besten Tempelanzug, Mercie und ihre sieben Kinder, die hinter ihren Eltern hertappten wie die Entenküken ihrer Mutter auf dem Weg zum Teich. Alle Kleinen waren frisch geschrubbt und hatten die glücklichen, von Vorfreude erfüllten Gesichter von Kindern am Morgen vor dem Errettungsfest. Gunther war ebenfalls dabei, lächelte ausnahmsweise und steckte ein Geldstück in den Klingelbeutel. Auch er war für den Tempelbesuch herausgeputzt und hatte sich die Haare gewaschen und glatt zurückgekämmt. Von der Begegnung mit dem Uhltari schien er sich vollständig erholt zu haben und sprach sogar ganz freundlich mit den Kindern. Fast wirkte er wie ein wohlwollender Onkel, eine Seite an ihm, die Halbblut noch nie bemerkt hatte. Vielleicht machte der Tempelbesuch diesen Zug deutlich, oder er war einfach ein netterer Mensch, als Halbblut ihm das je zugetraut hätte.

Halbblut fühlte sich versucht, seinen Kameraden aus dem Weg zu gehen. Er bezweifelte, dass sie sich freuen würden, ihn nach einer durchgemachten Nacht mit einem Straßenmädchen im Schlepptau anzutreffen. Aber er dachte an den Mord an Vosh und daran, wer noch bei der Expedition in die Mine dabei gewesen war, und beschloss, die frohe Botschaft lieber zu überbringen, Tempeltag oder nicht. Er war nicht erstaunt, noch etliche andere Mitglieder des Regiments ans Tageslicht treten zu sehen, wo sie heftig blinzelten, während sich ihre Augen nach dem Halbdunkel im Tempel wieder an die Helligkeit gewöhnten. Die meisten Soldaten waren auf ihre eigene Weise religiös. Das gehörte zu dem Stoff, der die Rote Armee zusammenhielt.

»Ich muss mit diesen Männern sprechen«, erklärte er Rena. »Warte einfach hier, und ich bin gleich zurück.«

»Du wirst doch keinen Streit vom Zaun brechen, oder?«

»Nicht mit diesen Burschen. Es sind Freunde von mir.«

Er trat auf den Sergeanten und seine Frau zu. Die Kinder schienen erfreut, ihn zu sehen. »Da ist ja Halbblut!«, krähten sie. Er hob Karla hoch, die Kleinste, die ihn sofort umschlang. Mercie lächelte ihm zu, Gunther aber sah ihn an, als wäre er soeben aus dem Abwasserkanal geklettert und hätte vor, in den Klingelbeutel zu pinkeln.

»Für den Morgengottesdienst bist du ein wenig zu spät«, bemerkte der Sergeant und verzog sein Affengesicht zu einem sardonischen Lächeln.

»Außerdem haben wir den letzten Tag der Trauerzeit«, setzte Gunther hinzu. »Es hätte deiner Seele sicher gut getan.« Doch Halbblut fürchtete weniger um seine Seele als um sein Leben.

»Ich muss mit dir reden«, sagte er zu dem Sergeanten, und dann fiel ihm ein, dass Gunther ebenfalls in der Mine gewesen war. »Und mit dir auch. Es ist wichtig«, setzte er hinzu.

Sein Ton schien sie zu überzeugen, dass es ihm ernst war. Sie warteten darauf, dass er sich erklärte. Halbblut setzte Karla auf den Boden und warf einen Blick auf die Kinder. »Das ist nichts, was sie hören sollten.«

Der Sergeant beruhigte die protestierenden Kinder

mit dem Versprechen, rasch zurückzukommen und ihnen Bonbons mitzubringen, und trat dann in eine Nische im Tempeleingang. Nach kurzem Zögern gesellte sich Gunther zu den beiden. Im Flüsterton berichtete ihnen Halbblut von Vosh und von Wiesels Vermutungen bezüglich der Hochländer.

»Wir sollten das den Behörden melden«, meinte Gunther. »Die Erhabenen werden sich schon mit Heiden beschäftigen, die in Rotturm randalieren.«

»Ich wünschte, ich hätte deinen Glauben an sie«, wandte Halbblut ein. »Die Stadtwache hier ist genauso korrupt wie in Drangsal. Wenn die Hochländer Geld haben, können sie tun, was sie wollen, solange sie keinen Aufruhr anzetteln oder einen Erhabenen entführen.«

»In der ›Grube‹ vielleicht«, sagte Gunther. »Aber sie würden uns doch nicht *hier* angreifen, unter anständigen, gottesfürchtigen Leuten.«

»Mag sein, dass du Recht hast«, gab Halbblut zu. »Aber ich glaube nicht, dass die Erhabenen einen Pfifferling darum geben, solange es sie nicht selbst betrifft. In der ›Grube‹ werden ständig Menschen mit aufgeschlitzter Kehle gefunden. Wenn du dich irrst, hast du beim Aufwachen möglicherweise mehr im Mund als einen schlechten Geschmack.«

Der Sergeant nickte zustimmend. »In ein paar Tagen rücken wir ab, und ich bezweifle, dass sie versuchen werden, uns im Lager anzugreifen. Wenn sich aber jemand zum Errettungsfest in der Stadt aufhält, könnte er in Gefahr geraten. Ich werde den Jungs sagen, dass sie aufpassen und nicht allein umherstreifen sollen.«

»Wäre vielleicht nützlich, wenn wir noch ein paar Männer zur Verstärkung hätten.«

»Ich hör mich mal um. Ein paar von den Burschen würden sich wahrscheinlich über die Gelegenheit freuen, einem Hochländer ihr Bajonett in den Leib zu rammen.«

»Während der Trauerzeit sollte man kein Blut vergießen«, erklärte Gunther.

»Sag das den Hochländern«, wandte Halbblut ein. »Ich bin genauso wenig auf Probleme aus wie du.«

»Wo kann ich dich finden, wenn es nötig ist?«, erkundigte sich Hef. Jetzt klang er ganz geschäftsmäßig.

»Ich werd mich wohl die meiste Zeit in Mutter Hornes Haus aufhalten. Wiesel höchstwahrscheinlich auch, falls du ihn erreichen musst.«

Halbblut grüßte Mercie und die Kinder mit erhobener Hand und ging dann wieder zu Rena.

Während Sardec durch die Stadt ritt, dachte er viel über Asea nach. Sie war wunderhübsch, und außerdem war sie eine der Ersten. Aber sie war nicht nur attraktiv, sondern hatte auch etwas Einschüchterndes, Unheimliches an sich. Er wusste, die Ersten waren ganz anders als die übrigen Terrarch. Sein Vater hatte das immer gesagt. Sie waren auf den Inseln ihres Heimatplaneten gewandelt. Sie hatten gegen die Fürsten des Schattens gekämpft. Sie hatten in Kriegen gefochten und Zauberkünste eingesetzt, die weit über das Verständnis der Ferngeborenen hinausgingen. Manchmal schienen sie sich so sehr von ihnen zu unterscheiden wie die Ferngeborenen ihrerseits von den Menschen. Er war sich nicht sicher, wie das möglich war, aber so war es nun einmal. Und er hatte noch nie jemanden erlebt, der seine Zugehörigkeit zu den Scharlachroten so offen bekannte. Er wusste, dass es in der Bernsteinstadt und bei Hofe viele davon gab, aber seine Familie lebte auf ihren ländlichen Gütern, und die meisten Terrarch, die er kannte, waren politisch weit weniger demokratisch gesinnt. Für den Großteil der Terrarch waren die Ansichten der Roten aus der Mode gekommen; sie lebten in einem neuen, konservativeren Zeitalter, und dessen Farbe war grün. Asea erinnerte ihn daran, dass früher alles ganz anders gewesen war. Tief im Herzen spürte er, dass er weniger mit ihr gemeinsam hatte als mit dem Adel von Sardea. Dort wusste man wenigstens, wie man den Menschen zeigte, wo ihr Platz war.

Doch Asea schien aufrichtig an diesen ganzen Unsinn bezüglich der Freiheit für die Menschen zu glauben. Sardec dagegen hatte immer der vollkommen vernünftigen Ansicht seines Vaters zugeneigt, die Rote Fraktion hätte ihre politischen Ziele nur benutzt, um ihr Streben nach der Macht zu verschleiern. Wie die meisten Terrarch glaubte er, dass es in der Politik in erster Linie um Personen ging – und dass das, was jemand öffentlich kundtat, weit weniger wichtig war als die Person, die er darstellte. Vor fast sechshundert Jahren hatten Asea und ihresgleichen das Rote Banner benutzt, um ihre Anhänger zu versammeln, und so das Imperium gespalten. Sardec hielt es nicht für vollkommen zufällig, dass die Roten durch die Spaltung in den Besitz eines großen Teils dieses Reichs gelangt waren, den sich anzueignen sie vorher keine Chance gehabt hatten. Unter der Alten Königin hätten sie sich nie so ausgedehnter Besitzungen erfreut wie heute. Doch Asea zwang ihn, diese Einschätzung zu überdenken. Vielleicht waren in ihrem Fall ja Eigennutz und Idealismus Hand in Hand gegangen.

Er ritt ein Stück weiter. Der Verkehr war jetzt dichter geworden. Zahlreiche Fuhrleute, die Frischwaren für das

Errettungsfest in die Stadt gebracht hatten, schienen sich noch immer hier aufzuhalten. Zweifellos hatten sie vor, sich der Armee anzuschließen, sobald der Feldzug begann. Sein Pferd wieherte leise, als es – einige Minuten, bevor Sardec das Tier roch – die Witterung des Wyrm aufnahm. Als der gewaltige Breitrücken in Sicht kam, wendete er sein Reittier und zog sich zurück. Der lange Hals des Wesens überragte die Dächer. Die säulenartigen Beine wirkten noch nass und die Pfoten mit rötlichem Schlamm bedeckt. Offensichtlich war es gerade durch den Fluss gewatet. Er blickte auf und sah die Sänfte, die auf den Rücken des Wyrm geschnallt war. Drinnen saßen eine Terrarch-Frau von erstaunlicher Schönheit und ihre Leibwachen. Ein weißer Affe an einer goldenen Kette hüpfte auf der Außenseite der Gondel herum. Verspielt zog Sardec den Hut vor ihr, und sie schwenkte zur Antwort lässig ihren Fächer. Ärger stieg in ihm auf.

Gesetzlich verboten war es nicht, dass Terrarch ihre Wyrm mit in die Stadt brachten. Man tat es nur üblicherweise nicht, wenn man vermuten konnte, dass die Straßen dicht bevölkert sein würden. So etwas konnte Panik unter Tieren, Vieh und Menschen auslösen, und schließlich hatte man auch denen gegenüber eine Verantwortung.

Nur kurz darauf bemerkte er, dass er von zwei Menschen äußerst unhöflich angestarrt wurde. Es gefiel ihm nicht, Gegenstand ihrer müßigen Neugier zu sein. Und diese Männer sahen in ihrer Tracht eines der barbarischen Hügelstämme besonders zweifelhaft aus.

»Verschwindet«, schrie er und legte die Hand auf das Heft seines Schwertes, um seiner Aufforderung Nachdruck zu verleihen. Einen Augenblick lang sahen sie ihn fast herausfordernd an und huschten dann in eine Gasse davon. Merkwürdig, aber er hätte schwören können, dass sich so etwas wie Hass in ihrem Blick ausgedrückt hatte. Etwas an dem Karomuster ihrer Umhänge und ihrer Kappen ließ ihm keine Ruhe. Er brauchte nur ein paar Sekunden, bis er darauf kam: Das waren die gleichen Farben und Muster, wie sie von vielen der Hochländer, gegen die er kürzlich erst gekämpft hatte, getragen worden waren.

Was hatten sie ausgerechnet jetzt in der Stadt zu suchen?

21. KAPITEL

In Geschäftsdingen sollte man sich stets über die Absichten der anderen Seite im Klaren sein.

Praidus, Merkantile Umgangsformen

Halbblut ging zurück ins Bordell. Wiesel und der Barbar waren noch da, hatten die Füße auf den Tisch gelegt und Weinflaschen vor sich stehen. Auf dem Knie des Barbaren saß ein dralles Mädchen, dem er etwas ins Ohr flüsterte. Wiesel legte eine Patience. Sein blankes Messer steckte auf dem Tisch vor ihm in einem dicken Brocken Käse.

»Bin froh, dass du wieder da bist«, sagte er. »Hab mich schon gefragt, wo du steckst.«

»Gibt's was Neues?«, fragte Halbblut.

»Ein oder zwei Dinge. Wir müssen uns ein wenig unterhalten. Mädchen, hol uns allen was zu trinken, ja?« Er warf Rena ein weiteres Geldstück zu. Halbblut rechnete schon damit, dass sie protestieren würde, aber offensichtlich war sie von den Männern, die das Haus besuchten, solches Benehmen – und wahrscheinlich weit Schlimmeres – schon gewöhnt. Als sie gegangen war, ignorierte Wiesel Leons scharfen Blick und nahm Halbblut beiseite.

»Ich habe für heute Abend ein Treffen mit Bertragh vereinbart«, sagte er. »Er will die Bücher sehen.«

»Sie sind im Lager versteckt.«

»An meins komm ich schnell heran.«

»Dann können wir ihm das als Muster zeigen.«

Wiesel überlegte und nickte. »Ich möchte, dass du mitkommst. Du kennst dich ja mit solchen Sachen aus und kannst beurteilen, wie ernst es ihm ist und was er wahrscheinlich bezahlen wird.«

»Das gefällt mir nicht. Was ist, wenn dieser Verwalter beschließt, das Buch einfach an sich zu nehmen? Er hat sicher seine Muskelprotze in der Nähe platziert. Das tun sie doch immer.«

»Wir sind zu dritt, und einer davon ist er«, sagte Wiesel und zeigte auf den Barbaren. »Wir sind alle ziemlich hart im Nehmen.«

»Trotzdem könnten die andern in der Überzahl sein.«

»Dann kämpfen wir eben. Oder wir geben ihm das Buch, und du stattest ihm später einen kleinen Besuch ab. Kommt drauf an, wie viele sie sind.«

»Dein Vertrauen ehrt mich ja, aber wir wissen überhaupt nichts von diesem Burschen. Die Häuser von Verwaltern sind wie Festungen. Darauf kannst du mein Wort nehmen. Sie wohnen darin und benutzen sie auch als Lagerhäuser. Das Haus könnte nicht besser gesichert sein, wenn einer der Ersten dort lebte.«

»Vielleicht solltest du es dann auskundschaften. Es liegt unten am Fluss, im Lagerhaus-Distrikt. Ist mit einem Zeichen von Mond und Löwe gekennzeichnet. Und außerdem hätten wir noch die anderen Bücher.«

»Gefällt mir trotzdem nicht.«

»So langsam habe ich den Eindruck, dass du gar nicht mitmachen willst, Halbblut.«

»Ich will bloß, dass wir unser Geld bekommen, ohne uns die Kehle durchschneiden zu lassen.«

»Da kann ich dir nicht widersprechen.«

»Wo soll das Treffen sein?«

»In seinem Haus.«

»Ändere den Treffpunkt.«

»Hab ich schon versucht. Der Bursche will, dass es in seinem Haus stattfindet. Will kein Geld irgendwohin mitnehmen, wo er nicht weiß, ob es sicher ist. Kann ich eigentlich auch verstehen.«

Halbblut versuchte, die Sache aus allen Blickwinkeln zu betrachten. Plötzlich kam ihm ein Gedanke.

»Egal. Trotzdem wäre es vielleicht besser, sich das Haus mal von innen anzusehen. Nur für den Fall der Fälle.«

»Das sagt mir zu. Und du meinst wirklich, die Bücher könnten viel wert sein?«

»Schon möglich. In Ordnung, dann sag ihm, dass wir kommen«, meinte Halbblut. »Obwohl ich mir nicht so sicher bin, ob es mir gefällt, dass Ari über unsere Geschäfte Bescheid weiß.«

»Er tut uns nur einen Gefallen. Er hätte doch nichts davon, uns zu betrügen. Im Gegenteil, ihm würden in der Zukunft eine Menge Geschäfte mit dem Quartiermeister entgehen. Könnte ihn sogar den Kopf kosten.«

»Uns auch.« Halbblut sah die Weinflasche an. Vielleicht umwölkte der Alkohol Wiesels Denken ein wenig.

»Macht das Leben interessanter«, sagte Wiesel schließlich.

»Wir haben wahrscheinlich ohnehin schon die Hochländer auf den Fersen. Mir ist das Leben gerade interessant genug.«

Wiesel grinste. »Die Sache ist erledigt. Zu spät, sich deswegen Sorgen zu machen.«

»Es ist nie zu spät, sich Gedanken zu machen.«

»Na ja, aber jedenfalls können wir jetzt nichts mehr daran ändern«, hielt ihm Wiesel entgegen.

»Dann habe wir also etwas Zeit totzuschlagen.«

»So ist es. Hast du was Bestimmtes vor?«

»Ich mache einen Spaziergang am Fluss«, sagte Halbblut. »Kann nicht schaden, mich mal dort umzusehen.«

Als sie sich an diesem Abend Bertraghs Haus näherten, blieb Halbblut plötzlich stehen und zog seine Pistole.

»Was ist?«, fragte Wiesel, in dessen Händen wie durch Zauberei ein Messer aufgetaucht war. Der Barbar hatte mit einer einzigen, blitzschnellen Bewegung sein Schwert gezogen. Wie Wölfe warfen sie wilde Blicke um sich. Der sichtlich nervöse Fackelträger schien zu überlegen, ob er wegrennen sollte, doch Halbblut legte dem Jungen eine Hand auf die Schulter, um ihn zurückzuhalten.

»Dachte, ich hätte was gehört«, erklärte Halbblut. Wenn da jemand gewesen war, dann war er jetzt fort. Halbblut wünschte, Leon wäre hier, um ihnen den Rücken frei zu halten, aber in diese Angelegenheit konnte er ihn nicht einweihen.

Sie warteten, doch nichts geschah. Halbblut sah die anderen an. Sie wirkten ein wenig erschrocken. Er blickte am Gebäude hinauf: immer noch dieselbe Mischung aus

Lagerhaus, Palast und Festung, die er einige Stunden zuvor inspiziert hatte. Der Verwalter und sein Haushalt bewohnten den vorderen Teil. Das Lagerhaus ging auf den Fluss und auf eine Seitenstraße hinaus, wo Güter verladen wurden. Die Mauern waren dick und das Dach mit Wasserspeiern geschmückt. Jemand hatte viel Geld in dieses alte Gemäuer gesteckt. Das Zeichen von Mond und Löwe wurde von oben durch eine Laterne beleuchtet.

»Ich finde, wir sollten reingehen«, erklärte der Barbar. »Ich habe keine Angst vor einem verschrumpelten alten Kaufmann.«

»Sorgen mache ich mir auch eher wegen seiner Leibwächter«, merkte Halbblut an. »Und wegen der Terrarch, falls er uns bei ihnen meldet.«

»Bist du dabei oder nicht, Halbblut? Ich geh jedenfalls hinein.« Wiesel klang entschlossen.

Was immer er einwandte, Wiesel und der Barbar würden auf jeden Fall weitermachen. Angesichts dieser Umstände war es besser, mit ihnen zu gehen. Man konnte nie wissen, welchen Unsinn diese beiden sonst anstellen würden.

»Ich bin dabei.«

»Gut.« Wiesel trat vor und klopfte an die Seitentür – den Lieferanteneingang zum Lagerhausbereich, nicht zum Wohnbereich. Nicht lange, und sie hörten Schritte, die sich näherten. Ein Sehschlitz wurde aufgezogen und Augen spähten zu ihnen heraus.

»Wer ist da?«, fragte eine Stimme. Sie klang nicht, als gehöre sie einem unleidlichen alten Kaufmann.

»Ari schickt uns. Wir haben was für Bertragh.«

Sie hörten, wie sich Schlüssel im Schloss drehten und Riegel zurückgeschoben wurden. Von drinnen strahlte ihnen eine Laterne entgegen, die ein großer, stämmiger Mann in der Hand hielt. Wie Halbblut beruhigt feststellte, klang er aber nicht wie ein Hochländer, sondern wie ein Hiesiger und sah auch so aus. Hinter ihm standen noch ein halbes Dutzend Schlägertypen. Einige von ihnen hielten geladene Pistolen in den Händen. Offensichtlich traute hier niemand einem anderen über den Weg oder ging Risiken ein.

»Ihr könnt die Waffen wegstecken, Jungs«, sagte Wiesel. »Wir wollen keinen Ärger.« Er ließ seinen Worten die Tat folgen und steckte sein Messer in die Scheide zurück, die er am Handgelenk trug. Der Barbar und Halbblut allerdings verstauten ihre Waffen erst, als die Leibwächter dasselbe taten.

Die Tür schloss sich, Riegel und Schlösser wurden erneut geräuschvoll versperrt. Halbblut beschlich ein beklemmendes Gefühl. Hier könnte sich nicht einmal die gesamte Kompanie Fourageure Zutritt verschaffen, jedenfalls nicht ohne ein Fass Schwarzpulver oder einen Rammbock. *Zu spät, um etwas dagegen zu unternehmen*, sagte er sich. Sie hatten sich darauf eingelassen. Der Anführer der Leibwache wies auf ein Licht in einiger Entfernung.

»Der Herr ist im Kontor. Kommt mit.« Er ging voran und setzte voraus, dass sie ihm folgten. Einige Leibwächter gingen hinter ihnen, die anderen blieben an der Tür stehen. Der Lagerbereich hatte gewaltige Ausmaße, von der hohen Decke fielen durch hoch gelegene, schmale Dachluken breite Balken Mondlicht ein. Es roch nach Feuchtigkeit, und draußen hörte er den Fluss vorbeigurgeln. Säcke waren in Schichten so hoch gestapelt, dass sie kleine Hügel bildeten. Dazwischen verliefen Gänge, alles war so regelmäßig angelegt wie die Straßen im Terrarch-Viertel. An den Wänden standen Fässer, die nach Salzfleisch, Essig oder Alkohol rochen. Das Lagerhaus schien gut gefüllt, höchstwahrscheinlich mit der Art von Proviant, der sich als Nachschub für die Armee eignete. Offensichtlich gab es hier jemanden, der an dem bevorstehenden Krieg bestens verdienen würde.

Das Kontor stellte ein kleines, durch Wände und ein Dach abgetrenntes Areal in der gegenüberliegenden Ecke des Lagerhauses dar. Eingerichtet war es mit hohen Schemeln und lang gestreckten, ebenfalls hohen Tischen, auf denen sich Tintenfässer und Schreibfedern befanden. Auf jedem lagen dicke Hauptbücher. In der Ecke stand ein gewaltiger Tresor. Halbblut kannte diese Sorte, er war sowohl mit Schlössern als auch durch Magie gesichert. Schwierig, aber nicht unmöglich aufzubrechen, befand er.

Es sah aus, als hätten die Schreiber schon Feierabend gemacht – alle bis auf den Oberbuchhalter, einen kleinen, verhutzelten Mann, der hinter dem niedrigsten der Schreibpulte in einem gepolsterten Armsessel saß. Sein Gesicht wurde von einer offenen Laterne von unten angeleuchtet, außerdem trug er einen Gehrock mit hohem Kragen und ein Halstuch.

Der Kneifer des Mannes reflektierte das Licht. Sein weißer Haarkranz, die rosigen Wangen und der kleine, ordentlich geschnittene Kinnbart verliehen ihm das Aussehen eines fröhlichen Gnoms. Auch das verschmitzte Lächeln trug zu dem Eindruck freundlichen Wohlwollens bei. Es dauerte ein paar Augenblicke, bis Halbblut klar wurde, dass dieser kleine, konservativ gekleidete Mann Bertragh war, der Verwalter in Person.

»Habt ihr die Muster mitgebracht?«, fragte er. Seine Stimme klang überraschend tief und angenehm, er hatte die kultivierte Aussprache eines Priesters oder jedenfalls eines gut ausgebildeten Schauspielers.

»Jawoll«, sagte Wiesel. Halbblut fiel auf, dass Wiesel sich umso bäuerlicher gab, je reicher und gebildeter sein Gegenüber war. Wahrscheinlich diente das dazu, den Gesprächspartner in Sicherheit zu wiegen und ihm vorzugaukeln, er habe es mit einem Hinterwäldler zu tun.

»Das ist alles, Malek. Du kannst draußen warten. Wenn ich dich brauche, rufe ich.«

Malek nickte und schenkte seinem Arbeitgeber ein Grinsen. Bertragh war offensichtlich ein Mann, der Loyalität erweckte. Und es fehlte ihm auch nicht an Selbstbewusstsein, denn er hatte keine Angst, mit den dreien allein zu bleiben. Vielleicht wollte er ihnen auf diese Weise aber auch zu verstehen geben, dass er ihnen gegenüber ehrlich war. Schenke anderen Vertrauen, und sie werden es dir zurückgeben. Gerissener Bastard, dachte Halbblut. Aber wahrscheinlich musste Bertragh so sein. Niemand, der sich anders verhielt, wurde Verwalter eines der Großen Häuser der Terrarch.

Wiesel zog einen der Bände, die sie in der Mine mitgenommen hatten, aus seinem abgerissenen Rock. Mit seinem Ledereinband sah er nicht besonders beeindruckend aus. Ein leichtes, abschätziges Lächeln umspielte Bertraghs Lippen. »Ist es das?«, fragte er.

»Wir haben noch mehr«, erklärte Halbblut. »Dies da ist nur ein Muster.«

Wiesel nickte zustimmend. Doch er war hier nicht in seinem Element, dachte Halbblut, da er keine Ahnung hatte, was die Bücher enthielten. Zweifellos spürte Bertragh das. Er schüttelte kaum wahrnehmbar den Kopf, drehte den Docht der Öllampe höher und setzte sich an sein Schreibpult. Fast unmerklich schob er das Buch ein Stück weg, als hätte er bereits beschlossen, dass es seiner Aufmerksamkeit nicht würdig war. Entweder war er ein äußerst gewiefter Verhandlungspartner, dachte Halbblut, oder das Buch war wirklich nichts wert. Unter diesen Umständen erschien es ihm als das Beste, Ersteres anzunehmen.

»Seht es Euch ruhig an«, drängte Wiesel aufmunternd, offensichtlich entschlossen, dieses Spiel so gut zu spielen, wie sein mangelndes Wissen es ihm erlaubte. Halbblut beschloss, sich nicht einzumischen. Schließlich hätte er die Bücher am liebsten selbst behalten; es wäre also nur zu seinem Vorteil, wenn der Kaufmann sie zurückwies.

»Wisst ihr, was in den Büchern steht?«, erkundigte sich Bertragh. Offenkundig zweifelte er daran. Er versucht uns auszuhorchen, entschied Halbblut. Er will rausfinden, wie viel genau wir wissen.

»Es sind Grimoires«, erklärte Wiesel im Brustton der Überzeugung. Man wurde kein so guter Kartenspieler wie er, ohne einigermaßen bluffen zu können. »Sie haben einem Zauberer gehört.«

»Und darf man fragen, wie sie euch in die Hände gefallen sind?«, erkundigte sich der Kaufmann. Sein Ton war freundlich, sein Blick aber glitt sichtlich über ihre Uniformen.

»Nein, darf man nicht«, antwortete Wiesel in einem eher verbindlichen Tonfall, der Bertraghs Sprechweise nachahmte. Der Verwalter warf ihm einen scharfen Blick zu.

»Wenn Ihr nicht interessiert seid«, warf Halbblut ein,

»dann sollten wir uns vielleicht jemand anderen suchen, der es ist.«

»Ich will es mir einmal ansehen«, versicherte der Kaufmann. Sein Ton war der eines Mannes, der einem Freund einen Gefallen erweist. Er schob seine Brille zurecht, blickte auf und schenkte ihnen einen väterlichen Blick. Dann schlug er den Band auf. Doch seine Reaktion fiel ganz anders aus, als Halbblut erwartet hatte. Er erbleichte und riss die Augen auf. Rasch schlug er die Seiten um und beugte sich vor. Sein Atem ging rasch und stoßweise. Immer schneller blätterte er, bis er das Ende des Buches erreicht hatte. Dann aber schlug er es mit einem Knall zu.

Hab ich dich, dachte Halbblut, doch er war nicht ganz glücklich darüber, wie sich die Angelegenheit entwickelte.

Bertragh zog ein Tuch aus der Tasche und wischte sich den Schweiß von der Stirn. Er versuchte, erneut sein aalglattes, selbstbewusstes Lächeln aufzusetzen, doch konnte er niemandem etwas vormachen. Sein Gesicht hatte sich zu einer Grimasse verzerrt, und seine Augen strahlten eine beinahe religiöse Begeisterung aus. Obwohl er sich große Mühe gab, es zu verbergen, sah er in diesem Augenblick wie Gunther aus, wenn er eine seiner Botschaften aus dem Buch der Propheten verkündete. Halbblut fragte sich, was in aller Welt eine solche Wirkung auf einen so abgebrühten Menschen wie diesen Kaufmann ausüben konnte. Wenn er je einen Zweifel daran gehegt hatte, ob er die Bücher behalten wollte, dann war er jetzt verflogen. Er wollte unbedingt erfahren, was darin stand. Jetzt musste er nur noch eine Möglichkeit finden, sie nicht aus der Hand zu geben.

»Habt ihr noch mehr von dieser Art?«, fragte Bertragh. Seine Stimme klang leicht gepresst. Schweißperlen standen auf der kuppelförmigen Halbglatze. Die Brillengläser reflektierten das Licht und verliehen seinem Gesicht einen dämonischen, fast schon besessenen Eindruck. Halbblut erschauerte und sagte sich dann, seine Fantasie ginge mit ihm durch.

»Oh ja«, antwortete Wiesel, der jetzt breit grinste. Er kannte zwar nicht alle Spielregeln, wusste aber, dass er gute Karten hatte. Der Barbar kaute unruhig auf seinen Schnurrbartenden herum. Er begriff nicht, was da vor sich ging, spürte aber die allgemeine Erregung.

»Habt ihr sie bei euch?«

»Nein.«

»Könnt ihr sie mir bringen?«

»Vielleicht. Wenn Ihr ganz sicher seid, dass Ihr sie wollt.«

»Ich kann sie euch vielleicht abnehmen.« Bertragh versuchte, beiläufig zu klingen, doch es war offensichtlich, dass er diese Bücher so verzweifelt begehrte wie ein unerfahrener Jüngling seine erste Frau. Wiesel zuckte die Achseln.

»Da sind noch andere Leute, die sich vielleicht dafür interessieren.« Das war der älteste und abgedroschenste Köder, aber Bertragh schnappte danach wie ein Fisch nach einer schönen fetten Made, die auf einem Angelhaken zappelt.

»Wie viel wollt ihr dafür haben?«

»Was bietet Ihr?«, konterte Wiesel.

»Wenn alle Bücher in einem so guten Zustand sind wie dieses, könnte Gold für euch herausspringen.«

»Wie viel Gold?«, fragte Wiesel.

»Sagen wir ein Goldstück pro Band.«

»Nein, fünf Royal pro Stück«, fiel Halbblut ein. Er rechnete nicht damit, dass der Kaufmann darauf eingehen würde. Ein Royal war mehr, als die meisten Menschen in einem Jahr verdienten. Bertragh schien darüber nachzudenken.

»Da muss ich mich zuerst mit meinem Herrn beraten, aber ich glaube schon, dass wir zu einer Einigung kommen könnten. Natürlich müsst ihr mir das Buch hier lassen, damit mein Herr es ansehen kann.«

Wiesel glotzte ihn bloß an wie ein Karpfen.

»Ich gebe euch die fünf Goldstücke. Betrachtet die Summe als Anzahlung. Wenn ihr mir einen Augenblick Zeit lasst, hole ich das Geld aus meinem Tresor.« Er stand vom Schreibtisch auf. Dabei strahlte er etwas Hektisches und beinahe Unmenschliches aus.

Wieder zuckte Wiesel die Achseln. Halbblut beugte sich vor und nahm das Buch. Wiesel und der Barbar sahen ihn verblüfft an. Er musste ihnen rasch eine Erklärung geben.

»Komplett sind die Bücher mehr wert«, sagte er. »Wenn der Handel aus irgendeinem Grund nicht zustande kommt, wäre es am besten, wenn sie alle in unserem Besitz sind.«

Der Barbar wirkte ein wenig bestürzt bei dem Gedanken, sein Gold gleich wieder zu verlieren, aber Wiesel lächelte schwach und nickte noch unmerklicher. Einmal mehr reagierte Bertragh völlig anders, als Halbblut erwartete. Der Verwalter starrte ihn mordlustig an, und für kurze Zeit war Halbblut davon überzeugt, dass er seine Wachen rufen und ihnen befehlen würde, ihnen das Buch mit Gewalt abzunehmen. Dann nahm sich Bertragh mit großer Mühe zusammen, gewann die Beherrschung zurück und wurde fast zu einer Parodie des weltgewandten Mannes, den er bei ihrem Eintreten gegeben hatte.

»Wie ihr wünscht.« Er schien kurz nachzudenken. »Wir könnten die fünf Royal ja als eine Art Kaution betrachten«, setzte er dann hoffnungsvoll hinzu. »Ich würde euch das Buch zurückgeben, wenn ihr mir das Geld wieder bringt.«

»Angenommen, wir werden auf dem Heimweg überfallen«, wandte Halbblut ein. »Dann können wir Euch die Summe nicht zurückzahlen. Alles Mögliche könnte schief gehen – besser, wir lassen es dabei bewenden.«

Bertragh machte eine Kopfbewegung, von der er offenbar hoffte, dass sie als verständnisvolles Nicken verstanden wurde. »Ihr bringt die anderen Bände morgen?«

»Morgen ist das Errettungsfest«, sagte Halbblut.

»Aber wir können den Beginn der Feierlichkeiten auch noch eine Zeit lang hinausschieben«, setzte Wiesel gewandt hinzu. »Vielleicht haben wir dann morgen Abend alle was zu feiern.«

»Bis morgen dann, meine Herren.«

Als sie draußen standen, sahen sie einander an. Wiesel brach in unbändiges Gelächter aus und der Barbar fiel ein.

»Wir sind reich«, rief er aus. Das werden wir noch sehen, dachte Halbblut. Er war entschlossener denn je, herauszufinden, was in diesen Büchern stand. Wenn sie bei einem Mann wie Bertragh eine solche Reaktion hervorriefen, mussten sie doch noch mehr wert sein, als der Kaufmann ihnen zu zahlen bereit war.

22. KAPITEL

Wir können nicht immer wissen, was unsere Gegner planen, aber wir können unser Bestes tun, um auf das, was sie wahrscheinlich unternehmen werden, vorbereitet zu sein.

Armande Koth, Kriegsführung im Zeitalter der Muskete und des Drachens

»Und Ihr seid sicher, dass es sich um Alzibars Bücher handelt?«, fragte Zarahel und sah den Kaufmann an. Eigentlich durfte es ihn nicht überraschen, sagte er sich, dass man mit den Büchern an Bertragh herangetreten war. In einer so kleinen Stadt wie Rotturm war der Markt für solche Schriften sehr begrenzt. Als Logenmitglied der Grauen Bruderschaft war Bertragh ständig auf der Suche nach Büchern mit alten Überlieferungen, um seine Kenntnisse zu erweitern, seine Stellung bei den anderen Mitgliedern zu verbessern und das gesammelte Wissen der Bruderschaft zu vergrößern. Daher hatte er sich zumindest eine geringe Chance ausgerechnet, als er dem Kaufmann geraten hatte, sich umzuhören, damit die Nachricht vielleicht in die richtigen Ohren gelangte.

Doch er war immer noch verblüfft darüber, dass es so gut gelungen war. Vielleicht standen die Alten Götter doch auf ihrer Seite. So langsam hatte er daran zu zweifeln begonnen.

Nur nicht überheblich werden, warnte er sich selbst. Man musste immer in Betracht ziehen, dass es sich auch um eine Falle der Inquisition handeln konnte. Vielleicht hatte sogar eine der rivalisierenden Bruderschaften damit zu tun. Es wäre gefährlich gewesen, diese magischen Verschwörungen zu unterschätzen. Die Organisationen hatten nicht dadurch tausend Jahre Unterdrückung durch die Terrarch überlebt, dass sie dumme Männer aufgenommen hatten.

Zarahel dachte daran, wie viel Zeit es ihn gekostet hatte, seine jetzige Stellung zu erreichen, die täuschenden Schutzwälle, die er hatte durchdringen müssen, die endlose Abfolge von Eiden, die man ihn hatte schwören lassen, und die tödlichen Missionen, die man ihm abverlangt hatte, die Prüfungen, die er hatte bestehen müssen. Und er rief sich ins Gedächtnis, dass er immer noch keine Ahnung hatte, wie viele Ebenen der Kommandostruktur weiter über ihm lagen und wem er letztlich Bericht erstattete. Er sah schon ein, wie sinnvoll das war. Schließlich war unter allen Mitgliedern seiner Zelle Bertragh, der Anführer, der Einzige, der Zarahels Geheimnis kannte, und er selbst hatte keine Ahnung, mit wem Bertragh zusammenarbeitete. Diese Zellenstruktur machte die Bruderschaft weniger angreifbar. Kein einzelnes Mitglied konnte zu viel verraten.

Trotzdem musste er zugeben, schockiert gewesen zu sein, als Alzibar aus dem Nichts heraus auftauchte und alle erforderlichen Zeichen und Talismane zeigen konnte, die ihn anwiesen, ihm Gehorsam zu leisten. Nie hatte er damit gerechnet, dass ein Terrarch Mitglied der Grauen Bruderschaft sein könnte; obwohl der Erhabene ihn rasch von seiner Aufrichtigkeit und seiner Weisungsbefugnis überzeugt hatte. Einiges von dem, was er hatte durchsickern lassen, war allerdings verstörend gewesen. Alzibar hatte sich im Osten aufgehalten, einige Zeit im Dunklen Imperium gelebt und schien ihm gegenüber eine gewisse Loyalität zu empfinden. Der Gedanke, dass die ganze Organisation letztlich ein Werkzeug sardeanischer Außenpolitik sein mochte und die Waffen, mit denen er die Hochländer versorgt hatte, möglicherweise aus dem Osten stammten und keineswegs von menschlichen Wohltätern, beruhigte Zarahel nicht eben. Nicht, dass es auf lange Sicht darauf ankam, woher die Sachen stammten. Wenn Zarahels Plan aufging, wäre er keinem Terrarch mehr verpflichtet. Sie würden ihn und seinen wiedererstandenen Gott fürchten.

»Ich bin mir sicher. Sein Zeichen stand auf der ersten Seite. Der Text war in der Schrift der Erhabenen verfasst. Es war der dritte Band einer Serie, von der ich mir ganz sicher bin, dass es sich um das Buch von Skardos handelt. Und er war mit Anmerkungen unseres Bruders Alzibar selbst versehen.« Zarahel brannte vor Ungeduld, als er daran dachte, wie viele Jahre Alzibar gebraucht hatte, um diese Sammlung von Büchern zusammenzutragen. Der Terrarch-Zauberer hatte erklärt, er habe die ganze Welt bereist, um die verlorenen Bücher von Skardos vollständig zu versammeln – und damit das komplette Wissen, das für die rituelle Anrufung Uran Uhltars benötigt wurde. Die Graue Bruderschaft konnte es sich nicht leisten, dieses Wissen ausgerechnet jetzt zu verlieren. Er selbst durfte das nicht zulassen. Nicht jetzt, da er so kurz vor der Erfüllung seiner Träume stand.

»Und Ihr habt sie damit einfach aus Eurem Lagerhaus spazieren lassen?« So sehr er es versuchte, Zarahel konnte nicht verhindern, dass seine Stimme ärgerlich klang. Er war irritiert. Sein kleiner Helfer hatte begonnen, ihn zu beißen. Die Bisse selbst waren gar nicht so übel, sondern sogar recht angenehm, als wäre das Gift des Tieres in kleinen Dosen eine Euphorie erzeugende Droge. Aber überall, wo es ihn biss, entstanden kleine, juckende Blasen. Und er wollte diese Bücher in seinen Besitz bringen. Es war schlimm genug gewesen, sie für immer verloren zu glauben – aber zu wissen, dass sie noch existierten, und dass dieser Tölpel die Männer einfach hatte gehen lassen …

»Was hätte ich sonst tun sollen? Es war nur ein Band, und die übrigen haben sie irgendwo versteckt.«

»Ihr hättet sie festhalten und mir eine Nachricht schicken können. Glaubt mir, ich hätte schon dafür gesorgt, dass sie mir ihre Geheimnisse verraten.«

»Vielleicht.« Trotz seines gelehrtenhaften Äußeren strahlte Bertragh eine stählerne Entschlossenheit aus. »Die drei sahen nicht aus wie Männer, die kampflos aufgegeben hätten. Sie waren bewaffnet.«

»Ihr hattet ein halbes Dutzend Leibwächter in Rufweite.«

»Möglicherweise hätten sie die überwältigt. Oder die Soldaten wären alle drei getötet worden.«

»Ihr meint wohl, dass Ihr selbst hättet umkommen können. Meine Stammeskrieger waren hier, ein Stockwerk höher, und ich ebenfalls. Ihr hättet nach uns schicken können. Wenn nötig, hätte ich sie eigenhändig überwältigt.«

»Durch Magie, meint ihr? Das waren Soldaten der Königin, die mit Sicherheit Schutzzeichen trugen. Außerdem habt Ihr mir gesagt, Ihr wolltet Euch lieber nicht blicken lassen. Und ich würde es ebenfalls begrüßen, wenn unsere Verbindung ein Geheimnis bliebe. Es wäre nicht gut gewesen, hätten diese Soldaten bemerkt, dass ein Verwalter der Selari mit Hochlandkriegern zu tun hat.«

»Es hätte keine überlebenden Zeugen gegeben.«

Bertragh ließ ihm ein kaltes Lächeln zuteil werden. »Es kann immer etwas schief gehen. Wenn diese Männer gestorben wären, hättet ihr nie erfahren, was sie wissen. Aber auf diese Art bekommen wir mit Sicherheit, was wir wollen.«

Zarahel sah ein, dass die Argumente des Verwalters einleuchtend klangen. Jetzt war Diplomatie geboten. »Vergebt mir, mein Freund. Nur Aufregung und Erwartung ließen mich so heftig reagieren. Ihr habt richtig gehandelt.«

»Wir bekommen die Bücher ja bald. Diese Soldaten werden sie uns verkaufen. Warum auch nicht? Wir bieten ihnen eine fürstliche Summe.«

Zarahel überlegte. »Wenn gemeine Soldaten plötzlich so viel Geld in der Tasche haben, könnte jemand Fragen stellen.«

»Auch daran habe ich gedacht. Lasst sie die Bücher bringen, und dann könnt Ihr mit ihnen tun, was Ihr wollt.«

Zarahel grinste. »Und Ihr bekommt Euer Gold zurück.«

»Genau das. Ein ausgezeichnetes Arrangement, findet Ihr nicht?«

»Wunderbar. Wer wird schon etwas darum geben, wenn drei Soldaten in der ›Grube‹ tot aufgefunden werden? Besonders wenn man weiß, dass die Hochländer ihnen Rache geschworen hatten.«

Halbblut ging durch die dunklen Straßen und überhörte das Geplapper seiner Kameraden. Die Ereignisse glitten ihm aus der Hand. Jetzt sah es doch so aus, als müsse er die Bücher aufgeben und dem Verwalter überlassen. Ein kleiner Teil von ihm schien beinahe erleichtert. Er würde die Schriften gegen Geld eintauschen und sich eine Weile an seiner Beute erfreuen. Das wäre gut. Aber ein anderer Teil von ihm kochte vor kaum unterdrückter Wut und wollte sie unbedingt besitzen. Das Verhalten des Kaufmanns bewies, dass sie sehr wertvoll waren. Bertraghs Benehmen schrie geradezu heraus, dass die Bücher Geheimnisse enthielten, kostbarer als Gold.

Ein Blick in die Gesichter seiner Kameraden verriet ihm, dass er nicht die geringste Aussicht hatte, ihnen das verständlich zu machen. Sie wollten das Geld und waren glücklich über die Aussicht, es zu bekommen. Vielleicht hatten sie Recht. Gut möglich, dass die übermächtige Begierde, die er empfand, eine Art Warnung darstellte. Die Bücher könnten eine Gefahr für seine unsterbliche Seele bedeuten. Vielleicht war der Preis für ihre Geheimnisse zu hoch, als dass ein Mensch ihn zahlen sollte, und es wäre besser, sie dem Kaufmann oder seinem Herrn zu überlassen.

Und doch spürte Halbblut tief in seinem Inneren, dass er bereit sein würde, den Preis zu bezahlen, selbst wenn ihn das seine Seele kosten sollte. Allein der Gedanke, ein solch diabolisches Wissen zu besitzen, erfüllte ihn mit einer unguten Gier. Zu seiner großen Beschämung und Zerknirschung stellte er fest, dass ein Teil von ihm darauf brannte, verbotene Geheimnisse zu erfahren. Dieser Teil war der Meinung, selbst die Verdammnis sei seinem jetzigen Platz in der Welt vorzuziehen. Er verzog die Lippen zu einem säuerlichen Lächeln. Wenigstens wäre er dann einmal jemand, dachte er.

Doch begriff er, dass das alles verlorene Mühe war. Selbst wenn er die Bücher in seinen Besitz brachte, war er weit davon entfernt, sie auch benutzen zu können. Er verfügte weder über die Kenntnisse, die Schrift zu entziffern, noch über die magische Kraft, irgendwelche Beschwörungen, die sie enthalten mochte, durchzuführen. Auch wenn er die Bücher behielt, würde er höchstwahrscheinlich immer noch ein Niemand sein, ein Wurm, der zu den Sternen aufsah. Während er dem triumphierenden Singen und Prahlen seiner Kameraden lauschte, beschlich ihn eine eigenartige leise Verzweiflung.

In diesem Augenblick überwältigte ihn das Gefühl, mit der Welt könnte etwas ganz und gar nicht stimmen. Es war nicht richtig, dass er oder ein anderer Mensch gezwungen war, so zu empfinden. Wenn jemand durch die bestehenden Zustände so niedergeschmettert wurde, dann musste an dieser Weltordnung etwas grundsätzlich verkehrt sein. Er spürte die ersten Regungen desselben Zorns, von dem er sich jetzt sicher war, dass ihn der Uhrmacher – und alle anderen Rebellen, gegen die er gekämpft hatte – auch schon gespürt haben mussten. Irgendwo, irgendwie, dachte er, musste sich alles ändern, obwohl er keine Ahnung hatte, wie das erreicht werden könnte. Diese Welt musste ins Lot gebracht werden, und er würde einen Weg finden, dazu beizutragen.

Der Augenblick war vorüber und hinterließ ein merkwürdiges Gefühl der Leere. Die Welt musste in Ordnung gebracht werden, dachte er, aber nicht gerade jetzt. Aus der Dunkelheit tauchte die Tür von Mama Hornes Haus auf. Jetzt konnte er sich zerstreuen und seinen Geist wieder in Schlummer versetzen.

Rena wartete auf ihn.

Sardec schlenderte am Rand des Lagers entlang und sah zum Himmel auf. Der letzte Abend der Trauerzeit war herangekommen, und er spürte das Bedürfnis nach Gebet und Einkehr. Unter sich sah er die Laternen der Wachen. Vom Hügelkamm aus konnte er sehen, wie in einer Wolkenlücke die Sterne erschienen.

Er wusste natürlich, dass das nicht die Sterne der Heimat waren. Nicht die Sterne, unter denen sein Volk geboren worden war und unter deren Licht es seine Zivilisation errichtet hatte. Der Mond, der am Himmel stand, war nicht das Gestirn, das die Nacht von Al'Terra erhellt hatte. Es war ihm ähnlich, aber nicht genau dasselbe, genau wie dieser Planet ihrer Heimatwelt ähnelte, aber nicht exakt derselbe war.

Er hielt kurz inne und sprach ein Gebet. Er kannte die Auseinandersetzungen unter Magiern und Philosophen, die behaupteten, alle Welten des großen Kosmos seien in Wirklichkeit *eine* Welt, und alle seien in irgendeiner Art eine verzerrte Widerspiegelung der anderen. Er hatte von der These gehört, dass alle Welten nur schwache Schatten einer vollkommenen Zentralwelt seien. Doch er war nicht in der Position, das zu beurteilen. Er wusste nur, dass die Schattenthese eine Häresie war, die sein Volk schon belastete, seit es den Fuß auf Gaeia gesetzt hatte. Gewisse

Sekten vertraten die Ansicht, wenn diese Welt nur ein Schatten der Heimat sei, dann müsse sie dem großen Feind gehören, und sein Volk würde durch seine bloße Anwesenheit hier verunreinigt werden.

Belege dafür waren leicht zu finden. Sein Volk befand sich auf einem absteigenden Ast. Zwar nahmen die Terrarch wieder an Zahl zu, doch sie waren weniger rein. Es schien, als hätte die Anwesenheit so vieler Menschen sie durch ihre Nähe vergiftet, und die Terrarch würden mehr und mehr wie die niedere Rasse, an deren Seite sie zwangsläufig lebten. Sie verloren ihre ruhmreiche Vergangenheit aus dem Blick und ließen sich in diesem schäbigen Zeitalter häuslich nieder. Vielleicht gab es eine Möglichkeit, ihren alten Ruhm zurückzugewinnen, doch er sah keine. Die einzige Hoffnung, wie sie das vollbringen könnten, wäre gewesen, das Auge des Drachen in umgekehrter Richtung zu durchschreiten und die Heimat ihrer Vorfahren einzufordern. Das aber war ein Ding der Unmöglichkeit. Selbst wenn es ihnen gelang, die Fürsten des Schattens zu überwinden, konnte Al'Terra nicht mehr der Planet sein, der er einst gewesen war. So verunreinigt, wie er durch den Sieg des Schattens war.

Es hieß, dass die Terrarch im Osten inzwischen anders dachten und alles daran setzten, die verbotenen Pfade, die zurück nach Al'Terra führten, erneut zu öffnen und ihre Heimatwelt zu säubern. Er fragte sich allerdings, wie viel davon Propaganda der Roten und wie viel schlichte Wahrheit sein mochte. Vielleicht hatten Arachnes Leute doch Recht, und es wäre besser, das Tor erneut zu durchschreiten und zu siegen oder in einem letzten Aufbäumen glorreich unterzugehen. Bestimmt wäre ein solches Einde diesem unendlich langen Niedergang vorzuziehen.

Er sagte sich, das seien trübsinnige Gedanken, und wenngleich sie in diesem Sinne vielleicht passend für die letzte Nacht der Trauerzeit sein mochten, so waren sie doch unangemessen für eine Zeit, in der er über die Opfer der Gefallenen und die Verheißungen, die der Engel für die Zukunft gemacht hatte, nachdenken sollte. Hatte *Sie* nicht versprochen, sie werde zurückkehren und ihr Volk erneut in sein vorbestimmtes Schicksal führen? Er sollte fest daran glauben, aber er wusste auch, dass er nicht in Zeiten lebte, die die Gläubigen stärkten, dass etwas am Zustand der Welt nicht stimmte und viele Dinge in Ordnung gebracht werden mussten.

Sardec erreichte den Hügelkamm und betrachtete das Lager, das unter ihm lag. Er hörte das Brüllen der Wyrm und nahm ihren durchdringenden Geruch wahr, den der Wind herantrug. Jenseits des Lagers blickte er auf die Stadt. Die große rotierende Laterne auf dem Drachenturm brannte hell und klar, um jeden Drachenreiter, der bei Nacht flog, zum Tempel zu führen. Auch der Turm auf Aseas Palast war hell erleuchtet, als wolle er in einen Wettstreit damit treten, als wirke die Prinzessin aus den Reihen der Ersten in diesem Augenblick einen düsteren, mächtigen Zauber.

Morgen war das Errettungsfest. Morgen würde er Aseas Ball besuchen und sie wiedersehen: eine beeindruckende Gestalt. Aber nun, da er Zeit zum Nachdenken gehabt hatte, gab ihm die Situation einige Rätsel auf – wenn Asea ihn nicht aus ihren eigenen, unergründlichen Motiven lenkte. Ihm gefiel es gar nicht, wie ein Fisch am Angelhaken von jemand anderem zu zappeln. Auch mochte er das Gefühl nicht, keine Kontrolle zu haben.

Morgen begingen sie das Errettungsfest, sagte er sich

mit einem leisen, erwartungsvollen Prickeln, eine Zeit der Freizügigkeit und Ausschweifung, zu der alles möglich war. Maskierte Festgäste konnten in den Straßen feiern und manchmal mochten sogar die zurückhaltendesten Terrarch mit Menschen zusammenliegen.

Gegen seinen Willen erregte ihn dieser Gedanke.

23. KAPITEL

Das Errettungsfest ist unser höchster Feiertag, und manchmal denke ich, dass es auch der traurigste ist.

Azarothe Aurali, Meditationen

Rena verblüffte Halbblut, indem sie ihm schon fast zum Aufwachen das Päckchen reichte. Sie lächelte und wirkte ein wenig verlegen, als rechne sie fast damit, dass er es zurückweisen würde. Doch er nahm es ihr aus der Hand und stand vom Bett auf. Sie befanden sich im selben Zimmer, in dem er gestern aufgewacht war. Das wurde langsam zur Gewohnheit, dachte er, und er war sich nicht sicher, ob ihm diese Vorstellung gefiel. Seine Erfahrung mit Sabena hatte ihn misstrauisch gemacht, so dass er Frauen nicht allzu nahe an sich heranließ.

»Was ist das?«

»Ein Geschenk zum Errettungsfest«, erklärte sie. Das war ihm jetzt ein wenig peinlich. Er hatte ihr nichts zu geben bis auf ein paar Münzen. Von einem von Mama Hornes Mädchen hätte er so etwas nicht erwartet.

»Ich danke dir.«

»Öffne es doch, wenn du möchtest.« Er wickelte das Päckchen auf und entdeckte einen kleinen Gebetskristall an einer Kupferkette. In diesen Kristall war ein Bild von Malok eingraviert: das magische Zeichen für Schutz. Rasch überschlug er den Wert und schätzte, dass er das Mädchen wahrscheinlich das gesamte Geld gekostet haben musste, das er ihr gegeben hatte. Vielleicht sogar etwas mehr.

»Das war unnötig«, sagte er kühler, als er vorgehabt hatte. Malok war ein Zeichen, das traditionell Eltern, Ehefrauen oder Liebste einem Mann überreichten, der sich in Gefahr begab. Er war gerührter, als er zu zeigen wagte. Noch niemand, nicht einmal die Alte Hexe, hatte ihm je zuvor solch ein Geschenk gemacht.

»Ich wollte es dir aber geben. Der Talisman-Verkäufer sagte, es würde dich auf deinen Reisen beschützen. Er hat behauptet, es wäre ein sehr mächtiges Schutzzeichen. Und schließlich ziehst du in den Krieg.«

»Dann danke ich dir und freue mich sehr darüber. Es tut mir Leid, aber ich habe nichts, das ich dir als Gegengeschenk geben könnte.«

»Ich habe es dir doch auch nicht geschenkt, weil ich etwas dafür erwarte«, erklärte sie. »Ich möchte einfach, dass du überlebst und zurückkommst, damit ich dich vielleicht wiedersehe.«

Offenbar hoffte sie, er werde etwas sagen. Hier lag mehr in der Luft, als er erwartet hatte. Ihre Verbindung war inzwischen tiefer als die einfache Geschäftsverbindung zwischen einem Soldaten und einem Mädchen aus einem Bordell – das gestand sogar er zu. Er hatte verstohlen nach ihr Ausschau gehalten, als sie gestern in Mama

Hornes Haus zurückgekehrt waren, und war nicht überrascht gewesen, als sie sich ihm genähert hatte.

»Ganz bestimmt wirst du mich wiedersehen«, sagte er. Diese Lüge fiel ihm leichter als alle anderen Antworten, die er vielleicht hätte geben können, denn er war sich nicht sicher, ob er sie überhaupt wiedersehen oder den bescheidenen Anspruch, den sie auf ihn zu erheben schien, anerkennen wollte. Gut möglich, sagte er sich, dass er auf den Marsch gehen und sie nie wiedertreffen würde, und dass es ihm überhaupt nicht Leid tun würde. Doch es war jetzt nicht der richtige Zeitpunkt, das zu erwähnen. Sie packte ihn und küsste ihn heftiger, als er erwartet hatte, und da begriff er, dass sie nicht wirklich ihn sah, sondern die Verheißung von etwas, das sie selbst umtrieb. Es war ja gar nicht möglich, dass sie ihn wirklich kannte. Und um die Wahrheit zu sagen, er wollte auch nicht, dass ihn jemand allzu genau kennen lernte. Derjenige wäre bestimmt entsetzt gewesen.

»Ich mache mir Sorgen um dich«, gestand sie und biss sich dann rasch auf die Lippen, als hätte sie schon zu viel gesagt.

»Du hast keinen Grund dazu.«

»Doch, die Männer aus dem Hochland. Und die merkwürdigen Geschäfte, in die ihr verwickelt seid, du und deine Freunde. Außerdem ziehst du bald in den Krieg.«

»Wenn *ich* mir deswegen keine Sorgen mache, warum solltest du es tun?«

»Dass du nicht darüber nachdenkst, ist noch ein Grund, mir Sorgen zu machen. Häng den Gebetskristall um.« Zögernd tat er, worum sie gebeten hatte, und musste zugeben, dass er sich gleich besser fühlte.

»Die Kette hat dich sicher ein Vermögen gekostet«, sagte er. »Erlaube mir, dich dafür zu bezahlen.«

»Nein«, versetzte sie schnell. »Sie ist ein Geschenk. Ich will nichts dafür haben. Solche Dinge sollten großherzig und ohne Vorbehalte gegeben werden, damit sie ihre Wirkung entfalten können. Das hat der Talisman-Verkäufer gesagt.«

»Natürlich. So kann er seine Preise hochtreiben und auch noch behaupten, dass dies die Wirkung seiner Waren verbessert.«

»Bist du immer und bei allem so zynisch?« Er dachte einen Augenblick darüber nach.

»Ja«, antwortete er schießlich.

»Vielleicht solltest du versuchen, weniger verbittert zu sein. Schließlich ist nicht die ganze Welt dein Feind.«

»Vielleicht.« Spielerisch boxte sie ihn, und sie rangelten auf dem Bett herum, bis das Spiel zu etwas ganz anderem wurde.

»Guten Morgen«, sagte Wiesel, als Halbblut und Rena in den Salon traten. Er saß allein am Tisch und legte eine Patience. Die Mädchen, mit denen er gestern Nacht zusammen gewesen war, waren jetzt nirgendwo zu sehen.

»Ein schönes Errettungsfest wünsche ich dir«, sagte Halbblut.

»Wir sollten ins Lager zurückgehen, unser Zeug holen und uns auf den Abend vorbereiten.«

»Das wird ein großes Fest«, erklärte Rena. »Wie immer zum Errettungstag.«

Wiesel zog eine Münze hervor und warf sie dem Mädchen zu. »Geh dir eine schöne Maske kaufen«, befahl er. »Ich will allein mit deinem Freund reden.«

»Wieder eure geheimnisvollen Geschäfte?«, fragte Rena.

»Erraten – und jetzt verzieh dich!«

Rena ging. Wiesel sah Halbblut an, der seinen Blick offen erwiderte.

»Hast du ihr was erzählt?«, wollte er von ihm wissen. »Wenn Männer mit einem hübschen Mädchen im Bett sind, plaudern sie manchmal Sachen aus, die sie lieber für sich behalten sollten.«

»Da solltest du dir eher Sorgen um den Barbaren machen. Mich kennst du doch besser.«

»Ja, das tue ich.«

»Und?«

»Warum habe ich trotzdem so ein Gefühl, dass da etwas ist, das ich wissen sollte?«

»Was meinst du?«

»In dir geht irgendetwas Komisches vor, Halbblut.«

»Versteh ich nicht.«

»Ich auch nicht. Dir spukt was im Kopf herum, und es hat mit den Büchern zu tun. Ist mir gestern Abend schon aufgefallen.«

Wiesel war ein scharfsinniger Beobachter, das musste ihm Halbblut lassen. Der Mann besaß einen ausgezeichneten Instinkt. Halbblut bedachte seine Antwort sorgfältig.

»Ich habe bei der ganzen Geschichte ein mulmiges Gefühl. Das sind die Bücher eines Magiers. Wer zum Teufel würde die Bücher eines dunklen Hexers in seinen Besitz bringen wollen? Das klingt nach einer Bruderschaft. Vielleicht gehört dieser Bertragh einer Bruderschaft an.« Halbblut wusste, dass es Wiesel beunruhigen würde, wenn er die uralten magischen Verschwörungen erwähnte – und das würde ihm helfen, seine eigene Unruhe zu erklären. Niemand wusste, was diese Bruderschaften wirklich darstellten, doch meist brachte man sie mit Geschichten über Dämonenverehrung und Menschenopfer in Verbindung. Als Halbblut jetzt darüber nachdachte, fand er, seine Lüge mochte durchaus mehr als ein Körnchen Wahrheit enthalten.

»Schon möglich. Und in diesem Fall haben wir einen guten Grund, die Bücher so rasch wie möglich abzustoßen.«

»Und ich mag Betragh nicht«, setzte Halbblut hinzu. »Ich traue ihm nicht über den Weg.«

»Ich auch nicht, aber ich kann sein Gold gut leiden, und wenn die kleinen Münzen freundlich zu mir sprechen, glaube ich ihnen.«

»Er war zu sehr darauf bedacht, die Bücher zu kaufen. Er ist zu schnell auf unseren Preis eingegangen.«

»Du meinst, wir könnten mehr bekommen?«, fragte Wiesel.

»Ich glaube eher, dass wir unseren Kopf verlieren könnten.«

»Sprich weiter.«

»Wenn diese Bücher so kostbar sind und so voller dunkler Geheimnisse, kann er dann wirklich wollen, dass wir danach noch herumspazieren, die Hände voller Gold und den Bauch voll Bier? Wir könnten doch mit den falschen Leuten reden.«

»Wenn er uns umbringt, könnten aber auch Leute die verkehrten Fragen stellen.«

»Nicht, wenn es eine einleuchtende Erklärung für unseren Tod gibt. Wenn wir zum Beispiel mit unseren Schwänzen im Mund aufgefunden werden, Opfer eines

Ehrenmordes der Hochland-Clans.« Halbblut hatte nur Ausflüchte gesucht, aber er war erstaunt, wie nachvollziehbar das Ganze klang. Es lohnte sich wirklich, darüber nachzudenken.

»Wie sollte Bertragh denn auf so etwas kommen?«, wandte Wiesel ein.

»Findest du es nicht etwas verdächtig, dass du von einem möglichen Käufer hörst, ungefähr zu dem Zeitpunkt, als unser Freund Vosh mehr zu kauen bekommt, als er schlucken kann?«

»Reiner Zufall.«

»Würdest du dein Leben darauf verwetten?«

Der einstige Wilderer schien zu einem Entschluss zu kommen. »Wir werden den Treffpunkt ändern und auf einem Ort bestehen, den wir aussuchen. Wenn Betragh so versessen auf das Geschäft ist, wie es den Anschein hat, wird er darauf eingehen. Für den Fall der Fälle sorgen wir dafür, dass ein paar von unseren Jungs da sind. Lade sie alle zu einem großen Fest ein und sag ihnen, sie sollen ihre Messer mitbringen, falls uns irgendwelche Clanmänner ans Leder wollen.«

»Und wo soll das sein?«

»Hier! Dieses Haus ist genauso gut wie irgendein anderes. Wir können ein Zimmer mieten. Niemand wird den geringsten Verdacht schöpfen, wenn sich ein paar Fourageure hier aufhalten.«

»Klingt vernünftig.«

»Aber wir brauchen immer noch deinen Teil der Bücher, Halbblut. Du musst sie holen. Ich würde vorschlagen, dass wir beide zusammen gehen. Hoffentlich kommen wir ins Lager hinein und auch wieder heraus, ohne dass uns jemand bemerkt.«

»Und wenn nicht?«

»Wir schleichen uns nach dem Zapfenstreich nach draußen. Nach dem Dunkelwerden dürfte das nicht besonders schwierig sein. Das haben wir doch früher auch schon getan.«

»Sobald ich mich von Rena verabschiedet habe, können wir gehen. Wir sollten noch mehr Ausrüstung mitnehmen. Ich habe einen Plan, nur für den Fall, dass etwas schief geht.«

»Lass hören.«

Sardec ließ sich von den Dienern des Gasthauses ankleiden. Sie zogen ihm die Stiefel an, zupften seine Jacke zurecht und hielten ihm den Spiegel vor, so dass er sich seines makellosen Aussehens vergewissern konnte. Während des Ankleidens kümmerte er sich um verschiedene kleine Aufgaben, die sich so ergeben hatten. Sein Kostüm für den abendlichen Maskenball war aus der Schneiderei eingetroffen, er hatte verschiedene Rechnungen zu unterzeichnen – und außerdem verlangte Oberst Xeno, dass er sich nach dem Frühstück bei ihm meldete.

Daher suchte er, nachdem er gegessen hatte, den Oberst in seinem Büro in der Festung auf.

Als er eintrat, sah ihn Xeno forschend an. Er stand auf, verneigte sich ein wenig und kehrte dann an seinen Schreibtisch zurück, um noch einige Dokumente zu unterschreiben. »Ihr habt gestern Prinzessin Asea aufgesucht«, begann er.

»Allerdings, Herr. Ihr hattet mir die Erlaubnis erteilt.«

»Und Ihr habt mit ihr über Eure kurz zurückliegende Mission gesprochen.« Jetzt wusste Sardec, worauf er hinauswollte.

»Asea gehört zu den Ersten, Herr, und sie war neugierig.«

»Und Ihr habt ihr erzählt, was sie wissen wollte.« Xenos Stimme klang samtig. Sardec spürte die Gefahr, die darin lag. Er erinnerte sich an einige Gerüchte über Xeno und Asea, die in der Offiziersmesse kursiert waren. Zwischen ihnen bestand eine alte Feindschaft, deren Grund offenbar niemand kannte. Sardec vermutete, dass sie politischer Natur war, denn von seinen Ansichten her war Xeno so tiefgrün, dass er beinahe schon ein Blauer war.

»Ich habe ihr so viel erzählt, wie mir geboten schien, Herr.«

»Und was war das?«

»Ich habe ihr von dem Uhltari berichtet. Ich hoffte, sie könnte etwas Licht in die Sache bringen.«

»Dazu scheint sie jedenfalls entschlossen zu sein. Sie hat sich die fixe Idee in den Kopf gesetzt, dass es jemanden gibt, der Uran Uhltar wiedererwecken will. Deswegen hat sie mir heute Morgen eine Nachricht geschickt.«

»Vielleicht vermutet sie ja ganz richtig, Herr.«

Xeno legte die Fingerspitzen aneinander und sah zur Decke auf. Er stieß einen lang gezogenen Seufzer aus. »Ja, Leutnant, vielleicht. Deswegen werdet Ihr auch Asea zurück zu den Ruinen von Achenar begleiten, sobald sie das wünscht.«

»Herr?«

»Prinzessin Asea benötigt eine Eskorte in die Berge. Ihr und Eure Männer waren als Letzte an der Stelle, die sie zu besuchen wünscht. Damit ist es klar, dass Ihr derjenige seid, der sie begleiten soll. Findet Ihr nicht?«

»Doch, Herr, aber wir moblilisieren gerade die Truppe für den Einmarsch nach Kharadrea.«

»Ein Ausflug in die Berge dürfte nicht allzu lang dauern, hoffe ich. Wir können doch nicht eine der Ersten allein und in einem so gefährlichen Gebiet herumspazieren lassen, ausgerechnet jetzt, da die Hochländer in Aufruhr geraten, oder?«

»Ganz richtig, Herr. Wann sollen sich meine Männer bereit halten?«

»Da Prinzessin Asea heute Abend ihren berühmten Ball gibt, bezweifle ich, dass selbst sie vor dem morgigen Tag reisefertig sein dürfte. Die Männer sollen also ruhig ihren Ausgang zum Errettungsfest bekommen. Doch danach solltet Ihr marschbereit sein.«

»Ja, Herr.«

»Und, Leutnant Sardec …«

»Herr?«

»Nächstes Mal seid bitte etwas vorsichtiger, wenn Ihr zu jemandem, der nicht zu diesem Regiment gehört, über Eure Pflichten sprecht. Ganz gleich, wer diese Person ist.«

»Das werde ich, Herr.«

»Das wäre dann alles, Leutnant.«

24. KAPITEL

Es wird immer Herrscher und Untertanen geben.
Das ist ein Naturgesetz.

Selazar, Naturgesetze

Ins Lager hinein- und wieder herauszugelangen, war einfacher gewesen, als Halbblut erwartet hatte. Niemand hatte sie daran gehindert, zu seiner Hütte zu gehen und seinen Rucksack zu holen. Ein rascher Blick, um sich davon zu überzeugen, dass alles an seinem Platz war, dann kurz einiges von seiner Spezialausrüstung eingepackt – und schon waren sie auf dem Rückweg.

Die Wächter am Tor hatten ihre Pässe mit einer Mischung aus Groll und Neid überprüft, hatten aber nichts getan, um sie aufzuhalten. Jetzt waren sie zurück in Mama Hornes Haus, tranken und bereiteten sich auf das abendliche Treffen vor. Wiesel hatte das Zimmer gemietet. Halbblut hatte Bertragh eine Nachricht bezüglich der neuen Verabredungen geschrieben und seinen Kameraden die gereizte Antwort des Kaufmanns vorgelesen. Jetzt konnten sie nichts anderes mehr tun als warten.

»Das sollte aber der Letzte sein«, sagte er zu Wiesel und dem Barbaren und wies auf ihre vollen Weinbecher, während er aufstand, um nach Rena zu suchen. »Heute Abend müsst ihr eure fünf Sinne beieinander haben.«

»Ich habe meine Sinne immer bei mir«, erklärte der Barbar.

»Zumindest die Hälfte«, setzte Wiesel hinzu. Doch Halbblut war besorgt: er hoffte, dass sie auf ihn hören würden. Wiesel kippte den Inhalt des Bechers hinunter und rief dann nach *Tschai*. Offensichtlich war er beunruhigter, als er aussah. Halbblut war keineswegs erstaunt. Er freute sich nicht nur darauf, bald ein kleines Vermögen zu besitzen, sondern war auch froh, etwas loszuwerden, für das sie alle auf den Scheiterhaufen gehen konnten, wenn die Inquisition sie fasste.

Draußen auf der Straße waren die Vorbereitungen für den Errettungs-Karneval in vollem Gang. Aus Hunderten von Wohnungen stieg der Duft nach Bratfisch und mit Zimt gewürzten Weins auf. Überall rannten Kinder herum, als Untiere, Monster und Dämonen maskiert. In den kleinen Schreinen, die vor jeder Ladenfront aufgebaut waren, brannte Räucherwerk. Menschen strömten in ihrem besten Tempelstaat vorüber, auf dem Weg zum Mittagsgottesdienst. Bei Mondaufgang würde die Trauerzeit offiziell zu Ende sein, und dann würde es Essen und Getränke geben. Einige Leute allerdings, die aus den Grogschenken torkelten, hatten die Trauerzeit offenbar schon für beendet erklärt.

»Willst du zum Tempel?«, fragte Rena.

Halbblut schüttelte den Kopf. »Ich gehe schon lange

nicht mehr hin. Seit Leon und ich aus dem Arbeitshaus geflohen sind.«

Sie warf ihm einen Seitenblick zu und beobachtete dann erneut, wie Kinder um ein Schwein, das in einem der Abfallhaufen wühlte, herumhüpften. »Dann hast du deine Mutter und deinen Vater nie kennen gelernt?«

»Nein.«

»Weißt du etwas über sie?«

»Es hieß, mein Vater sei ein Erhabener gewesen und meine Mutter ein Straßenmädchen. Aber wie hätten die Leute dort das wissen können? Einmal habe ich mit einer alten Frau geredet, die sich noch daran erinnerte, wie man meine Mutter ins Armenhaus gebracht hatte. Sie behauptete, während der Geburt hätte sie etwas über einen Terrarch und über Blasphemie gestammelt.«

»Konntest du deine Mutter nicht fragen?«

»Sie ist eines Tages ausgegangen und nie wiedergekommen. Vielleicht hat sie mich einfach zurückgelassen. Solche Dinge kommen vor.«

»Wie kannst du so etwas von deiner eigenen Mutter denken?«

»Ich bin in Drangsal geboren, schon vergessen? Dort passieren jeden Tag noch viel schlimmere Dinge – und niemand kümmert sich darum.«

Sie nahm seine Hand, als hätte sie Mitleid mit ihm. Er wollte nichts davon wissen und ließ sie los. Ohne den Grund zu kennen, stellte er fest, dass er merkwürdig ärgerlich war. Er hatte geglaubt, schon vor langer Zeit mit alldem abgeschlossen zu haben.

»Dann kennst du Leon also schon lange«, sagte sie. Offensichtlich versuchte sie, das Thema zu wechseln. Ein Junge mit einer Engelsmaske floh schreiend vor zwei

Mädchen, die als Dämonen verkleidet waren. Im Vorbeirennen stieß er gegen Halbblut. Sofort überprüfte er seine Geldbörse, doch nichts fehlte. Rena hatte es bemerkt.

»Du bist sehr misstrauisch.«

»Ich kenne Leon, seit wir beide laufen gelernt haben«, erklärte Halbblut und entschied sich, ihre Bemerkung zu übergehen. In einer Seitenstraße schlug jemand die Trommel. Ein anderer stimmte eine Fiedel. Die Menschen bereiteten sich auf das Fest vor. Sie bogen in eine weitere schmale Gasse ein. Ein schreiender Mann kam mit einer Axt auf Halbblut zugestürmt. Er trat zur Seite, und der Mann rannte vorbei, einem Huhn hinterher, das in eine noch schmalere Gasse lief. Offenbar versuchte ihm sein Festmahl zu entfleuchen.

Halbblut sah sich misstrauisch um und hielt die Hände in der Nähe seiner Waffen. Hier im Labyrinth der »Grube« fühlte er sich heimisch, so wie in Drangsal. Aber dies hier war nicht sein Revier. Die örtlichen Schläger kannten ihn nicht und die Taschendiebe würden trotzdem ihr Glück versuchen. Ihnen war es gleich, ob Errettungstag war; die Raubtiere waren immer hungrig. Fast rechnete er damit, dass einer der Clankrieger der Agante aus einer der Seitenstraßen käme, doch das geschah nicht.

Vor sich konnte er den Fluss riechen: trübe Fluten und Abwässer, gemischt mit dem Geruch von Pflanzen und Küchendüften. Sie traten auf ein kleines, schlammiges Stück Uferbank. Zu einer Seite lag eine Taverne, die auf einer von Pfählen gestützten Plattform über dem Fluss errichtet war. Sie stellte den Anbau eines Steingebäudes am Ufer dar, und einige der Steinornamente erstreckten sich auch auf die Plattform. Halbblut hatte solche Häuser schon gesehen; es schien unvermeidlich, dass sie irgendwann im Wasser zerfielen.

Auf der anderen Seite des Flusses sah er Lagerhäuser, Werften und Schiffe, die am Kai vertäut waren. Die meisten waren jetzt nur mit den unbedingt nötigen Mannschaften und Wachleuten besetzt. Wenn es Nacht wurde, würden auch sie betrunken sein, und dann würden die Diebesbanden kommen. Von hier aus konnte er auch Bertraghs Haus erkennen. Er hatte vor, es sich noch einmal anzusehen, solange es noch hell war. Später, dachte er. Sie konnten in der Nähe spazieren gehen. Es schadete nie, sich einen besseren Eindruck zu verschaffen.

»Lass uns hier was trinken«, schlug Halbblut vor und führte Rena in die belebte Taverne. Arme Männer mit harten Gesichtern saßen hier, meist Hafenarbeiter und die Art von Abschaum, der irgendwie am Flussufer den Lebensunterhalt fristete. Ihre Kleidung wirkte muffig und feucht, und an den Hosenaufschlägen klebte Schlamm. Sie waren es nicht gewöhnt, dort, wo sie tranken, ein hübsches junges Mädchen zu sehen. Einige leckten sich beifällig die Lippen. Halbblut schenkte ihnen ein gemeines Grinsen und legte die Hände demonstrativ auf seine Waffen, worauf die Tavernenbesucher hastig wegsahen.

Sie setzten sich an einen Tisch auf der Plattform am Fluss, und Halbblut rief nach Grog. Rena lehnte ab und bat um ein kleines Bier. Halbblut zahlte beide Getränke und bat den Tavernenwirt, die Flasche dazulassen. Münzen wechselten den Besitzer.

»Was denkst du gerade?«, fragte das Mädchen.

Halbblut fragte sich, warum Frauen das immer wissen wollten. »Ich dachte gerade über diese Boote nach. Wenn sich an Bord etwas von Wert befindet, dann werden viele von ihnen bis zum Sonnenaufgang ausgeraubt sein.«

»Warum denkst du immer über solche Dinge nach?«

»Liegt wahrscheinlich daran, wie ich aufgewachsen bin. Ich habe so was in Drangsal oft erlebt.«

»Arme Leute gibt es überall. Die Verzweiflung treibt sie zum Stehlen.« Sie sagte das, als wäre das irgendwie schlimmer, als seinen Körper auf der Straße zu verkaufen. In den Augen des Gesetzes war es das übrigens auch. Für die Erhabenen und diejenigen Menschen, die sie nachäfften, galt Besitz als etwas Heiliges, und Eigentumsdelikte wurden ebenso streng geahndet wie Ketzerei.

»Ja, so ist es wohl«, sagte Halbblut.

»Bis du deswegen Soldat geworden?«

»Nein.«

Halbblut verspürte keineswegs das Verlangen, ihr die ganze Geschichte mit Antonio und Sabena zu erklären. Sie war zu erschütternd, und außerdem wusste man nie … Vielleicht würde die Nachricht, dass er sich in Rotturm aufhielt, den Bandenführer sogar von hier aus erreichen. Halbblut hoffte, dass er ihn längst vergessen hatte, aber in solchen Angelegenheiten war es immer falsch, ein Risiko einzugehen.

»Warum dann?«

»Es gab etwas zu verdienen – und ich brauchte eine Arbeit.«

»Eine Arbeit, die dich umbringen könnte?«

»Man kann schon sterben, wenn man nur über die Straße geht. Von Räubern erschlagen werden. Man kann an einer Seuche zu Grunde gehen.« Sie zuckte zusammen, und er sah, dass er eine alte Wunde aufgerissen hatte. »Tut mir Leid.«

»Keine Ursache.«

»Wie das Sprichwort sagt: Es ist besser, der Mann mit dem Gewehr zu sein als der Mann, dessen Schwein der Mann mit dem Gewehr davonträgt.«

»Davon habe ich gehört.«

»Seit ich in den Dienst der Königin getreten bin, habe ich viel seltener gehungert.«

»Ist das alles, worauf es dir ankommt? Bist du nicht stolz darauf, Soldat der Königin zu sein?«

»Nicht besonders.« Er erkannte, dass er ihr übellaunig begegnete, und fragte sich nach dem Grund. Rasch fand er die Antwort. Sie verurteilte ihn, weil er nicht nach ihren Idealen lebte, und es gefiel ihm nicht, wenn andere ein Urteil über ihn fällten. Er suchte nach Worten, doch bevor ihm etwas einfiel, sprach sie schon weiter.

»Ich habe einmal einen Prediger gehört. Er sagte, wir seien alle Soldaten. Er war selbst einmal einer gewesen, das sah man. Sein Bein war aus Holz, und anstelle der einen Hand hatte er einen Haken. Ich möchte nicht, dass du so endest.«

»Und dabei hat er noch Glück gehabt«, sagte Halbblut und bedauerte sofort, dies gesagt zu haben. »Er war kein Bettler.«

»Glück?«

»Was hat er gesagt?«, fragte Halbblut, um sie abzulenken.

»Er hat erklärt, wir alle seien Soldaten in dem Krieg zwischen Gut und Böse. Glaubst du, dass es einen solchen Krieg gibt?« So, wie sie die Frage stellte, klang sie sehr gewagt. Für sie war sie das wahrscheinlich auch.

»Im Tempel heißt es so.«

»Ich glaube daran. Er sagte, Gott ringe seit der

Erschaffung der Welten mit seinem Schatten. Der Priester sagte, sie kämpften schon seit Anbeginn der Zeiten und würden bis zum Ende der Welt weiter miteinander ringen. Jeder von uns ist ein Soldat in dieser Schlacht. Jedes gute Wort, jede gute Tat und jeder reine Gedanke sind wie eine Kugel, die für den Herrn abgefeuert wird. Jedes böse Wort, jede schlechte Tat und jeder böse Gedanke sind ein Schwert, das für den Schatten geschwungen wird. Die Schlacht steht auf Messers Schneide – und jeder von uns kann den Ausschlag geben.«

»Das klingt ziemlich nach Ketzerei. Predigt man im Tempel nicht den unausweichlichen Sieg des Lichtes?«

»Er sagte, das Licht werde schließlich siegen, aber nur, wenn sich die Waage stark zu seinen Gunsten neige. Und er sagte, der Schatten würde viele Male triumphieren, ehe das Licht wieder scheinen könne. Er sagte, in der Vergangenheit sei das oftmals geschehen. Zum Beispiel, bevor die Terrarch kamen und uns die Wahrheit brachten.«

»Ach, haben sie das?«

»O ja, das haben sie. Aber das, woran ich immer denken muss, ist folgendes: Der Priester sagte, am letzten Tag würden wir alle abgeurteilt. All unsere guten und schlechten Taten würden vom Engel der Gerechtigkeit abgewogen. Die von uns, bei denen die guten die schlechten Taten überwiegen, werden im Licht wiedergeboren. Diejenigen, die Soldaten des Schattens waren, werden in die Grube fahren.«

»Ich dachte, da wären wir schon«, sagte Halbblut. Sie wirkte schrecklich ernst, und er wollte sie aufmuntern.

»Er meinte die Bodenlose Grube, den Ort der Qual.«

»Ich habe nur gescherzt.«

»Manchmal denke ich, dass ich dort enden werde. Ich bin sehr böse gewesen. Sieh dir doch an, wo ich arbeite und was ich getan habe.«

Sie sah aus, als wolle sie gleich in Tränen ausbrechen. Er berührte ihre Hand. »Was hattest du denn für eine Wahl?«

»Der Priester hat gesagt, wir hätten immer eine Wahl. Immer.«

»Manchmal sind all unsere Wahlmöglichkeiten gleich schlecht. Glaub mir, ich weiß Bescheid.«

»Wenn Gott gut ist, warum ist diese Welt dann so schlecht?«, wollte sie von ihm wissen.

»Einmal habe ich einen Priester im Waisenhaus genau das Gleiche gefragt«, sagte Halbblut.

Sie sah ihn neugierig an. »Was hat er geantwortet?«

»Er hat mich mit einem Stock verprügelt.« Er versuchte zu lächeln, doch es gelang ihm nicht. In diesem Augenblick hatte er das Gefühl, als entglitten ihm seine Gesichtszüge und setzten sich zu etwas Fremdartigem, Unnatürlichen zusammen. Er sah weg, da er wusste, dass ihr Lächeln ein Spiegel seines eigenen war.

Eine von einem Wyrm gezogene und reich geschmückte Barke kam um die Biegung des Flusses. Vielleicht hatte eine Gruppe Terrarch sie gemietet, oder sie gehörte einem von ihnen. Auf dem großen Schiff war gerade eine Feier im Gang. Im Bug spielte ein kleines Orchester, und im hinteren Teil plauderte und trank eine Gesellschaft maskierter, kostümierter Erhabener. Vom Bug aus sahen bewaffnete Wachen zu. Ein kleineres Boot, in dem weitere Bewaffnete saßen, folgte.

»Die fangen aber früh an«, hörte er jemanden sagen.

»Ach, was wäre das schön, eine dieser Damen zu sein«,

sagte Rena. Die prachtvolle Aufmachung der Terrarch-Frauen schien sie zu fesseln, ihr Lächeln wirkte jetzt natürlicher. »Schau dir diese Kleider an.«

Plötzlich und unerwartet spürte er Zärtlichkeit in sich aufsteigen. Er war sich nicht sicher, warum. Vielleicht, weil sie verletzlich und eifrig aussah, ängstlich und zugleich aufgeregt angesichts des Lebens. Oder es lag nur am Grog. Er streckte die Hand aus und legte sie auf ihre.

»So wie sie zu leben, wäre schön«, sagte er, und der Gedanke an seinen unbekannten Vater und das Geburtsrecht, das man ihm verweigert hatte, ließ seine Stimme bitter klingen. »Aber das können wir nicht. Die Terrarch herrschen – und wir sind die Beherrschten. Diese Welt gehört ihnen.«

Nicht zum ersten Mal fragte er sich, wie es sein mochte, an einem Ort und zu einer Zeit zu leben, wo das nicht so war. Er versuchte sich eine Welt vorzustellen, in der er herrschte. Das war leicht. Er brauchte sich nur vorzustellen, wie die Terrarch zu leben. Doch als er versuchte, sich auszudenken, wie die Welt so werden könnte, verließ ihn die Fantasie. Auch der Uhrmacher hatte diesen Traum gehabt, und man brauchte sich nur anzusehen, was aus ihm geworden war. Die Kreuzigung war dabei nur der leichteste Teil gewesen. Vielleicht bargen ja die Bücher das Geheimnis. Doch nun stand er kurz davor, sie zu verlieren, und selbst die schwere Geldbörse, die er dafür erhalten würde, schien eine angemessene Entschädigung für den Verlust dieses lächerlichen Traums zu sein.

»Ich wünschte, ich hätte ein solches Gewand«, sagte Rena.

»Vielleicht bekommst du es ja eines Tages.« Zweifellos würden die abgelegten Kleider oder der Stoff, aus dem sie genäht waren, irgendwann in den Altkleiderläden auftauchen.

»Meinst du wirklich?«

»Möglich wäre das schon«, antwortete er. Er hatte festgestellt, dass man besser zu wenig versprach als zu viel. Hoffnungen wurden so leicht zerstört.

Er trank noch etwas Grog und sah zu, wie das Boot hinter der Flussbiegung verschwand. Wieder läuteten die Tempelglocken. Zeit, zu Mama Hornes Haus zurückzukehren. Es war noch viel zu tun – oder zu verhindern, wenn es nach ihm ging. Und falls das nicht gelang, hatte er immer noch einen zweiten Plan.

Er sorgte dafür, dass ihr Rückweg sie an Bertraghs Haus vorbeiführte.

25. KAPITEL

Warum sind Masken bei den Terrarch so beliebt? Warum haben wir das Bedürfnis, unsere Gesichter zu verbergen?

Asea Selari, Die Fragen unserer Zeit

Das Kostüm war gut, dachte Sardec. Die steingraue Maske gehörte zu denen, die Helden aus alter Zeit darstellten, und war ein Porträt des Schwerttänzers Xeimon. Die Gewänder waren die offizielle höfische Kleidung für ein Duell, wie der Held sie vor dem Sturz der Zehn Türme und der Ankunft der Fürsten der Schatten getragen hatte. Ein passendes Kostüm zum Errettungsfest, denn Xeimon war einer der Dreihundert gewesen, die den Eingang zum Drachental bewacht hatten. Dort war er den Heldentod gestorben und hatte den Zehntausend die Zeit erkauft, die sie für ihre Flucht brauchten.

Die Kutsche brachte ihn zum Eingang von Aseas Villa. Zusammen mit mehreren seiner Mitoffiziere stieg er aus. Jazeray war als Pirat vom Tempelfluss gekleidet. Sardec gab es nicht gern zu, aber die dandyhafte Mantel-

und-Degen-Aufmachung stand ihm. Die kleine, nur die Augen verbergende Maske brachte sein hübsches Gesicht und den winzigen, vollendet geschnittenen Kinnbart äußerst vorteilhaft zur Geltung. Marcus und Paulus tauschten Scherzworte mit ihm, während sie aus kleinen, silbernen Flaschen, die an ihren Gürteln hingen, Schnaps tranken. Sie waren als die Drachenfürsten Wesanas und Arene kostümiert. Beide trugen bronzene, mit Grünspan überzogene Masken und lange grüne Roben, und auf ihrem Rücken hingen Nachbildungen der mächtigen beidhändigen Runenschwerter, die die Brüder getragen hatten.

Diener stellten Treppchen vor den Ausstieg der Kutsche. Rundherum sahen Menschen, die in ihre jämmerlichen Versionen von Errettungs-Kostümen gekleidet waren, zu und jubelten sogar. Wie es Brauch war, zog Sardec eine Handvoll Kupfermünzen aus seinem Beutel und schleuderte sie verächtlich in die Menge. Die Menschen grabschten danach, als wären es Edelsteine. Die anderen Offiziere taten es ihm nach. Jazeray gab demonstrativ einige Silbermünzen unter die Mischung, schwenkte dann seinen gefiederten Hut und verschwand durch die Tür. Sardec fand es beschämend, dass sich ein Vertreter der Älteren Rasse derart vor einer menschlichen Menge hervortat, doch es gab nichts, was er dagegen sagen oder unternehmen konnte. Aus dem Augenwinkel glaubte er einen Blick auf mehrere Stammeskrieger in blauem Karostoff zu erhaschen, schob seine Befürchtungen aber beiseite. Das waren sicher auch kostümierte Festteilnehmer.

Weiter vorn hörte er, wie ein Lakai die Namen und Titel der Gäste, die den weitläufigen Ballsaal betraten, herausbrüllte. Er machte sich ebenfalls auf den Weg, denn er konnte es kaum erwarten, Prinzessin Asea zu sehen.

In Mama Hornes Haus drängten sich betrunkene Männer in Masken aus Pappmaschee und Kostümen, die von Drachenreitern bis zu Hochlandkriegern reichten. Letztere fand Halbblut beunruhigend, weil sie ihn an Voshs Tod erinnerten und daran, dass er durchaus der Nächste sein mochte. In einer Nacht wie dieser würde ein Mörder in seinen Stammesfarben nicht auffallen. Er würde einfach in der Menge untergehen. Keiner der Hochländer hier trug die Farben der Agante, aber das hatte nicht viel zu bedeuten.

Als er mit Rena durch die Tür trat und sich durch die Menge schob, entdeckte er erfreut, dass sich ein halbes Dutzend Fourageure im Salon aufhielten und mehr oder weniger wachsam wirkten. Froschgesicht reckte die Faust mit dem aufgstellten Daumen in seine Richtung, und sogar der Schöne Jan hörte immerhin lange genug auf, eines der Barmädchen zu betatschen, um ihm zuzuzwinkern.

»Warte hier auf mich«, bat er Rena. »Ich habe oben etwas zu erledigen.«

»Kein anders Mädchen?«

»Nein. Geschäfte mit Wiesel und dem Barbaren.«

»Sieh zu, dass es nicht so lange dauert.«

»Ich werde mein Möglichstes tun.« Er ging die Treppe empor, auf das Privatzimmer zu, das sie früher am Tag gemietet hatten. Er fühlte sich ein wenig betrunken, aber das war nichts, was sich nicht mit Kaffee und Wasser kurieren ließ. Also klopfte er an die Tür. »Parole!«, hörte er den Barbaren brüllen.

»Es gibt keine Parole, du Trottel. Ich bin's, Halbblut.«

»Das reicht mir!« Die Tür ging auf, und eine Riesenhand zog Halbblut hinein. Wiesel saß am Tisch, hatte die Bücher vor sich aufgestapelt und eine geladene Pistole obenauf gelegt. Der Barbar blies Halbblut seinen biergeschwängerten Atem ins Gesicht.

»Dann bist du doch noch gekommen, was? Willst dir deinen Anteil an dem Geld holen.«

»Noch haben wir es nicht«, sagte Halbblut. Er vergewisserte sich, dass seine Ausrüstung und der Packen mit den Kostümen, die sie vorhin mitgebracht hatten, an ihrem Platz lagen. Dann trat er zu den Fenstern. Die Läden waren geschlossen, und die Luft im Raum war dick und von einem Gestank nach Tabak, Bier, kaltem Fleisch und ungewaschenen Leibern erfüllt. Er öffnete die Läden und sah nach draußen. Der Straßenlärm drang herein: Musik, Gesang, das Knattern einer abbrennenden Feuerwerksschnur und das ständige Glockengeläut, denn auch die Priester feierten das Errettungefest, die Verheißung des Engels und die Erlösung seines auserwählten Volkes von den Schatten.

Vom Balkon aus ließ Halbblut einen prüfenden Blick über die Straßen gleiten. Sie waren dicht bevölkert. Er sah nach oben. Wenn man ein Seil um einen der Kamine wickelte, konnte man sich wahrscheinlich vom Dach auf den Balkon herunterlassen. Er betrachtete die Balkone zu seiner Rechten und Linken. Ein tapferer Mann, der bereit war, sein Leben zu riskieren, konnte durchaus von dort hier herüber springen. Ein Blick über die Straße verriet ihm, dass ein Heckenschütze von diesen Fenstern aus, die im Augenblick allerdings von Feiernden besetzt waren, auf gut Glück auf sie feuern konnte.

»Ich wünschte, wir hätten ein paar Krähenfüße, um sie auf diesem Balkon zu verstreuen«, bemerkte er.

»Warum denn?«, fragte Wiesel.

»Was ’n das?«, brüllte der Barbar.

»Winzigkleine Stacheln, die kugelförmig angeordnet sind und die du dir in den Fuß treten kannst, wenn du nicht aufpasst«, erklärte Wiesel. »Meinst du, jemand könnte uns von dort aus überrumpeln? Niemand weiß, dass wir in diesem Zimmer sind.«

»Bis auf Mama Horne und die Hälfte ihres Personals.«

»Zu spät, noch was daran zu ändern.«

»Vielleicht«, sagte Halbblut und schloss die Türen. Kurz überlegte er, ob er die Möbel verschieben und den Balkoneingang verbarrikadieren sollte. Doch dann beschloss er, es gut sein zu lassen. Wenn er aus irgendeinem Grund rasch verschwinden musste, waren die benachbarten Balkone sein einziger Fluchtweg. Ihm wurde klar, wie angespannt er inzwischen war und dass er die ganze Vorsicht eines flüchtigen Diebs in Drangsal an den Tag legte. Ein instinktives Verhalten, dachte er, und in solchen Angelegenheiten vertraute er auf sein Gespür. In der Vergangenheit hatte er schon oft genug richtig gelegen.

»Entspann dich, Halbblut«, sagte der Barbar. »Wird schon nichts schief gehen.«

»Ich freue mich, dass du so zuversichtlich bist. Aber ich werde mich erst besser fühlen, wenn die Bücher fort sind und wir unser Gold haben. Und noch besser, wenn wir damit wieder im Lager sind.«

»Ganz meiner Meinung«, sagte der Barbar.

»Ich habe gesehen, dass die Jungs unten sind«, merkte Halbblut an.

»Es ist gut, sie in der Nähe zu haben, falls es nötig wird«, meinte Wiesel.

»Wenn's Probleme gibt, kümmer' ich mich schon drum«, verkündete der Barbar.

»Wenn wir Schwierigkeiten bekommen, bist wahrscheinlich du der Grund dafür«, murmelte Halbblut vor sich hin. Inzwischen hatte er sich mehr oder weniger damit abgefunden, bei dem Verkauf der Bücher mitzumachen. Er sah keinen anderen Ausweg, außer, er wollte mit Wiesel und dem Barbaren kämpfen und sich die Bücher mit Gewalt aneignen. Das würde er aber nicht fertig bringen. Abgesehen davon, dass es Wahnsinn gewesen wäre und er gegen die beiden keine Chance gehabt hätte, waren sie doch seine Freunde und Mitstreiter. Sie mit einer List töten? Der Gedanke huschte ihm einen flüchtigen Augenblick durch den Kopf und wurde dann beiseite geschoben. Unmöglich, selbst wenn er damit durchkam, was zweifelhaft war. Offenbar lief alles auf seinen Plan Nummer zwei hinaus, dachte er ziemlich beklommen.

Jemand klopfte an die Tür.

»Mach du auf«, sagte Wiesel. Der Barbar bezog auf der einen Seite des Türrahmens Stellung, Wiesel auf der anderen. Halbblut ging zur Tür und fand, dass sie dick genug war, um eine Pistolenkugel aufzuhalten. »Wer ist da?«, fragte er.

»Jemand, der sich für Bücher interessiert«, antwortete eine gedämpfte Stimme, die ihm bekannt vorkam. Bertragh. Halbblut schloss die Tür auf und trat dann zurück. Er hielt jetzt die Pistole in der einen und ein Messer in der anderen Hand.

Die Tür schwang auf und da stand eine kleine Gestalt. Der Mann war in ein sehr einfaches Kostüm und eine

Maske gekleidet, die einen schweinegesichtigen Dämon darstellte. Er trug eine kleine Reisetasche in der einen Hand und wurde von mehreren kräftigen, bulligen Gestalten begleitet, die als Ritter aus alter Zeit verkleidet waren. Die Schweinemaske wurde zur Seite geschoben. »Meine Güte, wir haben die Waffen aber ziemlich locker sitzen, was?«, sagte Bertragh.

»Kommt rein«, gab Halbblut zurück. »Ihr könnt zwei von Euren Gorillas mit hereinbringen. Die anderen sollen draußen warten.«

Bertragh zuckte die Achseln und trat ein. Zwei seiner Männer folgten ihm. Der Rest machte Anstalten, es ihnen gleichzutun, der Verwalter schickte sie jedoch mit einer Handbewegung zurück. Sobald er im Zimmer stand, nahm er die Maske ab und sah sich um. »Was für ein geschmackvolles Quartier.«

Halbblut verschloss die Tür. Wiesel und der Barbar setzten den beiden Leibwächtern ihre Pistolen an den Kopf und nahmen ihnen die Waffen ab. Bertragh sah unbeeindruckt zu. Er strahlte fröhlich, und hätte da nicht ein heller, fast fiebriger Glanz auf seinen Augen gelegen, hätte Halbblut gesagt, er sei vollkommen entspannt. So entspannt sogar, dass Halbblut ihn im Verdacht hatte, Hexenkraut geraucht zu haben.

»Das ist wirklich nicht nötig«, sagte Bertragh. »Wir sind hier doch unter Freunden.«

»Doch selbst unter Freunden kommt es gelegentlich zu Missverständnissen«, wandte Halbblut ein. »So etwas kann manchmal tödlich enden, und das versuchen wir zu vermeiden.«

»Ein löbliches Bestreben, doch in diesen Fall ganz unnötig.«

Wiesel und der Barbar durchsuchten die Leibwächter gründlich und traten dann zurück. Eine ganze Anzahl kleiner Pistolen, die sich gut verstecken ließen, größere Waffen sowie zwei Schwerter waren ihre Ausbeute. Halbblut setzte sich auf den Stuhl hinter dem Schreibtisch und bedeutete Bertragh, davor Platz zu nehmen.

»Jetzt können wir zum Geschäft kommen«, sagte er. »Habt Ihr das Gold?«

Bertragh griff in seine Jacke. Sofort zückten Wiesel und der Barbar ihre Pistolen.

»Vorsichtig«, warnte Halbblut. Er spielte mit der Pistole, die auf dem Tisch lag, und richtete sie wie zufällig auf Bertragh. »Wir wollen doch keine Missverständnisse.«

»Ganz recht«, sagte der Verwalter. »Ich werde jetzt meinen Geldgürtel abnehmen. Versucht bitte, mich dabei nicht zu erschießen.«

Halbblut stellte fest, dass ihm die Ruhe und gute Laune des kleinen Mannes beinahe Bewunderung abnötigten. Offensichtlich waren ihm Verhandlungen mit hohem Einsatz nicht fremd. Bertragh zog einen breiten Leinengürtel aus dem Hosenbund, löste die Zugbänder und ließ ihn mit einem dumpfen Knall auf den Tisch fallen. Er öffnete ihn, eine Anzahl Goldmünzen kullerte heraus. Viele. Halbblut nahm eine auf und wog sie in der Hand. Sie fühlte sich an wie Gold und sah auch so aus. Er kratzte mit seinem Messer darüber. Wenn sie nur vergoldet war, dann war der Überzug dick.

»Das sind echte Goldroyale«, erklärte Bertragh. »Mein Wort darauf.«

Halbblut glaubte ihm. Solche Goldmünzen hatte er schon in der Hand gehalten, und genau so sahen sie aus und fühlten sich an. Jeder Händler im Land würde sie annehmen. Natürlich würden die Leute Fragen stellen, wenn gemeine Soldaten sie ausgaben. Halbblut erwähnte diesen Umstand.

»Ich bin mir sicher, dass Euer Freund hier …«, er wies mit dem Daumen auf Wiesel, »jemanden von seinen Kumpanen unten überreden kann, sie zu wechseln.«

Wiesel nickte kaum wahrnehmbar. Halbblut war sich allerdings gar nicht sicher, ob er die Münzen schon jetzt einwechseln wollte. So waren sie viel leichter zu transportieren.

»Sind das die Bücher?«, fragte Bertragh. Halbblut nickte.

»Bitte gestattet mir, sie zu überprüfen.«

»Nur zu.«

Sardec trat in den großen Ballsaal. Der Lakai verkündete seinen Namen und Titel. Kurz blieb er stehen, um sich zu vergewissern, dass ihn alle gut sehen konnten. Dann mischte er sich unter die Gäste.

Asea trug das Gewand einer Hexe aus dem Kobalt-Gebirge. Ihre Roben waren lang, bestanden aus vielen Schichten und waren mit langen Ketten aus geflochtenem Gold behängt, an deren Enden kleine Glöckchen klingelten. Ihre Teilmaske war nur angedeutet und wurde entweder durch Klebstoff oder Magie auf ihrem Gesicht festgehalten. Sie trug lange Handschuhe, die in gekrümmten Klauen endeten. Das Ensemble war so wirkungsvoll wie verblüffend. Sie grüßte ihn mit einem Knicks und er antwortete mit einer Verbeugung.

»Ich hoffe, ich kann Euch überreden, mit mir zu tanzen, Herrin der Berge«, sagte er zu Asea.

»Da bin ich mir ganz sicher, heldenhafter Krieger«, antwortete sie. »Bittet um meine Gunst, sobald das Orchester anfängt zu spielen.«

Sardec war hochzufrieden. Er bekam den ersten Tanz mit der Prinzessin. »Ihr wisst nicht, wie glücklich Ihr mich gemacht habt, edle Dame«, sagte er, verneigte sich ein weiteres Mal leicht und ging dann davon, um sich zu seinen Mitoffizieren in der Haupthalle zu gesellen.

Jazeray beobachtete ihn mit der Andeutung eines höhnischen Lächelns, aber Sardec spürte seinen Neid und seine Verärgerung. Offenbar hatte auch er sich hohe Ziele gesetzt. Aus irgendeinem Grund verdross dieser Gedanke Sardec. Er wusste, dass er keine Lust hatte, sich die endlosen Prahlereien anzuhören, die folgen würden, wenn Jazeray mit einer der Ersten zusammenlag.

»Ihr scheint mir ein wenig bedrückt«, sagte er.

»Es ist nichts«, gab Jazeray zurück. »Eine Bagatelle, ein winziger Rückschlag. Das geht bald vorüber.«

Die ganze Gruppe der Offiziere stürzte sich in die wirbelnde Menge. Das Orchester nahm seine Plätze auf dem Podium am anderen Ende des Saales ein.

Der Verwalter nahm das Buch auf, blätterte es durch und legte es nieder, nachdem er es einige Minuten lang aufmerksam überprüft hatte. Er schien nach fehlenden Seiten Ausschau zu halten, herausgerissenen Blättern und etwaigen Beschädigungen. Diesen Vorgang wiederholte er bei allen Büchern, bis er offensichtlich zufrieden war. Ab und zu erkundigten sich die Männer, die draußen warteten, nach seinem Wohlbefinden, und er beruhigte sie. Als er fertig war, glitzerten seine Augen noch fiebriger als zuvor.

»Meine Herren, wir sind im Geschäft.«

Halbblut zählte die Münzen. Es waren insgesamt sechzig.

»Eine Frage«, sagte Halbblut. Bertragh erstarrte kaum wahrnehmbar.

»Woher wusstet Ihr genau, wie viel Geld Ihr mitbringen musstet?« Der Verwalter entspannte sich sichtlich, offenbar hatte er entweder einen Einwand oder eine weit schwierigere Frage erwartet.

»Die Bücher ergeben zusammen eine Serie. Ich wusste, wie viele es sein würden, falls das Ensemble vollständig war.«

Halbblut zuckte die Achseln. »Danke.«

Bertragh streckte eine Hand aus. »Sind wir im Geschäft?«

Halbblut ergriff sie. Sie war kühl und trocken – und die Haut pergamentartig. »Wir sind im Geschäft.«

Der Kaufmann packte die Bände in die lederne Tasche. Sie passten fast exakt hinein. Der Mann hatte ziemlich genau gewusst, was er bekommen würde, dachte Halbblut. Eine beeindruckende Vorführung.

»Ihr könnt jetzt gehen«, erklärte Halbblut. »Eure Freunde behalten wir noch ein Weilchen hier und lassen sie dann laufen.«

Die beiden Kleiderschränke wollten Einwände erheben, wurden jedoch ruhiger, als sie geladene Pistolen auf sich gerichtet sahen. Bertragh lächelte ihnen begütigend zu. »Schon in Ordnung, Leopole. Die anderen werden auf mich aufpassen, und ich bin mir sicher, dass unsere Freunde hier euch nichts antun wollen. Wenn ich richtig vermute, sorgen sie sich eher um ihre eigene Sicherheit.«

Halbblut nickte und öffnete die Tür. »Ja, dann auf

Wiedersehen, meine Herren«, sagte Bertragh. »Es war mir ein Vergnügen, Geschäfte mit Euch zu machen.«

Kurz darauf war er fort. Halbblut blieb mit einem seltsamen Gefühl von Enttäuschung zurück. Doch das verschwand, als er bemerkte, mit wie hasserfüllten Blicken Leopole und sein Begleiter sie ansahen.

26. KAPITEL

Verrat ist allgegenwärtig. Seid wachsam.

Surius, Maximen der Politik

Wiesel sah Halbblut und den Barbaren an und lächelte. »Das lief ja besser, als ich dachte«, sagte er. Trotz Halbbluts Befürchtungen hatten sie die Leibwachen zehn Minuten zuvor mit ihren Waffen gehen lassen, und seitdem war nichts Unrechtes geschehen. Halbblut begann sich gerade zu entspannen. Wiesel und der Barbar zählten ihren Anteil an den Münzen.

»Da draußen ist ein Trupp ziemlich harter Männer, die wissen, dass wir einen Haufen Geld haben«, sagte Halbblut. »Ich wäre nicht erstaunt, wenn sie danach suchten.«

»Ich auch nicht«, meinte Wiesel. Sein Lächeln war unaufrichtig. »Es gibt so viel Verrat auf der Welt.«

»Traurig, nicht wahr?«, fragte Halbblut.

»Aber wir sind reich«, sagte der Barbar.

»Für den Augenblick«, wandte Halbblut ein, doch er konnte ebenfalls ein Lächeln nicht unterdrücken.

»Dann legen wir besser unsere Kostüme an und verschwinden von hier.« Sie warfen sich in die Kostüme, und wenige Minuten später verließen drei Männer, die Drachenmasken aus Pappmaschee und weite rote Umhänge trugen, das Zimmer.

Halbblut vergewisserte sich noch einmal, dass er die Spezialausrüstung unter seiner Robe versteckt hatte.

Der Gouverneur selbst führte den Tanz an. Sardec hielt Asea in den Armen und drehte sich in dem großen Reigen. Ihr Duft war ebenso betörend wie ihre Schönheit, und er vermutete, dass ihm ein unauffällig wirkendes Rauschmittel beigemischt war. Er wollte schon eine Bemerkung darüber machen, unterließ es jedoch lieber. Er war es überdrüssig, abgedroschene Komplimente von sich zu geben.

»Woran denkt Ihr?«, wollte sie wissen.

»Ich hörte, dass Ihr in die Berge gehen wollt.«

»Aha, Ihr habt also mit Oberst Xeno gesprochen.«

»Ihr ebenfalls, wie es aussieht.« Sie neigte den Kopf zur Seite und sah ihn an. Er hatte das Gefühl, dass sie sich ein Urteil über ihn bildete, und das gefiel ihm nicht.

»Und ich habe gezielt darum gebeten, dass Ihr mich begleitet …« Lag da Spott in ihrer Stimme? Er stellte fest, dass er in diesem Augenblick eine tiefe Abneigung gegen sie empfand. Sie wirkte einfach zu schön, zu beherrscht, zu selbstzufrieden. Das Glitzern in ihren Augen verriet ihm, dass sie in seinen Gedanken las wie in einem Buch.

»Warum, Prinzessin?«

»Weil Ihr ein so charmanter Gesellschafter seid, natürlich, und weil Ihr wisst, wo man diese geheimnisvolle Mine finden kann.«

Die komplizierte Figur des Tanzes gab vor, dass sie sich um ein anderes Paar drehten. Der Mann war Oberst Xeno. Die Frau erkannte Sardec nicht gleich, aber sie war groß, und hinter ihrer Fuchsmaske erahnte er eine gelangweilte Schönheit. Sie war als Mondgeist verkleidet.

»Das ist Midori aus der Selari-Familie«, erklärte Asea mit leicht giftigem Unterton. »Eine entfernte Cousine. Sie ist unsere lokale Schönheit. Außerdem sammelt sie seltene Bücher.«

»Ich dachte, das sei Euer Gebiet.«

»Ich habe nicht den Wunsch, mich in irgendeiner Weise mit ihr vergleichen zu lassen.« Sie sprach verhalten, aber nicht so leise, dass ihre Worte trotz der Musik des Orchesters nicht verständlich gewesen wären. Sardec fragte sich, ob sie wollte, dass Midori sie hörte.

»Fahrt Eure Krallen ein«, sagte er und lächelte so freundlich, wie er nur konnte. »Warum mögt Ihr sie nicht?«

»Sie ist gedankenlos, eitel und grausam. Sie ist die Cousine unseres teuren Gouverneurs und zugleich seine Geliebte und übt daher einen unangemessenen Einfluss aus. Außerdem sehnt sie sich zu sehr nach den alten Zeiten zurück.«

»Kurz gesagt, sie gehört der Fraktion der Grünen an. So ist das nun einmal. Ich glaube, ich habe sie gestern gesehen. Sie hat auf einem großen Wyrm den Fluss überquert, begleitet von einem kreischenden Affen. Ich fand ihre Transportmethode allerdings ein wenig rücksichtslos.«

»Sie ist sogar ziemlich rücksichtslos. Zweifellos habt ihr sie auf der Rückkehr von ihren Gütern angetroffen.

Höchstwahrscheinlich wollte sie noch mehr Geld aus ihrem Verwalter Bertragh herauspressen.«

»Warum?«

»Sie gibt es so schnell aus, wie er es verdient, und dabei ist er ein geschäftliches Genie. So heißt es zumindest.« Sardec gefiel die Wendung nicht, die das Gespräch gerade nahm. Der Gedanke, dass jemand unter den Erhabenen so abhängig von dem schmierigen Geschäftsgebaren eines Menschen war, behagte ihm nicht, und das sprach er auch aus.

»Das ist schändlich«, meinte er.

»Es ist keine Schande, die besten Diener zu beschäftigen.«

»Aber sich von ihnen abhängig zu machen, das ist eine. Ein Herr sollte herrschen, ein Diener sollte dienen.«

»Ich habe nicht gesagt, dass Midori nicht über Bertragh gebietet.« In ihrem Ton lag eine Kälte, die Sardec erschreckte. Er hatte etwas gesagt, das sie beleidigte, obwohl er sich nicht sicher war, was. Bevor er nachhaken konnte, hörte die Musik auf.

»Wann können wir mit unserem Aufbruch rechnen?«, fragte er und verbeugte sich vor ihr.

»Bald, aber zunächst muss ich noch einige Vorkehrungen treffen.« Sie knickste tief und erhob sich wieder. Jazeray näherte sich, um sie zum Tanz aufzufordern. »Ich lasse Euch Bescheid geben.«

Trotz ihrer Schönheit und der neidischen Blicke der anderen Männer war Sardec froh, ihr entkommen zu können. Manche Angelegenheiten waren einfach zu verwirrend. Er sehnte sich nach einfacheren Dingen.

Halbblut ging an Rena vorbei, ohne sie anzusprechen. Sie war in die eng anliegende Kapuzenrobe einer Scharlachroten Hexe gekleidet und trug nur eine kleine Halbmaske im Gesicht. In seinem jetzigen Kostüm erkannte sie ihn nicht, und das tat ihm Leid, doch er wollte kein Risiko eingehen, bis er sich ganz sicher war, dass man sie nicht beobachtete. Natürlich würde jeder Spitzel, der den Flur und die Treppe beobachtete, die von ihrem Zimmer herunterführte, sie sehen, aber darauf kam es nicht an. Er hoffte es sogar.

Hinter Wiesel und dem Barbaren huschte er geduckt durch den Haupteingang des Hauses, und sie bogen in eine schwach erleuchtete Seitengasse ein. Dort blieben sie im Schatten eines Torbogens kurz stehen, vergewisserten sich, dass sie nicht beobachtet wurden, und warfen ihre Verkleidungen ab. Darunter trugen sie andere Kostüme und Masken. Der Barbar war als Bergtroll verkleidet, Wiesel als Flusspirat und Halbblut als Priester der Gibellian-Sekte. Besonders die Maske des Barbaren war beeindruckend, und Halbblut mutmaßte, dass er ein kindliches Vergnügen daran fand.

Kurz darauf stürzten sie sich in die wogende Menschenmenge. Sogar für das Maskenfest am Errettungsabend waren die Straßen überfüllt. Jeder, ganz gleich wie arm er sein mochte, hatte sich kostümiert, selbst wenn es nur eine Maske und eine gefärbte Robe war. Die Menschen tranken aus Flaschen, sangen, tanzten und schrien. Viele rauchten Loco-Kraut aus Wasserpfeifen. Kinder tanzten und spielten – heute durften sie so lange mitfeiern, wie sie wach bleiben konnten. Viele hielten kleine Puppen oder hölzerne Spielzeuge in Händen, manche trieben Kreisel über die Straße. Feuerwerksraketen stiegen sprühend in den Himmel. Eine fröhliche Atmosphäre erfüllte die Straße und übertrug sich trotz seiner unguten Vorahnungen sogar auf Halbblut. Er fragte sich, wo Leon stecken mochte und ob alles nach Plan verlaufen würde.

Nach der ersten Tanzrunde sah Sardec zu, wie Asea davonglitt, um sich mit Midori zu unterhalten. Die beiden Damen zogen sich an einen kleinen Tisch am Rande des Ballsaals zurück und nahmen dort Platz, während Diener ihnen Erfrischungen reichten. Sardec schaute Asea kurz nach und zog sich dann auf die andere Seite des Saales zurück, wo die Offiziere herumstanden und plauderten.

»Wie ich sehe, habt Ihr auf Prinzessin Asea ziemlich Eindruck gemacht«, bemerkte Jazeray. In seiner Stimme lag ein ironischer Unterton, der Sardec ganz und gar nicht gefiel. Jazeray lachte ein wenig zu laut, nahm noch einen Schluck von seinem Getränk und wandte sich wieder der Unterhaltung zu. Die Offiziere diskutierten darüber, welche Zerstreuungen sie nach dem Ball suchen sollten. Offenbar gab es in der »Grube« ein gewisses Spieletablissement, wo man hohe Einsätze annahm und die Huren hübsch waren. Marcus und Paulus lauschten aufmerksam. Sardec trank noch etwas Mondwein und spürte bald, wie seine Haut zu prickeln begann. Er fühlte sich ausgelassen, leichtsinnig und zu allem bereit. Und mehr als alles andere wünschte er sich aus diesem Palast und von der einschüchternden Prinzessin Asea fort. Er wollte sich wieder als Herr der Lage fühlen.

»Möchtet Ihr Euch uns nicht anschließen?«, fragte Marcus. Sardec wollte schon ablehnen, doch da schaltete sich Jazeray ein. »Fürst Sardec ist doch viel zu gesetzt, um sich zu so niedrigen Zerstreuungen herabzulassen.«

»Vielleicht komme ich tatsächlich mit«, erklärte Sardec. Er war sich nicht sicher, warum genau er so antwortete, sah jedoch erfreut, wie das süffisante Grinsen von Jazerays Lippen verschwand. »Wenn Ihr mich jetzt entschuldigen würdet, Kameraden. Ich möchte mich unter die anderen Gäste mischen.«

»Lasst Euch durch uns keinesfalls davon abhalten«, sagte Jazeray und zog eine Augenbraue sardonisch empor.

»Wir geben Euch Bescheid, wenn wir aufbrechen«, sagte Marcus. Sardec spürte ein merkwürdig flaues Gefühl in der Magengrube. Worauf hatte er sich da eingelassen?

Halbblut hielt einen Straßenverkäufer an und kaufte mehrere über Holzkohle gegrillte Fleischspieße, dann ging er mit seinen beiden Begleitern zurück zu Mama Hornes Haus. Sie hatten Wiesels Anteil an dem Geld zu seinem Goldschmied gebracht. Nur er hätte wissen können, wo man einen Mann auftrieb, dessen Geschäft in einer solchen Nacht geöffnet hatte. Dort hatten sie einen Großteil des Geldes gewechselt und Wiesel hatte einen Haufen seines Anteils dort hinterlegt. Halbblut dagegen hatte seine Goldstücke behalten. Sie waren leichter zu transportieren als Beutel voller Silber.

Es sah nicht aus, als wären sie entdeckt worden, doch in dem Festtagstrubel konnte man auch schwer beurteilen, ob man beobachtet wurde.

Ein Blick zeigte ihm, dass sich viele als Hochländer maskierte Menschen auf der Straße befanden. Bei genauerem Hinsehen erkannte er, dass einige davon tatsächlich Clanmitglieder sein konnten. Nicht besonders beruhigend.

Er trat in Mama Hornes Haus und erblickte Rena. Und war froh, dass sie da war. Er ging zu ihr, beugte sich über ihre Schulter und küsste sie auf die Wange.

»Hallo, hübsches Mädchen«, sagte er.

»Hallo, schöner Mann«, gab sie zurück. Sie musste seine Stimme erkannt haben. »Ich hatte schon überlegt, wie lange eure Geschäfte noch dauern.«

»Sie sind noch nicht erledigt«, sagte er, sah zur Tür und fragte sich, wann Leon zurückkehren würde. »Ich wollte dir nur ein wunderschönes Errettungsfest wünschen und dir sagen, dass du dir das Kleid kaufen sollst, das du dir gewünscht hast.«

Er drückte ihr eine der Goldmünzen, die er von Bertragh bekommen hatte, in die Hand. Das Geldstück stellte ein kleines Vermögen dar, aber aus irgendeinem Grund wollte er ihr ein Geschenk machen. Er war sich nicht ganz sicher, warum. Freigebigkeit war sicherlich nicht der Grund, denn er war eigentlich kein großzügiger Mensch. Teilweise lag es wohl daran, dass er für die nicht allzu ferne Zukunft etwas Gefährliches plante, etwas, das ihm durchaus den Tod bringen konnte. Und wenn das geschah, würde ihm alles Gold auf der Welt nicht das Geringste nützen, und er wollte doch, dass wenigstens ein Mensch eine angenehme Erinnerung an ihn zurückbehielt.

Sie sah auf ihre Hand und begriff noch gar nicht richtig, was er ihr gegeben hatte. Er konnte beinahe sehen, wie sie den Kopf der Königin auf der einen und das Prägedatum auf der anderen Seite ungläubig betrachtete.

»Steck es weg, bevor es jemand sieht«, sagte er.

»Ist das echt?«

»Ja.«

»Wo hast du es her?«

»Kriegsbeute.« Besser, er erzählte ihr eine Geschichte, statt ihr die Wahrheit zu sagen oder auszuweichen. So dachte er. Ein Teil von ihm sagte ihm, das das Wahnsinn war. Er war dabei, eine Spur zu hinterlassen, die jemand, der wusste, wonach er zu suchen hatte, leicht aufnehmen konnte. Doch der Drang, etwas wegzuschenken, war zu stark für ihn. »Ich habe es von einem Feldzug.«

»Ich will es nicht. Vielleicht brauchst du das Geld noch.«

»Ich hab noch mehr.« Doch sie schob es ihm in die Hand zurück.

»Trotzdem will ich es nicht. Es gehört dir.«

»Jetzt gehört es dir. Ich habe es dir geschenkt.« Er schloss ihre Hände um die Münze und ließ sie dann los.

»Das ist dir wirklich ernst?«

»Wenn du es nicht haben willst, verschenk es. Ich nehm es jedenfalls nicht zurück.«

Sie beugte sich vor und küsste ihn. »Warum?«

»Du hast ein schönes Kleid verdient«, sagte er. Seine eigentlichen Gründe wollte und konnte er nicht in Worte fassen. In diesem Augenblick bemerkte er, dass Leon zurück war. Sein Kostüm wirkte wie die Kleidung eines Flusskapitäns, nur theatralischer. Er winkte Halbblut hektisch zu. Zeit, an die Arbeit zu gehen.

»Ich muss fort«, sagte er.

»Aber du bist doch gerade erst gekommen.«

»Ich muss noch was erledigen.«

»Wann seh ich dich wieder?«

Vielleicht niemals, dachte er. »Sobald ich fertig bin«, sagte er, doch ihr Blick verriet ihm, dass sie seine wahren Gedanken irgendwie erraten haben musste.

Sardec trat in den kleinen Raum. Dort hielten sich Oberst Xeno sowie eine Reihe hochrangiger Offiziere der Artillerie und der Husaren auf. Auch viele der niederen Offiziere waren anwesend, drückten sich am Rand der Gruppe herum und verfolgten das Gespräch ihrer Vorgesetzten. Er blieb eine Weile stehen, um selbst zu lauschen.

»Da werden wir den Kharadreanern wohl bald zeigen, wo es langgeht«, dröhnte der Husarenoberst. »Wir hätten ihnen, verflucht noch mal, schon auf die Finger klopfen sollen, als dieser Koth zum ersten Mal sein hässliches rotes Haupt erhob.«

Sardec merkte auf. Koth war vor hundert Jahren Oruduines General gewesen. Sein militärisches Genie hatte dazu beigetragen, Kharadrea von einem bloßen Pufferstaat, um den sich seine Nachbarn befehdeten, wieder zu einem richtigen Reich zu machen.

»Ich glaube, einige unserer Besten haben das sogar einmal versucht, Ascogne«, meinte Oberst Xeno. »Und soweit ich mich erinnere, war es Koth, der ihnen die Köpfe abgeschlagen hat.«

»Durch verräterisches und unritterliches Verhalten, mein lieber Xeno.«

»Hättet Ihr von einem menschlichen General ernstlich etwas anderes erwartet?« Die Zuhörer quittierten die Frage mit einem gut gelaunten Lachen, bis Xeno weitersprach. »Und wie ich bemerke, haben wir inzwischen alle seine Methoden übernommen. Warum auch nicht? Dank ihnen hat er jeden General geschlagen, den beide Königinnen je gegen ihn ins Feld schickten.«

Jetzt ruhten alle Blicke auf den beiden Obersten. Die anderen Gespräche waren zu einem Stimmengemurmel herabgesunken.

»Ihr seid doch wohl kein Revolutionär, Oberst?« Auch diese Frage rief unter den Anwesenden Heiterkeit hervor. Sardec allerdings lachte nicht. Er wollte hören, was Xeno zu sagen hatte.

»Niemand könnte weiter davon entfernt sein als ich«, erklärte Xeno. »Ich weise nur auf eine Tatsache hin. Im Feld ist Koth niemals geschlagen worden. Einige Leute behaupten, die Ältere Rasse habe um Frieden ersucht, weil die Terrarch wussten, dass sie nicht gegen ihn aufkamen.«

Jetzt stieg im ganzen Raum ein ärgerliches Murmeln auf. Xeno hatte ohne Zweifel zu viel Wein getrunken, das war die einzige Erklärung dafür, dass er solche Behauptungen aufstellte. Schließlich wusste jeder, dass die Terrarch die Menschen hätten zerschmettern können, wenn sie ihre ganze Kraft eingesetzt hätten. Doch die Verluste wären so hoch gewesen, dass dies der anderen Seite einen Vorteil verschafft hätte. Daher hatten sie Frieden geschlossen und Kharadrea als Pufferzone zwischen dem Westen und dem Dunklen Imperium benutzt.

»Unsinn«, sagte Ascogne. »Wir mussten uns nur gegen die größere Bedrohung rüsten, die das Dunkle Imperium darstellte. Und das werden wir jetzt ein für alle Male zerschmettern. Die Rote Königin wird das bekommen, was ihr rechtmäßig auch gehört.«

Bis auf Xeno und Sardec brachen alle Offiziere in stürmischen Jubel aus. Xeno nahm noch einen Schluck von seinem Wein. Er hatte etwas kleine Augen, aber bei näherem Hinsehen entschied Sardec, dass er nicht betrunken war, sondern vielleicht sogar ein wenig zornig. Etwas, das ihm sein Vater einmal erzählt hatte, fiel ihm jetzt ein: Xeno hatte gegen Koth gekämpft, und sein Bruder war durch Koths Anhänger umgekommen. Und er war weder einen leichten noch einen heldenhaften Tod gestorben.

»Ich habe gehört, dass die Menschen in Kharadrea vorhaben, eine unabhängige Republik zu erklären, in der Menschen und Terrarch gleichberechtigt sein sollen. So wie in diesen verrückten Ländern jenseits des Großen Ozeans.«

Jetzt brach ein Tumult aus. Niemand hier hielt so etwas für möglich. Auch Sardec nicht. Es war undenkbar. Die Menschen waren ebenso wenig in der Lage, sich selbst zu regieren, wie Affen. Das wäre ja, als gebe man einer Meute Gossenabschaum die Schlüssel zu einem Herrenhaus in die Hand.

»Mit solchem häretischen Unsinn werden wir gründlich aufräumen«, erklärte Ascogne.

»So, wie wir Koth zerschmettert haben?«, hielt Xeno dagegen.

»Damals haben wir es nicht einmal richtig versucht. Wir hätten gesiegt, wären uns nicht die Hände gebunden gewesen.«

»Wirklich?«

»Mein lieber Xeno, wir verfügen über Drachen. Und über Magie. Unsere Menschen sind gut ausgebildet. Ich wette, dass meine Männer jedem verdammten kharadreansichen Abschaum oder sardeanischen Sklaven mehr als gewachsen sind. Und Eure ebenfalls. Außerdem steht

Fürst Azarothe an unserer Spitze. Auch er ist noch nie besiegt worden.«

Sardec konnte beinahe schon Xenos Gedanken lesen. Einen Augenblick lang sah es aus, als wolle er einwenden, dass Azarothe Koth auch niemals gegenübergestanden hatte. Doch ganz offensichtlich entschied er, dass so etwas undiplomatisch gewesen wäre – und klappte entschlossen den Mund zu. »Selbstverständlich habt Ihr Recht, mein teurer Ascogne«, sagte er stattdessen. »Lasst und noch etwas trinken und auf die Gesundheit von Fürst Azarothe anstoßen.«

»Darauf trinke ich«, stimmte Ascogne zu.

Sardec spürte, wie ihn jemand am Ellbogen berührte. Es war Paulus.

»Zeit zu gehen«, sagte er.

»Hast du gesehen, wohin Bertragh verschwand?«, wollte Halbblut von Leon wissen. Um sie herum zogen Tänzer, berauscht von Wein und Loco-Kraut, feiernd durch die Straßen der »Grube«. Ihnen gegenüber, am Eingang einer Gasse, drückte ein Mann ein Mädchen an die Wand. Ihr Rock war hoch geschoben, sie hatte die Beine um ihn geschlungen, und sein Hinterteil bewegte sich rhythmisch. Eine kleine Menschenmenge hatte sich um das Paar versammelt, sah den beiden zu und feuerte sie lautstark an. Niemand schenkte Halbblut oder Leon die geringste Beachtung.

»Sie sind direkt zu seinem Haus gegangen und haben es durch den Lieferanteneingang betreten.« Halbblut stieß einen Seufzer der Erleichterung aus. Wenigstens hatte er eine gewisse Vorstellung davon, wie es dort drinnen aussah. Hätten sich die Männer anderswohin begeben, wäre sein Unternehmen erheblich schwieriger geworden.

»Bist du ganz sicher, dass sie es waren?«

»Sie sind auf der Straße geblieben und haben die Kostüme nicht gewechselt. Ich habe sie keinen Moment aus den Augen verloren.«

»Und sie haben dich nicht gesehen?«

»Wofür hältst du mich?«

»Für einen Straßenjungen aus Drangsal, der die Armee der Königin mit irgendwelchen Tricks dazu gebracht hat, ihn aufzunehmen.«

»Deiner berühmten Beobachtungsgabe entgeht aber auch nichts.«

»Das hast du gut gemacht, ich bin dir dankbar.« Er gab auch Leon eine Münze. Dieser verbarg sie in der Wölbung seiner Hand, warf einen einzigen Blick darauf und ließ sie dann in seinem Beutel verschwinden. Gleich darauf verfluchte Halbblut seinen plötzlichen Drang, das Geld zu verschenken.

»Ist es das, was ich glaube, Rik?« Sie schoben sich in die feiernde Menge. Irgendwo am Ende einer Gasse knallte Feuerwerk, dann erklang ein Schrei. Halbblut hoffte zumindest, dass es Feuerwerk gewesen war. Für alle Fälle hielt er die Hand an seine Pistole.

»Ja.«

»Das ist eine Menge Geld für einen einfachen Dienst.«

»Nur die Hälfte davon gehört dir. Ich möchte, dass du den Rest für mich aufbewahrst.«

»Kann ich machen. Wo hast du es her?«

»Stell keine Fragen, und du bekommst keine Lügen zu hören.«

»Verstehe. Hast du einen Einbruch vor?«

»Schon möglich.«

»Brauchst du Hilfe?«

»Dieses Mal nicht.«

»Ich vermute, du willst dem Verwalter einen kleinen Besuch abstatten. Ein sehr ehrgeiziges Unterfangen. Ich wusste nicht einmal, dass du das Gebäude ausgekundschaftet hast.«

»Kürzlich war ich eine Weile drin.«

»Aber du hast keine Helfer im Haus? Keinen bestochenen Wachmann oder so?«

»Nein.«

»Bist du auf deine alten Tage verrückt geworden? Das solltest du wirklich nicht tun.« Halbblut überlegte, wie weit er Leon einweihen sollte, und beschloss, ihm doch lieber so wenig wie möglich zu verraten.

»Er hat etwas, das ich haben will, und heute Nacht ist die einzige Möglichkeit heranzukommen.« Streng genommen stimmte das nicht. Halbblut hätte in jeder beliebigen Nacht in das Haus einbrechen können, aber für ein Verbrechen gab es keine bessere Gelegenheit als die Nacht des Errettungsfests. Sogar die Wachmänner würden betrunken sein – und die meisten Kriminellen ebenso. Halbblut trug seine Ausrüstung bereits mit sich. Er hoffte, sie würde ausreichen. Zu seiner Beruhigung sagte er sich, dass er so etwas schon hundertmal getan hatte und es nichts anderes war als sonst. Aber er glaubte selbst nicht recht daran.

»Ich gehe mit dir«, erklärte Leon. »Du brauchst jemanden, der Schmiere steht.«

»Heute ist das Erlösungsfest«, sagte Halbblut und trat über den Körper eines Betrunkenen hinweg, dessen Maske und Robe ihn als Drachenpriester auswiesen. Vielleicht war er echt, oder es war ein Kostüm … das konnte er nicht unterscheiden. »Du hast doch sicher Besseres zu tun.«

»Hier sind immer noch Männer aus dem Hochland unterwegs«, sagte Leon ernst.

»Ja«, gab Halbblut zurück und sah sich misstrauisch um. »Wahrscheinlich.«

27. KAPITEL

Verbrechen zahlt sich aus. Der Lohn der Sünde ist der Tod.

Mierle, Juristische Feinheiten legaler und illegaler Natur

Aus dem Fenster der Kutsche sah Sardec auf die feiernde Menge hinaus. Aus der Pfeife, die Marcus ihm gereicht hatte, und die mit erotischen Schnitzereien geschmückt war, nahm er noch einen Zug von dem berauschenden Loco-Kraut. Der Mondwein schien seine Barrieren vollständig niedergerissen zu haben. Er war dem Palast entronnen und hatte Asea hinter sich gelassen. Langsam verlor er die Kontrolle – und dieses Gefühl gefiel ihm. Eine solche Nacht hatte etwas Erregendes, dachte er. Die Musik, das Feuerwerk, das enthemmte Verhalten der Feiernden und die offensichtliche Freude der Menge bildete einen kompletten Gegensatz zu Aseas schicklichem Ball. Was immer man sonst von den Menschen halten mochte, sie wussten immerhin, wie man sich amüsierte. Fast schon beneidete er sie um ihr primitives, vulgäres Benehmen.

Als ihm Paulus noch einen Schluck Mondwein anbot, nahm er an. Er lachte sogar über einige Bemerkungen, die Jazeray über das derbe Benehmen der Feiernden vor dem Fenster machte.

Seine gespannte Erwartung wuchs, als er am Rand der »Grube« aus der Kutsche kletterte. Für die rangniederen Offiziere im Lager war dieses Viertel von dunklen Legenden umgeben. Das gelassene Auftreten seiner drei Begleiter machte ihm jedoch klar, dass sie schon mindestens ein Mal hier gewesen sein mussten. Mit einem Fingerschnippen rief Jazeray einen Fackelträger herbei.

»Zu Mama Hornes Haus«, sagte er und warf dem Jungen eine Silbermünze zu.

»Sehr wohl, Exzellenz.«

Augenblicke später waren sie auf dem Weg in das dunkle, verdorbene Labyrinth, das in jeder Stadt im Zentrum des Menschenviertels zu finden war. Der Gestank und das Gewimmel waren unerträglich. Alles war mit Errettungsfest-Laternen geschmückt worden. Kostümierte Menschen tauchten wie zum Leben erweckte Dämonen aus dem Dunkel auf. Ein Teil von ihm fragte sich, was er hier zu suchen hatte. Er wusste, dass es für Vertreter seines Volkes an diesem Ort gefährlich war. Für Menschen musste das, war er bei sich trug, ein Vermögen darstellen.

Doch ein Teil von ihm genoss auch die Gefahr, die Vorstellung, aus den Beschränkungen seines Lebens auszubrechen, und das Gefühl, dass alles möglich war. Dies war ein Ort, an dem man seine dunkelsten Bedürfnisse stillen konnte. Hier konnte er für kurze Zeit den engen Grenzen entrinnen, die ihm seine ehrwürdige Abstammung und die Rolle als Herrscher vorgaben. Er fühlte sich schuldig, so etwas auch nur denken zu können, doch zugleich gestand er sich die Wahrheit ein. Offensichtlich blieb ihm nur eines übrig, nämlich noch einen Schluck aus Marcus' Hüftflasche zu nehmen und dann alles auf sich zukommen zu lassen.

Gefährlich wirkten die Menschen, die ihn umgaben, eigentlich nicht. Das Maskenfest war die einzige Zeit des Jahres, zu der nach uralter Tradition die Unterschiede zwischen Herrschern und Untertanen vergessen werden durften. Und sie schienen es auch darauf anzulegen, das auszunutzen.

»Hallo, Liebchen«, rief ein Mädchen in einem Katzenkostüm. »Wette, unter dieser Maske steckt ein hübscher Kerl.« Sie streckte die Hand aus und strich über sein Gesicht. Unter gewöhnlichen Umständen hätte sich Sardec abgestoßen gefühlt, aber mit dem Alkohol im Magen, dem Drogenrauch in seinen Lungen und dem Trommelrhythmus, der in seinem Blut pochte, fand er das Erlebnis auf eine perverse Weise ganz erotisch. Und die Scham, die er empfand, trug noch dazu bei. Er hatte sich immer gesagt, eine menschliche Frau zu begehren sei so ähnlich, als wolle man ein Schaf besteigen. Doch jetzt schien ihm, als quelle aus den Tiefen seines Bewusstseins etwas lange Verdrängtes hervor. Kurz überlegte er, ob er umkehren sollte, fortlaufen, bevor alle Dämme brachen. Doch das war unmöglich. Allein würde er auf keinen Fall den Rückweg finden, und für einen Terrarch war es gefährlich, sich ohne Begleitung in der »Grube« zu bewegen.

»Bleibt dicht bei uns und haltet die Hände auf die Waffen gelegt«, sagte Paulus, wie um seine Überlegung zu bestätigen. »Hier gibt es jede Menge gefährliches Gesindel.« Noch während er sprach, tauchte aus dem Getümmel eine Frau auf, küsste ihn auf den Mund und wurde dann von ihrem Partner in die Menge zurückgezogen.

Heute Nacht konnte alles geschehen, dachte Sardec. Einfach alles.

Hell erleuchtete Boote drängten sich auf dem Fluss. In jeder Taverne und auch davor tranken und sangen maskierte Festbesucher. Musiker spielten auf den Straßen. Menschen hüpften zum Klang von Flöten und Fiedeln. Doch selbst hier bemerkte Halbblut, dass nicht alle Betrunkenen so berauscht waren, wie sie vorgaben. Heute Nacht gingen wieder Taschendiebe und Straßenräuber ihrem Gewerbe nach, wenn auch weniger zahlreich als sonst. Er war froh, dass Leon bei ihm war. Solange jede Menge leichterer Beute herumlief, würden diese Aasgeier zwei sichtlich nüchterne Männer wahrscheinlich nicht angreifen.

Vor sich erkannte er jetzt das Haus Verwalters. Es war so groß und schwarz, wie er es im Gedächtnis hatte. Der Gestank des Flusses stieg ihm in die Nase. Im Lagerhaus-Distrikt war es ziemlich ruhig, tatsächlich so still, dass ihm die weitgehende Ruhe in den Ohren hallte wie das Schweigen auf einem Schlachtfeld nach dem Kampf. Über ihnen explodierten Feuerwerksraketen und zerbarsten wie lodernde Flammen. Er fühlte sich jetzt genauso wie häufig, bevor er in die Schlacht gezogen war. Sein Magen hatte sich verkrampft und sein Mund war trocken. Er streckte die Hände aus und betrachtete sie. Sie waren ruhig.

»Jetzt weiß ich, dass du etwas stehlen willst«, bemerkte Leon. Er hatte sich die Pfeife wieder in den Mund gesteckt und rollte sie von einer Seite zur anderen. »Das tust du immer, bevor du irgendwo einsteigst.«

»Schön zu wissen, dass ich so leicht durchschaubar bin«, meinte Halbblut und betrachtete die Seitenwand des Lagerhauses prüfend. Er hatte bereits beschlossen, dass er über das Dach eindringen musste. Die Frage war nur, wie er hinaufkommen sollte. Auf der Flussseite befanden sich mehrere Simse, von denen aus Waren auf Boote verladen wurden. Auch sonst glich das Gebäude einer Festung. Die Mauern waren dick, die Türen massiv und mit mehreren Schlössern gesichert. Bestimmt befanden sich drinnen Wachmänner und vielleicht sogar Kampfhunde oder bissige Wyrm, die man manchmal in Lagerhäusern bei Nacht frei herumlaufen ließ. Mit den Tieren glaubte er fertig werden zu können. Eine Prise pulverisierter Lotos-Schote, die auf ihren empfindlichen Nasen wie Feuer brannte, und sie würden davonrennen. Sorgen machte er sich eher wegen der bewaffneten Wächter. Nicht zum ersten Mal fragte er sich, was er da eigentlich tat. Er wusste, dass es verrückt war, aber das beirrte ihn nicht im Mindesten. Die Gier, diese Bücher in die Hand zu bekommen, hatte vollständig Besitz von ihm ergriffen.

»Die Nacht wird nicht jünger«, stellte er fest. Er schlug seinen Umhang zurück und wickelte das Seil ab, das er um seine Brust geschlungen hatte. Unter seinem Kostüm trug er ein schwarzes Hemd und ebensolche Hosen. Dann nahm er etwas Ruß aus einem Tabaksbeutel und rieb sich Gesicht und Haar damit ein.

»Also, das ist ja wie eine Begegnung mit der Vergangenheit. Ich wusste gar nicht, dass du das noch hast«, sagte Leon. Halbblut wusste genau, was er meinte. Es waren dasselbe Seil und derselbe Wurfhaken, die er in vielen Nächten in Drangsal benutzt hatte. Der Haken war mit den besten Zaubersprüchen der Alten Hexe umwoben, die gewährleisten sollten, dass er nicht klirrte und unentdeckt blieb. Und das Seil bestand aus Spinnenseide, die leicht wie eine Feder und zwanzig Mal stärker als ein gewöhnliches Hanftau war. »Ich sollte lieber mitkommen«, meinte Leon.

Halbblut schüttelte den Kopf. »Nein, das ist eine persönliche Angelegenheit. Wenn du etwas Sinnvolles tun willst, nimm mein Kostüm und die Maske. Wir brauchen sie vielleicht, wenn wir flüchten müssen. Halt hier Wache, aber pass auf, dass dich niemand sieht. Wenn du drinnen etwas hörst, sorge für Ablenkung, das könnte mir eine Hilfe sein.«

Wie, das brauchte er Leon nicht zu erklären. Er hatte es schon oft getan. »In Ordnung. Sei vorsichtig.«

»Ich tu mein Bestes.« Halbblut ließ das Seil herumwirbeln und warf es dann. Der Haken fing sich am Rand des Daches. Er zog daran, um sich zu vergewissern, dass es sein Gewicht tragen würde. Es hielt gut. Er begann, an der Seitenwand des Gebäudes hinaufzuklettern. Bald lag der Boden tief unter ihm. Leon schien verschwunden zu sein, und kurz darauf entdeckte er auch, warum. Das hüpfende Licht einer Laterne leuchtete einem Wachmann voraus.

Halbblut erstarrte. Langsam kam die Laterne näher. Jetzt erkannte er mehrere in Umhänge gehüllte Gestalten. Eine von ihnen hielt das Licht und einige weitere hatten Keulen in den Händen. Kurz überlegte er, ob er das Seil hinter sich hochziehen sollte, glaubte dann aber, dass die Bewegung wahrscheinlich genau die Aufmerksamkeit erwecken würde, die er zu vermeiden suchte. Stattdessen blieb er einfach hängen, wo er war, und betete, dass sich der Haken nicht lösen würde. Inzwischen schmerzten seine Arme und fühlten sich auch ein wenig müde an. Er hatte so etwas lange nicht mehr getan und setzte Muskeln ein, deren Existenz er ganz vergessen hatte.

Die Wachmänner befanden sich fast unmittelbar unter ihm. Sie blieben stehen. Sein Herz klopfte laut, und es erstaunte ihn fast, dass sie es nicht hörten. Hatten sie sein Seil entdeckt? Wenn ja, dann konnten sie ihn zum Absturz bringen, indem sie alle zugleich daran zogen. Oder wenn sie einfach nur nach oben sahen …

»Hier ist es«, erklärte Jazeray. Sein Gesichtsausdruck gefiel Sardec nicht: ein selbstzufriedenes Grinsen, der gierige Blick, mit dem jemand ein Festmahl betrachten mochte. Sie traten in das Haus. Drinnen roch es nach billigem Parfüm und allzu dicht gedrängten menschlichen Körpern. Als sie hereinkamen, wandten sich ihnen maskierte Gesichter zu. Sardec bemerkte zwei kostümierte Gestalten, die eben eingetreten waren. Sie sahen ihn an und kamen ihm auch irgendwie bekannt vor. Der eine war ein kräftiger Hüne, und der andere groß und dünn. Soldaten, dachte er, Soldaten aus dem Lager. Und er spürte bei dem Gedanken, dass einer seiner Männer ihn hier gesehen haben könnte, erneut Beschämung in sich aufsteigen. Wie sollte er sich danach noch Respekt bei ihnen verschaffen?

Eine hochgewachsene Frau mit einer Theatermaske, die Memosine, die Schutzpatronin der Liebenden, darstellte, kam herbei, um sie zu begrüßen. Ihre Kleider waren so prächtig, dass sie der Frau eines Verwalters hätten gehören können. Doch er wusste, dass sie etwas ganz anderes war. Elegant wie eine Tänzerin machte sie einen komplizierten und außerordentlich wohl bemessenen Knicks vor ihm. »Willkommen in meinem Haus, ehrenwerte Herren«, sagte sie. »Was kann ich für Euch tun?«

»Ein Privatzimmer und ein Kartenspiel«, bestellte Jazeray. »Euren besten Wein. Und Mädchen.«

Er sagte es so, als wäre das eine nicht wichtiger als das andere. Vielleicht traf das auf ihn ja auch zu. Es sah aus, als wäre der junge Terrarch seit langem an verdorbene Freuden gewöhnt.

»Sofort«, antwortete die Frau, die Sardec für Mama Horne hielt. Rasch führte sie die Terrarch eine Treppe mit verzogenen Stufen hinauf, an der alte Drucke hingen. Ein gewaltiger Kronleuchter erhellte den ganzen Salon. Als die Erhabenen den Blicken entschwanden, wurden die Stimmen lauter und die Musik setzte wieder ein. Sardec wurde klar, dass ihre Ankunft ein großes Aufsehen erregt hatte. In seinem berauschten Zustand erfreute ihn das.

Sardec sah sich in dem Zimmer um. Er fand, dass es für ein Bordell der Menschen recht luxuriös eingerichtet war, eleganter jedenfalls als die Räume, die er im Gasthaus bewohnte. Eine Wand wurde von einem riesigen Spiegel beherrscht, und in der Mitte standen schwere Möbel mit schönen Schnitzereien. An jeder Wand befand sich eine Tür: Die eine führte auf den Flur hinaus und die anderen zu Schlafzimmern mit verspiegelten Decken und breiten Doppelbetten.

»Das beste Zimmer des Hauses«, erklärte die Bordellmutter.

Mit einem Nicken bedeutete Jazeray Mama Horne, dass er zufrieden war, und kurz darauf kam der Wein. Jede der staubigen Flaschen wurde von einer lebhaften und sehr knapp bekleideten jungen Frau hereingebracht.

»Sagt Ari, dass ich hier bin und mein Geld zurückgewinnen will«, sagte Jazeray. Mama Horne nickte, als komme sein Anliegen nicht unerwartet. Sardec lief es kalt über den Rücken. Jazeray wollte doch nicht mit Menschen um Geld spielen! Das ging sogar für einen Ausflug in diese niederen Gefilde zu weit.

Er sah die Mädchen an und fragte sich, was genau sie von ihm erwarteten. Einige von ihnen fingen seinen Blick auf und kamen sofort auf ihn zu. Er wich ein Stück zurück und gab sich große Mühe, das amüsierte Grinsen seiner Begleiter nicht zu beachten. Warum hatte er sich bloß überreden lassen, herzukommen? Nur eine der Frauen schien nicht interessiert, sondern mit den Gedanken ganz woanders zu sein – und zwar ausgerechnet die Hübscheste, zumindest in seinen Augen. Er ging zu ihr und setzte sich neben sie.

»Wie heißt du?«, fragte er. Seine Stimme klang ein wenig rau und sein Atem ging schwer.

»Rena«, sagte sie.

Halbblut überlegte, ob er versuchen sollte, sich rasch auf das Dach zu schwingen, entschied dann jedoch, dass er gerade dadurch die Aufmerksamkeit auf sich lenken könnte. Dann säße er möglicherweise hier oben in der Falle, während die Wachleute Hilfe holten.

Stattdessen hing er einfach da, lauschte und beobachtete. Nach einigen Sekunden bemerkte er, dass die Männer stehen geblieben waren, um einen Schluck aus einer Weinflasche zu nehmen. Wieder fluchte Halbblut lautlos und hoffte, sie würden sich nicht häuslich unter ihm niederlassen. Wenn sie beschlossen, die ganze Nacht hier zu sitzen und zu trinken, würde er zu verzweifelten Maßnahmen greifen müssen.

Doch der Augenblick ging vorüber. Der Wachmann verkorkte die Flasche, fluchte unterdrückt und ging weiter. Langsam kletterte Halbblut weiter auf das Dach des Lagerhauses zu. Das war noch der leichteste Teil, rief er sich verdrossen ins Gedächtnis. Vielleicht sollte er wirklich umkehren. Doch er wusste, dass er dazu gar nicht in der Lage war. Er wollte diese Bücher zurückhaben, und dafür war er bereit, alles zu riskieren.

Vorsichtig zog er sich über den Rand des Daches und löste den Haken. Er hielt inne, wartete und murmelte den Zauberspruch, den ihn die Alte Hexe vor langer Zeit gelehrt hatte. Doch er hörte und sah nichts. Dann warf er einen Blick zu den Wasserspeiern, die er an den Ecken des Daches erkennen konnte. Entweder waren die magischen Warnzeichen dort so alt, dass sie unwirksam waren, oder sie waren nie wirklich geweckt worden. Zumindest hoffte er, dass es sich so verhielt und nicht in diesem Augenblick irgendwo ein für ihn unhörbarer Alarm ausgelöst wurde.

Das Dach selbst fiel schräg ab und war mit Schiefer gedeckt. Die Schindeln waren schlüpfrig, und er wusste, dass er vorsichtig sein musste. Wenn eine davon lose war – und seiner Erfahrung nach traf das zumindest auf einige zu –, würden sie nur allzu leicht auf die darunter liegende Gasse hinunterpoltern. Und wenn dies zur falschen Zeit geschah, konnte es die Aufmerksamkeit der Stadtwache wecken. Er versuchte sich zu sagen, dass das unwahrscheinlich war, aber andererseits hatte er viele Männer gekannt, die gehängt oder verbrannt worden waren, weil sie sich durch ebenso unwahrscheinliche Dinge verraten hatten. Und es konnte noch schlimmer kommen. Wenn die Handwerker gepfuscht hatten oder die Dackbalken verfault waren, konnte die ganze Konstruktion unter seinem Gewicht zusammenbrechen, und er würde auf den Boden des Lagerhauses stürzen – und zwar zu Tode.

Er zog das Seil herauf und begann mit der mühsamen Kriechpartie in Richtung Dachluke. Um sein Gewicht so weit wie möglich zu verteilen, drückte er sich beinahe flach auf das Dach, bewegte sich dann wie eine Spinne auf das Oberlicht zu und spähte hindurch.

Der Regen hatte die Außenseite einigermaßen sauber gehalten, doch da waren einige frische Spritzer Vogeldreck, die er mit dem Rand seines Hemdärmels wegwischte. Gegen die Schmiere auf der Innenseite konnte er nichts unternehmen. Sie verdunkelte einen großen Teil seines Blickfelds, er konnte jedoch trotzdem genug erkennen. Im Inneren des Lagerhauses brannte Licht. Er fluchte, beschloss aber weiterzumachen. Jetzt war er schon so weit gekommen, dass er nicht mehr umkehren wollte.

Er zog sein Messer hervor und setzte es unter dem Rand des Fensterrahmens an. Vorsichtig, behutsam und so leise wie möglich schabte er an den Rändern herum. Er war froh über das Feuerwerk, die Menschen und die Musik, denn der Festlärm übertönte sein Kratzen. Er hoffte nur, dass niemand genau unter ihm stand und sich über das Sägemehl wunderte, das herabrieselte.

Endlich konnte er den Rahmen aus seiner Verankerung lösen und nahm ihn langsam ab. Das Loch war gerade so groß, dass er sich hindurchquetschen konnte, aber schließlich war er auch eher schlank. Jemand mit breiteren Schultern oder einer ausladenderen Mitte hätte das nicht geschafft.

Er kletterte am Dach hinunter, machte den Haken an einem der Wasserspeier fest und sicherte ihn, indem er einen Teil des Seils um die Figur schlang. Dann zog er daran, um zu prüfen, ob es hielt, und stieg anschließend wieder zur Dachluke hinauf. Er ließ das Seil durch die Öffnung, bis es auf einem der hohen Stapel mit Stoffballen landete, die er bei seinem ersten Besuch gesehen hatte. So weit, so gut, dachte er. Auf diese Weise würde er hoffentlich in einer Höhe aufkommen, wo ihn niemand bemerkte. Er schlängelte sich in das Loch, wobei er hoffte und betete, dass er alles richtig eingeschätzt hatte, nicht stecken bleiben würde und niemand ihn vom Boden aus sah und ihm eine Kugel in den Rücken schoss. Als er das Seil fasste, war er sich der Leere unter seinen Füßen nur zu bewusst. Er versuchte sich zu sagen, alles sei in Ordnung, die Ballen würden seinen Fall schon abfedern, wenn etwas schief ging. Doch er wusste nur allzu genau, dass er fast zehn Manneshöhen tief stürzen würde, wenn er sich verrechnet hatte.

Halbblut holte tief Luft und ließ sich in das Dunkel hinunter.

28. KAPITEL

Euer größter Feind ist das Unbekannte.

Armande Koth, Kriegsführung im Zeitalter der Muskete und des Drachens

Halbblut kletterte an dem Seil hinunter, bis er die Ballen erreichte. Sie waren weich, gaben unter seinem Gewicht nach und schwankten leicht unter seinen Füßen. Er befürchtete, bei der ersten falschen Bewegung könnte der ganze Stapel einstürzen. Der Staub, der in der Luft schwebte, kribbelte in seiner Nase, und er rang einen fast unkontrollierbaren Niesreiz nieder.

Er sah, dass sich in dem Lagerhaus mehrere Gruppen von Männern aufhielten. In der Nähe des Lieferanteneingangs brannte eine Lampe. Auch aus dem Kontor und aus einer entfernteren Ecke drang ein Lichtschein. Er fragte sich, was da hinten vorging. Vielleicht nahmen dort die Wachleute ihre Mahlzeiten ein, doch das konnte er nicht herausfinden.

Er sah sich nach einem Weg nach unten um, aber der

war nicht leicht zu finden. Der Stapel Ballen, auf dem er sich befand, war hoch und wies eine ebene Oberfläche auf. Am besten kam er nach unten, wenn er zur nächsten Insel sprang, die aus Säcken bestand. Dieser Stapel war terrassenförmig angelegt, so dass die unterste Stufe gerade eine Manneshöhe über dem Boden lag. Von dort aus konnte er sich hinunterfallen lassen.

Bewegten sich die Wachen? Er sah nichts, obwohl er alle Sinne anspannte. Das Huschen von Ratten und das ferne Murmeln von Männerstimmen waren zu hören. Die Stimmen klangen irgendwie ungewöhnlich und fremdartig, doch er hätte nicht genau sagen können, woran das lag. Wenn er hier noch viel länger blieb, würde er entweder völlig erfrieren oder den Mut verlieren und wieder das Seil hinaufklettern. Er prüfte, ob alle seine Waffen an ihrem Platz waren, und zwang dann seine Glieder, sich in Bewegung zu setzen.

Der Sprung von den Stoffballen zu den Säcken war nicht weit, gerade einmal sechs Fuß oder so, doch die Höhe und der unsichere Untergrund ließen ihn zu einer Herausforderung werden. Er richtete sich auf und die Ballen gaben nach, so dass er ins Schwanken geriet. Vorsichtig trat er an den Rand und versuchte nicht an den harten Boden zu denken, der vierzig Fuß unter ihm lag. Dann sprang er, doch durch seinen kräftigen Absprung löste sich ein Ballen und polterte zu Boden. Vor Unsicherheit hatte er so viel Schwung genommen, dass er der Länge nach auf die Säcke krachte, die ebenfalls unter seinem Gewicht ins Rutschen gerieten. Eine Staubwolke stieg von ihnen auf, kribbelte in seiner Nase und in seinem Hals und drohte, ihn erneut zum Niesen zu bringen. Mit klopfendem Herzen lag er auf den Säcken und lauschte, um festzustellen, ob jemand etwas bemerkt hatte. Doch er hörte keine Schreie, keine Warnrufe. Das Feuerwerksgeknatter und die Musik hatten seinen Fehler vertuscht, zumindest hoffte er das.

Jetzt versuchte er, leise an den Säcken hinunterzuklettern, doch die mit Korn gefüllten Behältnisse knisterten unter seinen Stiefeln. Das Geräusch war nicht laut, reichte jedoch, um seine Nerven zum Zerreißen anzuspannen. Als er die unterste Stufe der Pyramide erreichte, hielt er erneut inne und lauschte wie ein Reh, das die Wölfe heulen hört. Einmal mehr schien er unbemerkt geblieben zu sein. Er fragte sich, wie lange ihm dieses Glück noch hold sein würde, und ließ sich vorsichtig auf den Boden hinunter.

Da hörte er, dass sich Schritte näherten, und fluchte. War er doch entdeckt worden? Schlich dieser Unbekannte sich an, um ihn aus dem Hinterhalt zu überfallen? Er glaubte nicht. Wenn der andere versuchte, sich lautlos zu nähern, dann war er entsetzlich schlecht – außer natürlich, der Urheber der Schritte sollte ihn ablenken, während sich noch andere von hinten heranpirschten. Halbblut tastete nach seinem Messer und warf einen Blick über die Schulter. Niemand da.

»Leg einen Zahn zu, Tresh! Wir warten schon und wollen unser Geld zurückgewinnen!« Der Ruf kam von der Gruppe in der entfernten Ecke. Jetzt erkannte Halbblut auch, was ihn zuvor beunruhigt hatte. Der Rufer sprach mit dem Akzent der Hochländer.

»Bin gleich zurück«, antwortete ein anderer, offenkundig betrunken, und ebenso offenbar auch er ein Hochländer. Man hörte, wie der Mann sein Wasser abschlug und erleichtert seufzte, und dann kamen die Schritte zurück.

Was zur Hölle ging hier vor? Warum hielten sich Hochländer in diesem Lagerhaus auf? Kurz schoss ihm der verrückte Gedanke durch den Kopf, dass sie ebenfalls hier eingebrochen waren, doch nach kurzer Überlegung verwarf er die Idee wieder. Banditen machten auf ihren Raubzügen keine Pause, um Karten zu spielen. Diese Männer hörten sich aber an, als fühlten sie sich hier ganz zu Hause. Offensichtlich bestand da eine Verbindung zwischen den Hochländern und dem Verwalter.

Sein Plan, wenn er denn überhaupt einer gewesen war, hatte sich bereits erledigt. Er hatte gehofft, Bertragh und seine Leibwächter würden wieder gehen, und dass das Gebäude danach bis auf einen oder zwei Wachposten leer sein würde. Dann hätte er eine Chance gehabt, sie zu überwältigen und sich das Kontor anzusehen. Offensichtlich war er viel zu zuversichtlich gewesen. Es sah aus, als wollten diese Männer noch eine ganze Weile hier bleiben. Vielleicht war es das Beste, das ganze verdammte Unternehmen einfach abzublasen und sich auf demselben Weg, den er gekommen war, wieder zurückzuziehen. Wenn er geschnappt wurde, konnte er bestenfalls darauf hoffen, der Stadtwache übergeben und als Dieb gehängt zu werden. Wenn es denn so weit kam. Man hatte auch schon gehört, dass sich verängstigte Wachleute an Dieben, die sie fingen, äußerst brutal schadlos hielten. Er erschauerte und dachte über seinen nächsten Schritt nach.

Jetzt war er so weit gekommen, dass er ebenso gut auch noch ein wenig weiter gehen konnte. Er würde sich das Kontor ansehen. Immerhin war es möglich, dass jemand die Laterne aus Versehen hatte brennen lassen – und überhaupt niemand dort war. Wenn, dann war das eine vom Licht geschickte Gelegenheit, sein Vorhaben doch noch auszuführen.

Leise ging er weiter und schlich zwischen den hoch aufgestapelten Waren von Gang zu Gang. Als jemand vorüberkam, blieb er stehen; vielleicht wollte sich der andere nur erleichtern oder einem Geräusch nachgehen. Halbblut hielt den Atem an. Der Mann trug die Farben der Agante. Diese Geschichte wurde immer übler. Es wäre gar nicht gut, wenn ausgerechnet diese Männer ihn erwischten. Er erinnerte sich nur zu gut an das, was Vosh zugestoßen war.

Langsam und sachte schlich er sich noch näher an das Kontor heran. Das Licht brannte, doch von drinnen hörte er keinen Laut. Er trat auf die Tür zu und erstarrte, als plötzlich eine Stimme erklang.

»Es ist das, was wir gesucht haben. Das sind Alzibars Bücher.« Halbblut hielt inne. Jeder Instinkt in ihm verlangte gebieterisch danach, blitzschnell in einem der Gänge zu verschwinden und sich weiter davonzumachen. Die Stimme jagte ihm kalte Schauer über den Rücken. Sie klang kalt, unmenschlich, und doch schwang ein Unterton von bösartigem Triumphgefühl darin mit.

»Gut. Die Meister der Grauen Loge werden erfreut sein, Zarahel.« Diese Stimme gehörte Bertragh. Halbblut stand stocksteif da. Das klang, als wüssten Bertragh oder sein Begleiter etwas über die Bücher. Wenn er noch ein wenig ausharrte, würde er vielleicht einen Hinweis darauf erhalten, was genau darin stand.

Dann kam ihm eine weitere Erkenntnis, die ihn wie ein Hammerschlag traf. Zarahel war doch der Prophet der Hochländer, den zu finden die Fourageure ausgeschickt worden waren. Was hatte er hier zu suchen? So, wie es klang, wollte er seine Bücher zurückholen.

»Hoffen wir es«, sagte Zarahel. »Wir müssen immer noch in die Mine zurückkehren und den Gott aufwecken. Aber dann sollen die Eindringlinge zittern.«

»Alzibar hat behauptet, nur ein Erhabener könne dieses Ritual durchführen.«

Zarahel lachte leise. »Natürlich hat er das gesagt. Er war ein Bruder, aber auch ein Terrarch. Wir Menschen haben solche Kräfte schon lange, bevor die Erhabenen uns unseren Planeten gestohlen haben, eingesetzt. Ihre Zauberkraft ist stärker als unsere – das heißt aber nicht, dass sie die Magie für sich gepachtet haben. Ich kann das Ritual durchführen. Habt keine Angst.«

»Aber könnt Ihr den Gott auch kontrollieren, wenn er erwacht ist?«

»Wenn in diesen Büchern die Wahrheit steht, ja.«

»Auf dieses ›wenn‹ setzt Ihr Euer Leben.«

»Allerdings! Aber sollte ich Erfolg haben, dann werden wir auch in der Lage sein, die verdammten Dämonenanbeter – diese Terrarch – aus unserer Weltgegend zu vertreiben. Dann wird Uran Uhltar zurückkehren und uns dafür belohnen, dass wir ihm treu geblieben sind.«

»Das ist nicht der Plan der Bruderschaft«, wandte Bertragh ein. In seiner Stimme lag eine Schärfe, die vielleicht nicht beabsichtigt war. Was immer der Mann namens Zarahel vorhatte, es entsprach nicht dem, was er erwartet hatte. »Ich glaube, Ihr überschreitet Eure Befugnisse.«

»Schon möglich, mein Freund. Vielleicht. Aber denkt doch … Ihr seid sowohl ein Mensch als auch ein Bruder. Träumt Ihr nicht auch davon, frei zu sein, das Joch der Terrarch abzuwerfen? Das ist doch Eure Chance.«

Worüber redeten die bloß?, dachte Halbblut. Dachten sie wirklich, einer der Alten Götter würde sie belohnen? Glaubten diese Wahnsinnigen ernsthaft, sie könnten Uran Uhltar wieder aufwecken? Das war ein Furcht einflößender Gedanke.

Jetzt begriff er auch, warum sich der Zauberer in der Mine aufgehalten hatte. Offensichtlich stellte sie eine Art Eingang zu dem Höllenschlund dar, in dem die Uhltari wohnten. Der Magier hatte versucht, Verbindung zu dem uralten Dämonenvolk aufzunehmen.

Nein, er hatte diese Verbindung auch tatsächlich hergestellt. Es war ihm gelungen, mindestens einen von ihnen aufzuwecken, und jetzt hörte es sich an, als wären da, wo dieser hergekommen war, noch viel mehr. Schon diese eine Kreatur war ein schrecklicher Gegner gewesen, aber eine Armee davon wäre noch viel, viel schlimmer. Ihm wurde klar, dass er vor lauter Schreck aufgehört hatte, Zarahel und dem Verwalter zuzuhören, und er konzentrierte sich erneut.

»Die Sterne stehen beinahe richtig ... für das Ritual. Wenn wir rechtzeitig dort hingelangen, kann ich *Ihn* aufwecken – wie, das überlasst getrost mir ...«

»Dann solltet Ihr aber sofort aufbrechen. Vergesst nur den eigentlichen Plan nicht. Am besten schlagen wir zu, sobald die Terrarch nach Kharadrea einmarschieren und ...«

Er hörte, dass sich im Kontor etwas bewegte. Und dann bemerkte Halbblut aus dem Augenwinkel noch etwas anderes. Ein Hochlandkrieger stand da und beobachtete ihn. Er wirkte betrunken, ein wenig verwirrt und öffnete gerade den Mund, um einen Schrei auszustoßen.

Halbblut warf den Dolch, den er in der Hand hielt. Er

grub sich in die Kehle des Hochländers. Als der Mann fiel, sprang Halbblut herbei und fing ihn auf. Er hielt ihm den Mund zu, zog seinen Dolch heraus und stach wieder und wieder zu. Warmes Blut spritzte auf ihn. Hinter sich hörte er, wie die Tür des Kontors geöffnet wurde. Verzweifelt zog er den Hochländer in den Gang und erkannte dann, dass es zwecklos war. Wenn die Verschwörer hier entlangkamen, würden sie das Blut sehen. Er war allein in dem Lagerhaus, umgeben von einer unbekannten Anzahl Hochlandkriegern und zwei Teufeln, die in die dunkelsten Hexereien verwickelt waren. Es war Zeit, dass er sich davonmachte.

Er ließ den sterbenden Hochländer fallen und schlug ihm mit dem Messergriff noch einmal auf den Hinterkopf, dann rannte er den Gang entlang, so rasch er konnte, und wandte sich scharf nach rechts, um so schnell wie möglich aus dem Blickfeld zu verschwinden. Hinter sich hörte er Zarahels Stimme. »Du bist betrunken, Craymore«, rief der Hexer. »Der Bastard ist so hinüber, dass er eingeschlafen ist. Steh auf! Wir haben noch zu tun!«

Einen Augenblick lang herrschte Schweigen, und Halbblut war klar: In diesem Moment dämmerte Zarahel die Erkenntnis, dass Craymore nicht schlief. Er schaute auf, orientierte sich an der Dachluke und rannte darauf zu. Jetzt schlug er alle Vorsicht in den Wind, denn er wusste, dass sie inzwischen nutzlos und Geschwindigkeit sein einziger Vorteil war.

»Eindringlinge!«, hörte er Zarahel brüllen. »Bewaffnet euch, Männer, und durchsucht das Gebäude. Hier drinnen läuft ein Mörder frei herum.«

Aus der Entfernung waren jetzt verwirrte Rufe und die Schritte rennender Männer zu vernehmen. Er stürmte durch das Halbdunkel. War das der richtige Gang? Oder dieser? Er sah schattenhafte Gestalten am Rande des Areals entlangrennen. Kurze Zeit blieb er reglos stehen, um sie vorbeizulassen, und lief dann auf die hoch gestapelten Säcke zu, die er vorhin für seinen Abstieg benutzt hatte. Er fand die Stelle fast sofort. Ein Blick in die Höhe zeigte ihm, das sich über ihm die Dachluke befand. Er zog sich auf die Säcke und sprang so schnell wie möglich hinauf, in dem Vertrauen darauf, dass die hohen Warenberge, die ihn umgaben, ihn so lange wie möglich verstecken würden. Unter sich sah er jetzt überall Laternen, die sich bewegten, und hörte, wie sich die Hochländer mit Rufen verständigten. Glücklicherweise beschränkten sie ihre Suche jetzt noch auf den Boden, doch er fragte sich, wie lange es dauern würde, bis einer von ihnen nach oben schaute.

Er kletterte auf die oberste Ebene der Sackpyramide und sah auf die gegenüberliegende Seite des Ganges. Der Ballen, von dem er sich vorhin abgestoßen hatte, war hinuntergefallen, so dass die Entfernung, die er mit einem Sprung überqueren musste, jetzt größer war. Aber unter diesen Umständen blieb ihm nicht viel anderes übrig. Er stieß sich ab. Kurz spürte er, wie sich unter ihm der Abgrund auftat, und dann landeten seine Füße auf einem Ballen. Er geriet ins Wanken und rutschte davon, so dass er nach vorn fiel. Dann befand er sich genau an der Ecke des Stapels, und sein eigener Schwung – so sah es aus – würde ihn gleich in den Untergang reißen. Vor sich erkannte er das herabhängende Seil.

Er hatte nur eine Chance, und er ergriff sie, indem er sich ins Leere warf und versuchte, das Seil zu packen. Er erhaschte einen Übelkeit erregenden Blick auf den Boden und die Laternen tief unter sich. Kurz war er sich sicher, dass ihn die Männer dort nicht töten würden – das würde schon der Sturz erledigen. Seine Finger schlossen sich um das Seil und rutschten ab. Ein entsetzlicher Schmerz schoss seine Arme hinauf, als ihm die Reibungshitze die Finger verbrannte. Gleich würde das Seil zu Ende sein. Doch dann bekam er es fest zu fassen, und sein Absturz endte mit einem Übelkeit erregenden Ruck. Das Seil schwang eine Weile hin und her, er war sich schon sicher, dass sich der Haken gelöst hatte und er doch noch in den Tod stürzen würde.

Das Tau schwang seitwärts wie ein Pendel, doch er fiel nicht. Grimmig klammerte er sich fest und wartete darauf, dass es zur Ruhe kam, damit er nach oben klettern konnte, in die etwas größere Sicherheit, die das Dach bot. Doch es brauchte nur einer der Männer einen Blick nach oben zu werfen und seine Silhouette zu erkennen, die sich vor dem Dachfenster abzeichnete. Wenn er recht darüber nachdachte, war es ohnehin fast unmöglich, dass noch keiner von ihnen auf die Idee gekommen war. Bestimmt würde es nur noch Augenblicke dauern, bis er entdeckt wurde.

Das Seil schwang nicht mehr. Er zog sich nach oben, obwohl er sich mit seinen von Blasen überzogenen Fingern kaum noch festhalten konnte. Der Aufstieg, der tatsächlich nur wenige Augenblicke dauerte, schien ewig zu währen. Dann zog er sich, hektisch zappelnd und sicher, dass er stecken bliebe, durch die Dachluke. Kurz darauf war er draußen, auf den Schieferpfannen, und rutschte mit dem Gesicht voran auf den Rand des Daches zu. In der Hoffnung, den Sturz zu bremsen, streckte er die vom Seil verbrannten Hände aus. Schieferpfannen brandeten wie eine Woge vor ihm auf und polterten auf die Gasse. Dann gelang es ihm, die Zehen am Rand der Dachluke einzuhaken, und er kam zum Stillstand. Eine kurze Zeit lang schlug er auf der Suche nach Halt wild um sich, dann konnte er sich orientieren und zog das Seil ein. Rasch befestigte er den Haken am Rand der Luke und ließ sich auf den Boden hinunter.

Das Klettern schmerzte, und es kam ihm vor, als dauerte es Stunden, bis er unten war. Eine Gestalt löste sich aus dem Dunkel und Halbblut griff nach seiner Pistole.

»Ich bin's«, sagte Leon. »Was zur Hölle war da los? Du siehst aus, als hättest du ein Schwein geschlachtet.«

»Hatte da drinnen ein paar Probleme. Gib mir mein Kostüm und versuch, das verdammte Seil einzuholen.«

Leon reichte ihm Maske und Robe. Während Halbblut sie eilig überzog, gelang es Leon, den Haken zu lösen. Was für ein Fiasko, dachte Halbblut.

»Komm schon«, sagte er. »Lass uns bloß hier verschwinden, ehe noch jemand nach uns sucht.«

So rasch, wie sie es in ihren schweren Roben und Masken nur vermochten, rannten sie zurück und mischten sich unter die tanzenden, singenden Menschen der Errettungs-Maskerade. Mit einem Mal sah Halbblut vor seinem inneren Auge das Gesicht des Mannes, den er erdolcht hatte. Er sah den Blick, mit dem ihn der Mann bedacht hatte, als das Leben ihn verließ. Ihm war ein wenig übel, so wie manchmal, wenn er im Nahkampf hatte töten müssen. Aber dann schob er den Gedanken beiseite. Jetzt mussten sie erst einmal flüchten. Später würde er Zeit genug haben, über alles nachzudenken.

29. KAPITEL

Ständige Wachsamkeit ist der Preis des Überlebens.

Maxime der Inquisition

Zarahel stürmte durch das Lagerhaus. Wer war der Eindringling gewesen und wohin war er verschwunden? Alle Türen verschlossen! Auf diesem Weg war niemand gekommen oder gegangen, da war er sich ganz sicher. War es möglich, dass Craymore von einem seiner eigenen Leute umgebracht worden war? Vielleicht hatte jemand eine alte Rechnung beglichen. Die Hochländer waren empfindlich und neigten zu Blutfehden, das wusste niemand besser als er. Oder war es einer anderen Fraktion gelungen, sich in seine Truppe einzuschleichen? Konnte er Betraghs Männern trauen? Oder dem Verwalter selbst?

Er blieb stehen und kratzte an einer seiner Pusteln. Sie wurden größer, bemerkte er. Er warf einen Blick auf seine Leibwächter, die sich in der Ladezone des Lagerhauses versammelt hatten. Sie hatten ihre Waffen gezogen und wirkten zornig und ängstlich. Wie alle echten Krieger der

Hügelstämme waren sie zum Töten geboren und erzogen, doch keiner von ihnen schien der Mörder zu sein. Soweit er sehen konnte, hatte niemand Blut an den Kleidern – und er war sicher, dass ihm das nicht entgangen wäre.

Craymore hatte stark geblutet, ein Teil davon musste auf den Mörder gespritzt sein. Doch Zarahels gut geübtes Auge entdeckte keine Spur davon. Was ihn anging, so war der Mörder noch unentdeckt. Er befahl den Männern, sich in Gruppen aufzuteilen und das Gebäude noch einmal zu durchsuchen. Als er die Stelle inspizierte, an der er die Leiche gefunden hatte – ganz in der Nähe der Tür zum Kontor –, kam ihm ein weiterer Gedanke.

Hatte der Mörder dort gelauscht, als Claymore ihn entdeckt hatte? Die Vorstellung, jemand könnte von seinen Plänen erfahren haben, erschütterte Zarahel. Und mehr noch, die Tat war so rasch und lautlos verübt worden, dass es für das Werk eines Berufsmörders sprach, vielleicht eines Mitglieds der Gesellschaft vom Roten Lotos oder einer der anderen Geheimpolizei-Truppen des Königreichs. Oder dahinter steckte die Silberne Bruderschaft, die der Grauen und der Purpurnen Bruderschaft Steine in den Weg legte, wo immer sie konnte. Wenn diese Nachricht die falschen Ohren erreichte, steckte er wirklich in sehr großen Schwierigkeiten. Er hätte einen hellseherischen Zauber einsetzen können, um herauszufinden, was hier vorgefallen war, doch das würde einige Zeit dauern, und ein berufsmäßiger Mörder hatte sicherlich Schutzzeichen getragen. Zumindest hatte er selbst alles bekommen, weswegen er hergekommen war. Die Bücher gehörten jetzt ihm.

Er traf eine rasche Entscheidung. Die Lage hier war unhaltbar geworden. Er wandte sich an Bertragh.

»Sucht alles zusammen, was Ihr für eine Reise braucht. Wir verschwinden hier, und zwar sofort!«

Der Kaufmann wirkte nicht im Mindesten überrascht, sondern nickte nur zustimmend. Offenbar war er zu demselben Schluss gelangt. Zarahels Respekt vor ihm wuchs. Bertragh war nicht mehr jung und führte hier ein sehr komfortables Leben, doch er war bereit, das alles im Dienste der Grauen Bruderschaft von einem Augenblick zum anderen aufzugeben. Natürlich hatte er das geschworen, aber trotzdem war Zarahel beeindruckt. Er hatte weit jüngere und durchtrainiertere Männer gekannt, die sich nicht so rasch mit den neuen Realitäten abgefunden hätten. Natürlich war auch Bertragh klar geworden, was mit ihnen geschehen würde, wenn jemand sie an die Behörden verriet.

Das bedeutete auch, dass sie die Männer zurückließen, die in die Stadt gekommen waren, um ihre Rache zu üben, doch dies geschah den Dummköpfen recht. Er konnte sie später benachrichtigen; Marla würde sich darum kümmern. Wenn man sie festnahm und verhörte, gab es nichts, was sie der Inquisition erzählen konnten. Sie waren nicht in die wahren Pläne der Bruderschaft eingeweiht – und erst recht nicht in seine eigenen. Es war Zeit zu verschwinden, ehe es noch schlimmer kam. Nachdem er diese Entscheidung einmal getroffen hatte, war Zarahel augenblicklich bereit, mit ihr und den Konsequenzen zu leben. Trotzdem hätte er eine Menge Gold gegeben, um zu erfahren, wer der Eindringling gewesen war, und noch mehr hätte er dafür bezahlt, dem Mann die Zunge herauszuschneiden oder ihm sein kleines Haustier vorzustellen.

Halbblut betrat Mama Hornes Haus und sah sich nach Rena um, doch sie war nirgends zu entdecken. Ganz kurz fühlte er eine leise Enttäuschung, aber wahrscheinlich war es besser so. Unterwegs hatte er sich seines blutgetränkten Hemdes entledigt und sich Gesicht und Hände in einer Regentonne gewaschen. Trotzdem wollte er lieber in Ruhe in einen Spiegel schauen und sich davon überzeugen, dass alle verräterischen Spuren seines nächtlichen Ausflugs verschwunden waren. Und er wollte sich die Hände säubern und verbinden lassen.

Darüber dachte er gerade nach, als er Wiesel und den Barbaren quer durch den Raum auf sich zukommen sah.

»Wo bist du gewesen?«, wollte Wiesel wissen. »Wir haben uns schon gefragt, ob dir irgendein Hochländer gerade mit seinem Messer den Schwanz abschneidet.«

»Persönliche Angelegenheiten«, antwortete Halbblut. Mit einem Blick warnte er Leon, den er unterwegs schon ermahnt hatte zu schweigen. Wiesel bemerkte es und zuckte die Achseln.

»Du wirst nie erraten, wer hier ist«, sagte der Barbar.

»Ganz richtig. Ich versuch's nicht mal. Warum sagst du es mir nicht einfach?«

»Nur die Hälfte unserer verdammten jungen Offiziere, das ist alles«, erklärte Wiesel.

»Terrarch? Hier?«

»Jawoll. Mischen sich in der Errettungs-Nacht unters gemeine Volk.«

»Kann ich gut verstehen«, meinte der Barbar.

»Wer sind sie?«

»Sardec, Jazeray, Marcus und Paulus. Hirnlose Trottel alle miteinander.«

»Es wäre doch eine Schande, wenn ihnen etwas zustieße«, bemerkte Halbblut.

»Denk nicht mal daran«, sagte Wiesel. »Heute Nacht ist hier allerhand vorgefallen, das auf keinen Fall eine Untersuchung durch die Behörden verträgt.«

Du ahnst ja nicht, wie Recht du hast, dachte Halbblut. Er fragte sich, ob er seinen Kameraden von dem Gespräch, das er belauscht hatte, erzählen sollte. Er wusste es wirklich nicht, denn sie konnten doch nicht viel dagegen unternehmen. Wenn sie zu den Behörden liefen und alles berichteten, mussten sie auch zugeben, welche Rolle sie selbst dabei gespielt hatten. Das Vernünftigste war, einfach den Mund zu halten und es dabei zu belassen.

Ein Teil von ihm schlotterte angesichts der Aussicht, Uran Uhltar könnte wieder auferstehen, vor Angst. Er versuchte sich zu sagen, dass so etwas unmöglich war. Zarahel war ein Mensch, kein Terrarch. Selbst wenn er die Bücher besaß, konnte er die dazu nötige Magie nicht wirken. Aber der Mann selbst war vom Gegenteil überzeugt gewesen, kreischte der von Panik erfüllte Teil seiner Gedanken. Halbblut schüttelte den Kopf. Er hatte keine Lust, hier zu sein, wenn der Dämonengott und seine Diener losgelassen wurden, aber ebenso wenig wollte er die Kerker der Inquisition von innen sehen. Warum hatte er sich überhaupt die Mühe gemacht, diese verdammten Bücher zu retten? Sie hätten sie verbrennen sollen, als sie die Mine in Brand steckten.

»Kopf hoch, Halbblut«, sagte der Barbar. »Es ist Errettungs-Nacht, und du hast Geld in der Tasche. So schlimm kann es doch nicht sein.«

»Da hast du ausnahmsweise mal Recht.« Morgen war

auch noch Zeit, sich den Kopf zu zerbrechen, dachte Halbblut. »Habt ihr Rena gesehen?«

Sardec erhob sich vom Bett. Er fühlte sich befriedigt und beschmutzt zugleich. Die Wirkung des Alkohols und der Drogen hatte so weit nachgelassen, dass ihm klar war, was er getan hatte. Er sah auf das nackte Mädchen hinunter und war sich nur allzu bewusst, dass sie eine Hure war. Wie hatte er so tief sinken können?

Er sah sie an und wusste den Grund. Sie ähnelte nicht den Frauen, die er bisher geliebt hatte. Ihre Brüste waren größer und ihre Hüften breiter als die einer Terrarch-Frau. Und trotzdem war sie schön und hatte etwas an sich, das ihn auf eine nie gekannte Weise erregte. Die Faszination des Verbotenen, dachte er. Seine Scham war nicht der Spiegel seiner Lust, sondern ein Bestandteil davon.

Er zog sich wieder an und war sich bewusst, dass auch sein Kostüm Schuld daran trug. Die Verkleidung hatte ihn sich selbst entfremdet und ihm für diese eine Nacht eine neue Identität geschenkt. Doch jetzt war es Zeit, in die Wirklichkeit zurückzukehren, dieses peinliche Erlebnis hinter sich zu lassen und dafür zu sorgen, dass so etwas nie wieder vorkam.

Er sah das Mädchen an, sie schenkte ihm einen leeren Blick. Er fragte sich, was sie wohl sah. Verachtete sie ihn? Kam es darauf an? Es stand ihr nicht zu, ein Urteil über ihn zu fällen. Außerdem hatte er an anderes zu denken, Fragen, mit denen er sich noch nie befasst hatte. Wie sollte er sie bezahlen? Und mit wie viel? Starrte sie ihn deswegen an – wartete sie darauf, dass er ihr Geld gab?

Entschlossen öffnete er seinen Beutel und warf ihr eine

Silbermünze zu. Kurz bemerkte er, wie Ekel und vielleicht auch Scham über ihr Gesicht huschten. Sie unternahm keinen Versuch, die Münze aufzufangen.

»Das reicht ja wohl!«, sagte er und hoffte, dass es stimmte und er entschieden klang. Vor dieser Menschenfrau wollte er keine Schwäche zeigen.

Sie nickte. Ein Teil von ihm war darüber entsetzt, wie er sich aufgeführt hatte. Das entsprach nicht seiner Erziehung. Plötzlich hatte er keine Lust, den anderen gegenüberzutreten, die im Hauptraum Karten spielten. Er wollte nur noch fort, und so setzte er die Maske auf und öffnete die Tür zum Flur.

Jemand ging an ihm vorbei. Dieser Fremde war groß, und selbst in Maske und Kostüm war zu erkennen, dass er sich wie ein Terrarch bewegte. Er drehte sich um, schaute ins Zimmer, und seine Augen schienen sich vor Überraschung zu weiten. Sardec nickte ihm höflich zu und ging über den Korridor davon. Der andere blieb stehen und sah die Tür an, die hinter Sardec zugefallen war.

Wütend starrte Halbblut auf die Tür und fühlte sich versucht, sie aufzureißen. Ein seltsamer, kalter Zorn erfüllte ihn. Er hatte Rena auf dem Bett gesehen, genauso, wie er Sardec trotz seines Kostüms erkannt hatte. Zu seiner eigenen Überraschung brannte er vor Eifersucht. Die Erinnerung an Sabena und ihren anderen Liebhaber überfiel ihn. Er spürte den Drang, die Tür einzutreten, hineinzustürmen und das Mädchen zu beschimpfen. Am liebsten wäre er Sardec nachgegangen und hätte ihn trotz seiner schmerzenden Hände in Grund und Boden geschlagen.

Doch er unternahm gar nichts, sondern stand einfach nur da. Wie betäubt. Er sagte sich, dass es töricht von ihm gewesen war, von einem Mädchen in ihrem Beruf etwas anderes zu erwarten. Er war wirklich ein Idiot gewesen. Damit hätte er rechnen müssen. Schließlich war das Mädchen eine Hure.

Hure, Hure, Hure, dachte er und wiederholte das Wort ein ums andere Mal, als könne es ihn irgendwie trösten oder seine Wut anheizen, bis sie den Schmerz wegbrannte. Dies war eine der schlimmsten Nächte seines Lebens. Er hatte es nicht geschafft, die Bücher an sich zu bringen, hatte Geheimnisse erfahren, von denen er gar nichts wissen wollte, und jetzt hatte er Rena im Bett des Terrarch gesehen, den er am heftigsten verachtete. Er fluchte. Wieso hatte er eigentlich etwas anderes erwartet? So war die Welt schließlich. Die Terrarch bekamen, was sie wollten, ganz gleich, wie hoch der Preis war, und die Menschheit konnte zur Hölle fahren.

Er verfluchte die verdammten Bücher und seine Besessenheit, sie zu bekommen. Vielleicht wäre das nie geschehen, wenn er hier bei Rena geblieben wäre.

Nein, da machte er sich was vor. Sardec gehörte zur Aristokratie der Terrarch. Sie wäre auf jeden Fall mit ihm gegangen, selbst wenn Halbblut dabei neben ihr gestanden hätte.

Er marschierte den Flur hinunter. Ein Gefühl der Niederlage und des Scheiterns überwältigte ihn. Sollte doch Zarahel seinen elenden Dämon auferstehen lassen, dachte er. Sollte er doch die ganze Welt in Stücke schlagen. Warum sollte er sich darum scheren?

Er würde sich betrinken.

30. KAPITEL

Gerade das, was uns mit Scham erfüllt, verrät uns,
wer wir sind.

Enceladion, Theaterstücke über die Moral

Am nächsten Morgen erwachte Sardec mit dem schlimmsten Kater seines Lebens. Er starrte das Fenster an und erkannte, dass er sich in seinem Zimmer im Lager befand. Allerdings konnte er sich nicht erinnern, wie er hierher gekommen war. Er war sich eines tiefen Gefühls der Beschämung bewusst, obwohl er nicht ganz sicher war, was der Grund dafür sein sollte.

Langsam kehrte sein Gedächtnis zurück, und er erinnerte sich an die vergangene Nacht, an das Mädchen und alles andere, was danach geschehen war. Der Alkohol war in Strömen geflossen, und nun spürte er erneut den Druck grob kostümierter Leiber, die sich in der Menge an ihn drängten. Er begriff, dass er tatsächlich großes Glück gehabt hatte, unversehrt zurück ins Gasthaus zu gelangen.

Sardec hatte das Gefühl, dass sich sein ganzes Leben

verändert hatte. Er dachte an schweißüberströmte Körper, an seine Begierde und die Wollust des Mädchens. Sogar die Erinnerung besaß noch einen erotischen Nachhall, der ihn erregte und seine Beschämung weiter vertiefte. Als er sich bewusst wurde, dass das Pochen, das er hörte, nicht ausschließlich von seinen Kopfschmerzen stammte, stand er schließlich auf. Jemand hämmerte an die Tür.

»Augenblick«, sagte er mit seiner festesten Kommandostimme. Er betrachtete sich im Spiegel. Sein Kostüm war zerknittert, er war bleich, aber die Schmach stand ihm nicht ins Gesicht geschrieben. Er hatte beinahe damit gerechnet, das Zeichen seiner Schande sei ihm in die Stirn eingebrannt, aber er sah ganz so aus wie immer.

»Komm schon, Sardec, mach auf.« Die Stimme gehörte Paulus, und Sardec fand, dass sein Ton unangemessen vertraulich klang. Natürlich würde sich Paulus von jetzt an immer so benehmen. Er kannte Sardecs Schwäche, und das verband sie nun.

Sardec riss die Tür auf. Da stand Paulus, der noch in die Hosen seines Kostüms und ein Hemd gekleidet war, die Waffen aber angelegt hatte.

»Wozu die Eile?«, fragte Sardec so schläfrig, wie er konnte. »Du hast offenbar gut geruht«, sagte Paulus.

»Was meinst du?«

»Mittag ist schon lange vorbei. Dein kleines Abenteuer gestern muss dich ja völlig erschöpft haben. Diese Menschenfrauen sind aber auch unersättlich, was? Wir waren überrascht, als wir feststellten, dass du allein weggegangen warst. Keiner hätte für möglich gehalten, dass du noch die Kraft dazu hättest.«

Sardec sah ihn nur an. Er würde sich an diesen plumpvertraulichen Ton wohl gewöhnen müssen, doch er gefiel ihm ganz und gar nicht. Und noch etwas anderes verstand er nun: Mittag war lange vorbei. Er hatte Pflichten, musste seine Männer beaufsichtigen. Zeit, wieder an die Arbeit zu gehen.

»Der Oberst will dich sprechen«, sagte Paulus, fast, als wäre ihm das gerade erst eingefallen.

»Weswegen?«

»Das hat er nicht gesagt, aber ich glaube, es gibt Neuigkeiten. Unten ist ein Bote aus der Festung.«

»Vielleicht sollte ich zuerst meine Uniform anziehen.«

»An deiner Stelle würde ich mich beeilen. Er sagte, es wäre dringend.«

Sardec nahm vor dem Schreibtisch des Oberst Platz. Dieses Mal befanden sich nur sie beide im Raum. Kein Schreiber, keine Diener. Die Papiere waren in ordentlichen Stapeln verstaut.

»Ich habe soeben eine Nachricht von Prinzessin Asea erhalten«, begann Xeno. »Ihr und Eure Männer sollt Euch darauf vorbereiten, morgen bei Sonnenaufgang von ihrem Palast aus abzurücken. Ihr werdet noch einmal in die Berge gehen.«

»Sehr wohl, Herr.«

»Ihr sollt so viele Wyrm wie möglich mitnehmen und Euch darauf einrichten, die Mine zu untersuchen. Requiriert alles, was Ihr braucht, ich genehmige es.«

»Danke, Herr.«

»Und, Leutnant Sardec …«

»Ja, Herr?«

»Seid auf der Hut vor Prinzessin Asea.«

»Herr?«

»Ihre politische Farbe ist ein sehr tiefes Scharlachrot, Leutnant.«

»Ich wusste nicht, dass das ein Verbrechen ist, Herr.«

»Formulieren wir es lieber so: Diese Haltung ist heute weniger modisch, als sie es einmal war. Die Königin ist keine leicht zu beeinflussende junge Frau mehr. Die Farbe des Hofes ändert sich. Heutzutage haben die Grünen mehr Einfluss als die Roten, und Fürst Malazar möchte, dass es auch so bleibt.«

Sardec sah schon, worauf das hinauslief. »Das ist aber kaum eine Frage von Leben und Tod, Herr.«

»Seid doch nicht so einfältig, Leutnant. Wir wissen beide, dass Einfluss die Währung unserer Klasse ist. Menschen begehen wegen des Geldes Verbrechen, aber Terrarch begehen Verbrechen, um Macht zu gewinnen.«

»Ich kenne das Sprichwort, Herr. Aber ich sehe die Verbindung zu Prinzessin Asea nicht.«

»Da ist etwas im Busche, Leutnant. Ich bin mir nicht sicher, was es ist, aber ich möchte wetten, dass es mit einem Plan der Scharlachroten zu tun hat, sich die Gunst der Königin erneut zu erschleichen.«

»Ich kann Euch nicht ganz folgen, Herr.«

»Ihr möchtet, dass ich mich genauer äußere.«

»Das könnte von Vorteil sein, Herr.«

»Sie scheint darauf zu brennen, ihre Nase in diese Geschichte in Achenar zu stecken.«

»Herr?«

»Ich möchte gern wissen, weshalb.«

»Wäre es naiv von mir, wenn ich vorschlage, dass Ihr sie fragt, Herr?«

»Und sie würde es mir natürlich erzählen.«

»Ihr glaubt, dass sie etwas im Schilde führt, Herr?«

»Jedenfalls möchte ich das Risiko nicht eingehen. Behaltet sie ganz genau im Auge, Leutnant.«

»Und wenn ihre Beweggründe sich als … finster erweisen, Herr?«

»Beobachtet sie einfach aufmerksam. Wenn sie auf etwas stößt, das von Wert sein könnte, so erstattet mir Bericht.«

Sardec konnte sich des Gefühls nicht erwehren, dass ihn sein Vorgesetzter um etwas Unehrenhaftes bat, nämlich eine der Ersten zu bespitzeln.

»Und lasst nicht zu, dass ihr etwas zustößt, Leutnant. Scharlachrot oder nicht, keiner von uns würde sehr gut dastehen, wenn einer so bedeutenden Dame ein Unglück geschieht.« Sardec wunderte sich über die seltsame Betonung, die Xeno auf diese Worte legte. Er wollte Sardec doch nicht andeuten, dass dieser seine Worte umgekehrt verstehen sollte?

»Ich werde daran denken, Herr.«

»Sehr gut, Leutnant. Ihr seht ziemlich müde aus. Seht zu, dass Ihr heute Nacht etwas Schlaf bekommt. Wenn Ihr bei Sonnenaufgang am Palast der Prinzessin sein wollt, müsst ihr morgen in aller Frühe aufbrechen. Es wäre von Übel, wenn ihr zu einer solchen Verabredung zu spät kämet.«

Xeno schenkte dem Leutnant ein spöttisches Grinsen, das Sardec verriet, sein Vorgesetzter wisse genau, was er letzte Nacht getrieben hatte.

»Das kann ja wohl nicht wahr sein«, rief der Barbar aus.

»Leider doch«, gab Sergeant Hef zurück und sah sich leicht angewidert in Mama Hornes Etablissement um. Er gab sich so steif, dass man fast hätte glauben können, er wäre noch nie in einem solchen Haus gewesen, dachte Halbblut. Er schob Eva, das neue Mädchen, von seinem Schoß und bemerkte erfreut, dass ihm Rena von der anderen Seite des Raumes her giftige Blicke zuwarf. Er würde es ihr schon zeigen.

»Wir sollen uns sofort im Lager melden?«, wiederholte Leon. »Aber wir haben eine schriftliche Erlaubnis des Quartiermeisters, die noch bis …«

»Geh damit zum Oberst«, riet Hef. »Er wird dir sicher gern die Gründe für seine Enscheidung darlegen.«

»Weiß jemand, worum es überhaupt geht?«, fragte Wiesel. »Sind die Stammeskrieger wild geworden? Ist das Dunkle Imperium einmarschiert?« Trotz seines sardonischen Tonfalls war Wiesel offensichtlich neugierig, und Halbblut ebenfalls, soweit es sein vom Kater benebelter Kopf zuließ. Er war begierig auf alles, was ihm helfen würde, die Erinnerungen an den vergangenen Abend zu verdrängen. Seine verbundenen Hände stachen. Sobald er ins Lager kam, musste er einen Heiler aufsuchen.

»Ich habe keine Ahnung«, sagte der Sergeant. »Es gehen Gerüchte um, dass die Hochländer verrückt geworden sind und wir geschickt werden, um Schluss damit zu machen.«

»Das ergibt doch überhaupt keinen Sinn«, fand der Barbar.

»Und wenn das sogar du merkst, muss es wohl stimmen«, sagte der Sergeant. »In Ordnung, Männer, gebt den Mädchen einen Abschiedskuss. Zeit, wieder an die Arbeit zu gehen.«

Stöhnend stemmte sich Halbblut von der Couch hoch. Er drückte Eva ein paar Münzen in die Hand und drehte den Kopf, um festzustellen, ob Rena es bemerkt hatte, aber sie war schon fort. Er wusste nicht genau warum, aber er hatte bei dieser ganzen Geschichte ein schlechtes Gefühl. Doch als sich seine Gedanken langsam klärten, begriff er, dass er andere Probleme hatte. Wenn zutraf, was er gestern Abend im Lagerhaus gehört hatte, dann steckten sie alle in großen Schwierigkeiten. Die Frage war nur, was er dagegen unternehmen sollte.

Sie gingen durch die Straßen der »Grube«, die merkwürdig verlassen wirkten. Immer noch wehten kleine Errettungsfest-Gebetsfahnen im Wind. Familien schliefen in Hauseingängen, die Bettler husteten wie immer, streckten die Hände aus und gingen Passanten um Geld an. Nach den Feiern der letzten Nacht wirkten die Straßen aber leer. Ab und zu stieg ihm noch Schießpulver von den Feuerwerken in die Nase. Unterwegs sah er Korporal Toby und ein paar andere Fourageure, die herankamen und sich ihnen anschlossen. Es sah aus, als wären sie alle aus den Schlupflöchern, in denen sie sich verkrochen hatten, aufgestöbert worden.

Halbblut warf Wiesel und dem Barbaren einen Blick zu. Der Barbar wirkte ziemlich krank, als hätte er selbst für seine eiserne Konstitution zu viel getrunken. Die Pupillen seiner blassblauen Augen hatten sich zur Größe eines Stecknadelkopfs zusammengezogen. Nachdenklich kaute er auf den Enden seines Schnurrbarts herum. Halbblut sah, wie er sich bückte und einer zerlumpten Frau, die in einem Türeingang schlief, etwas in die Hand schob, das wie Gold glitzerte. Sie hatte die Arme um zwei Kinder gelegt, die ebenso abgerissen wirkten wie sie selbst. Wiesel hatte rote Augen und wirkte bedrückt. Wahrscheinlich hatte er letzte Nacht beim Spielen eine Menge Geld verloren. Langsam schob sich Halbblut zu ihnen herüber. Dann kam er plötzlich zu einem Entschluss.

»Wir haben große Probleme«, sagte er leise aus dem Mundwinkel heraus.

»Wird schon nicht so schlimm sein«, meinte Wiesel. »Wahrscheinlich schicken sie uns nur wieder auf Patrouille.«

»Davon rede ich nicht.«

»Was genau meinst du dann?«

»Ich habe herausbekommen, was in diesen Büchern steht.« Wiesel stutzte.

»Wie hast du das gemacht?«

»Egal.«

Wiesel lachte laut heraus. »Du hast sie zurückgestohlen, stimmt's?«

»Wie bist du darauf gekommen?«

»Jeder konnte doch sehen, dass dich diese Bücher so hibbelig gemacht haben wie einen Trunkenbold, der eine Flasche ansieht.«

Der Barbar fiel in sein Gelächter ein. »Du bist losgezogen und hast sie zurückgeklaut? Halbblut, du bist ein Genie. Jetzt können wir sie nochmal verkaufen.«

Halbblut sah, dass es keinen Sinn hatte, alles abzustreiten. »Ich habe zumindest versucht, sie mir wiederzuholen, aber ohne Erfolg. Aber ich habe gehört, wie Bertragh mit Zarahel über ihren Zweck sprach.«

»Du hast die beiden zusammen gesehen, den Verwalter und den Propheten?« Wiesel klang erstaunt.

»Das nicht, aber ich habe sie gehört. Sie befanden sich in Bertraghs Kontor im Lagerhaus … und ich habe vor der Tür gelauscht.«

»Beim Licht, Halbblut, wie bist du da reingekommen?«, wollte der Barbar wissen. »Dieses Gebäude war besser bewacht als der Bernsteinpalast.«

»Berufsgeheimnis. Jedenfalls war ich drin. Jemand interessiert daran, was ich erfahren habe? Es könnte uns das Leben retten.«

»Kein Grund, so gereizt zu sein, Junge«, sagte er Barbar.

»Bloß, weil dein Mädchen mit Seiner Hochnäsigkeit gegangen ist«, setzte Wiesel hinzu. Halbblut zuckte zusammen. Er erinnerte sich dunkel daran, gestern Nacht in seinem Rausch Wiesel lang und breit sein Leid geklagt zu haben.

»Wollt ihr es hören oder nicht?«

»Wenn du meinst, dass es so wichtig ist.«

Halbblut sah sich noch einmal um, weil er ganz sicher gehen wollte. Sie hatten jetzt fast die Stadtmauer erreicht und niemand war zu sehen. Es sah aus, als hätten sich alle Menschen verkrochen, um ihren Rausch auszuschlafen. Aber man konnte nie vorsichtig genug sein.

»Sie wollten noch mehr Dämonen rufen, solche wie den, gegen den wir gekämpft haben.« Er hörte, wie sowohl Wiesel als auch der Barbar scharf die Luft einsogen.

»Warum zum Henker sollten sie das tun?«, fragte der Barbar.

»Keine Ahnung. Vielleicht kann ihnen der Dämon Wünsche erfüllen, so wie im Märchen, aber ehrlich gesagt klang es mehr, als wollten sie eine Armee aus diesen Wesen aufstellen.«

»Einer davon war schon schlimm genug«, meinte der Barbar.

»Eine Armee aus Hochlandkriegern mit einer Kompanie Dämonen als Angriffsspitze«, sagte Wiesel. »Ich kann mir vorstellen, dass Zarahel das gefiele. Er hasst die Terrarch wie die Pest. Aber ich verstehe immer noch nicht, was das mit uns zu tun hat.«

»Nicht?«

»Also zuerst mal haben die beiden vielleicht vor, die Dämonen zu rufen, aber wer sagt denn, dass sie das auch können? Nur Terrarch sind in der Lage, solche Magie zu wirken.«

»Zarahel war da anderer Ansicht.«

»Heißt noch nicht, dass es auch stimmt.«

»Um unser aller willen hoffe ich aufrichtig, dass du Recht hast.«

»Was könnten wir tun, wenn ich mich irre? Ihm nachjagen und die Bücher abnehmen?«

»Vielleicht.«

»Also, erstens würde ich keinen Affenfurz auf unsere Chancen setzen, das Hochland wieder lebendig zu verlassen, wenn wir nur zu dritt gehen. Zweitens, wenn dieser Zarahel magische Kräfte haben sollte, willst du dich dann wirklich mit ihm anlegen? Außerdem könnte unser geliebter Regimentskommandeur was dagegen haben, dass wir uns auf der Suche nach einem Magier ins Buschwerk verdrücken, wenn ein Krieg unmittelbar bevorsteht …«

»Wenn Zarahel und seine Kumpane mit einem ganzen Trupp solcher Spinnendämonen aus den Bergen kommen, wird das noch unsere geringste Sorge sein.«

»Du schlägst doch nicht etwa vor, dass wir desertieren?« Wiesels Ton machte deutlich, dass dies seiner Meinung nach die erste halbwegs vernünftige Idee war, die Halbblut an diesem ganzen Tag gehabt hatte.

»Besser, als tot zu sein.«

»Benutz doch dein Gehirn, Halbblut. Wenn wir in

einen Hochländer-Aufstand und eine Dämonenplage geraten, ist der sicherste Platz für uns die Armee.«

Halbblut dachte darüber nach. Wahrscheinlich hatte Wiesel Recht. Er war schon in zahlreichen, vom Krieg zerrissenen Gegenden gewesen und konnte wissen, dass unter solchen Umständen der beste Ort einer war, wo jede Menge bewaffneter Männer bereit waren, einem zur Seite zu stehen.

»Außerdem könnte das alles nur leeres Gerede sein«, sagte der Barbar. Doch damit klang er wie jemand, der im dunklen Keller pfeift. Genau wie Halbblut ging er vom Schlimmsten aus.

Halbblut konzentrierte sich wieder auf seinen Kater. Er wusste nicht, was ihn am meisten bedrückte, die Geschichte mit Zarahel oder die mit Rena. Beide verursachten ihm Übelkeit.

Im Lager wartete Sardec auf sie. »Holt Pulver und Feldrationen aus dem Magazin«, befahl er ihnen. »Wir rücken morgen noch einmal in die Berge aus.«

»Darf ich mir erlauben, nach dem Grund zu fragen, Herr?«, erkundigte sich Sergeant Hef. Er wusste, dass diese Frage jedem hier unter den Nägeln brannte.

»Wir stellen die Eskorte für eine Terrarch-Dame.«

»Das ist verdammt genau das, was ich jetzt noch brauche«, murrte der Barbar. »Eine Expedition zum Blümchenpflücken.«

»Geht heute früh schlafen, Männer«, sagte Sardec. »Wir brechen vor Sonnenaufgang auf.«

Halbblut starrte ihn an, dachte an Rena und wünschte dem Terrarch-Offizier den Tod. Wenn Willenskraft allein das hätte bewirken können, so wäre Sardec eine Leiche gewesen. Doch er widersetzte sich stur und fiel einfach nicht um.

»Es heißt, dass wir zu der Mine zurückkehren«, erklärte Wiesel, der herangschlendert kam und sich ans Feuer hockte, wo eine Gruppe von Fourageuren lag und die Hexenlichter betrachtete, die am nächtlichen Himmel über der Stadt glommen. Dort unten in dem hohen roten Turm wurde irgendeine starke Magie zusammengebraut, dachte Halbblut.

»Woher weißt du das?«, fragte Halbblut und nahm noch einen Schluck aus der Weinflasche.

»Ich habe eben mit dem Quartiermeister gesprochen. Offenbar haben die Wyrmführer Befehl erhalten, die Breitrücken auf eine Expedition in die Berge vorzubereiten. Und Leutnant Sardec hat soeben angeordnet, dass mit den Wyrm zwei Dutzend Sturmlaternen geschickt werden sollen. Klingt das nicht, als hätte er vor, irgendwohin zu gehen, wo es dunkel ist?«

»Die Mine?«

»Natürlich.«

»Andere Quellen behaupten, Prinzessin Asea wolle sich unsere Entdeckung selbst ansehen.«

»Andere Quellen? Du meinst Leutnant Jazeray?«

»Frag den Quartiermeister. Er sagt es dir bestimmt.«

Halbblut wusste, was Wiesel dachte. Er brachte das, was Halbblut im Lagerhaus gehört hatte, mit dieser plötzlichen Expedition in Verbindung. Hatten die Erhabenen von Zarahels Plänen Wind bekommen? Möglich war das schon, sie hatten ja auch ihre Quellen. Angeblich saßen ihre Spione überall. Vielleicht war das der Grund dafür, dass sich unten in der Stadt so viel Magie zusammenbraute. Er erschauerte, da er gar nicht daran denken wollte, was sie in der Mine erwarten mochte.

Also stand er auf und ging ins Dunkel davon.

»Wohin willst du, Halbblut? Das mit dem Quartiermeister war nur ein Scherz.«

»Ich will selbst noch ein paar Vorkehrungen treffen«, sagte er.

Wiesel folgte ihm ein kurzes Stück in die Dämmerung hinein. »Ich habe heute auch noch ein anderes Gerücht gehört.«

»Und welches?«

»Offenbar wurde gestern Nacht in Bertraghs Lagerhaus eingebrochen. Man hat einen toten Hochlandkrieger gefunden. Der Verwalter selbst ist verschwunden.«

»Wahrscheinlich können wir beide erraten, wohin.« Wiesel nickte und kehrte ans Feuer zurück. In seiner Hand war plötzlich ein Würfelspiel aufgetaucht.

Halbblut lief zu Karls Hütte. Wenn er ihn nett darum bat, verkaufte ihm der Wyrmjäger vielleicht einige seiner Spezialwaffen. Bis jetzt hatte er sich immer geweigert, aber bisher hatte ihm auch noch niemand Goldroyale angeboten. Ganz besonders brannte Halbblut darauf, ein paar Feensilber-Kugeln zu ergattern. Soweit er wusste, gab es keine andere Waffe, die so durchschlagend gegen Dämonen wirkte. Er hoffte, dass Karl ihm einige überlassen würde. Vielleicht würde er sich ja auch von einigen seiner ganz besonderen Granaten trennen.

31. KAPITEL

Reisen erweitert den Horizont, bereichert die Seele und schmälert den Geldbeutel.

Altes Sprichwort

Als Prinzessin Asea am nächsten Morgen durch das Tor ihres Hauses trat, um die Truppen zu inspizeren, die auf dem Hof Aufstellung genommen hatten, war Sardec verblüfft. Sie sah nicht länger wie eine verwöhnte Adlige aus. Flankiert von zwei schwarz gekleideten Dienern wirkte sie wie eine Terrarch-Kriegsherrin aus den Zeiten der Alten. Wider Willen war er beeindruckt. Zweifellos stand hier eine der Ersten vor ihnen, ausgerüstet zum Kampf.

Auf dem Gesicht trug Asea eine Maske aus flüssigem Metall, die nur ihre Augen und Zähne sowie zwei Löcher für die Nase freiließ. Sie war an ihre Züge angepasst und bewegte sich mit ihnen, lächelte, wenn sie lächelte, und runzelte die Stirn, wenn sie es tat. In die Stirnmitte der Maske war ein schwarzes Juwel eingelassen; auf jeder Facette waren winzige Schutzzeichen eingraviert. Ihr

Körper war mit Streifen eines Stoffes umwickelt, der wie genietetes Leder aussah und sie wie Mumienbinden umschlang. Genau wie die Maske hafteten sie auf magische Weise an ihrem Körper. Jedenfalls stellte das eine Art Rüstung dar, einen Panzer allerdings, mit dem sie sich ebenso frei bewegen konnte, als wäre sie in Seide gekleidet.

Am Handgelenk trug sie drei goldene, mit Runen besetzte Bänder, und an jedem prangte ein Edelstein, ein roter, ein grüner und ein blauer. Zwei davon glaubte Sardec erkennen zu können. Der grüne war der Kontrollring einer magischen Fessel, die dazu diente, Wyrm und andere Wesen dem Willen des Trägers zu unterwerfen. Der rote wies eine große Ähnlichkeit mit etwas auf, das sein Vater ihm einmal gezeigt hatte, als er ein Kind gewesen war. Damit wurde eine der alten Waffen ausgelöst. Eine Schutzrune pulsierte darauf. Er hatte nicht die geringste Ahnung, wozu das dritte Band diente. An ihrem Gürtel hingen der Holster einer Blitzschleuder und eine Schwertscheide. An einer Feensilberkette, die sie um den Hals trug, waren eine Vielzahl von Schutzzeichen aufgehängt.

Sie hätte geradewegs aus einer der Sagen über die Ältere Welt herausgetreten sein können. Ihre gesamte Ausrüstung wies das glatte, machtvolle Äußere der Alten Magie von Al'Terra auf. Hinter den beiden schwarz gekleideten Männern folgte ein Hausdiener, der eine große, mit Runen überzogene Kolbenflasche trug.

»Wenigstens seid Ihr pünktlich«, sagte sie. »Eine Tugend, die man bei den jungen Leuten von heute selten findet. Kommt! Ich möchte ein paar Worte an Eure Leute richten.«

»Wie Ihr wünscht«, sagte Sardec. Unbewusst ließ er

ihr den Vortritt, machte dann aber längere Schritte, so dass sie wie Gleichgestellte nebeneinander gingen. Die beiden Diener, deren Gesichter so maskiert und verhüllt waren, dass nur die Augen und ein Streifen dunkler Haut sichtbar waren, schlossen sich ihnen an. Die Fourageure waren nicht weit von den großen Wyrm, die sie tragen würden, in Reihen angetreten. Als Asea erschien, standen sie stramm, und zwar viel zackiger, als sie es sonst für ihn getan hatte, dachte Sardec säuerlich. Sie schienen ebenfalls beeindruckt zu sein.

Asea ging an der Reihe entlang und blieb hier und da stehen, um Männern ins Gesicht zu sehen, forschend, als suche sie nach etwas. Die meisten erbleichten unter ihrer kalten Musterung, ein paar aber hielten ihrem Blick stand, und er spürte, dass sie auf seltsame Weise darüber erfreut war. Als sie die gesamte Linie abgeschritten hatte, drehte sie sich um und bezog ein paar Schritte vor der Abteilung Stellung.

»Wir gehen in die Berge«, begann sie. Durch irgendeinen magischen Kniff war ihre Stimme weithin zu hören, obwohl sie doch nur mit gewöhnlicher Gesprächslautstärke sprach. »Wir kehren an einen Ort zurück, den ihr schon einmal besucht habt. Ihr sollt meine Leibwache sein, und ich sehe schon, dass ich in guten Händen bin!

Wenn ich unbeschadet wieder nach Hause komme, werdet ihr reich belohnt werden. Jeder von euch soll eine Goldkrone erhalten … vielleicht sogar mehr, wenn es gefährlich werden sollte.«

Ihre Worte wurden mit Jubel quittiert. Sie wandte sich ab und sprach leise und eindringlich auf die Diener mit der Flasche ein.

»Seid damit sehr vorsichtig«, schärfte sie ihnen ein.

»Sollte das Siegel brechen, bedeutet dies den Tod für uns alle. Schlimmeres als den Tod sogar.«

Sardec gab den Befehl zum Aufsteigen und fragte sich, was hier wirklich vorging.

»Und schon sind wir wieder unterwegs«, sagte der Barbar, während sie die Strickleiter hinaufkletterten und über die Seitenwand in die Gondel einstiegen. Halbblut fragte sich, ob das wohl derselbe Wyrm war, auf dem sie schon einmal geritten waren. Etwas an dem fleckigen Muster seiner Halsschuppen kam ihm bekannt vor.

Der Wyrm richtete sich ruckartig auf und stieß ein Brüllen aus, das von unterdrückter Angst und Wut sprach. Von dem Tor, das zu Aseas Turm führte, drang ein Zischen und ein eigenartiges reptilienhaftes Kreischen heran. »Was ist das denn jetzt?«, murmelte der Barbar. Alle richteten sich auf, um über den Rand der Gondel zu spähen.

Aus dem Tor erschien eine Meute von etwa einem Dutzend gewaltiger Reißzahn-Wyrm, größer als alles, was Halbblut je gesehen hatte. Die schlanken, aufrecht gehenden Wyrm mit ihren langen Schlangenhälsen und den peitschenden Schwänzen stürmten heran und umringten Sardec. Von der Nase bis zur Schwanzspitze maßen sie ungefähr neun Fuß und waren vier Fuß groß. Ihre Zehen waren mit gewaltigen, scharfen Klauen besetzt, ihre Zähne mussten rasiermesserscharf sein, und in ihren Augen blitzte ein bösartiger Geist. Der Anblick und höchstwahrscheinlich auch der Geruch der Raubtiere versetzte die großen Breitrücken in Unruhe. Allen Bemühungen ihrer Treiber zum Trotz drehten sie sich ständig, um sie im Blick zu behalten. Halbblut spürte beinahe so etwas wie Bewunderung für Sardec. Er selbst hätte es unmöglich fertig gebracht, so ruhig dazustehen wie der Leutnant, während ihn diese Bestien umkreisten. Gleichzeitig hätte es ihn zutiefst befriedigt, wenn sie Sardec in Stücke gerissen und sich an den Überresten ergötzt hätten.

Halbblut sah genauer hin und entdeckte, dass jedes der Tiere ein schmales Band mit einem schimmernden Edelstein daran um den Hals trug. Die Reißzahn-Wyrm wurden durch Magie gelenkt. Und als Halbblut den gewaltigen pechschwarzen Wyrm erblickte, der aus einem der inneren Tore des Palasts auftauchte, wusste er auch, wer die Kontrolle ausübte. Es schien, als würde Prinzessin Asea ihre Jagdpartie sehr ernst nehmen.

Er holte tief Luft, hockte sich wieder hin und umfasste seine Waffen, um sich zu beruhigen. Es hatte ihm gar nicht gefallen, wie ihn Asea eben in der Reihe angesehen hatte. Ihr Blick hatte ihm das Gefühl vermittelt, dass sie geradewegs in die schwärzesten Tiefen seiner Seele schaute und dort Dinge sah, die sie amüsant fand. Er hoffte, dass dem nicht so gewesen war, denn wenn sie das konnte, dann hatte sie alles über seine Geschäfte mit Bertragh herausgefunden.

Kurz überlegte er, ob er zu ihr gehen und ihr erzählen sollte, was er wusste, in der Hoffnung, dass ihm dafür seine Taten vergeben würden. Eine der Ersten, eine Magierin der Terrarch, wusste sicher, was man gegen die Uhltari unternehmen konnte. Doch er unterdrückte den Gedanken so rasch, wie er gekommen war. Für ihn und die anderen würde es kein Pardon geben. Wenn seine Rolle in dieser Sache ans Licht kam, konnte er bestenfalls auf einen raschen Tod hoffen.

Schaukelnd lief der Breitrücken vom Hof auf den weitläufigen Platz, der immer noch mit den Hinterlassenschaften des Fests übersät war, mit Girlanden, den Überresten von Knallkörpern, zertretenen Laternen und Masken aus Papier. Vor ihnen hatte sich eine Menschenmenge versammelt, die darauf wartete, in den Haupttempel eingelassen zu werden. Ein paar von ihnen drehten sich um und starrten die vorbeiziehenden Soldaten neugierig an, wichen jedoch schnell zurück, als sie die Reißzahn-Wyrm erblickten.

Ein anderer Gedanke stahl sich in seine Überlegungen. Der Verwalter und Zarahel mussten sterben. Sie wussten zu viel, und sie durften auf keinen Fall zulassen, dass sie dieses Wissen an die Behörden weitergaben. Das hätte für Halbblut und seine Freunde ebenso sicher die Brandmarkung und den Scheiterhaufen bedeutet, als wenn sie gleich alles zugegeben hätten. Sobald er die Möglichkeit hatte, würde er mit Wiesel und dem Barbaren reden. Ihnen würde schon etwas einfallen, um den Propheten und seinen Kompagnon zu töten.

»Also, der würde ich es gern mal besorgen«, sagte der Barbar und warf Prinzessin Aseas Wyrm einen viel sagenden Blick nach. Ihr Reittier lief weit vor den anderen und folgte der Spur der Reißzähne, die in großen Sätzen auf die Berge zusprangen.

»Du bist ja verrückt«, meinte Froschgesicht. »Es mit einer der Ersten zu treiben. Ich hätte solche Angst, dass ich gar keinen hochbekäme.«

»Also, meinen Soldaten könnte sie jederzeit strammstehen lassen«, prahlte der Barbar, brach in schallendes Gelächter aus und boxte Halbblut in die Rippen. »Ich sagte, sie könnte meinen Soldaten …«

»Ich habe dich gut verstanden«, fauchte Halbblut. »Pass lieber auf, dass sie es nicht auch tut.«

»Warum? So wie ich gehört habe, wäre ich nicht der erste Menschenmann, den sie reitet.«

»Brüll noch ein bisschen lauter, ja?«, sagte Halbblut. »Es besteht die entfernte Möglichkeit, dass sie dich dieses Mal noch nicht gehört hat.«

»Kein Grund, so empfindlich zu sein, nur weil dein Mädchen mit dem Leutnant gegangen ist …«

»Wie bitte?« Sergeant Hef drehte sich um und sah sie alle aus seinen klugen Affenaugen an.

»Der Leutnant und ein paar von den anderen jungen Offizieren befanden sich am Abend des Errettungsfests in Mama Hornes Haus«, erklärte Wiesel, sog mit einer gewissen grimmigen Befriedigung Luft durch die Zähne und hielt den Blick fest auf Gunthers Gesicht geheftet.

»Das Licht wird dir deine Lügen vergeben«, sagte Gunther. Sein Erlebnis in der Mine hatte ihn in eine nachsichtige Stimmung versetzt, die offensichtlich noch immer anhielt. Halbblut vermisste beinahe den alten Gunther, der inzwischen getobt und Wiesel mit wilden Drohungen überschüttet hätte. Seine Güte ging ihm langsam noch mehr auf die Nerven als sein früheres Zetern.

»Wenn das stimmt, würde ich an eurer Stelle lieber den Mund halten«, versetzte Hef und klang dabei so todernst, dass sie alle verstummten. »Die Erhabenen haben so ihre Art, es Menschen heimzuzahlen, die abfällig über sie reden.«

»Verstehen kann ich ihn schon«, meinte der Barbar. »Halbbluts Mädchen ist sehr hübsch.«

»Sie ist nicht mein Mädchen«, widersprach Halbblut.

»Ach ja? Warum bläst du dann Trübsal wie ein Hund, dem man seinen Knochen weggenommen hat?«

»Ich blase kein Trübsal.«

»Ganz wie du meinst«, gab der Barbar zurück. Er warf noch einen Blick auf Prinzessin Aseas Wyrm. »Und ich sag's euch, ich hätte wirklich große Lust, es ihr zu besorgen.«

Sardec sah, wie die Berge näher kamen. Er saß allein auf seinem Wyrm und hatte viel Muße zum Nachdenken. Nun hatte man ihn schon zum zweiten Mal in ebenso vielen Wochen zu den Hochlandstämmen beordert.

Er betrachtete Aseas mächtiges schwarzes Reittier, den Einzigen der Wyrm, der in der Gegenwart der Reißzahn-Meute keinerlei Unbehagen zeigte. Wahrscheinlich war er an sie gewöhnt. Jedenfalls behielt der schwarz gekleidete Diener, der das Tier lenkte, es ohne die geringsten Probleme unter Kontrolle. Der andere Schwarzgekleidete stand hinter seiner Herrin und überwachte mit einem Bogen in der Hand das Gelände. Ein Bogen, dachte Sardec. Warum ausgerechnet ein Bogen? Aber wahrscheinlich befanden sich unter Aseas Ausrüstung auch uralte, verzauberte Pfeilspitzen, dachte er verärgert. So ungefähr alles andere schien sie ja zu besitzen. Verblüffend, wie viele Relikte von Al'Terra sie da mit sich führte. Nun ja, schließlich gehörte sie zu den Ersten.

Er nahm sein Fernglas und betrachtete das Rudel. Er war immer noch wütend darüber, dass sie die Tiere losgelassen hatte, während er im Hof stand. Ganz bestimmt hatte sie das absichtlich getan, um ihn vor seinen Männern zu demütigen, und fast wäre ihr das auch gelungen. Nicht sein Schwert zu ziehen, als ihn die mörderischen

Bestien eingeschlossen hatten, hatte ihn jede Unze Selbstbeherrschung gekostet, die er besaß. Immer noch spürte er ihren durchdringenden Reptilgeruch in der Nase, den Gestank nach verfaultem Fleisch in ihrem Atem. Hätte Asea sie weniger vollkommen beherrscht oder wäre nur einer der Reißzähne in einen Blutrausch verfallen, dann hätte sich die ganze Meute auf ihn gestürzt. So etwas war schon vorgekommen.

Der erste Reißzahn hatte die Nase am Boden des Pfads und witterte. Es war das dominierende Weibchen, das Tier, auf das die magische Fessel am stärksten eingestimmt sein würde. Der Rest des Rudels würde sich seiner Führung anschließen. Und genau das taten die Tiere auch im nächsten Augenblick: Sie schwärmten zu einem breit angelegten Bogen aus, auf der Suche nach der Beute, die man ihnen versprochen hatte.

Kurz darauf stellte er fest, dass sich seine Gedanken erneut der jungen Menschenfrau zuwandten. So peinlich ihm das war, die Erinnerung an ihre Begegnung erregte ihn immer noch stark. Vielleicht würde er sie ein weiteres Mal aufsuchen, wenn er von dieser Mission zurückkehrte. Oder er würde sich eine andere menschliche Dirne suchen, vielleicht auch zwei.

Falls er zurückkehrte, flüsterte ihm ein kleiner, verängstigter Teil seiner selbst zu.

Sie schlugen ihr Lager ganz in der Nähe der Stelle auf, an der sie neulich übernachtet hatten. Halbblut gesellte sich zu der Gruppe von Soldaten, die fasziniert zusahen, wie Prinzessin Asea sich einrichtete. Aus den Packtaschen, die an den Seiten ihres Wyrm hingen, zogen die beiden Diener einen Gegenstand hervor, der wie eine kurze

Metallstange aussah. Ein Wort von der Magierin, und die Stange fuhr teleskopartig auf anderthalbfache Manneshöhe aus. Augenblicke später kamen Fäden aus dem oberen Ende geschossen und gruben sich in den Boden. Dann eine verschwommene Bewegung, zu schnell, um mit dem Auge verfolgt zu werden – und da stand ein Zelt. Sein Stoff schimmerte eigenartig und schien mit dem Hintergrund der Gebirgslandschaft zu verschwimmen. Halbblut überlegte, dass es aus einiger Entfernung nur schwer zu erkennen sein würde. Gelassen, als hätte sie nicht gerade ein Wunder vollbracht, schlenderte Asea davon, um die Schutzzeichen rund um das Lager aufzustellen, und überließ es ihren fremdartig gewandeten Dienern, ihre Ausrüstung abzuladen und ins Innere des Zelts zu bringen.

Nachdem er Wiesel diskret zugenickt hatte, schlug sich Halbblut zwischen die Bäume, als wolle er sich erleichtern. Einige Minuten später gesellte sich der ehemalige Wilddieb zu ihm, und sie standen da und sahen zu, wie über den Bergen die Sterne hervorkamen.

»Ich weiß genau, was du sagen willst«, begann Wiesel leise.

»Tatsächlich?« Beide warfen einen Blick in die Runde, um sich zu vergewissern, dass niemand in der Nähe war.

»Es geht um Bertragh – für uns alle wäre es besser, wenn er nicht lebend in Gefangenschaft geriete. Nicht auszudenken, was er Asea oder der Inquisition erzählen könnte, wenn er Gelegenheit dazu bekommt.«

Halbblut sah ihn einen Augenblick lang an. Seine naturgegebene Zurückhaltung kämpfte mit den Gefühlen, die ihn zu zerreißen drohten.

»Und was hast du sonst noch auf dem Herzen? Den

ganzen Tag schmollst du schon wie ein kleines Kind. Es ist doch nicht das Mädchen, oder?«

Halbblut dachte kurz darüber nach. »Vielleicht. Zumindest teilweise.«

»Dann sei doch nicht so verdammt kindisch. Wenn sie dich mag, mag sie dich eben. Wenn du sie magst, dann magst du sie. Die Geschichte mit dem Leutnant war einfach nur eine geschäftliche Transaktion.«

»Meinst du?«

»Jedenfalls hat sie genug über dich geredet, während du auf deiner kleinen Mission unterwegs warst. Wärst du geblieben, dann wäre das andere vielleicht nie passiert.«

»Glaubst du?«

»Versuchst du dich jetzt als Papagei, oder was? Es gibt nur eine Möglichkeit herauszufinden, was eine Frau denkt, und die hat mit Magie nichts zu tun.«

»Und das wäre?«

»Frag sie einfach.«

»Ich werde darüber nachdenken. Aber da ist noch was anderes …« Nun, da sie sich dem Kern der Sache näherten, stellte Halbblut fest, dass er sich erneut scheute, darüber zu sprechen. Er sah, dass Wiesel wartete.

»Was noch?«

»Die andere Sache. Meinst du, wir haben mit den Büchern einen Fehler gemacht? Vielleicht wird man ja verrückt oder von den Schatten verschlungen, wenn man sie nur liest. Glaubst du, dass wegen dem, was wir getan haben, jetzt unsere Seelen in Gefahr sind?«

»Was bin ich Halbblut, ein verdammter Priester? Woher soll ich das wissen?« Er versuchte, es wie einen Scherz klingen zu lassen, doch seine Stimme hatte einen ernsten Unterton. »Vielleicht hättest du auf den Barbaren hören sollen – er hat dir gesagt, dass das Bücherlesen noch nie was Gutes hervorgebracht hat.«

»So langsam glaube ich, er könnte Recht haben. Vergiss nur nicht, über Bertragh mit ihm zu sprechen.«

»Oh, ich glaube, der Gedanke könnte sogar schon durch die Panzerplatte gedrungen sein, die er seinen Schädel nennt.«

»Er soll ihn mal besonders herzlich willkommen heißen. Er befindet sich an einem seltsamen Ort.«

»Har, har. Selten so gelacht. Komm, lass uns zurückgehen und was zu Futtern fassen. Wenigstens hat sich seit unserem letzten Ausflug hierher das Wetter verbessert.«

Wenn das stimmte, dann war es Halbblut noch nicht aufgefallen. Es war genauso kalt und windig wie beim letzten Mal. Die einzige Veränderung, die er erkennen konnte, waren die fehlenden Schneeschauer. Vielleicht war es das, was Wiesel meinte.

Auf dem Rückweg bemerkte Halbblut überrascht, dass Prinzessin Asea ihn ansah. Ein Schauer überlief ihn, und das lag nicht an der Kälte. Was sie wohl wollte? Sie winkte ihn zu sich. Er schluckte, gab sich Mühe, sein schlechtes Gewissen sich nicht auf seinem Gesicht zeigen zu lassen, und ging so selbstbewusst wie möglich zu ihr.

»Kann ich Euch helfen, edle Dame?«, fragte er. Es kostete ihn große Mühe, sie nicht anzustarren. Sogar mit der eigenartigen Silbermaske wirkte die Schönheit ihres dreieckigen Gesichtes ganz erstaunlich. Sie neigte den Kopf zur Seite und betrachtete ihn eine Weile lang forschend. Stocksteif stand er da und fragte sich, wozu diese düstere Inspektion dienen sollte. Sie bewegte sich mit der Grazie einer Wildkatze und die Reißzahn-Wyrm folgten ihr auf dem Fuß. Mit einem Mal brach ihm der Schweiß aus, und er spürte, wie er sich verkrampfte. Wie viel wusste sie? Was vermutete sie?

»Wer war dein Vater?«, fragte sie.

»Ich weiß es nicht, edle Dame.«

»Und deine Mutter?«

»Sie ist gestorben, als ich noch ein Säugling war. Ich habe sie nie kennen gelernt.«

Asea stellte sich geradewegs vor ihn hin, und er stellte fest, dass er zu ihr aufsehen musste. »Du besitzt Terrarch-Blut.«

»Das haben mir schon viele Leute gesagt, meine Dame, aber ich habe keine Ahnung.«

»*Ich* sage es dir jetzt aber, Junge, und ich muss es doch schließlich wissen.«

Halbblut wusste nicht, was er sagen sollte. Er war schockierter, als er gedacht hätte. Sein ganzes Leben lang hatte er sich diese Frage gestellt, aber seine Spekulation von einer der Ersten bestätigt zu bekommen, war dann aber doch mehr, als er erwartet hatte. Sie sprach ein Wort, streckte die Hand aus und berührte seine Stirn. Erschrocken spürte er, wie ein magischer Funke von ihr zu ihm übersprang. Was hatte sie getan?

»Merkwürdig. Du hast das Blut der Erhabenen … und noch etwas anderes dazu. Und doch bist du ein gemeiner Soldat.«

»Ich kann nichts dagegen tun, edle Dame.«

»Noch eines«, sagte sie. »Meine Agenten in Rotturm haben mir von gewissen Gerüchten berichtet.«

»Ja?«

»Gerüchte über … mystische Bücher.«

Er brauchte jeden Funken Beherrschung, den er besaß,

um jetzt nicht zusammenzuzucken. Was für ein Dummkopf er gewesen war! Da hatte er geglaubt, sie könnten die Bücher verkaufen, ohne dass das jemand bemerkte! Natürlich hatten die Terrarch überall Spitzel. Selbstverständlich hatte sich die Nachricht verbreitet. Er wappnete sich gegen die Anschuldigungen, die jetzt kommen mussten.

»Bücher, meine Dame?«

»Offenbar hat sie eine Gruppe Soldaten zum Kauf angeboten. Drei Soldaten. Hast du eventuell etwas darüber gehört?« Halbblut fragte sich, wie viel sie wohl wusste.

»Aus welchem Grund sollte ich etwas über solche Angelegenheiten wissen, meine Dame?« Sie sah ihn an und schenkte ihm ein strahlendes Lächeln. Jetzt wusste Halbblut, wie sich ein Kaninchen angesichts einer Schlange fühlte.

»Wenn du etwas darüber hörst, teil es mir bitte mit.«

»Selbstverständlich, edle Dame.«

Ohne ein weiteres Wort drehte sie sich um und ging davon. Die Reißzahn-Meute folgte ihr auf dem Fuß. Halbblut stand vollkommen reglos da. Er fühlte sich schwach. Es dauerte lange, bis er wieder an seine Pflichten zurückkehren konnte.

32. KAPITEL

Am vorsichtigsten sollte man sein, wenn jemand behauptet, er werde einem seine Geheimnisse verraten.

Asea Selari, Politik in der Praxis

Sardec reagierte verblüfft, als ihm der dunkel gekleidete Diener die höflich formulierte Bitte seiner Herrin überbrachte, er möge doch zum Plaudern zu ihr kommen. Und noch mehr erstaunte ihn die prächtige Innenausstattung ihres Zeltes. Der Boden war mit Teppichen belegt, der Duft von Räucherwerk hing in der Luft. Ein einziger, auf einen Dreifuß montierter phosphoreszierender Stein erhellte das Innere und wärmte zugleich die kühle Nachtluft. Wirklich, Asea schien gern bequem zu reisen.

Sie hatte ihre bewegliche Maske abgenommen, die jetzt auf einer kleinen Truhe, die zugleich als Tisch diente, lag und nur noch wie eine einfache Silbermaske aussah, wie eingehend der Offizier sie auch betrachtete. Ehrfurcht stieg dabei in ihm auf: eine weitere Verbindung zur mächtigen Magie der Vergangenheit.

»Grüße, Fürst, und willkommen.«

»Ich danke Euch für Eure Gastfreundschaft.«

»Keine Ursache. Bitte nehmt Platz.« Er setzte sich mit gekreuzten Beinen auf einen der kleinen Teppiche. Sie ließ sich ihm gegenüber nieder. Sofort war er sich ihrer überwältigenden, raubtierhaften Schönheit bewusst, ihrer Sinnlichkeit, die sie wie eine Waffe führen konnte. Sie würde sie doch nicht in voller Stärke gegen ihn einsetzen?

»Ich sehe, dass Ihr meine Maske bewundert. Sie ist ein Kunstwerk eigener Art, gefertigt von den Schmieden der Insel Athaenar in den Nebelbergen, auf der Welt, die wir vor nicht allzu langer Zeit verloren haben.«

»Ein Jammer, dass wir auch das Wissen verloren haben, solche Gegenstände herzustellen«, sagte er.

»Wir sind nicht mehr das, was wir einmal waren.«

»Ihr vermisst die Heimatwelt. Das ist verständlich …«

»Leider ist das nicht nur eine Sache des Gefühls, Fürst, sondern wesentlich mehr. Unser Volk ist ganz buchstäblich geschwächt. Die Ersten empfinden diesen Mangel so, wie Euch der Atem knapp wird, wenn Euer Drache in großen Höhen fliegt. Wir sind schwächer und unsere Sinne weniger scharf. Die Magie war so sehr mit unserem Wesen verwoben, dass wir körperlich eingeschränkter sind als früher. Ihr seid hier aufgewachsen und Euch dieses Umstands daher nicht so bewusst, aber ich kann Euch versichern, wenn Ihr einst durch die grünen Wälder von Al'Terra geschritten wäret, so würdet Ihr sofort verstehen, was ich meine …«

»Ich bedaure, diese Erfahrung nicht gemacht zu haben, Prinzessin Asea, und ich werde es wohl auch nicht mehr erleben. Die Passage ist verschlossen, es kann keine Rückkehr geben.«

»In der Tat.«

Mit einem Mal hatte Sardec das unangenehme Gefühl, dass Asea dieses ganze Gespräch vorausgeplant hatte. Sie hatte die Maske genau dort platziert, um seine Aufmerksamkeit darauf zu lenken – und seine Reaktion vorausgesehen und einbezogen. Doch er konnte um sein Leben nicht erkennen, warum sie das tun sollte. Einmal mehr fühlte er sich von ihrer alterslosen Schönheit und ihrem weit reichenden Wissen über Dinge, von denen er nicht die geringste Ahnung hatte, plötzlich überfordert. Und zweifellos, so dachte er leicht verärgert, gehörte auch das zu ihrem Plan.

Seine Überlegungen wurden durch einen ihrer Diener unterbrochen, die er nicht auseinander halten konnte, so ähnlich waren sie sich in Aussehen und Haltung. Der Mann brachte eine Flasche Wein. Gestalt und Farbe verrieten, dass sie aus den Weingärten der Selari stammte. Er vermutete, dass es ein interessantes Erlebnis sein würde, davon zu trinken, denn Aseas Clan war für seine leicht narkotischen Getränke berühmt. Und er fragte sich, ob sie auch diese Unterbrechung geplant hatte. Zum ersten Mal fiel ihm etwas Merkwürdiges an den Augen der Dienstboten auf: Sie reflektierten das Licht wie Hundeaugen. War es möglich, dass sie nicht ganz menschlich waren, vielleicht eine Art Homunkuli oder magische Helfer?

»Ich fürchte, ich verstehe wenig von Magie, Prinzessin«, sagte er, nur um zu sehen, wie ihre Reaktion ausfallen würde.

»Angesichts Eures Familienerbes ist das auch nicht anders zu erwarten.« Der Wein wurde in Kristallgläser eingeschenkt. Er prickelte auf Sardecs Zunge, und da begann er sich fast sofort zu entspannen. »Die Harkes sind mehr wegen ihres Wissens über Drachen bekannt als für Magie.«

»Leider sind dies auch für Drachen ziemlich schlechte Zeiten.«

»Dies ist eben nicht die beste Welt für Drachen. Es sind ja zutiefst magische Wesen, so wie wir selbst. Deswegen sterben sie aus oder kehren in den Wyrm-Zustand zurück.«

»Zurück in den Wyrm-Zustand, meine Dame? Ich dachte, sie degenerierten zu Wyrm.« Er fragte sich, ob das eine subtile Beleidigung gegen ihn sein sollte, da sie wusste, dass er zur jüngsten Generation der Terrarch gehörte und bestimmt schon oft herablassende Vergleiche zwischen seinen Altersgenossen und den Älteren zu hören bekommen hatte.

»Adaana hat die Drachen aus Wyrm gezüchtet. Die niedrigere Spezies war zuerst da.«

»So steht es aber nicht in den meisten Überlieferungen.«

»Ich weiß es von Adaana selbst.«

Sardec fluchte lautlos. Natürlich, sie war eine der Ersten und selbst unter ihnen eine berühmte Zauberin. Gut möglich, dass sie mit dem Drachenengel in Person gesprochen hatte.

»Das ist natürlich ein Argument, dem man nichts entgegenhalten kann, edle Dame, obwohl dieser Umstand nicht allgemein bekannt ist.«

»Heutzutage wird ein großer Teil der Wahrheit unterdrückt – aus politischen Motiven.« Jetzt kommen wir zum Kern der Sache, dachte er. Nun wusste er, was hier vor sich ging. Sie unterzog ihn einer Prüfung, um festzustellen, wo seine politischen Sympathien lagen. Er nahm noch einen Schluck Wein und entschied, den Vorgang so weit wie möglich zu genießen. »Seit wir in diese Welt gekommen sind, wird der größte Teil der Wahrheit verschwiegen.«

»Ich bin mir sicher, dass Ihr noch mehr Beispiele anführen werdet.«

»Ich weiß nicht, ob Euch das Naheliegendste gefallen wird.«

»Vielleicht lasst Ihr besser mich das beurteilen.«

»Nun gut. Die Drachen, jenes stolze Wahrzeichen des Terrarch-Volks, sind nicht die einzigen Wesen, die sie gezüchtet hat. Sie hat auch unser Volk geschaffen.«

»Das ist kaum etwas Neues, Prinzessin. Das steht schon in unseren Heiligen Schriften.«

»Die verraten aber nicht, woraus sie uns geschaffen hat.«

»Wie denn, natürlich aus der Rasse unserer Vorfahren.«

»Und welche wäre das?«, hakte sie nach.

»Die Aal.«

»Und was genau waren die Aal?«

»Ich beginne mich wie in meiner ersten Katechismus-Stunde zu fühlen, edle Dame, aber um Eurer Schönheit und Eurer Stellung unter den Ersten willen werde ich Euch antworten. Sie waren ein Volk, das dem unseren sehr ähnlich sah, jedoch ohne die Gabe der Unsterblichkeit, die uns der Drachenengel geschenkt hat.«

»Und wenn ich Euch jetzt sagte, dass sie Menschen waren, ganz ähnlich wie diese Soldaten da draußen?«

Diese Vorstellung schien so fantastisch, dass er offen herauslachte. »Ebenso gut könntet Ihr behaupten, dass wir von Affen abstammen.«

Amüsiert von seiner Reaktion erwiderte sie sein Lächeln und sprach dann rasch weiter. »Ja, das könnte ich wohl.«

»Das könntet Ihr, Prinzessin, doch das würdet Ihr nicht tun. Dazu seid Ihr viel zu gebildet und vernünftig.«

»Es ist ein interessantes Erlebnis, wenn einem jemand, der so jung ist, über den Mund fährt.«

»Das ist ganz und gar nicht meine Absicht, edle Dame. Ich hatte lediglich angenommen …«

»Ihr glaubt nur, dass ich in denselben konventionellen Bahnen denke wie alle anderen.«

»So hätte ich es nicht ausgedrückt. Ihr seid berühmt dafür, eine Rote zu sein. Ich glaube, ich könnte Euch niemals vorwerfen, konventionell zu sein.«

»Danke.« Eine Weile herrschte Schweigen, und Sardec fragte sich erneut, wie genau dieses Gespräch nach ihrem Plan verlaufen sollte. Er beschloss, die Initiative zu ergreifen.

»Wenn Ihr die Wahrheit sagt, warum hat Adaana das nicht allen anderen ebenfalls mitgeteilt? Wieso wurde ihre Botschaft nicht weiter verbreitet?«

»Das wurde sie ja, früher einmal.Wir haben uns entschieden, sie zu vergessen, denn sie passt nicht zu dem Bild, das wir von uns selbst haben, oder zu der Rolle, die wir vor den uns angeblich unterlegenen Wesen spielen wollen. Wir haben so lange gelogen, dass viele von uns inzwischen selbst daran glauben.«

Sardec neigte den Kopf zur Seite und betrachtete sie aufmerksam. Soweit er das beurteilen konnte, sprach sie im Ernst, aber ihm war klar, dass er in keiner besonders guten Position war, das zu beurteilen. Die Ersten waren alle ausgezeichnete Schauspieler, wenn sie wollten.

»Ihr klingt beinahe wie eine Revolutionärin, Prinzessin Asea. Ich hätte nicht gedacht, dass die rote Fraktion auf dieses Niveau herabgesunken sei.«

»Eine Revolutionärin? In Euren Ohren vielleicht. Für mich selbst klinge ich wie jemand, dem an der Wahrheit gelegen ist.« Er ignorierte die unterschwellige Beleidigung.

»Ich bin mir sicher, dass Ihr mich nicht zu Euch gebeten habt, um mich aufzuziehen, meine Dame. Ihr habt das alles sicher nicht ohne Grund erzählt.«

»Man hat Euch aufgefordert, mich zu beobachten, nicht wahr?«

»Ich weiß nicht genau, was Ihr damit meint.«

»Ich habe mich doch wohl klar genug ausgedrückt. Soll ich noch genauer werden?«

»Wenn Ihr wünscht …«

»Oberst Xeno hat Euch aufgetragen, mich zu bespitzeln. Nicht nötig, dass Ihr es leugnet. Ich kenne ihn gut genug, um zu wissen, wie er denkt. Die Grünen haben jetzt das Ohr der Königin. Er und seinesgleichen möchten gern, dass das auch so bleibt.«

Wahrscheinlich stimmte das genau, dachte Sardec.

»Eure Vorgesetzten haben Euch zweifellos ebenfalls gesagt, ich hegte revolutionäre Ideen. Ich möchte nur, dass Ihr die ganze Reichweite und Art meiner Gedanken kennt, damit es zwischen uns keine Missverständnisse gibt.«

»Ich bin dankbar für Eure Offenheit.« Vielleicht war er das wirklich. Langsam wurde ihm klar, dass Prinzessin Asea trotz ihrer äußerlichen Jugend und Schönheit eine dieser älteren Terrarch war, die fixe Vorstellungen über bestimmte Themen hegten und beschlossen hatten, die Welt an diese Ideen anzupassen, so lächerlich sie auch sein mochten. Sie glaubte doch wohl nicht, dass er zu den jungen Adligen gehörte, die mit solchen hanebüchenen Philosophien sympathisierten! Sie sah ihn lächelnd an, fast als könne sie die Gedanken lesen, die ihm durch den Kopf gingen. »Ich bin mir aber nicht ganz sicher, ob das notwendig ist.«

»Klare Worte sind selten schlecht und häufig notwendig.« Sie klang jetzt ein wenig nostalgisch, und er hatte das unbestimmte Gefühl, eine Prüfung nicht bestanden zu haben und jetzt in ihrer Achtung gesunken zu sein – ein Gefühl, das er für seinen Geschmack in letzter Zeit viel zu oft erlebte.

»Verzeiht mir, wenn ich unhöflich erscheine, aber Ihr habt mir noch nicht gesagt, warum Ihr mir das alles erzählt.«

Wieder sah sie ihn an, schien sich ein Urteil über ihn zu bilden und kam dann zu einem Schluss. »Ich erzähle Euch das, weil ich möchte, dass Ihr Euch an meine Worte erinnert.«

»Ihr schmeichelt mir.«

»Ganz und gar nicht. Ich möchte nur, dass noch jemand die Worte des Drachenengels kennt, falls mir in diesen Bergen etwas zustoßen sollte. Ich habe dieses Wissen auch in meinen Papieren niedergelegt, aber wer weiß, was aus ihnen wird, sollten sie in die Hände der Inquisition oder der Grünen fallen …«

»Ich glaube, ich sollte Euch zuvor gestehen, dass ich keinerlei Sympathie für Eure Ansichten hege, Prinzessin Asea.«

»Ich weiß Eure Aufrichtigkeit zu schätzen, aber darauf kommt es gar nicht an. Ihr werdet meine Worte in Eurer Erinnerung bewahren, und wenn Ihr sie nicht irgendwann versteht, dann sollt Ihr sie an jemanden weitergeben, der es tut.«

Langsam dämmerte ihm die Bedeutung ihrer letzten Bemerkung.

»Ihr befürchtet doch nicht ernsthaft, dass Euch hier etwas zustoßen wird, Prinzessin?«

»Ich halte es schon für möglich.«

»Die Hochländer können erbitterte Gegner sein, aber ich bezweifle doch, dass sie eine so starke Streitmacht angreifen.«

»Es sind nicht die Hochland-Clans, die ich fürchte.«

»Wen denn dann?«

»Die Errettungs-Nacht ist vorüber.«

»Richtig, doch das beantwortet meine Frage nicht.«

»Das Errettungsfest hat eine große Bedeutung. Es erinnert an den Tag, als das Drachentor geschlossen wurde. Und das Ritual wurde in dieser Nacht vollzogen, weil zu diesem Zeitpunkt selbst in dieser von allen Göttern verlassenen Welt die Mächte der Magie am stärksten waren und es noch bis heute sind.«

»Aber das Fest ist vorüber.«

»Nein. Was wir das Errettungsfest nennen, wird jedes Jahr am selben Abend begangen, in der ersten Nacht des ersten Vollmonds im Frühling. Es ist Teil unsers religiösen Kalenders. Doch die wirkliche Errettungs-Nacht fällt auf einen anderen Tag. Sie ist eine Zeit, zu der die Sterne und Planeten in Konjunktion stehen und die magischen Kräfte ungehindert fließen. Das Datum, auf das sie fällt, hat schon lange nichts mehr mit dem Tag zu tun, den wir das Errettungsfest nennen.«

»Also steht der Tag, den Ihr das echte Errettungsfest nennen würdet, noch bevor.«

»Es ereignet sich morgen Nacht.«

»Und Ihr habt das Gefühl, dies stelle eine Bedrohung dar?«

»Ich bin mir sicher.«

»Möchtet Ihr mir erklären, warum?«

»Als ihr das letzte Mal in den Bergen wart, habt Ihr gegen einen Zauberer gekämpft und ihn getötet.«

»Einer meiner Männer hat ihn niedergestreckt.«

»Ich glaube, dass dieser Vorfall Teil einer größeren Kette von Ereignissen ist.«

»Was meint Ihr damit?«

»Als ich Eure Geschichte damals hörte, habe ich im Tempel ein altes Buch angefordert, das man dort aufbewahrte. Einen Band, der auf dem Roten Index steht, ein verbotenes Buch, das sich mit den Uhltari und ihrem Dämonengott beschäftigt.«

»Ja.«

»Meine Bitte wurde abschlägig beschieden.«

»Sie haben einer der Ersten Einsicht in dieses Buch verweigert?«

»Allerdings.«

»Ihr solltet ein Gesuch bei der Königin einreichen.«

»Nicht nötig. Die Priester sagten mir nämlich, warum sie meiner Bitte nicht nachkommen konnten.«

»Und warum?«

»Das Buch befand sich nicht länger in ihrem Besitz. Es ist vor fünf Jahren verschwunden, zur gleichen Zeit wie ein junger Priester, der im Verdacht stand, gewisse verbotene Mysterien zu studieren. Sein Name war Alzibar.«

»Genauso hieß auch der Zauberer, auf den wir gestoßen sind …«

»Ich vermute, dass es sich tatsächlich um dieselbe Person handelt.«

»Gut, dass wir ihn getötet haben.«

»Ja, schon. Aber er kann das alles nicht allein ins Werk gesetzt haben. Vielleicht hat er noch für jemand anders gearbeitet. Überlegt doch – wo hat er während der letzten fünf Jahre gesteckt? Wer hat ihm Zuflucht gewährt? Warum ist er gerade jetzt zurückgekehrt?«

»Ihr glaubt, dass jemand ihn geschickt hat?«

»Ich habe ein paar Nachforschungen angestellt. Alzibar hat sich nach Kharadrea begeben. Dort kam er mit einer Frau namens Tamara zusammen. Sie ist die Tochter von Fürst Malkior.«

»Der sardeanische Kanzler.« Sardec brauchte nicht zu fragen, wie sie das alles so rasch herausbekommen hatte. Sie gehörte zu den Ersten und hatte gewiss Zugang zu einem Weitsprecher-Kristall, und zweifellos verfügte sie auch noch über Kontakte zur Gesellschaft vom Scharlachroten Lotos. Trotz aller gegenläufigen Bemühungen der Grünen versuchten die Geheimagenten der Königin sicherlich, einen Fuß in beiden Lagern zu behalten.

»Ja. Sie ist seine gefährlichste Agentin. Seit Jahren arbeitet sie in Kharadrea unseren Interessen entgegen, und ich kann mir nicht vorstellen, dass irgendetwas, worüber sie mit Alzibar gesprochen hat, zu unserem Vorteil sein könnte.«

»Was meint Ihr?«

»Wir stehen wieder einmal an der Schwelle zu einem Krieg. Und am Vorabend dieses Krieges tauchen innerhalb unserer Grenzen plötzlich Hexer und Dämonen auf. Sie tun sich mit den Hochland-Clans zusammen und reden davon, Uran Uhltar auferstehen zu lassen und Krieg gegen uns zu führen. Findet Ihr das nicht auch alles etwas verdächtig?«

Wenn sie es so formulierte, schon. »Warum erzählt Ihr das jetzt mir? Warum habt Ihr nicht mit Oberst Xeno darüber gesprochen?«

»Das habe ich ja. Es ist einer der Gründe, aus denen Ihr hier seid.«

Oberflächlich gesehen klang das plausibel, dachte Sardec, doch natürlich war er nicht in der Lage herauszufinden, was von ihren Behauptungen stimmte. Das konnte er erst nach ihrer Rückkehr von dieser Mission überprüfen. Wieder einmal fühlte er sich überfordert.

»Ihr sagt also, dass wir damit rechnen müssen, noch mehr von diesen Dämonen anzutreffen.«

»In der echten Errettungs-Nacht fällt es alten, dunklen Dingen leicht, Eingang in unsere Welt zu finden. Und ich glaube, jemand will ihnen die Tür öffnen. Deswegen bin ich in eigener Person gekommen, und zwar in der vollen Kriegsausrüstung der Ersten.«

»Wahrscheinlich habt Ihr auch darüber mit Oberst Xeno gesprochen.«

»Selbstverständlich.« Und wenn sie die Wahrheit sagte? Wenn nicht sie log, sondern Oberst Xeno? Aber warum sollte der Oberst einen seiner Offiziere so behandeln? Was hatte er davon? Nachdem er erst kürzlich gegen einen Uhltari gekämpft hatte, wurde ihm heiß und kalt bei dem Gedanken, dass plötzlich eine ganze Armee davon auftauchen könnte.

»Auf jeden Fall sollten wir versuchen, vor der wirklichen Errettungs-Nacht bis an die Quelle vorzudringen«, meinte er.

»Darin sind wir uns ja einig. Die Zeit drängt. Mitternacht ist der geeignete Zeitpunkt für eine Anrufung.«

»Wir werden so schnell wie möglich marschieren.«

Sardec fiel noch etwas anderes ein. »Wenn Ihr Recht habt, dann ist es gut möglich, dass wir das, was Ihr sucht, irgendwo in der Mine finden.«

»Das vermute ich auch.«

Sardec gefiel es überhaupt nicht, wie sich die Ereignisse entwickelten. Wenn es in der Mine etwas gab, das einer der Ersten Angst einjagte, dann hatte er ebenfalls guten Grund, sich zu fürchten.

33. KAPITEL

Hütet euch jederzeit und an jedem Ort vor den Dingen,
die hinter uralten Türen lauern.

Aernis, Grundprinzipien der Magie

Zarahel sah über das lang gestreckte Tal hinaus. Alles entwickelte sich in seinem Sinne. Die Männer seiner Kriegerschar – die meisten waren Agante, doch er hatte sie auch aus den unzufriedenen Jugendlichen anderer Clans rekrutiert – hatten sich auf seinen Ruf hin versammelt. Er hatte mehrere Hundert hier zusammengezogen. Sie würden Zeugen werden, wenn er zu großer Macht aufstieg.

Er kratzte sich im Nacken. Dort, wo der kleine Helfer von seinem Blut getrunken hatte, war eine dicke, purpurfarbene Quaddel entstanden. Sein ganzer Körper war mit diesen Beulen übersät. Sie juckten jetzt nicht mehr, doch er konnte kleine, harte Klumpen darin spüren, und manchmal hatte er das Gefühl, dass sie sich bewegten. Doch das war nur ein kleiner Preis für die Macht, die ihm der magische Helfer schenkte, und für die Verbindung zu dem Alten Gott, die er darstellte.

Als Alzibar damals mit Hilfe seiner Alchemie den kleinen Huscher aus den purpurnen Eiern ausgebrütet hatte, war Zarahel entsetzt gewesen. Doch jetzt hatte er sich an das Wesen gewöhnt und fühlte sich eher unwohl, wenn er nicht spürte, wie es sich unter seinen weiten Roben bewegte. Die Droge, die durch seine Bisse in seinen Körper gelangte, schenkte ihm eine Eurphorie und ein Selbstvertrauen, die größer waren als alles, was er je erlebt hatte. Er wusste, dass seine Zauberkräfte dadurch stärker geworden sein mussten. Vielleicht war er jetzt sogar einem Terrarch gewachsen.

Auch Bertragh sah besser aus. In den letzten paar Tagen hatte er eine merkwürdig düstere Laune an den Tag gelegt und Zarahel misstrauisch angesehen, als rechne er fast damit, dass er ihre Meister von der Grauen Bruderschaft verraten würde. Doch nach der heutigen Nacht würde es kaum noch darauf ankommen. Er würde Uran Uhltar rufen – und die versammelten Krieger würden seine Zeugen sein. Die Nachricht, dass er in der Gunst des Alten Gottes stand, würde sich von Clan zu Clan verbreiten, und die Männer würden zu seinem Banner strömen. Und wer das nicht tat, den würde er mit der nachtschwarzen Magie, die ihm zu Gebot stünde, vernichten. Er würde der Herr der Berge sein, einen Heiligen Krieg ausrufen und das Reich, das seine Vorfahren verloren hatten, wieder errichten.

Auf eine Art war es gut, dass Alzibar umgekommen war. Nun lag die Sache ausschließlich in menschlichen Händen, und so sollte es auch sein. Wahrlich, Uran Uhltar war ihm wohlgesonnen. In seinen Träumen hatte er ihm zugeflüstert. Erschauernd dachte er an die schwarzen Bilder, die ihn in der letzten Nacht überfallen hatten. Er hatte die Vergangenheit *erlebt*.

Er hatte Achenar in seinen alten, ruhmreichen Tagen gesehen, als die machterfüllte Gemeinschaft der Hügelbewohner diese Lande beherrschte und Priester schreiende Gefangene auf den Altären Uran Uhltars geopfert hatten. Er hatte die Wesen erblickt, die in den Tiefen unterhalb der Berge umherhuschten, die lebenden Maschinen, die für die Armeen von Achenar Rüstungen aus Spinnenseide webten und ihre lebenden Waffen zur Welt brachten. Er hatte gesehen, was der Spinnengott seinem Volk zum Dank für den ihm entrichteten Tribut an Seelen schenkte, hatte die Zeit erlebt, als alle stolzen Reiche der Menschen Achenar Tribut gezollt hatten, um nicht den Zorn des Spinnengotts auf sich zu lenken.

In seinen Träumen hatte er noch mehr gesehen. Er war Zeuge des Krieges zwischen Menschen, Uhltari und Terrarch geworden. Er hatte erlebt, wie die Drachenreiter die Gefolgsleute des Spinnengottes in Flammen aufgehen ließen. Er hatte die letzte Schlacht gesehen, bei der die oberirdische Stadt zerstört und die Stadt unter der Erde versiegelt worden war. Er war Zeuge geworden, wie sich Uran Uhltar durch sein Portal zurückgezogen und die Seelen und die Lebenskraft seines Volkes mit sich genommen hatte, um wie eine große Falltür-Spinne darauf zu warten, dass jemand kommen und ihn befreien würde. Uran Uhltar war eine uralte Kreatur, ein Wesen, dessen Lebensspanne sich nach Äonen bemaß. Die tausend Jahre, die seit Achenars Fall vergangen waren, stellten für ihn bloß einen Wimpernschlag dar. Der Tag seiner Rückkehr würde bald kommen.

Und nun war dieser Tag gekommen. Zarahel wusste, dass er heute die letzten Geheimnisse in Alzibars Büchern ergründen würde. Er würde die alte Herrlichkeit seines Volkes wieder herstellen und die Terrarch aus diesem Land vertreiben. Das war sein Schicksal, und nichts vermochte sich ihm in den Weg zu stellen. Die Erhabenen waren geschwächt und in zahlreiche zerstrittene Reiche gespalten. Die Menschen waren stärker geworden und verfügten über Feuerwaffen. Dieses Mal würde der Krieg anders ausgehen. Mit Uran Uhltars Hilfe würden die Menschen siegen. Nun brauchte er nur noch in die Tiefen von Achenar hinabzusteigen und sein Schicksal und das der ganzen Menschheit in die Hand zu nehmen.

»Unser Herr und Meister hat es aber ziemlich eilig«, fand Wiesel. Er hatte Recht, dachte Halbblut. Man hatte sie vor Sonnenaufgang geweckt und ihnen befohlen, beim ersten Morgengrauen zum Aufbruch bereit zu stehen. Außerdem sollten sie überprüfen, ob ihre Waffen geladen waren – als ob sie so etwas im Hochland vergessen würden! Jetzt saßen sie schon länger als den halben Tag auf dem Rücken der Wyrm und hatten nicht einmal zum Essen angehalten.

»Sieht aus, als bekämen wir Probleme«, sagte Halbblut und betrachtete die Hänge über ihnen und die dahinter liegenden Gipfel. Er musste immer noch an Aseas Worte denken. Sie wusste etwas, da war er sich sicher, nur was? Und was sollte er dagegen unternehmen? Seine Pläne, Bertragh umzubringen, waren die eine Sache, aber eine ganz andere war es, eine der Ersten zu ermorden, die von ihren Leibwachen, ihren Reißzahn-Wyrm und den Soldaten der Königin umgeben war. Er hatte keine Ahnung, ob das zu schaffen war. Seit er auf diese verfluchten Bücher gestoßen war, hatte eines zum anderen geführt. Er hatte das Gefühl, auf einem langen, rutschigen Abhang zu stehen, der zum Rand eines tiefen Abgrunds führte.

»Vielleicht hat ihm die Hexe was erzählt«, sagte Leon. Halbblut musste sich große Mühe geben, nicht zusammenzuzucken. Leon klang, als hätte er seine Gedanken gelesen. »Schließlich hat er gestern Abend lange genug in ihrem Zelt gesessen.«

»Vielleicht haben sie ja was ganz anderes gemacht«, schaltete sich der Barbar ein. »Kann ihn gut verstehen. Ich würde es ihr auch gern mal besorgen.«

»Das hast du schon gestern jedem erzählt, der es hören wollte«, meinte Sergeant Hef. »Ich an deiner Stelle würde den Mund halten, sonst hören dich am Ende noch diese schwarz gekleideten Gesellen.«

»Vielleicht sagen sie's ihr ja«, meinte der Barbar. »Wer weiß, wie das noch enden wird?«

»Damit, dass du auf dem Scheiterhaufen landest«, versetzte der Sergeant.

»Könnte die Sache wert sein.«

Halbblut betrachtete die Wolken, die sich um die Gipfel zusammenzogen. Es sah aus, als stünde ein weiterer Wetterumschwung bevor. In den Bergen änderte sich das so schnell.

»Ihretwegen mache ich mir keine Sorgen«, sagte Hef. »Sondern wegen der Stammeskrieger. Einige von ihnen sind auf Blut aus, und das hier ist ihr Gebiet. Sobald die Nachricht, dass wir hier sind, das Tal der Agante erreicht, werden sie uns bestimmt einen kleinen Besuch abstatten.«

»Sollen sie nur kommen«, prahlte der Barbar. »Dann

kann ich Prinzessin Asea mit meinem Heldenmut beeindrucken.«

»Wenn sie durch Dummheit zu beeindrucken wäre«, meinte der Sergeant, »hättest du bestimmt eine Chance.«

»Nein«, entgegnete der Barbar stolz. »Dann läge ich schon längst in ihrem Bett.«

Es dauerte ein paar Sekunden, bis ihm klar wurde, was er da gesagt hatte.

Zarahel saß in seinem privaten Arbeitszimmer im alten Gutshaus und studierte die Schrift noch einmal. Er wusste, dass er es geschafft hatte. Durch die giftige Droge seines kleinen Helfers, die in seinen Adern brannte, hatte er die entscheidenden Erkenntnisse gewonnen. Jetzt hatte er das Erweckungsritual vollständig gemeistert. Ein sicherer Instinkt hatte ihn zu der richtigen Seite des richtigen Bandes geführt. Nun wusste er, wie der den Prozess, den Alzibar in Gang gebracht hatte, vollenden konnte.

Er griff unter seine Robe und streichelte das kleine Wesen zärtlich. Er hatte die Geheimnisse, die Alzibar so lange gesucht hatte, gefunden. Macht, größer als in seinen wildesten Träumen, lag zum Greifen nahe.

Natürlich, dachte er ernüchtert, war da noch das kleine Problem, zuerst das Ritual korrekt durchzuführen, dann Kontakt zu dem Dämonengott aufzunehmen und ihn schließlich seinem Willen zu unterwerfen. Diese Aussicht hatte schon einen Zauberer, der weit erfahrener war als er selbst, entmutigt. Wieder biss ihn der kleine Helfer – und ekstatische Freude und neues Selbstvertrauen durchströmten ihn. Natürlich konnte er das. Selbstverständlich würde er Erfolg haben. In der Beule in seinem

Nacken zappelte etwas, eine merkwürdig angenehme Empfindung.

Zum ersten Mal seit Stunden stand er auf und nahm seinen Körper und seine Umgebung ausdrücklich wahr. Sein Rücken schmerzte ein wenig. Die Augen fühlten sich wund an. Die Blutflecken an den Wänden des Hauses waren immer noch zu sehen; Spuren des Kampfes, den seine Anhänger gegen die Fourageure verloren hatten. Auch der Blutgeruch hing noch in der Luft. Er sah aus dem Fenster, wo sich der bewölkte Himmel in den dunklen Wassern des Sees spiegelte. In der Ferne konnte er die Arbeiter erkennen, die rund um die Mine am Werk waren. Es waren viele, und sie schufteten verzweifelt, da sie so große Angst vor ihm hatten. Bis heute Nacht mussten die Zugänge nach unten frei und der Schaden behoben sein, den diese idiotischen Soldaten angerichtet hatten, sonst waren all seine Pläne vereitelt.

Bertragh sah ihn argwöhnisch an. In seinen Augen stand jetzt die Angst. Inzwischen war ihm die ganze Tragweite dessen, was sie tun würden, klar. Wie magisch angezogen wanderte sein Blick immer wieder zu Zarahels Hals und der purpurfarbenen Beule, die dort zu sehen war. Der Prophet zog seine Kapuze darüber.

Zarahel packte die Bücher in ihren ledernen Ranzen und trat zur Tür. »Kommt. Wir sollten mit den Vorbereitungen für das Ritual beginnen. Seid Ihr sicher, dass Ihr Eure Rolle kennt?«

»So sicher, wie ich meinen eigenen Namen weiß, Zarahel.« Der Zauberer hoffte es. Im Umgang mit Dämonen durfte man sich keine Fehler erlauben.

In der Ecke zappelte eine Fliege in einem Netz. Die

Spinne kam immer näher. Davon angezogen blieb Zarahel stehen und sah zu.

»Die beiden stecken schon wieder die Köpfe zusammen«, sagte der Barbar. »Ich frage mich, worüber sie da oben reden.«

Halbblut folgte seinem Blick und spürte, wie ihm vor Angst flau im Magen wurde. Leutnant Sardec war zu Asea auf ihren großen schwarzen Wyrm gestiegen. Sein eigenes Reittier folgte ihnen dichtauf. Halbblut fragte sich, ob sie Sardec gerade von den Büchern erzählte. Er war sich jetzt sicher, dass sie mehr darüber wusste, als sie ihm gegenüber hatte durchblicken lassen. Ein Wort in das Ohr des Offiziers, und die Inquisition würde ihn, Wiesel und den Barbar über offenem Feuer rösten. Aseas Diener drehten sich um und sahen in seine Richtung, als spürten sie Halbbluts durchdringende Blicke.

Auch diese schwarz gewandeten Männer gaben ihm Rätsel auf. Sie taten alles für Asea. Sie waren Dienstboten, Wyrmtreiber und Leibwächter in einem. Und er war sich sicher, dass sie voller unangenehmer Überraschungen steckten. Er hoffte nur, dass er oder einer seiner Kameraden Bertragh erwischen würde, bevor sich die beiden mit ihm beschäftigten, obwohl es jetzt vielleicht gar nicht mehr darauf ankam.

Wie schnell sich doch in kurzer Zeit so vieles ändern kann, dachte er und betrachtete die wolkenverhangenen Gipfel und die graue Landschaft, die sich unter ihm erstreckte. Als sie das letzte Mal hier durchmarschiert waren, hatte er keine Sorge gehabt – bis auf die einzige, bei einem Überfall durch Hochlandkrieger am Leben zu bleiben. Jetzt war das noch die geringste von allen. Da war die Möglichkeit, dass jemand Dämonen heraufbeschwor, und außerdem musste er einen Mord begehen. Er hatte geglaubt, schon vor langer Zeit die Sorge um seine unsterbliche Seele abgeschrieben zu haben, doch jetzt stellte er fest, dass er sich erneut Gedanken machte.

Bertragh hatte ihm persönlich nichts zu Leide getan. Um die Wahrheit zu sagen, er war sogar ziemlich fair gewesen und hatte ihm für die Bücher ein kleines Vermögen bezahlt. Aber jetzt zwangen ihn die Umstände dazu, dem Verwalter nach dem Leben zu trachten. Die Worte eines alten Straßenpredigers aus Drangsal kamen ihm in den Sinn. *Wir nehmen uns nicht vor zu sündigen. Nicht mit Absicht bringen wir unsere Seele in Gefahr. Wir gehen diesen Pfad langsam, vorsichtig, doch ehe wir wissen, wie uns geschieht, finden wir uns am Rande des Abgrunds der Schatten wieder.* So war es ihm in den letzten paar Tagen ergangen. Wenn er sich die Wahrheit eingestand, hatte er allerdings immer gewusst, dass einige seiner Taten böse waren, und mit Vorsicht hatte das nichts zu tun gehabt.

Er fragte sich, ob sich seine Seele in alle Ewigkeit unter Qualen winden würde, verschlungen von den Dämonen des Schattens, um nie vollständig sterben zu können. Er würde es mit Sicherheit herausfinden, wenn er hier in den Bergen umkam, ohne den Segen eines Priesters. Noch ein Grund dafür, nicht sterben zu wollen.

Rena war jemand anders. Er hatte erkannt, dass Wiesel mit seinem Rat Recht gehabt hatte. Wahrscheinlich hatte er es immer gewusst, er war nur verletzt und wütend und von seiner Eifersucht und seinem Neid auf Sardec wie zerfressen gewesen. Falls das noch möglich war, wollte er sich mit Rena aussprechen und ihre gute Meinung von ihm wieder herstellen. Das erschien ihm mit einem Mal sehr wichtig.

Noch während ihm dieser Gedanke durch den Kopf ging, bemerkte er eine Bewegung an dem Hang über ihnen. Es sah aus, als würden sie beobachtet. Er pfiff und stieß einen Warnruf aus. Augenblicke später sah er zwischen den Felsbrocken über sich eine Rauchwolke aufsteigen, und dann prallte eine Kugel an den Steinen am Weg ab. Der Wyrm blieb stehen und drehte den Kopf, um nach der Gefahrenquelle zu suchen.

Halbblut zielte sorgfältig und feuerte, fast gleichzeitig mit Wiesel, der einen Punkt hundert Meter weiter oben aufs Korn nahm. Sie hörten einen Schrei, der von weiteren Rufen gefolgt wurde. Die beißende Rauchwolke nahm ihnen die Sicht.

Automatisch begann Halbblut mit dem Nachladen. Er biss auf die Patrone und schmeckte Salpeter im Mund. Dann schüttete er das Pulver, gefolgt von der Kugel, in den Lauf, und rammte beides mit dem Ladestock, den er von seinem Platz unter dem Lauf gelöst hatte, hinein. Währenddessen feuerten die anderen weiter, dicker Pulverdampf stieg auf. Der Wyrmführer steuerte sein Tier aus der Wolke hinaus. Halbblut erhaschte einen Blick auf Gestalten, die den Qualm als Deckung nutzten und in großen Sätzen bergauf liefen.

Ein einziger Blick zeigte ihm, dass die anderen Soldaten weiterschossen. Die Wyrm bewegten sich von den Rauchwolken weg. Halbblut hatte keine Ahnung, was sich die Angreifer davon versprochen hatten. Vielleicht hatten sie geglaubt, die Fourageure würden in Panik geraten und weglaufen, oder sie könnten die großen Tiere zum Durchgehen bringen. Oder sie waren einfach von ihrem

Hass gegen die Tiefländer überwältigt worden. Jetzt kam es nicht mehr darauf an. In dem Bleihagel, mit dem die Soldaten ihre Gegner überzogen, konnte kein Mensch überleben.

Minuten später lagen die Hochländer, von Kugeln durchsiebt, am Boden. Die Wyrm kletterten auf ihre Stellungen zu.

»Vorsicht, Jungs«, warnte Sergeant Hef. »Passt auf Hinterhalte auf.«

»Ich dachte, wir hätten gerade einen gehabt«, sagte der Barbar.

Die Breitrücken erreichten die Leichen. Soldaten schwärmten an den Strickleitern aus den Gondeln herab. Halbblut befand sich unter ihnen. Eine rasche Untersuchung der Leichen offenbarte ihm, was geschehen war: Die Augen, die blicklos zum Himmel sahen, gehörten zu glatten Gesichtern. Der Älteste ihrer Gegner konnte nicht älter als vierzehn gewesen sein.

»Das waren verdammt noch mal Kinder«, meinte Wiesel. »Waren wohl auf Kundschaft oder so und haben beschlossen, auf gut Glück auf die Fremden zu feuern. Dumme Bastarde, die es nicht besser wussten.«

»Der Schusswechsel wird jedem in den Bergen verraten haben, dass wir hier sind«, überlegte Halbblut. Er hatte Recht, der Donner der Musketenschüsse hatte weithin durch die Täler gehallt.

»Jetzt sind sie Futter für die Wyrm«, sagte Hef. Am Krachen von Knochen und Fleisch hörte man, dass die großen Tiere zu fressen begonnen hatten.

»Hoffen wir nur, dass *wir* keines sind, bevor der Tag zu Ende geht«, versetzte Halbblut.

Als Zarahel der vertraute Gestank aus dem wieder geöffneten Eingang der Mine entgegenschlug, lächelte er. Der ganze Tunnel war davon erfüllt. Er wandte sich zu den Stammeskriegern um und ergriff das Wort.

»Gut gemacht. Bald sollt ihr für euren Glauben und eure Geduld belohnt werden.«

Sie mochten beides im Übermaß besitzen, doch im Augenblick zeigten ihre Gesichter nur Unruhe. Die Männer würden sich freuen, so schnell wie möglich aus dem Dunkel fortzukommen, und Zarahel war froh, sie gehen zu lassen. Der Anblick der Beulen an seinem Hals und seinen Händen hätte sie vielleicht verstört. »Ihr seid entlassen. Alle bis auf Bertragh. Er wird mich begleiten.«

Der Verwalter schien ebenso abgeneigt, ihm zu folgen, wie die Männer auch, und Zarahel konnte ihm eigentlich keinen Vorwurf daraus machen. Hier vorn wirkte die Mine unsicher, aber das war nicht so wichtig. Wichtig war nur, dass der Weg zum Schlupfwinkel des Gottes offen war.

»Folgt mir«, sagte er zu Bertragh und beugte das Haupt, als die Decke immer niedriger wurde. »Versucht, mit mir Schritt zu halten.«

Der Tunnel hier war gerade und schmal, eine dünne, feuchte Schleimschicht überzog die Wände. Zarahel schritt immer tiefer in die Finsternis hinein. Bertragh folgte ihm mit der Laterne und bewegte sich vorsichtig den mit Felsbrocken übersäten Gang entlang. Ein feuchter Luftzug ließ ihnen einen ekelhaften Gestank in die Nase steigen. Immer tiefer drangen sie vor, bis sie endlich fanden, was sie gesucht hatten. Gewaltige, weiß gepanzerte Gestalten huschten aus der Finsternis heran. Zarahel meinte fast, das Geplapper zu verstehen, das von den tintenfischähnlichen Köpfen ausging, die vorn an den langen, in Segmente aufgeteilten Körpern saßen.

Bertragh keuchte auf, der Anblick überwältigte ihn. Er brach in die Knie und weinte beinahe vor Entsetzen. Doch Zarahel triumphierte. Die Wächter waren gekommen, um ihn zu begrüßen und seinem Schicksal zuzuführen. Von Uhltari flankiert, wirkten sie fast wie Gefangene, als sie ihren Gang in die einstige große unterirdische Stadt des Spinnengottes antraten. Zarahel wusste, dass er jetzt auf dem Weg war, an dessen Ende er den Gott seiner Vorfahren wieder erwecken und ihren vergangenen Ruhm erneuern würde.

Halbblut wickelte sich fester in seinen Mantel und rückte seinen Schal zurecht. Eine Spannung, die er zuvor nicht empfunden hatte, lag in der Luft, eine Ahnung von fremdartigen, seltsamen Kräften, die sich in den Bergen um sie herum zusammenzogen. Reine Einbildung, sagte er sich, doch er war sicher, nicht zu fantasieren. Und fühlte sich von tausend unsichtbaren Augen beobachtet.

Er fragte sich, warum sie das Schicksal so rasch zurück in dieses Tal geführt hatte, und verfluchte den Tag, an dem sie diese verdammten Bücher an sich genommen hatten. Hätten sie das nicht getan, wäre möglicherweise nichts von alldem passiert. Sie wären zu Hause im Lager geblieben und würden exerzieren und darauf warten, dass der Krieg begann, und nicht auf dem Rücken von Wyrm durch diese verflixten Berge trotten.

»Du bist sehr still, Rik«, sagte Leon. Er nahm die Pfeife aus dem Mund, stopfte Tabak hinein und steckte sie wieder an ihren Platz, ohne sie anzuzünden. »Irgendwelche Sorgen?«

»Ich hatte nur überlegt, warum man eine so große Truppe ausgeschickt hat, um Prinzessin Asea zu beschützen. Sie sieht aus, als könne sie ganz gut auf sich selbst aufpassen.«

»Wahrscheinlich, weil sie eine der Ersten ist«, erklärte Sergeant Hef. »Um sicherzugehen, dass ihr die Hochländer nichts antun.«

»Ich hätte nichts dagegen, ihr mal was anzutun«, warf der Barbar ein.

»Was will sie hier? Wonach sucht sie?«

»Das Licht hat sie geschickt, um uns anzuführen und über uns zu wachen«, ließ sich Gunther vernehmen, wurde jedoch allgemein nicht beachtet.

»Wer weiß schon, was die Terrarch im Sinn haben? Ich glaube, die meiste Zeit wissen sie selbst nicht, was sie wollen. Woher sollen wir also wissen, was in ihren Köpfen vorgeht?«

»Meint ihr, wir gehen wieder zu der alten Mine?«, erkundigte sich der Barbar. »Dieser Weg kommt mir verdammt bekannt vor.«

»Hast du das auch schon gemerkt?«, fragte Wiesel.

Zarahel stand in der Mitte der großen Brutkammer. Genau wie die Stadt, die sie durchquert hatten, bot sie einen Ehrfurcht einflößenden Anblick. Ein ausgedehntes Muster, das einem komplizierten, in sich gedrehten Spinnennetz ähnelte, war dort in den Boden eingelassen. Seine Mitte bildete ein Aufbau, der wie eine Mischung aus einem Altar, einem Rednerpult und der Statue eines riesigen Uhltari wirkte. Dort musste er das Ritual durchführen.

Von den Dingen, die er auf dem Herweg gesehen

hatte, drehte sich sein Kopf. Langsam und Stück für Stück erwachte die alte Stadt zum Leben. Ein paar der lebenden Maschinen hatten den Betrieb aufgenommen. Einige Wächter waren schon auf den Beinen und einige der Menschenopfer bereits wiedergeboren. So viel hatte Alzibars Magie wenigstens bewirkt. Die Vorbereitungen für Uran Uhltars Rückkehr waren getroffen. Sobald das Ritual abgeschlossen war, würde die Stadt in ihrer alten Herrlichkeit wiedererstehen. Die Lebenskraft des Gottes würde alles durchdringen, und dann würde die ganze schlafende Macht einer Älteren Rasse erwachen.

Er sah sich um. Die Wände waren mit Massen von beinahe durchsichtigen, dotterartigen Hautsäcken überzogen. In jedem war die Silhouette eines Uhltari zu erkennen. Dort lagen die Überreste einer ganzen fremden Rasse im Winterschlaf. Er wusste, dass sie nur auf die Berührung ihrer Gottheit warteten. Das war ein weit dunklerer Gott als der, den die Terrarch verehrten, und zwar einer, der weit eher in der Lage war, seine Macht in dieser Welt zu manifestieren.

Er lächelte in sich hinein und berührte die gallertartige Hülle einer seiner Beulen. Dann legte er das Buch auf den Altar und begann.

34. KAPITEL

All unsere Mühen und all unsere Reisen führen uns
zu einer einzigen letzten Bestimmung.

Propheten, Buch 4, Kapitel 10, Vers 5

»Sieht aus, als würden wir dieses Mal erwartet«, bemerkte Sardec, als sich die Breitrücken bergab wandten. Hochländer hatten mit schussbereiten Waffen auf dem Hügelkamm gelegen. Ihr Angriff hätte sogar Erfolg haben können, hätten nicht die Reißzahn-Wyrm ein warnendes Zischen ausgestoßen. Dann waren sie auf ein unausgesprochenes Zeichen ihrer Herrin hin davongesprungen. Der Kampf war kurz und blutig gewesen, nur ein paar Dutzend Flintenschützen gegen fast achtzig auf Wyrm reitende Fourageure und die Reißzahn-Meute.

Durch das Teleskop konnte Sardec erkennen, dass die Fenster und das Dach des Gutshauses mit weiteren Männern besetzt waren. Dutzende von Zelten standen rund um das Gebäude – und dazwischen wimmelte es von Kriegern. Das waren weit mehr Hochlandkrieger als beim letzten Mal. Es sah aus, als befänden sie sich in der Überzahl. Zögernd meldete sich Sardec zu Wort, denn er wusste zwar, dass sein Vorschlag im Interesse seiner Truppe – und der Ersten, die er zu schützen hatte – sein musste. Doch ihm war auch bewusst, dass er wie ein Feigling klingen würde. »Vielleicht wäre es das Beste, wenn wir Verstärkung anforderten.«

»Dazu haben wir keine Zeit«, entgegnete Asea. »Ich spüre, dass unterhalb des Berges starke magische Kräfte am Werk sind.«

»Magie, edle Dame?«

»Jemand führt ein großes und unheiliges Ritual durch. Im Interesse des Reiches sollten wir ihm Einhalt gebieten.«

»Schon möglich, Prinzessin, aber wir befinden uns drei zu eins in der Unterzahl. Mindestens.«

»Trotzdem müssen wir in diese Mine.« Das Entsetzen, das ihr ins Gesicht geschrieben stand, war sogar durch die Maske zu erkennen. Es schien in ihre metallenen Züge eingemeißelt. Sardec mochte sich lieber nicht vorstellen, was einer der Ersten solche Furcht einjagen mochte.

»Verfügt Ihr über magische Kräfte, die uns jetzt helfen könnten?«

»Ich muss so viel wie möglich von meiner Macht für den letzten Kampf aufsparen, aber ich werde Euch unterstützen, soweit ich kann.«

Sardec überlegte. Sie hatten die Breitrücken- und die Reißzahn-Wyrm. Und vielleicht kam ihnen das Überraschungsmoment zu Gute, wenn sie das Unerwartete taten. Er betrachtete seine Männer und entdeckte eine gespannte Erwartung auf ihren Gesichtern.

»Vorwärts!«, rief er. »Greift das Lager an. Zerstreut

die Bastarde. Prinzessin Aseas Magie wird uns beschützen!«

Sardec betete zum Gott des Lichts, dass er die Wahrheit gesagt hatte.

Zarahel sprach die Worte der Beschwörung und Bertragh wiederholte sie von seiner Position am Rand des Zauberkreises aus. Macht wirbelte durch das Muster, das ihn umgab. Energie erfüllte ihn und Magie strömte durch seine Adern. Seine Beulen bewegten sich im Takt seiner Worte und die monströsen Eiersäcke an den Wänden taten es ihnen nach. Über ihm huschten schwache, schillernde Bilder durch die Luft, nahmen Gestalt an und bildeten ein Spiegelbild des Musters auf dem Boden. Schwach leuchtende Linien liefen über seinem Kopf zusammen, genau über dem Altar, und bildeten das Zentrum des Portals. Und dahinter wartete Uran Uhltar auf seinen Durchbruch.

Unter Halbblut bäumten sich die Muskeln des großen Tieres auf. Die Breitrücken schwärmten aus, auf gleicher Höhe in lang gestreckten Reihen, damit die Männer in den Gondeln ihre Feuerkraft am besten einsetzen konnten.

Mit seinen verbundenen Händen kauerte er sich so tief wie möglich hin, um dem Feind so wenig Angriffsfläche zu bieten, wie er konnte. Er beneidete den Wyrmtreiber vor ihnen nicht, der den Hochländern eine ideale Zielscheibe bot.

Die Reißzahn-Meute sprang neben ihnen her, herausfordernd zischelnd, mit den Zähnen knirschend und begierig, sich auf ihre Beute zu stürzen. Vor ihnen zogen sich die Hochlandkämpfer zusammen. Sie hatten keine Ahnung von Formation, sondern knieten oder standen einfach, wo sie waren, und machten sich schussbereit. Doch Halbblut gab sich keinen Illusionen hin. Die Stammeskrieger waren ausgezeichnete Schützen. Er fragte sich, ob die Fourageure auf ihren schwankenden Plattformen über den Breitrücken mit ihnen gleichziehen konnten. Von seiner geduckten Stellung aus wirkte Sardecs Entscheidung wie der blanke Wahnsinn. Er hoffte nur, dass Aseas Zauberkräfte so stark waren, wie sie alle annahmen.

Hoch aufgerichtet stand sie auf dem Rücken ihres gewaltigen Reittieres, eine Göttin, die nach Gaeia gekommen war, um unter den Sterblichen zu wandeln. Um sie herum flirrte die Luft leicht. Sie wirkte beherrscht und zuversichtlich. Ihr Haar wehte im Wind, und sie hielt etwas Glitzerndes in der Hand. Sie war wie eine herrliche Gestalt aus einem früheren, großartigeren Zeitalter. Bei ihrem bloßen Anblick stockte Halbblut der Atem, obwohl er wusste, dass er keinen Anlass dazu hatte.

Musketen krachten in der Abenddämmerung. Einige der Hochlandkrieger hatten das Feuer eröffnet. Jemand brüllte ihnen zu, sie sollten aufhören. Die Wyrm befanden sich noch nicht in Schussweite.

Entlang der Ruinen von Achenar rückten sie vor und näherten sich dem Gutshaus immer weiter. Halbblut spürte einen schwachen Hoffnungsschimmer. Wenn sie das Lager unversehrt erreichten und dort unter die Hochlandkämpfer fahren konnten, hatten sie vielleicht eine Chance. Im Nahkampf konnte sich nichts Menschliches mit einem Wyrm messen. Wiesel schenkte ihm sein unerschrockenes Grinsen. Der Barbar überprüfte seine Muskete. Leon hockte im hinteren Teil der Gondel, wo er nicht gesehen werden konnte, und schob beunruhigt seine Pfeife hin und her. An dem Dreispitz steckte für alle sichtbar seine Glücksfeder. Die anderen kauerten sich hin und machten sich kampfbereit.

Jetzt setzte das Musketenfeuer ernsthaft ein. Die Kugeln schlugen um sie herum in den Boden ein und wirbelten kleine Staubwolken auf, die sich mit den großen, von den Klauen der Breitrücken erzeugten mischten. Ihr Wyrm brüllte auf. Halbblut sah Blut an seiner Seite glitzern, einige Schuppen fehlten. Es sah aus, als hätte ihnen der Feind den ersten Blutverlust beigebracht. Das Triumphgeheul der Hochländer verriet ihm, dass sie es ebenfalls bemerkt hatten.

Halbblut schoss noch nicht. Es war eine Sache, auf diese Entfernung ein so großes Wesen wie einen Wyrm zu erwischen, aber einen Menschen zu treffen, das war ganz etwas anderes. Irgendwo wurde ein Horn geblasen und die Wyrm legten an Geschwindigkeit zu. Vorher hatte Halbblut geglaubt, sie liefen schnell, aber das war nichts im Vergleich zu dem Tempo, das sie jetzt vorlegten. Die Schritte der Tiere wurden länger, ihr Gebrüll lauter, und immer noch sprangen die Reißzähne vor allen anderen her. Halbblut klammerte sich verbissen am Rand der Gondel fest. Drinnen wurden die Fourageure umhergeworfen wie Würfel in einem Becher. Niemand konnte auch nur daran denken, einen Schuss abzugeben.

Jetzt wurde der Feind durch den Pulverdampf teilweise verborgen. Musketenschüsse hallten durch den frühen Abend. Zur Linken sah er einen Wyrmtreiber mit blutüberströmter Stirn fallen. Im Sturz riss er seitwärts an den Zügeln, so dass sein Wyrm aus der Formation ausscherte und auf der anderen Seite gegen ein weiteres Tier krachte. In einem Gewirr von zappelnden Hälsen und Beinen gingen beide zu Boden. Die Schreie der Fourageure, die sie dabei zerquetschten, gellten Halbblut in den Ohren. Die Hochlandkrieger brachen in Jubel und Schmährufe aus. Das lief gar nicht gut, dachte Halbblut. Wo blieb denn nun die Magie, die sie angeblich beschützen sollte?

Kugeln bohrten sich in die Wände der Gondel und trafen den Wyrm in die Seite. Der Treiber brüllte seinem Tier aufmunternde Worte zu. Halbblut versuchte, sein Gewehr zu heben, doch das Schaukeln der Gondel machte es unmöglich, ein Ziel anzupeilen. Aus dem Augenwinkel sah er, wie Prinzessin Asea ihren metallenen Stab hob und nach vorn riss.

Ein Blitz, begleitet von Donner, der wie ein Peitschenknall wirkte, fuhr aus der Spitze des Stabes. Er raste auf einen Hochlandkrieger zu, schlug in seinen Gewehrlauf ein, ließ ihm die Haare hochstehen und brachte sein Fleisch zum Kochen. Der Blitz sprang von einem Gewehrlauf zum anderen. Halbblut sah einen Mann, der kurz wie auf Lichtstelzen zu laufen schien, bevor seine verkohlte Leiche zu Boden krachte.

Der Jubel der Hügelbewohner wich entsetztem Geschrei. Immer wieder flammte die Blitzschleuder auf. Weitere Hochlandkrieger fielen; andere wandten sich zur Flucht, weniger wegen ihrer Verluste, sondern aus Angst vor der unbekannten Macht, die Himmelsfeuer schleuderte.

Die Wyrm trampelten durch die Zelte, rissen Stangen aus dem Boden und zertraten die Mittelpfosten. Halbblut zuckte zusammen, als eines der mächtigen Tiere mit seinem großen, schnabelartigen Maul einen Mann schnappte, ihn in die Höhe warf und entzwei biss. Er sah auch, dass andere unter den Füßen der Wyrm zermalmt wurden. Zu seiner Rechten befand sich eine dichte Menge von Männern. Er schoss darauf und hoffte, in dem Gewimmel etwas zu treffen. Doch das Schaukeln des Breitrückens riss ihn von den Beinen, und als er sein Gleichgewicht zurückerlangt hatte, konnte er nicht mehr sehen, ob er jemanden getroffen hatte.

Doch darauf kam es auch nicht mehr an. Jetzt war unter den Hochlandkriegern das Reißzahn-Rudel los. Gegen die Kiefer dieser Kreaturen kamen nicht einmal ihre langen Messer an. Hier und da umringte eine Gruppe eines der Tiere und zog durch die bloße zahlenmäßige Übermacht und trotz seines überlegenen Gewichts, seiner Kraft und Wildheit einen Reißzahn zu Boden. Doch die meisten Männer starben einfach, wo sie standen, unfähig, sich der tobenden Masse aus Zähnen und Wut zu widersetzen, die da über sie kam. Und auch dort, wo die größeren Breitrücken Männer zu Boden traten, standen diese nie wieder auf.

Die Hochlandkrieger gaben sich geschlagen. Einige rannten zum Gutshaus, andere in die Hügel. Vom Dach des Gebäudes aus wurden sie noch mit ununterbrochenem Gewehrfeuer eingedeckt, bis Asea ihren schimmernden Stab hob und die Männer mit seinem Blitz von ihrem Ausguck fegte. Es war eine Ehrfurcht gebietende Vorstellung brutaler magischer Kraft. Wie konnten Menschen dagegen bestehen? Jetzt verstand Halbblut, wie die Ersten mit der Hilfe von Wyrm und Drachen seine menschlichen Vorfahren besiegt hatten.

Bald war das feindliche Feuer verstummt. Die versprengten Reste hatten sich in das Gutshaus verkrochen, wo sie darauf warteten, das die Fourageure sie holen kamen.

»Lasst sie in Ruhe«, hörte er Asea rufen. »Wir müssen zur Mine, bevor es zu spät ist.«

Zarahel schrie. Etwas stimmte nicht – zugleich mit dem berauschenden Machtgefühl empfand er Schmerz. Die Beulen auf seiner Haut barsten, und etwas entschlüpfte ihnen. Verzweifelt riss er an seiner Robe, um zu sehen, was mit ihm geschah. Winzige Uhltari, die wie verkleinerte Versionen seines Helfers wirkten, wanden sich, nass vor Blut und Schleim, und sahen ihn aus bösen Augen an. Am liebsten wäre er jetzt aus dem Muster geflüchtet, konnte aber nicht. Etwas hielt ihn fest, zwang ihn, weiter die Worte zu intonieren, genau wie es Bertragh zwang, sie zu wiederholen. Der Verwalter hatte bereits einmal wegzulaufen versucht, aber die Uhltari-Wächter hatten ihn mit Gewalt zurückgeholt. Sie bewegten sich um den Rand des magischen Kreises, als führten sie einen komplizierten Balztanz durch.

Die kleinen Uhltari fingen an sich zu bewegen, ihr Schleim überzog seine Wunden und wurde hart. Sie glitschten über seinen Körper und schieden neuen Schleim aus. Einige bissen ihn und entließen das berauschende Gift in sein Blut. Der Augenblick des Zweifels und Entsetzens verging. Er wusste, dass sie ihn beschützten. Sie schenkten ihm eine neue Haut, hart genug, um Waffen zu widerstehen. Sie machten ihn unsterblich. Beruhigt sang er mit neuem Elan weiter.

Die wabernden Feuerlinien wurden ruhiger und stärker. Energietentakel wuchsen aus Zarahels Körper, flossen in das Muster und weiter durch die Mauern der Stadt. Er fühlte sich mit jeder lebenden Maschine, jedem Uhltari verbunden. Neues Wissen strömte ihm zu. Etwas versicherte ihm, er müsse keine Angst haben. Er wurde hier gebraucht, und nichts konnte ihm geschehen. Allmählich begann er zu verstehen, warum.

Die Uhltari waren ein gebrochenes Volk. Ihre mit Gefühlen und Verstand begabte Zaubererkaste war ausgestorben, vernichtet während der Kriege der alten Zeit vor den Menschen. Die Übriggebliebenen waren, wenn Uran Uhltars Wille sie nicht leitete, wenig mehr als lebende Maschinen, bloße Anhäufungen von Hunger und Reflexen. Doch der Spinnengott konnte diese Welt nur betreten, wenn er gerufen würde. Und dazu wurde ein Magier gebraucht, so wie er oder seine Vorfahren, die Priesterkönige.

Als Uran Uhltar durch diese Pforte geflohen war, um dem Zorn der Terrarch zu entkommen, da hatte er gewusst, dass er wieder gebraucht würde. Er hatte sie gezwungen, seine geheimen Rituale schriftlich festzuhalten, denn er hatte geahnt, dass eines Tages jemand käme, der auf der Suche nach Macht war und sich in sein Netz ziehen ließe. Nein, das war nicht richtig. Diese Person würde kommen, den Gott heraufbeschwören und höchste Macht sowie Unsterblichkeit erlangen. So war das.

Der Panzer verhärtete sich. Die zappelnden Wesen huschten über Zarahels Körper. Ein Teil von ihm hätte am liebsten geschrien. Ein anderes Bild war vor sein inneres Auge getreten, und das sprach nicht von Macht und Unsterblichkeit, sondern zeigte einen Wirtskörper, der vorbereitet wurde, damit der sterbliche Leib Uran Uhltars aus ihm schlüpfen konnte. *Er* selbst war der Wirtskörper. Das Bild hielt sich eine Weile lang und wurde dann von Wogen der Freude und Macht verdrängt, als immer mehr Gift in seine Adern floss.

Neue Bilder huschten durch seinen Geist. Sie entstammten Dutzenden von Augenpaaren, die den tanzenden Uhltari gehörten, den Menschenopfern und den nichtmenschlichen kleineren Kreaturen, die durch die Stadt huschten. Er besaß die Wahrnehmungsfähigkeit eines Gottes, und bald würde er Anteil an seinem Bewusstsein haben.

Das Tor öffnete sich. Der Huscher im Schatten schickte sich an, diese Welt zu betreten.

Sardec lenkte seinen Wyrm neben Aseas Reittier. Er hielt überhaupt nichts davon, mit halsbrecherischer Geschwindigkeit um den See zu reiten und den Gegner im Rücken zu haben, selbst wenn sie diesen Feind besiegt hatten.

»Was habt Ihr?«, fragte Sardec. Aufmerksam betrachtete er die Zauberin. Offensichtlich war sie tief besorgt.

»Dort unter dem Berg geht etwas vor sich. Etwas Entsetzliches.«

»Könntet Ihr Euch eventuell etwas deutlicher ausdrücken?«

»Jemand erweckt eine alte und böse Macht zum Leben.«

»Woher wisst Ihr das?«

»Ich bin eher überrascht, dass Ihr es nicht spürt. Obwohl … es wäre möglich, dass Eure Klinge Euch gegen die Ausstrahlung isoliert.«

»Ihr könnt fühlen, dass der Zauber gewirkt wird?«

»Ja, und wenn wir ihn nicht unterbrechen, fürchte ich,

dass wir es bald mit noch weit Schlimmerem als den Uhltari zu tun bekommen.«

»Bei Adaanas Schuppenkleid, wie können wir das verhindern?«

»Vielleicht ist es schon zu spät, doch wir müssen tun, was wir können. Ich habe etwas vorbereitet. Aber wir müssen unter den Berg.«

»Was für eine verfluchte Schweinerei«, schimpfte der Barbar. Halbblut sah ihm an, dass ihm der Verlauf der Ereignisse nicht behagte. »Wir ziehen uns aus einer gewonnenen Schlacht zurück, lassen die Beute auf dem Boden liegen und traben um einen See herum. Und es ist nicht daran zu denken, dass uns mal jemand sagen würde, was los ist!«

»Warum fragst du nicht deine Freundin?«, schlug Halbblut vor. Prinzessin Aseas Wyrm lief, begleitet von Sardecs Reittier und dem Reißzahn-Rudel, an der Spitze der Kolonne. Hinter ihnen trottete eine lange Reihe von Wyrm, auf denen die Fourageure saßen. Die meisten der Soldaten wirkten nicht glücklicher als der Barbar. Hinter ihnen hörte er das Brüllen verwundeter Wyrm und die Schreie der Sterbenden.

»Ich glaube, ich kann es erraten«, sagte Wiesel.

»Ich auch«, setzte Halbblut hinzu.

»Dann seid doch so nett und klärt mich auf, ja?«, forderte der Barbar.

»Sieh dir doch mal den Weg um den See an, den wir eingeschlagen haben. Ich bin sicher, du weißt noch, wohin er führt.«

»O nein, nicht die verfluchte Mine! Was wollen sie dort?«

»Das ist halt das taktische Genie des Leutnants«, erklärte Wiesel. »Niemand hätte damit gerechnet. Wir am allerwenigsten.«

»Ein Überraschungsangriff? Auf eine verdammte Mine?«

»Das war ironisch gemeint, du blöder Nordland-Bastard«, sagte eine Stimme aus der einbrechenden Dunkelheit.

»Ich werde dir den ›Bastard‹ geben«, knurrte der Barbar. »Sobald ich dich in die Finger kriege.«

Halbblut gefiel das gar nicht. Etwas fühlte sich ganz falsch an. Eine seltsame Kälte erfüllte die Nacht, und die war nicht nur physikalischer Natur. Das Gefühl ähnelte den Empfindungen, die ihn beschlichen hatten, als Severin die Scharlachroten Schatten heraufbeschworen hatte, nur dass es viel, viel stärker war.

Und am schlimmsten wirkte auf ihn, dass es immer deutlicher wurde, je weiter sie sich dem Eingang der alten Mine näherten. Er glaubte zu wissen, was dort vor sich ging. Zarahel hatte mit seinem Ritual begonnen. Er war sich sicher, dass er den Propheten aufspüren könnte, einfach, indem er sich in die Richtung wandte, aus der für ihn das größte Unbehagen ausging.

Er sah seine Kameraden an und fragte sich, warum sie nicht ebenso empfanden. Vielleicht lag es daran, dass sie rein menschlicher Abstammung waren und ihr Blut, anders als seines, nicht mit einem Makel behaftet war. Dann kam ihm ein anderer Gedanke, der ihn noch mehr erschreckte. Lag es vielleicht daran, dass sie im Unterschied zu ihm nicht versucht hatten, die verbotenen Bücher zu lesen?

Der Anblick des offenen Eingangs der Mine sorgte auch nicht gerade dafür, dass er sich besser fühlte. Er war aufgeräumt worden und tat sich vor ihm gähnend auf wie das Tor zur Hölle. Er dachte an seinen letzten Besuch hier, den Weg nach unten und sein Zusammentreffen mit dem Dämon und dem Zauberer – und brannte nicht eben darauf, das Erlebnis zu wiederholen. *Reiß dich zusammen*, sagte er sich. *Wenn du unten ankommst, findest du Zarahel und Bertragh, und dann wirst du sie töten, wenn du kannst. Alles andere ist gleichgültig. Du musst sie um jeden Preis daran hindern, den Terrarch zu sagen, was sie über dich und die Bücher wissen, sonst landest du in den Folterkammern der Inquisition.*

Aber was würde es ihm nützen, die beiden Männer umzubringen, wenn er selbst schon so gut wie tot war und seine Seele von Dämonen verschlungen wurde? Und dann gab es da noch Asea. Wie viel wusste sie? Er warf der Zauberin einen Blick zu. Ihre beiden Diener und das Reißzahn-Rudel hielten sich immer in ihrer Nähe auf. Sie gehörte zu den Ersten und war Tausende von Jahren alt. Er bezweifelte, dass sie vorhatte, hier zu sterben. Bestimmt hatte sie noch ein paar Tricks im Ärmel und würde sich von den Uhltari nicht so leicht umbringen lassen. Aber wenn sie überlebte, was dann? Und was, wenn sie weiter nach den Soldaten suchte, die die verbotenen Bücher verkauft hatten? Vielleicht wusste sie schon Bescheid.

»Nehmt eure Laternen, Männer, wir gehen hinein«, sagte Sardec. Unter den Soldaten wurde unwillig gemurrt, doch niemand widersetzte sich dem Befehl. Asea war bei ihnen, und sie waren immer noch von ihrem vorherigen Einsatz beeindruckt – und berauscht von ihrem Sieg über die Hochlandkrieger. Solange sie unter ihnen war, würde niemand Einwände erheben. Mit ihrer eigenartigen Rüstung und ihrer Silbermaske sah sie wie ein Gott der Alten Welt aus, der auf die Erde zurückgekehrt war. In gewisser Hinsicht war sie das vielleicht sogar.

»Herr, in der Mine könnte es gefährlich sein«, sagte Sergeant Hef zu allseitiger Verblüffung. »Wir haben dort erst vor kurzem Feuer gelegt.«

»Und jemand hat sich große Mühe gegeben, sie in dieser kurzen Zeit wieder in Ordnung zu bringen, Sergeant. Das sollte Euch doch zeigen, wie wichtig die Vorgänge hier sind.« Erwartungsvoll sah er Asea an. Sie schien einen Augenblick zu überlegen und ergriff dann das Wort.

»Männer, von euch hängt jetzt mehr ab, als ihr euch vorstellen könnt. Unter uns wollen noch in dieser Nacht böse Zauberer die Tore zur Hölle öffnen. Wenn wir zulassen, dass ihnen das gelingt, werden die Mächte der Finsternis über uns alle kommen. Eine Horde von Dämonen wird uns überrollen und dann wie eine Lawine aus diesen Bergen hervorbrechen und unser Heim und unsere Lieben zerschmettern. Noch haben wir Zeit, sie aufzuhalten, aber nicht mehr lange. Wir müssen sofort handeln, sonst gibt es für keinen von uns ein Entkommen von diesem Ort. Wir können in diese Mine gehen und das Böse überwinden, das sich hier zu befreien sucht. Oder wir können fliehen, damit es uns verschlingt, denn das wird dann mit Sicherheit geschehen. Ich jedenfalls gehe hinein. Kommt ihr mit mir?«

Ihre kurze, wirkungsvolle Rede legte beängstigend deutlich dar, welche Wahl sie hatten. Vielleicht empfanden die Fourageure die merkwürdige Stimmung dieser Nacht doch deutlicher, als Halbblut ihnen zugetraut hatte.

»Jaaa«, brüllten sie – und er stellte verblüfft fest, dass er mit ihnen schrie.

»Sollten wir es schaffen, werde ich dafür sorgen, dass jeder Einzelne von euch so belohnt wird, wie er das verdient«, sagte sie, was mit noch lauterem Jubel quittiert wurde. »Ihr werdet Gold erhalten, und mehr als Gold. Darauf gebe ich euch mein Wort als eine der Ersten.«

Diese Versicherung trug ihr einige sporadische Jubelrufe ein. Halbblut warf Wiesel und dem Barbaren einen Blick zu. »Und wir sollten dafür sorgen, dass Zarahel und Bertragh den Lohn erhalten, den sie verdienen«, sagte er.

»Da bin ich dabei«, stimmte Wiesel zu.

»Ich auch«, sagte der Barbar.

Sardec ging unter den Männern umher und suchte diejenigen aus, die nach unten gehen sollten, und benannte auch welche, die mit den Wyrm an der Oberfläche bleiben sollten, für den Fall, dass die Stammeskrieger zurückkehrten. Halbblut war nicht erstaunt, dass er zu denen gehörte, die in die Mine gehen würden. Verblüfft war er eher darüber, dass der Leutnant beschloss, einige Männer an der Oberfläche zurückzulassen.

Er ist zuversichtlich, dachte Halbblut. Er schmiedet Pläne, als würden wir zurückkommen. Dann wurde ihm klar, dass der Leutnant gar nicht anders handeln konnte. Er bemerkte, dass einer von Aseas Dienern die Metallflasche, die sie vorher gesehen hatten, ausgepackt und vor seine Brust geschnallt hatte. Selbst im Halbdunkel spürte Halbblut die fremdartige Macht, die darin eingeschlossen war. Es sah tatsächlich so aus, als hätte die Erste einen Plan.

Er selbst hatte noch einige Vorkehrungen zu treffen und beugte sich über das sorgsam eingeschlagene Päckchen, das er Karl abgekauft hatte, um sich zu vergewissern, dass es noch intakt war. Dann überprüfte er seine Pistolen, besonders die eine, die er mit der speziellen und sehr teuren Kugel geladen hatte.

»Zeit zu gehen«, sagte Sergeant Hef und tippte ihm auf die Schulter. Er sah, dass auch Wiesel, Leon und der Barbar zu den Männern gehörten, die der Leutnant für den Einsatz in der Mine ausgewählt hatte. Er bezweifelte, dass es sich um einen Zufall handelte. Schließlich waren sie alle schon unten gewesen und hatten die Erfahrung überlebt.

Sie reihten sich unter die Männer mit den angezündeten Laternen ein, die unbehaglich von einem Fuß auf den anderen tretend am Eingang zur Mine standen. Prinzessin Asea bückte sich und sagte zu dem Leittier der Reißzähne ein paar Worte. Unsicher drangen die überlebenden Mitglieder des Rudels in die Dunkelheit ein. Als Erste folgten ihnen Prinzessin Asea und ihre Diener, und dann die ausgewählten Fourageure.

»Ich habe Angst, Rik«, sagte Leon. Im Halbdunkel sah Halbblut ihn nur als schmale Silhouette an seiner Seite.

»Kann ich dir nicht verdenken«, gab Halbblut zurück. »Ich fürchte mich auch.«

35. KAPITEL

Es gibt Wesen, die sich von der Lebenskraft anderer ernähren und ihre Beute als seltsame, leere Hüllen zurücklassen, die nur scheinbar, aber nicht wirklich lebendig sind.

Marlon Sheldrake, Verbotene Lehren der Alten Welt

Die Mine wirkte noch düsterer, als Halbblut sie in Erinnerung hatte. Das bereitete ihm jedoch nicht so viele Sorgen wie der immer stärker werdende Eindruck, sich in der Gegenwart eines machtvollen Überwesens zu befinden. Er hatte das Gefühl, von überall her beobachtet zu werden. Die Luft lastete schwer auf ihm, und das nicht nur, weil sie sich tief unter der Erde befanden. Er spürte das Gewicht der Berge, aber auch etwas anderes, Fremdartiges und Feindliches, das ihn erdrückte.

Inzwischen waren sie tief in die Mine eingedrungen. Asea hatte schnell, leise und durchgreifend die Führung übernommen. An jeder Gabelung schickte sie die Reißzähne zuerst in die eine und dann in die andere Richtung voraus, damit sie Witterung aufnahmen, und wartete dann auf ihre Rückkehr, bevor sie ihnen erneut befahl, auf

Kundschaft auszugehen. Ihre beiden Diener begleiteten sie auf Schritt und Tritt und schienen sich in der Dunkelheit ebenso zu Hause zu fühlen wie sie. Halbblut fragte sich, wie menschlich sie wohl wirklich waren und was ihre Anwesenheit hier zu bedeuten hatte.

Inzwischen hatten sie den Weg verlassen, dem die ursprüngliche Expedition gefolgt war, und bewegten sich jetzt tief unter dem Boden. Mit jedem Schritt, den sie weiter vordrangen, wurde die Decke niedriger – und die bedrückende Atmosphäre verstärkte sich.

Die Mine war viel größer, als er ursprünglich geglaubt hatte. Bei ihrem ersten Besuch hatten sie nur einen kleinen Bruchteil davon gesehen. Die Galerien und Tunnel schienen sich endlos zu erstrecken. Jemand oder etwas musste hier Jahrhunderte lang gegraben haben, damit die Anlage so groß wurde. Er fragte sich, wie alt sie sein mochte. Diese Berge waren schon seit langer Zeit bewohnt, und nicht nur von Menschen. Er erinnerte sich an die Karte, die unter den Dokumenten gewesen war, die sie verkauft hatten. Offensichtlich hatte sie nicht gelogen.

Er hörte, wie Soldaten scharf den Atem einsogen und sich nervös bewegten. Hier war nicht genug Platz, um ein Bajonett zu führen oder einen Schuss abzufeuern. Wenn sie jetzt etwas wie der Dämon, gegen den sie das letzte Mal gekämpft hatten, angriff, waren sie eine leichte Beute, falls die Zauberin und ihre Handlanger sie nicht beschützen konnten. Wie die meisten Männer hatte er sich das Gewehr über den Rücken gehängt und trug sein Bajonett in der Hand. Wenigstens hatte er seine Pistole, obwohl er sich nicht sicher war, ob es klug sein würde, sie auf so engem Raum einzusetzen. Querschläger konnten tödlich sein.

Müde trotteten sie weiter, und Halbblut hatte ständig das Gefühl, dass sie einem unausweichlichen Verderben entgegeneilten. Wenn sie noch viel weiter gingen, würden sie sich vielleicht auf den Straßen einer unterirdischen Hölle wiederfinden. Doch gerade, als ihm dieser Gedanke kam, bemerkte er, dass der Trupp angehalten hatte. Unter den Soldaten kam ein unterdrücktes Gemurmel auf.

Vor ihnen war Licht zu sehen – und noch etwas weit Unheimlicheres.

Zarahel spürte die Eindringlinge. Er nahm schwache menschliche Geister wahr und die Anwesenheit anderer Wesen, die weit mächtiger waren. Ausgezeichnet, dachte er, und schickte über die übersinnliche Verbindung, die zwischen ihnen bestand, einige seiner Diener los. Ihre Seelen würden eine gute Nahrung für den wiedergeborenen Gott abgeben – und ihre Körper eine Brutstätte für seine Kinder.

Halbblut traute seinen Augen nicht. Das Tunnelsystem war zu Ende, und sie traten durch eine Öffnung in eine ganz andere unterirdische Landschaft. Er hätte geschworen, dass sie sich in einer Stadt befanden, die tief unter der Erde begraben lag und von etwas vollkommen Nichtmenschlichem erbaut war.

Um sie herum erhoben sich Mauern aus behauenem Stein, der mit einem unbekannten Material zusammengefügt und überzogen war, ebenmäßig wie Lack und so glänzend wie der Panzer eines monströsen Käfers. Zögernd legte er die Finger darauf: Die Schicht war glatt und leicht klebrig. Phosphoreszierende Muster bedeckten sie. Er war sich sicher, dass sie fremdartige Runen darstellten, die ihre eigene kryptische Bedeutung hatten. Die Gänge hier waren lang und von kreisrundem Querschnitt, als hätten riesige Würmer sie gegraben und sie dabei mit ihren feuchten, schleimigen Körpersekreten ausgekleidet, die dann an den Wänden ausgehärtet waren. Intuitiv wusste er, dass ihm eine magische Wahrnehmung, die weiter reichte als die üblichen fünf Sinne, eine Ahnung der Wahrheit eingab.

»Was zur Hölle ist das?«, fragte der Barbar.

»Ich habe nicht die geringste Idee«, gab Halbblut zurück. Unwillkürlich rückte er, genau wie die anderen, näher an Prinzessin Asea heran und lauschte angestrengt. Er wollte unbedingt hören, was sie dazu sagte, irgendeine Erklärung für ihre unheimliche Umgebung finden. Sie hatte sich an Sardec gewandt, sprach jedoch so laut, dass er vermutete, sie wolle von allen verstanden werden. Ihre Worte allerdings waren nicht besonders beruhigend.

»... ein Bau oder eine Stadt, eine verborgene Festung einer uralten Rasse.«

»Erstaunlich«, sagte Sardec. »Alles ist so gut erhalten. Es sieht aus, als wäre dieser Ort erst vor Kurzem verlassen worden.«

»Vielleicht ist er das ja nicht. Kann sein, dass er gerade wieder besiedelt oder darauf vorbereitet wird.«

Die Reißzahn-Wyrm liefen hektisch jaulend und zischelnd umher. Sie schienen kurz vor dem Überschnappen zu stehen, und Halbblut konnte es ihnen nachfühlen. Seltsame Gerüche hingen in der Luft, stark und moschusartig. Wenn sogar er sie wahrnahm, dann mussten sie den Raubtieren mit ihrer feinen Witterung noch viel stärker vorkommen.

»Das ist wie das Innere eines Ameisenhügels«, meinte Sergeant Hef.

»Ein ganzer Berg, ausgehöhlt wie ein Termitenbau«, brummte Leon.

»Da stelle ich mir lieber nicht vor, wie groß die Termiten sind.«

»Immer der Optimist, was, Rik?«, sagte Leon. Er scherzte zwar, konnte jedoch den angstvollen Ton nicht aus seiner Stimme verbannen.

Halbblut dachte an das Wesen, gegen das er in der Mine gekämpft hatte, und versuchte erfolglos, sich *nicht* vorzustellen, es gäbe eine ganze Stadt davon. Wie musste es hier gewesen sein, als diese unterirdische Stadt voll mit solchen Kreaturen gewesen war? Sie hatten die Menschen, die an der Oberfläche wohnten, als Opfergaben angenommen, ihr Fleisch und ihre Seelen verschlungen und weiß-der-Schatten-was für unheilige Magie gewirkt.

Allen Soldaten hörte man jetzt an, dass sie sich fast zu Tode fürchteten. Ein falsches Wort, und sie würden hinauf in die Mine rennen und panisch flüchten. Ihnen war klar, dass sie sich in der Gegenwart von etwas befanden, das größer und Furcht einflößender war als alles, was sie sich je hatten träumen lassen. Jeder einzelne Mann schien bereit, beim leisesten Anlass entweder zu fliehen oder zu kämpfen.

Halbblut sah sich noch einmal um. Die Tunnel verliefen in alle Richtungen, aufwärts oder abwärts. Andere kamen aus der Decke oder führten wie Brunnenschächte in die Böden. Diese Gänge waren für Wesen geschaffen, die nicht an die Schwerkraft gebunden waren, dachte er, oder die wie Spinnen an Wänden hinauf- und hinablaufen konnten.

Sie standen am äußeren Rand eines ausgedehnten Tunnelsystems. Von hier aus konnten sie sich entweder am äußeren Ring entlang vorarbeiten oder weiter ins Zentrum absteigen. In der Mitte, dachte er, würden sie das Spinnenwesen finden, das dieses gewaltige Netz gesponnen hatte. Doch diesen Gedanken behielt er lieber für sich.

Asea sprach wieder zu den Reißzähnen. Die wilden Tiere reagierten noch unwilliger als zuvor, doch dann nahmen sie Witterung auf und führten sie immer tiefer in das Labyrinth hinein.

»Haltet eure Waffen bereit, Männer«, sagte Sardec. »Ich will, dass jedes Gewehr geladen ist. Wenn uns jemand attackiert, soll er eine unangenehme Überraschung erleben.«

Gleich darauf bedauerte er seinen Befehl schon wieder. Er hatte wie ein nervöser Tor geklungen. Natürlich hatten die Männer ihre Musketen längst geladen. Doch ein Blick in die Runde verriet ihm, dass offenbar niemand seinen Schnitzer bemerkt hatte.

Neben Prinzessin Asea strebte Sardec rasch durch die Gänge. Kurz vor ihnen bewegten sich die Reißzähne zögernd und zutiefst verängstigt. Der Leutnant konnte die Tiere gut verstehen. Auch er spürte, wie bedrückend ihre Umgebung war, wenn auch offenkundig nicht so stark wie die Prinzessin aus den Reihen der Ersten. Vielleicht isolierte Mondschatten ihn tatsächlich vor dem magischen Wabern, das sie umfing. Oder er war einfach weniger sensibel dafür als sie.

Die Männer wären am liebsten nicht weitergegangen. Er hörte es an ihren Bemerkungen und ihrem Tonfall, doch er setzte seinen Weg fort und vertraute darauf, dass sie mithalten würden. Sie waren wie eine Herde, dachte er, die sich Schutz suchend zusammendrängt. Keiner wollte zurückbleiben, und alle suchten die Nähe der Magierin, als hätten sie bei ihr die größeren Überlebenschancen. Wahrscheinlich hatten sie sogar Recht, überlegte Sardec.

Konzentriert betrachtete er ihre Umgebung. Die lang gestreckten runden Gänge mit dem kreisförmigen Querschnitt wirkten eher organisch denn konstruiert und waren in einer eigenartigen Symmetrie angelegt, die nicht dem Formgefühl von Terrarch, ja nicht einmal dem von Menschen entsprach, sondern naturhafter wirkte. Hin und wieder hingen an den Wänden merkwürdige tropfenförmige Blasen oder Schoten, doch sie wirkten halb zusammengefallen. In einigen waren noch schwach leuchtende Umrisse zu erkennen. Er hatte das Gefühl, dass sie alt waren und irgendwie nicht mehr taugten. Je weiter sie in den Schlupfwinkel des Dämonengottes eindrangen, umso mehr dieser Blasen trafen sie an.

Gelegentlich schlängelte sich etwas, das wie eine lang gestreckte, lebendige Wolke aus leuchtendem Gas aussah, durch die Gänge. Doch die Erscheinungen kamen weder näher, noch schienen sie gefährlich zu sein. Einmal schickte Asea die Wyrm auf eine dieser Wolken zu, doch sie zog sich mit verblüffender Geschwindigkeit ein ganzes Stück zurück. Offensichtlich waren die Wesen intelligent. Asea rief die Jagdmeute zurück, bevor sich die Tiere zu weit entfernen konnten.

»Wonach suchen wir eigentlich?«, erkundigte sich Sardec bei der Magierin.

»Ihr werdet es erkennen, sobald Ihr es seht.«

Diese Antwort war nicht gerade eine große Hilfe, dachte er, aber vielleicht wusste sie es ja selbst nicht. Möglicherweise würde auch sie die Quelle dieser verstörenden Ausstrahlung erst erkennen, wenn sie sie vor Augen hatte.

»Könntet Ihr nicht irgendeinen Wahrzauber einsetzen, der uns weiterhelfen würde?«

»Mehrere sogar, aber ich halte es für besser, mir meine Kraft für die bevorstehende Auseinandersetzung aufzusparen.«

Dagegen ließ sich nichts einwenden.

Mit einem Gedanken lenkte Zarahel die wiedergeborenen Menschenopfer durch die Tunnel des Baus. Sie waren mit den alten Waffen ausgerüstet und bereit, auf die alte Weise zu kämpfen. Er befahl ihnen, ihre Gegner wenn möglich nicht zu töten. Ihre Seelen und Körpersäfte konnte er einem besseren Zweck zuführen. Erneut konzentrierte er sich auf die Anrufung. Der Weg war jetzt vollständig eröffnet. Immer mehr Macht floss in ihn hinein. Er schickte sie durch das Muster zu den Brutsäcken an den Wänden, denen sie neues Leben einhauchten. Der Spinnengott kam immer näher.

Als Halbblut den Schrei vernahm, fuhr er herum und sah eine Horde von Bergbewohnern, Männer und Frauen, aus Seitengängen hervorquellen. Er brauchte einen Augenblick, um zu erkennen, dass etwas mit ihnen ganz und gar nicht stimmte. Sie bewegten sich langsam, sie waren nackt und ihre Haut grau. In ihren Augen brannte ein merkwürdiges, hexenhaft grünes Licht. Allen hing etwas um den Hals, das wie ein dicker, juwelenbesetzter Anhänger aussah. Und viele von ihnen trugen andere, zutiefst erschreckende Auswüchse an ihren Körpern, gewaltige krabbenähnliche Klauen, die aus ihren Armen wuchsen und wie die Panzer von Käfern schimmerten. Einige trugen Schutzhüllen aus demselben Stoff, die ihre Körper bedeckten. Ihre Bewegungen waren eigenartig ruckartig und unmenschlich, beinahe insektenartig. Es war, als hätte sich etwas Nichtmenschliches mit ihren Körpern bekleidet.

Jetzt wusste Halbblut, was aus den Menschen geworden war, die in der Mine verschwunden waren. Sie waren zu diesen Wesen gemacht worden – zu Dutzenden.

Mehr Zeit zum Überlegen blieb ihm nicht. Er hob sein Gewehr und feuerte. In dieser dicht gedrängten Menge von Leibern konnte sein Schuss nicht fehlgehen, und er sah, wie ein Mann zu Boden ging, umgeworfen von der Wucht der Musketenkugel. Doch fast sofort begann er sich aufzurappeln und kam wieder auf die Beine, obwohl Halbblut geschworen hätte, dass seine Wunde tödlich war. Doch jetzt war keine Zeit, sich Gedanken darüber zu machen. Er schätzte, noch Zeit für einen weiteren Schuss zu haben, bevor sie zum Nahkampf übergehen mussten.

Er rammte Pulver und Kugel in den Lauf und feuerte in die Richtung, aus der das Kriegsgeschrei kam und wo er durch Lücken in dem dahintreibenden Pulverdampf Körper erahnen konnte. Vor ihm erschollen Schreie und Kampflärm und verrieten ihm, dass sie auch aus dieser Richtung angegriffen wurden. Das hier war also kein zufälliges Zusammentreffen, sondern ein sorgfältig geplanter Hinterhalt.

»Macht euch bereit, meinen Stahl zu schmecken, ihr

Bastarde«, hörte er den Barbaren brüllen. Hastig steckte er sein Bajonett auf, als schon ein Hochländer aus der Rauchwolke vor ihm brach. Halbblut reagierte mit tödlicher Schnelligkeit und trieb ihm das Bajonett in den Leib. Es fühlte sich an, als steche er in eine feuchte Übungspuppe, nur dass statt Stroh und Sägemehl eine Flüssigkeit hervorquoll. Er zog das Bajonett zurück, stach noch einmal zu und traf jetzt den Hals des Mannes. Zu seiner Überraschung fiel er nicht. Halbblut sah, dass er schon eine ganze Reihe Wunden eingesteckt hatte. Dort, wo Halbblut ihn getroffen hatte, quollen seine Eingeweide hervor, und ein Arm, der von einer Kugel durchschossen war, hing schlaff herab. Aber noch immer kam er auf ihn zu. Ein entsetzlicher Gestank nach Exkrementen und noch etwas anderem hing in der Luft. Das fremdartige Licht in den Augen des Mannes glomm rotgrün auf, als er den unverletzten Arm nach Halbblut ausstreckte, der sah, dass er in einer Klaue endete.

Nein, das war keine Klaue, erkannte er, als er versuchte zurückzuweichen und sich außer Reichweite zu bringen. Das Ding ähnelte eher dem Kopf eines Rieseninsekts, der auf die Hand des Mannes gepflanzt war. Die Kiefer klappten auf, und Halbblut meinte, darin etwas wie glitzernde Spinnenaugen und einen Saugmund wie von einem Egel zu erkennen. Als sich die Kiefer über seinem Kopf klickend schlossen, duckte er sich und führte einen weiteren Schlag gegen seinen Gegner.

Sein Grauen vergrößerte sich noch, als er bemerkte, dass die untoten Kreaturen keineswegs ein Amulett trugen, sondern ein lebendiges Wesen, das wie eine unheilige Kreuzung aus einer Spinne und einem Käfer wirkte und auf ihrer Brust saß. Was er für die Ketten des Amuletts gehalten hatte, waren Gliedmaßen, die sich tief in den Körper des Mannes senkten. Er stach gezielt auf die Mitte des Dings ein, doch sein Bajonett glitt an dessen Panzer ab. Dann duckte er sich ein weiteres Mal vor der heransausenden Klaue und schlug mit dem hölzernen Kolben seiner Muskete zu. Mit einem Übelkeit erregenden Knacken traf er sein Ziel. Schwarze Flüssigkeit drang aus dem zerbrochenen Panzer, und er erhaschte einen Blick auf etwas, das wie ein weiches Gehirn aussah. Er stieß das Bajonett in die fleischigen Innereien der Kreatur. Der wandelnde Tote verfiel in einen Krampf und stieß einen entsetzlichen, unmenschlichen Schrei aus, bevor er reglos zu Boden fiel.

»Tötet die Insekten auf ihrer Brust!«, brüllte er. Er wusste, wie verrückt das klang, aber etwas anderes fiel ihm nicht ein. Er drehte sich gerade noch rechtzeitig um und konnte vermeiden, dass ein Mann, in dessen Brust eines der bösartigen Wesen wucherte, die Arme um ihn schlang. Ein Schauer überlief ihn, er wollte nicht, dass diese unmenschliche Kreatur ihn berührte. Ein Bild davon, wie sich der Parasit von seinem Wirtskörper löste und die Beine in seinen eigenen Körper bohrte, schoss ihm durch den Kopf. Dieses Mal traf sein Bajonett das Ding in die Mitte und durchbohrte es. Wieder öffneten sich menschliche Lippen zu einem unmenschlichen Kreischen, und der Untote raste um sich schlagend ins Dunkel davon, wohl getrieben von den Todeszuckungen seines Mitgeschöpfes.

Halbblut blieb keine Zeit, darüber nachzudenken. Der Barbar rannte an ihm vorbei, und seine Klinge blitzte, als er zwischen die Hochländer fuhr. Halbblut schloss sich ihm zusammen mit Leon, Wiesel und Froschgesicht an.

Sie fochten Rücken an Rücken, eine Insel im chaotischen Meer aus den Körpern der angreifenden Stammeskrieger.

Schüsse hallten durch die Luft. Der Gestank nach Blut und Schweiß, Schwefel und Rauch drang beißend in seine Nase. Er schmetterte einem Mann den Kolben seines Gewehrs über den Kopf und spürte, dass seine Knochen wie Feuerholz zerbrachen. Er bemerkte, dass Blut seine Hände rötete; es war sein eigenes und entstammte kleinen Schnittwunden, die er zwar eingesteckt, aber nicht bemerkt hatte. Mit dem Bajonett stach er auf einen Mann ein, der von hinten auf den Barbaren zulief. Der Hügelbewohner fiel ohne einen Laut. Einen Sekundenbruchteil später schlug der Barbar mit seinem Schwert nach hinten aus und hackte ihm den Kopf ab, doch zu Halbbluts Entsetzen kroch der kopflose Körper weiter auf ihn zu.

»Tötet die verdammten Dinger, die auf ihrer Brust hängen!«, brüllte er noch einmal und trieb sein Bajonett durch den Rücken der kriechenden Leiche. Er meinte zu spüren, wie die Spitze auf Widerstand stieß, und der Körper begann um sich zu schlagen. Brutal drehte er die Waffe noch einmal, und endlich lag das Ding still.

Jetzt hörte er die Kriegsrufe, und ein Teil seines vom Kampf vernebelten Verstandes versuchte, einen Sinn zu finden.

»Sterbt, ihr Mistkerle!«

»Tod oder Ruhm.«

»Die Spinnen! Die Spinnen!«

»Hilfe! Sie sterben einfach nicht! Sie sterben nicht!«

»Ruhig, Jungs. Ganz ruhig!« Der letzte Ruf erklang mit der unverkennbaren Stimme von Sergeant Hef. Zu Halbbluts Horror waren nur die Rufe der Fourageure zu hören. Bloß ab und zu vernahm man das unmenschliche Kreischen, den Todeschrei eines der Parasiten.

Schmerzensschreie mischten sich mit Wutgebrüll. Durch das Krachen der Musketen hindurch war das Brüllen der Wyrm zu vernehmen. Dann brannten sich zwei gleißend helle Blitze in seine Netzhaut und der Gestank von Ozon und brennendem Fleisch stieg ihm in die Nase. Er fragte sich, was zur Hölle das war, und erkannte dann, dass Prinzessin Asea ihre Blitzschleuder eingesetzt hatte.

Und nun war es ebenso schnell vorüber, wie es begonnen hatte. Einige der Fourageure flüchteten. Die anderen zogen sich zurück wie eine weichende Welle und hinterließen das Treibgut einer Schlacht: verstümmelte Körper, Verwundete, abgetrennte Gliedmaßen, Blutpfützen, Berge von totem Fleisch, gehüllt in zerrissenen Stoff. Alle wandelnden Leichen waren ausgeschaltet. Hier und da torkelte noch eines der Spinnenwesen auf langen, stockartigen Beinen ganz langsam davon. Die Männer spießten sie mit ihren Bajonetten auf oder übten mit ihren Pistolen Zielschießen.

Die Fourageure sahen einander aus weit aufgerissenen, angsterfüllten Augen an, verblüfft darüber, nach dieser Gewaltorgie noch am Leben zu sein.

Zarahel spürte, wie seine Diener starben. Die Eindringlinge waren zäher, als er gedacht hatte, doch das machte nichts. Er hatte noch mehr dienstbare Geister. Und gegen den wiedergeborenen Uran Uhltar konnten sie ohnehin nichts ausrichten.

36. KAPITEL

Weder die Feigheit in der Schlacht noch das Heldentum sollten uns überraschen. Beide sind nur zwei Seiten derselben Medaille.

Armande Koth, Kriegsführung im Zeitalter der Muskete und des Drachens

»Verluste?«, rief Sardec.

»Sieht aus, als hätten wir ungefähr fünf Tote und sechs, die so schwer verwundet sind, dass sie nicht mehr kämpfen können. Sechs sind geflohen, und ein weiteres Dutzend sind verwundet, können aber noch laufen. Die anderen haben bloß Kratzer oder leichte Blessuren, Herr«, meldete Sergeant Hef.

Sardec ließ sich die Nachricht durch den Kopf gehen. Hier gab es nichts, woraus sie Tragbahren herstellen konnten, außer sie versuchten, die weichen Chitinschichten von den Wänden zu lösen. Außerdem waren noch andere Gesichtspunkte in Betracht zu ziehen.

Er bückte sich, um einen der toten Hügelbewohner zu inspizieren. Der Körper war bereits eiskalt und hatte eine merkwürdige Farbe angenommen. Durch seine Adern floss eine gräuliche Flüssigkeit – kein Blut.

Er sah Prinzessin Asea an. »Was waren das für Kreaturen?«

»Leichenreiter. Symbionten. Dämonenwesen, die diesen Menschen die Lebenskraft ausgesaugt und dann ihre leeren Körper bewegt haben. Ich glaube, jetzt wissen wir, was aus den Verschwundenen geworden ist. Diese Kreaturen haben ihnen die Lebensenergie entzogen und irgendwo anders hingeschickt.«

»Wollen wir hoffen, dass das alle waren. Noch einen solchen Angriff stehen wir nicht durch.«

»Wir müssen weiter und dürfen keine Zeit verlieren«, sagte sie. »Das Portal hat sich bereits geöffnet und das Ritual nähert sich seinem Höhepunkt.«

Sardec traf eine rasche Entscheidung und betete zu Adaana, dass sie auch richtig sein möge. »Die Verwundeten, die nicht mehr laufen können, bleiben zurück. Wir nehmen sie auf dem Rückweg mit.«

Widerspruch regte sich, niemand wollte zurückgelassen werden. Doch Sardec wies die Proteste mit einer gelassenen Autorität zurück, von der nicht einmal er selbst wusste, woher er sie nahm. Er versagte sich den Hinweis, dass der Rest der Kompanie zu einem Ort weiterzog, wo Dämonen heraufbeschworen wurden – das wäre der fast sichere Untergang. Und das wäre, sagte er sich verdrossen, wahrscheinlich schlecht für die Moral gewesen.

»Keine Widerrede«, rief er. »Vorwärts.«

Jetzt protestierte niemand mehr.

Halbblut beobachtete den Leutnant mit fast widerwilliger Bewunderung. Inmitten dieser Furcht einflößenden

Umgebung blieb er ruhig und offenbar unberührt von all dem Grauen, das sie umgab. Trotz ihres wachsenden Entsetzens befolgten die Männer seine Befehle. Selbst Prinzessin Asea schien ihn mit so etwas wie Respekt zu betrachten.

Ehrfürchtig staunend sah Halbblut die Magierin an. Ein gutes Dutzend der wandelnden Leichen waren verkohlt. Ihr Fleisch war schwarz gebrannt und so verzehrt, dass es von den Knochen fiel. Die Kreaturen, die auf ihrer Brust gesessen hatten, waren aufgeplatzt, als wären sie explodiert. Sie sahen aus wie von innen herausgekocht. Wahrscheinlich hatte ihr Zauberstab dem Kampf die entscheidende Wende gegeben, obwohl auch ein oder zwei der Fourageure am Boden lagen, deren Gewehrläufe krumm und verdreht aussahen, als hätte sich ein verrückter Schmied daran geübt. Waren sie ebenfalls den Blitzen zum Opfer gefallen? Und hatte sie deswegen so lange gewartet, bis sie ihre Waffe eingesetzt hatte?

Sie wandte sich um und sprach ihre schwarz gekleideten Diener an. Irgendwie hatten sie die Schlacht unversehrt überstanden; der eine trug sogar noch die bauchige Silberflasche vor die Brust geschnallt.

»Ich hätte trotzdem Lust, es ihr zu besorgen«, sagte der Barbar sehr leise, doch diesmal klang er etwas unsicherer.

Zarahel wusste, dass der Feind ihn fast erreicht hatte. Das war gut so. Nur noch wenige Augenblicke, und Uran Uhltar würde sich vollständig materialisiert haben. Und dann konnte ihm auf dieser Welt nichts mehr widerstehen. Um ihn herum tanzten die Uhltari. Bertragh intonierte weiter seine Beschwörungen. Sein Gesicht war totenbleich, der Blick ausdruckslos, und seine Züge trugen den Ausdruck eines Mannes, der schon vor längerer Zeit den letzten Funken Verstand verloren haben musste.

Sardec sah ein Licht vor ihnen auftauchen. Das war nicht das schwache Phosphoreszieren der Wände, sondern etwas Helleres, Grelles, ein grünlicher Schein, der von dem Material, mit dem die Tunnel ausgekleidet waren, reflektiert wurde. Er ließ den Torbogen, der vor ihnen lag, hell und unheimlich hervortreten. Ein Duft wie von Zimt lag in der Luft, und noch etwas Schlimmeres, etwas Altes und Verrottetes. Um sie herum erschallte ein ritueller Gesang, der durch die engen Tunnelwände noch verstärkt wurde. Die Reißzähne wimmerten und wollten nicht weiterlaufen. Blutiger Schaum stand in ihren Mundwinkeln, als hätten sie sich auf die schlangenähnlichen Zungen gebissen. Sardec hatte noch nie gesehen, dass sie sich so verhielten. Höchstens angesichts eines Drachens, eines so überwältigend mächtigen Raubtiers, dass es sogar die winzigen, primitiven Gehirne der Jagdwyrm in Angst versetzen konnte, zeigten sie sonst noch eine derartige Reaktion.

»Die Anrufung ist beinahe abgeschlossen«, erklärte Asea. »Wir müssen uns beeilen. Sobald wir drinnen sind, müsst Ihr mich so lange abschirmen, bis ich die Gegenmagie gewirkt habe.«

Sardec nickte.

»Alle Waffen geladen?«, schrie er. »Das ist eure letzte Gelegenheit.«

»Jawohl, Herr«, brüllten die Männer zur Antwort.

»Dann gehen wir jetzt hinein. Zeigt keine Gnade. Tötet alles, was ihr seht und das nicht zu uns gehört.«

Unter Kampfgebrüll, in das sich Angst mischte, stürmten sie auf den Torbogen zu.

Halbblut kam in einem weitläufigen Saal von mindestens hundert Metern Durchmesser heraus, dessen kuppelförige Decke am Scheitelpunkt etwa fünfzig Meter hoch war. Im oberen Teil des Saales schwebte ein Netz aus Energieströmen in der Luft. Sie entsprangen aus seltsam glühenden Juwelen in der Decke und im Boden und flossen in der Mitte eines verwirrenden, phosphoreszierenden Musters im Zentrum des Saales zusammen. Das leuchtende Netz war das exakte Spiegelbild eines in den Boden eingelegten Mosaikmusters. Genau über der Mitte des Energienetzes schwebte in der Luft ein schattenähnlicher Umriss, der an eine monströse Spinne gemahnte, eine Furcht einflößende Präsenz, die einen grauenvollen Hunger ausstrahlte. Am Boden befanden sich zwei Gestalten, ein Mensch und etwas, das nicht ganz menschlich wirkte.

Rund um die beiden brodelte eine Horde von Uhltari. Dutzende von ihnen bewegten sich am Rand des Musters entlang, als nähmen sie ebenfalls an dem Ritual teil. Jedes Mal, wenn der Beschwörungsgesang einen Höhepunkt erreichte, verdichtete sich die schwebende Präsenz und gewann an Substanz. Gleichzeitig war von der Wand des Saales ein eigenartig reißendes Geräusch zu vernehmen, und ein weiterer Uhltari schlüpfte, um sich dem Reigen anzuschließen. Halbblut warf einen Blick auf die Wände. Sie waren mit hektisch pulsierenden Bruthüllen überzogen, und die Wesen, die sich darin befanden, versuchten herauszukommen.

»Er weckt sie auf. Sie haben Winterschlaf gehalten, aber jetzt erwachen sie aus ihrer Starre«, erklärte Asea. »Er füttert sie mit Energie und Intelligenz.«

Halbblut fühlte seinen Mund trocken werden. Das sah gar nicht gut aus.

Die beiden Menschen zogen seine Aufmerksamkeit auf sich. Der eine war Bertragh. Das Gesicht des Verwalters schien in einer merkwürdigen Mischung aus Entsetzen und Exstase verzerrt und sein Blick klebte mit einem Ausdruck von beinahe religiöser Verzückung an dem anderen Mann. Doch »Mann« war vielleicht das falsche Wort, um den anderen zu beschreiben, dachte Halbblut. Seine Umrisse waren menschlich, aber eine Chitinschicht, ähnlich der, die einige der wandelnden Leichen getragen hatten, umschloss seinen Körper. Nur sein Gesicht schien noch das eines Menschen zu sein, selbst der Kopf war in den insektenähnlichen Panzer gehüllt. Doch auch seine Züge wirkten durch eine Macht, die sie von innen heraus verwandelte, verzogen, so dass sie nicht menschlicher wirkten als Prinzessin Aseas Maske. In den Augen glomm das eigenartig grünliche Licht. Die Worte, die er intonierte, klangen nicht wie etwas, das eine menschliche Kehle hervorbringen konnte.

In der Mitte des Saals erhob sich ein Altar, und dort lag auf einer Art Lesepult aus Chitin ein aufgeschlagenes Buch. Halbblut war sich ganz sicher, dass es einer der Bände war, die sie in Rotturm an Bertragh verkauft hatten, ebenso sicher, wie er sich war, dass es sich bei dem Mann, der die Beschwörung durchführte, um Zarahel handelte. Die Gestalt drehte sich zur Seite, und Halbblut spürte, wie ihm übel wurde. Die Rückseite des Panzers sah aus, als halte eine gewaltige Spinne Zarahel mit ihren

Beinen umklammert. Hatte sie etwa den Panzer wie einen Kokon um ihn gesponnen?

Das Ding, das einmal ein Mann gewesen war, hob die Hände zu dem dunklen Umriss und stieß kreischend weitere Verse seiner Beschwörung hervor. Die Luft über Zarahel schimmerte auf, und ein Kreis bildete sich, durch den wieder dieses grünliche Licht fiel: Der Dämonengott schickte sich an zu erscheinen. Oberflächlich sah er wie die Uhltari aus, doch etwas an ihm gemahnte auch an einen monströsen Tausendfüßler. Er wirkte endlos lang, an seinen Seiten zappelte eine Vielzahl von Beinen.

»Hier hat Uran Uhltar gewartet wie eine Falltür-Spinne in ihrer Höhle«, sagte Asea. Dann rief sie ihren Dienern mit scharfer Stimme Befehle zu. Der eine schnallte den Behälter von seiner Brust und sie begann die Worte einer Beschwörung darüber zu murmeln.

»Zu spät!«, schrie Zarahel in geradezu unmenschlichem Triumph. »Zu spät, Eindringlinge! Der Weg ist offen. Der Spinnengott kehrt zurück. Verbeugt euch vor mir! Verneigt euch vor Uran Uhltar, dann verschont er vielleicht die Menschen. Ihr seid Zeugen seiner Wiedergeburt gewesen. Da ist es angemessen, dass ihr lebt und zuseht, wie er die Terrarch tötet. Sie werden nur die Ersten von vielen sein.«

Fassungslos hielten die Fourageure inne. Sie sahen einander an wie Männer, die aus einem Traum erwachen. Halbblut fragte sich, ob sie Zarahel gehorchen würden. Wenn er dem Zauberer hätte glauben können, hätte er selbst darüber nachgedacht, doch er nahm ihm seine Verheißung nicht ab. Während die Soldaten noch zögerten, krochen immer mehr Uhltari aus den Eihüllen an den Wänden. Der gewaltige Tiergott wand sich und quetschte sich durch das Portal, das ihm zu klein schien. Es war, als komme er aus einer viel größeren Welt und müsse schrumpfen, sich zusammenziehen, um in dieses Universum zu treten. Kurz erstarrte Halbblut, überwältigt von diesem Einblick in kosmische Zusammenhänge.

Doch jedes Zögern konnte sich jetzt als fatal erweisen. Halbblut hob sein Gewehr, zielte auf Bertragh und schoss. Der ehemalige Verwalter fiel, und als er stürzte, flackerte das Licht, von dem das Portal umgeben war. Offensichtlich war der Kaufmann einer der Machtpole der Beschwörung gewesen.

Sardec hob sein Schwert und riss es dann herunter. »Feuer!«

Die anderen Fourageure eröffneten das Feuer. Ein Bleihagel ergoss sich über die Uhltari, Zarahel und das Tor. Zarahel hielt sich aufrecht, doch seine äußere Chitinhülle wurde weggesprengt und enthüllte die bräunliche Substanz darunter. Einige der Uhltari brachen zusammen. Wo die Kugeln die Schwachpunkte in ihren Panzern trafen, sprang ein Sekret hervor, doch weit mehr Schüsse prallten ab. »Zielt auf die Gelenke, Männer«, schrie Sardec. »Da sind sie verletzlich.«

Das Chaos brach aus. Die Männer liefen auseinander, um einen möglichst großen Abstand voneinander zu wahren, falls die Dämonen oder ihr Herr mit magischen Mitteln zurückschlugen. Einige blieben auch stehen, wo sie waren, und luden ihre Musketen nach. Andere steckten die Bajonette auf ihre Waffen, weil sie wussten, dass ein Nahkampf unvermeidlich war, und sich bereit machen wollten. Der Ozongeruch rang mit dem Gestank von Hexerei.

»Zieht euch rund um die Prinzessin zusammen!«, rief Sardec. »Sie ist unsere einzige Hoffnung.«

Mit geschlossenen Augen summte Asea ihre Beschwörung. Die beiden Diener, die sie flankierten, hatten ihre langen Krummschwerter gezogen und schwangen sie in komplizierten Figuren, offenbar um ihre Muskeln zu lockern und sich auf den Kampf vorzubereiten.

Zarahel kreischte den Uhltari in einer fremdartig zwitschernden Sprache etwas zu und sie rückten vor und näherten sich den Fourageuren mit der uhrwerksartigen Präzision von Automaten. Ihr Feuer kam jetzt sporadisch, ab und zu eine schwache Abwehr von denen, deren Waffen bereit waren. Halbblut sah, wie ein weiterer Uhltari fiel. Sämtliche Beine auf seiner linken Seite rührten sich nicht mehr, offensichtlich hatte eine Kugel einen Nervenknoten getroffen. Er lud seine Muskete zu Ende und hielt sie bereit, weil er das Feuer erst eröffnen wollte, wenn er ein klares Ziel hatte. Wiesel kniete sich hin und feuerte. Der Barbar zog sein langes Hackmesser und lief hinüber, wo er Asea näher war.

Halbblut drehte sich um und sah Leon, der wie immer seinen Rücken bewachte. Er hatte ein Bajonett auf sein Gewehr gesteckt, sein Gesicht war totenbleich. Schweiß stand ihm auf der Stirn. Halbblut konnte sein Entsetzen fast körperlich spüren. »Jetzt habe ich wirklich Angst«, gestand er mit kaum hörbarer Stimme. Seine Kiefermuskeln arbeiteten, und er biss so heftig auf seine alte Tonpfeife, dass sie zerbrach und zu Boden fiel.

Die Uhltari trafen mit voller Wucht auf die ersten Fourageure und schlugen mit den langen, schwertartigen Vordergliedern aus. Männer fielen, in Stücke gerissen von der unwiderstehlichen Kraft der Ungeheuer. Halbblut erstarrte bei dem Anblick. Er konnte nicht glauben, dass er es je gewagt hatte, sich auf einen Nahkampf mit einem dieser Wesen einzulassen. Zarahel lachte triumphierend, als er sah, wozu seine neuen Haustiere in der Lage waren. Sein Gekicher nahm einen irren Unterton an, so als teile ein anderes Wesen seinen Körper und schaue durch seine Augen.

Hinter ihm kroch Uran Uhltar immer weiter aus seinem Bau außerhalb der Dimensionen hervor. Seine unteren Gliedmaßen befanden sich jetzt genau über Zarahels Kopf und baumelten herab, als wollten sie ihn liebkosen.

Halbblut hob sein Gewehr und schoss, wobei er hoffte, den Zauberer ins Auge zu treffen. Kurzzeitig versperrte ihm der Pulverdampf die Sicht, und als er wieder sehen konnte, schien sein Schuss von dem Panzer abgeprallt zu sein. Zarahel blieb unversehrt. Er war dabei, sich zu verändern und wirkte mehr denn je wie eine unheilige Kreuzung aus Mensch und Spinne, mehr dämonisch denn menschlich.

Die Uhltari rückten geschlossen auf Asea zu; nur zu verständlich, denn so, wie die Dinge standen, stellte die Terrarch-Magierin augenblicklich die größte Bedrohung für Zarahel dar. Nicht lange, und die Spinnendämonen hätten sie erreicht. Nur wenige Männer wagten es, ihnen entgegenzutreten; und diejenigen, die es taten, lebten nur noch Augenblicke, bevor die gewaltigen, sichelförmigen Klingen sie in Stücke hieben. Nichts Menschliches konnte sich diesen Wesen lange in den Weg stellen.

»Das sieht übel aus, Rik«, sagte Leon. Halbblut widersprach ihm nicht. Er schlang sich das Gewehr über die Schulter und kramte in seinem Ranzen nach den Gerätschaften, die er Karl, dem Wyrmjäger, abgekauft hatte.

Mit gezogener Klinge stand Sardec neben der Magierin, bereit, sie zu verteidigen. Die rasende Angriffslust der Uhltari entsetzte ihn. Diese kleine Gruppe wirkte, als sei sie vollständig in der Lage, seine gesamte Streitmacht zu überwältigen. Und immer noch schlüpften neue Dämonen aus.

»Was sollen wir tun?«, fragte er Asea, obwohl er wusste, dass sie ihm keine Antwort geben konnte. Zu sehr war sie mit ihrem Zauber beschäftigt. Neben ihr ließen die zwei schwarz gekleideten Diener einen Pfeil nach dem anderen von ihren Bogensehnen schnellen. Ein Geschoss traf sein Ziel und drang in das Mittelauge des nächsten Uhltari ein. Vor Schmerz bäumte er sich auf, da versenkte der zweite Diener einen Pfeil in der schwachen Verbindungsstelle zwischen Bein und Panzer. Die Mitte des Wesens brach ein, offenbar trugen die Beine sein Gewicht nicht mehr.

Ein konzentrierter Ausdruck huschte über Aseas Gesicht, das Reißzahn-Rudel donnerte aus dem Dunkel heran. Eine rasende Wut schien die Tiere ergriffen zu haben. Zischend und knurrend rannten sie herbei und stürzten sich auf einen der Dämonen. Sie gruben die Zähne in seinen Panzer, schnappten nach seinen Beinen und kletterten auf der Suche nach Angriffspunkten auf den Rücken der Kreatur. Urtümliche Kräfte trafen da in wildem Zorn aufeinander. Die Wyrm waren beinahe so groß und stark wie die Kinder des Spinnengottes, und sie wurden von einer berserkerhaften, entsetzlichen Wut angetrieben. Der Uhltari bäumte sich auf, um sie abzuwerfen. Einer der Wyrm reagierte nicht schnell genug und wurde von seinen Klauen aufgespießt. Die rasiermesserscharfen Scheren durchbohrten seinen Körper vollständig und hefteten ihn am Boden fest. Sardec war von Ehrfurcht ergriffen. Irgendwie brachte Asea es fertig, während sie ihren Zauber wirkte, auch noch mit einem kleinen Teil ihres Geistes das Rudel unter Kontrolle zu halten. Er hatte noch nie von einem Magier gehört, der so etwas vermochte. Die Uhltari wurden für kurze Zeit zurückgedrängt.

Entschlossen, sich dieses Mal nicht von einem Uhltari überrumpeln zu lassen, zückte Sardec sein Schwert Mondschatten. Schon stellten sich die Spinnenwesen neu auf und griffen das Reißzahn-Rudel an. Er sah seine Männer an und stellte fest, dass sie Angst hatten. Die Schrecken dieses Ortes waren mit menschlichem Mut allein nicht zu überwinden. Dazu lag er zu tief unter der Erde, war zu dunkel, zu erfüllt von fremdartiger Zauberei. Ihre Feinde schienen übermächtig. Das Leitwesen der Uhltari hatte sich einen Weg in die Herde geschlagen, und hinter ihm begannen seine Brüder, die Wyrm aufzureiben. Nur noch Augenblicke, dann würden sie ihn und die anderen erreichen.

Asea schrie einen letzten Satz in einer nichtmenschlichen Sprache und zog den Stöpsel von der Flasche. Unerträgliche Hitze wallte auf und eine Feuersäule schoss über ihre Köpfe hinweg zur Decke hoch. Spiralförmig stieß sie nach oben und zog eine Funkenspur hinter sich her. Einen Augenblick lang kam der Kampf zum Erliegen. Selbst die Spinnendämonen schienen diese neue Erscheinung verblüfft zu betrachten.

Sardec konnte nur beten, dass Asea bei ihrer Beschwörung kein Fehler unterlaufen war.

37. KAPITEL

Wer sich mit Dämonen einlässt, sollte bereit sein, auch die Konsequenzen zu tragen.

Alessi, Handbuch der Magie

»Tausend Jahre Yagga gefangen«, dröhnte eine unmenschliche Stimme. Halbblut war sich sicher, dass er sie ebenso in seinem Geist wahrnahm wie über seine Ohren. »Jetzt Yagga frei.«

Halbblut hörte Asea etwas in einer fremden Sprache schreien.

»Du noch leben, Teufelsfrau? Yagga das ändern.«

Halbblut blickte auf. Die Feuersäule nahm festere Formen an. Sie war fünfmal so hoch wie er, die untere Hälfte bestand noch immer aus Feuer, doch die andere ähnelte einem Menschen. Das Wesen besaß Arme, Schultern und einen von krummen, ziegenbockähnlichen Hörnern gekrönten Kopf. Das grelle Licht, das sein flammender Körper ausstrahlte, leuchtete den Saal bis in den letzten Winkel aus und ließ die Eihüllen an den Wänden und die

Wesen, die darin wimmelten, beunruhigend deutlich hervortreten. Der Dämon streckte seine flammentriefenden Klauen nach Asea aus, doch etwas hinderte ihn daran, sie zu packen. Ein enttäuschter Ausdruck huschte über die Züge des Dämons.

»Yagga noch gebunden.«

Asea rief etwas anderes.

Yagga wandte sein erstaunliches Haupt. Das Feuer in seinen Augen blitzte heller, und eine bedrückte Miene zeichnete sich auf seinem grobschlächtigen, allzu menschlichen Gesicht ab. »Yagga tausend Jahre gefangen, und jetzt soll Yagga gegen Huscher im Schatten und seine Kinder kämpfen.«

Yaggas Tonfall deutete an, dass hier eine kosmische Ungerechtigkeit geschah. Vielleicht war das ja tatsächlich der Fall.

Erneut schrie Asea etwas.

Der Feuerdämon zuckte die Achseln. »Wenn Yagga muss, dann muss.«

Die Flammensäule erhob sich und stob davon. Yaggas gewaltige Hände schleuderten Feuerbälle, die zwischen den Uhltari explodierten, sie in Flammen aufgehen ließen und in die Dunkelheit zurücktrieben. Der riesenhafte Dämonengott, der gerade dabei war, in dem Portal zu materialisieren, blickte auf und sah Yagga kommen. Ein Feuerschwert erschien in Yaggas Händen. Mit einer eigenartigen, schlangenartigen Bewegung wälzte ihm Uran Uhltar seinen Tausendfüßlerkörper entgegen. Aus dem Maul spie er Energienetze, die Yagga mit seiner Klinge durchschlug. »Was geschieht jetzt?«, fragte Sardec.

»Yagga kann Uran Uhltar nicht besiegen«, erklärte Asea. In ihrer Stimme klang so etwas wie Angst mit, die

Furcht einer entsetzlich starken Magierin, die auf etwas gestoßen war, das ihre Kräfte überstieg. »Er kann seine Manifestation nur verlangsamen. Wir müssen den Zauberer töten und das Portal schließen. Er ist der eine Pol der Macht, der noch übrig ist.«

Die überlebenden Uhltari formierten sich erneut und rückten vor. Ihre Zahl war jetzt geschrumpft, und solange Uran Uhltar gegen Yagga kämpfte, schienen keine neuen Kreaturen zu schlüpfen. Aber trotzdem waren sie noch zahlreich genug, um die dezimierten Fourageure zu massakrieren.

Asea zückte ihre Blitzschleuder, doch nur ein paar Funken sprühten aus der Spitze hervor.

»Verflucht«, rief sie. »Vollständig entladen.«

Ausgezeichnet, dachte Halbblut. Das hatte ihnen gerade noch gefehlt.

Über ihnen kämpften die Dämonen. Yaggas Feuerschwert krachte auf das Netz der Dunkelheit, das der Spinnengott ausschied. Gewaltige Mandibeln gruben sich in übernatürliches Fleisch. Yaggas Feuer schien jetzt nicht mehr so hell zu brennen, doch seine Schläge zeigten Wirkung. Dicke schwarze Striemen überzogen Uran Uhltars Panzer. Halbblut wünschte, Yagga wäre so gescheit gewesen, noch ein paar weitere Uhltari zu töten, bevor er sich mit ihrem Gott anlegte. Doch er bezweifelte, dass Yagga ein besonders kluger Dämon war.

Halbblut sah zu, wie die Uhltari sie einkreisten und immer näher kamen. Wie es aussah, würden die Terrarch nicht mehr lange auf dieser Welt sein. Schade nur, dass er ihnen kurz darauf folgen würde. Außerdem ging ihm durch den Kopf, dass die Terrarch hier die Einzigen waren, die das Wissen und den Willen besaßen, dieses Portal zu schließen. Wenn sie starben, war die Chance der Fourageure, diesen Ort lebend zu verlassen, gleich null. Er zermarterte sich das Gehirn nach einer Lösung, doch er sah nur eine: Sie mussten Zarahel töten.

Asea hatte ihr Schwert gezogen. Auf der Schneide glommen rote Runen. Auch Sardec hielt seine Klinge in der Hand. »Vorwärts, Männer!«, schrie er. »Tötet den verdammten Zauberer.«

Lautes Gebrüll verriet ihnen, dass der Barbar beschlossen hatte, ihn beim Wort zu nehmen. Das Gesicht zu einem Ausdruck berserkerhafter Wut verzogen und Verwünschungen ausstoßend rannte er auf das glühende Muster zu. Asea, Sardec und einige weitere Fourageure folgten ihm.

Aseas schwarz gekleidete Diener warfen sich zwischen ihre Herrin und den Ersten der näher rückenden Uhltari. Bitzschnell rissen sie ihre Klingen hoch. Die beiden griffen gemeinsam an: Wenn der Dämon dem einen Aufmerksamkeit zollte, zog sich dieser zurück, und der andere griff an. Diese Taktik hätte sogar gelingen können, wäre da nur eines dieser Wesen gewesen. Doch so schaltete sich ein zweites in das Scharmützel ein und trennte die Leibwächter.

Halbblut beschloss, dass Zarahel der Schlüssel war. Der Zauberer musste unbedingt sterben. Die einzige Frage war, wie er das anstellen sollte. Aus der Entfernung auf ihn zu schießen, hatte keine besonders große Wirkung gezeigt. Er musste näher heran – das war das Einzige, was ihm einfiel. Leider bedeutete es auch, dass er sich zwischen den Spinnendämonen einen Weg bahnen musste. Er nahm eine von Karls Glasgranaten in die Hand und begann die Flanke der Fourageure zu umrunden. Leon folgte ihm, und zu seinem großen Erstaunen schloss sich auch Wiesel an.

Er hatte nichts dagegen: Es war immer eine gute Idee, im Kampf Männer in der Nähe zu haben, denen man vertraute. Die anderen Fourageure befanden sich jetzt hinter ihnen. Die meisten feuerten wild auf die Dämonen, doch ein paar drückten sich in Richtung Ausgang davon. Offensichtlich wollten sie fliehen, doch Halbblut sah, wie Segeant Hef sie buchstäblich in die Schlacht zurückprügelte.

Der Barbar hatte es geschafft, auf den Rücken eines Uhltari zu klettern, und trieb seine Klinge immer wieder in das Untier zu seinen Füßen, indem er sich zu voller Höhe aufrichtete und dann mit gezückter Klinge auf die Knie fallen ließ. Der Uhltari bockte zwar und bäumte sich auf, um ihn abzuwerfen, doch irgendwie brachte der Hüne es fertig, sich zu halten, bis das Wesen endlich unter ihm zusammenbrach. Ohne zu zögern machte er sich frei und sprang vom Rücken des Tieres, um sich in gleicher Weise auf das nächste zu stürzen. Und die ganze Zeit über tobte und fluchte er wie ein Wahnsinniger. Doch unglücklicherweise glitten, als er auf dem Boden landete, seine Stiefel weg, so dass er stürzte und Halbbluts Blick entzogen war. Der Uhltari wich ein Stück zurück und ließ seine gewaltigen Sichelscheren niedersausen. Als er sie wieder hob, waren sie blutrot. Und das, dachte Halbblut, musste dann das Ende sein.

»Dieser Bastard«, fluchte Wiesel. »Er hätte was Besseres verdient.«

»Dann lass uns etwas unternehmen, um es ihnen heimzuzahlen.«

»Verdammt richtig, Halbblut.« Sie gingen den anrückenden Uhltari entgegen. Sie würden zwar sterben, waren aber entschlossen, ihr Leben teuer zu verkaufen.

Kurz darauf sah er, wie einer von Aseas Leibwächtern unter dem Ansturm eines der Ungeheuer zu Boden ging. Augenblicke später fuhr die sichelartige Klaue auf die Magierin zu und warf sie um. Da geht unsere letzte Hoffnung dahin, dachte Halbblut.

Er bemerkte, dass Leutnant Sardec noch stand, und wog die Granate in der Hand. Hier war seine Chance auf Rache, überlegte er, und spürte das tödliche Gewicht des gläsernen Eis, das mit Chemikalien gefüllt war. Jetzt hatte er die Möglichkeit, die Rechnungen, die mit den Erhabenen noch offen waren, wenigstens teilweise zu begleichen. Er konnte dem Mistkerl einen schmerzhaften Tod bescheren, bevor ihn das Spinnenwesen erwischte.

Einen Augenblick lang dachte er ernstlich darüber nach, dann schleuderte er die Granate. Sie flog geradewegs auf ihr Opfer zu. Noch im Werfen wusste Halbblut, dass er gut gezielt hatte.

Sardec hieb mit dem Schwert zu. Die Klinge traf das Vorderbein des Dämons, und grünes Sekret flog aus der Wunde und bespritzte seine Uniform von oben bis unten. Er hatte der Kreatur die eine Sichelklaue abgetrennt, doch sein Feind besaß noch eine zweite. Er sprang zurück, um dem Gegenschlag auszuweichen. Die harte Chitinklinge zog quer über seine Brust eine Linie, die wie Feuer brannte. Der Schmerz war entsetzlich. Er biss die Zähne zusammen und richtete sich darauf ein, weiterzukämpfen.

»Zu mir, Männer«, brüllte er und sah erstaunt, dass eine Gruppe von Fourageuren tatsächlich auf seinen Ruf reagierte. Mit Sicherheit erkannte er nur den, der Gunther hieß. Der Mensch rannte auf ihn zu. Der Lauf seiner Muskete spie Pulverdampf und Funken, als er eine Kugel durch eines der Augen des Uhltari schoss. Das schien Wirkung zu zeigen. Der Dämon taumelte zurück, erhob sich auf die Hinterbeine und sah aus, als leide er unter großen Schmerzen. Zwei weitere Männer ergriffen die Gelegenheit und trieben ihre Bajonette in die weichen Stellen, an denen die Beine in den Panzer übergingen. Doch der Dämon holte mit seiner Klaue aus und köpfte den einen, dann stürzte er und zerquetschte den anderen. Gunther rammte das Bajonett auf seine Muskete und stach damit auf den Körper des Dämons ein, wobei er ohne Unterlass und laut zum Licht betete. Sardec hoffte inbrünstig, Gott werde seine Gebete erhören.

Asea lag in der Nähe. Ihr Schutzpanzer war blutbefleckt und an einem Dutzend Stellen, wo der Uhltari sie getroffen hatte, aufgeplatzt und zerrissen. Selbst das dicke Drachenschuppen-Leder konnte diese gewaltigen Sichelklauen nicht vollständig abwehren. Einer ihrer Leibwächter lag neben ihr, tot oder sterbend. Der andere stand über den beiden, einen wilden Ausdruck in den seltsamen Augen. Er summte etwas in einer Sprache, die Sardec nicht kannte. Auch die letzten paar Reißzahn-Wyrm waren inzwischen geschlagen. Er hörte nur noch einen Einzigen vor Schmerz wimmern, und noch während er lauschte, erstarb das Winseln.

Um ihn herum drehte sich der Mahlstrom des Kampfes. Er hatte keinen Überblick mehr. Puverdampfwolken verwehrten ihm die Sicht. Die Schreie der Sterbenden übertönten seine Befehle. Die Schlacht war jetzt zum Nahkampf geworden, Mann gegen Monstrum – und die Menschen würden ihn verlieren. Über ihnen kämpfte

Yagga noch immer. Magma-artiges Blut floss über seinen Körper.

Denk nach, sagte er sich. *Es muss doch etwas geben, was du tun kannst. Irgendwie musst du den Zauber brechen.* Ein Spinnendämon bäumte sich über ihm auf. Hinter ihm kamen noch mehr. Daraus würde wohl nichts, dachte er. Gewiss würde er hier sterben.

Etwas zischte blitzend über ihn hinweg und traf den Rücken des Uhltari. Eine Art Kristallei. Es blitzte auf und zerschellte, und der Schwefelgeruch alchemistischen Feuers erfüllte die Luft, als die Chemikalien, die es enthielt, sich entzündeten. Die Beine des Dämons begannen unkontrollierbar zu zucken, und das Wesen wich zurück, wobei es gegen andere stieß und das Feuer übersprang. Weitere Glasgranaten sausten blitzend heran und landeten zwischen den Spinnentieren, die sich wieder zurückzogen. Zu seiner Rechten erblickte Sardec den Mischling, der die Bomben warf, während seine beiden Kameraden einen der Uhltari beschäftigten. Ihm wurde klar, dass er momentan sicher war, und mehr noch: Nichts stand mehr zwischen ihm und dem Zauberer.

Sardec fühlte die schwere Klinge in seiner Hand, und da wusste er auch die Antwort: Mondschatten. Das Schwert war aus einer Feensilber-Legierung geschmiedet worden und rundum mit Schutzzeichen bedeckt, die dazu da waren, Magie zu stören. Es handelte sich um ein Artefakt von ihrem Heimatplaneten Al'Terra. Vielleicht …

»Tod oder Ruhm!«, schrie er.

Ohne einen weiteren Gedanken hob er das Schwert und stürmte in das Muster. Sofort spürte er die Wirkung. Schmerz raste durch seinen Körper. Als die Klinge auf das starke magische Feld in der Umgebung des Tores traf, schien sie in seinen Händen aufzuglühen. Er kämpfte sich zu der Stelle vor, an der die Beschwörung stattfand, und hinterließ dabei eine Spur gleißender Funken. Über sich spürte er die Hitze, die von Yagga ausstrahlte, und die kalte Fäulnis, durch die sich Uran Uhltar bemerkbar machte. Die Luft um ihn herum flirrte wie in großer Wärme. Alle Gegenstände innerhalb des Musters wirkten verzerrt. Energien wallten in allen Regenbogenfarben rund um ihn auf. Der Raum selbst schien sich zu verziehen und zu biegen. Er erkannte, dass er gleichzeitig hier und an einem anderen Ort war. Das Schwert brannte in seiner Faust. Es war so heiß, dass das Metall weich wurde. Sardec hatte das Gefühl, als stünden seine Finger in Flammen und verschmölzen mit der Waffe.

Dann sah er Zarahel vor sich. Er wusste, dass er nur diese eine Chance hatte, warf sich vorwärts und spürte, wie sein Schwert durch den Panzer drang, der den Magier einhüllte.

»Nein!«, hörte er den Spinnenzauberer kreischen. Zarahel griff sich an die Brust. Unfassliche Mengen außerweltlicher Energie entluden sich in einer gewaltigen Explosion. Ein gleißender Blitz raste durch sein Blickfeld. Sardec war sich vage dunkler Gestalten bewusst, die von den Kräften auseinander gerissen wurden, und dann hob ihn eine Schockwelle von den Füßen.

Das hat gewirkt, dachte er. Dann überwältigte ihn die Dunkelheit.

Zarahel kämpfte gegen den Schmerz in seinem Inneren an. Die Pein war grauenvoll. Und dabei war er so nahe daran. Ihm fiel auf, dass dieser Gedanke nicht vollständig von ihm ausging, sondern von dem Gott stammte, der gerade dabei war, sich über ihm zu manifestieren. Doch darauf kam es nicht an. Er hatte nicht vor, hier zu sterben, und so kämpfte er darum, die zusammenbrechende Beschwörung aufrecht zu erhalten und zu verhindern, dass sich die Pforte schloss und Uran Uhltar in seinen Schlupfwinkel außerhalb der Dimensionen zurückgesogen wurde. Die fürchterliche schmelzende Klinge brannte in seiner Brust. Diese Qual war fast unerträglich.

Erschrocken sah Halbblut zu, wie die Explosion nach außen tobte. Mitten in ihr sah er die gepanzerte Gestalt Zarahels, aus dessen Brust das Schwert ragte. Er wedelte mit den Armen, intonierte Zaubersprüche und kämpfte verzweifelt darum, die Energien der zerrissenen Beschwörung unter Kontrolle zu halten. Dann schienen die Energien zurückzuweichen und nach innen gesogen zu werden. Entweder hatte der Zauberer nun Erfolg oder etwas anderes geschah. Yagga war jetzt stark geschrumpft. Er würde Uran Uhltar nicht besiegen können. Noch während Halbblut zu ihm hinsah, flackerte er und verlosch wie eine Kerzenflamme.

Halbblut hatte keine Bomben mehr. Er sah sich um. Leon lag ausgestreckt auf dem Boden, in seiner Seite klaffte eine tiefe Wunde. Wiesel trieb sein Bajonett immer wieder in die schwachen Punkte eines Uhltari. Halbblut griff in seinen Gürtel und zog seine Pistole. Das war er, sein letzter Trumpf – eine Feensilber-Kugel, die er Karl abgekauft hatte. Runenzeichen waren in das Metall graviert. Halbblut hoffte, dass sie ebenso gut wirken würde wie die Granaten. Er hob die Waffe.

Sorgfältig zielte er, drückte behutsam den Abzug und schickte die Kugel auf ihr Ziel zu. Sie traf den Zauberer in die Stirn und ließ ihn rückwärts taumeln. Die Energien wirbelten erneut, dieses Mal in umgekehrter Richtung, und bildeten einen Strudel, der begann, Uran Uhltar in die unbekannte Hölle, aus der er aufgetaucht war, zurückzuziehen.

Die Uhltari rannten davon, als fürchteten sie, das Portal würde sie ebenfalls ansaugen. Ein Luftzug fuhr durch Halbbluts Haar. Er stemmte sich gegen den Sog und versuchte, sich in die entgegengesetzte Richtung zu bewegen. Und dann war der Spuk so schnell verschwunden, wie er gekommen war.

Glühender Schmerz tobte durch Zarahels Hirn. Er spürte, dass ihm die Macht entglitt und wie auch der Funke des Bewusstseins, den Uran Uhltar in seinen Kindern erweckt hatte, erstarb. Und dann, als sich das Portal schloss, fühlte er noch etwas anderes. Etwas wurde aus ihm herausgezogen und fuhr nach oben, immer weiter, auf das Tor zu. Mit letzter, tödlicher Klarheit erkannte er, dass es seine Seele war.

Der Strudel verschwand – und Uran Uhltar mit ihm. Nur noch wenige Uhltari blieben übrig. Leider, dachte Halbblut, sah es im Augenblick so aus, als würden diese wenigen ausreichen. Inzwischen waren nur noch weniger als ein Dutzend Fourageure da, und die Spinnendämonen konnten sie in aller Ruhe vernichten.

Er nahm sein Gewehr herunter, setzte das Bajonett auf und wartete auf das Ende.

38. KAPITEL

Das Universum ist ein Schlachtfeld, auf dem das Gute gegen das Böse kämpft. In diesem Krieg sind wir alle Soldaten, und zwar auf der Seite, die wir uns erwählen.

Der Prophet Aureon, Predigten

Langsam kamen die Uhltari heran. Halbblut wandte sich an Wiesel. »Ich könnte hier ein wenig Hilfe gebrauchen.« Er war stolz darauf, dass seine Stimme ruhig klang.

Wiesel stand auf und bezog neben ihm Stellung. »Mach dich für einen Angriff bereit, während ich nachlade«, sagte er leise, denn er wollte die Spinnendämonen nicht reizen, indem er zu laut sprach. Halbblut nickte und sah sich um. Zu seiner Verblüffung waren immer noch ein Dutzend benommen wirkende Fourageure auf den Beinen, darunter Sergeant Hef. Er wartete, bis Wiesel fertig geladen hatte, und kniete dann nieder, um es ihm nachzutun. Eine gründliche Bestandsaufnahme der Wände verriet ihm, dass keine weiteren Uhltari mehr ausgeschlüpft waren, doch drei der Wesen schienen noch immer handlungsfähig. Sie bewegten sich jetzt langsam, aber das Licht, das von dem

Muster und dem Energienetz darüber ausstrahlte, verblich bereits. Bald würde es dunkel sein – und sie saßen mit diesen mordbereiten Monstern in der Unterwelt fest.

»Wir brauchen eine Laterne«, sagte Halbblut.

»Eine brennt noch, drüben bei Prinzessin Asea.« Wieder stöhnte Leon. Halbblut wusste nicht, was er tun sollte. Er wollte seinen Freund nicht allein lassen, konnte aber ebenso wenig hier stehen und warten, bis die Dunkelheit sie verschlang.

»Wir kommen wieder«, sagte er und bewegte sich auf die Lampe zu.

»Verlass mich nicht, Rik.« Das klang wie der Schrei eines Kindes in der Finsternis und rief Erinnerungen an das Arbeitshaus des Tempels wach.

»Ich komme zurück«, versprach Halbblut begütigend. Langsam schlich er voran, um die Uhltari nicht zu reizen. Sie wirkten immer noch ein wenig verwirrt. Vielleicht hatte das Verschwinden ihres Dämonengottes sie geschockt. Hinter ihm wimmerte Leon und bettelte sie an, nicht zu gehen. Wiesel trug die Muskete schussbereit im Anschlag.

Halbblut sah, dass sich die Uhltari auf die Laterne zubewegten; möglicherweise hatten sie vor, ihnen den Weg abzuschneiden. Die Wesen selbst mochten das Licht nicht, aber sie waren so geistreich zu erkennen, was es bedeuten würde, wenn sie es auslöschten. Halbblut entschied, lieber sofort und schnell zu sterben, als erleben zu müssen, was dann geschah, und er stellte fest, dass andere ebenso dachten. Die überlebenden Fourageure rückten vor, entweder mit erhobenen Gewehren oder aufgepflanztem Bajonett. Offensichtlich waren alle bereit, in einer letzten Orgie aus Gewalt und Tod unterzugehen.

Er stand jetzt neben Prinzessin Asea und bückte sich, um sie zu untersuchen. Sie war blutüberströmt, atmete aber noch. Die Uhltari kamen näher. Ihre monströsen Beine bewegten sich langsam, sie hatten die stachelbewehrten Schwänze skorpionartig über die Köpfe erhoben. Das Muster verblasste immer weiter, so dass es rasch dunkler wurde und Halbblut einen riesenhaften Schatten warf. Er beugte sich über die Magierin und schlug ihr ins Gesicht.

»Wacht auf!«, brüllte er. »Aufstehen! Wir brauchen Euch.«

Da begann eine Rune auf ihrer Brust zu glühen. Er berührte sie und versuchte verzweifelt, die Terrarch-Frau mit purer Willenskraft ins Leben zurückzuholen, betete zu allen Göttern, sie möchten ihm helfen. Für einen unendlich langen Augenblick geschah nichts, doch dann spürte er, wie Energie durch das Zeichen brandete. Er berührte die Rune noch einmal und wieder blitzte ein Funke in ihm auf. Macht sprang von ihm auf sie über, Kraft floss aus ihm heraus, so dass er sich schwach und schwindlig fühlte. Asea setzte sich auf und schnappte wie ein Ertrinkender, den man aus tiefem Wasser gezogen hat, nach Luft. Sie schüttelte den Kopf, sah Halbblut kalt in die Augen und stand dann langsam auf. Wütend starrte sie die Uhltari an, ihre Hände machten rasch eine Reihe komplizierter ritueller Gesten. Halbblut fühlte, wie die Macht auf ihren Ruf antwortete, und die Spinnendämonen spürten es ebenfalls und wichen langsam zurück.

Niemand rührte sich. Kein Schuss fiel. Die Spinnendämonen zogen sich in die Dunkelheit zurück, bis sie nicht mehr zu sehen waren. Asea ließ die Schultern erschöpft sinken. Sie betrachtete das Gemetzel, das sie umgab, als frage sie sich, was hier geschehen sei, dann trat sie zu dem Muster, um die Körper zu betrachten, die noch in seiner Mitte lagen. Kein Wort wurde gesprochen.

Halbblut wollte ihr schon folgen, doch er bemerkte, dass sich Wiesel über den Barbaren beugte. Sein Rock war blutdurchtränkt und seine Verletzungen schienen schwer zu sein.

Mit feuchten Augen kniete Wiesel neben ihm. »Steh auf, du Bastard! Du bist doch verdammt nochmal zu blöd, um einfach so zu krepieren!«

Halbblut erwartete beinahe, dass der Barbar aufstünde und ihnen sagte, alles sei nur ein Scherz gewesen. Doch er lag nur kalt und reglos da. Das entsetzliche Gefühl einer grausamen Leere überkam ihn. Wahrscheinlich war der Barbar tot. Der Leutnant ebenfalls. Auch Gunther war tot. Halbblut hatte es nicht gesehen, doch einer der Dämonen musste ihn niedergemäht haben. Er hatte diese Männer nicht alle gemocht, doch sie waren die Grundfesten seines Lebens gewesen, und die waren ihm jetzt genommen worden. Er hatte das Gefühl, ein gewaltig gähnendes Loch sei in sein Leben gerissen worden. Er wollte etwas zu Wiesel sagen, fand jedoch keine Worte. Sie wollten ihm einfach nicht über die Lippen.

Halbblut wandte den Blick ab und sah, dass Sergeant Hef mit Prinzessin Asea sprach. Der Sergeant wies auf ihn und beide schauten in seine Richtung. Leon fiel ihm wieder ein, also rannte er zu ihm. Vielleicht konnte er etwas tun, um ihm zu helfen.

Aber Leon war tot. Er war allein und unter großen Schmerzen gestorben. An seinem Gesicht war nichts Friedliches, nichts, das darauf hinwies, dass er zu den Engeln gegangen wäre. Halbblut schloss die Augen und dachte an den verängstigten kleinen Jungen im Arbeitshaus des Tempels zurück, der sein erster Freund geworden war. Unfähig, Leons Gesicht anzusehen, wandte er den Blick zur Decke und kämpfte gegen den Drang, laut loszuschreien.

Steh auf, sagte er sich. *Beweg dich. Du bist doch am Leben und kannst es immer noch schaffen, hier rauszukommen.* Aber alle Energie schien ihn verlassen zu haben, er brauchte ziemlich lange, bis er die Kraft zum Aufstehen fand. Dann wandte er sich wieder der Mitte des Raumes zu, dem verblassenden Muster und dem Pult, und ihm fielen die Bücher ein, die der Auslöser für all das gewesen waren. Mit einem Mal fühlte er sich von rasender Wut erfüllt … und ging dort hinüber.

Restenergien prickelten auf seiner Haut, als er das Muster betrat und Bertraghs Leiche passierte. Kurz blieb er stehen, um den Leutnant und Zarahel anzusehen. Der Leutnant lag mit dem Gesicht nach unten. Seine Schwerthand war vollständig verkohlt. Wo das geschwärzte Fleisch abgeblättert war, lugten weiße Knochen hindurch. Er hatte seinen Tod und seinen Ruhm gefunden. Halbblut hätte gern gewusst, was er während seiner letzten Atemzüge gedacht hatte. War es das alles wert gewesen? Sardec hätte tausend Jahre leben können, nun war er aber tot. Was für eine Vergeudung, dachte Halbblut.

Er spuckte auf Zarahels Körper. Das Schwert ragte noch aus der Brust des Zauberers. Die Runen, mit denen es besetzt war, glühten weiterhin schwach, aber das Metall war vollkommen außer Form geraten, als hätten die Kräfte, die hindurchgeschossen waren, als es das Muster zerbrach, die Klinge verzogen. An einigen Stellen schien das Metall geschmolzen und zerlaufen. Zarahel musste entsetzliche Qualen gelitten haben, als sich die weiß glühende Klinge in seinen Körper grub. Gut, dachte Halbblut. Der Bastard hatte es verdient.

Dann sah er die Bücher an und eine entsetzliche Erkenntnis dämmerte ihm. Hier war noch ein anderer Bastard, der die schlimmste Strafe verdiente. Er selbst.

Hätte er Wiesel und den Barbaren nicht überredet, diese Bücher mitzunehmen, wäre nichts von alldem geschehen. Seine Kameraden hätten nicht zu sterben brauchen. Er war für das hier verantwortlich. Wenn er die Bücher verbrannt hätte, gleich als er sie gefunden hatte …

Er schnappte sich die Bücher vom Pult und packte sie zu einem Bündel zusammen. Falls er etwas zum Anzünden fand, würde er sie eben jetzt vernichten. Er wandte sich um, da er nach der Lampe suchen wollte, und fand sich plötzlich Asea gegenüber. Ihre Blicke trafen sich.

»Du hast diese Bücher schon einmal in Händen gehalten«, sagte sie, und das war keine Frage. Woher wusste sie dies? Hatte er eine übersinnliche Spur auf dem Einband hinterlassen, hatte sie es in seinen Gedanken gelesen, oder stand ihm das schlechte Gewissen irgendwie ins Gesicht geschrieben? Es kam nicht darauf an. Sie wusste es, und um die Wahrheit zu sagen, war es ihm auch gleich. Aus weit aufgerissenen, leeren Augen sah er sie an.

»Ja«, sagte er.

Sie neigte den Kopf zur Seite und blickte ihn an. Er wusste, dass sein Schicksal am seidenen Faden hing, und wenn er irgendwie an sie appellieren wollte, dann jetzt. Nicht, dass er wirklich hoffte, sie umstimmen zu können, doch er hatte das Gefühl, es versuchen zu müssen. Stattdessen sagte er aber etwas ganz anderes. »Jemand hat mir einmal erzählt, Gut und Böse kämpften um die Herrschaft im Universum, und die beiden seien so gleich stark gewichtet, dass jeder von uns mit dem kleinsten Gedanken oder Wort, mit der unscheinbarsten Tat den Ausschlag geben könne. Zum Guten oder zum Schlechten, wir alle könnten Entscheidendes bewirken. Ist das wahr? Ich möchte gern daran glauben.«

Sie sah ihn aus ihren kühlen, weisen Augen an, und ein seltsames Lächeln umspielte ihre schönen Lippen. »Ich kenne die Antwort auf deine Frage nicht.«

Enttäuschung stieg in ihm auf. Sie war eine der Ersten. Und schließlich war sie in den Ländern der Unsterblichen gewandelt und hatte mit Engeln gesprochen. Wenn überhaupt jemand die Antwort kannte, dann sie.

»Wir sind nicht Gott«, sagte sie. »Wir wissen nicht, was Gott denkt.«

»Was werdet Ihr mit mir tun?«

»Auch das weiß ich nicht. Du konntest Yaggas Stimme hören, oder?«

»Ja.«

»Und du hast mich von der Straße der Toten zurückgerufen.«

»Vielleicht.«

»Und du hast Zarahel getötet.«

»Ja.«

»Was willst du jetzt mit diesen Büchern anfangen?«

»Sie verbrennen.«

»Das wäre eine Vergeudung von etwas, das in der Zukunft noch gebraucht werden könnte. Genau wie es eine Verschwendung wäre, dich der Inquisition zu übergeben.«

»Meint Ihr?«

»Du besitzt die Gabe, Junge. Man hat dir die Ausbildung verweigert. Man hat dir dein Erbe verwehrt. Und dennoch hast du die Hand danach ausgestreckt, so wie alle, die für die Magie geboren sind, denn wir brauchen sie wie die Luft zum Atmen. Dafür kann ich dich nicht verurteilen.«

Sie hielt kurz inne und sah ihn offen an. Halbblut hatte diesen Blick schon einmal gesehen: auf den Gesichtern von Männern, die in einer Waffenschmiede ein Schwert in der Hand wiegen und zu entscheiden versuchen, ob sie es kaufen sollen. Sie schien zu einem Entschluss zu kommen. »Ich kann dich unterrichten.«

Halbblut war wie vor den Kopf geschlagen. Er wusste nicht, was er sagen sollte. Auf diesen Augenblick hatte er sein ganzes Leben lang gewartet, und nun, da er gekommen war, fehlten ihm die Worte. Er fühlte sich einfach leer.

»Möchtest du das?«

War das ein grausamer Scherz, eine Falle? Spielte sie mit ihm wie die Katze mit der Maus? Er nickte trotzdem.

»Wie heißt du nun? Ich kann dich doch nicht weiter ›Junge‹ nennen.«

Er überdachte seine Antwort sorgfältig, erinnerte sich an alle Namen, die man ihm schon gegeben hatte und die er nicht mehr hören wollte.

»Rik«, sagte er dann.

Sie warf einen Blick zu den Fourageuren, die sich um ihre Toten kümmerten. Das Licht der Laterne fiel auf ihre Silbermaske und verlieh ihr das Antlitz eines rätselhaften Gottes. »Dann lass uns diesen Ort verlassen, Rik. Wir haben einen langen, langen Weg vor uns.«

Hinter sich hörte Rik, wie ein Stöhnen über Sardecs Lippen huschte. Offenbar lebte er doch noch. Er wusste nicht, ob er sich freuen oder enttäuscht sein sollte.

Rik ging zurück zu Wiesel, der neben dem Barbaren kniete. Der Wilddieb schüttelte den Kopf und griff in den blutverkrusteten Uniformrock des Barbaren. Er zog einen zerrissenen Geldgürtel aus Leinen hervor, aus dem es golden glitzerte. Wiesel sah auf und schenkte Halbblut ein seltsam schiefes Lächeln.

»Er hätte dasselbe getan. Schließlich kann er es nicht mitnehmen. Erst werden wir auf ihn anstoßen und dann lassen wir richtig die Puppen tanzen.«

»Wenn du dieses Geld nicht sofort zurücklegst, stecke ich es dir so tief in den Arsch, dass die Leute denken werden, du hättest Goldzähne«, sagte der Barbar.

»Willkommen im Land der Lebenden, du großer, verrückter Bastard«, gab Wiesel zurück. Er klang vollkommen aufrichtig.

SERIE PIPER

Kirsten J. Bishop

Stadt des Wahnsinns

Roman. Aus dem Englischen von Birgit Reß-Bohusch. 416 Seiten. Serie Piper

Der Söldner Gwynn und die Ärztin Raule ziehen durch die Einöde des zerstörten Kupferlands. Als sie die verrufene Stadt Ashamoil erreichen, werden sie in einen schillernden und grausamen Sumpf hineingezogen. Raule kommt einer gefährlichen Verschwörung auf die Spur. Tod und Wahnsinn greifen wie eine Seuche um sich. Im Bemühen, den Untergang abzuwenden, geraten Gwynn und Raule zwischen die Fronten. Denn die Stadt birgt ein monströses Geheimnis …

»Ein brillantes Debüt in der Tradition von Stephen King und China Miéville.«
Publishers Weekly

05/2121/01/L

Guy Gavriel Kay

Die Fürsten des Nordens

Roman. Aus dem kanadischen Englisch von Irene Holicki. 560 Seiten. Serie Piper

Auf ihren erbarmungslosen Feldzügen verbreiten die Erlinger Feuer und Tod. Ihre Drachenschiffe gelten als unbesiegbar. Doch König Aeldred ist fest entschlossen, sein Reich zu verteidigen. Allerdings droht nicht nur durch die Erlinger Gefahr. Aeldred muss die Dämonen besiegen, die in seinem Innern lauern, um das Königreich zu retten. Und in den Tiefen des Geisterwalds machen schauerliche Geschöpfe der Zwischenwelt Jagd auf ihre Opfer …

»Guy Gavriel Kay verzückt, überrascht und unterhält seine Leser wie kein anderer.«
Carsten Kuhr, phantastik-news.de

05/2202/01/R

Dyachenko

Das Jahrhundert der Hexen

Roman. Aus dem Russischen von Christine Pöhlmann. 448 Seiten. Serie Piper

Der Krieg der Hexen gegen die Menschen hat begonnen: In der Metropole Wyshna schließen sich Hexen zu einem Bund zusammen, um die Herrschaft über die Stadt an sich zu reißen. Gerüchten zufolge bereiten sie die Ankunft der Mächtigsten, der Großen Mutter, vor. Als der Ermittler Klawdi erfährt, dass auch Ywha, die Verlobte seines Freundes, das Dämonische in sich trägt, bricht das Chaos aus. Ywha und Klawdi geraten in einen tödlichen Konflikt, der das Ende unserer Welt bedeuten kann. Denn die apokalyptische Schlacht zwischen Hexen und Menschen ist nicht mehr aufzuhalten …

Rasante Action-Fantasy für alle Fans von »Wächter der Nacht«

05/2205/01/L

Markus Heitz

Die Mächte des Feuers

Roman. 576 Seiten. Serie Piper

Der epische Bestseller von Markus Heitz: Seit Jahrhunderten werden die Geschicke der Welt in Wahrheit von übermächtigen Wesen gelenkt, den Drachen. Sie entfachen politische Konflikte, stürzen Könige und treiben Staaten in den Krieg. Doch nun schlagen die Menschen zurück … Im Jahr 1925 untersucht die Drachentöterin Silena eine Reihe mysteriöser Todesfälle. Immer neue geheimnisvolle Gegenspieler und Verbündete erscheinen. Silena wird in einen uralten magischen Konflikt verstrickt. Stecken Drachen dahinter, oder muss sie sich einem ganz anderen Gegner stellen?

»Fantasy und Horror in einem feurig fesselnden Gemisch.«
Bild am Sonntag

05/2206/01/R